mtb

MINA MART

back stage

in Seattle

ROMAN

mtb

Der Originaltitel erschien 2017 bei books2read.

1. Auflage 2021

Überarbeitete Neuausgabe

Gesetzt aus der Stempel Garamond
von GGP Media GmbH, Pößneck
Druck und Bindung von GGP Media GmbH, Pößneck
Printed in Germany
ISBN 978-3-7457-0105-0
www.mira-taschenbuch.de

Klimaneutral
Druckprodukt
ClimatePartner.com/15109-2009-1001

MIX
Papier
FSC FSC® C014496

Für Hannah.

PLAYLIST ZUM BUCH

Skillet – Hero
Apocalyptica ft. Brent Smith – Not Strong Enough
Three Days Grace – Drown
Muse – Undisclosed Desires
Fall Out Boy – Thnks fr th Mmrs
Placebo – Where Is My Mind
Maroon 5 – Misery
Skillet – Whispers in the Dark
Foo Fighters – The Pretender
Three Days Grace – Break
Thirty Seconds to Mars – A Beautiful Lie
Blue October – Say It
The Last Goodnight – Incomplete
Muse – Unintended
Metric – Gimme Sympathy
Depeche Mode – Enjoy The Silence
Saving Abel – The Sex Is Good
The Last Goodnight – Get Closer
Three Days Grace – Someone Who Cares
Buzzcocks – Ever Fallen in Love
(With Someone You Shouldn't Have)
Placebo – Protect Me From What I Want
Shinedown – Second Chance
Thirty Seconds to Mars – The Kill
Thousand Foot Krutch – Welcome To The Masquerade
My Chemical Romance – The Sharpest Lives
Placebo – Every You Every Me
Three Days Grace – Without You

Florence + The Machine – Howl
Crystal Castles – Baptism
Three Days Grace – Bitter Taste
Europe – The Final Countdown
Good Charlotte – Last Night
Thirty Seconds to Mars – Hurricane
Slut – All We Need Is Silence
Ladyhawke – Magic
Athlete – Wires
Neon Trees – Animal
Nirvana – Smells Like Teen Spirit
James Blunt – You're Beautiful
Jimmy Eat World – Pain
Green Day – Holiday
Mads Langer – Beauty Of the Dark
Three Days Grace – Life Starts Now
Guns N' Roses – This I Love
Hoobastank – Crawling In The Dark
Death Cab for Cutie – Soul Meets Body
Kings of Leon – Closer
3 Doors Down – The Road I'm On

1. KAPITEL

JUST ANOTHER DAY

Eliza

November 5th, 9:00 p. m.

Seufzend stieg ich aus der Dusche und schlang das Handtuch um meinen bebenden Körper. Mein Kopf brummte, mein Hals tat immer noch weh, und ein Blick in den Spiegel über dem kleinen Waschbecken sagte mir, dass ich genauso schlecht aussah, wie ich mich fühlte.

Seit knapp drei Wochen lag ich nun mit Fieber und einer Erkältung im Bett und war kaum ausgegangen. Jenny und Alison kümmerten sich rührend um mich und versuchten in ihrer freien Zeit, so gut es ging, meine Langweile zu vertreiben, aber ansonsten sah es wirklich schlecht aus. Wir hatten Ferien, verdammt noch mal. Die letzten, bevor unser erstes Semester an der Uni beginnen würde. Meine Eltern hatten mich unterstützt, wo sie nur konnten, obwohl sie mich insgeheim beide nicht ausziehen lassen wollten. Aber jetzt war ich zwanzig, hatte mein letztes Jahr an der Highschool hinter mir und wollte endlich mein neues Leben hier beginnen. Selbstständig werden. Die komplette Erfahrung haben. Vier Monate war es jetzt her, seit ich in diese kleine Wohnung nach Seattle gezogen war. Ich teilte sie mir mit Jennifer und Alison, die ich beide über die Online-WG-Börse kennengelernt hatte, Letztere beehrte uns allerdings nur mit ihrer Anwesenheit, wenn sie nicht gerade in der luxuriösen Wohnung von Tom, ihrem neuen Freund, lebte.

Ich verstand mich ziemlich gut mit den Mädels und war mir bewusst, wie viel Glück ich hatte, von Anfang an in einer nicht zu teuren Wohngemeinschaft mit sympathischen Mitbewohnerinnen zu landen. Dazu kam außerdem noch, dass wir zu Fuß nur knapp zehn Minuten zum Campus brauchten.

Ich öffnete das Fenster im Badezimmer und lief dann in den Flur, wo es noch eisiger war, selbst für November. Sollte ich mich vor den Fernseher legen und dort diesen Abend verbringen? Ich könnte auch Samuel anrufen. Er war mein bester Freund seit frühester Kindheit. Mittlerweile wohnte auch er in der Stadt, aber ich wollte mich heute niemandem aufdrängen.

Der Schlüssel drehte sich im Schloss, und ich schaute verwundert zur Tür. Für einen Moment war ich zu abgelenkt, um wahrzunehmen, dass ich noch immer nur mit einem Handtuch bekleidet war.

»Eliza?«, hörte ich Alisons Stimme, eine Sekunde bevor sich die Tür öffnete und sie mit Tom an der Hand hereinspazierte, die Wangen von der Kälte draußen leicht gerötet. Sie sah wie immer super aus, ihre schulterlangen weißblonden Haare umspielten ihr hübsches Gesicht, und ihre Augen strahlten. Tom war breit und riesig, aber auch er sah unbestreitbar gut aus mit seinen dunklen Locken und den blau funkelnden Augen, wenn auch ein bisschen zu muskulös für meinen Geschmack. Aber damit war er exakt ihr Typ, wie ich wusste.

»Was macht ihr denn hier?«, fragte ich verwirrt.

Tom kicherte, und auch Ally musste grinsen.

»Toms großer Bruder kommt aus L. A., um bei ihm und Alex zu wohnen. Er wird mit uns studieren.«

Das war eine Neuigkeit, zumal ich nicht gewusst hatte, dass Alex, Toms Bruder, und er noch mehr Geschwister hatten, aber es erklärte nicht ihr Auftauchen hier. Gerade wollte ich noch mal nachfragen, als Tom in unser kleines Wohnzimmer lief und sich auf das Ledersofa fallen ließ, während Ally die Küche ansteuerte.

»Ich verstehe ja, dass dir bei den Temperaturen draußen heiß ist, Liz, aber ist das für deine Erkältung besonders gut?« Er deutete lachend auf meine spärliche Bekleidung.

Ich verdrehte die Augen, musste dann aber auch grinsen, während ich schleunigst in mein Zimmer lief, um mir weitere Peinlichkeiten zu ersparen. Ich ließ die Tür offen und schnappte mir Unterwäsche aus meiner kleinen Kommode und meine karierte Pyjamahose, die unter einem meiner unzähligen Kissen lag. »Wollt ihr mir jetzt erklären, warum ihr hier seid?«, rief ich Richtung Wohnzimmer, während ich mich hastig anzog.

»Finns Flieger kommt in ungefähr 'ner Stunde an, und ich muss ihn abholen. Alex hatte kurzfristig keine Zeit, deswegen mach ich's jetzt halt. Und da dachten Ally und ich, wir könnten dir davor einen Besuch abstatten und dich aus deinem Loch holen.«

Finn – das war wohl der dritte Westwood-Bruder.

Ally kam in mein Zimmer und wuschelte mir durch die nassen Haare, als ich mir gerade ein übergroßes T-Shirt überzog.

»Geht's dir besser?«, fragte sie und schaute mich mitleidig an. Sie benahm sich manchmal so, als wäre sie Jahre älter als ich, dabei waren es gerade einmal ein paar Monate. Ein bisschen konnte ich es verstehen: Sie war die Vernünftigere von uns beiden und außerdem auch ein ganzes Stück größer als meine 1,65 m.

Ich lächelte sie an. »Es geht. Aber ich freue mich, dass ihr da seid. Du schläfst hier, oder? Wenn Toms Bruder kommt?«

Sie schnappte sich mit einer Hand meinen Wäschekorb und fuhr sich mit der anderen durch ihre Haarpracht. »Ich weiß noch nicht, wahrscheinlich schon, immerhin ist es seine erste Nacht hier, sie wollen sicher Zeit miteinander verbringen … Aber hm … ich glaube nicht, dass Tom es eine Nacht ohne mich aushält«, flüsterte sie verschwörerisch und brachte mich zum Grinsen. Die beiden hatten erst vor wenigen Wochen zueinander gefunden. Es war ekelhaft süß, wie abhängig sie voneinander waren. Doch konnte und wollte ich so etwas nicht nachempfinden.

Wozu sich verlieben, wenn es sich am Ende sowieso nur als Illusion herausstellte? Bei meinen Eltern war es so gewesen. Früher waren sie so ineinander verliebt gewesen, nichts und niemand hätte sie je auseinanderbringen können – jedenfalls hatte ich das damals in meiner Naivität geglaubt. Und dann war die angebliche Liebe plötzlich weg gewesen und meine Kindheit zerstört. *So ist das eben manchmal, Eliza.* Ich hatte mich monatelang in den Schlaf geweint, aber inzwischen hatte ich es akzeptiert. Wieso sollte ich eine Ausnahme darstellen? Seit ich denken konnte, genoss ich mein Singleleben und verspürte nicht den geringsten Drang, etwas daran zu ändern.

Dann kam mir noch etwas anderes in den Sinn. »Ally, du musst nicht meine Wäsche machen. Ich bin kein Kind mehr!«, erklärte ich gespielt entrüstet.

»Red keinen Blödsinn, Liz, wir wissen beide, dass du so gut wie nie aufräumst, und außerdem bist du krank, das ist doch die perfekte Ausrede für dich.«

Sie grinste mich an und lief aus dem Zimmer, während ich ihr »Dafür koche ich uns heute was!« hinterherrief. Kochen beherrschte ich. Schon immer hatte ich in der Küche mitgeholfen und liebte es. Weder Alison noch Jen hatten meines Erachtens jemals etwas Essbares zustande gebracht, also hatte ich von Anfang an diesen Teil der Hausarbeit übernommen.

Ich lief ins Wohnzimmer, wo inzwischen der Fernseher lief und Tom es sich gemütlich gemacht hatte. Alison hantierte neben dem Badezimmer an der Waschmaschine und summte fröhlich vor sich hin.

Ich setzte mich neben Tom. »Erzähl mal von deinem Bruder.«

Er warf mir einen belustigten Blick zu. »Interesse?«

»Ihr habt mich neugierig gemacht. Ich wusste nicht, dass Alex und du noch einen Bruder habt.«

»Finn ist zweiundzwanzig und war in L.A. auf der Highschool, wo er auch bei unseren Eltern gelebt hat. Jetzt studiert er hier mit uns zusammen an der Uni«, erzählte er, während er wie gebannt irgendein Hockeyspiel verfolgte.

»Was studiert er denn?«

Doch ich bekam keine Antwort, Tom setzte sich laut stöhnend auf und raufte sich die Haare. »Nein! Das darf doch nicht wahr sein! Hast du das gesehen?!«

Ich war mir sicher, dass er zu sich selbst sprach. Meine Begeisterung für Sport hielt sich ziemlich in Grenzen.

In dem Moment kam Ally, und ich fing ihren Blick auf, woraufhin wir beide grinsten und die Augen verdrehten.

»Oh nein, sag mir nicht, deine Mannschaft verliert!«, rief sie mit deutlichem Sarkasmus in der Stimme und setzte sich auf den Schoß ihres Freunds.

Tom umschlang sie reflexartig mit den Armen, aber sein Blick war noch immer auf den Fernseher gerichtet. »Sie sind nur im Rückstand. Wir können das aufholen«, erklärte er todernst, und ich kicherte, was mir einen bösen Blick einbrachte.

Ich stand auf und ging hinüber zur offenen Küche. »Wollt ihr was Bestimmtes essen?«, fragte ich beiläufig.

»Keine Umstände, wir sind bald wieder weg«, kam es von Tom, der sich uns jetzt wieder zuwandte, da die Werbepause eingespielt wurde.

Ally nickte zustimmend. »Ich fahre mit Tom zum Flughafen, und danach komme ich wieder her.«

Tom strich ihr eine Strähne aus dem Gesicht und sah irgendwie verstimmt aus. »Bleibst du heute nicht bei mir?«, fragte er enttäuscht.

Alison drehte sich um und gab ihm einen kleinen Kuss. »Ich dachte, du willst ein bisschen Zeit alleine mit deinem Bruder verbringen?«

»Ach was, du hast doch ...«

Sie diskutierten, während ich einen Blick in den Kühlschrank warf und einsah, dass es sinnlos war, etwas kochen zu wollen, während Jen noch einkaufen war. In der Kühltruhe befanden sich lediglich zwei Fertigpizzen, also zuckte ich mit den Schultern und schob sie kurzerhand in die Röhre.

»Ach, Eliza?«

Ich blickte fragend zu Tom.

»Wie wär's, wenn du heute mitkommst, dann kannst du Finn persönlich kennenlernen und musst nicht mich mit Fragen löchern.« Er zwinkerte mir zu.

»Ich bin krank«, erwiderte ich automatisch, aber gleichzeitig machte sich Neugierde in mir breit. Plötzlich fühlte ich mich gar nicht mehr so schlecht. Gut, mein Hals kratzte noch immer, aber die Dusche hatte mir offenbar gutgetan, meine Kopfschmerzen waren fast ganz verschwunden.

Tom schaute mich kurz nachdenklich an, dann leuchtete sein Gesicht auf. »Okay, ich hab 'ne Idee … Wie wäre es, wenn du dich bis morgen Abend auskurierst und dann mit zum Howl at the Moon kommst und wir beide« – er gab Ally einen Kuss auf die Wange – »Finn abholen gehen und ich dich danach hier ablade? Aber dann schläfst du morgen ganz sicher bei mir, Baby, okay?«

Alison drehte sich recht zufrieden zu ihm um, nickte, und dann fingen die beiden an, sich auf eine Weise zu verschlingen, die ich kaum mit ansehen konnte.

»Hey, Leute, was ist Howl at the … wie war das?«, fragte ich, um sie zu unterbrechen – mit Erfolg.

Sie lösten sich voneinander, und Tom schaute mich ungläubig, Ally belustigt an. »Du kennst nicht …?«, setzte Tom an.

»Das Howl at the Moon ist eine College-Bar mit Livemusik, vor allem Indie und …« – Alison warf mir an dieser Stelle einen bedeutsamen Blick zu – »Rock. Tom und seine Brüder spielen morgen Abend.«

»Sobald wir es geschafft haben, Finn zu überreden – und glaub mir, das werden wir …«, warf Tom ein.

Ich liebte Rockmusik. Von klassisch über Alternative bis Indie war alles dabei. Und ich hatte nicht gewusst, dass die Jungs Musik machten.

»Warte – seit wann macht ihr Musik?«, fragte ich.

»Seit ein paar Jahren … Wir haben in Los Angeles ab und zu gespielt, aber als Alex und ich hierhergezogen sind, war nicht mehr viel los.«

Ich wandte mich Ally zu, für die das Thema offensichtlich nichts Neues war.

»So etwas enthältst du mir vor? Dein Freund ist Musiker?«, fragte ich sie gespielt empört.

Tom lachte, während Alison die Augen verdrehte und mich dann bittend ansah.

»Du darfst das morgen auf keinen Fall verpassen«, bettelte sie, und ich sah ihr an, dass sie sich schon längst sicher war, mich am Haken zu haben. Ich liebte Livemusik, ich war neugierig auf Finn, und außerdem hatte ich es in der letzten Zeit wirklich vermisst auszugehen. Mein Fieber war gesunken. Die Erkältung war zwar noch spürbar, aber auf jeden Fall besser geworden.

Ally sah mich mit leuchtenden Augen an.

»Ich komme mit«, ergab ich mich, und sie sprang jauchzend von Toms Schoß, um mich zu umarmen.

»Ich bin mir sicher, du wirst es nicht bereuen. Du brauchst eine ordentliche Party, um endlich wieder fit zu werden!«

***

Finn

Der Flughafen war überfüllt. Voller Menschen, die sich freudig begrüßten oder von einem Terminal zum anderen eilten, um ihren Flug nicht zu verpassen. Seufzend nahm ich mein Gepäck von der Bandkontrolle und sah mich um. Dutzende Passanten beobachteten mich, und ich verspürte den Drang, meine Augen zu verdrehen. Warum waren alle Menschen gleichermaßen naiv und völlig blind für das Wesentliche? Man akzeptierte mich nur meines Aussehens wegen. Ich hätte ein komplettes Arschloch sein können, niemand hätte sich daran gestört.

Ich versuchte, mich auf das zu konzentrieren, was unmittelbar vor mir lag. Leise Vorfreude stieg in mir auf. Es war ein ungewöhnliches Gefühl, aber irgendwie auch berechtigt – seit fast einem Jahr hatte ich meine beiden Brüder nicht mehr gesehen. Unsere Eltern waren fast geplatzt vor Glück, als ich endlich eingewilligt hatte, mich an derselben Uni wie Alex und Tom einzuschreiben. Sie hatten versucht, ihre überschwängliche Freude zu verbergen, aber ich hatte es ihnen angesehen, vor allem Laura, unserer Mutter. Ihr unvergleichbarer Optimismus tat mir irgendwie leid. Ich wusste, dass es nicht besser werden würde. Nur anders. Ich hatte keine Lust, mich zu verändern oder mich anzupassen. Tom und Alex kannten mich besser, und sie akzeptierten mich.

Wir hatten seit letzter Woche eine Abmachung. Meine Vergangenheit sollte nie wieder zur Sprache kommen, ich sollte ein neuer Mensch werden. Wenigstens äußerlich, wenigstens für die Leute hier. Es war befreiend, aus L. A. rauszukommen, das musste ich zugeben. Es gab jetzt nichts mehr an meiner Umgebung, das mich an früher erinnerte, keine mitleidigen Blicke, keine kahlen weißen Wände mehr.

Ich stellte mich unter das fünfte Terminal und zog das schwarze protzige Handy aus der Tasche – ein Geschenk von meinem Dad Michael zu meinem zweiundzwanzigsten Geburtstag.

Ich hatte mich inzwischen an den Reichtum gewöhnt, Michael und Laura gaben nicht damit an, es war okay. Es war zur Gewohnheit geworden, dass Geld keine Rolle mehr in unserem Leben spielte. Doch es war keineswegs so, dass sie nicht viel dafür getan hatten. Michael arbeitete seit Jahren als Psychiater in seiner eigenen Klinik. Und auch Laura war berufstätig, sie hatte ihr künstlerisches Interesse in etwas Handfestes umgewandelt und arbeitete für eine Kunstgalerie.

Die beiden waren erfolgreich, doch der wahre Grund, warum ich sie so sehr schätzte, war nicht etwa das Geld oder ihr Ansehen. Nein, sie waren neben all diesen Dingen auch noch die bodenständigsten Personen, die ich je kennengelernt hatte. Zu meinem unfassbaren Glück.

Meine Finger fuhren automatisch über den Bildschirm und schrieben – wie so oft in der letzten Zeit – Alex' Namen in das Telefon. Er nahm nach dem ersten Klingeln ab.

»Finn?«

»Nein«, erwiderte ich lächelnd und mit meiner dunkelsten Stimme. »Mr. Westwood ist bei dem Flug hierher Opfer eines schrecklichen Attentats geworden.«

Ein Lachen folgte, im Hintergrund waren auch andere Stimmen zu hören. »Du hast mir auch gefehlt, Kleiner!«

Ich verdrehte die Augen. Er war nur drei Jahre älter als ich, ließ es aber ordentlich raushängen.

»Ich bin gerade angekommen und warte sehnsüchtig auf dich«, sagte ich grinsend und schüttelte gleichzeitig den Kopf.

Wie lange war es her, dass ich lachen konnte, ohne mich dazu zu zwingen?

»Hat Tom dich noch nicht angerufen? Ich kann heute nicht kommen – muss arbeiten –, und er sollte dich eigentlich abholen. Sag mir nicht, er hat's vergessen!«

»Mach dir keinen Stress, ich bin gerade erst angekommen … Arbeitest du immer noch in dieser Bar?«

»Ja, Emporio, und ich muss gleich wieder los. Wir sehen uns in ungefähr zwei Stunden. Aber erzähl mal … wie war der Flug, und wie geht's Mom und Dad?«

»Der Flug war ganz okay, ich hab die meiste Zeit geschlafen, und den beiden geht's super. Laura hat natürlich geheult, aber du weißt ja, das ist normal, alles andere wäre besorgniserregend.«

Alex lachte erneut. »Alles klar, dann ruf jetzt mal Tom an, mal schauen, was er gerade so treibt. Wir sehen uns später, Finn!«

»Bis dann«, murmelte ich und nahm dann das Handy vom Ohr, um Tom anzurufen.

Ich wollte gerade die Wahltaste betätigen, als der hämmernde Sound von *The Sharpest Lives* von My Chemical Romance erklang, meinem Klingelton. Perfektes Timing.

»Tom?«, fragte ich und musste unwillkürlich grinsen.

»Willkommen!«, brüllte er mir ins Ohr. Im Hintergrund hörte ich, wie sich ein Motor beschleunigte und ein hohes Lachen ertönte. »Ich bin unterwegs, wir sind in fünf Minuten da, Ally ist mitgekommen, dann könnt ihr euch endlich kennenlernen.«

Darauf war ich nicht vorbereitet. Ich wusste nicht, ob mir das Kennenlernen anderer Menschen am ersten Abend guttun würde. Andererseits erzählte mir Tom jetzt schon seit einer gefühlten Ewigkeit von der Frau, die ihm angeblich seine Sinne geraubt hatte. Du willst neu anfangen, redete ich mir ein. Dann musst du jetzt langsam beginnen, dich auch wie ein soziales Wesen zu benehmen. Normale Menschen genießen es, unter Leuten zu sein.

»Okay, cool, ich freu mich«, sagte ich mit so viel Enthusiasmus wie möglich in der Stimme. »Hoffentlich bist du gut genug für sie, wenn sie eine solche perfekte Göttin ist, wie du mir beschrieben hast«, fügte ich hinzu.

Das Nächste, was ich hörte, war Alisons schallendes Lachen, während Tom etwas Undefinierbares grunzte. Ohne darüber nachzudenken, lachte ich schon wieder auf – was war heute nur los mit mir? Es war schwer zu glauben, aber ich hatte tatsächlich gute Laune. Wir verabredeten uns am größten Café, das direkt neben meinem Terminal lag, und verabschiedeten uns knapp, Tom mit hörbarer Freude in der Stimme, und auch ich konnte jetzt nicht mehr leugnen, dass ich erstens neugierig auf die Freundin meines Bruders war und dass ich mich zweitens auf die beiden Verrückten freute.

Ich stellte meine Koffer und den Rucksack vors Café und kramte ein paar Dollar aus den Taschen meiner schwarzen Jeans. Kaum hatte ich den Laden betreten, kam schon die erste junge Frau in meine Richtung gelaufen und warf mir eindeutige Blicke zu. Ich seufzte und stellte mich an die kurze Schlange vor der Kasse, meinen Blick wandte ich der weihnachtlichen Dekoration an den Wänden zu. Weihnachten. Seltsam. Es war noch mehr als ein Monat bis zu diesem Fest. Weihnachten war das Fest der Liebe, der Familie und des Zusammenseins. Genau das, was … Stopp. Keine Rückfälle, ermahnte ich mich innerlich und sah mich um, um mich abzulenken – und bereute es augenblicklich.

Eine Frau in ungefähr meinem Alter beobachtete mich. Sie ließ den Blick langsam von oben nach unten wandern und schmolz dabei förmlich dahin. Ich schüttelte verärgert den Kopf und fragte mich, ob sie nicht wenigstens ein paar Hemmungen besaß. Man könnte meinen, sie würde als Nächstes …

»Ich bin Zoey«, nuschelte sie leicht benommen und hielt mir dann aber entschlossen die Hand hin.

Sie war zweifellos interessiert. Kurz gesagt: Ich würde den Teufel tun und ihr näherkommen. Ich war dieses Verhalten wirklich leid. Da war es in Los Angeles ja noch besser gewesen, wo mich jeder kannte und für einen hoffnungslosen Freak hielt.

Mit deutlicher Mühe nahm ich ganz kurz ihre Hand und lächelte sie schwach an. Das sollte genügen.

»Finn.« Meine Stimme klang vermutlich nur halb so gelangweilt, wie ich mich fühlte, doch das schien sie nicht zu bemerken.

Während ich ein Stöhnen unterdrückte, drehte ich mich wieder um und war sehr froh darüber, dass ich an der Reihe mit meiner Bestellung war und somit Zoey noch halbwegs freundlich abwürgen konnte.

Hinter dem Tresen stand – dem Himmel sei Dank – ein Kerl, der höchstwahrscheinlich kein Interesse hatte, so wie er schaute. Ich bestellte einen doppelten Espresso. Nachdem ich den Kaffee entgegengenommen und bezahlt hatte, verließ ich so schnell wie möglich das Café, ohne auch nur im Geringsten auf Zoeys enttäuschte Blicke zu achten.

Zehn Minuten später sah ich meinen großen Bruder mit einer hellblonden Frau in meine Richtung laufen. Tom war riesig und breit wie immer, und er wirkte noch fröhlicher als das letzte Mal, als wir uns gesehen hatten. Wahrscheinlich lag es an Alison. Er hatte einen Arm um sie gelegt, und ich konnte aus der Ferne beobachten, dass sie sich angrinsten.

Ein Lächeln breitete sich wieder auf meinem Gesicht aus, als sie vor mir standen und mein Bruder seine Freundin losließ, um mir freundschaftlich auf den Rücken zu klopfen.

»Hey, Finn! Wie geht's dir? Wie war der Flug?«

»War ganz okay, ich freu mich, hier zu sein.«

Mein Blick wanderte zu Alison, die mich mit einer Mischung aus Neugier und Freundlichkeit betrachtete.

Tom trat zurück. »Das ist Ally, meine perfekte Göttin«, sagte er mit einem Kichern, woraufhin wir ihn beide auslachten. »Baby – mein kleiner Bruder aus dem sonnigen L. A.«

Ich verdrehte wieder die Augen und umarmte dann Alison, die mich jetzt offen angrinste. Sie war mir seltsamerweise sofort sympathisch. Das lag dann wohl daran, dass sie mich weder angaffte, als wäre ich das einzige männliche Wesen im näheren Umkreis, noch auf irgendeine Weise peinlich berührt durch meine Anwesenheit war. Na bitte, es ging doch.

Wir fuhren mit Toms geräumigem Wagen in Richtung Stadtmitte, während Alison mich über alles Mögliche ausfragte: mein Studium, meinen Musikgeschmack, die Erwartungen, die ich an Seattle hatte, und natürlich Los Angeles.

»Ich fühle mich, als hätte ich hier einen Test zu bestehen. Tom, was hast du ihr für schreckliche Sachen über mich erzählt, dass sie mich jetzt so löchert?«

Alison kicherte, und Tom drehte sich zu mir um und warf mir einen belustigten Blick zu.

»Nur die Wahrheit«, antwortete er mit einem Grinsen, drehte das Radio auf volle Lautstärke und gab Gas.

***

November 6th, 12:15 a. m.

»Wie bitte?!« Perplex drehte ich mich zu meinen Brüdern um. »Das ist nicht euer Ernst, oder?«

Alex lächelte und verschränkte die Arme vor der Brust. Er war vor einer Stunde zu Toms Wohnung gekommen, wo ich in nächster Zeit leben würde, wie ich bis vor einer Sekunde geglaubt hatte.

Ich starrte zum fünften Mal vom Schlüssel, den Tom mir in die Hand gedrückt hatte, zur Tür, die ein Stockwerk über seiner lag, und wieder zurück zu meinen Brüdern.

»Sehen wir so aus, als würden wir Witze machen? Komm schon, schließ auf.« Tom kicherte. »Auf den Moment haben wir seit Monaten gewartet. Um genau zu sein, seit du gesagt hast, du würdest sicher kommen. Stimmt's, Alex?«

Er nickte. »Wir haben lange nach etwas gesucht, das dir gefallen würde, und fanden diese Wohnung passend – das perfekte Willkommensgeschenk, oder?«

Noch immer fühlte ich mich benommen, als ich den Messingschlüssel ins Schloss steckte. Am Schlüssel hing ein Anhänger, eine silberne E-Gitarre.

Nachdem ich die Tür aufgestoßen hatte, hielt ich beeindruckt inne. Diese Wohnung war genau auf meine Ansprüche abgestimmt. Eigentlich war es mehr ein Loft als eine Wohnung, die verschiedenen Wohnbereiche gingen ineinander über. Rechts von mir befand sich das Wohnzimmer: eine schlichte schwarze Ledercouch, groß genug, um zwei Menschen darauf sitzen zu lassen. Links und rechts davon standen die dazu passenden Sessel, und gegenüber war ein schwarzer Flachbildfernseher angebracht, gerade die richtige Größe, um nicht übertrieben zu wirken. Dahinter war eine Kochnische – nichts Besonderes, nur die wichtigsten Utensilien, um zurechtzukommen. Die Küche war in braunem Holz gehalten, genauso wie der Esstisch, der gleich daneben stand. Gegenüber der Tür stand ein einfacher Schreibtisch, der Platz für mein Notebook bot und auf dem sich jetzt eine komplette Schreibausrüstung befand. Diese würde ich für mein Studium gut gebrauchen können.

»Das wäre wirklich nicht nötig gewesen.«

Alex deutete auf die Tür hinter der Couch. »Dein Schlafzimmer«, erklärte er lächelnd. »Aber du hast später mehr Zeit, dich umzuschauen.« Er drehte sich zu Tom. »Komm, zeigen wir ihm das Dach, dann können wir auch die restlichen Details besprechen.«

»Seid ihr verrückt geworden?«

Sie liefen beide mit selbstzufriedenen Gesichtsausdrücken in die Küche und dann durch die Glastür, die ich jetzt erst dort bemerkte. Ich folgte ihnen benommen und konnte mein Glück noch nicht ganz fassen. Langsam, aber sicher machte sich das Gefühl in mir breit, dass es vielleicht doch ganz gut gewesen war hierherzukommen. Ich sah meine Brüder jeden Tag, hatte aber trotzdem eine eigene Wohnung, in der ich meine Ruhe haben konnte.

Die Dachterrasse war klein, der Ausblick überwältigend. Gerade jetzt, mitten in der Nacht, konnte man all die Lichter der Stadt sehen, während von den Straßen unter uns entfernte Geräusche zu uns drangen. Alex und Tom hatten sich schon auf zwei der Holzstühle gesetzt, die zusammen mit einem winzigen Tisch nah am Geländer standen. Beide grinsten mich an und warteten auf eine Reaktion.

Ich fuhr mir durch die Haare. »Ich glaube, ich hab die richtige Entscheidung getroffen hierherzukommen. Danke.«

»Wir wollen einen Neuanfang für dich«, meinte Alex, und sein Gesichtsausdruck wurde plötzlich ernster.

Ich hoffte, er würde jetzt nicht das Thema ansprechen, über das ich ganz und gar nicht reden wollte.

»Bau dir hier was Neues auf, vergiss, was war.«

Ich räusperte mich und lief zu dem dritten Stuhl, um mich darauf niederzulassen.

»Ich weiß das alles hier zu schätzen und auch, dass ihr mir helfen wollt. Ich will auch einen Neuanfang«, murmelte ich abweisend und stützte mich mit den Ellbogen an den Stuhllehnen ab.

Eine Weile blieb es still, während wir alle vor uns hin starrten. Ich hoffte inständig, die beiden würden das als Warnung verstehen und nicht mehr davon anfangen. Ich hatte keine Nerven dazu, immer und immer wieder daran erinnert zu werden.

»Super«, meldete sich Tom zu Wort, und seine Stimme klang nach wie vor zuversichtlich. »Apropos Neuanfang, wir haben was mit dir zu besprechen ...«

Fragend blickte ich vom einen zum anderen. Alex sah irgendwie vorsichtig aus, als hätte er Angst vor einem großen Ausbruch, Toms Gesichtsausdruck verriet pure Entschlossenheit.

»Also, es gibt hier einen ziemlich angesagten Club oder eine Bar oder wie auch immer du es nennen willst. Das Howl at the Moon. Es ist ein Schuppen für Livemusik, meistens Classic-Rock und Indie. Tja, und da morgen eine Party steigt und so ziemlich alle Studenten dort sein werden, haben wir uns überlegt, dass wir denen mal ein bisschen einheizen und dich so ganz nebenbei vorstellen können.« Er grinste, als wäre ihm der Sieg schon sicher.

In meinem Kopf fing es an zu arbeiten. Sie wollten mich den Leuten vorstellen, und zufällig handelte es sich um eine Bar, in der Livemusik gespielt wurde. Bestimmt traten dort Amateur-Bands auf, genau wie wir es früher in Los Angeles getan hatten.

Und wie stellte man am besten den Bruder der berühmten – und ich war mir sicher, Tom und Alex waren hier berüchtigt – Westwoods dem ganzen Semesterjahrgang vor? Richtig, man nehme ihn, stelle ihn auf die Bühne, drücke ihm ein Mikro in die Hand, dazu noch seine Gitarre und ...

»Würdest du morgen Abend mit uns auftreten?«

***

Eliza

Während ich mir eine Wiederholung einer uralten Sitcom im Fernsehen anschaute, klingelte es erneut. Schlurfend lief ich zur Tür und riss sie schwungvoll auf – vor mir stand eine vollbepackte Jenny, die sich an mir vorbeidrängte, um ins Innere der Wohnung zu kommen. Sobald ich Anstalten machte, ihr ein paar Tüten aus der Hand zu nehmen, grinste sie und schüttelte die dichten roten Locken.

»Oh nein, du ruhst dich mal schön aus, du hast es echt nötig.«

Ich verdrehte die Augen, legte mich dann aber wieder brav aufs Sofa.

»Ach so, was ich dir sagen wollte: Sam kommt morgen vorbei, um den Wasserhahn in der Küche zu reparieren – ich hab ihn gefragt, er hat Zeit. Ich hab ihn im Supermarkt getroffen. Er wollte eigentlich jetzt noch kommen, aber ich hab ihm gesagt, du würdest noch ein bisschen Ruhe brauchen, schließlich geht's für uns alle ja am Montag mit der Uni los. Aber er freut sich schon auf morgen, du weißt schon – die Party.«

Wie so oft, wenn Jenny mich mit einem Schwall von Informationen überschüttete, war ich leicht verwirrt. Langsam drang das, was sie mir eben gesagt hatte, zu mir durch.

»Warte … du weißt auch von der Party?«

»Süße, *jeder* weiß davon«, erwiderte sie mit einem mitleidigen Lächeln, während sie die Einkäufe in Windeseile in die Schränke räumte. »Du hast wirklich zu lange in diesem Kaff gewohnt«, meinte sie grinsend. »Erstens ist das Howl at the Moon die angesagteste College-Bar im ganzen Zentrum, und außerdem sollen doch die Westwoods morgen spielen. Es ist das Event des Monats, Elizabeth.« Sie zwinkerte mir zu – natürlich kannte auch Jenny meine große Abneigung gegen den Namen, den meine Eltern mir gegeben hatten, aber sie liebte es, mich ein wenig zu ärgern.

»Okay, es hört sich immer besser an, wenn du jetzt auch mitkommst. Weißt du zufällig, mit wem Sam hingeht?« Jetzt war es an mir, sie anzuzwinkern.

Sie zuckte mit den Achseln, als wäre es ihr gleichgültig, aber die leichte Röte ihrer Wangen verriet sie.

»Und wenn du möchtest, kann ich morgen vor der Party kurz mit Ally verschwinden, dann habt ihr die Wohnung für euch«, fuhr ich mit Unschuldsmiene fort und bekam ein Sitzpolster an den Kopf geworfen.

»Du weißt ganz genau, dass wir nur Freunde sind!«

Lachend setzte ich mich auf und nickte ironisch. »Na sicher. Deshalb grinst du auch immer wie ein Honigkuchenpferd, wenn sein Name fällt. Und wo wir gerade beim Thema sind, hat es zufällig was mit eurem Zusammentreffen zu tun, dass du eine Dreiviertelstunde länger als sonst gebraucht hast?«

»Ich rede nicht mehr mit dir«, verkündete sie, aber ich sah, wie ein Grinsen über ihr Gesicht huschte. Früher oder später würden die beiden zusammenfinden, da war ich mir sicher. Jetzt müsste ich nur noch zufälligerweise ein paar Sätze bei Samuel fallen lassen, und die Sache wäre in Butter. Er war verschossen in meine Mitbewohnerin, seit wir beide hierhergezogen waren, nur war er zu schüchtern, um den ersten Schritt zu wagen.

Jenny setzte sich mit einem Pudding zu mir, und ich legte meinen Kopf in ihren Schoß.

Eine Weile sagten wir beide nichts, bis meine Gedanken wieder in diese seltsame Richtung führten. Sie kannte Alex, da die beiden am Wochenende in derselben Bar jobbten, also vielleicht konnte sie mir mehr über den mysteriösen dritten Westwood-Bruder erzählen.

»Sag mal, hast du irgendetwas von diesem Finn mitbekommen?«

»Hmm … ja«, nuschelte sie und schob sich genüsslich einen weiteren Löffel Schokoladenpudding in den Mund. »Alex hatte vorhin saugute Laune, weil er heute kommt, um bei ihnen zu wohnen. Ich glaube, die stehen sich alle ziemlich nah. Und Finn wird in einem neuen Loft direkt über Tom wohnen, das ist sozusagen sein Willkommensgeschenk, das Geld haben sie ja«, plapperte sie los und blickte dann misstrauisch zu mir. »Aber wieso interessiert dich das? Ich dachte, du bist zufrieden mit deinem Singleleben.«

»Bin ich auch«, versuchte ich mich herauszureden. »Ich darf doch neugierig sein, ich wusste bis heute Morgen nicht, dass dieser

Finn überhaupt existiert. Seit wann weißt du eigentlich von ihm?« Ein Themenwechsel. Genau das Richtige. Nicht, dass sie noch dachte, ich hätte mich mehr mit ihm befasst. Sonst würde sie sicher Verkupplungsversuche starten.

»Ach, Ally hat ihn vor einigen Wochen erwähnt, als gerade feststand, dass er kommen würde. Ich frage mich nur, wieso wir erst so spät von ihm erfahren haben. Was es wohl damit auf sich hat?«, fuhr sie schon in Gedanken fort.

***

Finn

November 6th, 1:00 a. m.

Tom und Alex waren vor wenigen Minuten gegangen. Ich saß noch immer auf der neuen – auf meiner neuen Terrasse. Der Ausblick von hier oben aus dem sechsundzwanzigsten Stock war wirklich hervorragend. Ich freute mich aufrichtig über das Geschenk der beiden, nur konnte ich es im Moment nicht genießen. In meinem Kopf herrschte wieder ein heilloses Durcheinander, und mit meinen Brüdern war auch die heitere Stimmung gegangen.

Ein Teil von mir fing wieder an, sich zu fragen, warum ich überhaupt hier war. Warum ich mir das antat.

Zu Hause in L. A. befand ich mich auf sicherem Terrain. Hier hatte ich keine Ahnung, worauf ich mich einließ. Ich war kaum einen Tag hier, da sollte ich mich schon von mehreren Leuten begaffen lassen, die sowieso kein Interesse an mir, sondern nur an meinem ach so tollen Aussehen hatten.

Aber andererseits war ich dankbar, von Laura und Michael wegzukommen.

Ich musste zugeben, dass es nicht das Schlimmste war, vor versammelter Menge zu singen. Das konnte ich, es lag mir einfach. Und das Gute daran war, dass es mich auch noch ablenkte. Ich musste nicht nachdenken, wenn ich die Saiten unter meinen Fingern spürte und das Mikro an meinen Lippen.

Außerdem waren Alex und Tom dann zufrieden, und ich konnte ihnen allen ein bisschen Normalität vorgaukeln. Je mehr ich sie davon überzeugen konnte, dass alles in Ordnung war, desto weniger würden sie mich mit Fragen quälen. Fragen nach meinem Befinden zum Beispiel. Oder nach meinen Zielen, meinen Wünschen und Träumen. Nach meiner Zukunft. Was wollte ich mit meinem Leben anfangen?

Die Antwort war simpel: gar nichts. Am schönsten wäre es, jetzt einfach aufzustehen, ans Geländer zu gehen und … ja, was dann?

Ich könnte springen, dachte ich. Und währenddessen die Vergänglichkeit dieses Lebens in jeder Faser meines Körpers spüren.

Was sitzt du dann noch hier? murmelte eine leise Stimme in meinem Kopf. *Du könntest es doch tun. Jetzt. Hier. Du müsstest keinen Gedanken mehr an all das verschwenden.*

Ich schüttelte den Kopf, dann stützte ich ihn verzweifelt in meine Hände und raufte mir die Haare. Nach wenigen Sekunden stand ich abrupt auf und warf dabei den Holzstuhl um. Es interessierte mich nicht, ich musste einfach weg hier. Weg von dieser Terrasse, hinein in meine neue Wohnung, wo keine Gefahr lauerte.

Ich rannte ins Schlafzimmer und schloss die Tür hinter mir. Mein Atem ging schneller, mein Herz klopfte. Ich versuchte mich zu beruhigen und schaute mich zur Ablenkung in dem Zimmer um. Es war riesig. In der Mitte stand ein Doppelbett aus schlichtem schwarzem Holz. Auch hier befanden sich ein Schreibtisch aus dem gleichen Material und ein dazu passender Stuhl mit Lederbezug.

Ich dachte kurz nach, verdrängte die vorherigen Gedanken und lief dann kurzerhand zurück in den Flur, um meine Koffer zu holen.

Nach einer halben Stunde waren all meine CDs und die große Musikanlage eingeräumt, und auch in dem begehbaren Schrank hatte ich einiges an Kleidung untergebracht. Das Zimmer sah gleich heimischer aus. Ich war noch immer nicht müde, noch immer nicht bereit, schlafen zu gehen, weil mich sonst die Gedanken leiden lassen würden. Schmerz machte mir eigentlich nichts aus, ich hatte mich mein Leben lang daran gewöhnt, nur würde ich wieder in einen Rausch verfallen und wie eben in diesem kurzen Augenblick auf der Dachterrasse die Kontrolle über mich verlieren.

Das durfte ab jetzt nicht mehr passieren. Ich hatte mich endgültig entschieden. Ich wollte kein Psychopath sein, nicht hier, nicht jetzt. Es war ein für alle Mal genug, sagte ich mir und lief zu meiner gerade aufgebauten Anlage, um Musik aufzulegen.

Dabei fiel mir auf, dass es draußen in Strömen zu regnen angefangen hatte und die Stühle noch auf der Terrasse standen. Ohne groß zu überlegen, drehte ich mich um, dann bemerkte ich aber, dass ich gar nicht in die Küche musste, um nach draußen zu kommen. Von der Fensterbank des riesigen Fensters über meinem Bett konnte man genauso problemlos aufs Dach gelangen. Ich schlüpfte hindurch, ohne irgendeinen Gedanken daran zu verschwenden, dass ich nur wenige Minuten zuvor von dort geflohen war.

Nachdem ich die Möbel unter dem Vordach der Terrasse in Sicherheit gebracht hatte und wieder zurück in mein Zimmer gestiegen war, zog ich mich langsam aus.

Ich würde eine heiße Dusche nehmen und danach sofort ins Bett gehen, in der Hoffnung, dass die Müdigkeit mich doch noch übermannte.

Seufzend öffnete ich die Tür zum Badezimmer, während meine Gedanken wieder zum morgigen Tag wanderten. Ich war mir sicher, es würde mich enorme Anstrengung kosten, mich normal zu benehmen. Ich war aus der Übung. Aber wenn ich heute noch ein wenig Glück hatte, dann würden die hinterlistigen Gedanken mich vielleicht für diese Nacht verschonen und ein bisschen schlafen lassen.

***

Eliza

November 6th, 8:20 p. m.

Tausende Kleideranproben, ein paar Gläser Wein und ein einstündiges Telefonat mit meiner Mutter später stand ich alleine in unserer Wohnung und begutachtete mich im Wandspiegel meines Zimmers. Die Stilettos von Ally sahen unbestreitbar gut aus und passten perfekt zu meiner Hose in Lederoptik. Darüber trug ich eine dunkelblaue Bluse mit tiefem Ausschnitt und einen grauen Strickschal, damit ich keinen Krankheitsrückfall erlitt. Schließlich herrschten draußen schon Minustemperaturen – ich hatte aus dem Fenster sogar ein paar Schneeflocken gesehen.

Meine Mitbewohnerinnen waren schon lange gegangen, nachdem wir uns ausgiebig gestylt und betrunken hatten. Ich war diejenige, die am wenigsten vertrug, aber ich hatte mich heute nicht zurückgehalten. Ich wollte meinen Spaß. Wir waren kurz vor dem ersten Semester! Wenn nicht jetzt, wann dann? Und solange ich gerade laufen und denken konnte, war ja alles in Ordnung.

Was aber definitiv nicht in Ordnung war, war der Zeiger der tickenden Uhr auf meinem Nachttisch, wie ich in diesem Moment feststellte.

Ich stieß einen kleinen Schrei aus und raste ins Badezimmer. Verdammt noch mal, wo war die Zeit geblieben, es war schon zwanzig nach acht! Ich blickte gehetzt mein Spiegelbild über dem Waschbecken an und fuhr mir in Windeseile mit meinem dunkelroten Lippenstift über die Lippen. Im nächsten Moment wirbelte ich schon wieder zurück in mein Zimmer und schnappte mir meine zum Glück schon fertig gepackte Tasche von meinem Bett. Ich schwankte kurz und wäre fast auf dem Holzboden ausgerutscht, da ich für einen Augenblick vergessen hatte, was für Schuhe ich an den Füßen trug, dann kramte ich mein Handy hervor und gab Allys Nummer ein. Während es wählte, war ich schon zur Tür gerannt, hatte meine Jeansjacke vom Jackenständer gerissen und meinen Schlüssel in der Tasche verstaut.

Nachdem die Tür abgeschlossen war und ich durch das Treppenhaus nach unten rannte, klickte es endlich in der Leitung, und ich atmete schon erleichtert auf, als die Mailbox ertönte. Ich fluchte vor mich hin und kassierte deshalb einen entrüsteten Blick unserer über achtzigjährigen Nachbarin, die gerade durch die Tür lief.

Ich schenkte ihr keine weitere Beachtung, da ich gerade ein Taxi ein paar Meter von mir entfernt an der Straßenseite halten sah. Eine Frau stieg aus, und ich rannte schon darauf zu, als mir ein Typ im Anzug mit triumphierendem Gesichtsausdruck das Taxi vor der Nase wegschnappte. Typisch Großstadt. Ich rief ihm ein aufgebrachtes »Penner!« hinterher, was er leider nicht mehr hörte, weil er die Autotür schon geschlossen hatte. Normalerweise würde ich den nächsten Bus nehmen, aber zur nächsten Haltestelle lief man über zehn Minuten, und das schien jetzt mit der Verspätung unmöglich.

Ich winkte wie wild vorbeifahrenden Taxis zu, um nicht noch später zum Howl at the Moon zu kommen. Wäre ich doch bloß vorhin mit den anderen gegangen! Endlich reagierte einer der Taxifahrer auf meine Bemühungen und hielt neben mir. Ich stieg schnell ein, wobei ich fast auf der glatten Straße ausgerutscht wäre. Die Schuhe, Eliza, denk an die Schuhe, ermahnte ich mich innerlich. Gerade noch rechtzeitig konnte ich mich fangen und hievte mich ins Wageninnere. Der Taxifahrer schaute mich fragend an. Ich las die Adresse von meinem Handydisplay ab. Das Taxi fuhr endlich los und reihte sich in den Verkehr auf der überfüllten Straße ein. Ich lehnte mich schwer atmend zurück und hoffte inständig, die Fahrt würde nicht zu lange dauern, während meine Finger wieder über meine Handytasten fuhren, um Jenny anzurufen.

Natürlich ging auch sie nicht an ihr Telefon, und so verbrachte ich die restliche zwanzigminütige Fahrt damit, aus dem Fenster zu schauen und mich etwas zu entspannen. Taxi fahren war jedes Mal Luxus pur für mich. Ich fühlte mich der Stadt so nah, wenn die Lichter an mir vorbeiblitzten.

Als das Auto langsamer wurde, hielt ich dem Fahrer ein paar Geldscheine hin, stieg aus und rief ein »Danke, stimmt so!« hinterher, während ich meine Tasche hastig über die Schulter warf und dem blinkenden Neonschild, das einen heulenden Wolf auf einem Klavier zeigte, entgegenrannte. Gott sei Dank, wenigstens war ich hier ganz sicher richtig. Ein schneller Blick auf mein Handy sagte mir, dass es schon kurz nach neun Uhr war – Ally und Jen machten sich bestimmt schon Sorgen, andererseits hatten sie mich vermutlich vergessen, denn noch immer ging keine an ihr Handy.

Ich hatte gerade die Tür erreicht, hörte schon die gedämpfte Rockmusik von innen und schlüpfte hinein, da passierte es: Ich rutschte auf dem vom Schneeregen nassen Boden aus, verlor mein Gleichgewicht und stolperte in etwas – jemanden, der gerade aus dem Club hinaustreten wollte.

Meine Nase würde in Sekundenschnelle Bekanntschaft mit dem Boden machen, wenn ich nichts dagegen unternahm. Das Erste, das mir auf die Schnelle einfiel, waren meine ausgestreckten Hände. Verdammt, warum hatte ich mir auch diese Mörderschuhe von Ally aufzwingen lassen, noch dazu bei diesem Scheißwetter?

Es dauerte einige Augenblicke, bis ich realisierte, dass ich immer noch auf beiden Beinen stand und es seltsam gemütlich war. Dazu kam noch dieser unglaubliche Duft von Regen, Erde oder Holz und etwas Süßem, das ich nicht identifizieren konnte.

Zwei Arme hielten mich fest. Ich konnte die Muskeln und die Wärme durch die Lederjacke, in der die Arme steckten, spüren.

Gott, war das peinlich, jetzt würde der Typ mich bestimmt gleich zur Sau machen. Vorsichtig blinzelte ich, hob dann langsam den Blick und erstarrte.

Ein helles Augenpaar schaute mir ins Gesicht und nahm mir den Atem.

Ich blinzelte erneut heftig, um dann festzustellen, dass es zu einem jungen Mann gehörte. Für einen Moment schloss ich die Augen.

Es gab zwei Möglichkeiten: Entweder war das gerade eine Erscheinung, die dank des Alkohols in meinem Kopf herumspukte und mich etwas glauben ließ, das nicht wirklich existierte, oder ich hatte gerade einen Gott vor mir. Oder besser gesagt: Er hielt mich in seinen starken, perfekt trainierten Armen.

Ich öffnete meine Augen wieder – er war immer noch da. Langsam stolperte ich einen Schritt zurück – vielleicht würde er sich ja gleich in Luft auflösen –, aber er machte keine Anstalten, mich loszulassen, sondern folgte mir.

Nachdem ich mich von seinen Augen losreißen konnte, musterte ich den Rest seines Äußeren: Die Haare waren dunkelblond und durcheinander – bestimmt hatte er Stunden vor dem Spiegel verbracht, um sie so zerzaust hinzubekommen, mit Erfolg, sie sahen nämlich perfekt aus –, und ich konnte nur mühsam den aufkommenden Drang unterdrücken, meine Hände augenblicklich darin zu vergraben.

Super, der Alkohol wirkte zweifellos.

Seine Gesichtszüge waren perfekt. Ich fand kein anderes Wort dafür, markantes Kinn, gerade Nase, vollkommene Lippen. Und sein Geruch, sein wunderbar süßlich herber Geruch … Ich atmete tief ein und konnte nicht aufhören, ihn zu bestaunen. Mein Blick blieb an seinem hängen, nachdem mein Gehirn jedes andere Detail seines Gesichts eingespeichert hatte. Ich war mir nicht sicher, wie lange ich darin versank, bis mir plötzlich der Gedanke kam, dass ich mich hier gerade zur Idiotin machte. Vielleicht sollte ich mich entschuldigen, in ihn hineingelaufen zu sein, oder vielleicht sollte ich ihn einfach an mich reißen und nie wieder … *Konzentration, Eliza!*

Warum zur Hölle benahm ich mich so, als hätte ich noch nie in meinem Leben einen gut aussehenden Mann gesehen?

Das liegt vielleicht daran, dass du noch nie so einen Mann gesehen hast, verhöhnte mich die kleine Stimme in meinem Kopf. Und ich musste ihr zustimmen, denn ich hatte so jemanden wie ihn noch nie gesehen. Ich hatte gedacht, die Westwoods seien schöne Männer, wie, bitte schön, sollte ich dann den hier beschreiben?

Er hatte seine Augenbrauen zusammengezogen und sah dabei so sexy aus, dass alles andere unwichtig wurde. Aber der Ausdruck in den hellgrünen Augen war irgendwie frustriert … oder besorgt? Eigentlich war es mir gleich, ich wollte einfach nur diese Situation genießen. Seine Hände waren um meine Unterarme geschlungen, hielten mich fest, aber nicht so sehr, dass sie mir wehtaten.

Ich schüttelte den Kopf, um ihn freizukriegen. Besser gesagt als getan – die Lippen des Geschöpfs vor mir teilten sich gerade und brachten mich wieder an die Grenzen meiner Beherrschung.

»Ist alles okay mit dir, Kleine?«, fragte er, und ich schmolz dahin beim Klang seiner tiefen, etwas heiseren Stimme. Alles in mir fing zu kribbeln an. Verlor ich gerade den Verstand? Wahrscheinlich war mein Kopf so vernebelt, dass ich Dinge sah, die nicht da waren.

»Hm … Ja, sorry, dass ich …« Meine Stimme verlor sich irgendwo im harten Bass, der gerade im Hintergrund ertönte. Ich räusperte mich und startete einen zweiten Versuch. »Tut mir leid, dass ich dich fast umgeworfen hab«, brachte ich etwas verständlicher hervor. Während ich sprach, wich ich seinem Blick aus. Mein Kopf schwirrte, und plötzlich schwankte ich. Verdammt, hätte ich bloß nicht so viel mit den Mädels getrunken … Ich vertrug aber auch wirklich kaum etwas.

Im nächsten Moment hätte ich die Welt umarmen können – er zog mich näher zu sich, und der Ausdruck in seinen Augen wurde hart und glühend.

»Dazu braucht es schon mehr. Aber ich glaube nicht, dass du es alleine schaffst. Ist dir schwindelig?«

»Ja«, wollte ich sagen. Natürlich war mir schwindelig, aber das lag größtenteils an seiner berauschenden Nähe. Oder am Wein, ich war mir nicht ganz sicher. Benommen schloss ich die Augen. »Ist schon okay …«

Und das Nächste, was ich mitbekam, waren seine Hände, die wirklich erstaunlich stark waren und mich jetzt hinein in die Bar zogen. Ich blinzelte – er führte mich vorbei an Tischen, Theken und Hockern. Der Laden war überfüllt, aber ich hatte nicht das geringste Bedürfnis, mich nach irgendwelchen Menschen umzuschauen, während er an meiner Seite war.

Die Musik dröhnte immer noch laut an meinen Ohren, und ich ließ mich widerstandslos von dem wunderschönen Mann mitreißen, der mich jetzt energisch in einen dunklen Flur führte. Die Toiletten kamen in Sicht. Die Alarmglocken im hinteren Teil meines Gehirns fingen aus weiter Ferne an zu klingeln. *Was hat er vor?*

Er zog einen Schlüssel aus seiner Hosentasche. Ohne mir Zeit zu lassen, mich zu fangen, steuerte er eine Tür neben der Toilette an, und ich konnte nichts anderes tun, als ihn sprachlos anzustarren. Was zum Teufel taten wir hier?

Er hielt mir die Tür auf, und ich schlüpfte hinein. Wir befanden uns in einem kleinen, dunklen Raum, und bevor meine Augen sich an die Dunkelheit gewöhnen konnten, war er schon wieder bei mir, stellte sich vor mich und nahm mir jede Sicht.

»Ich weiß nicht, warum ich dich hierherbringe«, murmelte er leise, wie zu sich selbst, und trat langsam näher. Jetzt konnte ich ihn besser sehen – seine Augen funkelten so hell. War er angetrunken, so wie ich? Wieso brachte er mich sonst in diesen Raum? War er ein Serienkiller?

Ich hatte keine Ahnung, wo wir uns befanden, zumal ich noch nie in diesem Club gewesen war, aber wir konnten von hier aus noch deutlich die Musik hören, also war es nicht allzu weit von der Bar entfernt. Es war kühl hier, fast wie draußen, aber vermischt mit einem Geruch nach Holz und seinem unverwechselbaren Duft. Trug er Parfüm? Wenn ja, dann wollte ich den Namen wissen – ich hatte nie etwas Vergleichbares gerochen.

»Wo sind …« Ich verstummte, als sich ein warmer Finger an meine Lippen legte. Mit großen Augen blickte ich ihn an. Fragend, suchend nach etwas … einem Grund, warum er mich mitgezogen hatte.

Doch im selben Moment bemerkte ich, dass ich mir die gleichen Fragen stellen konnte – warum war ich hier mit ihm? Warum hatte ich mich widerstandslos mitziehen lassen?

»Keine Fragen.« Seine Stimme war nur ein Hauchen, und ich spürte, wie sich eine Gänsehaut über meinen Körper legte.

Ich hörte das Ticken einer Uhr ganz nah an meinem Ohr. Die Sekunden vergingen quälend langsam, ohne dass er ein Wort sprach, und dann plötzlich sah ich etwas in seinem Blick – ein Flackern, das langsam zu einem glühenden Lodern wurde, vermischt mit Verzweiflung.

Mit einem Mal wurden alle Fragen bedeutungslos, ich sah seinen leidenschaftlichen Blick und ertrank darin. Ein brennender Wunsch erschien anstelle der Verwirrung in mir. Ein Wunsch, genauso irrational wie die ganze Situation …

Ich hob meine Hand wie in Trance und berührte seinen Finger, der nach wie vor auf meinem Mund lag.

Dann ging alles ganz schnell. Mit einer Bewegung schob er fast schon grob unsere Hände beiseite, umschlang meine Hüfte, legte seine andere Hand an meinen Nacken und drückte mich nach hinten. Ich stieß an keine harte Wand wie vermutet, sondern an etwas Weiches, aber ich verschwendete meine Zeit nicht damit, mir Gedanken zu machen, gegen was wir beide im nächsten Moment krachen würden.

Er drückte seinen Körper an meinen. Ich hielt die Luft an, und mein Herz setzte für einen Schlag aus, während sein Atem warm gegen mein Gesicht strömte. Hatte mich jemals ein Mann so berührt?

Seine Augen waren jetzt ein einziges Glühen. Im nächsten Moment beugte er sich zu mir. Ich dachte nicht mehr nach. Alles drehte sich um uns und wurde unbedeutend. Für eine Millisekunde starrte er in meine Augen, als würde er etwas darin suchen. Zustimmung vielleicht? Ich war mir sicher, er fand sie, denn einen Moment später überbrückte er in einem Atemzug den Abstand zwischen uns und presste seine Lippen voller Begierde gegen meine.

Draußen, in der Realität, schrie der Leadsänger seine Verzweiflung im Refrain heraus.

2. KAPITEL:

BETWEEN PLEASURE AND PAIN

Finn

November 6th, 8:00 p. m.

Ich wusch mir die Hände und starrte währenddessen mein Spiegelbild im riesigen Spiegel an. Unter meinen Augen befanden sich dunkle Schatten, es war mir gestern Nacht nicht wirklich gelungen, allzu viel Schlaf zu bekommen. Ich befand mich in den riesigen Toiletten des Howl at the Moon, und es waren nur noch ein paar Minuten bis acht Uhr.

Tom und Alex waren wahrscheinlich gerade backstage und bereiteten sich für den Auftritt vor. Die zwei waren ungefähr genauso sehr aus der Übung wie ich, aber es gab einen großen Unterschied: Im Gegensatz zu den beiden musste ich spielen und singen. Ich war ein bisschen nervös, aber weniger wegen des Auftrittes als wegen der vielen Leute. Egal, heute musste ich da durch, das hatte ich mir selbst versprochen.

Anschließend wollte ich schnell wieder verschwinden, wenigstens von der Bühne. Mir war klar, dass ich zum Gesprächsthema der Studenten werden würde. Ich war neu, und ich war mit Tom und Alex verwandt. Seufzend trocknete ich meine Hände ab und lief zur Tür.

Der Backstage-Raum befand sich direkt neben den Toiletten. Wir hatten vorhin alle einen Schlüssel von Mr. Erikson, dem Besitzer des Ladens, bekommen – warum, war mir immer noch rätselhaft. Wir würden heute auftreten, aber wir hatten ja nicht vor, regelmäßig hier aufzutauchen. Ich stutzte. Verdammt, hatten die beiden mir irgendetwas verschwiegen?

Für den Moment ließ ich es auf sich beruhen und betrat das Zimmer. Es war weitaus kleiner als die Toiletten, die einzigen Möbel hier bestanden aus einem kleinen Tisch, einem Zweisitzer-Sofa, auf dem Tom jetzt mit leicht frustriertem Gesichtsausdruck saß, und einem Kleiderständer, direkt rechts von der Tür. In der Ecke hinter der Couch standen die Gitarren von Alex und mir. Das Schlagzeug war wahrscheinlich schon auf der Bühne. Links von der Tür befanden sich Stufen, die zur Bühne führten.

Das Howl at the Moon hatte meine Erwartungen übertroffen, die Bar war geschmackvoll eingerichtet, draußen vor der Bühne befand sich eine Tanzfläche, und ansonsten gab es etliche Barhocker und kleine Tische und Sessel aus schwarzem Leder. Die Wände waren größtenteils leuchtend orange und schwarz gestrichen, und an der langen Frontseite der Bar war das Kennzeichen des Clubs groß und eindrucksvoll zu sehen, sodass es beim Betreten jedem auffiel. Die Silhouette eines heulenden Wolfs bei Vollmond, der auf einem gebogenen Klavier stand.

Tom hielt mir ein Glas Scotch hin. Er selbst stellte seines gerade ab und fuhr sich seufzend durch die Haare, bevor er mir mit einer Geste bedeutete, mich neben ihn zu setzen. »Wärm dich erst mal auf, bis Alex kommt.«

Er kippte die restliche Flüssigkeit in seinem Glas hinunter, und auch ich nippte am Alkohol. Eigentlich wollte ich es nicht gleich an meinem ersten Abend hier übertreiben, aber ich hatte zu Hause schon ein paar Bier getrunken. Mein Kühlschrank war ziemlich gut gefüllt, wie ich festgestellt hatte. Ich wusste, wie viel ich vertrug und dass ich langsam aufhören sollte, aber im Moment war es mir egal.

»Wahrscheinlich hat er sich verlaufen oder so«, murmelte ich geistesabwesend.

Tom grinste. »Du bist hier der Neue, Finn. Es ist deine Aufgabe, dich zu verlaufen. Alex hat bestimmt nur irgendein heißes Mädchen aufgegabelt«, sagte er und tat so, als wäre das etwas völlig Normales.

Ich lachte. »Na sicher, Alex, der Womanizer.«

Unser ältester Bruder war das genaue Gegenteil von einem Frauenaufreißer. Er sah zwar ganz gut aus, war aber – wie er so schön sagte – beziehungsunfähig. Sobald er eine Frau kennenlernte, kam sie in die Friendzone. Er hatte einfach nie Interesse an etwas Festem gehabt, ähnlich wie ich selbst. Mit dem Unterschied, dass er durchaus bereit war, sich anderen Menschen zu öffnen.

Im selben Moment wurde die Tür aufgerissen, und kalte Luft strömte zusammen mit unserem Bruder herein. Ein breites Grinsen lag auf seinem Gesicht.

»Das hab ich gehört! Wartet, bis ich euch von meiner neuesten Bekanntschaft erzähle.«

Er nahm sich auch ein Glas. »Ihr Name ist Kristina, und ich habe sie gerade an der Bar getroffen. Tja, und sie hat mich gefragt, ob es sich lohnen würde hierzubleiben, weil sie nur mit einer Freundin gekommen ist und keine Ahnung hat, ob der Laden gut ist oder nicht.«

»Und du hast gleich mal mit der Tatsache geprotzt, dass du hier in wenigen Minuten auftreten wirst, habe ich recht, Brüderchen?« Tom kicherte.

Grinsend nickte Alex. »So in etwa. Sie ist wirklich süß.«

Wir saßen da, redeten noch eine Weile, und die Nervosität wuchs, bis die beiden aufstanden.

»Bist du fertig?«, fragte Tom.

Ich nickte schnell und versuchte, meinem Gesicht einen zuversichtlichen Ausdruck zu verleihen, damit sie sich nicht noch mehr Gedanken über mich machten.

Draußen sprach eine männliche Stimme ins Mikrofon. Sie musste laut und ohrenbetäubend klingen, doch hier drinnen hörte man sie nur gedämpft. Trotzdem konnte ich jedes Wort verstehen, das der Ansager der Menge entgegenrief: »So, Leute, hier die versprochenen Westwoods, mit ihrem Bruder aus dem sonnigen Los Angeles – Finn. Ich weiß, ihr werdet sie lieben. Bühne frei!«

Ich verdrehte die Augen. Offenbar wusste jeder hier drinnen – außer mir selbst natürlich – schon seit Wochen, dass ich heute vorspielen würde. Meine Brüder hatten mal wieder ganze Arbeit geleistet. Ich seufzte leise. Alex hörte es und warf mir sofort einen ermunternden Blick zu. Wahrscheinlich dachte er, ich hätte Angst vor dem bevorstehenden Auftritt.

»Das ist Lucas, der Barkeeper – und Sohn von Mr. Erikson«, klärte er mich auf, und ich nickte nur und fuhr mir mit der Hand durch die Haare.

Tom warf mir einen Blick zu. Es war so weit. Alex ging als Erster die Stufen zur Bühne hoch und stellte sich der Menge, die jetzt laut jubelte. Tom war der Nächste, laut lachend winkte er den vielen Menschen im Publikum zu – hauptsächlich waren es Studenten, wie ich unschwer erkennen konnte. Jetzt war ich dran. Ich atmete einmal tief durch, griff nach meiner Gitarre und trat auf die Bühne. Für einen kurzen Moment wurde ich von einem Gefühl überwältigt, das mir vage bekannt vorkam.

Während ich vor dem Mikrofon stand und auf die Leute herabsah, traf mich eine Welle der Erinnerung an unsere letzten Auftritte. Sie hatten alle in verschiedenen kleineren Bars und Clubs in L. A. stattgefunden. Damals hatte ich noch Spaß daran gehabt, zu singen und Gitarre zu spielen. Mich hatte jedes Mal eine freudige Stimmung erfasst, wenn ich auf der Bühne stand und die Zuschauer mir zujubelten.

Nachdem jeder seinen Platz auf der Bühne gefunden hatte – Tom am Schlagzeug, Alex schräg hinter mir, ebenfalls mit seiner E-Gitarre –, drehte ich mich kurz zu den beiden um, damit wir gleichzeitig anfingen. Ich nickte ihnen zu und begann meine Finger über die Saiten meiner umgehängten Gitarre zu bewegen.

Es überraschte mich, wie einfach und richtig es mir erschien, hier zu stehen und zu spielen. Ich blendete alles außer dem Klang der Instrumente aus und konzentrierte mich nur noch auf die gängige Melodie. Als mein Einsatz kam, fing ich an zu singen, mühelos, ohne Anstrengung.

Wir hatten uns für *Every You Every Me* von Placebo entschieden, ein Lied, mit dem wir oft in L. A. aufgetreten waren. Meine Stimme war deutlich tiefer als Brian Molkos, aber das machte nichts – die Leute waren immer auf den Titel abgefahren, er war rockig und lud zum Tanzen ein. Auch hier schien er keine Ausnahme zu machen. Ich sah, wie die Studenten direkt vor der Bühne mitwippten, ein paar weiter hinten sangen die bekannten Zeilen mit und begannen dann auch zu tanzen.

Wir waren meistens nur mit Coversongs aufgetreten. Die Texte, die ich über die Jahre in mein Notizbuch gekritzelt hatte, waren mir zu persönlich, und die Musik dazu war nicht ausgereift genug, wir hatten nur selten daran gearbeitet.

Mit allem, was ich hatte, schmetterte ich die Lyrics ins Mikro und konzentrierte mich nur auf die Noten und auf meine Stimme, die den ganzen Raum einzunehmen schien. Laut, durchdringend und melodisch. Da war kein Schmerz zwischen den Zeilen, nur die willkommene Taubheit, das Gefühl, das mich in Verbindung mit der Musik immer vergessen ließ.

Als wir beim Refrain angekommen waren und die Bar endgültig zum Kochen gebracht hatten, gesellte sich Alex zu mir, und wir sangen gemeinsam ins Mikro, während Tom ganze Arbeit an den Drums leistete. Alles in mir vibrierte, der ganze Raum schien sich in einem Strudel aus Farben, springenden Menschen und Jubelrufen aufzulösen.

Kurz vorm Ende legte ich meine Gitarre beiseite, ließ Alex das letzte Riff alleine übernehmen und nahm das Mikro aus der Halterung. Ich fing an, auf der Bühne hin- und herzutigern, spürte, wie der Schweiß an meinen Schläfen herunterlief, wie jeder Blick durch die Scheinwerfer nur auf mich gerichtet war, und genoss jede Sekunde. Sie waren perfekt, diese wenigen Minuten, in denen ich mir nicht darüber im Klaren war, dass dieser Augenblick vielleicht nie wiederkommen würde.

Als die letzten Töne verklangen, warf ich einen verstohlenen Blick nach hinten. Alex hatte sich wieder zu Tom gesellt, und beide schienen nicht im Mindesten überrascht zu sein. Sie lächelten mich an, und ich sah den triumphierenden Haben-wir's-dir-nicht-gesagt-Ausdruck in ihren Gesichtern.

Also begann ich mit dem nächsten Lied, diesmal dem etwas ruhigeren, weniger fröhlichen *Drown* von Three Days Grace, auf das meine Stimmlage wie zugeschnitten war. Das Gefühl von eben war mit einem Schlag wie weggeblasen. Darüber wunderte ich mich nicht, solche Emotionen waren bei mir selten von Dauer. Stattdessen machte sich in mir eine kühle Gleichgültigkeit breit, und gleichzeitig wünschte ich mir, nie an diesen Ort gekommen zu sein. Die ganzen neuen Eindrücke brachten mich durcheinander, und ich wollte so schnell wie möglich hier raus.

Beim ersten Song hatte ich mich nur an die freudige Erregung erinnert, die ich bei meinen damaligen Auftritten in jeder Faser meines Körpers gespürt hatte. Eine Illusion, ein Irrtum. Ich schloss die Augen, während ich wie automatisch weitersang, und hoffte, dass es schnell vorbeiging. Ich wollte nach Hause, in mein neues Apartment, ich brauchte viel mehr Zeit. Alles war so neu, und doch verlangte man von mir, es hinzunehmen und mich schnell einzuleben. Als der Song endlich zu Ende war, ignorierte ich die Zugabe-Rufe und folgte meinen Brüdern hinter die Bühne. Tom klopfte mir auf die Schulter, er schien nicht zu bemerken, in was für einer Stimmung ich mich befand.

»Gute Arbeit.« Er strahlte übers ganze Gesicht. »Wenn wir so weitermachen, können wir den Samstag für uns gewinnen. Das heißt, wir dürfen dann an jedem Wochenende hier spielen. Das wird so …«

»Was genau willst du damit sagen?«, unterbrach ich ihn mit leiser Stimme. Ich erinnerte mich an meine Bedenken. Ja, wieso sollte Mr. Erikson uns die Schlüssel zum Backstage-Raum geben, wenn wir nur ein Mal zum Spaß auftraten?

Die beiden wechselten einen schnellen Blick. Langsam fing in mir etwas zu brodeln an. Ich spürte es und konnte nichts dagegen tun.

Jetzt ergriff Alex das Wort. Er sprach behutsam und vorsichtig, als wollte er mich schonen, was mich nur noch wütender machte. »Also, wir haben uns überlegt, dass wir noch ein paarmal öfter auftreten könnten … Natürlich nicht zu oft«, räumte er ein. »Aber vielleicht jede zweite Woche oder so, wenn du nichts dagegen hast?«

Er sprach nicht weiter, was wahrscheinlich an meinem Gesichtsausdruck lag. Ich warf ihm einen zornigen Blick zu und presste meine Lippen fest zusammen.

Tom schaute trotzig. »Du hast doch selber gesagt, dass du einen Neuanfang willst. Das hier könnte dir helfen, wieder reinzukommen. Du kannst dich ja nicht ewig verkriechen und vorgeben, du hättest nichts mit dieser Welt zu tun.«

Im gleichen Moment sah er, was für einen riesigen Fehler er gemacht hatte. Da kam auch der warnende Blick unseres älteren Bruders zu spät. Bei mir war eine Sicherung durchgebrannt. Schluss mit der Selbstbeherrschung, Schluss mit all den guten Vorsätzen, Schluss mit jeglichem Gedanken an einen Neuanfang.

Ich explodierte.

***

Eliza

Im ersten Moment rührte ich mich nicht, sondern verharrte genauso, spürte seinen Körper ganz nah an meinem und seine Lippen, die drängend auf meinen lagen. Mir wurde so schwindelig, dass ich sicher gefallen wäre, wenn ich nicht zwischen ihn und was auch immer gepresst wäre.

Alles drehte sich, und in mir ging ein solches Durcheinander los, dass ich erschrocken die Augen schloss. Er war so warm und roch so unbeschreiblich gut. Ich wusste nicht das Geringste über ihn, nur einer Sache war ich mir hundertprozentig sicher – ich hatte mich noch nie gefühlt wie in diesem Augenblick.

Ich bewegte mich immer noch nicht, ließ einfach zu, dass er mich küsste, und genoss jeden Atemzug, den er tat. Das Nächste, was ich realisierte, waren seine Hände, die er von der Wand nahm und an mein Gesicht legte. Er hielt es, und dann passierte etwas Schreckliches – er wich zurück.

In seinem Blick war unendliche Verwirrung und ein Verlangen, das ich noch nie so stark in den Augen eines Menschen gesehen hatte. Er trat noch einen Schritt zurück und ließ seine Hände so abrupt fallen, als wäre ein Stromschlag durch seinen Körper gefahren. Sein Atem ging schneller, und mein Herz reagierte entsprechend darauf.

Was zur Hölle geht hier vor sich?

»Ich … du …«, stammelte der wunderschöne Fremde.

Ich starrte ihn wortlos an, benommen von dem Kuss, den ich nicht erwidert hatte. Warum eigentlich? Warum hatte ich ihn nicht auch geküsst?

Er trat einen weiteren Schritt zurück. »Scheiße«, entfuhr es ihm. »Es tut mir leid, i-ich … du kannst gehen, es tut mir leid.« Heillos verwirrt blickte er mich an und fuhr sich mit einer atemberaubenden Bewegung durch das wirre Haar.

Ich öffnete den Mund und schloss ihn wieder. Wie sollte ich ihm begreifbar machen, dass er mich berühren sollte, dass ich nach hinten gedrückt werden wollte, seinen Körper an meinen … Oh mein Gott, was war los mit mir?

Ich war so eine Vollidiotin! Natürlich dachte er jetzt, ich war verängstigt oder peinlich berührt oder erschrocken und abgeneigt. Nun ja, erschrocken war ich mehr als alles andere, denn mal ehrlich, wer wurde schon einfach so in das Hinterzimmer einer Bar geführt und kurz darauf auf diese Weise geküsst? Ich hatte in meinem Leben noch nie eine Dummheit begangen, hatte es risikofrei und geordnet durchlebt und hatte immer alles durchdacht, bevor ich handelte. Jetzt war es an der Zeit, spontan zu sein.

Die Stimme des Sängers vibrierte in meinem Kopf, erfüllte mich und brachte mich dazu, etwas zu tun, das ich in nüchternem Zustand nie und nimmer getan hätte. Sein Blick war so eindringlich in der Dunkelheit, und obwohl auch Verwirrung und Scham darin zu sehen waren, war das Verlangen deutlich zu erkennen. Ich sah es als Aufforderung.

Im nächsten Moment stolperte ich in seine Arme und schlang meine um seinen Nacken. Meine Lippen trafen hart gegen seine, und mir war, als würde eine Explosion zwischen uns stattfinden, als er im Bruchteil einer Sekunde die Arme um meinen Körper legte und mich an sich zog, seine Lippen in vollkommenem Einklang mit meinen.

Ich klammerte mich an ihn wie eine Ertrinkende. Er küsste leidenschaftlich und fordernd, als hätte er in seinem ganzen Leben nichts anderes getan. Was vermutlich der Fall war. Es schien, als hätte er keine Sekunde überlegt, sondern einfach nur seinem Verlangen nachgegeben. Warum er ausgerechnet mich küsste, verstand ich nicht, aber ich war sicherlich nicht so dumm, mich mit dieser Frage länger zu beschäftigen. Ich hatte keine Gelegenheit dazu, da er mich immer wieder an sich drückte und mir währenddessen den Atem und den Verstand nahm.

Seine Lippen waren weich, aber ich spürte kurze Bartstoppeln an meiner Haut. Seine Küsse wurden heftiger, und auch ich bewegte mich leidenschaftlicher, als plötzlich seine Hände weiter nach unten wanderten und er mich hochhob. Ich wich einen Zentimeter zurück, um nach Luft zu schnappen. Gleichzeitig krallte ich meine Hände in sein Haar und starrte in seine Augen. Sein Atem ging beängstigend schnell, und er drückte meinen Oberkörper noch näher an seine Brust.

»Du … bist unglaublich«, raunte er heiser.

Mein Atem stockte, als er sein Gesicht wieder näher an meines schmiegte.

»Das sagt der Richtige«, keuchte ich außer Atem und schnappte anschließend gleich noch einmal nach Luft, als ich sah, wie ein Grinsen über sein Gesicht fuhr, das so schön war, dass es wehtat.

Ich schloss die Augen, ignorierte das aufkommende Schwindelgefühl in mir und genoss das Gefühl seiner Lippen und seines heißen Atems an meiner Kehle. In diesem perfekten Augenblick gab es nichts mehr außer uns in dieser Kammer und die ersten Schläge des neu eingespielten Lieds draußen in der Bar.

***

Finn

Sie war eine Erscheinung, anders konnte ich mir mein Verhalten nicht erklären. Ich hatte das Gegenteil von dem gemacht, was ich in meinem ganzen Leben getan hatte.

Am Anfang war alles wie früher gewesen. Ich stritt mich mit meinen Brüdern, weil ich einfach nichts mit dem Leben anfangen konnte, das sie hier für mich geplant hatten. Und dann tat ich das, was ich schon immer getan hatte: Ich rannte weg. Wollte nur noch raus aus dem Club, raus aus der Welt, in der ich etwas vorgeben musste, das ich nicht war.

Ja, und dann kam sie. Sie war in mich reingerannt, das konnte passieren. Ich war so abgelenkt gewesen, dass ich im ersten Moment nicht richtig realisierte, was ich da tat. Ich hielt sie fest, und mein Blick haftete auf ihrem überraschten Gesicht.

Sie war hübsch, keine Frage. Und das empfand ich nicht nur so, weil der Alkohol meine Gedanken benebelte. Aber das erklärte nicht, warum ich beim Anblick dieses Mädchens eine Hitzewallung in mir spürte, obwohl sie sich doch exakt so benahm, wie es vor ihr Tausende getan hatten. Ihre ohnehin schon großen Augen weiteten sich, und sie reagierte sichtbar auf mein Äußeres. Das Unheimliche an der Situation war, dass ich nicht einfach genervt ihre Entschuldigung akzeptierte und mich dann vom Acker machte.

Stattdessen zog ich sie in die Bar, führte sie backstage und hoffte, meine Brüder wären nicht anwesend.

Und dann kam der schlimmste Teil. Na gut, es war genau genommen der beste. Ich hatte keine Sekunde mehr gewartet, sondern in ihre Augen geschaut und darin die Erlaubnis gesehen, die ich in diesem Moment gebraucht hatte.

Aber dann schloss sie ihre Augen, und plötzlich wurde mir bewusst, was ich ihr hier tat. Und vor allem, was sie nicht tat.

Mist, verdammter, ich hatte sie bestimmt völlig verängstigt. Wie ein Perverser zog ich sie in diesen Raum, der kaum besser als eine Besenkammer war, und küsste sie, ohne mich auch nur ansatzweise um ihre Meinung zu kümmern. Was war ich nur für ein Arschloch. In diesem Moment war ich mir sicher, dass sie Angst hatte. Vor mir. Was sollte man auch sonst empfinden, wenn man einfach so mitgenommen wurde? Was, dachte sie, würde ich noch mit ihr anstellen wollen?

»Ich … du …«, stotterte ich voller Verwirrung. Ich musste mich unbedingt unter Kontrolle bringen.

Sie starrte mich schockiert an.

»Scheiße«, fluchte ich erneut, aber das brachte uns jetzt nicht weiter. Ich musste handeln, um nicht noch mehr Schaden anzurichten. »Es tut mir leid, i-ich … du kannst gehen, es tut mir leid.« *Du kannst gehen?* Wer war ich, um ihr so eine Erlaubnis zu geben? Natürlich konnte sie gehen, ich hielt sie ja nicht gefangen. Verdammt noch mal.

Ich fuhr mir wütend durchs Haar und wollte sie gerade rausführen, als sie den Mund öffnete. Ich erstarrte in der Bewegung. Warum ging sie nicht? Sie schloss wieder ihre Lippen, ohne dass ein Wort daraus gekommen war. Wir starrten uns einige Sekunden lang einfach in die Augen. Ich dachte nicht mehr an den Streit mit meinen Brüdern, nur noch daran, wie ich diese Situation ungeschehen machen konnte. Ein Problem gab es dabei – diese lästige, verdammte Stimme in meinem Kopf, die flüsternd nach mehr verlangte.

Ich wollte die Kleine. Ich wollte sie mehr als alles andere. Und genau in dem Moment, als ich mir das eingestand, da passierte das Unglaubliche. Ihr Blick wurde entschlossen, und dann kam sie direkt zurück in meine Arme.

Mein Magen überschlug sich. Ich sah alles in Zeitlupe. Wie sie beinahe erneut über ihre hohen Schuhe stolperte und mich mit halb offenem Mund anstarrte, während ich reflexartig nach ihr griff, um sie zu stützen.

Tausend Fragen rasten durch meinen Kopf, und sie beantwortete sie alle auf einmal, indem sie ihre Arme um meinen Hals warf und ihren Mund auf meinen presste. Ich überlegte nicht, wieder handelte ich automatisch, als ich meine Arme um ihren wunderbar weichen Körper schlang und sie so nah an mich zog, dass wir beide kaum Luft bekamen. Ihre Lider schlossen sich, und sie seufzte.

In dem Moment ertönte aus der Bar ein neues Lied, und ich ließ von ihrem Hals ab, um ihr Gesicht zu beobachten. Mein Kopf dröhnte ein wenig, aber es war mir ziemlich egal. Wahrscheinlich wäre ich nicht hier, wenn ich nichts getrunken hätte. Es war mir nur recht. Ich erkannte das bekannte Lied bereits bei Beginn der ersten Strophe.

»I'm not strong enough to stay away«, flüsterte ich. Apocalyptica. Wie gut es passte. Es war das Original, das aus den Boxen dröhnte, draußen spielte keine andere Band, andernfalls hätten wir es von hier aus gehört.

Ich konnte jetzt nicht mehr gehen. Es fühlte sich falsch an.

Sie öffnete die Augen und sah mich benommen an. »Like a moth I'm drawn into your flame.« Ihre Stimme klang seltsam verzweifelt, aber ihr Blick brannte. Sie kannte das Lied. Sie verstand diesen Moment. Ich bekam eine Gänsehaut.

Wir ließen uns nicht aus den Augen, als wir uns wieder näherten. Diesmal waren wir zaghafter, die Situation hatte sich verändert. Ich spürte ihre Hände, die sie vorsichtig aus meinen Haaren zog und an mein Gesicht legte. Langsam. Behutsam.

In diesem Moment überkam mich eine unbeschreibliche Angst. *Was tun wir hier?*

Unsere Lippen berührten sich schon. »Was tun wir hier?«, wiederholte ich gerade so laut, dass sie mich hören konnte. Ich war mir sicher, sie hörte die Panik aus meiner Stimme heraus.

Kurz sah ich etwas in ihren Augen aufflackern, dann verschwand es wieder. Sie drückte ihre Lippen sanft gegen meine. Ich bewegte mich nicht, hielt sie nur fest.

»Keine Fragen«, flüsterte sie an meinem Mund.

Keine Ahnung, wie lange wir so weitermachten. Es waren schon einige Lieder gespielt worden, und noch immer befanden wir uns hier, unter spärlicher Beleuchtung, und küssten uns, als würde unser Leben davon abhängen.

Ab und zu schoss mir der Gedanke durch den Kopf, dass Tom und Alex mich suchen könnten und im allerschlimmsten Fall hier hereinplatzen würden, aber jedes Mal lenkte sie mich ab und schob alle Bedenken mit ihren Lippen, ihren Haaren und diesem perfekten Körper beiseite. Würden wir so weitermachen, dann würde ich mich nicht mehr beherrschen können. Ich würde ihr die Kleider vom Leibe …

Ein bekanntes Lied riss mich aus meinem hypnotisierten Zustand. Mein Klingelton. Mitten in diesem unwirklichen Geschehen nahm ich das vertraute Geräusch nur am Rande meines Verstandes wahr. Ich ignorierte es und küsste sie drängend weiter. Sie störte sich offenbar auch nicht daran. Und dann spürte ich etwas an meinem Bein vibrieren. Sie zuckte zusammen. Es sah ganz so aus, als war ich nicht der Einzige, den man suchte.

Widerstrebend löste ich mich von ihren Lippen und zog uns beide hoch, sodass wir aneinandergeschmiegt auf dem Sofa saßen. Ich befreite eine Hand aus ihren wilden Locken und kramte mein Handy hervor. Fast musste ich lachen, als ich bemerkte, dass ihre Reaktion mit meiner nahezu identisch war. Hektisch zog sie ihr Telefon aus der Hosentasche, während ich den Namen meines Bruders auf meinem Bildschirm erkannte.

Kurz zog ich es in Erwägung, ihn wegzudrücken und hinauszurennen, so schnell, wie meine Beine mich trugen. Denn es gab keine Zweifel an der Tatsache, dass ich so schnell wie möglich verschwinden musste. Meine Brüder würden aber merken, dass etwas nicht in Ordnung war. Außerdem konnte ich vielleicht Tom am Telefon dazu bringen, sich von diesem Raum fernzuhalten, bis ich endgültig weg war. Mit leicht zitternden Händen nahm ich das Gespräch an. Sie war derweil mit Tippen beschäftigt, wahrscheinlich beruhigte sie ihre Freunde.

Ich räusperte mich. »Ja?«

»Wo zum Teufel steckst du, Finn? Okay, wir hatten eine Meinungsverschiedenheit, aber das gibt dir noch lange nicht das Recht, einfach zu verschwinden, nur weil dir was nicht passt.«

Ich schluckte und versuchte, meine Stimme ein bisschen genervt und gleichzeitig reuevoll klingen zu lassen. Kurz entschlossen antwortete ich: »Ich bin zu Hause, ich hab vorhin überreagiert, sorry. Können wir morgen darüber reden? Ich brauche heute Abend meine Ruhe.« Mein Herz schlug schneller, während ich auf seine Antwort wartete.

Es folgte eine kurze Pause.

»Wenn du meinst. Wir haben eigentlich gedacht … ach, vergiss es. Ich … okay. Ich hab eh Ally versprochen, dass ich bei ihr bleibe. Aber hm, ich könnte …«

»Nein, nein«, unterbrach ich ihn schnell. Er sollte nicht auf irgendwelche dummen Gedanken kommen. Ich hatte heute sowieso keine Nerven für ein Gespräch mit meinen Brüdern. Nicht nach dem, was gerade geschehen war. Ich hörte sie weiter tippen, und der Duft ihrer Haare stieg mir erneut in die Nase. Ich musste mich zusammenreißen, sonst würde ich es nicht schaffen, Tom zu überzeugen. »Ich kann morgen da vorbeikommen. Ich, ähm, ich geh jetzt unter die Dusche und ruf dich später noch mal an, dann kannst du mir die Adresse geben, ja?« Jetzt kam das Wichtigste. »Wo bist du gerade?«, fragte ich erneut so teilnahmslos wie möglich. Im Hintergrund war Musik und Gelächter zu hören, also standen meine Chancen schlecht.

»Wir sind noch im Howl at the Moon wie schon die ganze Zeit. Nur Alex ist irgendwie verschwunden mit diesem Mädchen. Ich bin mit Ally und ein paar anderen Freunden hier. Bist du …« Er brach ab. Seine Stimme klang extrem enttäuscht, und das tat mir leid. »Bist du sicher, dass du nicht doch noch kommen willst?«, fragte er leise.

Ich atmete tief ein und räusperte mich dann. »Tut mir leid, nicht heute. Wir reden morgen, okay? Grüß die anderen von mir, ja?«

Er fing sich schnell wieder. »Ist gut, bis dann«, sagte er, bevor er auflegte, und zu meiner Erleichterung klang er wieder einigermaßen fröhlich.

Ich steckte das Handy zurück in meine Hosentasche und ließ langsam das Mädchen in meinen Armen los. Benommen stand ich auf. Ich hatte keine Ahnung, wie ich hier herauskommen sollte, ohne gesehen zu werden. Ich sah zu ihr runter, sie war fertig mit Schreiben und schaute jetzt aus ihren großen Augen mit den langen Wimpern zu mir hoch. Ihre Wangen waren noch leicht gerötet, ihre Locken zerzaust.

Plötzlich verfluchte ich ihre Schönheit. Und ihre Anwesenheit. Aber vor allem verfluchte ich mich für meine Schwäche. Ich war kaum hier, da beging ich schon den ersten Fehler. Denn anders konnte ich die letzte halbe Stunde nicht beschreiben. Ein einziger lächerlicher Fehler. Ich musste weg hier, und zwar schnell.

Gerade wollte ich mich umdrehen, als sie sich auf einmal erhob. Sie kam näher, bis wir direkt voreinander standen.

»Kommst du öfter hierher?« Sie blickte mich seltsam verzweifelt an.

»Nein«, erwiderte ich abweisend. Meine Stimme war eiskalt. *Du bist der größte Idiot dieses Universums, Finn.* Ich bemühte mich, geheimnisvoll zu klingen. Mit einer Hand griff ich unter ihr Kinn und hob es an. »Findest du nicht, dass es bei einem Mal bleiben sollte, Kleine? Weil es so schön war?«, hauchte ich.

Sie schloss die Augen und nickte. »Man sollte aufhören, wenn es am schönsten ist«, flüsterte sie, und dann huschte ein Grinsen über ihr perfektes Gesicht. »Sieht so aus, als hätten wir jetzt beide ein Problem.«

Gegen meinen Willen entfuhr mir ein Lachen, woraufhin ihr Grinsen breiter wurde. Sie konnte unmöglich wissen, was für eine Wirkung das auf mich hatte.

»Hmm … lass mich überlegen, ich glaube, wir haben noch eine letzte Chance. Ich nehme mal an, dass deine Freunde dich hier drinnen erwarten, oder?«, fragte ich, und sie bejahte.

»Ich hab mehrere Droh-Nachrichten bekommen«, sagte sie mit einem Kichern. »Und du müsstest jetzt unter der Dusche sein …« Sie zwinkerte mir zu.

»Es müsste hinter den Toiletten einen Hinterausgang geben, der direkt auf die Hauptstraße führt, wenn wir Glück haben. Dann verschwinde ich von dort aus, und du gehst auf direktem Weg zurück in die Bar und erzählst deinen Freunden etwas von zu viel Verkehr«, fuhr ich fort. Dann blickte ich tief in ihre Augen. »Und das hier, das bleibt unser Geheimnis, okay?«

Sie sagte gar nichts, sondern presste ihre Lippen noch einmal kurz und hart auf meine. Ich spürte, wie eine weitere Welle der Erregung mich durchfuhr, und wollte sie schon packen, als die Stimme der Vernunft sich in meinem Kopf meldete. *Wenn du jetzt nachgibst, kommst du hier nie wieder sicher heraus. Und das weißt du.* Widerstrebend strich ich noch einmal mit dem Daumen über ihre Unterlippe, dann zog ich mich zurück und lief zur Tür. Ich hielt sie ihr auf und versuchte das Verlangen zu unterdrücken, als sie vor mir ins Licht trat und ich ihren Körper nun von hinten sehen konnte.

Hastig schloss ich die Tür hinter uns ab und trat auch in den Flur, wo ich mich hektisch umsah. Bevor sie wusste, wie ihr geschah, hatte ich mit der rechten Hand ihre Hüfte umschlungen und führte sie in die richtige Richtung. Erleichtert stöhnte ich auf, als ich eine Doppeltür aus Glas sah, draußen waren schon Lichter zu sehen und Straßengeräusche zu hören.

Zu unserem unfassbaren Glück war der Flur hier wie ausgestorben. Nur aus der Damentoilette klangen Schluchzer zu uns rüber. Wahrscheinlich hatte sich mal wieder jemand mit zu vielen Drinks zugeschüttet, das kannte ich aus L. A.

Wir schafften es in wenigen Sekunden zur Tür. In der Bar dröhnten die Bässe über den Gesprächen der Leute. Die Musik war wirklich gut hier, das musste ich zugeben.

Gerade als wir beide gleichzeitig zur Türklinke greifen wollten, hörten wir Schritte hinter uns. Ich ignorierte das unbeschreibliche Gefühl ihrer warmen Hand unter meiner und stieß die Tür schnell auf.

Wir stolperten beide in die Kälte und atmeten gleichzeitig auf. Ich ließ ihre Hand nicht los. Auf der lauten Straße raste der Verkehr an uns vorbei. Der Bürgersteig war voll mit Dutzenden Nachtschwärmern und Passanten.

Wir grinsten uns an.

»War schön, dich kennenzulernen«, rief sie über den Straßenlärm.

Ich zwinkerte ihr zu. »Gleichfalls, schöne Frau. Hoffentlich sehen wir uns nie wieder.«

Sie lachte. »Du bist ein Gentleman. Okay, ich muss los. Ich wünsch dir ein schönes Leben.«

Und da wurde ich noch mal überwältigt, ich konnte wirklich nichts dagegen tun. Ich zog sie an mich und presste meine Lippen auf ihren Mund. Wir küssten uns kaum eine Sekunde lang. Dann ließ ich sie los, drehte mich um und hob die Hand, als gerade zur richtigen Zeit ein Taxi an den Straßenrand fuhr.

Das Letzte, was ich sah, als ich schon auf dem Rücksitz des Taxis saß, war ihr überraschter Gesichtsausdruck.

Ich lachte, während ich dem Fahrer meine Adresse nannte, und war mir in diesem Moment zu hundert Prozent sicher, dass ich sie nie wiedersehen würde.

***

Eliza

Ich starrte dem Taxi noch eine Weile hinterher, bevor ich zum zweiten Mal an diesem Abend zum Eingang des Howl at the Moon lief und prompt mit Ally und Tom zusammenstieß. Ally zog mich ins Innere, während sie mich mit Vorwürfen überschüttete, und ich versuchte, mich mit lahmen Ausreden zu verteidigen.

Ich schaute mich um und bemühte mich, das soeben Erlebte in die hinterste Ecke meines Kopfes zu schieben. Alle Tische und Hocker waren mit schwarzem Leder bezogen, sogar die Bar. An einem Tisch nahe der Tanzfläche konnte ich Jenny und Samuel erkennen. Sie saßen sehr nah beieinander und lächelten. Ich musste grinsen. Es sah ganz danach aus, als würde es zwischen den beiden super laufen.

Jen schaute genau in dem Moment in unsere Richtung. Sie sprang auf, während sie Sam mit sich zog. Ihre roten Locken wirbelten um sie herum, und er konnte seinen Blick nicht von ihr wenden, was mich wiederum noch mehr grinsen ließ.

Alison ließ mich erst los, als Jenny mir um den Hals fiel.

»Wo hast du nur gesteckt?«, rief sie in mein Ohr und wich dann zurück, um mich zu betrachten. »Du siehst aus, als würdest du gerade aus dem Bett kommen.« Sie kicherte, während wir zu unserem Tisch liefen, woraufhin ich einen halben Herzinfarkt bekam. Wie sehr konnte man mir ansehen, was eben passiert war? Sam löste seinen Blick von Jenny und warf mir einen fragenden Blick zu, bevor ich ihn kurz umarmte.

Ich entschuldigte mich, um auf die Toilette zu gehen, und Ally nickte. »Ich muss mich auch noch auffrischen«, erwiderte sie mit fröhlicher Stimme. Das passte mir gar nicht, hoffentlich würde sie mich nicht mit Fragen bombardieren. Ich war nicht bereit, über das zu reden, was eben passiert war, ich verstand es doch nicht einmal selbst.

Sie hakte sich bei mir unter, und wir gingen an den Tischen und der Bar vorbei, direkt in den Flur, wo ich einen Schauder unterdrücken musste, da ich ja nicht zum ersten Mal hier entlanglief. Beim Gedanken an seine Arme wurde mir wieder heiß.

»Ist sonst wirklich nichts passiert?«, fragte Ally mich eindringlich.

Ich verdrehte die Augen und kicherte, als hätte sie gerade etwas besonders Abwegiges gefragt. Meine einzige Chance bei ihr bestand darin, die ganze Sache ins Lächerliche zu ziehen, und darin war ich bekanntlich ziemlich gut.

Als mein Blick endlich auf mein Spiegelbild fiel, fragte ich mich, warum ich mich überhaupt um Ausreden bemüht hatte, wenn man mir doch exakt ansehen konnte, was ich getan hatte. Ally verschwand misstrauisch in eine Kabine, und ein Mädchen stellte sich lächelnd neben mich ans Waschbecken. Sie hatte pechschwarze Haare und trug sie in einem kinnlangen Bob mit Ponyfransen.

»Coole Bar hier, oder? Ich bin Kris.« Sie trocknete ihre Hände ab und reichte mir eine Hand.

Ich ließ meinen Lippenstift zurück in die Tasche fallen und schüttelte sie. »Eliza. Ich bin zum ersten Mal hier und bin schon begeistert. Allein die Musik ...«

Ally gesellte sich mit einem wissenden Blick zu uns. »Hi«, grüßte sie Kris. »Ich bin Alison. Kann es sein, dass du vorhin einem jungen Mann namens Alex über den Weg gelaufen bist?«, fragte sie ohne Umschweife.

Kris schaute sie überrascht an. »Woher weißt du das? Ja, er und seine Brüder haben vorhin gespielt, das habt ihr doch bestimmt auch mitbekommen! Wir haben uns an der Bar unterhalten und sind nach dem Auftritt ein bisschen nach draußen gegangen, weil es hier drinnen so laut war. Er ist ziemlich süß.« Sie grinste verlegen.

Mir kam plötzlich ein anderer Gedanke. »Oh, Mist, heißt das, ich hab den Auftritt verpasst? Und wo ist Finn? Ich dachte, er sei hier und wollte mit Alex und Tom vorspielen?«, fragte ich Ally.

Sie zuckte mit den Achseln. »Sie haben zwei Lieder gespielt, das war's. Und ja, Finn war hier, aber dann haben sie sich irgendwie gestritten, und er ist abgehauen. Frag Tom am besten selbst, er wollte mir nichts verraten.«

Sie wandte sich Kris wieder zu, die zwischen uns hin und her schaute und grinste. »Ich bin die Freundin von Tom, Alex' Bruder, und er hat mir vorhin erzählt, dass Alex mit einem hübschen Mädchen namens Kristina unterwegs sei. Das bist dann wohl du.«

Kris lachte. »Das nenne ich mal einen Zufall. Ihr müsst mir alles über Alex erzählen, was ihr wisst.«

»Später«, antworteten wir kichernd und liefen alle drei zurück in die Bar, wo Alex inzwischen am Tisch saß und uns ungläubig anschaute. Der Rest war auf der Tanzfläche verschwunden, wie es aussah.

Wir erklärten Alex, dass wir Kris gerade kennengelernt hatten, er stellte sie seinem Bruder vor, und dann blieben wir direkt stehen. Ich schaute zu Alison und unserer neuen Bekanntschaft. »Mädels, ist euch nicht auch gerade nach Tanzen?«

***

Finn

November 7th, 1:00 a. m.

Mein Telefon klingelte, und ich drehte die Musik leiser, als ich Toms Namen erkannte und abnahm.

»Sorry, aber wir sind jetzt erst nach Hause gekommen, und ich hab noch ein wenig mit den Mädels geredet.«

»Mädels?«, hakte ich nach. Soweit ich wusste, war er doch bei seiner Freundin, oder etwa nicht?

»Jenny und Eliza wohnen zusammen mit Alison, sie hatten eigentlich gehofft, dich heute zu treffen, aber na ja …«

»Wir haben ja noch morgen Zeit, oder?«, setzte ich schnell nach. Ich wollte jetzt auf keinen Fall auf dieses Thema zurückkommen.

»Also kannst du morgen so gegen zwölf Uhr vorbeikommen? Dann kannst du dich auch ein wenig mit Eliza unterhalten, sie ist schon ziemlich gespannt auf dich …«

Ich unterdrückte ein Stöhnen. »Klingt gut, gibst du mir die Adresse?«

Er gab sie mir durch.

»Also, ich leg mich jetzt schlafen …«

»Tu das.«

Ich biss mir auf die Lippe. Jetzt oder nie. »Tom?«

»Hm?«

»Es tut mir leid.«

Das tat es wirklich. Nach langem Grübeln war ich zu dem Schluss gekommen, dass ich mich nicht mehr so anstellen würde. Ich wollte kein Idiot sein.

Es blieb eine Weile ruhig. »Mir auch«, sagte er schließlich. »Alex und ich hätten das vorher mit dir besprechen müssen … Wir reden morgen, ja? Ally kommt gerade aus der Dusche.«

Jetzt musste ich wieder lächeln. »Viel Spaß. Grüß sie von mir.«

»Den werde ich haben.« Er kicherte. »Gute Nacht, Kleiner.«

Vielleicht wird es morgen gar nicht mal so schlecht, dachte ich lächelnd und drehte die Anlage wieder lauter.

***

Eliza

November 7th, noon

Es war Sonntag, die Sonne schien in mein Zimmer, und ich hatte tief und fest geschlafen. Kurz: Meine Laune befand sich auf dem Höhepunkt. Hinzu kam noch die Aussicht auf ein ausgiebiges Frühstück, das ich später mit Ally, Tom und Finn, der gleich vorbeikommen sollte, genießen würde. Ich stand mit einem Lächeln auf, zog mich an und lief durch den Flur.

Alles war ruhig, und Jennys Tür stand offen, ich konnte von hier aus sehen, dass ihr Bett gemacht war. Entweder hatte sie sich gestern Abend noch mal rausgeschlichen, um bei Samuel zu übernachten, oder aber sie war heute Morgen schon früh gegangen, was ich sehr bezweifelte. Als ich schon weitergehen wollte, fiel mir etwas Weißes auf ihrer dunkelblauen Überwurf-Decke ins Auge, also betrat ich ihr Zimmer. Als ich den Zettel sah, konnte ich ein Kichern nicht unterdrücken.

Mädels, Sam hat gestern Abend noch mal angerufen, und ich bin zu ihm gefahren. Also macht euch keine Sorgen um mich, wir sehen uns spätestens heute Abend.
Kuss, Jenny

P. S.: Das ist alles rein freundschaftlich, versteht sich. Nicht, dass ihr noch auf falsche Gedanken kommt.

Jetzt musste ich wirklich lachen. Dachten sie ernsthaft, wir würden ihnen die »Gute Freunde«-Nummer abnehmen? Für wie dumm hielten sie uns eigentlich?

Gerade als ich Wasser für den Kaffee aufsetzte, ertönte die Türklingel. Ich warf einen kurzen Blick auf die Tür zu Alisons Schlafzimmer, doch nichts bewegte sich. Entweder die zwei schliefen wirklich noch, oder sie hatten es darauf angelegt, dass ich Toms Bruder alleine gegenüberstand.

Ich zwang mir ein Lächeln auf die Lippen und öffnete die Tür, während ich schon mit meiner Vorstellung begann. »Hi, ich bin Eliza, und du musst Finn …«

Mein Lächeln erstarb, und ich verstummte augenblicklich. Ich schwankte. Es sah ganz so aus, als würden meine Füße mir nicht mehr gehorchen wollen. Ich hielt mich an der Tür fest, meine Hände rutschten am glatten Holz entlang, bis sie den Türgriff fanden und sich so fest daran klammerten, dass es wehtat. Ich schloss meine Augen. Nein, nein, nein. Das war ein Traum, nicht die Realität, versuchte ich mich zu beruhigen.

Nach einer Sekunde öffnete ich sie wieder, aber er war immer noch da. Seine perfekten Gesichtszüge, seine zerzausten Haare und diese unglaublichen hellgrünen Augen. Diese Augen, die sich jetzt vor Überraschung weiteten.

Reflexartig hob er die Hände, als er sah, wie ich mein Gleichgewicht für einen Moment verlor, und ließ sie dann abrupt fallen. Diese Geste kam mir extrem bekannt vor.

»Nein«, entfuhr es mir laut, und dann, bevor ich überhaupt realisierte, was ich da tat, hatte ich ihm die Tür vor der Nase zugeschlagen und war lautlos auf den Boden gesunken.

3. KAPITEL

UNDISCLOSED DESIRES

Eliza

Für ein paar Sekunden rührte ich mich nicht. Ich wollte es einfach nicht wahrhaben. Vielleicht sollte ich aufstehen und zurück in mein Zimmer gehen, den Vorfall vergessen. *Einatmen.* Wahrscheinlich war die Fantasie wieder mit mir durchgegangen. *Ausatmen.*

Weitere Sekunden verstrichen, und langsam, ganz langsam gelang es mir, mich wieder aufzurichten. Ich benahm mich albern. Na gut, es war ein Schock, aber noch lange kein Grund durchzudrehen.

Da klopfte es an der Tür, erst zögerlich, dann entschlossener. Und als wäre das nicht schon schlimm genug, vernahm ich im nächsten Augenblick seine Stimme.

»Mach auf.«

Er sprach nicht laut, seine Stimme klang nur gedämpft durch die Tür herein, aber es reichte ein für alle Mal aus, um mich vollkommen aus dem Konzept zu bringen. Finn also, dachte ich. Seinen Namen in Verbindung mit dem traumhaften Unbekannten im Howl at the Moon zu bringen, machte die ganze Sache offiziell und unausweichlich. Was für ein riesengroßes Durcheinander. Finn Westwood, der Bruder von Tom und Alex. Und ganz nebenbei mein Beinahe-One-Night-Stand von gestern Abend. Denn genau das wäre passiert, wenn das Telefon nicht geklingelt hätte.

Ich ergriff die Türklinke und bemühte mich um einen gleichgültig-freundlichen Blick. Vielleicht würde er unser Zusammentreffen mit keiner Silbe erwähnen. Vielleicht würde er sich mir gegenüber kühl und distanziert verhalten. Wahrscheinlich bereute er seine Tat von gestern schon. Aber genau das war mein Trumpf: Ich hatte mich zwar von ihm küssen lassen und genauso hemmungslos zurückgeküsst, aber er hatte angefangen. Er war derjenige gewesen, der mich überhaupt mitgezogen hatte. Ich konnte die ganze Schuld auf ihn schieben. Schon gleich ging es mir besser.

Ich hatte nicht damit gerechnet, dass es mir so schwerfallen würde, meinen Gesichtsausdruck unter Kontrolle zu halten. Jetzt war es nicht mehr so dunkel wie gestern. Jetzt konnte ich jedes einzelne Detail sehen. Von der einfachen Jeans bis zur geöffneten Lederjacke, die mich so ganz nebenbei an gestern erinnerte, unter der ich ein helles T-Shirt sah, durch das man die Muskeln erahnen konnte.

Ich schluckte und wandte meinen Blick schnell seinem Gesicht zu. Ich war so sehr in diesem Augenblick gefangen, dass ich nicht richtig realisierte, was zur Hölle er im nächsten Moment tat.

Denn eine Sekunde später hatte er mich nach draußen in den Flur gezerrt, und dann befand ich mich – das würde wohl langsam zur Gewohnheit werden – zwischen ihm und der kalten Wand in meinem Treppenhaus. Mein Herz setzte einen Schlag aus, als ich seinen Körper wieder so nah spürte. Mit einem unergründlichen Blick starrte er mich einen Moment lang an.

»Wo sind Tom und Alison?«, fragte er flüsternd.

Ich wagte einen kurzen Blick zur Tür, die immer noch offen stand. Ich konnte mich keinen Zentimeter bewegen, seine Hände waren wie Fesseln um meine Schultern geschlungen.

»In Allys Zimmer. Sie schlafen höchstwahrscheinlich noch.« Ich sprach genauso leise wie er. Mein Herz schlug inzwischen wieder, und wie. Es pochte so laut, dass es in meinen Ohren dröhnte.

Er nickte kurz, geschäftsmäßig, dann kam er näher. Sein warmer Atem fuhr über mein Gesicht. »Du wirst nichts von gestern erzählen, verstanden?«

Und das war der Moment, in dem sich mein Gehirn wieder einschaltete. Ich wurde wütend. Sehr wütend. Was fiel diesem Kerl ein, mich einfach aus meiner Wohnung zu ziehen und mir Befehle zu erteilen, als hätte er irgendeinen Anspruch auf mich? »Nimm deine Drecksfinger von mir«, zischte ich.

Überrascht starrte er mich an und wich ein bisschen zurück, sein Körper war aber nach wie vor gegen meinen gedrückt, und ich musste verdammt gut aufpassen, um meine Beherrschung nicht zu verlieren. Er hatte mich zwar wütend gemacht, aber er war einfach hinreißend. Auch wenn er sich wie ein Idiot benahm.

»Sofort!«

Offenbar dachte er gar nicht daran, sondern kam wieder näher.

»Lass den Scheiß«, fuhr ich ihn an. Ich war mir sicher, er war sich seiner Wirkung auf mich durchaus bewusst und nutzte sie schamlos aus. Aber damit würde er nicht durchkommen.

»Hast du mich verstanden? Hast du es irgendjemandem erzählt?«, fragte er jetzt eindringlicher. Unsere Nasenspitzen berührten sich fast.

»Nein, verdammt. Lieber würde ich mir die Kugel geben.«

Er zog die Augenbrauen nach oben, und plötzlich war nichts mehr von Verzweiflung in seinem Gesicht zu sehen. Schalk glitzerte in diesen unglaublichen Augen. Er grinste fast. »Ach ja? Verbessere mich, wenn ich etwas falsch mitbekommen habe, aber gestern kam es mir nicht so vor, als würde es dir nicht gefallen.«

Jetzt musste er wirklich grinsen, und mein Magen zog sich bei diesem Augenblick schmerzhaft zusammen. Ich schluckte und dachte nach. Niemals würde ich mir jetzt die Blöße geben und ihn wissen lassen, dass der gestrige Abend für mich so ziemlich der beste seit Langem gewesen war und dass diese Tatsache nicht zuletzt an ihm lag.

»Ich war betrunken. Da kann so etwas passieren. Und wenn du dich richtig erinnerst, war nicht ich diejenige, die dich in einen dunklen Raum gezogen hat.«

»Betrunken, soso. Ich hatte eher den Eindruck, dass du nicht die Finger von mir lassen konntest.« Auf meinen Einwand ging er natürlich gar nicht erst ein.

»Ohne Alkohol wäre ich nie mitgegangen. Du hattest es ja unbedingt nötig«, konterte ich und konnte mir einen triumphierenden Blick nicht verkneifen. Ich redete Blödsinn, klar, aber irgendwie machte es Spaß, sich mit ihm zu streiten. Auf jeden Fall würde ich ihm keine weitere Genugtuung verschaffen.

Für einen Moment war er sprachlos, dann geriet meine Selbstbeherrschung wieder ins Schwanken. Er beugte sich näher zu mir, brachte unsere Gesichter auf gleiche Höhe und schob seine rechte Hand in meinen Nacken. Ich hätte mich jetzt ohne Weiteres von ihm befreien können, aber ich bewegte mich nicht.

»Und was ist jetzt?«, raunte er leise und kam noch näher.

Ich war kurz vor dem Durchdrehen. Würde er nicht gleich zurücktreten, dann konnte ich für nichts mehr garantieren.

Er neigte den Kopf leicht nach rechts, während sich sein Griff in meinem Nacken verstärkte. Unsere Lippen waren nur noch Millimeter voneinander entfernt.

In einem letzten Anfall von Beherrschung presste ich mich enger an die Wand. Er folgte mir.

»Lass mich los«, hauchte ich lautlos, aber genauso gut hätte ich »Ich will dich« seufzen können, es kam auf dasselbe heraus. Ich hatte schon die Augen geschlossen und spürte seinen heißen Atem an meinen Lippen. Dann erklang das Geräusch von einem sich umdrehenden Schlüssel im Schloss.

Meine Lider flogen auf, und ich sah, wie er mich überrascht anstarrte, seine Lippen verharrten kurz vor meinem Mund, seine Augen direkt vor meinen.

Im nächsten Moment hatte ich ihn von mir gedrückt und war in Richtung meiner Wohnungstür gestolpert. Das Geräusch kam von der Wohnung neben uns, dort wohnte ein älteres Paar, und die Dame war bekannt dafür, nichts auf der Welt mehr als Klatsch und Tratsch zu lieben.

»Verschwinde«, zischte ich. Wenn uns irgendjemand so sah, waren wir geliefert. Hastig lief ich in unsere Wohnung, und natürlich gehorchte er nicht, sondern lief mir hinterher. So schnell ich konnte, schloss ich die Tür hinter uns und warf ihm einen wütenden Blick zu.

»Was soll das?«, flüsterte ich zornig. Besorgt huschte mein Blick in den Flur. Immer noch war alles still.

Er schaute mich ungläubig an. »Großartiger Vorschlag. Und wohin, bitte schön, soll ich deiner Meinung nach verschwinden?«

Langsam kam mein Gehirn wieder in die Gänge. Er musste hierbleiben, schließlich war er Toms Bruder und wurde hier erwartet.

»Vergiss es. Und wehe, wenn du ein Wort gegenüber Tom und Alison verlierst. Ich bring dich eigenhändig um.« Jetzt übernahm ich seine Rolle.

»Ich sehe, wir sind uns einig. Obwohl ich nur zu gerne deinen Versuch sehen würde.« Ein Lächeln umspielte seine Lippen.

»Lass es nicht darauf ankommen.«

Ich lief in die Küche, während sich alles in meinem Kopf drehte. Er blieb vor der Tür stehen und verfolgte jede meiner Bewegungen.

Die Situation hatte sich verändert. Urplötzlich waren wir zu Verbündeten geworden. Das gefiel mir ganz und gar nicht. Sicherlich würde ich nicht freundlich zu ihm sein.

Ich setzte Kaffee auf und nahm mir dann eine Tasse aus dem Schrank, um mir einzuschenken. Provozierend lief ich zur Couch, setzte mich und nippte daran, ohne ihm etwas anzubieten. Selbst schuld, wenn er mich so überfiel und erwartete, dass ich nach seiner Pfeife tanzte. Das gestern Abend war ein Ausrutscher gewesen, ich hatte mich zu sehr gehen lassen. Es würde nie wieder passieren.

Ich vermied es sorgfältig, ihn anzuschauen. Eine Weile verging, während ich meinen Blick stur geradeaus richtete und so tat, als würde ich ihn nicht wahrnehmen. Innerlich sah es natürlich ganz anders aus. Mein Herzschlag hatte sich noch immer nicht normalisiert, und meine Hände zitterten leicht. Ich fuhr mir durch die Haare und hörte, wie er Luft holte. Also blickte ich ihn doch an. Er wirkte leicht verlegen.

»Wo kann ich meine Schuhe hinstellen?«

Ich hob eine Braue. »Deine Höflichkeit kannst du dir sonst wohin stecken.«

Er zuckte mit den Schultern, zog seine Schuhe aus und stellte sie sorgfältig neben der Wohnungstür ab. Langsam kam er näher, bis er vor dem Sofa stand. Er ging in die Hocke, direkt vor mir.

»Eliza, hm?«

Meinen Namen aus seinem Mund zu hören, war ungewohnt. Und extrem aufregend.

Ich rutschte demonstrativ einen Meter nach rechts. Bloß weg von ihm.

Seufzend richtete er sich auf und setzte sich neben mich. »Wenn wir überzeugend sein wollen, dann müssen wir auch üben, weißt du.«

Ich zog es in Erwägung, ihn einfach zu ignorieren, aber ein großer Teil in mir war sich bewusst, dass er recht hatte. Wenn Tom und Ally jetzt auftauchen würden, dann wäre sofort jedem klar, dass wir uns nicht fremd waren. Man bombardierte keinen Fremden mit tödlichen Blicken, so wie ich es mit … Finn tat. Gott, war das seltsam, seinen Namen zu denken.

Ich schaute ihm zögerlich in die Augen, und er lächelte.

»Ich bin Finn. Der Bruder von Tom und Alex. Du musst Eliza sein.« Er hielt mir die Hand hin.

Im ersten Moment dachte ich, er bluffte, aber sein Gesicht war ernst. Ich schluckte meinen Widerwillen hinunter und ergriff seine Hand.

»Glaub bloß nicht, dass das irgendetwas an der Situation ändert. Ich kann dich nicht leiden«, raunte ich leise und versuchte, seine große, warme Hand zu ignorieren, die sich um meine schloss.

Er sah mich abwartend an. Meine offensichtliche Abneigung schien ihm nicht besonders zuzusetzen. Wahrscheinlich ahnte er schon längst, dass ich ihm sowieso nicht widerstehen konnte.

Ich zwang mich zu einem Lächeln. »Hi, Finn.«

Er grinste mich schief an, und ich vergaß eine Sekunde lang, wie das mit dem Atmen ging.

Bitte, lass mich das durchstehen, dachte ich nur. Vielleicht sollte ich vortäuschen, ins Bad gehen zu müssen. Lange würde ich es nicht mehr aushalten, allein mit ihm in einem Raum zu sein.

Am besten, wir machten jetzt ein bisschen Small Talk, um die Situation freundlicher wirken zu lassen. »Und, was führt dich hierher?«, fragte ich also, obwohl ich die Antwort sowieso schon kannte.

Einen Augenblick war er angesichts der Änderung meines Verhaltens überrascht, dann spielte er aber glücklicherweise mit. »Ich bin hier, um dich kennenzulernen und um mit Tom zu reden. Danach wollen wir, wie du wahrscheinlich weißt, irgendwo zusammen essen gehen.«

Ich nickte. »Ins Perkins.«

»Mhm … Und nach Seattle bin ich gekommen, um zu studieren. Literatur und Musik. In welchem Jahrgang bist du eigentlich?«

»Im gleichen wie du. Wir fangen morgen gemeinsam an. Ich studiere mit dir Literatur.« Ich schluckte. Wie sollte ich es Tag für Tag ertragen, in denselben Vorlesungen wie er zu sitzen und mich gleichzeitig auf den Stoff zu konzentrieren?

»Netter Zufall«, erwiderte er mit einem breiten Grinsen.

***

Finn

Mein Bruder und Alison kamen aus ihrem Zimmer. Sie schauten sich so intensiv an, dass es mir peinlich war, sie zu beobachten. Zu allem Überfluss trug sie lediglich ein Hemd, das ihr bis zu den Knien reichte und nur von Tom stammen konnte.

»Hey, Finn! Wann bist du denn gekommen? Wir haben die Klingel gar nicht gehört.«

Das war ja mal eine Überraschung.

»Vor einigen Minuten. Eliza hat mich hereingelassen.« Ich deutete Alisons leicht verwirrten Blick als Frage und fügte noch ein »Sie ist gerade im Badezimmer« hinzu.

Sie nickte kurz.

Tom schaute mich verschwörerisch an. »Und? Wie findest du sie?«, fragte er eifrig.

Ich verdrehte die Augen. Kein Wunder, dass jetzt so eine Frage kam. Tom hatte mich schon oft damit geneckt, dass ich keine feste Freundin hatte. Und jetzt, da sogar Alex Interesse an mehr zeigte, war es irgendwie klar, dass das perfekte Mädchen für mich gesucht werden musste. Ich seufzte angesichts meiner Lage inmitten von glücklichen Pärchen. »Sie scheint ganz okay zu sein«, versuchte ich Tom zu beschwichtigen, als Eliza gerade zurückkam. Offenbar hatte sie meinen letzten Satz gehört.

»Ganz okay, hm? Nicht besonders schmeichelhaft, was?«, fragte sie und hob eine Braue.

Tom lachte. »Das ist ein riesiges Kompliment. Finn findet normalerweise kein Mädchen *ganz okay.*«

»Dann fühle ich mich jetzt aber geehrt«, gab sie ungerührt zurück und gesellte sich zu ihrer Freundin, die gerade Orangensaft aus dem Kühlschrank holte. Lächelnd sah ich ihr zu und wandte mich dann wieder Tom zu, der mich, wie ich gerade erst bemerkte, mit einem seltsamen Gesichtsausdruck beobachtete.

»Was ist?«, fragte ich bemüht teilnahmslos.

Er schüttelte den Kopf und lächelte. »Nichts weiter, du siehst heute nur optimistischer aus.«

»Tatsächlich?« Ich grinste, und sein Blick wurde ungläubig. Vielleicht sollte ich mich ein bisschen zügeln, ich benahm mich wirklich eigenartig, da würde er früher oder später doch merken, dass ich etwas verheimlichte. Ich hatte gute Laune, allein diese Tatsache reichte wahrscheinlich schon aus, um ihn zu verunsichern. Denn mal ehrlich, wie oft kam es vor, dass ich mich so unbeschwert gab? Doch mit diesem Thema wollte ich mich jetzt nicht befassen, und vor allem wollte ich nicht darüber nachdenken, woran mein Stimmungsumschwung lag.

Nicht jetzt, wo ich gerade anfing, Spaß zu haben.

***

Als wir im Café saßen, fühlte ich mich großartig. Nicht nur, dass ich endlich das Knurren in meinem Magen beruhigen konnte, nein, ich saß auch noch neben Eliza, die seit gut zwanzig Minuten ihr Bestes tat, um mich zu ignorieren.

Tom und Alison saßen ziemlich nah beieinander und machten auch den Eindruck, als würden sie sich amüsieren. Gerade beugte sie sich zu ihm, um ihn – mal wieder – zu küssen.

Ich sah darin die perfekte Gelegenheit und drehte mich zu meiner Sitznachbarin. »Willst du von den Spiegeleiern probieren? Die darfst du dir nicht entgehen lassen, Kleine.«

Sie warf mir prompt einen entnervten Blick zu, nachdem sie sich vergewissert hatte, dass die beiden uns nicht beachteten. »Das ist schrecklich nett von dir, aber danke, nein. Ich bin bestens versorgt«, erwiderte sie steif.

»Bist du das also? Dein Gesichtsausdruck ist ziemlich hungrig, wenn du verstehst, was ich meine, deswegen dachte ich, ich frage lieber nach …« Verschwörerisch grinste ich sie an.

Sie wandte sich blitzschnell von mir ab, atmete tief durch und griff zu Messer und Gabel, um den letzten Bissen von ihren Pancakes zu nehmen. Ihre Wangen nahmen schon wieder einen leichten Rotton an, und sie formte »Idiot« mit den Lippen.

Um ein Haar hätte ich gekichert. Ich beobachtete sie, während sie aß und so tat, als würde sie sich nicht daran stören. Es war mehr als unterhaltsam, zu sehen, wie sie sich ein Stück Pancake in den Mund schob und der Sirup versehentlich an ihren Mundwinkeln herabtropfte. Plötzlich war es hier drinnen viel zu heiß, und jetzt war ich derjenige, der den Blick abwenden musste. Aus den Augenwinkeln beobachtete ich, wie sie die heiße Soße mit einem Finger von ihren Lippen wischte und mir dann einen provozierenden Blick zuwarf. Ich konnte nicht anders – ich musste einfach hinsehen, als sie ihren Zeigefinger an den Mund führte und in Zeitlupe ableckte, während sie mich keine Sekunde aus den Augen ließ.

»Finn? Finn?«

Ich riss meinen Blick von dem Phänomen neben mir los und blickte in die verwirrten Augen meines Bruders. »Wo bist du denn mit deinen Gedanken?«, fragte er. Ally neben ihm zog die Augenbrauen hoch und grinste ihre Freundin an.

Zum Glück sprach Tom weiter, ohne eine Antwort abzuwarten. Was hätte ich ihm denn erzählen sollen? *Ich denke gerade daran, wie ich das Mädchen hier neben mir so schnell wie möglich verführen kann, obwohl wir uns erst seit gestern kennen, da wir im Howl at the Moon wild rumgeknutscht haben.* Wohl kaum.

»Ich denke mal, es ist in deinem Interesse, wenn wir die Mädels alleine in den Park gehen lassen und heute Abend kurz zu ihnen fahren, um dein neues Auto zu präsentieren, oder?«

»Mein neues Auto? Sag mir nicht, darum hast du dich auch schon gekümmert?«, fragte ich scherzhaft.

»Ich bin mir sicher, er bekommt das, was er möchte«, warf Eliza mit Unschuldsmiene ein.

Ich grinste sie freundlich an und wandte mich wieder Tom zu. »Okay, machen wir das.«

Tom blickte zufrieden zu Alison. »Liz, komm, wir müssen was besprechen«, meinte diese prompt.

Eliza schaute sie mindestens genauso perplex an wie ich, riss sich dann aber zusammen, stand ebenfalls auf und verschwand mit ihr in Richtung Toiletten. Es kostete mich einige Mühe, meinen Blick von ihren tanzenden Locken und diesen Beinen in der Jeans abzuwenden.

»Was war das denn?«, fragte ich meinen Bruder verwirrt.

Er grinste mich verlegen an. »Ich wollte mit dir wegen gestern reden.«

Sofort erinnerte ich mich wieder an meine Vorsätze. »Ach so. Bevor wir das machen – danke für das Klavier. Ich hab's erst heute Morgen entdeckt. Du und Alex habt euch wirklich übertroffen.« Ich hatte mich ehrlich gefreut, als ich den sündhaft teuren Flügel heute früh in meinem Wohnzimmer entdeckt hatte.

»Kein Problem. Alex hat es ausgesucht, ich hab da nicht so viel Ahnung …«

»Wo wir schon beim Thema sind … Was macht er eigentlich?«

»Er muss lernen, für ihn fängt es morgen ja auch wieder an. Wir sehen ihn wahrscheinlich morgen auf dem Campus.«

Ich nickte und dachte darüber nach, ob jetzt wohl der richtige Moment war, um mit meiner Entschuldigung anzufangen.

»Finn, das gestern war wirklich besch…«

»Ich weiß, es tut mir wirklich leid«, fiel ich Tom schnell ins Wort. »Es war nur ein bisschen viel auf einmal. Ich hab es mir überlegt, es ist okay, wenn wir jedes Wochenende da auftreten. Es macht mir wirklich nichts aus. Wie schon gesagt, ich hab ziemlich überreagiert gestern. Sorry.«

Tom schaute mich verblüfft an. »Das hätte ich jetzt nicht erwartet.« Er grinste. »Ich meinte eigentlich, dass *wir* uns bescheuert benommen haben, weil wir dich so überrumpelt haben, nicht du. Ich habe mit einem Rückzieher von dir gerechnet.«

Ich lächelte. »Mach jetzt bloß kein großes Ding draus. Können wir den gestrigen Abend einfach vergessen?«

Er nickte zustimmend. »Wenn Alex das erfährt. Und weißt du, wir werden auch bezahlt. Ich hab gestern Mr. Erikson angerufen und ihm gesagt, dass wir noch mal über die Sache nachdenken, und er war ... na ja, ziemlich enttäuscht. Am besten überdenkst du noch mal alles und sagst uns dann Bescheid, okay?«

Ich nickte. Ich wollte meinen Frieden mit den beiden, und den würde ich nur dadurch bekommen, indem ich mich normal verhielt. Es würde mich schon nicht umbringen.

Apropos umbringen. Eliza und Alison kehrten gerade wieder an unseren Tisch zurück. Die Kleine sah so zum Anbeißen aus, dass ich mich beherrschen musste, um nicht von meinem Stuhl aufzuspringen. Friedlich war sie ganz und gar nicht. Da traf quälend schon eher zu. Sie würde mich wirklich noch umbringen, wenn wir so weitermachten. Und ich würde jede einzelne Sekunde davon genießen.

4. KAPITEL

WHERE THE HELL IS MY MIND

Finn

November 7th, 11:00 p. m.

Ich fuhr mir mit der Hand übers Gesicht. Mir war nach ein bisschen frischer Luft zumute. Als ich von der Küche aus auf meine Dachterrasse gelangt war, setzte ich mich auf einen der Liegestühle, die ich letztens dort hingestellt hatte.

Der Himmel war sternenklar und schwarz. Seattle sah umwerfend aus, und das Beste war, dass es mich kaum an Los Angeles erinnerte.

Wenn ich schon einmal gute Laune hatte, konnte ich mich auch bei meinen Eltern melden. Ich kramte mein Handy aus der Hosentasche. Als ich den Bildschirm sah, bemerkte ich, dass ich eine Nachricht von Alex bekommen hatte.

> Hey, Finn – mach dir keine Gedanken wegen gestern, Tom hat mir alles erklärt. Es tut mir übrigens auch leid, wie ich reagiert habe. Wir sehen uns morgen in der Uni. Ach ja, wenn du morgen Abend Lust hast, kannst du endlich mal ins Emporio kommen, die anderen werden auch da sein. Gute Nacht

Ich zuckte mit den Schultern und beschloss, mir später Gedanken darüber zu machen, während ich die Festnetznummer von Laura und Michael eintippte.

»Laura Westwood.«

»Hi, Laura, hier ist Finn.«

»Finn! Schön, dass du anrufst! Du fehlst uns so! Wie geht es dir? Bist du gut angekommen? Gefällt's dir in Seattle?«

Ich lachte auf. Es klang beinahe so, als hätten wir uns seit Monaten nicht mehr gesehen, dabei hatten sie mich erst vor zwei Tagen zum Flughafen gebracht. Wenn ich aber ehrlich war, musste ich zugeben, dass mir die zwei Tage auch schon wie eine Ewigkeit vorkamen, es war einfach so viel passiert.

»Mir geht's gut. Ich bin nur ein wenig müde, weil wir gestern noch ausgegangen sind.«

»Das war ja klar! Deine Brüder können dich keinen Tag in Ruhe lassen.« Ich sah sie vor mir, wie sie missbilligend den Kopf schüttelte, und musste unwillkürlich lächeln.

»Es ist wirklich alles super hier. Wir werden jeden Samstag hier auftreten, wie früher in L. A., erinnerst du dich?«

»Wie könnte ich das vergessen?« Eine kleine Pause entstand. »Bist du dir sicher, dass du bereit dafür bist, Finn?«, fragte sie dann leise, aber ich konnte ihre Besorgnis deutlich heraushören.

»Ja. Ja, das bin ich. Ich kann mich nicht immer von … früher einholen lassen, das wissen wir beide. Es ist schon okay.«

Sie seufzte. »Ich will nur nicht, dass du etwas Unbedachtes tust.«

»Ich bin kein Kind mehr«, erwiderte ich etwas schärfer als beabsichtigt. Erneut spürte ich die Angst in mir, dass sie etwas erwähnen könnte. Etwas, an das ich jetzt nicht denken wollte. Nicht denken durfte, wenn ich mich menschlich benehmen wollte.

»Das weiß ich. Aber bitte pass auf dich auf.«

»Das mach ich. Ich habe übrigens schon ein Auto gefunden.« Vielleicht würde sie das ablenken.

»Das ist toll, Finn! Wir werden es wie abgemacht bezahlen!«

»Oh nein, ihr kriegt das ganze Geld zurück, so wie ich es gesagt habe, sonst bring ich es sofort wieder zurück. Du weißt genau, dass ich nicht alles in den Schoß gelegt haben möchte.«

»Aber …«

»Keine Widerrede. Ich will es so.«

Sie seufzte. »Na schön … Ich würde dir jetzt noch Michael ans Telefon geben, aber er ist noch in der Praxis.«

»Okay, grüß ihn von mir. Ich muss jetzt Schluss machen, Mom.«

»Du fehlst uns. Melde dich mal wieder, ja?«

»Ja. Bis dann.« Ich unterbrach die Verbindung und ging zurück in meine Wohnung. Es war seltsam, aber durch das Gespräch fühlte ich mich nicht mehr wie vorher. Es kam mir plötzlich alles so sinnlos vor.

***

Eliza

November 7th, 12:00 midnight

Ich hatte schon einige Typen in meinem Leben geküsst, hatte mit dem einen nur unschuldige Küsse ausgetauscht und war mit dem anderen auch schon weiter gegangen. Nein, ich war auch keine Jungfrau mehr. Aber daran wollte ich nicht denken, Sam und ich hatten uns geschworen, keinen Gedanken mehr an den Vorfall zu verlieren. Es war lange her und nicht mehr von Bedeutung.

Aber ich hatte nie einen Freund gehabt. Und war nie verliebt gewesen. Bis gestern hatte ich nicht einmal besonders Gefallen an Männern im Allgemeinen gefunden. Ich hatte viele in meinem Freundeskreis, und es machte auch Spaß, sich gehenzulassen und einfach nur hemmungslos zu sein, aber es war für mich immer eher nebensächlich gewesen. Wenn ich mich mit jemandem einließ, dann nur, nachdem ich klargestellt hatte, dass es dabei nicht einmal ansatzweise um Gefühle ging.

Es gab für mich keinen Grund, jemandem etwas vorzulügen. Ich konnte und wollte mich nicht verlieben, um dann am Ende mit einem gebrochenen Herzen alleingelassen zu werden. Ich hatte gesehen, wie es bei meinen Eltern ausgegangen und wie es den meisten in der Highschool ergangen war, die sich ewige Liebe geschworen hatten. Also hatte ich mir schon sehr früh eine Mauer errichtet, durch die ich niemanden durchließ. Aber das hatte ja auch rein gar nichts mit Finn zu tun.

Seufzend ließ ich mich auf mein Bett fallen, während ich versuchte, ihn aus meinen Gedanken zu verbannen. Morgen würden die ersten Vorlesungen in der Uni beginnen, und ich sollte wohl schlafen gehen, wenn ich fit sein wollte. Die Orientierungstage lagen eine Weile zurück, und ich freute mich schon auf meine ersten Erfahrungen an der University of Washington, auch wenn ich ein komisches Gefühl hatte, als ich daran dachte, dass ich ein paar Kurse mit Finn haben würde.

Ich konnte es nicht leugnen, es hatte mir heute Spaß gemacht mit ihm. Er war eine Herausforderung, deswegen hatte er mein Interesse geweckt. Aber auf keinen Fall würde ich ihm das unter die Nase reiben. Vielleicht spielte er nur irgendwelche Spielchen mit mir, und das würde ich mir nicht gefallen lassen.

***

Finn

November 8th, 9:45 a. m.

Nachdem ich meinen neuen schwarz glänzenden Panamera S eingeparkt hatte, machte ich mich auf die Suche nach dem richtigen Hörsaal. Die Uni befand sich in einem Schloss, und hier in Seattle stand das größte von drei Universitätsgebäuden der University of Washington. Alex hatte mich vor ein paar Monaten, als ich hier zu Besuch gewesen war, herumgeführt, obwohl damals noch nicht feststand, ob ich hier studieren würde.

Ich fand den Saal relativ schnell, weil dort viele Studenten hineinströmten. Offenbar gab es nur einen Kurs zu dieser Zeit im zweiten Stock. Ich schaute auf meine Uhr – noch eine Viertelstunde, bis die Vorlesung begann.

Ich war extra früher gekommen, um einen guten Platz zu bekommen, doch meine Befürchtungen schienen umsonst gewesen zu sein. Es waren noch eine Menge Sitze frei, vor allem ganz hinten, aber ich entdeckte schnell den Platz meiner Wahl – genau neben Eliza.

Ich grinste.

Sie war anscheinend schon länger da, hatte bereits ihre Jacke ausgezogen und ihr Schreibzeug aus ihrer Tasche geholt. Vor ihr auf dem Tisch stand ein Pappbecher. Sie drehte sich um und schaute mir direkt in die Augen, als hätte sie gespürt, wie ich sie beobachtete.

Für einen Moment hielt ich ihren erst fassungslosen, dann scheinbar gelangweilten Blick fest und machte mich anschließend auf den Weg zu ihr. Sie schien meine Absicht erkannt zu haben, denn sie drehte sich wieder um und blickte stur geradeaus.

»Guten Morgen. Ich bin dann mal so frei, mich neben dich zu setzen«, begrüßte ich sie betont fröhlich und ließ mich auf den Platz neben ihr fallen. Ich bemerkte, wie sie sofort ein paar Zentimeter von mir wegrutschte und einen Gesichtsausdruck aufsetzte, als hätte ich die Pest. Ansonsten gab es keine Anzeichen, dass sie meine Anwesenheit realisiert hatte. Sie schien es darauf angelegt zu haben, von mir gereizt zu werden, anders konnte ich ihre Ignoranz mir gegenüber beim besten Willen nicht deuten.

»Ich verstehe ja, dass es dir peinlich ist, vor anderen zuzugeben, dass du mich anziehend findest, aber ich verspreche dir hiermit, dass ich diese Tatsache für mich behalten werde. Du kannst mir vertrauen.«

An dieser Stelle wollte ich ihr eigentlich tief in die Augen schauen, aber da sie immer noch geradeaus sah, legte ich nur meine Hand auf ihren Arm. Sofort wurde sie weggeschlagen.

»Hey, nicht so aggressiv. Ich wollte dir doch nur zeigen, dass wir Verbündete sind. Oder besser, *unter einer Decke stecken.*«

Sie beging den Fehler, mich anzuschauen, und wurde von meinem besten verführerischen Blick getroffen. Ich umgriff ihren Unterarm und begann, Linien mit meinem Finger auf ihre helle Haut zu zeichnen.

»Lass mich los«, flüsterte sie zornig und blickte sich schnell um. Ich tat es ihr nach und sah zu meiner Verwunderung, dass niemand uns beachtete.

Bei ihren Worten fiel mir etwas ein. »Weißt du, das hast du gestern auch gesagt, als ich dich gegen die Wand gedrückt habe. Hast du das auch so gemeint? Wolltest du wirklich, dass ich dich loslasse, oder war es nur ein Reflex, weil du mal wieder vor der Wahrheit geflüchtet bist?«, fragte ich leise und näherte mich ihr, bis meine Lippen ihr Ohr fast berührten.

Sie versteifte sich, und ich sah, wie sich die feinen Haare auf ihren Armen aufrichteten.

Und da erstarrte ich. Und schluckte. *Ach du Scheiße. Was tue ich hier?* In Sekundenschnelle ließ ich sie los und beugte mich über meinen Rucksack, um mein Schreibzeug herauszuholen. Ich hatte vollständig den Verstand verloren. Ich war nicht mehr ich selbst.

Aus den Augenwinkeln beobachtete ich, wie sie demonstrativ in die entgegengesetzte Richtung schaute und deutlich um Fassung rang. Dann fuhr sie sich mit beiden Händen durch die Locken und wandte sich mir mit wütendem Gesichtsausdruck zu.

»Es gibt so viele Plätze in diesem verdammten Raum, und du musst dich ausgerechnet neben mich setzen?«

»Ich sagte doch, dass ich dich nicht ignorieren werde. Außerdem können wir doch wenigstens in der Öffentlichkeit Freunde sein, oder?«

Sie verschränkte die Arme vor der Brust und sah hinreißend in ihrem Pullover und den hautengen Jeans aus. Ich wartete, aber es kam keine Antwort.

Dann rutschte mir etwas raus, ohne dass ich darüber nachdachte – mal wieder: »Das Rummachen sparen wir uns dann für die Zweisamkeit auf.«

Fassungslos starrte sie mich an, und ich konnte nicht anders – ich musste lachen.

»Ich hab einen Scherz gemacht, Eliza.«

Sie bemühte sich sichtlich um einen normalen Gesichtsausdruck. »Du bist aber sehr witzig drauf heute«, erwiderte sie sarkastisch.

»Komm schon, sei mir nicht böse. Ich will dir nichts tun.«

»Hast du eine multiple Persönlichkeit?«

»Wie bitte?«

»Ich will nur wissen, ob du krank bist.«

Ich grinste. »Wie kommst du denn darauf?«

Sie verdrehte genervt die Augen. »Was genau willst du von mir?«

»Keine Ahnung«, antwortete ich ehrlich. »Das kommt ganz auf die Situation an. Jetzt im Moment möchte ich, dass du nicht sauer auf mich bist. Gestern wollte ich dich provozieren …« Das konnte sie ruhig wissen, meine Versuche waren ja mehr als offensichtlich gewesen. »Und na ja, im Howl at the Moon … aber ich glaube, da kommst du auch selber drauf.«

Sie grinste, und ich stutzte. Diese Reaktion hätte ich sicher nicht erwartet. Ich sollte ihr gegenüber vielleicht öfter mal die Wahrheit sagen.

»Weißt du, mit der Ehrlichkeit hast du's aber auch nicht so«, wechselte sie plötzlich das Thema, und ich schaute sie verwirrt an. »Hast du mir am Samstag nicht erzählt, du würdest nicht oft ins Howl at the Moon gehen?« Sie hob die Augenbrauen. »Und dann stellt sich raus, dass du dort sogar jede Woche singst. Gerade du solltest mir nicht vorwerfen, dass ich Probleme mit der Wahrheit hätte.«

Streng genommen hatte ich nicht gelogen – ich war mir zu diesem Zeitpunkt sicher gewesen, nie wieder dort aufzutreten. Wie schnell sich die Dinge ändern konnten … Ich lachte ein wenig. »Ich hatte eigentlich nicht vor, öfter zu singen. Und abgesehen davon war ich ein wenig panisch, weil ich erst später realisiert habe, was ich da getan habe.«

»Du bereust es?«

Bildete ich mir den verletzten Klang in ihrer Stimme nur ein?

»Oh nein.« Ich lächelte, als ich mich daran erinnerte, wie ich mich an sie gepresst hatte. »Aber es ist doch kein normales Verhalten, ein Mädchen einfach so mitzunehmen. Hattest du nicht mal Angst? Ich meine, ich hätte dir sonst was in diesem Raum antun können.«

Sie überlegte kurz, und verwundert stellte ich fest, dass sie nicht vorhatte, mir eine ironische oder zornige Antwort zu geben. »Nein. Ich war in einem Rausch. Ich hatte keine Sekunde Angst vor dir.«

»In einem Rausch?«

»Alkohol. Aber das Thema hatten wir schon.« Sofort hörte ich den bissigen Klang ihrer Stimme wieder heraus und grinste.

»Du weißt, dass ich dir noch immer nicht glaube?«

»Du weißt, dass mir völlig egal ist, was du tust?«

»Da wären wir wieder«, sagte ich lachend. Ich wollte noch etwas hinzufügen, aber da erst wurde mir bewusst, dass der Raum sich jetzt deutlich gefüllt hatte und um uns herum so langsam die Gespräche verklangen. Wir saßen in der mittleren Reihe, und vorne erschien der Professor.

Ich lehnte mich zurück und sah mit einem Lächeln zu, wie Eliza es mir gleichtat und dabei angestrengt jeden Blick in meine Richtung vermied.

***

»Willst du mich jetzt endlich …«

»… küssen? Mit Vergnügen.«

»Du bist ein Idiot, Finn.«

»Ich nehme das jetzt mal als Kompliment.«

»Ich hasse dich.«

Ich grinste über diese kindische Behauptung. »Wie bitte?«

»Ich kann dich nicht leiden.«

»Glaub ich nicht.«

»Dein Problem.«

Wir standen im überfüllten Korridor, und ich versperrte ihr den Weg. Die Vorlesung hatte vor wenigen Minuten geendet – ein Glück, dass wir den ganzen Stoff, den Professor Sax vorne durchging, noch einmal extra als Mail geschickt bekamen. Ich war mir sicher, Eliza und ich würden in den folgenden Wochen eine Menge verpassen.

Ich stand vor der Entscheidung, was ich als Nächstes tun sollte. In zehn Minuten war ich mit Alex in der Bibliothek verabredet. Im Moment hielt ich noch an der ersten Möglichkeit fest: so lange wie nur möglich in Elizas Nähe zu bleiben. Ihr schien das ganz und gar nicht zu gefallen.

»Wenn du mich nicht sofort vorbeilässt …«

Ich gab ihr keine Gelegenheit, ihre Drohung auszuführen, sondern unterbrach sie. »Kommst du heute Abend in die Emporio Bar?«, fragte ich grinsend.

Ihr Gesichtsausdruck veränderte sich schlagartig. »Dorthin, wo Alex und Jenny arbeiten?«

Ich nickte erwartungsvoll – sie würde doch jetzt nicht wirklich auf meine Einladung eingehen, oder?

»Ich würde liebend gerne kommen.« Sie lächelte künstlich, und ich musste wieder grinsen. »Unter der Bedingung, dass du nicht auftauchst.«

»Ach, ich weiß schon, dass du dich auf mich freust«, meinte ich und verdrehte innerlich die Augen über die Spielchen, die ich wieder spielte. Ich benahm mich wirklich wie ein Kind. Aber was sollte ich sonst tun, wenn sie anders nicht auf mich einging?

»Wie gesagt: Wenn du dort bist, wirst du mich nicht sehen.«

»Und wie willst du es den anderen erklären, dass du als Einzige nicht kommst?«

»Ich werde mir schon etwas einfallen lassen. Plötzliche Kopfschmerzen oder so. Kann ja vorkommen …«

Ihre dunklen Augen glänzten und bildeten zusammen mit den Haaren den perfekten Kontrast zu ihrer makellosen hellen Haut.

»Du hast definitiv Angst, Elizabeth.« Ihren ganzen Namen hatte ich im Uni-Forum gelesen, und dass ich ihn aussprach, reizte sie offensichtlich.

Sie erstarrte. »Wage es nicht noch einmal, mich so zu nennen. Und was das heute Abend angeht – ich werde da sein. Ich werde mich doch nicht vor so einem Idioten wie dir verstecken.«

»Sehe ich genauso. Das brauchst du dir nicht gefallen zu lassen«, erwiderte ich amüsiert. Sie war die pure Unterhaltung.

Sie wollte gerade an mir vorbeilaufen, als ich in ein paar Metern Entfernung eine Blondine sah, die mich wie vom Donner gerührt anstarrte. Sie kam mir seltsam bekannt vor. Reflexartig hielt ich Eliza an der Schulter fest, als sie sich schon in Bewegung gesetzt hatte. Schlagartig war mir eingefallen, wer die junge Frau war. Und sie lief geradewegs auf mich zu.

»Nimm deine …«

Unbeirrt zog ich Eliza näher zu mir und ließ sie wieder nicht aussprechen. Mir war soeben eine grandiose Idee gekommen.

»Kleine, wenn du mir jetzt hilfst, bin ich dir was schuldig«, flüsterte ich ihr ins Ohr, und sie schaute mich erst überrascht, dann verwirrt an. Unsere Gesichter waren nur wenige Zentimeter voneinander entfernt, und ich gab mir die größte Mühe, mich nicht davon ablenken zu lassen. Es erwies sich als äußerst schwierig.

»Nur über meine Leiche«, zischte sie schließlich und wollte schon weitergehen. Ich hielt sie wieder auf und wollte sie weiter bearbeiten, als wir unterbrochen wurden.

»Hi, Finn. Was für eine Überraschung, dich hier zu sehen!«

Ich drehte mich um. »Zoey«, begrüßte ich das Mädchen vom Flughafen. Na super, jetzt musste ich mir etwas anderes einfallen lassen, wenn Eliza mir nicht half.

Ihr Gesichtsausdruck strahlte pure Begeisterung aus. »Du erinnerst dich an mich!«

Ich wollte schon einen flehenden Blick zu Eliza werfen, die sich wahrscheinlich gerade einen Spaß aus der Situation machte, als ich etwas Warmes an meiner Hand spürte. Ich musste nicht nachsehen, um zu wissen, welche Finger sich in diesem Moment mit meinen verschränkten. Eliza trat vor und lächelte Zoey übertrieben freundlich an.

»Hi, Zoey. Ich bin Eliza, Finns Freundin«, meinte sie, und um ein Haar hätte ich eine Herzattacke bekommen. Im letzten Moment bekam ich mein Gesicht unter Kontrolle und grinste ebenfalls.

»Seine Freundin, ja?« Entgeistert starrte sie uns an. Beinahe hätte ich die Augen verdreht. Sie kannte mich nicht einmal! Und wenn, dann hätte sich ihre Begeisterung schnell abgekühlt, da war ich mir sicher …

»Mhm. Seit drei Jahren.« Ich konnte mir ein kurzes Lachen nicht verkneifen.

Ich ließ Elizas Hand los, legte ihr stattdessen einen Arm um die Taille und zog sie zu mir. Es war leicht, so zu tun, als würde ich das schon seit Ewigkeiten machen.

»Ich …«

»Man sieht sich«, unterbrach ich sie und drehte mich dann Arm in Arm mit Eliza um und lief davon.

Sobald wir außer Hörweite waren, lachte ich auf. »Ich muss noch zur Bibliothek, läufst du kurz mit?«, fragte ich, und sie nickte stumm.

Ihr Gesicht war seltsam verschlossen, obwohl sie gerade eben noch mitgespielt hatte. Als wir – immer noch die Arme umeinander gelegt – an der Bibliothek der UW ankamen, die am anderen Ende des zweiten Stocks lag, ließ sie mich abrupt los, und ich tat es ihr nach, obwohl es mir ziemlich gegen den Strich ging.

»Bilde dir bloß nichts darauf ein«, fauchte sie, und ich hob automatisch die Hände angesichts ihres plötzlichen Angriffs.

»Hey, hey, ich hab gar nichts gesagt. Aber wenn wir schon beim Thema sind – vielen Dank dafür.«

Sie funkelte mich zornig an, und ich erwiderte ihren Blick verwirrt. Was war jetzt nur in sie gefahren?

»Ich hab das nicht für dich getan, sondern dafür, dass wenigstens einer in deinem Fanclub die Augen geöffnet werden, und zweitens, weil du mir jetzt etwas schuldest.«

Ich zuckte mit den Achseln. »Ich tue alles, was du willst, Kleine.«

»Erst einmal hörst du auf, mich so zu nennen, verdammt.« Sie war wieder in Fahrt. »Und wenn du solche Angebote machst, dann tu mir wenigstens den Gefallen, und halte dich daran. Komm heute Abend nicht ins Emporio.«

»Wie bitte?«

»Das schuldest du mir.«

Bevor ich noch irgendetwas erwidern konnte, hatte sie mir schon den Rücken gekehrt und war davongelaufen.

Perplex starrte ich ihr hinterher. Ich konnte mir keinen Reim auf ihr Verhalten machen, nur eines wusste ich ganz sicher: In die Emporio Bar würde ich heute Abend trotzdem gehen. Auf die Gefahr hin, dass sie mir den Hals umdrehte.

***

Eliza

November 8th, 2:50 p. m.

»Hi, Eliza!« Sam gab mir einen Kuss auf die Wange und drückte mich an sich. Endlich war er da und würde mich hoffentlich auf andere Gedanken bringen.

Ich erwiderte seine Umarmung lächelnd. »Schön, dich zu sehen.«

Auf seinem Gesicht lag ein breites Grinsen, und seine schwarzen Augen glänzten.

»Kann es sein, dass du soeben Ally und Jenny über den Weg gelaufen bist?«, fragte ich mit einem Kichern. Die beiden hatten unsere Wohnung vor wenigen Minuten verlassen, also lag diese Möglichkeit nahe.

Er nickte. »Sie ist einfach umwerfend«, meinte er seufzend.

»Komm rein, Sam.«

Er lief hinter mir her, und wir setzten uns auf die Couch im Wohnzimmer. Ich entdeckte eine Fernbedienung in seiner Hand und warf ihm einen fragenden Blick zu.

»Ach, weißt du, ich hab mir gedacht, du hättest nichts dagegen, wenn wir uns die erste Staffel von *Friends* anschauen …«, sagte er grinsend, weil er genau wusste, wie verrückt ich nach der Serie war.

Ich nickte begeistert. »Samuel Cooper, du bist der Beste.«

Er lachte, und ich lief in die Küche, während er sich an unserem Fernseher zu schaffen machte.

»Weißt du, wir haben das so lange nicht mehr zusammen geschaut … Ich glaub, es ist über ein halbes Jahr her, als wir noch in diesem Kaff gewohnt haben.«

Er hatte recht. »Eiscafé?«, fragte ich und holte schon zwei Dosen aus dem Kühlschrank.

Die Frage war unnötig, denn das war immer unser Ritual gewesen: kalter Kaffee und Serien, meistens auf Sams Balkon, während wir über alles Mögliche plauderten.

Ich nahm die Getränke und stellte sie auf dem niedrigen Tisch vor dem Sofa ab, bevor ich mich wieder neben ihn setzte. »Und?«, griff ich das Gespräch von eben auf, während der Vorspann lief. »Wie läuft's mit dir und Jenny?«

»Sie ist absolut umwerfend, und ich glaub, sie findet mich auch ganz okay …«

An dieser Stelle unterbrach ich ihn. »Ganz okay? Sie ist mindestens genauso verrückt nach dir wie du nach ihr! Und das weißt du auch!«

Er ließ diesen Kommentar unbeantwortet, nur sein Grinsen wurde noch ein wenig breiter.

Ich stieß ihm in die Seite. »Sam, du bist fast so schlimm wie Jenny mit ihrem Gerede von Wir-sind-doch-nur-Freunde! Wenn ihr's treibt, dann kannst du mir das auch erzählen.«

Er lachte schallend. »Eliza, wie ich sie kenne und liebe. Verschwendet keine Zeit mit Nebensächlichkeiten, sondern kommt direkt auf den Punkt!«

Ich verdrehte die Augen, musste aber auch ein wenig lachen. »Komm schon, hast du sie geküsst?«

Ein Grinsen … und … hm … sah ich da etwa einen Rotton unter den gebräunten Wangen?

»Kann man so sagen.«

Jetzt hatte er mich mit seinem Grinsen angesteckt. »Am Samstag?«

Er nickte.

Ich setzte mich aus meiner entspannten Position auf und kicherte. »Wenn ich Jen darauf anspreche, dreht sie durch. Danke, Sam!«

»Wag es ja nicht. Wo wir beim Thema sind, was ist mit dir und dem dritten Westwood?«

Sofort wurde ich hellhörig. »Willst du mich verarschen? Was soll da sein?«

»Na, sieht ja mal ganz danach aus, als hätte ich den wunden Punkt getroffen«, meinte er sichtlich amüsiert, öffnete seelenruhig seine Dose und nahm einen Schluck, während er den Blick zum Bildschirm wandte, wo Rachel gerade im nassen Hochzeitskleid auftauchte. Mir war jetzt aber gar nicht mehr nach Seriengucken zumute.

»Sam, was meinst du? Wie kommst du darauf?«

Er warf mir einen belustigten Blick zu. »Eine Kommilitonin von Jen hat euch händchenhaltend in der Uni gesehen.«

»Ach ja«, schaltete ich sofort. »Ich hab ihm geholfen, ein ungewolltes Fangirl loszuwerden.«

Sam grinste, sagte aber nichts mehr.

***

Während ich mir im Badezimmer die Wimpern tuschte, hoffte ich inständig, dass der Idiot sich an seine Abmachung halten würde.

Jenny hatte sich schon mit Sam auf den Weg gemacht, sie musste mit Alex arbeiten, und ich hatte ihr versprochen, später vorbeizukommen.

Tom und Ally waren mit Allys Eltern unterwegs, die für zwei Tage in die Stadt gekommen waren, weil Mr. Eisenberg ein geschäftliches Meeting hatte und die beiden außerdem den Freund ihrer Tochter kennenlernen wollten.

Ich warf einen prüfenden Blick in den Spiegel und glättete die letzte lockige Strähne in meinen Haaren. Sie gingen mir jetzt beinahe bis über die Hüften, und ich hatte sie nach hinten gekämmt und mit einer schwarzen Klammer zusammengesteckt.

Dann lief ich zurück in mein Zimmer und suchte mir dort ein enges, schlichtes schwarzes Shirt aus und entschied mich für eine graue zerrissene Jeans. Meine Lippen ließ ich ungeschminkt. Ich schnappte mir meine große Ledertasche, warf kurz einen Blick auf die Wanduhr und lächelte zufrieden. Dieses Mal würde ich nicht zu spät kommen und in unerwünschte Fremde hineinlaufen.

Ich stieg in meine halbhohen Stiefel und warf mir den riesigen schwarzen Mantel über, in dem ich fast versank. Gerade als ich die Wohnung verlassen wollte, klingelte es.

Na toll, wer störte ausgerechnet jetzt? Ich hatte wirklich keine Lust, heute wieder die Letzte zu sein. Wenig begeistert und mit einer Ich-wimmle-dich-ab-koste-es-was-es-wolle-Laune öffnete ich die Tür und stockte.

Er stand da. Natürlich. Mit einer Rose in der Hand, schwarzem Hemd unter der Lederjacke und einem unbeschreiblich arroganten Lächeln auf den Lippen. Seine Haare fielen ihm mal wieder in die unglaublichen Smaragdaugen … aber nein. Ich würde jetzt nicht schwach werden.

Moment mal. Ich blinzelte. Eine Rose?

Es war ja anzunehmen gewesen, dass der Trottel sich nicht an seine eigenen Versprechungen hielt, aber was sollte das jetzt schon wieder?

»Du siehst umwerfend aus, Eliza.«

Ich starrte ihn für einen Moment benommen an. Der Tonfall, mit dem er meinen Namen aussprach, ließ keinen Zweifel daran, wie ich seine Begrüßung zu verstehen hatte. Er lehnte jetzt im Türrahmen und hatte den Kopf so geneigt, dass er mich durch seine schwarzen Wimpern mit diesem speziellen Blick musterte.

Mir wurde heiß, und im selben Moment schoss Adrenalin durch meinen Körper. Oh nein, dachte ich, ich würde meiner Begierde jetzt sicher nicht nachgeben, egal, wie sehr sie sich nach seinem perfekten Körper verzehrte. Zeig's ihm! feuerte ich mich stattdessen selbst an.

Scheinbar gelangweilt musterte ich ihn von oben bis unten und ignorierte die aufwallende Erregung beim Anblick seines … göttlichen Körpers.

»Ich würde dich jetzt liebend gern in meinem Zimmer vernaschen, aber ich muss leider ins Emporio«, meinte ich gleichgültig, ließ die Tür hinter mir ins Schloss fallen, nahm ihm die dunkelrote Rose – wie unoriginell – aus der Hand und zwinkerte ihm zu, bevor ich ihn völlig verdattert vor meiner Haustür stehen ließ und zum Aufzug lief.

Da ich ihm den Rücken kehrte, erlaubte ich mir ein breites Grinsen. Seine ganzen Gesichtszüge waren ihm entglitten, nur weil ich etwas Unerwartetes gesagt hatte. Ich konnte ihn genauso aus der Fassung bringen wie er mich, das war wirklich gut zu wissen.

Gerade als ich zwischen die Aufzugtüren geschlüpft war und schon ein Triumphgefühl empfand, weil ich ihn abgehängt hatte, wurde der kleine Spalt mit zwei kräftigen Händen wieder aufgedrückt.

Ich wollte schon protestieren, als mein Handy in der Tasche klingelte. Ich erstarrte. *Not Strong Enough* von Apocalyptica. Mir fiel siedend heiß ein, wann und aus welchem Grund ich diesen Klingelton gewählt hatte.

Verdammt. Bitte, flehte ich stumm, bitte, lass ihn das Lied nicht erkennen. Natürlich war mein Stoßgebet umsonst. Er stellte sich direkt vor mich, zog eine Braue nach oben und grinste mich schief an.

»Interessanter Song, Kleine.«

Verdammt. Verdammt. Verdammt. Ich konnte seinen Atem spüren und seine Wimpern zählen, so nah stand er wieder bei mir.

Sekunden verstrichen. Das war's dann wohl mit dem Triumph … Konnte er mir denn gar nichts gönnen?

»Willst du nicht annehmen?«, fragte er und strich mir eine Strähne hinters Ohr. Ich spürte die Gänsehaut auf meiner Haut, noch bevor seine Finger meinen Nacken berührten. Energisch sog ich Luft ein. Ich war nicht schwach. Abgesehen davon hätte ich das Lied ja schon vor ihm auf meinem Handy haben können.

»Behalte deine Finger bei dir«, fauchte ich und befreite mich aus seinem Griff.

Er trat grinsend einen Schritt zurück, und ich kramte hastig das Telefon aus meiner Tasche. Es war Jenny.

»Jen?«

»Hi, Süße, ich wollte dir nur sagen, dass Finn gleich bei dir vorbeikommt, dann könnt ihr zusammen ins Emporio kommen«, rief sie mir ins Ohr. Im Hintergrund war laute Musik und Gelächter zu hören. Sie stand wahrscheinlich hinter der Bar.

»Super, dass mir das auch mal jemand sagt«, murmelte ich und schoss giftige Blicke in Richtung Finn ab. Er lächelte mich seelenruhig an, nicht die Spur von schlechtem Gewissen war ihm anzusehen.

»Eliza? Was hast du gesagt? Hör mal, es ist ziemlich laut hier …«

Ich verdrehte die Augen. »Schon gut, er ist hier, wir sind in einer halben Stunde bei euch«, sagte ich etwas lauter, aber immer noch ziemlich genervt.

Entweder war sie zu beschäftigt, um es zu bemerken, oder sie ignorierte es einfach.

»Perfekt! Bis gleich!« Der Enthusiasmus in ihrer Stimme war nicht zu überhören.

»Ja, wirklich perfekt«, erwiderte ich, aber sie hatte schon aufgelegt.

Ich fluchte und schmiss mein Handy zurück in die Tasche. Als ich aufschaute, sah ich, wie er mich so unverschämt angrinste, dass ich ihm am liebsten eine gescheuert hätte. »Kannst du mir erklären, was der Scheiß soll, du Idiot? Wir hatten eine Abmachung!«

Er seufzte. »Eliza, ich hab dir lediglich gesagt, dass ich dir etwas schulde. Aber das hier steht nicht in meiner Macht. Ich bin erst seit Freitag hier und hatte Alex schon länger versprochen, dass ich mal dahin komme.«

»Aha. Na sicher. Meinst du, ich hätte das heute Mittag für dich getan, wenn ich gewusst hätte, dass du dich nicht mal an deine eigenen Abmachungen halten kannst?«

»Ich verspreche dir, ich halte mich daran. Du kriegst alles, was du möchtest, aber das hier, das müssen wir zwei jetzt durchstehen, okay?« Er schaute mich mit einem flehenden Blick an, der mich von oben bis unten durchfuhr. »Bitte. Ich mach dir auch ein Angebot.«

Ich hob die Augenbrauen. »Noch eins, oder was?«

In diesem Moment gingen die Türen auf, und Cindy, ein nettes Mädchen in unserem Alter, das im zweiten Stock wohnte, kam herein.

Sie lächelte mir und Finn zu. »Hey, Eliza.«

»Hi, Cindy.« Ich lächelte kurz zurück, stellte ihr Finn aber absichtlich nicht vor. Nicht, dass sie noch auf den dummen Gedanken kam, wir wären Freunde oder Schlimmeres.

Finn wiederum grinste fröhlich vor sich hin und zerstörte mein Vorhaben, indem er ihr eine Hand hinstreckte. »Ich bin Finn, hallo.«

Sie schüttelte ihm freundlich die Hand, während ich ihn wütend anfunkelte. Cindy musterte uns beide, und ihr Blick fiel auf meine Hände. Verwirrt folgte ich ihm und schluckte – ich hielt noch immer die verdammte Rose in der Hand.

»Das ist dein Freund, oder?«

Ich setzte sofort zum Widerspruch an. Natürlich, *natürlich* passierte das. »Oh n…«

»Jep, der bin ich«, wurde ich fröhlich von Finn unterbrochen.

Sie nickte verständnisvoll und warf wieder einen Blick auf die Rose. »Nett, dich kennenzulernen«, meinte sie lächelnd und trat aus der Tür, die sich gerade öffnete.

Wir taten es ihr nach, und ich funkelte Finn an. »Kannst du mir mal erklären, was zum Teufel …«

Er legte mir einen Finger auf die Lippen. Einfach so. Als würde das ausreichen, um mich zum Schweigen zu bringen.

»Finn, ich bring dich um«, nuschelte ich wütend, und er kicherte.

»Im Auto, okay? Ich will nicht noch mehr Aufmerksamkeit hier.« Er nahm den Finger von meinem Mund.

»Du bist derjenige, der uns immer mehr in die Öffentlichkeit rückt.«

»Wir schaffen das schon.«

Wir liefen auf die andere Straßenseite, wo sein schwarzer Angeber-Wagen stand.

Wir schaffen das. *Wir!*

Ganz Gentleman öffnete er mir die Beifahrertür. Ich verdrehte die Augen, während ich einstieg.

»Du brauchst jetzt hier nicht so tun, als hättest du gute Manieren. Ich glaub dir sowieso nichts mehr.«

Er erwiderte nichts, sondern drehte sich erst zu mir, als er am Steuer saß. »Okay, versprichst du mir zuzuhören, bis ich fertig bin?«

Du kannst mich mal, dachte ich zornig. »Vielleicht solltest besser du warten, bis *ich* mit *dir* fertig bin. Kannst du mir erklären, was das gerade sollte? Hast du Lust, dass die ganze Welt denkt, wir wären ein Paar? Warst nicht du derjenige, der gestern rumgeheult hat, dass bloß niemand was von Samstag erfährt? Geht's dir noch gut? Wenn das so weitergeht, kriegt die ganze UW Wind davon, dass wir mehr als nur Bekannte sind.«

Er ließ mich zu Ende schimpfen, dann seufzte er. »Na schön, das war dumm von mir. Ich weiß auch nicht, was in mich gefahren ist.«

»Vielleicht solltest du besser denken, bevor du handelst. Kannst du das überhaupt?«

Er grinste. »Es fällt mir ziemlich schwer zu denken, wenn du in der Nähe bist, das muss ich zugeben.«

»Komm mir jetzt nicht mit der Masche«, sagte ich genervt und ignorierte das Gefühl des Fallens in meinem Magen.

»Okay, kann ich dir jetzt einen Kompromiss vorschlagen?«

»Muss ich Angst haben, dass du dich wieder nicht daran hältst?«

»Musst du nicht. Versprochen.«

Erneut verdrehte ich die Augen, wartete aber gespannt auf das, was er sich ausgedacht hatte.

»Also, wegen der Sache mit der Öffentlichkeit: Wir haben drei Möglichkeiten. Erstens, wir sagen die Wahrheit über das, was im Howl at the Moon passiert ist.« Er schmunzelte.

»Das werden wir definitiv nicht tun.«

»Definitiv nicht«, stimmte er zu. »Möglichkeit Nummer zwei: Wir leugnen alles, auf die Gefahr hin, dass uns trotzdem jemand erwischt.«

»Erwischt? Was genau meinst du damit?«, fragte ich drohend.

»Meinst du nicht, dass sich das vom Wochenende wiederholen könnte?«

»Nein. Meine ich nicht. Ganz sicher nicht.«

Er beugte sich zu mir herüber, und ich hielt die Luft an. »Okay, okay, ich verstehe, was du meinst«, meinte ich schnell, und er lehnte sich zufrieden lächelnd wieder zurück.

»Die Idee ist nicht schlecht, aber du hast recht, wir könnten auffliegen«, gab ich widerwillig zu.

»Ich sehe, wir haben die gleichen Ansichten. Also, hier kommt Möglichkeit drei, die mir persönlich am besten gefällt: Wir verdrehen die Tatsachen so sehr, dass am Ende niemand mehr weiß, um was es eigentlich ging.«

Ich musste gegen meinen Willen grinsen. »Du bist ganz schön hinterlistig, das hätte ich dir nicht zugetraut.«

»Es gibt so viele Dinge, die du noch nicht von mir weißt.« Er erwiderte mein Grinsen, und seine Augen strahlten im Schein der Straßenlichter. Wir waren immer noch nicht losgefahren.

Wieso sollte ich gleich noch mal wütend auf ihn sein? Sah er nicht, wie ich ihn gerade mit Blicken auszog?

»Eliza?«

Ich blinzelte.

Er musterte mich grinsend. »Willst du den Deal hören? Oder sollen wir lieber was anderes machen?«, fragte er sichtlich amüsiert.

Ja, bitte. Ich will dich. Jetzt. »Erzähl schon.« Meine Stimme klang ziemlich heiser.

»Also, du bist heute Abend freundlich zu mir und sagst die Wahrheit über alles, was ich dich frage.«

Ich überlegte kurz. Das könnte mich in Teufels Küche bringen, wenn er mich fragte, wie ich zu Samstagabend stand.

Zögernd nickte ich. »Unter der Bedingung, dass wir vorgestern nicht erwähnen und du keine Anspielungen auf irgendetwas machst. Keine schlechten Anmachen, dann bin ich dabei.«

»Schlecht?« Er hob eine Braue, ich winkte ab. Schließlich nickte er. »Einverstanden. Wir benehmen uns wie Freunde, lernen uns ein bisschen kennen …« Er biss sich auf die Lippe. »Okay, dafür lasse ich dich dann bis Samstag in Ruhe.«

»Bis Samstag?«

»Ja, da muss ich im Howl at the Moon singen.«

»Aha, und wieso denkst du, dass ich auch da sein werde?«

»Das habe ich nie gesagt«, erwiderte er mit einem Grinsen. »Aber wenn du es schon erwähnst … Sagen wir einfach, dass fünf Tage mehr als genug sind, um mich zu vermissen.«

»Du willst mich also wirklich in Ruhe lassen?«, fragte ich leicht verblüfft, ohne auf seinen Einwand einzugehen, und er nickte. Ich war mir nicht ganz sicher, ob ich das überhaupt wollte … Aber was sollte ich sagen? Im nächsten Moment riss ich mich am Riemen. Natürlich wollte ich das. Ich war genervt von dem Typen.

»Alles okay, Kleine?«

»Du meinst, abgesehen davon, dass ich mit dir im Auto sitzen muss?«

Er hielt mir eine seiner wunderbaren Hände hin. »Wir sind uns also einig?«

»Bis heute Abend. Um Punkt Mitternacht darfst du mich wieder hassen, soviel du willst. Und ich darf dich verführen. Ach, warte mal, wolltest du das nicht heute schon übernehmen? Soll ich später noch mit dir mitkommen?«

»Klappe, Finn.«

Er lachte und umfasste meine Hand.

»Du hast es irgendwie mit Körperkontakt, oder?«

»Wenn es um dich geht, immer, Baby.«

»Jetzt reicht's. Bis zwölf Uhr?«, fragte ich noch einmal nach. Ich kam mir leicht lächerlich vor, hier mit ihm zu sitzen und so zu tun, als wären wir Geschäftspartner, wo ich doch eigentlich nichts lieber wollte, als auf seinen Schoß zu klettern.

»Deal.« Er ließ meine Hand los. »Wir sollten jetzt langsam losfahren«, meinte er schmunzelnd. »Dein Zeug kannst du auf den Rücksitz schmeißen.«

»Und die Rose?« Ich zog eine Augenbraue nach oben, und er grinste mich an.

»Versteck sie irgendwo unter dem Sitz. Oder schmeiß sie aus dem Fenster.« Er drehte den Schlüssel im Zündschloss um und gab Gas.

»Ich soll dein Geschenk wegschmeißen?«, fragte ich gespielt empört.

»Ich lass mir das nächste Mal was Besseres einfallen, versprochen. Es war das Erstbeste, was mir in den Sinn kam, um dich auf die Palme zu bringen.«

Ich musste lachen. »Das ist dir gelungen.«

Er schaltete das Radio ein und stimmte in mein Lachen ein, während er sich in den Verkehr einreihte.

Vor einem Tag hätte ich mir nie träumen lassen, dass ich jetzt mit Finn Westwood in seinem Auto sitzen würde – lachend, auf dem Weg zu einer Bar –, beinahe ohne Hintergedanken.

Das Leben war doch seltsam.

5. KAPITEL:

IT'S NOT WHAT I DIDN'T FEEL, IT'S WHAT I DIDN'T SHOW

Eliza

Es ging nichts über eine Tour mit Mr. Ich-finde-mich-toll durch die nächtlichen Straßen von Seattle. Der Typ hatte Geschmack, das musste ich ihm lassen.

»Du stehst auf Rock, hm?«

Er stoppte an einer roten Ampel und wandte sich mir zu. »Three Days Grace hat was«, meinte er nickend. »Das ist auch das, was ich am liebsten singe.«

Ich musterte ihn unauffällig und versuchte, ihn mir beim Singen vorzustellen. Es passte irgendwie ins Bild: der Frauenaufreißer und nebenbei heimlicher Rockstar. Zerrissene Jeans und Leder … und dazu dieser Körper.

»Was ist mit dir, Kleine?« Er hielt mich mit seinem Blick gefangen, und ich musste mich zusammenreißen. »Was hörst du so?«, fragte er nun.

»Rock. So viel wie möglich.« Ich versuchte ein zaghaftes Lächeln, und der Ausdruck in seinem gottgleichen Gesicht wurde kurz abwesend.

»Wie ist dein Zweitname?«, fragte er unvermittelt.

Was war denn das jetzt für ein Themenwechsel? Ohne nachzudenken, antwortete ich. »Jane.« Pause. »Wozu ist das wichtig?«

»Ist mir nur auf dieser Uniseite aufgefallen …« Er zuckte mit den Achseln und fuhr fort. »Warum willst du eigentlich nicht, dass deine Freunde rauskriegen, dass wir was hatten? Versteh mich nicht falsch – ich habe auch meine Gründe, aber was stört dich so sehr daran?«

Darüber musste ich erst einmal nachdenken, und er sah lächelnd zu, wie ich die Stirn in Falten legte. »Hm.«

Die ehrliche Antwort wäre gewesen, weil ich nicht zugeben wollte, dass ich gleich mit ihm mitgegangen war und ihn anziehend fand. Weil ich nicht wollte, dass der ganze Verkupplungsmist anfing. Ich kannte Ally. Sie war der Inbegriff von Romantik. Und Jenny wäre bestimmt auch sofort begeistert bei der Sache. Aber so konnte ich ihm das nicht sagen. Ich schlug die Beine übereinander und warf ihm einen Blick zu, der ihn schon wieder zum Grinsen brachte. Was hatte der Kerl bloß mit diesem dauerhaften Optimismus?

»Du schweigst zu lange. Da kommt jetzt sicher gleich eine Lüge raus«, sagte er und deutete auf meine Lippen.

»Ich … wie wär's, wenn du mir deine Gründe verrätst?«, lenkte ich schnell ab.

»Netter Versuch, Kleine, aber nein. Du bist erst dran. Komm schon, was geht in deinem hübschen Kopf vor?«

Ich warf ihm einen warnenden Blick zu, er erwiderte ihn zu lange. Und da fiel mir unser Deal ein. Die letzte Rettung, bevor ich mir vor ihm die Blöße geben musste und zugab, dass ich ihn verdammt noch mal wollte, seit ich ihm das erste Mal in diese Augen gesehen hatte. Nein, es hatte nicht einmal ansatzweise mit irgendwelchen dämlichen romantischen Gefühlen zu tun, die so oder so nicht existierten. Ich wollte ihn eigentlich nicht näher kennenlernen, ich wollte nur von ihm geküsst werden.

»Wir haben einen Deal. Wir verlieren kein Wort über Samstagabend«, erinnerte ich ihn. Jetzt hatte ich gewonnen.

»Weißt du, Eliza, ich bin mir sicher, mir fallen noch viele andere Dinge ein …« Er schmunzelte, als würde ihm die Tatsache, dass unser Rumgeknutsche ein Tabuthema für den heutigen Abend war, nicht mal einen kleinen Dämpfer versetzen.

Eine Weile blieb es still, ich starrte aus dem Fenster, während die Gebäude an uns vorbeiflogen und *Bitter Taste*, das erste Lied aus dem Album *Life Starts Now*, das ganze Auto erfüllte. Three Days Grace zählte zu meinen absoluten Lieblingsbands.

»Gehst du mit jeder in die Kiste?« Sobald die Frage draußen war, bereute ich sie schon wieder. Aber ich war einfach neugierig, die

Frauen lagen ihm offensichtlich zu Füßen, und ich wollte wissen, wie er tickte. Außerdem würde er sich mit den Fragen auch nicht zurückhalten, oder?

»Darf ich den Grund deiner Frage wissen?«, fragte er lachend. Er warf mir einen Blick mit hochgezogenen Augenbrauen zu, bevor er sich wieder dem Verkehr zuwandte. Ich beobachtete sein Profil, unfähig, etwas zu sagen. Die Dunkelheit machte ihn noch begehrenswerter, weil sie seine Perfektion in etwas Traumähnliches, Unerreichbares umwandelte.

»Ich bin neugierig, weil ... du weißt ja schon.« Ich durfte das Thema nicht erwähnen, aber war es nicht naheliegend, dass ich angesichts dessen, was vorgestern passiert war, so etwas von ihm wissen wollte?

Er lachte erneut auf. »Weißt du was, Kleine, wir ändern eine Regel. Die Sachen, die du festgelegt hast, gelten nur für mich und andersherum. Es macht keinen Sinn, so um das Thema herumzureden, wenn es so ziemlich das Erste ist, worüber du sprechen willst«, meinte er.

»Also, der Grund meiner Frage ...« Ich tat, als würde ich angestrengt überlegen. »Du hast mich mitgezogen, du hast mich ziemlich ... sagen wir mal, hemmungslos geküsst. Als würdest du das jeden Tag so machen.« Ich hoffte inständig, er würde sich darauf nicht allzu viel einbilden.

Natürlich waren meine Hoffnungen umsonst. Finn Westwood bildete sich auf jedes noch so kleine Detail etwas ein, das sollte ich mir langsam merken. Die hellgrünen Augen funkelten noch mehr.

»Willst du damit endlich zugeben, dass es dir gefallen hat?«

Diesmal war ich vorbereitet. »Du hast nicht das Recht, solche Fragen zu stellen«, antwortete ich mit einem zuckersüßen Lächeln. »Du darfst im Zusammenhang mit Samstag nur auf meine Fragen antworten.«

»Okay ...« Er grinste schon wieder. »Die Antwort lautet Nein.«

»Nein?«, fragte ich nach. Es klang selbst in meinen Ohren ziemlich ungläubig.

»Ich gehe nicht mit jeder Frau ins Bett«, stellte er klar. Er schaute mir dabei für einen Moment direkt in die Augen, als wollte er noch etwas anderes sagen, und ich musste mich äußerst bemühen, um nichts Auffälliges zu tun. Nach Luft schnappen oder in Ohnmacht fallen oder so.

»Und warum hast du mich dann mitgezogen? Weil ich so wahnsinnig anziehend auf dich gewirkt habe, oder was?« Die Frage triefte nur so vor Sarkasmus. Zumal ich nicht verstand, warum er schon zweimal behauptet hatte, ich wäre seine Freundin … Was genau wollte der Typ von mir?

Jetzt seufzte er, fuhr sich mit einer Hand durchs Haar und wandte sich dann wieder dem Straßenverkehr zu.

»Na schön, du wolltest es nicht anders. Also, erst einmal bist du in mich hineingelaufen. Und glaub mir, das war kein günstiger Zeitpunkt, ich war verdammt wütend. Ich wollte nur raus da. Aber dann kamst du. Ich weiß nicht, was in mich gefahren ist. Ich hatte nur dringend eine Ablenkung nötig, und … na ja … die hast du mir gegeben.« Er beobachtete mich leicht nervös aus den Augenwinkeln, während er sprach.

Langsam, aber sicher sickerte jedes Wort zu mir durch, und dann … dann wurde ich wütend. Warum auch immer, ich fand es beleidigend, was er mir da erzählte. Geradezu erniedrigend. Ich sagte nichts, schaute nur stur geradeaus. Wir hatten einen Deal, ich durfte nicht wütend auf ihn sein. Aber das hier war schon ziemlich bescheuert.

Eine Weile lang war nichts zu hören außer der Musik und dem schnurrenden Motor. Das dritte Lied begann.

»Kleine?«

»Lass das«, fuhr ich ihn an, ohne darüber nachzudenken. Ich biss mir sofort auf die Lippe. Genau das fehlte mir jetzt. Aber musste er mich auch so nennen?

»Es tut mir leid.« Er schaute zu mir, aber ich konnte seinen Blick nicht erwidern. Ich wollte nicht, dass er den Zorn in meinen Augen sah. »Was denkst du?«, fragte er, als von mir keine Antwort kam und ich nur meine Lippen zusammenpresste und angestrengt jeden Blick in seine Richtung vermied.

»Das willst du nicht wissen. Das darfst du nicht mal wissen, ohne dass ich schon wieder den Deal breche«, meinte ich wütend.

»Scheiß auf den Deal, Eliza. Warum bist du mir böse?« Jetzt klang er beinahe wütend, und ich konnte nicht anders – ich musste ihn anschauen.

»Weil du ein Idiot bist, verflucht. Weil du auf der einen Seite so tust, als wären wir Freunde, und mir dann einen Mist erzählst, von wegen, ich wäre nur eine Ablenkung gewesen, und im selben Atemzug behauptest, du würdest nicht mit jeder ins Bett gehen. Ach ja, außerdem kommt hinzu, dass du mich nicht in Ruhe lässt. Dass ich keine Ahnung habe, was du von mir willst. Warum du mir zu verstehen gibst, dass ich austauschbar bin, und dich dann an mich ranmachst, als wolltest du mich unbedingt haben.«

Und weißt du was, wollte ich noch sagen, hielt mich dann aber im letzten Moment zurück, *ich will dich so sehr, dass es mir sogar etwas ausmacht, wenn du mich als Ablenkung bezeichnest. So weit hast du mich gebracht an einem einzigen verfluchten Abend.* Ich hasste ihn dafür, dass ich anfing, mir über solche Dinge Gedanken zu machen. Ich war nicht verletzbar, ich hatte doch keine Drecksgefühle in mir.

»Ich hätte es dir nicht sagen dürfen«, stellte er fest.

Warum wollte ich ihn gerade jetzt, als ich die Verzweiflung deutlich in seinem Gesicht sah?

Ich starrte weiter geradeaus aus dem Fenster auf die Straße, während ich versuchte, mir meine Gedanken nicht anmerken zu lassen.

»Es tut mir leid. Es … du verstehst nicht.«

»Ich verstehe nicht?« Wütend fuhr ich mir durch die Haare, wobei sich einzelne Strähnen aus meiner Frisur lösten. »Weißt du, es ist mir wirklich egal, was du von mir denkst, solange ich weiß, woran ich bin. Ich verstehe sehr wohl, dass du dich höchstwahrscheinlich nie zweimal mit demselben Mädchen triffst und dass es dich ein bisschen aufregt, weil wir uns jetzt gezwungenermaßen öfter sehen. Aber es geht mir genauso, okay? Ich hab keine Lust auf irgendeinen Mist, von wegen Liebe auf den ersten Blick oder so. Merk dir das. Das, was am Samstag passiert ist, war ein Fehler.«

Er nahm die nächste Ausfahrt, während er stur geradeaus starrte und einfach nichts sagte. Nur der Ausdruck in seinem Gesicht hatte sich verdunkelt.

Ich verschränkte die Arme vor der Brust und wartete ungeduldig darauf, dass er endlich parkte. Wir hatten inzwischen die Bar erreicht. Die Lichter der belebten Straße leuchteten uns bunt entgegen, ein Club reihte sich hier an den anderen. Ich war bereits öfters mit Jenny hier gewesen und hatte es immer großartig gefunden. Zwar konnte ich die Emporio Bar noch nicht sehen, aber das war egal. Sobald das Auto still stand, würde ich abhauen.

Nach etlichen Sekunden schaltete er den Motor aus und zog die Handbremse an. Es war jetzt still im Auto, so ganz ohne Musik. Zu still.

Er drehte sich zu mir um, sein Blick brannte sich in meinen. Und da gab ich mir einen Ruck – ich schnappte mir blitzschnell meine Tasche vom Rücksitz, wobei ich mich ziemlich strecken musste, um überhaupt dranzukommen, und dann öffnete ich die Beifahrertür, um zu fliehen.

Im Bruchteil einer Sekunde hatte er sich über mich gebeugt, und ich hielt die Luft an. Ich spürte seine Nähe, seine Wärme und roch ihn überall. Mit einer hastigen Bewegung streckte er die Hand nach der von mir halb geöffneten Tür aus und zog sie wieder zu.

»Ich bin noch nicht fertig, Kleine.« Seine Stimme war dunkel, rau und … wütend. Und es klang nach »Ich bin noch nicht mit *dir* fertig«. Wenn er mit mir fertig war, würde ich höchstwahrscheinlich auf seinem Schoß landen und ihm die Kleidung vom Körper reißen.

Ich scheiterte in einem weiteren Versuch, das Auto zu verlassen, als ich die Hand nach der Tür ausstreckte und er sie sofort mit seinen langen Fingern umschloss. Er lehnte sich kein bisschen zurück, sondern blieb so über mich gebeugt, sein Gesicht nur Zentimeter von meinem entfernt. Verdammt, ich wollte ihn nur bei mir haben und seinen berauschenden Geruch inhalieren.

»Das denkst du von mir, ja? Ein Typ, der den ganzen Jahrgang durchnimmt und dabei skrupellos vorgeht?«, hauchte er, während er eine losgelöste Strähne meiner Haare zwischen die Finger nahm. Ich konnte nichts erwidern. Er fuhr fort, während er mir unaufhörlich und unergründlich in die Augen starrte. »Erst einmal solltest du wissen, dass ich nichts auf Menschen gebe, die nur nett zu mir sind, weil ich gut aussehe. Am Samstag habe ich dich mitgenommen, weil ich dich wollte, okay? Und du warst eine Ablenkung für mich, weil du mich die ganze Scheiße in meinem Kopf hast vergessen lassen, nicht, weil ich das jedes Wochenende so mache. Und was dieses nette Wörtchen Liebe angeht, da mach dir mal keine Sorgen. Es gibt sie nicht, das weiß ich aus jahrelanger Erfahrung.«

Ich wollte etwas erwidern, aber er legte mir wieder einen Finger auf den Mund, und diesmal wehrte ich mich nicht. Ich war verwirrt, nicht mehr wütend.

»Das am Samstag war kein Fehler, und das weißt du genauso gut wie ich. Ich habe auch dasselbe gedacht, aber jetzt sehe ich, wo das Problem ist. Du hast Angst, oder? Du hast Angst, dass jemand denken könnte – dass *ich* denken könnte –, es hätte etwas mit Romantik zu tun.« Er nahm den Finger von meinen Lippen und ließ mich los.

»Du ... ich ... das hat verdammt noch mal nichts mit ...«

»Ich weiß«, unterbrach er mich ruhig. »Und es ist egal, was die anderen denken, wenn wir beide wissen, um was es ging, oder?« Er lehnte sich ein bisschen zurück, und ich atmete auf.

»Sieht so aus, als hätten wir was gemeinsam«, stellte ich kühl fest, lächelte dann aber leicht.

Er erwiderte mein Lächeln. »Sind wir wieder Freunde?«

Ich verdrehte die Augen, musste aber unwillkürlich noch mehr grinsen. »Das bezweifle ich wirklich, aber schön, wenn du es so nennen willst. Wir haben uns an eine Abmachung zu halten, weißt du noch?«, erinnerte ich ihn, und er nickte.

»Okay, keine weiteren Ausrutscher heute Abend. Bis Mitternacht«, sagte er mit einem Zwinkern und beugte sich dann zum zweiten Mal vor, um mir diesmal die Tür zu öffnen. »Los geht's, Eliza. Spielen wir der Welt etwas vor, das wir nicht sind.«

Jenny verschwand gerade mit einem Tablett in der Hand in die hinterste Ecke der Emporio Bar, als wir den Laden betraten.

Gemütlich und kuschelig war es hier – ich war schon oft mit den Mädels hier gewesen. Die Fenster und Türen waren verglast, sodass man die belebte Straße sehen konnte, der schummerige Innenraum wurde durch unzählige kleine blaue Lichter an der Decke erhellt.

Finn sah mich abwartend an. »Wo willst du hin? Sollen wir hierbleiben?« Er nickte in Richtung Barhocker, wo ich soeben auch Sam entdeckte.

Meine Laune hob sich. Samuel würde die Situation entschärfen, er brachte wieder Normalität in das Ganze, und außerdem konnte ich in seiner Gesellschaft gar nicht anders, als ich selbst zu sein. Dafür kannten wir uns einfach zu lange.

Ich nickte Finn zu und lief meinem besten Freund entgegen, der an einem Bier nippte und seinen Blick suchend durch die Bar wandern ließ, bis er an Jennys Profil hängen blieb.

Mein Grinsen wurde breiter. »Pass auf, dass dir die Augen nicht rausfallen, Cooper«, meinte ich und zwinkerte ihm zu, als er benommen den Blick abwandte, um mich anzusehen.

Er fing sich schnell und drückte mich mit einer Hand an sich. »Hey, Liz!«, meinte er ebenfalls grinsend. »Du siehst scharf aus.«

Ich lachte und verdrehte die Augen. Das war typisch Sam, dass er einen auf Macker machte, wenn wir draußen waren.

»Danke, Baby«, erwiderte ich im gleichen Tonfall, und dann wurde mir bewusst, dass Finn mir gefolgt war und jetzt direkt hinter mir stand. Wenn das mal keine interessante Situation war. Ich drehte mich halb zu ihm um und sah so etwas wie Verunsicherung über sein Gesicht zucken, bevor seine Miene wieder freundlich wurde.

»Sam, Finn. Finn, Sam.« Ich wedelte mit der Hand zwischen den beiden hin und her, und sie begrüßten sich.

»Ich hab dich am Samstag gesehen, Kompliment«, sagte Samuel, und ich fragte mich, ob ich wirklich die Einzige in dieser Stadt war, die sich diesen Auftritt hatte entgehen lassen. »Wie lange singst du schon? Das sah ziemlich professionell aus …«

»Na ja, in L. A. haben Tom, Alex und ich ein paarmal gespielt, und hier sollte das eigentlich eine einmalige Sache werden, aber jetzt sieht es so aus, als würden wir öfters auftreten.« Finn fuhr sich ein wenig verlegen durch die Haare.

Sam nickte, während wir uns langsam setzten. »Cool. Die Mädels rasten aus, da bin ich mir sicher«, meinte er grinsend und warf mir einen bedeutenden Blick zu, als ich mich neben ihm auf dem Hocker niederließ und die Beine übereinanderschlug. Ich wandte meinen Blick schnell ab.

Finn setzte an, um etwas zu sagen, aber in diesem Moment erschien Alex hinter der Bar. Er wirkte irgendwie zufrieden mit sich selbst.

»Hi, Eliza, hi, Finn. Was darf's sein?«, kam er direkt auf den Punkt, und mir war, als würde ich eine Ähnlichkeit zwischen ihm und seinem kleinen Bruder hier neben mir sehen, und das lag nicht nur daran, dass beide ein schwarzes Hemd trugen. Die Art, wie er seine Augenbrauen ironisch nach oben zog, kam mir definitiv bekannt vor.

Finn grinste. »Ich sehe schon, du bist geschaffen für den Job. Wo ist eigentlich die Kleine von Samstagabend, von der du mir erzählt hast?«

Das ließ mich aufhorchen. »Kris kommt heute noch?«, hakte ich begeistert nach.

»Sie müsste jeden Moment auftauchen.« Alex' zufriedener Gesichtsausdruck verstärkte sich, und es dämmerte mir langsam.

»Campari Soda für mich, Alex«, bestellte ich.

Er nickte. »Für dich Scotch, Kleiner?«, wandte er sich dann mit einem fragenden Blick an seinen Bruder, und Finn nickte neben mir, dann grinste er kurz in meine Richtung. »Geht alles auf mich.«

»Oh nein, du bist nicht mein Date. Ich kann sehr wohl für mich selbst zahlen!«, giftete ich drauflos und vergaß für einen Moment, dass ich ihn nicht anzicken durfte.

Er lachte laut auf, und auch Alex musste schmunzeln.

»Das könnt ihr auch später noch klären. Wenn ihr wollt, setzt euch übrigens da hinten hin, es ist gerade dein Stammplatz frei geworden, Eliza«, meinte er und deutete mit dem Kopf hinter uns.

Ich folgte seinem Blick. Der Platz, den er meinte, lag versteckt in der hintersten Ecke. Ich liebte die kuschelige Bank, die sich um den dunkelblau funkelnden Tisch zog. Das einzige Problem war, dass ich nicht alleine mit Finn nach dort hinten gehen wollte.

Schnell wandte ich mich Sam zu. »Kommst du mit?«

»Mhm … Ich trink das hier nur fertig und warte auf Jenny, ihre Schicht ist in zehn Minuten zu Ende, dann kommen wir zu euch, ja?« Er sah mich vielsagend an. Ich verdrehte die Augen, musste aber kurz lachen.

Finn konnte einen triumphierenden Blick nicht ganz unterdrücken und legte mir eine Hand auf den Rücken, um mich zum Platz zu führen. Ich versteifte mich und wollte schon aus Prinzip seine Hand abschütteln, als er mich fester umfasste und sich näher zu mir beugte. »Der Deal, schöne Frau. Und ich habe bis jetzt auch nicht versucht, dich zu verführen, oder?«, raunte er mir ins Ohr.

»Deine bloße Anwesenheit ist Verführung.« Sobald mir diese Worte rausgerutscht waren, biss ich mir auf die Zunge. War ich denn verrückt geworden? Das war doch genau das, was der Volltrottel wollte.

»Wie war das?«, fragte er, und ein Blick in seine Augen verriet mir, wie sehr ihm die ganze Sache gefiel. Und außerdem verriet er mir, dass er die außergewöhnlichsten Augen dieses Planeten besaß.

»War ein Scherz. Ich wollte nur mal das aussprechen, was du todsicher von dir selbst denkst«, antwortete ich und versuchte damit, mich aus der Situation zu retten.

»Aha. Wenn du das sagst, wird es wohl stimmen«, meinte er ironisch, als wir unseren Platz erreichten.

Ich legte meine Tasche auf den Sitz und schälte mich aus meinem Mantel. »Ach ja? Willst du damit sagen, du wärst nicht von dir selbst überzeugt?«, erwiderte ich in dem gleichen Tonfall. Im Stillen verfluchte ich ihn, als er sich direkt neben mich auf die weiche Bank setzte. Es war natürlich klar, dass er den Hocker mir gegenüber ignorierte und sich nur Zentimeter von mir entfernt niederlassen musste.

Er fuhr sich mit den Händen durch die Haare. Diese Geste war nach kurzer Zeit schon so vertraut, dass ich zusammenzuckte. Himmel noch mal, ich kannte ihn seit drei Tagen, wieso fiel mir so etwas auf! »Wenn du es sagst, klingt es fast negativ. Ein bisschen Selbstvertrauen hat noch niemandem geschadet, oder?«

Ich ließ meinen Blick durch den Raum schweifen, um ihn nicht anschauen zu müssen, und blieb an Jenny hängen.

Sie war inzwischen wieder an der Bar und flirtete jetzt auf Teufel komm raus mit Sam, der genauso hemmungslos seine Zuneigung zu ihr zeigte. Sie grinsten sich beide an, und er spielte mit einer ihrer Locken. Unwillkürlich musste auch ich lächeln, genauso wie Finn, der offenbar meinem Blick gefolgt war und sich nun zurücklehnte.

»Das ist mehr als offensichtlich. Wie lange stehen die beiden schon aufeinander?«

»Ein halbes Jahrhundert, wenn du mich fragst«, sagte ich mit einem Kichern, und plötzlich war die Spannung wieder verflogen. Ich sollte mir vielleicht in Zukunft öfter vor Augen halten, dass er immer noch ein Mensch war, nichts Besonderes. »Sie kriegen es beide nicht auf die Reihe, sich einzugestehen, dass sie den anderen wollen. Also, ich meine, es ist langsam überfällig, dass sich was tut«, fuhr ich fort, und er legte noch immer lächelnd den Kopf schief.

»Beantwortest du mir eine Frage? Im Grunde genommen hast du ja keine Wahl …«, sagte er. »Wie kommt es, dass du bei deinen Freunden so offensichtliches Interesse daran hast, sie zu verkuppeln, und das selbst aber nicht leiden kannst?«

Anerkennend hob ich eine meiner Augenbrauen. Ich hatte eher erwartet, dass er mich so sehr mit Fragen reizte, bis ich ausrasten würde, da ich mich an den bescheuerten Deal halten musste. »Ich habe nichts dafür übrig, aber irgendetwas muss da ja sein, damit die Menschen herumlaufen, als hätten sie im Lotto gewonnen. Aber für mich ist das keine Option, ich hab mehr als einmal mitbekommen, wie es jemanden in meinem Umfeld zerstört hat.«

Ich musste ihm ja nicht von den endlosen Streits meiner Eltern erzählen und dass ich praktisch mit Geschrei und zerstörten Wohnzimmergarnituren groß geworden war. Als meine Eltern sich letztendlich getrennt hatten, hatte ich mir in diesem Moment geschworen, niemals den gleichen Fehler zu begehen. Diese Einstellung hatte mich bis jetzt zuverlässig vor ähnlichem Unheil bewahrt.

»Meiner Meinung nach gibt es auch andere Methoden, um seinen Spaß zu haben.« Und mit diesen Worten fuhr ich mir in

Zeitlupe mit der Zungenspitze über die Lippen und blinzelte ihn von unten durch meine Wimpern an.

Sein Blick zuckte zu meinem Mund und verharrte dort für einen Moment, bevor er mir wieder fest in die Augen blickte. »Was genau für Methoden schweben dir denn da so vor?«, fragte er.

Wer würde dieses Mal gewinnen?

Lächelnd schlug ich meine Beine übereinander und wippte mit meinem rechten Fuß, sodass ich seinem Knie gefährlich nahe kam. Es machte wirklich Spaß zu sehen, wie er immer wieder die Kontrolle verlor, um sich dann sofort wieder am Riemen zu reißen. Hier, an diesem leicht abgelegenen Tisch, fiel es mir sehr leicht zu glauben, dass sein Verlangen nach einer Wiederholung von Samstagabend genauso groß wie meines war.

»Erinnerst du dich daran, wie du mich gegen die Wand gedrückt hast, Finn?«, fragte ich gespielt unschuldig, und ich konnte förmlich sehen, wie sein Atem stockte. Er lehnte sich ein wenig vor und starrte mich an, seine Augen hatten sich verdunkelt.

Dadurch wurde es zu einem Kinderspiel, die nächsten Worte auszusprechen. »Erinnerst du dich an das Gefühl, als ich meine Beine um deine Hüften geschlungen habe und du mich auf das Sofa gedrückt hast, mich zwischen deinem Körper und dem Stoff gefangen gehalten hast? Als ich dich immer näher gezogen habe … Weißt du, was ich gemacht hätte, wenn dein Handy nicht geklingelt hätte?«, fuhr ich fort und dachte nicht weiter darüber nach, dass mir selbst auch ziemlich heiß wurde bei den Bildern, die durch meinen Kopf schossen.

Und da hielt er es nicht mehr aus, er schloss die Augen. »Zeig's mir, Kleine.« Seine Stimme war so rau, so fordernd und von dunkler Leidenschaft durchzogen, dass ich augenblicklich eine Gänsehaut bekam, genau wie heute Morgen in der Vorlesung.

Noch nie hatte es so viel Spaß gemacht, einen Typen dazu zu bringen, mehr zu wollen. Männer waren so leicht zu durchschauen. Und wenn er mich dafür fünf Tage lang in Ruhe ließ, dann konnte ich ja alles auf eine Karte setzen. Ich würde ihm schon beweisen, dass man mich gefälligst nicht als Ablenkung abzustempeln hatte.

Ich grinste nur, und er öffnete wieder die Augen, als ich nicht weitersprach. »Gehen wir«, flüsterte er heiser. »Gehen wir nach draußen, wir werden schon eine Ausrede finden.«

»Ach, Finn, ich wollte damit doch nur sagen, dass ich vorgestern eine gute Zeit hatte, weil der Alkohol seine Wirkung getan hat. Nicht, dass du dir falsche Hoffnungen machst ...«

»Ich weiß ganz genau, dass du mich mit jeder Faser deines unwiderstehlichen Körpers willst. Dass du dich jetzt genauso sehr wie ich nach meiner Haut an deiner sehnst.«

Unwiderstehlicher Körper also? Gewonnen, jubelte ich innerlich und hob eine Augenbraue. »Du willst doch nicht den Deal brechen.«

Kurz fiel seine Miene in sich zusammen, dann setzte er ein Pokerface auf. »Bist du noch Jungfrau?«, fragte er, und im Bruchteil einer Sekunde hatte sich das Blatt gewendet.

»Wie bitte?«, hakte ich gespielt verblüfft nach, um Zeit zu schinden.

»Du hast mich schon verstanden, Kleine. Jetzt ist der Spaß vorbei«, meinte er grinsend.

Ich lachte auf. »Es braucht schon mehr, um mich zu verunsichern, weißt du.«

»Ich hatte auch nicht vor, mich zurückzuhalten. Das ist erst der Anfang ...« Lächelnd beobachtete er mich und wartete auf meine Antwort, aber bevor ich dazu kam, irgendetwas zu sagen, kam Alex mit den Getränken auf uns zugelaufen, und ich wurde mir plötzlich wieder der Anwesenheit unzähliger anderer Leute hier drinnen bewusst. Sobald ich neben Finn saß, blendete ich alles um mich herum aus.

Alex stellte die Getränke und zwei Schalen mit Chips und Pistazien vor uns. »Amüsiert ihr euch?« Er sah zwischen uns hin und her.

»Und wie«, kam es gleichzeitig von uns, und als er zu lachen anfing, fiel ich unwillkürlich mit ein.

»Na dann ...«, grinste er wissend. »Kris hat angerufen, sie kommt erst in einer halben Stunde ...«

Heute war wirklich nicht mein Tag. »Alles klar, weißt du, wo Jen und Samuel sind?«

»Mhm.« Sein Grinsen wurde breiter. »Sieht ganz so aus, als hätte Sam es endlich geschafft. Sie sind auf dem Hinterhof, Jenny hat mich gefragt, ob ich kurz für sie übernehmen kann, sie haben nämlich was zu besprechen.«

Finn kicherte neben mir, und ich stöhnte erleichtert auf. »Na endlich! Ich geb ihnen später einen aus, wenn sie endlich das zugeben, was sowieso jeder schon weiß.«

Alex verschwand wieder, und mir wurde klar, was das außerdem zu bedeuten hatte: Die beiden würden in absehbarer Zeit auch nicht auftauchen. Mindestens eine halbe Stunde alleine mit Finn und seinen dämlichen Fragen.

Sobald Alex außer Hörweite war, kam mir Finn wieder unmissverständlich nahe. »Das heißt dann wohl, wir haben viel, viel Zeit für uns, Kleine. Na, wie findest du das?«

»Super, Finn, super«, meinte ich, während ich die Augen verdrehte, was ihn wiederum zum Lachen brachte.

»Also?«, griff er ohne Vorrede auf unser Gesprächsthema zurück.

»Nein«, war meine schlichte Antwort.

Er nickte, nahm dann sein Glas in die Hand, um es langsam an seine vollkommenen Lippen zu heben. Ich beobachtete, wie die goldbraune Flüssigkeit in seinen Mund floss. Schnell nahm ich ebenfalls einen Schluck von meinem Getränk.

»Also, nächste Frage: Du hast nicht immer hier gewohnt, oder?«, fragte er weiter.

Ich schüttelte den Kopf. »Bis vor drei Monaten hab ich wie Sam in Shelton, einem kleinen Kaff anderthalb Stunden von hier entfernt, gelebt. Bei meiner Mutter.«

»Und dein Vater?«, fragte er, und gleich darauf wurde sein Gesicht bestürzt, als hätte er einen riesigen Fehler gemacht. »Ähm, sorry, darauf brauchst du nicht antworten.«

Ich zuckte mit den Schultern. »Keine Angst, sie sind nur geschieden, und ich hab kein Problem, darüber zu reden. Sie haben sich vor Jahren getrennt, und das war das Beste, was passieren konnte.« Zumindest war es das, was ich mir seitdem einredete. Mein Alltag hatte sich komplett verändert. Meine Vorstellung von Liebe auch.

Es war eine Warnung gewesen. *Ich werde mich niemals verlieben*, hatte ich damals in mein Tagebuch geschrieben. *Ich werde niemals zulassen, dass ich so verletzt werde.* Das einzig Positive an der Trennung war, nicht mehr jede Nacht mit einem Kissen über dem Kopf einschlafen zu müssen, um ihre Beleidigungen und ihre Wutschreie nicht hören zu müssen, die in den letzten Monaten vor der Scheidung besonders schlimm geworden waren.

»Hm«, meinte er irgendwie reserviert, und ich verstand den plötzlich verschlossenen Ausdruck in seinem Gesicht nicht.

Ich schob mir ein paar Pistazien in den Mund und schaute ihn abwartend an. Wenn er weiterhin solche unverfänglichen Fragen stellte, dann hatte ich wirklich nichts zu befürchten.

»Erzähl mir, auf was für einen Typ von Mann du stehst«, meinte er plötzlich, und von Verschlossenheit war nichts mehr zu spüren.

Ich seufzte. »Ich bevorzuge keinen speziellen Typ. Er darf nur auf keinen Fall Erwartungen an mich stellen, keine Vorstellung, dass es weitergehen könnte. Das gebe ich ihm nämlich nicht.«

»Interessante Einstellung«, war seine Antwort. »Und was machst du, wenn du dich verliebst?«

Ich lachte. »Hörst du mir nicht zu, Finn? Ich verliebe mich aus Prinzip nicht.«

»Meiner Erfahrung nach sind Frauen diejenigen, die zuerst Gefühle entwickeln.«

»Was für ein Bullshit!«

Jetzt seufzte er und fuhr sich durch die Haare. »Du nimmst mir das von vorhin immer noch übel, oder?«

»Ach was. Aber eigentlich darfst du nicht darüber sprechen, es hat was mit dem Abend im Howl at the Moon zu tun.«

»Gibst du mir die Erlaubnis, dir eine Minute zu erklären, wie es gemeint war?«, fragte er und sah mich bittend an.

»Na schön. Ich bin ganz Ohr. Aber mehr als sechzig Sekunden kriegst du nicht.«

»Also, ich meinte mit Ablenkung nicht direkt Ablenkung, wie du es verstehst. Es war eher alles automatisch, verstehst du? Ich war in meiner eigenen Gedankenwelt versunken, und du bist mir – anstatt mich durch deine Anwesenheit zurück in die Realität zu befördern – hinein gefolgt und hast mich vergessen lassen … Aber nicht in dem Sinne, dass ich nicht einmal wahrgenommen hab, wer da bei mir war«, fügte er schnell hinzu, als er meinen Gesichtsausdruck sah. »Gott, ich hab seit gut einem halben Jahr keine Frau mehr geküsst. Und dann auch noch so«, sagte er mit einem entschuldigenden Blick, und ich musste einfach lächeln.

»Du hast ziemlich ausgehungert gewirkt«, stimmte ich zu.

»Sorry, ich benehme mich in Zukunft.« Er erwiderte mein Lächeln.

»Damit meinst du jetzt nicht zufällig die …« – ich warf einen Blick auf meine Armbanduhr – »knapp zwei Stunden bis Mitternacht, oder?«

»Exakt.« Er grinste unwiderstehlich, wohl wissend, dass ihm verziehen war.

Etliche Fragen über meine Wahlfächer, nicht existierende Ex-Freunde und Hobbys später gesellten sich die anderen zu uns. Wir saßen alle zusammen am Tisch – Alex und Kris nebeneinander, sie ließen sich nicht aus den Augen, und Jenny auf Sams Schoß. Die beiden hatten es doch tatsächlich hinbekommen und grinsten jetzt beide um die Wette. Finn schaute die ganze Zeit auf seine Uhr, er konnte die letzten fünfzehn Minuten wohl nicht mehr abwarten. Ich nahm mir, ohne zu fragen, seinen inzwischen dritten Scotch und nippte daran.

»Bedien dich ruhig, Kleine«, meinte Finn lachend.

»Soll ich dir noch einen besorgen?« Hallo, Zweideutigkeit, willkommen zurück! Ich erwiderte sein Lachen und leckte mir über die Lippen.

»Nein, danke, aber nett, dass du fragst.«

Sam warf uns einen amüsierten Blick zu und wandte sich dann glücklicherweise wieder seiner frischgebackenen Freundin zu. Alex war vertieft in ein Gespräch mit Kris, also hatten wir nichts zu befürchten.

Ich beugte mich näher zu Finn – der Alkohol trug so langsam auch seinen Teil zu meinem Verhalten bei – und sog seinen Duft ein. »Du kannst es kaum erwarten, bis die nächste Viertelstunde vorbei ist, oder?«, raunte ich in sein Ohr, damit er mich bei der lauten Musik überhaupt verstand, und er grinste mich verschlagen an.

»Wie recht du doch hast …«, antwortete er im gleichen Flüsterton. »Ach ja, ich hab noch eine Frage an dich: Findest du, dass ich im Moment attraktiv aussehe?«

Ich verdrehte die Augen, um die tobenden Gefühle in meinem Inneren zu überspielen. »Denke schon … Und wie steht's andersherum?«, fragte ich leise und schaute geradeaus, damit er in meinen Augen nicht das Verlangen sehen konnte.

Er lachte und fuhr sich zum schätzungsweise hundertsten Mal durch die Haare. »Nun … das erzähle ich dir um Mitternacht.«

»Wie bei Cinderella. Du bist so romantisch, das glaubt man gar nicht. Ich wette, tief in deinem Herzen sehnst du dich nach deiner Prinzessin.«

Sein Lachen wurde lauter und tiefer. »Glaub mir, Eliza, ich bin alles, aber kein Romantiker.«

»Was flüstert ihr beiden die ganze Zeit?«, kam es plötzlich von Kris, die sich für einen Moment von Alex abgewandt hatte.

»Eliza denkt, ich sei ein Romantiker«, kam es auch schon prompt von Finn, und die beiden lachten. »Alex, erzähl ihr, wie falsch sie da liegt«, forderte er seinen Bruder auf.

»Also, Liz, Finn denkt, er sei der härteste Frauenaufreißer in den Staaten und würde kein Herz besitzen, aber – ganz unter uns – er stand schon immer auf Rosen und Klaviergeklimper.« Alex kicherte, und Finn funkelte ihn gespielt wütend an.

»Es ist doch immer schön, wenn man sich auf seinen Bruder verlassen kann«, grummelte er, und ich musste ebenfalls lachen.

»Klavier, ehrlich?«

Finn verdrehte die Augen. »Das stimmt sogar. Hat aber nichts damit zu tun, dass ich auf Romantik stehe.«

Wir lachten, machten uns über Jenny und Samuel lustig, weil sie die Finger nicht voneinander lassen konnten, und dann, bevor ich es überhaupt gemerkt hatte, war es zwölf Uhr. In meinem Bauch kribbelte es irgendwie, und ich stand auf, um auf die Toilette zu gehen. Sobald ich in den Flur gelaufen war, hörte ich auch schon

Schritte hinter mir. Grinsend lief ich weiter und ignorierte sie, wohl wissend, wer mir da gerade hinterherlief.

Kurz bevor ich die Tür des Damen-WCs erreicht hatte, wurde ich plötzlich von hinten gepackt und herumgewirbelt. Ein Seufzen entwich meinen Lippen, bevor ich überhaupt nachgedacht hatte.

Ich roch ihn, ich fühlte ihn und sah nur diese Smaragdaugen, die in der spärlichen Beleuchtung des Flurs funkelten. Aber ich würde mich nicht geschlagen geben.

»Ehrlich, Finn? Schon wieder gegen die Wand? Wird das nicht langsam langweilig?«, meinte ich betont gleichgültig.

Er beugte sich zu mir und umfasste meinen Nacken mit beiden Händen. Ich war nicht mehr ganz nüchtern, und im Gegensatz zu mir wusste er anscheinend ganz genau, was er da tat. Er vertrug deutlich mehr Alkohol als ich.

»Ich denke nicht«, flüsterte er.

Ich betete, jemand würde den ausgestorbenen Flur betreten. Und dann realisierte ich, dass ich das doch gar nicht wollte.

»Ich will sofort zum Thema kommen, Eliza. Du siehst nicht nur attraktiv aus, du bist so verflucht unwiderstehlich. Und du willst mich. So sehr, wie ich dich will.« Ich spürte seinen süßen Atem auf meinem Gesicht und schloss erwartungsvoll die Augen. In der nächsten Sekunde passierte … gar nichts. Seine Hände verschwanden, und er gab mich frei. Verwirrt schlug ich die Augen wieder auf.

»Ich will dich mal nicht weiter stören«, meinte er, bevor er ohne ein weiteres Wort kehrtmachte und zurück zur Bar lief.

***

November 13th, 11:30 a. m.

»Wie lief's eigentlich bei dir in der Uni, Ally? Erzähl mal.«

Es war Samstagvormittag, und wir räumten gerade den Frühstückstisch ab. Jenny war bei der Arbeit, und ich hatte ausgiebig ausgeschlafen. Die erste Uniwoche war voller neuer Eindrücke gewesen, und Finn hatte sich doch tatsächlich daran gehalten, mich in Ruhe zu lassen.

»Hat ziemlich Spaß gemacht. Ich hab auch ein paar nette Leute kennengelernt, und zwei von ihnen haben mir versprochen, dass wir uns heute Abend sehen. Fiona und David. Sie wollen ins Howl at the Moon kommen, also wirst du sie wahrscheinlich dort kennenlernen«, antwortete meine Mitbewohnerin. Ally fand immer schnell neue Freunde, sie war ein geselliger Mensch. »Sie sind Zwillinge und wohnen schon ein paar Jahre hier«, fuhr sie fort. »Davor haben sie in einer kleinen Stadt in Spanien gelebt. Ihre Eltern scheinen verrückt nach Reisen zu sein. Und Kohle zu haben. Fiona hat mir erzählt, wo die beiden schon überall waren … Italien, Frankreich, England, Deutschland, China, Brasilien und was weiß ich noch wo. Sie sind wirklich zu beneiden, nicht wahr?« Lächelnd schaute sie zu mir, während sie den Tisch abwischte. Sie wusste genau, wie gern ich reiste. Auf meiner Liste der Länder, die ich bereisen wollte, stand England ganz oben. Ich hatte mir fest vorgenommen, während des Studiums ein Auslandssemester dort zu machen.

Ich wachte aus meinem Tagtraum auf, als Ally aus der Küche in ihr Zimmer lief – wahrscheinlich, um sich umzuziehen. Ich ging ins Bad, zog mich aus, stieg in die Dusche und machte den Vorhang zu.

Als ich gerade meine Zähne putzte, hörte ich, wie sich die Tür öffnete und Ally hereinkam. Das war einer der vielen Vorteile, wenn man nur mit Frauen zusammenwohnte – alle konnten gleichzeitig ins Bad.

»Es ist halb zwölf«, rief sie über die Radiomusik hinweg, die immer bei uns im Bad lief. »Tom hat mir gerade geschrieben, er wird wahrscheinlich schon etwas früher als zwei Uhr hier sein. Und ich habe beschlossen, dass du mitkommst – Kris und Alex werden auch kommen! Und Finn wohnt nur einen Stock drüber.«

Ich ließ das heiße Wasser auf meinen Körper niederprasseln und verdrängte die Frage, warum soeben ein Grinsen auf meinem Gesicht erschienen war.

***

Tom parkte seinen Wagen vor dem riesigen Wohnblock, direkt am Straßenrand. »Also, Mädels, worauf wartet ihr noch? Raus aus dem Auto und rein in mein bescheidenes Heim!«

Bescheiden. Das war nicht ganz das richtige Wort für Toms Apartment. Riesig, komfortabel und teuer traf es schon eher. Er hatte es allerdings geschafft, es so einzurichten, dass es nicht protzig aussah, sondern wie ein Zuhause. Ich konnte mir gut vorstellen, wieso Ally sich lieber hier als in unserer Wohnung aufhielt. Aber das hatte bestimmt auch noch andere Gründe … Zum Beispiel, dass hier keine Mitbewohnerinnen herumliefen, die zuhören konnten, wenn man seinen Spaß hatte.

Ich stieg hinter Alison aus dem Auto und lief auf den Eingang zu. Ich mochte die beiden – eigentlich auch zusammen, selbst wenn mir das Pärchengetue manchmal auf die Nerven ging. Die Konstellation passte einfach, wir verstanden uns alle gut.

Wir stiegen in den Aufzug, der uns in Toms Apartment bringen würde, und ich lehnte mich gegen die Wand.

»Vielleicht kommt Finn später auch vorbei«, meinte Tom nebenbei und legte einen Arm um Allys Schulter. Ich nickte nur. Seit Montag war er mir ein bisschen sympathisch geworden.

Als wir oben ankamen und aus dem Aufzug traten, vernahm ich augenblicklich ein lautes Gitarrenspiel, das direkt über uns erklang. Es klang vertraut, ich kannte die Melodie irgendwoher.

Tom sah meinen Blick und lachte. »Es ist Finn. Er übt«, meinte er lächelnd, und ich schluckte. Ich konnte den Abend kaum mehr erwarten. Wir waren gerade an der Tür angekommen, als ich erstarrte.

Er hatte angefangen zu singen, seine Stimme war deutlich im Treppenhaus zu vernehmen, und ich fragte mich nur am Rande, ob das die Nachbarn denn überhaupt nicht störte. Mich jedenfalls würde es nicht stören. Ganz bestimmt nicht.

Diese raue, dunkle Stimme reichte aus, um mir eine Gänsehaut zu verschaffen, aber das war nicht der Grund, warum ich auf der Stelle stehen blieb. Nein, es waren die Worte. Er sang Apocalyptica.

Not Strong Enough.

6. KAPITEL

WHAT IF I SAY I WILL NEVER SURRENDER

Finn

November 13th, 1:00 p. m.

Was ich wollte, was ich tat und warum ich wiederum so handelte, waren drei verschiedene Dinge, völlig unabhängig voneinander.

Anfangs wollte ich ein komplett neues Leben hier anfangen und den ganzen Psychomist hinter mir lassen. Das klappte so weit ganz gut. Ich wollte freundlich zu den Leuten um uns sein, sie aber eigentlich nicht an mich heranlassen – das klappte ganz und gar nicht. Aber das war nichts Schlechtes – mir ging es doch tatsächlich gut.

Zu gut, um ehrlich zu sein. Das war geradezu beängstigend.

Seit genau einer Woche hatte ich wieder gemerkt, dass ich nur ein Mensch war wie jeder andere, der Bedürfnisse hatte, die mit anderen Menschen zusammenhingen.

Die Kleine hatte mich aufgeweckt. Sie ließ mich vergessen, was ich so lange mit mir herumgetragen hatte, wenigstens für ein paar Stunden. Ich hatte gedacht, dass es unmöglich war, sich in meiner Haut menschlich zu benehmen, aber anscheinend hatte ich mich geirrt.

Vielleicht war es unfair ihr gegenüber, weil ich sie eigentlich nur ausnutzte, um selbst ein bisschen Seelenfrieden zu erlangen, aber es war mir im Moment egal. Sie wusste nichts Schlimmes über mich, und dabei würde es auch bleiben. Solange ich keinen Menschen in die Scheiße mit hineinzog – Laura, Michael, Tom und Alex mal ausgenommen –, konnte ich das mit meinem Gewissen vereinbaren.

Eliza war die bisher größte Überraschung für mich. Warum konnte ich mein neues Leben nicht einfach genießen?

In mir steckten Dinge, die ich selbst nicht kannte.

Fünf Tage hatte ich ihr gegeben. Und ich hoffte, es war genug Zeit, um sie rasend nach mir zu machen. Ich wusste, ich hatte großen Eindruck auf sie gemacht, und ich wusste auch, wie viel Sorgen ihr die Tatsache bereitete, dass ich denken könnte, sie hätte mehr als körperliches Interesse an mir. Sie wirkte irgendwie zerbrechlich, wenn wir auf dieses Thema zu sprechen kamen, weil sie sich mit allen Mitteln zu verteidigen versuchte, damit ich auch ja nicht auf die Idee kam, sie würde mich sympathisch finden.

Neugierig war ich schon, warum sie so wenig von der Liebe hielt. Andererseits kam mir das ganz gelegen. Es sah so aus, als hätte sie keinerlei Erwartungen an mich, und das gefiel mir am besten.

Die fünf Tage waren auch für mich eine Herausforderung gewesen. Ich hatte sie nicht mehr in der UW getroffen, wir hatten keine gemeinsamen Vorlesungen besucht. Und auch sonst waren wir uns nicht über den Weg gelaufen, auch wenn ich es nicht absichtlich darauf angelegt hatte. Ich hatte ihr versprochen, sie in Ruhe zu lassen, aber es war schwerer als gedacht. Jeden Tag hatte ich an unseren Montagabend gedacht und mir sehnlichst eine Wiederholung gewünscht.

Nun starrte ich in den Spiegel, der die ganze linke Wand in meinem luxuriösen Badezimmer einnahm. Toms nicht ganz ernst gemeinte Worte vom letzten Sonntag kamen mir in den Sinn: *Wer bist du, und was hast du mit meinem Bruder gemacht?*

Ja, stimmte ich im Stillen zu und beobachtete meine Augen, die mich anstrahlten wie schon lange nicht mehr. Wer zum Teufel war ich?

Warum dachte ich nicht mehr über die Sinnlosigkeit meiner Existenz nach? Und warum, warum wachte ich morgens nicht mit dem Gedanken auf, einfach den Tag hinter mich zu bringen? Soweit ich denken konnte, soweit meine Erinnerung zurückreichte, war es so gewesen.

Und jetzt spielte dieser ganze verhasste Ablauf verrückt. Seattle fing an, Spaß zu machen. Das war mehr als furchterregend. Aber hatte Michael mir nicht immer gesagt, dass ich jedes Glücksgefühl ausnutzen musste, um Kraft daraus zu schöpfen? Ich wusste, es war wahrscheinlich nur von kurzer Dauer, aber im Moment war es mir gleich. Ich klammerte mich an jedes noch so kleine Stückchen Hoffnung. Wenn ich auch nur die geringste Chance auf ein oder zwei Tage Frieden hatte, dann würde ich darum kämpfen.

Dieser Gedanke kam mir seltsam vor. Ich und kämpfen – das passte nicht. Ich und aufgeben, ich und verlieren – ja. Aber dieser Wille in mir war neu. Angst überkam mich. Wie viel niederschmetternder würde sich die Gleichgültigkeit anfühlen, wenn ich einmal pures Glück gespürt hätte? Sie würde mich langsam umbringen, wie am Anfang.

Aber im Moment durfte ich nicht so weit denken. Ich war im Hier und Jetzt, und es gefiel mir.

***

»Sie wollen, dass ich einen Vertrag unterschreibe?« Ich sah Mr. Erikson direkt an. Wir saßen an einem Tisch im Howl at the Moon, das tagsüber geschlossen hatte. Er hatte mich und meine Brüder hierherbestellt, und da keiner der beiden Zeit hatte, war ich eben alleine gekommen.

»Nun, Mr. Westwood, da ich absolut damit einverstanden bin, dass Sie alle hier jedes Wochenende auftreten, bin ich bereit, über eine angemessene Bezahlung zu verhandeln. Ich nehme an, es ist in Ihrem Interesse, wenn das hier mehr als eine einfache Freizeitbeschäftigung wird.«

Ich musterte ihn noch ein bisschen ungläubig. Sein Gesicht war freundlich, aber die dunklen Augen beobachteten mich eindringlich. Weshalb wollte er unbedingt, dass wir bei ihm spielten, und das auch noch jeden Samstag? Hatte Tom nicht gesagt, ich hätte das letzte Wort? Im Moment sah es beinahe so aus, als wäre das Ganze längst entschieden.

»Hat Tom das nicht alles schon mit Ihnen ausgehandelt?«

»Ihr Bruder gab mir zu verstehen, dass die endgültige Entscheidung bei Ihnen liegen würde«, erwiderte er, und ein gewinnendes

Lächeln lag auf seinen Lippen. Ich konnte ihn nicht ganz einschätzen.

»Wir werden heute Abend auftreten, geplant sind drei Lieder. Aber es würde mich interessieren, warum Sie ausgerechnet uns wollen.« Vielleicht kam das ein bisschen zu unhöflich rüber, aber ich wollte, dass der Mann Klartext sprach.

An dieser Stelle wirkte sein Lächeln aufrichtiger. »Das will ich Ihnen erklären. Sie drei sind ein einziges Mal aufgetreten letzte Woche, gerade mal mit zwei Liedern. Das Howl at the Moon war schon immer beliebt unter Studenten, aber jetzt ist es die College-Bar schlechthin in Downtown geworden. Ich habe Sie singen hören, Mr. Westwood, und die Leute teilen offenbar meine Meinung. Sie haben eine Begabung, und solange Sie sich nicht ernsthaft überlegen, in die Musikbranche einzusteigen, können Sie hier mit Ihren Brüdern etwas nebenbei verdienen.« Er machte eine kurze Pause. »So eine Chance gibt es nicht zweimal.«

Ich dachte eine Weile über das eben Gehörte nach, und dann fasste ich einen Entschluss. Viel falsch machen konnte ich ja nicht. Ich steckte nun sowieso zu tief drinnen.

»Lassen Sie uns über die Formalitäten sprechen.«

***

Eliza

Tom sah mich grinsend an, als er bemerkte, dass ich stehen geblieben war. Tausende Fragen schossen durch meinen Kopf, während ich noch bei dem Klang von Finns Stimme dahinschmolz. Wieso schaffte er es immer, mich dermaßen aus der Fassung zu bringen? Wieso reagierte ich so stark auf ihn? Und wieso musste er ausgerechnet *dieses* Lied singen?

»Eigentlich wollte er woanders üben, aber ich hab ihm gesagt, es würde sowieso niemanden stören. Oder etwa doch?«, fragte mich Tom mit einem Lächeln. Offenbar war weder ihm noch Ally meine Reaktion entgangen. Ich warf ihm einen entschieden genervten Blick zu, als würde er sich das alles nur einbilden, und lief an den beiden vorbei, um mich auf sein Sofa zu setzen. Ich ignorierte die amüsierten Blicke der beiden, während sie sich neben mich setzten, und betrachtete stattdessen das Innere von Toms Apartment. Auch wenn ich schon einige Male hier gewesen war, staunte ich doch immer wieder aufs Neue über die gelungene Innenausstattung. Man fühlte sich total wohl, obwohl das Zeug hier drinnen wahrscheinlich sündhaft teuer gewesen war. Ich sah auch eine weibliche Note in der Wohnung, wahrscheinlich hatte Ally sich eingebracht.

Bis auf die cremefarbene Couch fanden sich im Wohnzimmer vorwiegend Blautöne. Das Auffälligste in diesem Raum war der gigantische Flachbildfernseher, der beinahe eine ganze Wand einnahm. Alison, Jenny und ich waren einmal hierhergekommen, nur um einen Film zu schauen, weil man sich beinahe wie im Kino fühlte.

Als es an der Tür klingelte, stieß ich einen Seufzer aus. Ich ging davon aus, Alex und Kris würden eintreffen, doch dann fiel mir auf, dass die Musik von oben verstummt war. Also war es vielleicht doch Finn … Ich versuchte die aufsteigende Vorfreude in mir zu unterdrücken, als Tom zur Wohnungstür lief und sie aufriss.

Enttäuscht starrte ich die hübsche Frau an, die jetzt Tom leicht nervös zulächelte und Ally und mir einen entschuldigenden Blick zuwarf. Genau in dem Moment ging die Musik von oben wieder los.

»Hi, ich bin Kate und neu hier. Du musst Tom Westwood sein …« Tom nickte und gab ihr die Hand. »Ich bin Tom, komm rein.«

Er machte eine einladende Bewegung in das Innere seines Lofts, und ich musste lächeln – das war typisch Tom, dass er jeden in seine Wohnung einlud und Small Talk führte.

Ally erhob sich von der Couch und beäugte das Mädchen misstrauisch. Sie war hübsch – blondierte Haare und ein offenes Lächeln, aber ihr Blick wanderte ziemlich offensichtlich an Tom hoch und runter.

»Das ist Ally, meine Freundin«, stellte Tom sie Kate vor, und die beiden musterten sich einen Moment lang abschätzend, bis sie dann doch noch lächelten.

»Ich bin Eliza, hi«, warf ich von hinten ein und hob sarkastisch eine Hand, um die Atmosphäre aufzulockern. Es wirkte – alle drei lachten. Kate wirkte noch immer leicht nervös.

»Danke, das ist nett, aber ich bin etwas im Stress … Ich wollte nur nachfragen, ob … hm, ob ihr wisst, wer da oben so singt. Es hört sich unglaublich an, aber ich brauche im Moment Ruhe zum Lernen.« Sie grinste verlegen, als wäre es eine Schande, sich durch den Gesang gestört zu fühlen.

Tom grinste. »Das ist Finn, mein Bruder. Wir treten immer samstags im Howl at the Moon auf, weißt du, aber wenn es dich stört, sag ich ihm Bescheid.«

Sofort waren ihre Bedenken vergessen. »Howl at the Moon? Diese Studentenbar? Meine Freundin und ich gehen heute Abend hin … und wow, *ihr* seid das also?«

Nachdem sie sich eine Weile an der Türschwelle unterhalten hatten, kam mir plötzlich ein interessanter Gedanke. »Wisst ihr was, Leute, ich geh kurz Finn Bescheid sagen, damit er ein bisschen leiser ist. Er wollte doch sowieso vorbeischauen, oder?«

Tom war sofort einverstanden. »Super Idee, jetzt müssen nur noch Alex und Kris kommen, und wir sind komplett.«

Bestens gelaunt erhob ich mich und lief auf die Tür zu, wo die drei noch standen.

Kate lächelte mich an. »Okay, ich muss dann auch wirklich los. Vielleicht sehen wir uns heute Abend. War schön, euch kennenzulernen.«

Zusammen liefen wir den Gang entlang, und sie ging zu der gegenüberliegenden Tür und schloss auf, während ich mit großen Schritten die Treppe nach oben lief. Je mehr Stufen ich auf einmal nahm, desto näher kam diese unglaubliche, immer noch gedämpfte Stimme. Angekommen im nächsten Stock schaute ich mich um und entdeckte sofort die richtige Tür, das Schild neben der Klingel war aussagekräftig genug. Finn Westwood.

Ein Grinsen schlich sich auf meine Lippen, und zu meiner Verwirrung klopfte mein Herz schneller. Wahrscheinlich war ich nur zu schnell nach oben gehastet.

Ich klingelte, und augenblicklich verstummte der Gesang und ein paar Sekunden später auch die Gitarre.

Die Tür öffnete sich, und ich hatte nicht die Zeit, um einen Blick in das Innere der Wohnung zu werfen.

Adrenalin schoss durch meinen Körper, als sein Blick mich traf und mich allein damit gefangen hielt. In der letzten Zeit hatte ich, so gut es ging, den Gedanken an ihn verdrängt, aber jetzt waren all meine Gefühle mit einem Schlag wieder da. Verlangen durchfuhr mich wie ein Stromschlag.

Er schien sich von meinem Anblick erholt zu haben, denn der überraschte Blick wich einem unglaublichen schiefen Lächeln, das mich vergessen ließ, aus welchem Grund ich hier hochgekommen war. Warum noch mal sollte ich mich beherrschen, wenn ich doch gar nicht wollte?

Seine Haare waren herrlich verwüstet wie immer, und er trug ein graues T-Shirt mit einer Jogginghose, die ein bisschen nach unten gerutscht war und einen Teil seiner karierten Boxershorts entblößte.

»Komm rein, Baby«, meinte er grinsend, und ich nahm meine ganze Selbstbeherrschung zusammen. Hatte seine Stimme schon immer so verraucht und verschwörerisch geklungen? Hatte er mich schon immer mit diesem Blick von oben bis unten gemustert?

Definitiv ja.

»Ich wollte dich eigentlich nur abholen, damit wir nach unten zu Tom gehen. Und dein Gekrächze stört die Nachbarn.«

Er ging nicht weiter auf meine Lüge ein, sondern hob anzüglich eine Augenbraue. »Hast du das Lied erkannt?«, flüsterte er und schaute mich durch seine dunklen Wimpern hypnotisierend an.

Wie konnte ich so dumm gewesen sein, mich fünf Tage von ihm fernzuhalten? Es war die pure Zeitverschwendung gewesen.

Ich konnte nichts tun, außer zu nicken. Es war wirklich schwierig, sich in diesem Moment auf solche Kleinigkeiten wie zum Beispiel meinen Stolz zu konzentrieren.

»Du hast mich vermisst, Kleine, oder? Du hast die Tage gezählt, bis wir uns wiedersehen und du wieder die Gelegenheit bekommst, mir nahe zu sein, hab ich recht?«

Er legte seine großen Hände um meine Schultern und zog mich zu sich, bis ich direkt an seiner Brust stand. In einem lahmen Versuch, mich zu schützen, hatte ich meine Arme vor der Brust verschränkt, und jetzt pressten sie sich an seinen steinharten und zugleich weichen Oberkörper. Unsere Nasenspitzen berührten sich fast, und ich musste aufpassen, um nicht die Beherrschung zu verlieren. Besonders einfach machte er es mir ja nicht. Sein Geruch stieg mir in die Nase, und ich wurde mir bewusst, warum ich mich vor genau einer Woche widerstandslos von ihm hatte mitziehen lassen. Er ließ mir keine andere Wahl. Von wegen Alkohol.

»Aber das ist okay, weißt du. Mir ging es genauso ...« Mit diesen Worten ließ er seine Hände nach hinten wandern, sie glitten meinen Rücken entlang, bis sie bei meiner Taille angelangt waren und sie fest umschlangen.

Ich schnappte nach Luft. Küss mich endlich, schrie alles in mir.

Kurz entschlossen drückte ich ihn mit meinen Händen nach hinten in die Wohnung, und er gehorchte sofort, ohne mich nur eine Sekunde aus den Augen zu lassen. Wieder konnte ich mich nicht umsehen, sein Anblick und vor allem seine Nähe nahmen mich voll und ganz in Anspruch.

»Ich nehme das mal als Ja«, sagte Finn.

Wir blickten uns mit wildem Verlangen in die Augen, ich war mir sicher, mein Gesicht spiegelte den Ausdruck in seinem exakt wider.

»Sag es«, flüsterte er plötzlich. »Sag mir, was in deinem Kopf vorgeht. Sag mir, dass du mich willst.«

Und dann überraschte ich mich selbst. Ich stieß ihn von mir und stolperte wieder rückwärts aus seiner Wohnung, die ich mir noch nicht einmal angeschaut hatte. Es war egal. Alles war egal, solange ich nur meinen Stolz behielt. Niemals durfte ich ihm diese Genugtuung geben. Das würde heißen, dass er Macht über mich hatte, und das konnte ich nicht zulassen. Kein verdammter Kerl – ganz egal, wie er aussah – hatte das Recht, mich so dermaßen unter Kontrolle zu haben.

Schwer atmend lehnte ich mich gegen die kühle Wand im Flur, und zu meiner Überraschung zog er mich nicht noch mal in sein Apartment. Wahrscheinlich war er zu überrumpelt von meiner unerwarteten Reaktion. Mein Herz klopfte bis zum Hals, ich spürte mein Blut heiß und schnell unter meiner Haut pulsieren.

»Eliza? Tut mir leid, ich wollte nichts gegen deinen Willen tun. Ist alles okay?«

»Pass auf, wenn du mich noch einmal anfasst, dann bleibe ich nicht mehr so nett. Mir ist bewusst, dass du dein ganzes Leben lang vermutlich alles, was du wolltest, mit einem Schnipsen bekommen hast, aber ich bin nicht so leicht zu haben.« Ich trat vorsichtshalber einen Schritt zurück, denn er hob auf einmal wieder grinsend eine Augenbraue.

»Pass du auf, dass du dich nicht zu sehr in deinem Netz aus Lügen verfängst, denn im Gegensatz zu dir bin ich mir ganz sicher, dass du unbedingt von mir angefasst werden möchtest.« Er lachte, und ich drehte mich schnaubend um, wurde jedoch sofort von ihm zurückgehalten. »Komm schon, ich hab mich entschuldigt.«

»Weißt du, das hast du auch gemacht, als du mich wie so eine Idiotin in den verfluchten Raum im Howl at the Moon gezogen hast«, erwiderte ich wütend, wohl wissend, dass sich seine Hand nun an meiner Schulter befand.

Er lächelte schief. »Weil ich's absolut ernst gemeint habe. Ich sage nie etwas, das ich nicht auch genauso meine.«

»Na so was, das heißt, ich soll mich jetzt geehrt fühlen, weil du so scharf auf mich bist?« Er trieb mich regelrecht in den Wahnsinn. Ich befreite mich von seinem Klammergriff, was ich nie geschafft hätte, wenn er nicht gehorcht hätte.

»Nein«, meinte er mit einem Mal genervt. »Ich brauche einfach ein gegenseitiges Einverständnis. Sag einfach, dass du mich willst, und du bekommst das, wonach du verlangst.«

»Und was wäre das?«, meinte ich ironisch, aber einen Tick zu leise, sodass man es als Flüstern hätte deuten können.

»Das zeige ich dir, wenn du es endlich zugibst. Letzte Woche hattest du doch auch keine Probleme damit.«

»Wie meinst du das?«, fragte ich überflüssigerweise, da ich mich sehr wohl daran erinnerte, wie ich nach seiner gestammelten Entschuldigung über ihn hergefallen war.

Noch einen Schritt. Er stand direkt vor mir, und ich musste meinen Kopf in den Nacken legen, um seinem Blick standzuhalten.

»Ich hab mich entschuldigt, und du bist sofort zu mir zurückgekommen. Du hast dich an mir festgekrallt, als würde dein Leben davon abhängen, Eliza. Und jetzt sag mir nicht, das weißt du nicht mehr, denn ich sehe deine Augen, und die sprechen mehr als tausend Worte.« Seine raue Stimme war kaum mehr ein Flüstern.

Der Flur um uns verschwand, alles wurde zu einem unbedeutenden Strudel, und ich stellte mich auf die Zehenspitzen, sodass wir uns auf fast gleicher Höhe befanden.

Meine Hände wanderten seine Schultern hoch, ich übte einen kleinen Druck aus, und er umfasste augenblicklich meine Hüften, sein Blick wechselte in einer Sekunde von schelmisch zu überrascht und dann zu leidenschaftlich.

Ich beugte mich vor, und mein Mund war jetzt nur Millimeter von seinem entfernt. »Was sagen sie denn? Was genau sagen dir meine Augen, Finn?«, hauchte ich an seinen vollen Lippen und biss mir auf die Unterlippe, während ich meine rechte Hand langsam tiefer gleiten ließ und mit dem Zeigefinger seine harte Brust entlangfuhr.

Er zog scharf die Luft ein und hob mich dann kurzerhand hoch, um mich auf seine Füße zu stellen. Ich trug Sneakers und er nur Socken, aber das störte ihn offenbar nicht und mich ehrlich gesagt auch nicht. Ich war seinem Körper gerade so nahe, dass es mein ganzes Denken einnahm.

»Ich sehe, wie sie mich anbetteln, immer näher zu kommen. Wie sie flehen, ich solle dich doch endlich von deinen Qualen erlösen und dir das geben, wonach du dich gerade am meisten sehnst.«

Ich sammelte meine Kräfte, um nichts Falsches zu sagen, sondern meinen Plan auszuführen. »Nur schade, dass es *deine* Augen sind, die diese Sprache sprechen, genau wie dein Körper.« Zur Veranschaulichung und weil es sich nebenbei auch noch verdammt gut anfühlte, fuhr ich weiter über seinen Oberkörper, und er bebte leicht. Ein Grinsen breitete sich auf meinem Gesicht aus. »Es muss hart für dich sein, Finn, wenn jemand dich zum ersten Mal in deinem Leben nicht will.«

Und mit diesen Worten löste ich seine Hände blitzschnell von meiner Taille, solange er noch zu überrascht war, um mich zurückzuhalten, und trat nach hinten.

»Ich bin unten und sag, dass du gleich nachkommst, ja?«, meinte ich grinsend und setzte mich in Bewegung. Dieses Mal hielt er mich nicht zurück, aber seine Stimme klang laut durch den Flur.

»Das zahl ich dir heim, glaub mir. Heute Abend bist du fällig, und dieses Mal gibt es keinen Deal, der deine Haut retten kann.«

Ich warf einen kurzen Blick zurück und sah, wie er sich leicht grimmig durch die Haare fuhr. »Ich freu mich«, erwiderte ich lachend.

Und dann lief ich endlich nach unten, bevor er mir doch noch hinterherkommen konnte. Denn das hätte ich nicht mehr verkraftet. Schließlich war ich auch nur ein Mensch.

***

Wir waren alle in Toms Auto gekommen, mit Ausnahme von Alex und Kris, die Alex' Motorrad genommen hatten. Finn konnte zwar in Gegenwart unserer Freunde nichts Auffälliges sagen, aber seine Blicke sprachen eindeutig dafür, dass er seine Androhung von heute Mittag wahr machen würde.

Seltsamerweise hatte er sich aber zurückgehalten und keine Andeutungen gemacht – vielleicht fürchtete er selbst, wir könnten auffliegen, oder aber er wollte sich alles für den Abend aufheben, damit ich ihm umso mehr verfallen war.

Einerseits war ich gespannt, was er sich einfallen lassen würde, aber auf der anderen Seite hatte ich mir geschworen, mich durch nichts durcheinanderbringen zu lassen.

Wir befanden uns alle im Howl at the Moon. Ally tippte ungeduldig auf ihr Handy ein, Jenny und Sam waren auf der Tanzfläche, obwohl wir erst vor knapp drei Minuten gekommen waren, Tom wollte unbedingt proben, und Finn warf mir eindeutige Blicke zu, wenn niemand hinsah. Alex und Kris saßen gemütlich plaudernd an der Bar, und Alex sah nicht so aus, als würde er in absehbarer Zeit aufstehen, um mit seinen Brüdern für den Auftritt zu üben.

Mit einem Seufzen schmiss Ally ihr Handy in ihre Tasche und schlang die Arme von hinten um ihren Freund. »Gehen wir, Baby. Und heute Abend komme ich mit dir mit, wenn du mich vor drei Uhr nach Hause fährst, okay?«

Er drehte sich zu ihr um und drückte sie an sich. Ein breites Lächeln wischte jegliche Gereiztheit weg. »Du bist das Beste, was mir je passiert ist.« Mit diesen Worten liefen sie Arm in Arm los in Richtung Toiletten.

Mit einem Stöhnen schaute ich mich um. Schon wieder war es überfüllt, was wahrscheinlich nicht zuletzt an der Tatsache lag, dass die Westwoods heute im Programm vorgesehen waren, aber noch konnte ich niemanden Bekanntes erkennen. Ich tat mein Bestes, um Finn keine Beachtung zu schenken, da er mich pausenlos anstarrte – zweifellos, um mich aus dem Konzept zu bringen.

Er machte jeden Versuch zunichte, als er plötzlich die Arme von hinten um mich schlang, genau wie Ally es soeben bei Tom gemacht hatte. *Was tat er da?* Wir standen gut sichtbar für jeden, der reinkam, an der Tanzfläche.

Ich drehte meinen Kopf zur Seite, was ein gigantischer Fehler war, wie sich sogleich zeigte, denn sein Gesicht war nur Zentimeter von meinem entfernt. Schnell wandte ich mich wieder der Tanzfläche zu und versuchte vergeblich, mich aus seinen Armen zu winden. Unmöglich, er hielt mich nur noch fester.

»Sag mal, hast du jetzt völlig den Verstand verloren?«, flüsterte ich wütend und versuchte, seine Hände an meinem Bauch, so gut, wie es ging, zu ignorieren. »Lass mich sofort los, oder, ich schwör's dir, ich bring dich um, und wenn es das Letzte ist, was ich tue.«

Er kicherte, und seine warmen Lippen streiften meinen Hals, was mich erstarren ließ.

»Zoey ist in Sicht, und sie ist der Meinung, du wärst meine Freundin«, raunte er, und ich hörte das Lächeln in seiner Stimme.

Meine Gedanken spielten ziemlich verrückt. »Lass mich los, Finn.«

»Keine Chance«, sagte er und umschlang mich noch ein bisschen fester.

»Bitte – nimm meinetwegen meine Hand, und dann verschwinden wir von hier, aber bitte lass mich los.« Ich warf nervöse Blicke zur Bar. Hatte er denn verdammt noch mal keine Angst, dass uns sein Bruder oder Kris so sehen könnten? Und was war mit Sam und Jenny, die direkt vor uns tanzten? Zugegeben, sie waren alle vier ziemlich vertieft im Moment, aber das konnte sich innerhalb von Sekunden ändern.

Aber die Hauptursache meiner Panik war nicht, dass uns jemand erwischen könnte, sondern eher, dass ich mich so langsam nicht mehr beherrschen konnte und ihm um den Hals fallen würde.

Er schien einen Moment lang zu überlegen, dann gab er mich doch tatsächlich frei und hielt mir seine rechte Hand hin. Ich verdrehte die Augen, verschränkte dann aber meine Finger mit seinen und lief in Richtung Toiletten los. »Weg hier«, raunte ich ihm zu, und als ich in sein Gesicht sah, grinste er mich schief an.

Im Flur angekommen, wollte ich seine Hand wieder loslassen, aber er hielt sie fest. Ich schaute ihn ungläubig an.

»Komm schon, Eliza, tu mir den Gefallen. Lass uns diesen Flur ohne Streitereien entlanglaufen. Wir beschmutzen das Andenken«, erklärte er eine Spur zu ernst.

Gegen meinen Willen musste ich kichern. »Du hast echt einen Totalschaden, hat dir das schon mal jemand gesagt?«

Er fiel in mein Lachen ein. »Ja, aber noch niemand hat es so schön ausgedrückt.«

Ich beschloss, das Thema zu wechseln, bevor er auf etwas Pikantes zu sprechen kommen konnte. »Was spielt ihr heute?«, fragte ich so unbefangen wie möglich.

Er warf mir einen halb belustigten, halb überraschten Blick zu.

»Also, als Erstes Apocalyptica, wie du heute schon gehört hast, und anschließend Fall Out Boy … Wusstest du eigentlich, dass ich den ersten Song ausgesucht habe?«

»Ich hab wohl kaum gedacht, Tom und Alex wären zufällig auf die Idee gekommen, dass du es singen sollst.«

Er grinste vor sich hin. »Ich werde es für dich singen, Baby. Jede einzelne Sekunde werde ich daran denken, was du mit mir gemacht hast, als wir im Proberaum waren.«

Ich verdrehte die Augen, dann stutzte ich. »Der Proberaum? Ich glaube, mir wird gerade einiges klar. Du Idiot hast den Schlüssel und dachtest, da beeindruckst du mal ein Mädchen, indem du eine geheimnisvolle Atmosphäre erzeugst.«

Er lachte, und mir schoss der seltsame Gedanke durch den Kopf, dass der Flur viel zu kurz war. »Ich bin gespannt, was du aus dem Lied machst.«

»Von wegen Gekrächze, hm? Mach dir keine falschen Hoffnungen – ich werde dein Gesicht beobachten, und ich werde sehen, wie du es findest.«

»Ja ja, schon klar, Finn, du bist der Beste, und ich kann dir nicht widerstehen«, meinte ich sarkastisch.

»Du sagst es ... Hier wären wir.«

Er stoppte, als wir an der Tür angekommen waren. Ich bemühte mich, so ausdruckslos wie möglich zu wirken. Dennoch musste ich ein wenig schlucken.

Er ließ meine Hand los, stand vor mir und warf einen Blick durch die einen Spalt breit geöffnete Tür. Ich lief ihm hinterher, in der Annahme, er würde weitergehen.

Das Nächste, was ich realisierte, war seine weiche Haut an meiner und meine Hände, die sich in sein Shirt krallten, weil ich sonst den Halt verloren hätte – er war abrupt stehen geblieben.

»Warum läufst du nicht weiter?«, fauchte ich, leicht schwankend, während ich versuchte, mein Gleichgewicht zu finden. Er drehte sich zu mir um und umfasste, exakt wie vor einer Woche, meine Unterarme.

»Tut mir leid, aber die zwei Turteltauben knutschen rum, und ich will sie nicht unterbrechen«, meinte er und zog mich näher.

»Sie haben uns schließlich auch unterbrochen, oder?«, erwiderte ich genervt und bemerkte erst hinterher, wie das klang.

Seine Augen verdunkelten sich, während er mich mit dem Rücken gegen die Wand neben der halb geöffneten Tür drückte.

Nein, originell war er wirklich nicht, aber dafür jedes Mal wirkungsvoll. Ich brauchte unbedingt frische Luft, um wieder denken zu können.

»Es stört dich genauso, dass wir von ihnen unterbrochen worden sind, sehe ich das richtig?«, hauchte er verführerisch.

Ich sammelte mich. »Lass mich los. Wenn sie jetzt rauskommen«, setzte ich an, verstummte aber, als er meine Arme losließ und stattdessen mit einem Finger meine Lippen nachzeichnete und anschließend meine Halsschlagader entlangfuhr. Seine andere Hand griff leidenschaftlich in meine Locken.

»Mach dir keine Sorgen, die sind genauso beschäftigt wie wir ...« Als ich nichts erwiderte, sondern wie erstarrt in seine grünen Augen blickte, fuhr er fort. »Ich hab dir doch gesagt, dass ich es dir zurückzahle, Elizabeth ...«

Ich störte mich nicht einmal daran, dass er meinen verhassten Namen aussprach – aus seinem Mund klang er wie die pure Verführung.

Seine Hand wanderte meinen Hals quälend langsam entlang. »Weißt du, du brauchst nicht einmal zu sagen, dass du mich willst. Küss mich einfach, Kleine, und ich gebe dir das, was du möchtest ... Ich weiß, dass du es willst ... Ich weiß es, Eliza ...« Seine heisere Stimme verlor sich in der Musik von draußen.

Während die Sekunden verstrichen, merkte ich plötzlich, wie etwas anfing, langsam in mir zu zerbröckeln, zu brechen, bis es sich schließlich in Luft auflöste.

Es war der Widerstand. Mein verdammter Stolz.

Mein Verstand verabschiedete sich, und meine Hände fuhren wie von selbst seinen flachen Bauch entlang, bis sie sich am Kragen seiner Jacke festkrallten.

Sein Blick sprach Bände – er war leicht erschrocken angesichts meiner Reaktion und trotzdem rasend vor Verlangen. Nach mir. Meine Güte. Ich würde endlich meine Erlösung finden, ich durfte wieder seine Lippen an meinen spüren ...

»Liz? Finn? Seid ihr endlich da?«

Toms Stimme erklang aus dem Raum. Sie durchbrach den Zauber, der mich hier gefangen gehalten hatte, und ich schnappte laut nach Luft. So etwas Nebensächliches wie Atmen hatte ich natürlich völlig außen vor gelassen. Ich stieß Finn von mir. »Klar, sind wir«, rief ich betont fröhlich. »Was macht ihr da drinnen? Es hat ziemlich gekracht!«

Ich war von mir selbst überrascht, dass ich überhaupt noch normal denken konnte. »Idiot«, formte ich mit den Lippen, als mein Blick auf Finn traf.

»Du willst es nicht anders«, flüsterte er grinsend, bevor wir beide zum zweiten Mal in den Proberaum zu Ally und Tom gingen.

Du warst nur ein Haar davon entfernt, ihn zu küssen, du dummes Mädchen.

***

Finn

Ich sang, ich sang wirklich nur für sie. Und es spielte keine Rolle, dass es in dem Lied um eine verzweifelte Liebe ging, hier, bei uns, ging es nur um das Verlangen.

Es tat gut zu sehen, wie viele aufstanden und zur Tanzfläche strömten, weil es ihnen gefiel, oder wie sie mit ihren Handys filmten, als wären wir wirklich eine bekannte Band. Ich wollte einfach genießen, dass ich hier stehen konnte und Eliza sehen durfte.

Sie saß zusammen mit Alison, Jenny und Kris an einem Tisch direkt an der Tanzfläche und ließ mich keine Sekunde aus den Augen.

Alex spielte heute als Einziger Gitarre, ich hatte mich voll und ganz auf meine Stimme konzentriert, und wie es aussah, zahlte sich das jetzt aus. Eliza versuchte sichtlich, ihren Gesichtsausdruck unter Kontrolle zu halten.

Ihr Gesicht wurde von wilden Locken umrahmt, und obwohl ich sie Montagabend mit glatten Haaren umwerfend gefunden hatte, musste ich zugeben, dass sie so noch verführerischer aussah.

Der Refrain begann, und ich musste mich konzentrieren, denn sie war eine genauso große Ablenkung für mich wie ich für sie. Ich durfte erst gar nicht daran denken, dass ich meinem Sieg vor wenigen Minuten so unglaublich nah gewesen war.

Als das Lied zu Ende war, saß sie einfach da, nippte an ihrem Cocktail und starrte mich an.

Ich wartete, bis das Schlagzeug und die E-Gitarre hinter mir im Applaus verklangen, dann kündigte ich nach einem Blick zu meinen Brüdern das nächste Lied an und zwinkerte Eliza zu, die sich dabei an ihrem Cocktail verschluckte. Ich grinste ein bisschen zu sehr.

Niemals hätte ich erwartet, dass sich das Blatt so schnell wenden würde. Sie stand auf und lief mit zielstrebigen Schritten zur Tanzfläche, während ich sang.

Direkt vor mir fing sie an, sich im Takt der Musik und meiner Stimme zu bewegen. Mein ganzer Körper fühlte sich an, als würde er vibrieren, und jetzt tanzte sie für mich, während ich für sie sang. Ein ewiger Kreislauf.

Ihre Haare wirbelten um sie herum, und für einen Moment schloss sie die Augen, nur um mir sogleich einen atemberaubenden Augenaufschlag zu schenken und ihren Blick dann in meinen zu brennen. Das, was gerade zwischen uns ablief, war fast besser als die endlosen Sticheleien – es war eine Verständigung.

***

Eliza

November 14th, 11:30 p. m.

Ich saß angelehnt an der Fensterbank auf meinem Bett, schaute durch mein geöffnetes Fenster nach draußen in den mit Blitzen durchzogenen schwarzen Nachthimmel und hörte Musik. So ließ es sich leben. Morgen ging die Uni wieder erst später los ... Einführung in die Literaturwissenschaften mit Finn. Irgendwie freute ich mich.

Ich konnte kaum glauben, wie sich alles verändert hatte, seit ich hier war. In Shelton war das Leben angenehm gewesen, ich hatte ein paar Freunde gehabt, in Sam meinen Seelenverwandten gefunden und war mit meinen Eltern gut ausgekommen. Meinen Vater hatte ich auch nach der Trennung regelmäßig gesehen, weil er nur ein paar Häuser weiter gezogen war, und das Verhältnis zwischen den beiden war mit zunehmendem Abstand besser geworden.

Aber jetzt war ich hier – ganz auf mich gestellt – und hatte schon so tolle Menschen kennengelernt. Ich beschloss, meinen Dad demnächst wieder anzurufen und ihm das mitzuteilen, denn auch wenn er nicht so offensichtlich wie meine Mutter zugab, dass ich ihm fehlte und er sich Sorgen machte, so merkte ich es in jedem unserer seltenen Telefongespräche.

Gerade wollte ich aufstehen, um mich bettfertig zu machen, als mein Handy zu klingeln begann. Apocalypticas *Not Strong Enough*, das ich in der letzten Woche öfter als sonst gehört hatte, erfüllte den Raum, und ich lief zu meinem Schreibtisch, wo ich mein Handy vermutete.

Die Sekunden verstrichen, und ich suchte immer hektischer. Ich fegte alle Sachen vom Tisch, aber mein Handy war weit und breit nicht zu sehen. Ich kam mir schon ein bisschen idiotisch vor, wie ich auf allen vieren zwischen Stiften, Ladekabel, Lippenstiften und was sonst vorher noch auf meinem Schreibtisch gelegen hatte, auf dem Boden herumrutschte, aber schließlich kam ich auf die grandiose Idee, in meine Tasche zu schauen, und natürlich befand es sich darin.

Ohne Zeit damit zu verschwenden, einen Blick auf das Display zu werfen, drückte ich auf den grünen Hörer und hielt mir das Telefon ans Ohr. »Wer immer es ist – ich hoffe, er ist es wert, dass ich mein halbes Zimmer zerstört habe, um das Handy zu finden!«, rief ich leicht außer Atem ins Telefon.

»Oh, weißt du, ich denke, für mich würdest du noch viel mehr in Kauf nehmen, Kleine.«

Ein paar Sekunden lang herrschte Stille.

»Hat es dir die Sprache verschlagen?«

Ich räusperte mich und versuchte, meine Stimme normal klingen zu lassen. »Woher hast du meine Nummer?« Nicht, dass mich sein Anruf störte.

»Es hat seine Vorteile, wenn das Objekt meiner Begierde mit meinen Brüdern befreundet ist«, meinte Finn, und ich konnte das Lächeln in seiner Stimme hören.

Objekt?

»Was hast du gemacht, du Idiot? Toms Handy auseinandergenommen? Ihm hundert Dollar gegeben? Alex erpresst?«, erwiderte ich entnervt.

Er lachte mich schamlos aus. »Sie haben beide mehr als genug Geld, wie du dir vielleicht denken kannst. Ich hab Tom erzählt, dass ich deine Hilfe wegen Literatur brauche …«

»Du willst mir doch nicht ernsthaft erzählen, er hätte dir das abgenommen?«, fragte ich gelangweilt. »Kriegst es also nicht mal auf die Reihe, ein Mädchen nach der Nummer zu fragen …« Ich nahm meine vorherige Position am Fenster wieder ein.

»Du hättest sie mir ohnehin nicht gegeben«, wandte er zu Recht ein, aber ich konnte es nicht lassen, ihn noch ein wenig zu reizen.

»Nimmst du dir immer das, was du willst, ohne auf die Wünsche des Opfers zu achten?«

»Interessante Frage. Aber ich würde dich nicht als Opfer bezeichnen, eher als kleines, verzweifeltes Mädchen, das nicht weiß, wohin mit seinen geheimen Fantasien.«

»Das verzweifelt kannst du dir sonst wohin stecken. Wenn hier einer verzweifelt ist, dann du. Ein bisschen erbärmlich, mir nachzutelefonieren, wenn ich dir doch seit einer Woche klarzumachen versuche, dass ich nichts von dir will.«

Einen Augenblick lang fiel ihm nichts ein, und ich musste den Gedanken verdrängen, dass ich gestern Nacht von ihm geträumt hatte.

»Baby, darf ich dich an gestern Abend erinnern? Kannst du dich daran erinnern, wie ich dich angesehen habe, als ich gesungen habe?«, flüsterte er plötzlich mit veränderter Stimme. Meine Nackenhaare stellten sich auf, und ich war mir sicher, dass es nichts mit dem kühlen Nachtwind und den Regentropfen zu tun hatte, die zum offenen Fenster hereinkamen. Es donnerte draußen, und mein Puls beschleunigte sich, als er weitersprach.

»Ich habe gestern noch lange über dich nachgedacht … Ich konnte die Bilder nicht aus dem Kopf kriegen, wie deine Locken um dein Gesicht geflogen sind, als du nur für mich getanzt hast. Wie deine Hüften sich zu meiner Stimme bewegt haben und du mich mit deinen Augen angefleht hast …« Er wurde immer leiser, und ich presste das Handy mit der rechten Hand so sehr ans Ohr, dass es wehtat.

»Was hast du gefühlt?«, fragte ich mit heiserer Stimme und vergaß für den Moment völlig, meine ignorante Rolle weiterzuspielen. Ich hörte, wie sein Atem beschleunigte, und jetzt wurde mir mit einem Mal bewusst, wie viel Wahrheit tatsächlich in seinen Worten gelegen hatte. Wenn er mich jetzt bat, zu ihm zu kommen, dann würde ich keine weitere Sekunde hier verschwenden, ganz egal, wie spät es war.

»Lange mache ich deine Versteckspielchen nicht mehr mit, hörst du?«, raunte er, und mir entwich ein leises Seufzen, bevor ich es zurückhalten konnte. Mir war so heiß wie seit letztem Samstag im Howl at the Moon nicht mehr, und das allein durch seine verfluchte Stimme.

Wie schaffte er es nur, alles in mir zum Glühen zu bringen und jeglichen vernünftigen Gedanken in meinem Kopf auszulöschen? Er warf mich aufs Bett, er drückte mich gegen die Wand, presste mich zwischen seinen Körper und den Kleidungsständer … Verdammt.

»Es bringt dich genauso um wie mich, oder? Du kannst den Gedanken auch nicht ertragen, dass ich hier alleine im Dunkeln sitze und daran denke, was ich alles mit dir anstellen könnte.«

»Finn …« Ich keuchte seinen Namen beinahe, von Selbstbeherrschung war kein Fünkchen mehr übrig geblieben.

»Ich weiß. Ich will dich auch.« Seine Stimme glich mehr einem Knurren als irgendetwas anderem.

Eine Weile versuchten wir beide, unsere Atmung unter Kontrolle zu kriegen, und ich bemühte mich verzweifelt, mich davon abzuhalten, ihm entgegenzuschreien, wie abhängig ich von ihm war. Es war kein Wunsch, kein Bedürfnis, sondern eine schlichte Notwendigkeit, die mich gerade zerfraß. Ich durfte einfach nicht zulassen, dass er mich auf diese Art und Weise fertigmachte.

»Merk dir, was ich dir jetzt sagen werde, ganz genau, Kleine: Das Spiel, das du hier spielst, kannst du nur verlieren.« Er betonte jedes Wort und legte so viel Leidenschaft in seine Stimme, dass ich wieder erzitterte. »Ich lasse mich nicht von deinen Lügen abbringen, denn ich weiß, was du willst. Leugne es nicht, ich habe es in deinen Augen gesehen. Egal, was du tust, egal, wie oft du es bekämpfst, am Ende wirst du als Verliererin dastehen, weil du dich mit jeder Faser deines Körpers nach mir sehnst, Eliza. Und ich … ich werde kämpfen und nicht aufhören, ehe ich gewonnen habe. Ich werde niemals aufgeben.«

Und dann tat ich das einzig Richtige in dieser endlosen Situation – ich nahm das Handy mit zitternden Händen vom Ohr und drückte auf die rote Taste.

»Ich auch nicht«, flüsterte ich gen Himmel, und die einzige Antwort, die ich darauf bekam, war ein greller Blitz, der mich zusammenfahren ließ.

7. KAPITEL

JUST A GAME

Finn

November 15th, 9:30 a. m.

Ich parkte trotz des Parkverbots direkt vor dem Gebäude, wo Eliza, Jenny und Alison wohnten. Auf dem Beifahrersitz befanden sich zwei Coffee-to-go-Becher – ich war mir sicher, die Kleine würde das zu schätzen wissen, wenn sie ungefähr genauso wenig Schlaf wie ich abbekommen hatte.

Es war halb zehn, ich war extra früh gekommen, damit ich sie auch ganz sicher abfing. Kurz überlegte ich, ob ich nach oben gehen und klingeln sollte, aber wahrscheinlich würde ich damit Ally und Jenny aufwecken. Soweit ich wusste, waren Eliza und ich die Einzigen, die montagmorgens schon Uni hatten. Außerdem wollte ich den Anschein erwecken, dass ich zufällig in der Gegend gewesen war. Natürlich wusste sie, dass ich ihr hinterherrannte, aber es war doch immer wieder schön, ihr Gesicht zu sehen. Sie setzte immer alles daran, sich in meiner Gegenwart unter Kontrolle zu haben und mir auf keinen Fall einen Grund zu geben, zu denken, sie würde etwas für mich empfinden. Bisher war mir kaum eine Frau über den Weg gelaufen, die bei meinem Anblick nicht irgendetwas empfand.

Aber für mich war sie in dem Sinne sehr wohl eine Ausnahme: Sie ging mir nicht auf die Nerven. Wie lange das noch so bleiben würde, war eine andere Frage, aber wenn sie mich langweilte, würde ich schon einen Weg finden, um sie loszuwerden. Diese Denkweise war mir neu, und sie war moralisch ziemlich beschissen, aber ich beschwerte mich nicht – sie lenkte ab wie sonst nichts.

Ich wurde aus meinen Gedanken gerissen, als sich die Tür öffnete und Eliza in den strömenden Regen heraustrat.

Die Haare waren auf einer Seite zum lockeren Zopf geflochten, ein paar Locken fielen ihr ins Gesicht, und sie kniff die Augen zusammen, als sie einen bösen Blick in den mit dunklen Wolken durchzogenen Himmel warf. Sie setzte die Kapuze ihres schwarzen Mantels auf, steckte sich ihre Kopfhörer in die Ohren und lief mit schnellen Schritten los. Offensichtlich war sie zu abgelenkt, um meinen Wagen direkt vor ihrer Nase zu sehen.

Ich löste die Handbremse und fuhr im Schritttempo los, während mein Blick an ihren Beinen haftete. Sie steckten in wie angegossenen, nur für sie geschaffenen Jeans, und ich fragte mich zum wohl hundertsten Mal, wie es wäre, wenn meine Finger ihren perfekten Körper entlangfahren und sie aus den Klamotten schälen würden.

Ich beschleunigte, bis ich mich direkt auf ihrer Höhe befand und währenddessen die Fensterscheibe herunterfahren ließ. Ich stützte meinen linken Arm am offenen Fenster auf und lehnte mich ein wenig hinaus.

»Steig ein«, rief ich mit einem Lächeln, und sie machte einen erschrockenen Satz nach hinten, als ich sie mit meiner Stimme in die Realität zurückholte. Sie zog einen Kopfhörer aus dem Ohr und sah zu mir, um gleich noch mal zu erstarren. Ihr Blick wurde starr, als er auf meinen traf, dann setzte sie ihr gelangweiltes Pokerface auf, das ich inzwischen nur zu gut kannte.

Ich sah dunkle Schatten unter den mit dichten Wimpern umrahmten Augen, die ein eindeutiges Zeichen dafür waren, dass mein Anruf gestern ganz schön Eindruck bei ihr hinterlassen hatte, auch wenn sie lieber sterben würde, als das zuzugeben.

Sie steckte das Teil wieder ins Ohr, verschränkte die Arme, schaute in die entgegengesetzte Richtung und lief mit schnelleren Schritten weiter. Ich grinste breiter und fuhr ihr mit Leichtigkeit hinterher.

»Steig ein, ich weiß, dass du es willst«, reizte ich sie ein bisschen.

»Verschwinde«, kam es sogleich von ihr, und ich musste lachen. Dafür, dass sie doch demonstrativ weiter Musik hörte, schien sie mich erstaunlich gut zu verstehen.

»Ich hab Kaffee besorgt. Nicht, dass du nicht absolut heiß aussiehst, aber du machst einen leicht übermüdeten Eindruck auf mich.«

»Ich bin weder käuflich, noch will ich irgendeinen Gefallen von dir«, erwiderte sie ärgerlich und wischte sich einen Regentropfen von der Wange. »Ich denke eigentlich, dass ich mich gestern unmissverständlich ausgedrückt habe: Ich will nichts von dir.«

»Was genau meinst du jetzt?«, fragte ich mit Unschuldsmiene. »Als du meinen Namen ins Telefon gestöhnt hast? Oder als du mich angefleht hast, dir weiter zu erzählen, wie ich über dich fantasiere?«

Ich sah deutlich, wie sie schluckte und kurz die Beherrschung verlor, aber sie presste die Lippen aufeinander und lief stur weiter.

Ungeduldig seufzte ich auf. »Komm rein, Eliza, oder ich komme raus«, drohte ich. »Und dann gibt's nichts mehr zu lachen.«

Sie schnaubte und lief schneller. »Oh, jetzt habe ich aber wahnsinnig Angst.«

Ich grinste. Sie hatte es nicht anders gewollt. Ich bremste abrupt ab, ließ den Motor aber laufen, als ich aus meinem Wagen stieg, ihr auf den Fersen. Der Regen wurde stärker, aber es störte mich nicht weiter. Ich beschleunigte meine Schritte, bis ich sie erreicht hatte und vor sie trat.

Sie starrte mich an und wich ein wenig zurück, aber ich war schneller. Mit beiden Händen griff ich in ihren Nacken und beugte mich zu ihr, während mein Daumen über ihre weichen Lippen fuhr, die sich leicht überrascht öffneten.

Es war unglaublich, wie sie reagierte, wenn ich sie berührte. Ihr Körper konnte mich nicht belügen.

»Hörst du mir nicht zu, wenn ich dir etwas erkläre? Ich werde nicht lockerlassen. Und es ist kein großes Ding, dich von mir zum Campus fahren zu lassen. Wir sind doch jetzt Freunde«, sagte ich mit einem Lächeln. Was für ein Argument.

Sie riss sich ein wenig zusammen und funkelte mich an, woraufhin sich ihre braun-goldenen Augen verdunkelten, jedoch ohne sich gegen meine Berührung zu wehren.

»Ich schaffe es selbst zum Campus. Und was Freunde angeht, da sei dir nicht so sicher. Es gehören immer zwei dazu.«

Ich hob eine Braue. »Du willst mir jetzt nicht sagen, dass du keine Sympathie für mich empfindest.«

Jetzt wurde sie noch einen Tick wütender und startete einen Versuch, sich von mir zu befreien, was nur dazu führte, dass ich fester zugriff.

»Du bist ein arrogantes, selbstverliebtes Arschloch, das sich sonst was auf sein verdammtes Aussehen und sein Geld einbildet und denkt, es könnte damit jede rumkriegen«, fauchte sie.

»Ach, wirklich?« Ich versuchte mir vorzustellen, wie das Bild wohl auf die Leute in den vorbeifahrenden Autos wirkte. Ein Junge und ein Mädchen im strömenden Regen, sie verzweifelt, er entschlossen.

»Lass mich gehen.«

Ich lächelte und schüttelte den Kopf. »Steig ins Auto.«

Sie beugte sich vor, offenbar ohne sich bewusst zu sein, wie nah sie mir dabei kam. »Nur über meine Leiche.«

»Tja«, meinte ich und schaute gespielt nachdenklich in den Himmel und wieder zurück zu ihr. »Dann werde ich dich wohl überzeugen müssen.« Und mit diesen Worten setzte ich an, um den Abstand unserer Lippen zu überbrücken. Meine Augen waren schon dabei, sich zu schließen.

»Bitte … nicht.«

Ich verharrte mitten in der Bewegung und öffnete die Augen wieder. Ihr Gesichtsausdruck war verzweifelt. Ich wich zurück, ohne sie aus den Augen zu lassen.

»Tut mir leid«, sagte ich schnell. »Ich dachte, es wäre eine gute Idee, als deine Mitfahrgelegenheit zu fungieren, wenn wir schon in derselben Vorlesung sitzen. Aber wenn du nicht willst …« Ich drehte mich um und lief zu meinem Auto, nicht ohne mir davor ihr verblüfftes Gesicht einzuprägen.

Beinahe schon beim Auto angelangt, hörte ich leise Schritte hinter mir, die vom Regen fast übertönt wurden.

»Hast du wirklich Kaffee?«

Ich drehte mich augenblicklich um und grinste sie schief an. Na also.

»Jap. Und ich hab die Unterlagen von Professor Sax letzte

Woche ausgedruckt, wenn du sie dir noch mal anschauen möchtest.«

Sie sah so aus, als wollte sie die Augen verdrehen, erwiderte dann im letzten Moment doch noch mein Lächeln, wenn auch zögerlich, während wir gemeinsam zum Auto liefen.

»Okay, du Idiot, ich fahr mit. Aber hör auf rumzuschleimen, und bitte – wirklich, ich bitte dich – lass die Finger von mir. Ich bin verdammt müde, und da reizt man mich besser nicht.«

Ich hielt ihr die Beifahrertür auf und lachte. »Das merk ich mir. Darf man fragen, warum du müde bist?«, fragte ich augenzwinkernd.

Sie nahm die heißen Getränke vorsichtig vom Leder und stellte sie auf meinem Sitz ab. »Ich weiß, was du hören willst: Dass ich die ganze Nacht nur an dich gedacht hab und solche Sehnsucht hatte, dass mich dein göttliches Gesicht und der Körper vom Schlafen abgehalten haben.« Sie ließ sich auf den Sitz fallen und schaute gelangweilt zu mir hoch. »Hab ich recht?«

»Sag das in der richtigen Tonlage, und schau mir dabei tief in die Augen, und ich vergesse jedes Versprechen, das ich dir gegeben habe. Ich werde dich vergessen lassen, wie du heißt, geschweige denn, warum wir hier sind.«

»Ganz ehrlich, so müde, wie ich bin, müsste ich mich konzentrieren, um überhaupt irgendein Wort mitzubekommen.«

»Als würdest du dir etwas aus meinem Mund entgehen lassen«, provozierte ich lächelnd.

»Du weißt schon, dass du mir immer deutlicher signalisierst, wie gut dir eine ordentliche Abfuhr tun würde?«

»Eliza.« Ich schaute mit hochgezogenen Augenbrauen zu ihr runter. »Ich bitte dich. Wer kann mir eine Abfuhr erteilen?« Arrogantes Arschloch, willkommen zurück.

Sie vergrub stöhnend den Kopf in den Händen und schüttelte in einer verzweifelten Geste den Kopf. »Du bereitest mir Kopfschmerzen. Noch mehr, als ich sowieso schon habe.«

Ich kicherte und schlug die Tür zu, bevor ich mit schnellen Schritten das Auto umrundete, die Getränke zurück auf ihren Schoß stellte und bei der Fahrerseite einstieg, um mich setzen zu können.

»Das wird schon noch mit uns beiden«, sagte ich mit einem Lachen und drehte den Schlüssel im Zündschloss um.

***

Eliza

November 15th, noon

Lautes Gescharre, verschiedene undefinierbare Stimmen, grelles Licht und ein verdammt vertrauter Geruch brachten mich zurück in die Realität. Ich hatte keine Ahnung, wo ich war, wie spät es war und was zum Teufel ich hier tat – nur eines war klar: Ich hatte keine Lust, meine Augen zu öffnen. Es war gemütlich.

»Wenn du wach bist, Eliza, sprich mit mir, andernfalls fühle ich mich gezwungen, dich hier rauszutragen«, durchbrach eine viel zu gewohnte Stimme meine benommene Atmosphäre.

Mit einem Schlag brachte der Klang eine Flut von Erinnerungen mit sich, und ich fühlte mich mit einem Mal wacher. Finn. Literaturvorlesung. Der verdammte Anruf gestern, der mich die ganze Nacht wachgehalten hatte.

Ich hatte doch tatsächlich die Vorlesung verpennt.

Leise stöhnte ich auf und schlug dann probehalber die Augen auf, nur um sie noch in derselben Sekunde wieder zu schließen.

»Alles okay, Baby? Soll ich dich wachküssen?«

Ich zwang mich, die Augen endgültig zu öffnen, und realisierte jetzt auch, warum es sich so verdammt gemütlich anfühlte. Ich lag halb auf dem Typen, der gestern Nacht Mittelpunkt meiner Fantasien gewesen war.

Leicht genervt von mir selbst richtete ich mich, so gut es ging, auf und griff nach seiner Hand, um sie energisch von meiner Taille zu entfernen, bevor ich einen Blick in sein amüsiertes Gesicht warf.

Ich hatte jetzt keine Nerven für Spielchen, er sah so verflucht gut aus. Die Haare wie gerade aus dem Bett gekommen. Die grünen

Augen blitzten. Und ich hatte mir die Blöße gegeben und war auf ihm eingepennt. Mitten im Hörsaal, wo jeder uns sehen konnte.

Ich nahm mich zusammen und tastete nach meiner Tasche zu meinen Füßen. Der Saal leerte sich mehr und mehr, und ich merkte sehr wohl, wie mir amüsierte und teilweise auch giftige Blicke zugeworfen wurden.

»Kannst du mir erklären, warum du mich nicht aufgeweckt hast?«, fuhr ich ihn an. Er erhob sich jetzt und biss sich grinsend auf die Lippe. Und da machte es erst klick. Ich war garantiert nicht auf ihm eingeschlafen, sondern auf dem Tisch.

»Und warum zum Teufel bin ich an deiner Schulter aufgewacht?«

Seinem Gesichtsausdruck zufolge war Finn kurz davor, in Lachen auszubrechen, und das reizte mich nur noch mehr. Mit erhobenem Kopf drängte ich mich an ihm vorbei und lief mit verschränkten Armen die Reihe entlang in Richtung Ausgang. Natürlich hielt er mit Leichtigkeit Schritt mit mir, genau wie vorhin an meiner Haustür.

»Zur ersten Frage – du warst so übermüdet, und du sahst so süß aus, als du geschlafen hast, ich wollte dich nicht in deinen Träumen stören, die sicher von mir gehandelt haben.«

Ich schnaubte und lief weiter.

»Du bist in meinen Armen aufgewacht, weil ich dich nicht auf den Boden fallen lassen wollte. Du wärst vom Tisch gerutscht, Kleine. Ich frage mich, ob du immer so unkontrolliert beim Schlafen bist. Oder im Bett überhaupt. Komm schon, Eliza, lauf nicht weg. Ich mach dir ein Angebot.«

Ich warf ihm einen Blick über die Schulter zu, der eindeutig zu deuten war. Abmachungen mit Finn konnten mir gestohlen bleiben.

»Ich hab alles mitgeschrieben, und wir können in die Bibliothek gehen, wo ich es dir erklären kann, wenn du möchtest. Und hinterher bringe ich dich zu Quedoba's zum Mittagessen.«

Ich fuhr herum und schaute ihn ungläubig an. »Was bezweckst du damit? Was muss ich als Gegenleistung tun? Mich in der Öffentlichkeit von dir demütigen lassen?«

Er verdrehte die Augen, grinste mich aber immer noch so unverschämt verführerisch an, dass ich am liebsten weggerannt wäre. »Gar nichts. Können wir denn nicht endlich nett zueinander sein?«

Ich wollte ihm schon entgegenschleudern, dass ich nach dem Telefongespräch gestern sicher nicht freundlich sein würde, aber dann schaltete sich für einen winzigen Moment mein Verstand ein.

Ich konnte den soeben verpassten Stoff nachholen und musste mich zu Hause nicht extra darum kümmern. Außerdem hatte ich heute außer einem Kaffee nichts zu mir genommen, und ich hatte Hunger. Und ich liebte mexikanisches Essen. Also zwang ich mich zu einem Lächeln. »Okay.«

Die Überraschung in seinem Gesicht war einfach nur niedlich. Wie ein kleiner Junge, der in seinem Leben nicht gedacht hätte, dass sein heimlicher Schwarm einem Date zusagen würde.

Leider gab er mir nicht lange Zeit, meinen Triumph zu genießen, sondern fing sich nach einem Augenblick wieder. »Perfekt, Kleine.«

Ungefähr zwei Stunden später biss ich herzhaft in den Burrito vor mir. Ich hatte inzwischen den perfekten Überblick über die Vorlesung. Finn hatte mir alles erklärt und mich bis auf ein, zwei Male nicht einmal mit seinen üblichen Kommentaren genervt.

Ich betrachtete ihn, er saß mir direkt gegenüber und ließ mich nun, schon seit wir hier waren, nicht aus den Augen. Puh, der Kerl hatte es wirklich mit Augenkontakt. Und eigentlich machte mir das nichts aus, wenn es nicht ausgerechnet seine Augen wären.

Ich schluckte und hob eine Braue. »Sag mal, gibt es einen Grund, dass du mich die ganze Zeit so anstarrst, Westwood?«

Er nahm einen Schluck von seiner Coke und grinste mich schief an. »Allerdings. Du hast den größten Sexappeal, den ich je gesehen habe.«

»Ach, Finn, und ich wollte mich schon bei dir wegen heute bedanken, weil du dich fast menschlich benommen hast«, erwiderte ich und verdrehte die Augen.

»Also, hör mal, jetzt bin ich schuld, dass du so heiß bist?«

Ich schüttelte den Kopf, musste dann aber doch lachen. Er war unmöglich. Aber auch wenn ich es ungern zugab, heute hatte er sich irgendwie charmant verhalten. »Willst du mir jetzt endlich verraten, warum du mir geholfen hast und mir auch noch mein Mittagessen spendierst?«

»Ich wollte nur nett sein?«

»Komm schon, das nehme ich dir nicht ab. Da ist doch sicher noch was.«

Er zuckte mit den Schultern und lehnte sich nach hinten. »Na schön. Ich will, dass du heute Abend zu der WG-Party kommst.«

Daher wehte also der Wind. Die Zwillinge aus Allys Studiengang hatten den kompletten Jahrgang in ihre WG eingeladen. Ich war mir sowieso schon sicher, dass ich hingehen würde. Jen, Ally und ein paar Leute aus der Uni würden auch dort sein.

»Und was, wenn ich sage, ich komme nicht?«, provozierte ich und leckte mir einen Finger ab, nachdem ich den Burrito aufgegessen hatte.

»Nun … dann, schöne Frau, werde ich auch nicht gehen«, erklärte er leichthin und lächelte mich offen an.

Was zur Hölle sollte das schon wieder? »Wie jetzt?«, fragte ich perplex nach, und er lachte.

»Bitte, Eliza. Ich würde mich freuen, wenn du kommst. Ich hab auch nichts Böses im Sinn.«

Warum änderte er so schnell seine Taktik? Um mich noch mehr zu verunsichern? Im Normalfall hätte er irgendwas davon geschwafelt, dass ich seinetwegen sowieso kommen würde. Aber bitte, wenn er nett sein wollte.

»Es ist schon geklärt, Finn. Ich werde da sein«, meinte ich noch immer leicht misstrauisch, und er starrte mich zufrieden an.

»Perfekt, Kleine«, wiederholte er seine Worte von vorhin.

Sein darauffolgendes Lächeln nahm mir wieder einmal den Atem.

Es war nach neun Uhr, als wir bei Fiona und David ankamen. Ihre Wohnung befand sich ganz am Rand des Zentrums. Ich sah mich um. Hier schien nicht so viel los zu sein wie in unserer Gegend, es gab nur wenige Cafés, und ich hatte auf dem Weg hierher immer weniger Bars und Clubs gesehen. Aber es war offensichtlich eine schicke Umgebung, es sah edler und teurer aus.

Sicherlich konnte man hier friedlicher wohnen als bei uns, aber mir war das Großstadtleben nach so vielen Jahren im Kaff dann doch lieber. Jenny und Ally schienen der gleichen Meinung zu sein, sie sahen nicht gerade begeistert aus.

Ich klingelte an der Haustür, und kurz darauf ertönte ein Surren.

»Nett von den beiden, uns einzuladen, nicht wahr?«, sagte Jenny, als wir hineinliefen. »Aber Lucas ist ja auch ein super Kerl.«

Ich schaute fragend, da ich keine Ahnung hatte, wer Lucas war. Die Zwillinge kannte ich von Samstag im Howl at the Moon, ihn dagegen nicht.

»Lucas ist der Barkeeper im Howl at the Moon. Eigentlich müsstest du doch wissen, wer er ist«, kam es von Ally. »Oh, nein, du kannst ihn ja gar nicht kennen, du warst noch nicht da, als er zu uns an den Tisch gekommen ist«, fiel es ihr dann wieder ein.

Ich musste nicht lange nachdenken, um zu verstehen, von welchem Abend sie sprach.

»Es kann ja sein, dass du ihn schon mal in der Uni getroffen hast. Er studiert unter anderem auch Psychologie, glaube ich«, erklärte Ally weiter.

Ich nickte und war in Gedanken schon wieder ganz woanders. Finn hatte mich heute Mittag wie versprochen nach Hause gefahren, wo ich dann den ganzen Nachmittag verschlafen hatte, um die Stunden von letzter Nacht aufzuholen. Und während wir uns anschließend hübsch gemacht hatten, waren mir seine Worte immer wieder durch den Kopf gegangen. Ich hatte mir fest vorgenommen, ihn zu durchschauen.

Er wollte ein Spiel? Ich würde mit ihm spielen. Und wie. Er hatte offenbar keine Ahnung davon, dass ich nicht den normalen Hang zur Romantik hatte und ihm auch nicht hinterherheulen würde, wenn er mich links liegen ließ. Aber das war ja gerade der Punkt. Ich hatte mir geschworen, ihn links liegen zu lassen.

Der Aufzug brachte uns nach oben, und bevor wir auch nur anfingen, uns umzuschauen, um das richtige Klingelschild zu finden, wurde schon eine Tür ganz hinten aufgerissen, und laute Musik und Gelächter drangen auf den Flur. Fiona winkte uns zu und strahlte, während sie die Tür offen ließ und in unsere Richtung gelaufen kam.

»Hey, Leute. Ich hole noch schnell mehr Getränke, wir hätten nicht gedacht, dass so viele kommen.«

Sie trug halsbrecherisch hohe Schuhe und ein Minikleid, das verdammt teuer aussah und ihr verdammt gut stand. So langsam dämmerte mir, dass das hier keine normale Wohnung war.

»Danke für die Einladung«, rief Ally ihr hinterher, und Jenny und ich nickten bekräftigend, was sie lächelnd mit einer Hand abwinkte.

Wir warfen uns grinsende Blicke zu und betraten dann das Apartment. Es war wirklich sehr voll. Doch ich konnte gar nicht auf die vielen Menschen achten, weil ich viel zu begeistert von der tollen Innenausstattung war.

Das hier war keine Wohnung, das war eine Luxusbude, sie sah teurer als Toms Loft aus, und das bedeutete einiges.

Die Wände waren in Beigetönen gestrichen und voll mit Hunderten von Gemälden und eingerahmten Fotos, was die Atmosphäre gemütlich machte. Außerdem gab es wahnsinnig viel Platz. Ich konnte einen Billardtisch und eine Mini-Hausbar ganz hinten im Raum erkennen, wo sich die meisten mit Cocktailgläsern in den Händen aufhielten und zu der Musik aus den Boxen tanzten.

Ich riss mich von dem Anblick los und bemerkte den Typen neben mir, der mich, Jenny und Ally schräg angrinste.

»Hallo, Mädels, schön, dass ihr gekommen seid.«

»Lucas! Das hier ist Eliza. Eliza, Lucas, der Barkeeper vom Howl at the Moon, wie schon gesagt«, stellte Alison uns vor, und ich lächelte.

»Du bist das also«, meinte ich, und er erwiderte mein Lächeln.

»Wenn du nett bist, gebe ich dir das nächste Mal vielleicht einen Drink aus«, sagte er augenzwinkernd angesichts meiner Verblüffung.

Jenny und Ally neben mir sahen sich eifrig um, und ich war mir sicher, sie waren auf der Suche nach ihren Typen. Ich zwang mich, meine Konzentration auf Lucas zu fixieren, aber vergeblich. Automatisch blickte auch ich mich um. Finn war offensichtlich nicht da.

Bevor ich noch irgendetwas erwidern konnte oder mich weiter unterhalten konnte, war Lucas mit einem kleinen Lächeln weitergegangen, und ich spürte, wie ich von hinten an den Schultern gefasst wurde.

Ich wirbelte herum und blickte in zwei funkelnde Smaragdaugen. »Suchst du mich?«, fragte er mit einem Grinsen, und ich seufzte.

Der Abend würde zweifelsohne interessant werden.

***

November 25th, 10:00 a. m.

Ich wälzte mich schon seit etlichen Minuten im Bett herum, aber die Bauchschmerzen wurden immer schlimmer. Verdammter Mist, heute war Thanksgiving, und ich würde mich am liebsten den ganzen Tag mit meinem Notebook und einer Wärmflasche hier unter der Bettdecke verkriechen. Wenigstens hatte ich wegen des Feiertags keine Uni.

Ich hasste es, meine Tage zu haben, es war die Hölle. Seit ich dreizehn war, quälte ich mich mit Krämpfen und Übelkeit rum – und das jeden verdammten Monat. Inzwischen nahm ich die Pille, und es war besser geworden, aber ohne Schmerztabletten ging ich an besonders schlimmen Tagen trotzdem nicht aus dem Haus. Und heute hatte ich überhaupt keine Lust auf irgendetwas.

Geplant war, dass Ally und ich zusammen zu Tom gehen und dort essen, bis wir uns abends mit der ganzen Truppe treffen würden. Ich war heute nicht nach Hause gefahren, weil meine Mutter zu der Familie ihres neuen Freunds geflogen war und mein Vater sich geschäftlich in Oregon befand. Ich hatte ihnen versichert, dass es mir nichts ausmachte, mit meinen Freunden in Seattle zu feiern.

Sam und Jenny, die den Nachmittag bei Jens Mom in Tacoma verbringen würden, Alex und Kris, die vormittags beide arbeiten mussten, und die Baker-Zwillinge im Schlepptau mit einer Menge Freunden würden heute dabei sein.

Nachdem ich mich aus meinem Bett gequält hatte, lief ich direkt ins Badezimmer und holte mir zwei Schmerztabletten aus dem Schrank, bevor ich ins Wohnzimmer ging, wo Ally es sich im pinken Bademantel und mit nassen Haaren auf der Couch gemütlich gemacht hatte und eine Wiederholung ihrer Lieblingsarztserie schaute. Sie wandte mir den Kopf zu, als ich mir ein Glas Wasser aus dem Küchenschrank holte und die Tabletten schluckte.

»Hast wieder deine Tage, du armes Ding?«, meinte sie mit mitleidigem Gesichtsausdruck, und ich nickte, während ich zur Couch lief und mich neben ihr niederließ.

»Ich hasse den Mist. Und ich hab keine Lust auf Thanksgiving.«

Sie rückte sofort zu mir und legte mir einen Arm um die Schultern. »Mach dir nichts draus, wir gehen nur zu Tom, und da kannst du anziehen, was du willst, musst dich nicht herausputzen und darfst gutes Essen genießen.«

Ihre Familie kam ursprünglich aus New York, und die Flüge waren zu teuer gewesen, weshalb sie ebenfalls in Seattle geblieben war.

Ich gab ihr einen Kuss auf den feuchten Haaransatz. »Danke. Aber heute Abend muss ich wohl oder übel gut aussehen, oder?«, fragte ich seufzend, und ihr Blick wurde ein bisschen fordernder.

»Zur Not schluckst du noch mal ein paar Tabletten, aber wir werden dich heute auf keinen Fall zu Hause schmollen lassen. Ein paar Drinks, ein bisschen gute Musik im Howl at the Moon, und du bist wieder wie neu. Ach, und Finn kommt auch.«

»Und das sagst du mir jetzt, weil …?«, spielte ich die Unwissende und erntete einen missbilligenden Blick.

»Mich täuschst du nicht, Eliza. Ich sehe die Blicke, und ich bin mir sicher, dass er endlich eine Gelegenheit sucht, um dich rumzukriegen.«

Oh, wenn sie wüsste, wie recht sie damit hatte.

»Und es könnte sein, dass Tom neulich etwas in der Richtung hat fallen lassen«, murmelte sie wie nebenbei und grinste mich von der Seite an.

»Was meinst du?«, fragte ich prompt und ließ ihr Grinsen noch breiter werden. Das war natürlich genau die Reaktion, die sie sich von mir erhofft hatte.

»Tom sagte, dass er noch nie gesehen hat, wie sein Bruder sich so lange die Zähne an jemandem ausgebissen hat.«

»Da läuft nichts, Ally.«

»Na sicher, *Kleine*«, flötete sie, betonte das letzte Wort besonders und setzte sich auf. Ich tat mein Bestes, um mir nichts anmerken zu lassen. »Also, ich geh mich mal anziehen und mach uns French Toast. Anschließend backen wir zusammen mit Jenny Muffins zur Feier des Tages und machen uns später auf den Weg, ja?«

Ergeben stöhnte ich auf, griff nach der Fernbedienung und stellte lauter. Ich brauchte Ablenkung von den Monstern in meinem Bauch, und wer konnte das schon besser als die heißen Assistenzärzte im Fernsehen?

Wir saßen zu dritt gemütlich auf der riesigen Luxuscouch in Toms Apartment und erholten uns von den himmlischen Schokomuffins, die größtenteils Allys Verdienst waren.

Meine Bauchkrämpfe waren so gut wie weg. Vermutlich lag es an einer Mischung aus Kalorien und Schmerzmitteln, die ihren Job taten.

Ich war tatsächlich in Jogginghose und einem Bandshirt gekommen, so wie Ally es gesagt hatte, ich hatte angezogen, wonach mir war. Der Tag war bis jetzt erstaunlich gut verlaufen. Wir hatten gekocht, Alex war auch für einen Moment vorbeigekommen, und irgendwann mal, als die zwei Turteltauben sich knutschend auf dem Sofa verzogen hatten, hatte ich meine Mom und meinen Dad angerufen, die beide so euphorisch auf meinen Anruf reagiert hatten, als hätte ich mich seit Monaten nicht mehr gemeldet.

»Wie wär's mit ein bisschen zocken?«, kam es von Tom, und Ally schnaubte neben mir. Aber ich grinste. Wie oft hatte ich das zu Hause mit Sam auf seinem alten Fernseher in der Garage gespielt?

»Darauf hätte ich jetzt Lust«, erwiderte ich begeistert.

»Oh nein, Eliza, nicht du auch noch. Wir sind erwachsene Menschen.«

Ich lachte. »Du kannst nur von dir sprechen, oder, Tom?«

Er ließ auch ein Kichern hören und küsste seine Freundin auf die Wange. »Komm schon, Baby, es macht Spaß.«

Sie wollte gerade etwas erwidern, als es klingelte. Tom löste sich von Ally und stand auf. »Das ist sicher Finn, ich hab ihm gesagt, er soll noch vorbeikommen.«

Ich verschluckte mich augenblicklich an … ja, an was denn? Ich hatte nicht einmal etwas gegessen, aber jetzt fing ich plötzlich zu husten an, als ob mir irgendwas im Hals steckte. Verdammt.

Ally zwinkerte mir zu, und ich konnte mir gerade noch eine widerspenstige Locke hinters Ohr stecken, als die Tür aufgerissen wurde und Finn mit bester Laune hereinspaziert kam. Er knuffte seinen Bruder lässig in die Schulter und warf seine Lederjacke über den Türhaken, bevor er seinen Blick uns zuwandte.

»Hey, Ally, hallo, Kleine. Fröhliches Thanksgiving euch beiden.« Sein Blick blieb an mir hängen, und mir blieb der Atem weg.

»Dir auch, Finn«, erwiderte Alison amüsiert, und ich zwang mich zu einem Lächeln, als er zur Couch kam und sich direkt neben mich fallen ließ. Tom folgte ihm und setzte sich zu Ally, die ihm sofort die Arme um den Hals schlang. Na super. Pärchengetue, und ich saß mit der größten Sünde dieser Erde daneben.

Als die zwei neben uns anfingen, sich zu küssen, beugte Finn sich so nah zu mir, dass sich eine Gänsehaut über meinen Körper zog.

»Du siehst süß aus«, raunte er mir zu, und ich musste aufpassen, um nicht die Beherrschung zu verlieren.

Mühsam sammelte ich mich. »Hey, wollten wir nicht spielen?«, fragte ich extra laut, und die zwei lösten sich langsam voneinander.

»Na dann aber mal los. Ihr beiden gegen uns. Ihr habt keine Chance«, erklärte Tom mit einem Funkeln in seinen Augen, und Finn neben mir lachte höhnisch.

»Das werden wir ja sehen. Wir machen sie fertig, Eliza.«

Ich Idiotin war zu nichts anderem als einem schwachen Nicken imstande.

***

Finn

November 25th, 7:00 p. m.

Wir fuhren den Aufzug nach oben zu ihrer Wohnung, und ich lehnte mich gegen die verspiegelte Wand und musterte Eliza von oben bis unten, um sie verrückt zu machen.

Ihre Locken waren mit einer Klammer nach hinten gebändigt worden, aber ein paar widerspenstige Strähnen fielen ihr ins Gesicht. Die Augen waren ungeschminkt, und ihre offene Jeansjacke gab die Sicht auf ein eng anliegendes Guns-'N-Roses-Bandshirt frei, das ihr Dekolleté trotz des dünnen Stoffs unwiderstehlich aussehen ließ.

Wir hatten heute den ganzen Nachmittag lang mit Tom und Ally eine verdammt gute Zeit gehabt.

Sie biss sich jetzt auf die glänzende Unterlippe und schenkte mir ein verführerisches Lächeln. »Du solltest nicht so starren. Das ist unhöflich und kommt gar nicht gut an.« Gespielt missbilligend schüttelte sie den Kopf.

Ich lächelte. »Es ist kein Geheimnis, dass ich dich will, oder? Außerdem musste ich mich den ganzen Mittag zurückhalten.« Wirklich getan hatte ich das nicht. Ich hatte sie von hinten umarmt, als ich auf Toms Boden vor dem Fernseher gesessen und zusammen mit ihr wie verrückt auf dem Controller herumgedrückt hatte, um bei dem Rennen gegen meinen Bruder und seine Freundin zu gewinnen. »Jetzt sind wir ganz alleine«, fuhr ich fort. »Wer weiß, für wie lange. Wir könnten uns locker ein wenig verspäten, Kleine. Und außerdem gibt es hier niemanden, dem wir irgendetwas vorspielen müssen.«

Ihr Mund klappte für einen Moment auf, und ihre Gesichtszüge entglitten ihr. Ich sah das nackte Verlangen in den dunklen Augen und machte einen Schritt auf sie zu. Sie war so was von überfällig. Anderthalb Wochen waren seit dem Telefongespräch vergangen, und ich hatte mein Versprechen bis jetzt noch nicht in die Tat umgesetzt.

Sie hob eine Hand und platzierte sie auf meiner Brust. »Auf Abstand, bitte, Finn. Du weißt, dass ich kein Interesse an dir habe. Wenn wir so wie vorhin zusammen spielen, gewinnen wir, weil du mich auf deiner Seite hast, aber sobald wir Gegner sind, hast du keine Chance.«

»Lügen stehen dir gar nicht gut.« Ich beugte mich zu ihr, sodass unsere Gesichter auf gleicher Höhe waren. »Ich weiß doch, was du denkst«, flüsterte ich. Ihre Augen vergrößerten sich, und ihr Atem ging schneller.

Der Aufzug war inzwischen gestoppt, und die Türen öffneten sich, aber weder sie noch ich bewegten uns vom Fleck.

Erlösung. Das Wort schwebte zum Greifen nahe zwischen uns – genau dort, wo der Abstand nicht hätte sein sollen.

»Du hast keine Ahnung«, meinte sie ebenfalls im Flüsterton, schob mich dann bestimmt zur Seite und trat durch die Automatiktüren in den kaum beleuchteten Flur. Perfekt.

Ich seufzte theatralisch, bevor ich ihr folgte. »Wann gibst du endlich zu, dass du seit Wochen über mich fantasierst und dir nichts sehnlicher wünschst, als bei mir zu sein? Oder besser gesagt auf mir – unter mir ist auch in Ordnung, du darfst es dir aussuchen.«

Als sie gerade an ihrer Haustür angekommen war, beschloss ich, dass es an der Zeit war, alle Register zu ziehen. Es reichte mir jetzt vollends. Ich verbannte jedes Lächeln aus meiner Stimme und ließ sie rau und verrucht klingen. »Ich will verdammt noch mal Sex mit dir.«

Sie verharrte mitten in der Bewegung – offenbar zeigte dieses Geständnis endlich Wirkung –, drehte sich aber noch immer nicht um.

»Halt den Mund, Finn, ich warne dich. Treib es nicht zu weit«, sagte sie drohend, aber ich hörte das leichte Beben ihrer Stimme und trat grinsend einen Schritt näher, sodass nur noch ein Meter zwischen uns lag. Der Flur war leer, die Nachbarn schienen brav Thanksgiving zu feiern.

»Und wenn doch? Was tust du, wenn ich einfach damit weitermache, dir zu erzählen, wie sehr …«

Im Bruchteil einer Sekunde war sie herumgewirbelt und hatte mir ihre Handflächen rechts und links ans Gesicht gelegt. Sie ließ jedes weitere Wort aus meinem Mund verstummen.

Ihre Lippen prallten auf meine. Einfach so. Und in mir explodierte alles. Einmal, zweimal drückten sie sich gegen meine, dann war es vorbei. Sie drehte sich um, holte ihren Schlüssel aus der Hosentasche und schloss auf, lief wortlos in die Wohnung und ließ die Tür offen stehen. Aber die Explosion in meinem Inneren tobte weiterhin, und das Feuer brannte lichterloh. Schock. Verlangen. Erregung. Und wieder Schock.

Sie hatte soeben aufgegeben.

***

Ich warf sie aufs Bett.

Ihre Beine waren um meine Taille geschlungen, ihre Hände ließen jetzt von meiner Brust ab und krallten sich rücklings in die weiße Bettwäsche. Mit beiden Händen fuhr ich ihren Bauch entlang. Ich nahm jedes Detail auf, das sich mir hier bot. Ihr schwarzer Spitzen-BH schmiegte sich eng an die schneeweiße Haut, die fast schon silbrig im gedämpften Licht schimmerte. Draußen war es dunkel geworden, aber mir war, als würden meine Augen durch die Erscheinung unter mir geschärft werden, zusammen mit meinen anderen Sinnen, die vollständig auf sie gerichtet waren.

Ich hielt ihr die Haare aus dem Gesicht. Wir starrten uns an und rangen schon wieder um Beherrschung. Ich sah Wut und Verzweiflung und unendliches Verlangen und war mir sicher, dass ihr Ausdruck meinen exakt widerspiegelte.

»Finn«, keuchte sie auf, und ich schloss für einen Moment auch die Augen, um mich voll und ganz auf den Klang ihrer brüchigen Stimme zu konzentrieren. Ich gewann, ich konnte es deutlich spüren.

Kurzerhand streifte ich mir meine Schuhe von den Füßen, tat das Gleiche mit ihren und legte mich über sie, während ich mich mit den Armen rechts und links von ihrem Kopf abstützte. Sie krallte ihre Finger in meinen Rücken, und ich verband mit einem heiseren Stöhnen unsere Lippen, die nach jedem Kuss nur noch ausgehungerter waren. Je mehr ich sie spüren durfte, desto süchtiger wurde ich.

»Es ist okay, Kleine. Du musst mir nichts sagen, du brauchst nichts zuzugeben«, murmelte ich, als ich ihren Blick sah.

Sie seufzte leise und zog mich noch näher. Meine Finger bahnten sich ihren Weg zwischen unsere Oberkörper, fuhren ihren Bauch entlang, zum Bund ihrer Hose.

Im selben Moment zuckte sie heftig zusammen, und ich hielt erschrocken inne, bis ich merkte, was der Grund dafür war.

In ihrer Hosentasche vibrierte etwas, wie ich sehr genau spüren konnte, so nah, wie wir aufeinanderlagen. Ich stieß mich ein bisschen vom Bett ab, um ihr Gesicht besser sehen zu können. Ein bedauernder Ausdruck lag darauf. Sie fluchte, und ich schaute sie ungläubig an.

»Das tust du mir jetzt nicht an, oder? Du willst da nicht wirklich rangehen?«

Sie zog mich wieder ganz auf sich und griff in mein Haar. »Nein, Idiot, mir ist nur eingefallen, dass ich meine Tage habe«, erwiderte sie leicht ärgerlich und umschlang mich gleichzeitig mit ihren Beinen. Mein Körper reagierte sofort darauf.

»Oh Gott, du willst mich also *wirklich* umbringen«, stöhnte ich in ihr duftendes Haar, und sie kicherte. Sie *kicherte*.

»Ja, verdammt, wenn du mich so überfällst, bin ich ja nicht schuld!«

»Moment mal! Wer hat mich vorhin geküsst, Madame?«

»Wer hat mir erzählt, er bräuchte *verdammt noch mal Sex*?«

»Touché.«

»Weißt du, ich kann mir gar nicht vorstellen, wie sich das anfühlen muss, so vollständig erregt auf einer Frau zu liegen und sich mit dem Gedanken anfreunden zu müssen, dass da nicht mehr laufen wird.«

»Sei leise, Eliza, oder ich schwöre dir, ich nehme dich gleich so, wie du bist«, knurrte ich. Ich unterdrückte ein weiteres qualvolles Stöhnen, und dann kam mir plötzlich eine Idee. Ihr Handy hatte nicht zu vibrieren aufgehört.

»Hey, geh an dein Handy ran.«

Sie hielt kurz inne. »Warum sollte ich?«

»Weil wir sowieso keinen Sex haben werden«, meinte ich halb augenverdrehend, halb stöhnend, und ein weiteres Kichern folgte.

»Schade eigentlich. Na schön, dann musst du aber von mir runtergehen«, antwortete sie amüsiert und gab mich frei. Offenbar schien sie keinen Verdacht zu schöpfen.

Ich rollte mich von ihr runter, auf die Seite, und sie setzte sich ein bisschen auf und lehnte sich gegen das Bettgitter hinter uns. Sie griff in ihre Hosentasche und seufzte, als sie auf den Bildschirm des Telefons schaute.

»Es ist Ally. Himmel, wir sind doch erst vor einer halben Stunde gegangen.«

Ich lächelte voller Vorfreude, als sie kopfschüttelnd annahm und sich das Teil ans Ohr hielt. »Ally, ich hoffe, es gibt einen guten Grund, dass du störst.«

Ich blickte überrascht zu ihr hoch. Was waren das für neue Töne?

Sie hörte mit schief gelegtem Kopf zu, was ihre Freundin darauf erwiderte, und biss sich dann mit einem breiten Grinsen auf die Lippen.

»Wir knutschen wild in meinem Bett rum, was denkst du denn?«, gluckste sie, und ich fiel kopfschüttelnd in ihr Lachen ein. Sie war einfach zu gut.

Ich setzte mich auch auf, während ich mit dem Finger anfing, Muster auf die nackte Haut ihres Bauchs zu zeichnen. Augenblicklich stockte ihr der Atem, und ihre Hand schnellte zu meiner, wo sie sich panisch um meine Finger schloss.

»W… was meinst du?«, fragte sie ins Telefon und warf mir böse Blicke zu. Ich zwinkerte ihr zu und verschränkte unsere Finger miteinander, bevor ich fortfuhr, sie zu streicheln. Ich war zwar immer noch am Durchdrehen, aber es bereitete mir schon eine gewisse Genugtuung, sie ein bisschen zu foltern, wenn sie am Telefon so tun musste, als wäre alles normal.

»Nein, er ist im Wohnzimmer, und ich zieh mich gerade um«, log sie und nickte mir scheinheilig zu, was mich schon wieder zum

Grinsen brachte. »Ähm … nein, nein, ich …«, stotterte sie im nächsten Moment und versuchte, mich wegzuschubsen, aber keine Chance, ich gab nicht nach. Sie atmete tief durch. »Ally, wartest du bitte einen Moment? Ich muss was klären«, murmelte sie.

»Willst du wirklich, dass ich aufhöre? Jetzt …« Ich küsste sie ein weiteres Mal auf den knallroten Mund. »… wo es so schön ist …?« Kuss. Ein Seufzen ihrerseits. Ein Siegesrausch in meinem Inneren. Und dann stieß sie mich von sich.

»Nimm deine Drecksfinger von mir.«

Ich erholte mich schnell von dieser kleinen Abfuhr und beugte mich vor, um direkt vor ihrem Gesicht haltzumachen. »Warum sollte ich?«

»Weil ich dich nicht will«, erwiderte sie wenig überzeugend und legte das Handy kurz auf der Matratze ab, um die Hände an meine Schultern zu legen und zu versuchen, mich wegzuschieben.

Ich setzte mich im Schneidersitz auf ihr Bett und zog sie mit Leichtigkeit auf meinen Schoß. Protestierend klammerte sie sich fester, und ich legte ihr eine Hand in den Nacken. »Lüg nicht.«

***

Eliza

Der Typ konnte küssen, das war nicht mehr normal. Im Howl at the Moon war es schon surreal gewesen, aber wenn er auch noch mit voller Konzentration versuchte, mich um den Verstand zu bringen, hatte ich keine Chance.

Wir machten ein paar Sekunden weiter, aber irgendwann drängte sich der Gedanke von Ally am Telefon ziemlich störend in den Vordergrund.

Er stöhnte auf, als ich mit meiner freien Hand neben uns griff und nach dem Handy tastete. Es war ein Risiko, das Gespräch gerade jetzt wieder aufzunehmen, aber ich beschloss, dass ich es wagen konnte. Ally würde nichts merken, und wenn schon – sie würde sicher misstrauischer werden, wenn ich sie noch eine halbe Stunde warten ließ.

Ungläubig starrte Finn mich an, als diesmal ich ihm zuzwinkerte und das Handy ans Ohr hielt, die andere Hand ruhte noch immer auf seinem Schoß.

»So, hier bin ich wieder«, sprach ich leicht krächzend und räusperte mich.

»Sag mal, willst du mich verarschen, Eliza?« Ich hörte ein darauffolgendes Kichern im Hintergrund, das eindeutig zu Tom gehörte. »Wer stöhnt da die ganze Zeit rum, und was machst du eigentlich? Und jetzt sag nicht, du suchst dir was zum Anziehen raus, das glaub ich dir nämlich nicht.«

Ich lächelte und küsste Finn kurz lautlos auf die Lippen, was seinen Gesichtsausdruck schlagartig von erregt zu verdutzt änderte. Ich konnte mir ein Lachen gerade noch verkneifen.

»Erstens, ich bin jetzt im Wohnzimmer, und Finn schaut hier fern, ich stöhne also ganz bestimmt nicht rum, Mom«, log ich munter. »Wenn du willst, kann er dir als Beweis Hallo sagen.«

Ich wartete ihre Antwort gar nicht erst ab, sondern stellte kurzerhand auf Lautsprecher. Ich hatte glänzende Laune und schien mein Gegenüber zunehmend damit anzustecken, wie es aussah – er grinste ebenfalls.

»Hi, Ally, Grüße an meinen Bruder, was macht ihr so? Aber Eliza sagt nicht ganz die Wahrheit. Eigentlich sind wir es, nicht der Fernseher, nicht wahr, Baby?«, sagte er seelenruhig.

Ich hatte keine Chance zu reagieren, denn Ally kam mir mit einem kleinen Kreischen zuvor. »Schatz, dein Bruder hat was mit Liz, ich hab's dir doch gesagt!«

Dann war kurz ein Klicken zu hören, bevor Toms Stimme in meinem Zimmer ertönte. Sie klang begeistert. »Finn, ich war schon lange davon überzeugt, dass ihr zusammenpasst. Ich bin stolz auf dich, Kleiner.«

Okay, das reichte mir jetzt. »Also, ihr zwei, dann lasst uns bitte schön weitermachen. Bis später, ja?«, versuchte ich sie abzuwürgen.

Ich griff nach seiner Hand und schaffte es doch tatsächlich, sie von mir wegzuziehen. Dann kletterte ich von seinem Schoß. Seinen bedauernden Blick quittierte ich mit einem Augenrollen.

»Hey, hey, wir haben doch noch gar nichts geklärt!«, kam es protestierend von Ally. »Ich würde wirklich zu gern wissen, was ihr getrieben habt, bevor ich angerufen habe, wenn du nicht einmal nach dem Grund für meinen Anruf fragst.«

»Ja, komm auf den Punkt«, antwortete ich mit einem Grinsen.

»Also, ihr Turteltauben, bewegt eure Hintern in spätestens ’ner Dreiviertelstunde zum Howl at the Moon, oder wir holen euch!«, drohte Tom.

Ich beobachtete, wie sein Bruder die Augen verdrehte. »Wir spielen doch heute nicht mal.«

»Ich weiß, aber ich hab Alex, Kris und den anderen Bescheid gesagt, dass wir kommen. Wenn ihr nicht auftaucht, kommen die anderen womöglich auf interessante Gedanken, wenn du weißt, was ich meine.«

Das war der Moment, in dem ich mich einschaltete. »Schon verstanden, wir werden da sein. Stimmt's?«, fragte ich mit einem Blick in seine Richtung. Finn nickte brav, grinste dann aber.

»Wir versuchen es auf jeden Fall. Aber versprechen können wir nichts. Wer weiß, vielleicht finden wir etwas, das uns mehr Spaß macht.«

Tom lachte los, Ally schien zu fassungslos zu sein, um irgendwie zu reagieren.

Ich musste später unbedingt ein Wörtchen mit ihr reden, damit sie nicht wirklich der Annahme war, zwischen mir und Finn würde etwas laufen.

»Du erstaunst mich doch immer wieder aufs Neue, Kumpel. Ich glaube, sie hat's dir wirklich angetan ... Eliza, glaub mir, er steht hundertprozentig auf dich.«

Ich verdrehte noch mal die Augen. »Es reicht! Bis später, Tom, tschüss, Alison. Ach, nein, warte mal. Die flachen Schuhe oder deine Boots, was meinst du?«

Sofort fiel sie in den geschäftsmäßigen Routineton. »Die Boots. Ich schenk dir welche zu Weihnachten, du hast nämlich die perfekte Größe dafür, und außerdem wird es Zeit, dass du dein Verhältnis zur Modewelt verbesserst. Die Kleinstadt hat dir definitiv nicht gutgetan, Süße.«

Ich seufzte. »Danke für den Tipp. Wir sehen uns!«

Ohne eine Antwort abzuwarten, legte ich auf und schmiss das Handy aufs Bett. Dabei verfehlte ich Mr. Ich-ziehe-dich-gerade-mit-den-Augen-vollständig-aus leider um ein Haar.

»Aggressiv, Kleine?«, fragte er lachend.

Ich schluckte hart und trat dann einen Schritt nach vorne. »Ich zieh mich um.«

»Soll ich dir helfen?«

Ich schnaubte nur und lief dann zu meinem Kleiderschrank.

***

Howl at the Moon. Finn und ich. Hand in Hand. Unzählige böse und ungläubige Blicke von den weiblichen Besuchern.

Ich fühlte mich verdammt gut. Grinsend liefen wir zu dem Tisch, an dem ich Sam alleine sitzen sah, und kümmerten uns beide nicht um das Getuschel, das nur halbwegs von der Rockmusik übertönt wurde.

Finn hatte den Weg vom Auto bis hierher darauf bestanden, meine Hand zu halten, um seinem Fanclub zu demonstrieren, dass er vergeben war, und ich hatte es geschehen lassen. Warum auch nicht? Es war nichts dabei, ihm ganz unter Freunden behilflich zu sein. Wir waren wohl sehr spezielle Freunde. Mir wurde noch immer heiß, als ich daran dachte, wie es hätte weitergehen können. Er hatte mir kaum die Gelegenheit gegeben, mich richtig umzuziehen, so oft, wie er noch über mich hergefallen war. Mein Grinsen wurde breiter.

»Wie wär's, wenn wir später einen kleinen Abstecher in den Proberaum machen?«, raunte er mir ins Ohr, kurz bevor wir am Tisch angelangt waren. Ich warf ihm einen schnellen Blick zu und biss mir anzüglich auf die Lippen.

»Das ist dann wohl ein Ja.«

Wir setzten uns zu Sam, der seinen Blick kurz hob, aber außer einem kurzen Nicken keine weitere Begrüßung zustande brachte.

»Hey, Sam, wo hast du Jenny und den Rest gelassen?«, fragte ich gut gelaunt, ließ Finns Hand los und wunderte mich kurz, dass er überhaupt keinen Kommentar dazu abgab.

Er zuckte zusammen. »Keine Ahnung.«

Finn und ich tauschten einen überraschten Blick, dann erhob ich mich wieder, weil mir im selben Moment eingefallen war, dass ich Lucas versprochen hatte, mal bei ihm an der Bar vorbeizuschauen. Dann konnte ich gleich Drinks für alle besorgen gehen.

»Was wollt ihr trinken?«, fragte ich die beiden und bekam prompt eine Antwort.

»Wodka.« Ich hörte an Sams Stimme, dass er schon mehr als angetrunken war. Ich würde ein ernstes Wörtchen mit ihm reden, wenn ich wieder da war.

»Samuel, ich komm gleich wieder, und dann erzählst du mir, was los ist, ja?« Er verdrehte nur die Augen, und ich wandte mich Finn zu, der seinen Blick über meinen Körper wandern ließ, was mich sofort wieder grinsen ließ.

»Ich nehme an, du willst Scotch?«

Er nickte. »Du kennst mich zu gut, Baby. Es geht alles auf mich heute. Ich hab gute Laune.« Er zwinkerte mir zu, und ich bahnte mir mit einem Lächeln meinen Weg zur Bar, wo ich Lucas entdeckte.

»Hey, du, was darf's sein?«, begrüßte er mich lächelnd, und ich setzte mich für einen Moment auf einen freien Hocker.

»Hi, Lucas, für mich Gin Tonic, für Finn Scotch, und Sam nimmt Wodka pur«, ratterte ich die Bestellung herunter und beugte mich dann näher zu ihm. »Sag mal, weißt du, was mit ihm los ist?«

Er setzte einen wissenden Gesichtsausdruck auf. »Meinst du Samuel? Der hat schon drei davon runtergekippt, ihm geht's, milde ausgedrückt, beschissen. Aber frag mich nicht, warum, ich hab keine Ahnung. Er hat kein Wort gesprochen, so fertig war er.«

»Hm, und hast du Tom und Ally vielleicht gesehen?«

Er grinste. »Wird das ein Verhör, nur weil ich der Barkeeper bin?«

Ich musste lachen. »So in etwa. Ich nehme an, von hier aus kannst du das Geschehen überblicken.«

»Da könntest du recht haben. Soll ich dir was verraten, Eliza?«

Ich schaute ihn fragend an, während er die Getränke einschenkte.

»Ich hab dich und Finn gesehen, damals, als er dich in den Backstageraum mitgezogen hat«, meinte er leichthin.

Mir blieb fast das Herz stehen, und ich hoffte für eine winzige Sekunde, dass ich mich soeben verhört hatte.

»Wie bitte?«

»Keine Angst, ich verrate niemandem euer kleines Geheimnis. Ich wollte nur, dass du es weißt.«

Ich starrte ihn geschockt an. »I-ich …«

»Eliza«, unterbrach er mich sofort. »Das war nicht so gemeint. Ich wollte dich nicht aus der Fassung bringen. Ich sag es niemandem, und ich werde dich auch nicht erpressen oder so.«

»Aha«, erwiderte ich wenig geistreich, aber im Moment war mir echt die Spucke weggeblieben. Am besten sollte ich mit Finn sprechen, und dann würden wir schauen, wie wir das wieder hinbiegen konnten, falls uns noch mehr Leute gesehen hatten – möglich wäre es.

Um Gottes willen, ich dachte schon im Plural. Ich verdrehte die Augen über mich selbst und schaute dann wortlos zu, wie Lucas die drei Gläser vor mir hinstellte.

Er lächelte angesichts meiner leichten Verwirrung. »Mach dir nichts draus, das hat bestimmt niemand sonst gesehen. Es war nur Zufall«, versicherte er mir beruhigend, als könnte er meine Gedanken lesen.

»Das hoffe ich. Übrigens gehen die Getränke auf Finn, weil er gute Laune hat, hat er gesagt«, erklärte ich und brachte jetzt auch wieder ein Lächeln zustande.

»Na, an wem das wohl liegt«, meinte er zwinkernd, und ich nahm Sams Wodka und Finns Scotch. Um meinen Drink würde ich mich gleich kümmern.

Gerade als ich mich umdrehen wollte, um zurück zu unserem Platz zu laufen, hielt mich Lucas zurück. Sein Blick war auf etwas hinter mir gerichtet. »Ähm, Eliza, vielleicht solltest du doch nicht zurückgehen«, meinte er und warf mir einen nervösen Blick zu, den ich irritiert erwiderte. Seine Stimme klang plötzlich alles andere als fröhlich.

»Was meinst du?«, fragte ich und drehte mich neugierig um.

Eine Sekunde später blinzelte ich heftig und hätte fast die Drinks fallen gelassen. Ich traute meinen Augen nicht.

Sie mussten mir einen Streich spielen. Das, was ich da ein paar Meter von hier entfernt sah, konnte nicht der Realität entsprechen.

Ich drehte mich mit erstarrtem Gesichtsausdruck wieder zu Lucas und stellte die Getränke in Zeitlupe auf der Theke ab. »Lucas, kannst du mir bitte sagen, was du da siehst?«, fragte ich und störte mich für den Moment nicht daran, dass meine Stimme seltsam zittrig klang. Es war egal. Ich durfte mich einfach nicht umdrehen.

Er zögerte. »Da sitzen Samuel und Finn … und …« Er machte eine Pause, aber ich drängte ihn stumm weiterzumachen. »… eine Blondine auf Finns Schoß«, bestätigte er das Bild, das sich mir geboten hatte.

»Weiter«, knurrte ich und nahm einen großen Schluck Gin Tonic.

»Sie küssen sich. Sam beachtet sie nicht. Ich glaub, das Mädchen ist Zoey aus der UW. Kennst du sie?«, fragte er kleinlaut, als wäre das alles seine Schuld.

»Ja«, antwortete ich tonlos. »Ich kenne sie.«

Ich dachte nicht nach, sondern kippte auch die restliche Flüssigkeit in meinem Glas hinunter und verzog dann das Gesicht. Und dann fing das Geschehene ganz langsam an, zu mir durchzusickern. *Was tut er da? Was zum Teufel tut er da?*

In mir explodierte alles und übertrumpfte sogar das schmerzhafte Stechen, das plötzlich in meiner Brust erschienen war und rein gar nichts mit meinen Tagen zu tun hatte.

Ich drehte mich noch einmal um und blieb dabei verdächtig ruhig. Es war wirklich diese Zoey, der wir nach der Literaturvorlesung letzte Woche vorgespielt hatten, wir wären ein Paar. Und er küsste sie verdammt noch mal genauso, wie er mich vor knapp einer Stunde geküsst hatte. Wie konnte er es wagen …

»Eliza, ich bin in fünf Minuten fertig hier, und dann gehen wir tanzen«, hörte ich Lucas bestimmt hinter mir sagen. Ich drehte mich sprachlos zu ihm um.

»Gut. Aber davor brauche ich noch ein paar Drinks. Es geht alles auf ihn.« Und mit diesen Worten kippte ich auch Sams Wodka runter. Ich musste ein bisschen würgen und spürte, wie für einen Moment Tränen in meinen Augen brannten, da ich puren, harten Alkohol nicht gewohnt war und es zudem noch widerlich schmeckte, aber das war im Moment egal.

»Ich weiß nicht, ob das so eine gute Idee ist«, kam es von Lucas, aber ich hatte das Glas schon abgestellt und nach dem Scotch gegriffen.

Mein Magen zog sich schmerzhaft zusammen, und zum wohl hundertsten Mal würgte und keuchte ich, während mir die Übelkeit Tränen in die Augen trieb. Ich wusste nicht, wie und wann ich es geschafft hatte, in meine Wohnung zu kommen. Noch weniger wusste ich, seit wann ich mich in meinem Badezimmer auf den eiskalten Fliesen kniend vor der Toilette befand. Ich war im Moment nur froh, dass der Raum sich zu drehen aufgehört hatte. Was tat ich hier? Wie viel hatte ich getrunken?

Ich stöhnte und wischte mir eine Haarsträhne aus dem Gesicht. Sie war nass, und ich spürte, dass meine Stirn überzogen von kaltem Schweiß war. Mir ging es wirklich dreckig.

Wieder und wieder drängte sich ein Bild vor mein inneres Auge, und nicht, dass mein Kopf nicht schon genug pochte, die Szene von Finn und Zoey auf seinem Schoß, wie sie sich küssten, klopfte immer wieder an und machte mich verrückt. Mir wurde wieder schlecht, und mein Magen drehte sich um, sodass ich nichts anderes tun konnte, als mich weiter über den Toilettenrand zu beugen. Ich übergab mich geräuschvoll und zitterte am ganzen Körper.

Laut schluchzte ich auf. Es war dunkel. Es war kalt. Und ich war alleine mit meinen verfluchten Gedanken und zu viel Alkohol intus, der gerade wieder auf dem einfachsten Weg nach draußen gelangte. Verdammt.

»Danke, Arschloch«, rief ich verzweifelt und bebte, während ich meine Haare, so gut es ging, nach hinten hielt. Schöne Scheiße. »Danke für alles«, schrie ich mir die Seele aus dem Leib und störte mich für den Moment nicht einmal daran, dass kein Mensch mich hören konnte und ich mich benahm wie eine Psychopathin. Wann hatte ich mich das letzte Mal so abgrundtief beschissen gefühlt? Meine Erinnerung reichte nicht so weit. Ich hatte nie etwas mit hartem Alkohol oder anderen Drogen zu tun gehabt. War immer das brave Mädchen gewesen. Das hatte ich jetzt davon.

Ich schloss die Augen, bevor ich wieder losschluchzte. Mein ganzes Gesicht fühlte sich nass und kalt an, es kamen wohl keine neuen Tränen, es war nur der Schweiß, der meine Haut hinunterlief.

Ich wusste nicht, wie lange ich so niedergekauert dasaß und im Stillen betete, dass die verfluchte Übelkeit verschwinden würde, aber irgendwann hörte ich Schritte. Und merkte, dass ich mich jetzt schon eine ganze Weile nicht übergeben hatte.

»Eliza? Kleines?«

Ich zuckte zusammen. Die Stimme war direkt hinter mir, aber ich konnte sie nicht einordnen. Sie klang so weit weg, drang wie durch Watte zu mir. Und ich hatte nicht die Kraft, mich umzudrehen.

Das Nächste, was ich spürte, waren warme Hände an meiner Stirn, die mir den Schweiß abwischten.

»Scheiße, was ist passiert?«, vernahm ich flüsternd und besorgt an meinem Ohr.

Ich drehte meinen Kopf ein bisschen zur Seite und sah rote Locken vor meinen Augen.

»Jenny?« Meine Stimme war kaum zu verstehen.

»Hey, alles gut?«

Schon schluchzte ich wieder los. Weil sie sich so verdammt vertraut und besorgt anhörte und weil ich in diesem Augenblick so froh war, dass ich nicht mehr alleine war.

Jenny schlang die Arme um mich, und ich bemerkte ihren blumigen Geruch. Irgendwie beruhigte es mich und meinen Magen. »Verdammt«, fluchte ich. »Verdammter Alkohol. Tut mir leid.«

»Schh, schon gut. Meinst du, du schaffst es aufzustehen? Oder musst du dich noch mal übergeben?«

Ich stöhnte leise, schüttelte dann aber den Kopf. Die Bewegung tat verdammt weh. »N-nein. Ich glaub, ich brauch eine Dusche«, stammelte ich vor mich hin. Und dann versuchte ich, mich aufzurichten, und schaffte es sogar mit ihrer Hilfe. Sie führte mich zum Waschbecken, wo ich den Hahn mit zittriger Hand aufdrehte und das Wasser in mein Gesicht spritzen ließ. Verflucht, das tat gut.

Als ich in den Spiegel sah, nachdem ich mir den Mund gründlich ausgespült hatte, erschrak ich. Meine Haare waren zerzaust, mein Gesicht leichenblass und die Augen glasig.

Jenny tätschelte mir die Schulter. »Das wird schon. Steig unter die Dusche, ich hol dir was zum Umziehen.« Ich warf ihr einen dankbaren Blick zu, und sie erwiderte ihn mit einem traurigen Lächeln. Und da sah ich ihr Gesicht erst richtig. Die hellen Augen waren knallrot, und auf den Wangen waren verdächtig feuchte Spuren. Alles in allem sah sie ziemlich mitgenommen aus.

Bevor ich fragen konnte, was los war, war sie schon im Flur verschwunden. Ich zog mich mit immer noch bebenden Fingern aus und stieg in die Dusche.

Nachdem ich fertig und angezogen war, putzte ich mir dreimal hintereinander die Zähne, um den Geschmack wegzukriegen, und lief dann ins Wohnzimmer, wo Licht brannte. Es ging mir zum Glück besser, mir war nicht mehr so kalt, und die Übelkeit war gewichen.

Dort angekommen, fand ich Jenny mit angezogenen Beinen auf der Couch. Sie hatte sich auch umgezogen und stützte den Kopf auf die Knie, während sie stur geradeaus blickte.

Ich setzte mich neben sie. »Jen? Was ist passiert?«

Sie wandte sich mir zu und sah mich mit unergründlichem Blick an. »Was ist mit dir passiert? Hat dich Finn abgefüllt oder …«

»Tu mir den Gefallen«, fiel ich ihr augenblicklich mit harter Stimme ins Wort. »Erwähne diesen Namen nicht.«

Ich sah Überraschung in ihren Augen aufblitzen. »Was ist mit ihm? Ich meine, wieso?«

»Bitte, Jenny, ich will nicht darüber … Ich meine, es ist nichts, ich kann nicht …«

»Schon gut.«

Eine Weile blieben wir stumm nebeneinander sitzen und lauschten der Stille. Ich war froh, dass meine Gedanken im Moment wie weggefegt waren, trotz Jennys Erwähnung kamen keine Bilder hoch, mein Kopf war genauso leer wie mein Magen.

Plötzlich durchbrach ihre Stimme die Stille. »Sam hat Schluss gemacht«, sagte sie tonlos, ohne mich anzusehen.

»Was bitte?« Entgeistert starrte ich ihr Profil an.

»Nein, eigentlich hat er nicht Schluss gemacht. Er hat das, was zwischen uns war, beendet. Man kann nicht Schluss machen, wenn es nicht einmal richtig angefangen hat, oder?« Beim letzten Wort versagte ihr die Stimme, und eine einzelne Träne lief ihre Wange entlang.

Automatisch rückte ich näher und nahm sie in den Arm, woraufhin sie sich an mich schmiegte.

»Was ist passiert?«, fragte ich noch mal. Ich wusste, sie konnte sich nur beruhigen, wenn sie erzählte. Sie war im Gegensatz zu mir ein Mensch, der sich den Frust von der Seele reden musste.

»Als wir bei meiner Mom waren, war alles noch okay. Wir haben das zwischen uns nie offiziell geklärt, aber ich dachte, das müssten wir nicht. Vor zwei Wochen, im Emporio, hat er mir gesagt, dass ich etwas Besonderes bin und er das mit mir nicht vermasseln will, das war mir genug. Du hast uns ja gesehen – wir haben uns so benommen, als wären wir zusammen. Oder steigere ich mich da in was rein? War das alles nur Spaß, und ich hab's mal wieder nicht kapiert? Ist es das?« Ihr Ton wurde heftiger.

»Nein«, kam es prompt von mir. Ich kannte Sam, und auch wenn mir bei den ganzen Beziehungsgeschichten fast wieder schlecht wurde, Jenny brauchte mich. »So ist er nicht, Jenny. Ich hab ihn noch nie so glücklich gesehen.«

Sie presste die Lippen aufeinander. »Na, dann pass mal auf, was er mir, bevor wir ins Howl at the Moon gegangen sind, an den Kopf geworfen hat.« Ihre Stimme klang bitter.

»Ich würde alles falsch verstehen und nicht das Offensichtliche sehen. *Ich hab keine Lust mehr auf den Scheiß.* Das hat er wortwörtlich so gesagt. Ich meine, warum kann er mir nicht gleich sagen, dass das alles nur ein Spiel war und er genug von mir hat?«

Bei dem Wort Spiel zuckte ich heftig zusammen, aber sie war glücklicherweise zu sehr in Rage, um es zu bemerken. Auf einmal spürte ich, wie eine riesengroße Wut in meinem Inneren zu brodeln anfing. Und für den Moment war es egal, dass Samuel mein bester Freund war und ganz bestimmt nicht mit Jenny spielte. Dass das alles vermutlich ein großes Missverständnis war. Ich verspürte einen Hass gegen jedes einzelne männliche Geschöpf auf dieser Welt.

»Ich werde ihn mir vorknöpfen, darauf kannst du Gift nehmen.«

»Lass mal. Wer es nicht auf die Reihe kriegt, die Wahrheit zu sagen, soll einfach in Ruhe gelassen werden.«

»Männer sind Arschlöcher«, stellte ich trocken fest, und sie nickte zustimmend.

»Das kannst du laut sagen.«

Wieder blieben wir still, und ich versuchte verzweifelt, die Bilder zu verdrängen, die sich jetzt doch dazu entschieden hatten, wieder hochzukommen. Langsam fielen meine Augen zu, und ich merkte an Jennys immer gleichmäßigeren Atemzügen, dass auch sie schläfrig wurde.

Kurz bevor ich endgültig in die Traumwelt eintauchte, die eindeutig Besseres als die Realität zu bieten hatte, hörte ich noch ein gemurmeltes »Wie spät ist es eigentlich?«.

»Keine Ahnung«, flüsterte ich zurück, und dann legte sich der Schlaf wie eine Decke über mich und ließ mich endlich vergessen.

Ich schreckte hoch, als Licht den Raum durchflutete. Erschrocken riss ich meine Augen auf und konnte feststellen, dass es wie so oft Ally mit Tom im Schlepptau war.

Mit einem Schlag war ich hellwach und merkte, wie Jenny neben mir auch zu blinzeln anfing. Das Deckenlicht brannte noch, aber nicht so schmerzhaft grell wie das im Flur.

»Tür zu«, knurrte ich und kniff die Augen zu.

»Huch, was macht ihr Hübschen hier, es ist nach drei Uhr!«, kam es von Ally, und die Tür schloss sich einen Spalt.

Ich richtete mich aus meiner halb sitzenden, halb liegenden Position auf und starrte die beiden an, als kämen sie direkt vom Mars.

Tom schaute belustigt drein. »Sorry, wir wollten euch nicht wecken. Aber habt ihr keine Betten? Und warum seid ihr eigentlich alle so schnell verschwunden? Finn war auch gleich weg und …«

Ich sprang auf, was dazu führte, dass Jenny jetzt vollständig aufwachte, aber im Moment war mir alles egal. Hinter meiner Stirn hämmerte es so heftig, dass es sich anfühlte, als würde sie gleich bersten. Ich sah nur noch rot.

Tom konnte nichts dafür, aber verdammt noch mal, sein Anblick erinnerte mich gerade so sehr an seinen kleinen Bruder.

»Wag es nicht, noch ein einziges Mal deinen ach so tollen Bruder zu erwähnen, verstanden?«, rief ich zornig und ließ alle drei mit verdutzten Mienen stehen, als ich in mein Zimmer lief und die Tür geräuschvoll hinter mir zuschlug. Ich wollte jemandem wehtun. Am liebsten mir selbst.

Ich schaltete das Licht an, holte mir mein Handy mitsamt Headset vom Schreibtisch, drückte erneut auf den Schalter, damit es wieder dunkel wurde, und warf mich aufs Bett. Ich drehte die Musik auf volle Lautstärke und ignorierte meinen Kopf.

Nach zwei Sekunden sprang ich wieder auf, als hätte mich etwas gestochen, da ich mich schlagartig erinnerte, mit wem ich vorhin noch hier gelegen hatte. Ich widerte mich selbst an.

Also kauerte ich mich in eine Ecke in meinem Zimmer, so weit wie möglich weg vom Bett. Verdammter Mistkerl.

Und dann schloss ich die Augen und ließ zu, dass die Musik in mein Innerstes drang.

8. KAPITEL

PRETENDING NOT TO CARE

Eliza

November 27th, noon

Ich konnte mich auf kein einziges Wort konzentrieren, das die Professorin vorne erzählte. Zum Glück waren es bis zum Ende der Vorlesung nur noch knapp fünf Minuten.

Es lag nicht daran, dass ihre Stimme so einschläfernd wie immer war, auch wenn das sicher einen Teil dazu beitrug. Das Thema interessierte mich wirklich, aber es war eben schwer, klar zu denken, wenn man erst nach vier Uhr morgens eingeschlafen war und die Psychologievorlesung schon sechs Stunden später begonnen hatte. Ich hätte schwänzen können, es hätte niemanden interessiert, wenn ich einmal fehlen würde, vor allem wenn die Prüfungszeit noch nicht in Sicht war, aber etwas in mir hatte sich dagegen gewehrt, im Bett zu bleiben und mich wie ein Feigling vor der Welt zu verstecken.

Als ich heute Morgen aufgestanden war, hatte ich Tom und Ally am Küchentisch ignoriert, aber das lag nicht daran, dass ich auf sie sauer war – meine Wut richtete sich hauptsächlich gegen mich selbst.

Ich hatte mich, seit ich aufgestanden war, schon tausend Mal verflucht, weil ich so überreagiert hatte. Schön, ich hatte so viel Alkohol wie in meinem Leben noch nicht getrunken, aber das war keine Entschuldigung.

Das einzig Schöne an der Situation war, dass ich mich frei fühlte. Wahrscheinlich sogar ein bisschen erleichtert.

Die ganze Finn-Sache hatte mir Angst eingeflößt, das hatte ich mir heute Morgen eingestanden. Sobald ich nur ansatzweise etwas mit ihm unternahm und meinen Hormonen freien Lauf ließ, verlor ich die Kontrolle über mich. Ich war nicht ohne Grund jemand, der niemals eine Beziehung eingehen wollte.

Und das gestern hatte mir gezeigt, dass ich einen Schritt zurücktreten musste. Meine Reaktion war schlichtweg übertrieben gewesen, und nachdem ich das vor mir zugegeben hatte, ging es mir besser.

Ich brauchte keine Typen, an die ich mehr als einen Abend lang dachte, also hatte ich den Teil in mir, der ihn wollte, beseitigt. So einfach ging das, und darüber war ich nur noch mehr erleichtert.

Ich hatte vorgestern nämlich reagiert, wie ich niemals reagieren wollte. Ich war eifersüchtig gewesen, weil er eine andere küsste. Aber das machte nichts, ich war ja auch nur ein Mensch, der sich mit viel Alkohol im Blut hatte gehen lassen. Es würde nie wieder passieren.

Die Vorlesung war zu Ende, und ich verließ zügig den Saal. Gerade als ich aus der Uni lief, hörte ich eine bekannte Stimme hinter mir und sah im nächsten Moment Lucas an meiner Seite auftauchen.

»Eliza«, begrüßte er mich mit einem Lächeln. »Geht es dir gut?«

Ich erwiderte seinen Gruß und erinnerte mich, dass er ja zusammen mit mir Psychologie studierte. Ich hatte ihn im Saal nicht gesehen. »Super, und dir? Sorry, ich hab dich in der Vorlesung wohl übersehen, ich saß weiter hinten …«

»Ich war gar nicht da«, unterbrach er mich und grinste verlegen. »Hab verschlafen, es wurde noch spät gestern. War hinterher alles okay bei dir? Du sahst gar nicht gut aus, als du die Bar verlassen hast.«

Ich unterdrückte ein Seufzen. »Ich hab wahrscheinlich zu viel getrunken«, gab ich zu und dachte mir, dass ich den Teufel tun und ihm erzählen würde, dass ich mich unzählige Male übergeben hatte. Aber ich war mir sicher, er hatte auch im Howl at the Moon viel davon mitbekommen, als wir getanzt hatten und er mir auf meine Aufforderung hin immer wieder Bericht erstattet hatte, was Finn tat. Es war schon ziemlich erniedrigend, wie ich mich verhalten hatte. »Am besten vergisst du das alles wieder, was gestern passiert ist. Ich war nicht ich selbst, ich hab mich benommen wie … na ja. Du warst ja dabei.«

Sein Lächeln wurde eine Spur nachsichtig, und zu meiner unendlichen Erleichterung nickte er. »Gut, dann vergisst du aber nicht, dass du mit mir reden kannst, wenn du möchtest, okay? Ich bin da.«

»Danke.« Er war ein netter Kerl, aber über das Gestrige reden war das Letzte, was ich gebrauchen konnte.

»Und nächstes Mal gibt's für dich einfach nicht mehr als Limo an der Bar«, fing er dann zu scherzen an. »Wenn das Ganze nicht auf Finn gegangen wäre, hätte ich mich strafbar gemacht. Du bist immerhin noch nicht einundzwanzig«, fuhr er schmunzelnd fort, und ich verdrehte die Augen.

»Schon klar, Lucas, jetzt behandle mich wie einen unberechenbaren Teenie, dann komm ich nie wieder in deine Bar«, erwiderte ich in sarkastischem Ton, und er kicherte.

»Ich bin froh, dass es dir gut geht. Ich muss jetzt wieder los, und wie gesagt, ruf mich an, wenn du reden willst.«

Ich nickte, und er lief hastig in die entgegengesetzte Richtung, zurück ins Gebäude. Ich kramte mein Handy hervor, öffnete Spotify und klickte mich durch, bis ich ein Lied fand, das gute Laune erzeugte.

***

Sam und ich saßen an einem hinteren Tisch in der Uni-Cafeteria im mittleren Gebäude. Ich hatte ihn endlich erwischt, nachdem ich nach meiner Vorlesung das halbe Campusgelände abgesucht hatte. Jenny war wieder nach Hause gegangen – ein Blick auf Samuel hatte ihr gereicht. Er musste sich wirklich eine sehr gute Ausrede einfallen lassen, wenn er wollte, dass sie ihm je wieder den Mist verzieh, den er ihr erzählt hatte.

Entschlossen wandte ich mich Sam zu, der lustlos und mit einem depressiv-melancholischen Gesichtsausdruck seine Pizza auseinandernahm.

»Samuel, wenn du mir nicht auf der Stelle erklärst, was dein Problem ist und warum du Jenny so einen Dreck erzählt hast, dann ruf ich deinen Dad an und sage ihm, dass Seattle dir gar nicht gut bekommt.«

Sein Dad war in Sachen »Oh mein Gott, unsere Kinder werden erwachsen!« ungefähr genauso schlimm wie meiner. Er verdrehte die Augen, ein Lächeln konnte ich ihm aber nicht entlocken.

»Sie hat sich am Donnerstag die Augen aus dem Kopf geheult. Du kennst Jenny, normalerweise ist sie unsere kleine, quirlige Optimistin. Was sollte das, Sam?«, fragte ich prüfend und beobachtete, wie er als Reaktion auf meine Worte zusammenzuckte. Er schien noch einen Moment mit sich zu kämpfen, dann raufte er sich wütend die kurzen Haare und schaute mich eindringlich aus seinen schwarzen Augen an.

»Ich liebe sie«, platzte es dann plötzlich aus ihm heraus, und ich starrte ihn einen Moment verständnislos an, bevor sich ein Grinsen auf meinem Gesicht ausbreitete. Und dann lachte ich los. Ich vergaß für einen Moment, dass das Wochenende beschissen gewesen war und ich eigentlich auf gar nichts Lust hatte. Mein bester Freund – der Typ, den ich seit dem Sandkastenalter kannte und der wie ein Bruder für mich war – erzählte mir, dass er verliebt war.

Ich lachte ihn nicht aus, ich lachte, weil das alles so surreal war. Wenn Samuel so etwas sagte, dann war es ihm ernst, und er hatte lange, lange Zeit darüber nachgedacht.

Er starrte mich leicht irritiert und ängstlich an.

»Du kleiner Vollidiot hast ihr das nur erzählt, weil du in sie verliebt bist? Weil du keine Lust mehr auf das Hin und Her hast, sondern Ernst machen willst?«, fragte ich teils verblüfft, teils glücklich, weil sich alles nur als Missverständnis herausstellte.

Ich hatte recht damit gehabt, dass Sam kein Arschloch war, aber manchmal stellte er sich doch erstaunlich dumm an.

»Verstehst du jetzt, warum es mir so beschissen geht?«

Für einen Moment dachte ich nach. »Nein. Das tue ich nicht. Gut, du hast Mist gebaut, aber wenn du zu ihr gehst und die Sache klärst, dann ist doch alles in Butter.«

Er überraschte mich, da er verzweifelt den Kopf schüttelte. »Sie will nichts von mir. Es war alles nur zum Spaß für sie, und ich hab sie mit meinen Worten abgeschreckt. Wenn sie dasselbe empfunden hätte, hätte sie verstanden.«

Ich stöhnte auf. »Samuel, ich tu das hier nur für dich. Wenn du verliebt bist, verstehe ich, dass du blind bist. Nur dass zusätzlich auch noch Taubheit damit verbunden ist, war mir nicht klar. Gott, bin ich froh, dass es so was in meiner Welt nicht gibt.« Ich machte eine kleine Pause. »Hörst du mir nicht zu? Sie hat sich deinetwegen die Augen aus dem Kopf geheult. Weil sie dachte, *du* hättest keine Lust mehr auf *sie*.«

Es schien endlich klick bei ihm gemacht zu haben. »Glaubst du, sie …« Er konnte nicht weitersprechen, aber das machte nichts. Ich war mir zu hundert Prozent sicher, dass ich wusste, was er fragen wollte. Sein Gesicht schien von zu Sekunde zu Sekunde mehr zu strahlen.

»Das glaube ich nicht nur, das weiß ich.«

Und dann, endlich, konnte er mein Lächeln erwidern. Er stand auf, kam um den runden Tisch herum zu mir und riss mich beinahe vom Stuhl, als er mich hoch und in seine Arme zog. Wir wurden argwöhnisch von den anderen Studenten beobachtet, als Sam mich einmal im Kreis herumwirbelte und wieder auf die Beine stellte. »Danke«, sagte er aus voller Inbrunst.

Ich verdrehte die Augen und lachte wieder. »Gern geschehen. Und jetzt hör auf, dich zu benehmen, als wären wir noch immer auf der Highschool, und geh zu deinem Mädchen.«

Er grinste, und wir räumten unsere Tabletts ab, bevor wir unsere Taschen holten und die Cafeteria verließen.

Wir liefen den Gang von der Cafeteria ins Hauptgebäude, und ich ließ Sam mit seinen euphorischen Gedanken in Ruhe, während mein Blick über die alten Wände des Gebäudes wanderte.

Mir war schon am ersten Orientierungstag aufgefallen, dass die Uni zu den schönsten im Land gehörte. Ich hatte verdammtes Glück, hier angenommen worden zu sein und dann auch noch so nah an meinem ursprünglichen Zuhause zu leben. Ich hatte Seattle und die UW schon längst ins Herz geschlossen. Ja, mein Leben war großartig, so wie es war, und ich brauchte keine Komplikationen.

Wir hatten fast den Hauptausgang erreicht, als ein nur zu bekanntes Gesicht vor mir auftauchte und mein Herz für eine halbe Sekunde aussetzte. *Verdammt noch mal.*

Sam neben mir schien Finn im selben Moment auch entdeckt zu haben, er wandte sich mir mit einem neugierigen Gesichtsausdruck zu.

»Ah, Liz, was war das gleich noch mal zwischen euch? Warum hat er im Howl at the Moon eigentlich dieses Mädel – Zoey oder so, richtig? – abgeschleppt? Ich war nicht lang genug nüchtern, um die Details mitzukriegen …« Er verstummte, als er meinen eisigen Ausdruck realisierte.

»Tu mir den Gefallen, und sag jetzt einfach nichts, okay, Sam?«, raunte ich ihm zu, und er nickte sofort.

Wir kamen immer näher, und jetzt schien Finn mich auch entdeckt zu haben. Ich sollte mich wohl geehrt fühlen, dass er mich überhaupt beachtete. Ich hasste alles an ihm.

Gezielt wich ich seinem Blick aus, während ich mit schnellen Schritten weiterlief. Ich wollte ihm auf keinen Fall in die verdammten Augen schauen. Irgendwann reichte es auch mir mit der Demütigung.

Aus den Augenwinkeln sah ich, wie Samuel ihm zunickte, und mich durchfuhr schon ein Gefühl der Erleichterung, weil wir gerade den Ausgang erreicht hatten.

Doch dann ertönte mein Name.

Ich lächelte ironisch. »Einfach weitergehen.«

Mein Plan wäre wunderbar verlaufen, hätte ich es nicht mit dem arrogantesten Kerl zu tun gehabt, der zu hundert Prozent von sich selbst überzeugt war.

Ich wurde an den Schultern gepackt und herumgewirbelt. Mitten im verdammten Hauptgebäude. Er zerrte mich neben die Tür, sodass wir nicht den Weg versperrten, aber es machte ohnehin keinen Unterschied. Da ich mich nach wie vor weigerte, ihn anzuschauen, wurde mir sehr schnell bewusst, dass wir gerade dabei waren, zum Thema Nummer eins in der gerade erst begonnenen Woche zu werden.

»Lass mich los«, forderte ich mit gelangweilter Stimme und schaute zur Seite. Mir war inzwischen klar, dass ich ihn nur noch mehr zu dummen Taten reizte, wenn ich wütend reagierte. Den Gefallen würde ich ihm nicht tun.

»Warum ignorierst du mich? Ich hab dich schon lange nicht mehr gesehen, Baby, langsam reicht es.« Seine Stimme war leise und rau, aber ich schaffte es, mich zusammenzureißen. Es war ganz einfach – ich musste nur an Thanksgiving denken. An den Abend, nicht an das davor.

»Ich ignoriere dich nicht, ich habe lediglich keine Lust auf deine Gesellschaft«, erwiderte ich und betrachtete angestrengt die hohen Wände.

Es war wirklich einfacher als gedacht.

»Und warum schaust du mir dann nicht in die Augen, hm?«

Ich drehte meinen Kopf leicht zur Seite und begegnete entschlossen seinem Blick. Sein Gesicht war perfekt wie eh und je, aber zu seinem Pech hatte ich unter seine Maske geschaut.

»Wie wär's, wenn du mich jetzt in Ruhe lässt? Ich hab nicht den ganzen Tag Zeit.«

Er machte keine Anstalten, mich loszulassen. »Wir haben ein Spiel am Laufen, hast du das schon vergessen? Oder muss ich deinem Gedächtnis auf die Sprünge helfen?«

Seine grünen Augen fingen zu funkeln an, aber ich konnte kein Lächeln darin finden. Wahrscheinlich kapierte er so langsam, dass da nichts mehr war.

»Ich spiele kein Spiel mit dir. Ich bin ausgestiegen, habe ich vergessen, das zu erwähnen? Nenne es, wie du willst. Weißt du, von mir aus stell dir vor, du hättest gewonnen, weil ich aufgebe.«

Ein Ausdruck, den ich nicht richtig einordnen konnte, zuckte kurz über sein Gesicht, bevor er sich wieder unter Kontrolle hatte und mich näher zu sich zog. Sein Geruch stieg mir in die Nase, und ich schluckte hart.

»Du kannst nicht aussteigen.«

»Und wie ich das kann, Finn. Geh mit deinen anderen Freundinnen spielen. Da findet sich doch bestimmt so einiges, was du noch nicht durchgenommen hast, oder?«

Sein Gesichtsausdruck blieb hart. »Du bist also eifersüchtig.«

»Wieso sollte ich?«, gab ich unbeeindruckt zurück. »Weil du mit Zoey geschlafen hast und vorher mich dazu bringen wolltest, ich aber leider verhindert war?« Ich hob abfällig die Augenbrauen. »Ich werde nicht eifersüchtig. Ich besitze so etwas wie romantische Gefühle nicht. Du bist ein freier Mensch, genau wie ich. Und ich werde nicht mit dir spielen. Du bist das alles nicht wert.«

»Ach, das hat sich aber am Donnerstag ganz anders angehört. Du kannst nicht behaupten, dass du abgeneigt warst.«

Ich warf einen kurzen Blick hinter uns und sah, wie einige Leute stehen geblieben waren und mit neugierigen, teilweise auch hämischen Gesichtern das Spektakel beobachteten. Jetzt war es sowieso egal.

»Und wie ich das kann«, wiederholte ich meine Worte. »Du hast ein großes Problem. Du denkst, du bekommst alles, was du willst, nur wenn du mit der Wimper zuckst. Aber ich muss dir leider sagen, dass ich nicht so drauf bin. Du solltest langsam kapieren, dass ich diejenige war, die mit dir gespielt hat, nicht andersrum. Ich will dich nicht, komm damit klar.«

»Ich hab dir schon einmal gesagt, dass lügen nichts bringt«, erwiderte er überheblich wie immer. Er regte mich so dermaßen auf, dass ich am liebsten auf ihn losgegangen wäre.

»Ich hasse dich«, entfuhr es mir, bevor ich mich stoppen konnte. Mein Temperament war mal wieder hochgekocht, aber entgegen all meinen Erwartungen lachte er mich nicht aus oder konterte mit idiotischen Machosprüchen, sondern machte plötzlich einen wütenden Eindruck auf mich.

»Du tust so, als wäre ich das Arschloch und würde mich zum Spaß durch die Weltgeschichte schlafen, aber das bin ich nicht, Eliza. Ich hab nicht mit dem Mist angefangen. Ich bin nicht derjenige, der zwei Typen gleichzeitig am Laufen hat und …«

»Ich hab keine Ahnung, wovon du sprichst, und es ist mir auch egal«, unterbrach ich ihn kalt. »Ich hab keine Lust mehr, mir das hier anzutun«, fuhr ich zornig fort und griff nach seinen Händen, um sie von meinen Schultern zu nehmen.

In Sekundenschnelle packte er zu und drückte meine Hände gegen die Wand hinter uns. Mein ganzer Körper prallte ebenfalls dagegen, und ich war zu überrascht, um irgendetwas zu tun.

»Du hörst mir gefälligst zu, wenn ich etwas zu sagen habe«, knurrte er, und eine Gänsehaut zog sich über meinen Körper.

Ich konnte nichts dagegen tun. Mit offenem Mund starrte ich ihn an, denn so viel Dreistigkeit hätte ich nicht einmal ihm zugetraut, aber er ließ mir keine Gelegenheit, mich zu fangen oder irgendetwas anderes zu bemerken. Ich war heillos in seinem wilden Blick verloren.

Im nächsten Moment spürte ich schon seine warmen, weichen Lippen, die sich seltsam verzweifelt gegen meine pressten, ohne auch nur realisiert zu haben, dass er näher gekommen war. Ich war wirklich verloren. Endgültig. Meine Augen schlossen sich von ganz allein.

Alles in mir schrie danach, seinen Kuss zu erwidern und zu vergessen, dass wir uns mitten auf dem Campus befanden und jeder uns sehen konnte. Ich wollte ihn nur noch mehr an mich ziehen und seinen verfluchten Duft noch mehr schmecken und riechen, als gäbe es nichts anderes. Ich wollte vergessen, dass er mich hatte links liegen lassen und der größte Idiot auf dem Planeten war.

Seine Lippen waren eine Droge, und ich konnte mich nicht wehren.

Bis zu dem Moment, als ein Bild in den Vordergrund meiner schon halb vernebelten Gedanken trat und mich eiskalt erwischte.

Mit einem Schlag war die Hitze in meinem Inneren verschwunden und wurde durch kalte Wut ersetzt.

Im nächsten Augenblick hatte ich ihn von mir gestoßen.

Er blinzelte überrascht, und dann tat ich etwas, was ich noch nie getan hatte. Ich nahm meine ganze Kraft zusammen, holte aus und haute ihm eine runter.

Scharf zog er die Luft ein, seine Hand schnellte automatisch zu seiner Wange, und er starrte mich verblüfft an.

»Fass mich nie wieder gegen meinen Willen an«, zischte ich,

richtete meine Tasche, strich mir eine Locke hinters Ohr und lief mit erhobenem Kopf zu Sam, der mich mit offenem Mund anstarrte.

Es war verdächtig ruhig in der Halle geworden, aber ich würdigte niemanden eines Blickes.

Gerade wollte ich Samuel fragen, warum er mir nicht zur Seite gestanden hatte, als er mit den Schultern zuckte, einen nervösen Blick zu Finn warf und dann einen Arm um meine Schultern legte. So verließen wir das Gebäude. Ich hatte mich wohl geirrt – wir würden nicht zum Topgespräch der Woche, sondern höchstwahrscheinlich des ganzen Monats werden. Aber das war es mir allemal wert gewesen.

Als wir auf das Außengelände traten, merkte ich, dass es angefangen hatte zu schneien. Ich wischte mir eine weiße Schneeflocke von der Stirn, erlaubte mir ein triumphierendes Grinsen und warf einen Blick zu Sam. Eine tiefe Sorgenfalte hatte sich zwischen seinen Augenbrauen gebildet.

Ich stöhnte. »Sag schon: zu melodramatisch?«

Langsam schüttelte er den Kopf und betrachtete mich immer noch nervös. »Ich glaub, ich hab Mist gebaut«, erklärte er dann schließlich, und ich schaute ihn fragend an, aber er biss sich nur stumm auf die Unterlippe.

»Was hast du gemacht, was noch schlimmer ist, als Finn Westwood mitten in der UW eine zu knallen?«, fragte ich mit sarkastischem Unterton und empfand eine gewisse Genugtuung bei dem Gedanken, dass ich das letzte Wort gehabt hatte.

»Ich, ähm … ich glaub, Finn hat nicht zum Spaß mit Zoey geschlafen.«

Ich nahm seine Hand von meiner Schulter und verschränkte die Arme, während wir weiterliefen.

»Es hat ihn wohl niemand dazu gezwungen, und im Übrigen interessiert es mich einen Dreck, was er macht. Erzähl mir lieber, was du getan hast.«

»Ja, das versuche ich dir doch gerade zu erklären, Liz. Ich glaube, ich bin indirekt daran schuld, dass er mit ihr in die Kiste gegangen ist.«

»Hast du sie bezahlt, damit sie ihn anmacht, sobald ich mal für zwei Minuten weg bin?«, fragte ich, und er verdrehte die Augen, aber ich sprach weiter. »Ich denke, er hätte sicher noch eine andere Frau gefunden, die sich von ihm hätte einwickeln lassen, wenn nicht Zoey – ich meine, so toll, wie er doch ist. Lass mal, an der Sache ist nur einer schuld. Der Typ ist einfach ein Vollidiot und musste direkt zur Nächstbesten, nur weil ich verhindert war«, redete ich mich in Rage, ohne überhaupt richtig zu realisieren, was ich hier gerade sagte und wie das für eine Person klang, die keine Ahnung hatte, was passiert war, bevor wir ins Howl at the Moon gegangen waren.

»Sag mal, was ist eigentlich vor der ganzen Zoey-Geschichte passiert? Ihr seid ja händchenhaltend ins Howl at the Moon reinspaziert«, kam es auch prompt von ihm, und ich verfluchte mich, dass ich meinen Mund nicht halten konnte.

»Nichts. Und selbst wenn, dann würde es keine Rolle spielen«, blockte ich sofort ab. »Zurück zu dir. Was hast du deiner Meinung nach so Schlimmes getan?«

Er seufzte kurz auf, nickte dann langsam. »Weißt du, der Gedanke ist mir gerade gekommen, als ich euch zusammen beobachtet und gehört habe, was er gesagt hat.«

»Er ist ein richtig arrogantes Arschloch, oder?«, fiel ich ihm eifrig ins Wort. »Ich meine, ist es nicht sehr erbärmlich, mich zu küssen, wenn ich ihm doch signalisiere, dass ich ihn verabscheue?«

Er hob eine Braue, beließ es aber dabei und grinste dann plötzlich. »Ehrlich, Eliza, die Schelle war genial.« Er boxte mir freundschaftlich in die Seite, und ich erwiderte sein Grinsen. »Und ich hätte noch mehr Spaß an der Sache gehabt, wenn ich gewusst hätte, dass sie berechtigt war.«

Das verwirrte mich. »War sie nicht?«

»Ich glaube nicht, nein. Jedenfalls nicht so, wie du denkst. Ich verwette meinen Wagen darauf, dass er eifersüchtig war.«

»Warum zur Hölle sollte er eifersüchtig sein?«, fragte ich perplex und wischte mir noch eine Schneeflocke aus dem Gesicht, während wir jetzt in eine Seitenstraße neben der Hauptstraße einbogen und mein Lieblingscafé in Sicht kam.

»Ich hab wohl, wenn ich mich recht erinnere, gesagt, dass wir mal was miteinander hatten.«

Entgeistert starrte ich meinen besten Freund an, der mich teils ängstlich und teils amüsiert beobachtete.

»Du hast … *was*? Wenn du dich recht erinnerst? Was meinst du? Was genau hast du gesagt? Und wieso erzählst du ihm so was?«, bombardierte ich ihn mit Fragen.

Er lächelte zerknirscht. »Das meinte ich. Es kam wohl so rüber, als hätten wir es letzte Woche getrieben oder so, verstehst du?«

Ich schüttelte den Kopf. »Sag mir bitte ganz genau, was du zu ihm gesagt hast.«

»Also, du bist doch zu Lucas an die Bar gegangen, und ich – beschissen, wie ich drauf war – hab gleich mal mit der Geschichte um Jenny ausgepackt, als Finn mich gefragt hat, was los ist. Mein Gott, ich hab ja nicht mal richtig nachgedacht, ich hatte schon drei Drinks oder so intus. Aber wie auch immer, dann hab ich wohl so etwas Ähnliches gesagt wie *»Warum kann nicht jedes Mädchen so wie Liz drauf sein? Wir waren sogar im Bett und sind trotzdem noch beste Freunde«*. Das war dann wohl das Dümmste, was ich hätte sagen können, denn sein Gesichtsausdruck ist richtig seltsam geworden. Er hat einen Blick zu dir geworfen – du hast gerade über irgendwas mit Lucas gelacht –, und dann, schneller, als ich gucken konnte, hat er die Kleine schon auf seinen Schoß gezogen.«

»Einfach so? Er hat sie eine Sekunde später einfach zu sich gezogen, als sie vorbeigelaufen ist, oder wie?«, hakte ich nach und bemerkte nur am Rande, dass ich stehen geblieben war.

Sam überlegte kurz und schüttelte dann langsam den Kopf. »Davor hat er mich noch gefragt, ob ich öfters was mit dir hatte.« Er machte eine Pause, und ich schaute fragend, als er nicht weitersprach.

»Ja, und was hast du dann gesagt, verdammt?«

Er stöhnte auf und raufte sich die Haare genau wie vorhin.

»Ich bin so ein Idiot«, murmelte er. »Ich hab glaube ich so etwas wie *Keine Ahnung* gesagt, ich war mit den Gedanken schon wieder bei Jenny und was ich falsch gemacht hab.«

»Keine Ahnung?«, wiederholte ich. »Sam, ich weiß nicht, ob ich was falsch mitbekommen hab, aber das erste und einzige Mal, dass wir beide im Bett waren, war vor drei Jahren.«

Er verdrehte die Augen. »Ich sagte ja, ich war schon ziemlich dicht. Aber das ist ja auch nicht das Hauptproblem. Der Punkt ist, dass Finn denkt, wir beide haben was am Laufen, und dich deswegen eifersüchtig machen wollte. Ich sollte mich am besten bei ihm entschuldigen und ihn aufklären, dass du nie auf mich standest und es auch jetzt nicht tust.«

Ich fuhr mir durch die Haare und versuchte, das eben Gehörte zu verarbeiten. Schließlich schaute ich zu Sam und schaffte es weiterzulaufen.

»Also, du bist wirklich ein Idiot, da muss ich dir zustimmen«, erwiderte ich schließlich mit einem leichten Grinsen, denn Sam war wirklich der Einzige, der so ein Schlamassel auf die Reihe kriegen konnte. »Aber ich will nicht, dass du zu ihm gehst und die Sache aufklärst.«

Jetzt war es an ihm, verblüfft zu schauen. »Was? Warum sollte ich nicht? Und wie ich das tun werde. Das ist auf meinem Mist gewachsen, also werde ich das wieder geradebiegen, Eliza. Ich will nicht, dass er so etwas denkt oder dass ich schuld an dem Stress bin, den ihr habt.«

»Es ist egal. Er ist es nicht wert, aufgeklärt zu werden. Ich will nichts von ihm, und es spielt jetzt keine Rolle mehr, ob er weiß, was Sache ist, oder nicht. Tu mir einfach den Gefallen, und sag gar nichts, okay? Das schuldest du mir.«

»Aber das ist doch ihm gegenüber nicht fair. Klar, er hätte nicht gleich was mit einer anderen anfangen müssen, aber trotzdem. Ich will nicht, dass …«

»Sam, ich bin weder mit Finn zusammen, noch sind wir Freunde oder werden es jemals sein. Ich hab einfach keine Lust auf ihn, und ich will, dass du dich heraushältst.«

»Verlangst du das gerade wirklich von mir?«

Ich nickte nachdrücklich.

»Und du bist mir nicht böse?«

»Nein, das bin ich nicht. Das, was du gesagt hast, ändert nichts an der Sache, dass er ein Idiot ist.«

»Der größte Idiot bin hier immer noch ich. Wenn Finn mich noch mal fragt, dann sag ich ihm aber die Wahrheit, okay? Ich mag den Kerl irgendwie, alle fahren auf ihn ab, aber er macht nicht den Eindruck auf mich, als würde er es sonderlich genießen.«

Ich warf ihm einen bösen Blick zu. »Jetzt fall mir auch noch in den Rücken.«

Er nahm mich in den Arm und drückte mir einen Kuss auf die Wange. »Würde ich nie, Liz.«

Ich verdrehte die Augen, grinste dann aber. Es war so typisch Sam, dass er immer Frieden mit der ganzen Welt haben wollte, und ich konnte ihm einfach nicht böse sein.

Nun kramte ich meinen Schlüssel aus der Tasche, da wir direkt vor meinem Wohnhaus standen.

»So, jetzt hast du so viel verbockt – es ist an der Zeit, alles wiedergutzumachen. Ich verzieh mich in mein Zimmer, wenn du Glück hast, ist Ally mit Tom unterwegs, und dann schnappst du dir Jenny im Wohnzimmer und erzählst ihr, wie unsterblich verliebt du in sie bist, klar?«

»Aye, aye, Captain!« Er lachte, aber ich konnte ihm genau ansehen, wie er zunehmend nervöser wurde, als ich aufschloss und wir uns in den Aufzug begaben.

»Ganz locker bleiben. Wenn alles schiefläuft, rufst du mich, oder warte, noch besser: Du küsst sie einfach. Ich hab gehört, manche Leute stehen darauf.«

Meine Worte hatten genau die richtige Wirkung – er fing zu glucksen an und schien sich für einen Moment von seiner Anspannung zu lösen. »Na, solange sie dann nicht so reagiert wie du gerade eben«, sagte er mit einem Kichern.

»Im Gegensatz zu mir ist sie verliebt, also …«

»Ach, weißt du, wir kriegen dich schon noch von dieser Einstellung weg«, erwiderte er mit einem Zwinkern, und wir traten durch die Schiebetüren in den Flur.

»Wenn ich dich so sehe, wie du dir fast in die Hose machst, Sam, dann kann ich mir das Ganze wirklich sparen.«

»Du hast gut reden, du musstest noch nie jemandem deine Liebe gestehen«, grummelte er und fing an, sich nervös auf die Unterlippe zu beißen.

»Eben. Und jetzt hör auf, dir deine Lippen blutig zu kauen, die brauchst du gleich noch«, flüsterte ich verschwörerisch grinsend und steckte den Schlüssel in die Tür.

Er gab einen ängstlichen Laut von sich. »Sie hasst mich.«

»Du gehst jetzt da rein und benimmst dich wie ein Erwachsener.« Ich packte ihn am Arm, drehte den Schlüssel im Schloss um und stieß die Tür auf. Er hatte keine Chance mehr zu widersprechen.

Jenny saß glücklicherweise mit angezogenen Beinen und einer Tasse in den Händen auf der Couch. Sie sah zu uns und wollte mich schon mit einem Lächeln begrüßen, als ihr Blick auf Sam neben mir fiel.

Ich lächelte fröhlich. »Hi, Süße, ich hab dir jemanden mitgebracht, der dir etwas zu sagen hat.«

Augenblicklich erhob sie sich, warf mir einen Blick zu, der eindeutig *Verräterin* schrie, und machte Anstalten, in den Flur zu laufen, aber ich ließ mich nicht irritieren, sondern schob Samuel vor mir her in Richtung Wohnzimmer.

»Hör ihm wenigstens zu, Jen. Glaub mir, ich hätte ihn nicht mitgebracht, wenn ich mir nicht sicher wäre, dass dich interessiert, was er zu sagen hat.«

Sie verschränkte die Arme, beäugte mich misstrauisch, sagte aber immer noch kein Wort. Als sie sich dann ganz langsam und mit einem vernichtenden Blick meinem besten Freund zuwandte, der so aussah, als würde er sich jeden Moment in die Hosen machen, entschied ich, dass es an der Zeit war, das Ruder abzugeben. Nachdem ich Sam noch einmal aufmunternd zugenickt hatte, ging ich in mein Zimmer.

Bevor ich meine Tür hinter mir schloss, bekam ich noch ein »Ich höre« mit und grinste. Jenny würde es ihm nicht leicht machen, aber ich war mir sicher, wenn er mit den drei Worten rausrücken würde, dann war's das mit den Fragen und Beschuldigungen.

Im nächsten Moment piepste es kurz, und ich blickte auf den Bildschirm meines Handys, der eine Nachricht von Alison anzeigte.

Bin mit Tom bei Finn, du kannst vorbeikommen, wenn du möchtest. Ich soll dir von Tom zu der Ohrfeige gratulieren, er hat es von einer Kommilitonin gehört und ist begeistert. Ich bin in ca. 2 h zu Hause, dann will ich ALLES wissen. Kuss

Ich seufzte auf. Natürlich. Gerade wollte ich ihr antworten, als mein Nachrichtenfenster kurz darauf von einem Anruf überdeckt wurde. Kris rief an. Meine Laune hob sich schlagartig. Ich hatte sie ganz vergessen – Kristina war die perfekte Ablenkung. Sie würde auch nicht so viele Fragen stellen, dafür kannten wir uns noch nicht so gut.

»Hey, Kris!«, rief ich beschwingt ins Telefon.

Sie ließ ein helles Lachen hören. »Schönen guten Tag. Da hat aber jemand gute Laune. Und das, obwohl du Alex' kleinem Bruder eine runtergehauen hast.«

Ich stöhnte laut auf. Sollte ich bis jetzt geglaubt haben, dass die Sache auch nur ansatzweise geheim geblieben war, so waren meine Zweifel nun aus der Welt geschafft.

»Ach, wie schön, du weißt es auch. Sag mal, ehrlich, wo sind wir hier, dass die ganze Welt so schnell Wind davon bekommen hat?«

»Mach dir nichts draus. Ich hab heute einen freien Tag, und da ich weiß, dass alle bei Finn sind, und ich bezweifle, dass du sie begleitet hast, wollte ich dich fragen, ob du Lust hast, Kaffee trinken zu gehen.«

Schlagartig hoben sich meine Mundwinkel. »Du bist die Größte. Metaphorisch gesprochen«, antwortete ich mit einem Kichern, und jetzt war es an ihr zu stöhnen.

»Ich bin drei Jahre älter als du, Fräulein, also sieh dich vor. Was hältst du vom Café in der Hauptstraße? Dem unter der Space Needle?«

Bestens gelaunt lief ich aus meinem Zimmer, in fester Überzeugung, Sam und Jenny entweder knutschend oder gar nicht vorzufinden, weil sie sich in ihr Zimmer begeben hatten.

Aber nein, sie saßen immer noch auf der Couch, und zwar so weit voneinander entfernt wie nur möglich. Ich hatte keine Ahnung, was Sam jetzt schon wieder für einen Mist erzählt hatte, aber die Stille zwischen den beiden war so erdrückend, dass ich kurzerhand einen Entschluss fasste.

»Jenny, Samuel wird mich vielleicht umbringen für das, was ich dir jetzt sagen werde, aber wie ich sehe, kriegt ihr das hier nicht alleine hin.«

Sie schaute mich verwirrt und ängstlich an, ihre blauen Augen weiteten sich, als sie mein entnervtes Lächeln sah.

»Er ist verliebt in dich, weißt du. Ach, nein, warte, das stimmt nicht ganz. *Er liebt dich.* Das war der einzige Grund, warum er dir diese Sachen gesagt hat. Weil er dich liebt.«

Sams Wangen röteten sich, und er senkte den Blick.

»Ich treffe mich jetzt mit Kris, ihr zwei, und wenn ich wieder da bin, möchte ich Romantik sehen. Ja, genau. *Ich* möchte *Romantik* sehen. So weit habt ihr mich schon gebracht.«

Und mit diesen Worten öffnete ich die Tür und schlug sie hinter mir zu. Wenn sie jetzt nicht zueinander fanden, dann wusste ich auch nicht mehr weiter.

Als ich an der Ecke unserer Straße ein Taxi fand, das mich zum ausgemachten Treffpunkt bringen sollte, kündigte mein Handy mit einem weiteren Piepsen eine Nachricht an, sie stammte von Jenny.

Es war nur ein einziges Wort.

Danke.

***

Finn

December 20th, 2:00 a. m.

Ich war am Ende.

Nachdem Eliza die letzten hundert Anrufe ignoriert hatte, ging nichts mehr.

Ich lag auf dem Boden in meinem Wohnzimmer, um mich herum konnte ich schemenhaft leere Flaschen sehen – zu welchen Getränken sie gehörten, wusste ich nicht mehr.

Wie viele Wochen war es jetzt her, dass sie mir eine runtergehauen hatte? Zwei? Drei? Ich wünschte, sie würde es wieder tun. Ich wollte, dass sie irgendetwas tat.

Keine Ahnung, warum die Scheiße mir so verdammt naheging. Ich wusste nur, dass ich kurz vorm Durchdrehen war, weil sie nicht mit mir sprach. Sie trieb mich regelrecht zurück in den Wahnsinn. Es lag weniger daran, dass sie mir so wichtig war, sondern eher daran, dass mir nur wieder gezeigt wurde, wie sehr ich versagt hatte. In jeder Hinsicht.

Natürlich war ich selbst schuld, natürlich hätte ich nicht mit einer anderen schlafen sollen, und verflucht noch mal, natürlich hätte ich das, was Samuel gesagt hatte, nicht so ernst nehmen müssen. Alison hatte mich inzwischen aufgeklärt, und mir war klar, dass ich die verdammte Situation völlig missverstanden hatte. Im Nachhinein war mir auch bewusst geworden, dass ich es Eliza eigentlich nie zugetraut hätte, neben mir noch jemand anderen zu haben. Dafür war sie mir zu sehr verfallen gewesen. Aber ich war derjenige, der sie mit dieser dämlichen Aktion gedemütigt hatte.

Ich starrte an die Decke über mir, wo die runden, ausgeschalteten Lichter angebracht waren, und fuhr mit meinem Blick ihre Form nach. Es war alles so verdammt sinnlos geworden, genau wie zu der Zeit, bevor ich nach Seattle gekommen war. Ich war kurz davor gewesen, halbwegs menschlich zu werden, und hatte mir dann mit einem Schlag alles zunichtegemacht. Sie war das perfekte Zielobjekt gewesen, die perfekte Ablenkung, um mich zurück ins Leben zu bringen. Aber es war jetzt sowieso zu spät. Es war ein schmaler, gefährlicher Grat gewesen, auf dem ich mich für eine kurze Zeit bewegt hatte, und jetzt war ich abgerutscht. Dorthin, wo ich hingehörte. Mit einem Schlag fühlte ich mich zurückversetzt in die alten Zeiten, in denen ich innerlich geschrien hatte, dass sich doch endlich jemand erbarmen und mich von meinen Qualen erlösen sollte. Gepeinigt stöhnte ich auf, als tausend Bilder und leere Worte durch meine Gedanken rasten, von denen ich geglaubt hatte, sie wären für immer verschwunden.

Plötzlich hörte ich mein eigenes Blut unerträglich laut in meinen Ohren rauschen und mein verdammtes Herz viel zu heftig in meiner Brust schlagen.

Dankbarkeit durchströmte mich kurz darauf, als die alten, schmerzvollen Bilder durch neue ersetzt wurden, die ich ebenfalls verdrängt hatte. Sie quälten mich auch, aber sie waren leichter zu ertragen.

Ich fand mich wieder in ihrem Zimmer, sah ihren Körper und ihre Augen in unmittelbarer Nähe vor mir. Ich konnte ihre dunkelrot gestrichenen Wände sehen, die mit Schallplatten, unzähligen Bildern und Konzertplakaten tapeziert waren … Im nächsten Moment fühlte ich, wie sie ihre Hände in meinen Haaren vergrub, und für eine köstliche, viel zu kurze Sekunde meinte ich, ihren weichen Körper zu spüren und ihren Duft zu riechen.

Und dann schlug ich erschrocken meine Augen auf, die sich irgendwann geschlossen hatten.

Psychopath. Ich war ein Psychopath. Ein Opfer meiner eigenen Gedanken.

Mit einer Hand griff ich neben mich, und es klirrte, als ich irgendeine Flasche zu fassen bekam und gleichzeitig eine andere umstieß.

»Macht mal jemand den Müll aus«, murmelte ich vor mich hin, als mein verdammtes Festnetztelefon zum was weiß ich wievielten Mal klingelte. Gott, wie das Geräusch nervte. Und als es dann nach gefühlten Minuten endlich still war, ging mein Handy los.

»Warum könnt ihr mich nicht einfach sterben lassen?«, stöhnte ich laut, ohne mich daran zu stören, dass ich alleine war.

Mit einem Seufzer warf ich einen Blick auf mein Handy – es war Tom. Mitten in der Nacht. Irgendwie schaffte ich es, ihn wegzuklicken. Etwa eine Minute später verfluchte ich mich selbst dafür, dass ich ernsthaft geglaubt hatte, er würde lockerlassen. Um die Trilogie perfekt zu machen, klingelte es nämlich jetzt an meiner Haustür.

Als könnte er meine Gedanken lesen, ertönte im nächsten Moment seine laute Stimme gedämpft durch meine Wohnungstür.

Offensichtlich kümmerte er sich einen Dreck darum, dass das ganze Haus wahrscheinlich gerade schlief.

»Finn, mach die Tür auf, wenn du mich hörst. Wenn nicht, kommen wir rein. Und du weißt, wenn's sein muss, brech ich sie auf.«

»Lass mich einfach in Ruhe«, rief ich Richtung Tür und merkte, wie meine Stimme einen leichten Nachklang in meinem Kopf hinterließ.

Ich hörte ein triumphierendes Geräusch, dann einen Schlag gegen die Tür. »Mach keinen Scheiß – Mom ist an meinem Handy und wird nicht lockerlassen, bis du ans Telefon kommst. Sie hat dich fünf Mal angerufen, du Vollidiot, und stirbt fast vor Sorgen, weil ich ihr erzählt hab, dass du zu Hause bist und vorhin noch Heavy Metal bei dir lief.«

Abermals stöhnte ich auf. »Sag ihr, dass ich okay bin, und verschwinde«, zwang ich mich zu sagen, aber das Klopfen an der Tür wurde lauter.

Mit Müh und Not stützte ich mich am Boden ab, um überhaupt aufstehen zu können, und schleppte mich zur Tür, wobei tausend Funken vor meinen Augen tanzten. Ich durchquerte mein Wohnzimmer und öffnete schwungvoll die Tür. Dabei stützte ich mich an der Klinke ab, um nicht das Gleichgewicht zu verlieren. Ich blinzelte.

Tom stand dort draußen, falls meine Augen mich nicht täuschten, und neben ihm Ally. Wieso hatte er nicht gleich die ganze Nachbarschaft eingeladen?

Ich sah ihren geschockten Gesichtern an, dass ich wahrscheinlich genauso aussah, wie ich mich fühlte, aber ich zuckte nur mit den Achseln, nahm Tom das Handy aus der Hand und hielt es mir ans Ohr.

»Laura?«

»Finn?«, hörte ich ihre besorgte Stimme und verdrehte die Augen. »Geht es dir gut? Ich hab so oft angerufen, und Tom sagte, du wärst zu Hause. Ist etwas passiert?«

Ich räusperte mich und versuchte, das Lallen aus meiner Stimme zu verbannen, denn das wäre sicher kontraproduktiv angesichts der Situation.

»Ich hab dich wohl verpasst, Mom, aber ist es nicht auch schon sehr spät?«

Ein erleichtertes Seufzen ertönte am anderen Ende der Leitung, also klang ich wohl einigermaßen überzeugend. Außer dass mein Kopf gerade seine eigene Party dort oben veranstaltete, ging es mir sogar ganz gut.

»Ich weiß, es tut mir leid, aber dein Vater und ich wollten euch nur mitteilen, dass wir an Weihnachten nach Seattle kommen. Alex hat nicht abgenommen, du auch nicht, und als ich Tom angerufen habe, hieß es nur, dass er laute Musik in der Wohnung über sich hört, also hab ich mich gefragt, ob alles okay ist.«

»Es ist alles perfekt, Mom, es freut mich, dass ihr kommt. Ich geh jetzt ins Bett«, murmelte ich. Je leiser meine Stimme war, desto weniger konnte sie betrunken klingen.

Ich verabschiedete mich und drückte Tom mit mürrischem Gesichtsausdruck das Handy in die Hand.

»Zufrieden? Könnt ihr jetzt wieder abhauen?«, knurrte ich, fuhr mir mit der Hand durch die Haare und lief zurück in meine dunkle Wohnung.

Die Schritte hinter mir waren nicht zu überhören. »Was zum Teufel hast du hier getrieben?«

Ich hörte, wie die Tür hinter mir ins Schloss fiel, leider ohne dass die beiden dahinterstanden.

Seufzend ließ ich mich auf meine Couch fallen. »Wen interessiert das schon?«, murmelte ich vor mich hin und schloss die Augen, als ich einen Augenblick später spürte, wie sich jemand neben mich setzte, und sie wieder öffnete. Es war Alison. Tom schien sich unterdessen der Flaschen auf dem Boden vor meinem Fernseher angenommen zu haben. Woher kamen die ganzen Flaschen?

»Mich interessiert das, du Idiot. Deinen Bruder und deine Eltern. Okay, es war vielleicht eine dumme Idee, dich zu erwähnen, als Mom angerufen hat, aber was zur Hölle tust du hier?« Er hob eine Glasflasche in die Luft.

»Du bist nicht mein ... Ach, vergiss es. Ich geh wirklich schlafen. Wenn ihr es euch gemütlich machen wollt, nur zu.«

Ich erhob mich, wurde aber von einer Hand zurückgehalten und schaute genervt in Alisons Augen, die mich mit einer Mischung aus Mitleid und Sorge anblickte.

»Finn, sie kriegt sich wieder ein. Du musst Geduld haben, sie ist ein kleiner Sturkopf.«

Verständnislos starrte ich sie an, bis mir so langsam dämmerte, dass sie höchstwahrscheinlich von Eliza sprach.

»Oh ja, bitte, geh nur zu ihr und erzähl ihr, dass ich ihr hinterherheule, das hat mir noch gefehlt. Jetzt fühl ich mich besser, danke«, meinte ich genervt und nahm so ruhig, wie ich konnte, ihre Hand von mir und ließ sie fallen.

»Ich werde ihr nichts sagen, aber du solltest dich nicht zu sehr reinsteigern. Ich sag's dir ja, sie wird sich einkriegen.«

Tom schaute mich jetzt auch irgendwie besorgt an, als hätte er Angst, ich würde gleich ausrasten. »Baby, ich weiß nicht, ob das hier nur mit Eliza zu tun hat«, sagte er zu seiner Freundin, und ich seufzte. Natürlich konnte er sich denken, dass ich mal wieder eine meiner Phasen hatte.

»Oh«, kam es von Ally. Wie viel wusste sie eigentlich von der Sache? Ich würde mir Tom mal bei Gelegenheit vorknöpfen, aber nicht jetzt, verdammt. Ich wollte schlafen.

»So, wenn ihr fertig mit der Analyse meiner Psyche seid, dürft ihr wieder verschwinden. Ich geh pennen.«

»Dafür, dass du zwei … nein, drei Flaschen geleert hast, redest du noch erstaunlich normal«, stellte mein Bruder trocken fest, bevor er sich auf den Weg in meine Küche machte, um den Müll wegzuräumen.

Mit einem Achselzucken nickte ich Ally zu und verschwand in meinem Schlafzimmer, wo ich mich direkt auf mein riesiges Bett fallen ließ.

***

Eliza

December 23th, 11:30 p. m.

»Gute Nacht, Mom, bis morgen, Dad!«, rief ich noch einmal, bevor ich mich umdrehte und vom Wohnzimmer zur Treppe lief, die nach oben in mein ehemaliges Zimmer führte.

»Bis morgen, Liz!«

»Es ist so schön, dich wiederzusehen, mein Schatz«, fügte meine Mom hinzu, und ich drehte mich noch einmal zu den beiden um, um mit den Augen zu rollen.

»Jetzt werdet nicht sentimental, morgen ist erst Weihnachten, okay?«, meinte ich und lächelte dann aber doch.

Es war schön zu sehen, dass sie inzwischen wieder normal miteinander umgingen, auch wenn sie getrennt waren. Manchmal fragte ich mich, ob sie das nur mir zuliebe taten.

Ich ließ meinen Blick über die noch immer vertrauten Bilder an der Wand wandern, während ich nach oben lief. Es war irgendwie seltsam, wie alles gleich geblieben war, obwohl sich in der Zwischenzeit doch so vieles in meinem Leben verändert hatte.

Auch meine alten Schulfreunde waren immer noch dieselben, mal abgesehen von neuen Haarschnitten und neuen Freunden. Sam und ich hatten nach dem anfänglichen Gekreische, als wir aufgetaucht waren, eine Menge Spaß gehabt.

In meinem Zimmer angekommen, fing ich sofort an, mich auszuziehen. Es war ein langer Tag gewesen. Nachdem ich meine Zähne geputzt hatte, lief ich zurück in mein Zimmer und kuschelte mich in meine weiche Bettdecke, die frisch gewaschen duftete. Ging es noch besser?

Es ging. Das merkte ich im nächsten Moment, als mein Telefon auf dem Nachttisch neben dem Bett klingelte und ich auf das Display schaute.

Anonym.

Er konnte seine Nummer so oft unterdrücken, wie er wollte –

dachte Finn wirklich, ich wäre so dumm, nachdem er mich in den vergangenen Wochen Tausende Male angerufen hatte?

Das Seltsame im Moment war nur, dass in meinem Inneren kein Funken Wut übrig war. Der Tag war so gut gewesen, und morgen war Weihnachten … Ach, ich war mir nicht einmal mehr sicher, ob ich sauer auf ihn war. Und irgendwie wollte ich seine Stimme hören. Also drückte ich auf Annehmen und hielt mir mein Telefon ans Ohr, ohne mich aufzurichten. Es war wirklich gemütlich in meinem Bett.

»Du … mein Gott«, erklang seine raue Stimme nach einem Augenblick überraschter Stille.

Ein Lächeln schlich sich auf mein Gesicht.

»Du glaubst wirklich, ich wüsste nicht, wer mich anruft?«, fragte ich und versuchte nicht einmal, wütend zu klingen.

»Ich … ich …« Finn Westwood stammelte am Telefon. Schade, dass ich das Gespräch nicht aufnahm. Er räusperte sich. »Ich dachte, vielleicht gibst du mir eine Chance, weil Weihnachten ist«, murmelte er dann so leise, dass ich mich anstrengen musste, um ihn zu verstehen.

»Ach ja. Und was, wenn es mir vollkommen egal ist, was für ein Tag morgen ist?«

»Dann hättest du nicht angenommen, obwohl du doch wusstest, dass ich es bin.«

Ich schwieg.

»Gibst du mir zehn Minuten, bitte? Danach darfst du mich wieder ignorieren, hassen oder was auch immer, nur bitte, zehn Minuten …«

Eine Weile blieb ich ganz still, und er sagte auch nichts, während ich seinem Atem lauschte, der immer regelmäßiger wurde. Es klang irgendwie beruhigend.

»Bitte, Eliza …« Jetzt war es eindeutig Verzweiflung.

Und da löste sich etwas in meinem Inneren, und ich gab mir einen Ruck.

»Zehn Minuten«, flüsterte ich.

9. KAPITEL

MY UNINTENDED CHOICE

Finn

Erleichterung, grenzenlose Erleichterung strömte durch meinen Körper, als mir bewusst wurde, dass sie mir wirklich Zeit gab, um zu erklären. Mein Anruf war eine verzweifelte Aktion gewesen, die in den letzten Wochen, in denen sie mich ignoriert hatte, schon zur Gewohnheit geworden war. Also räusperte ich mich ein zweites Mal, damit meine Stimme nicht noch einmal brach, und entschied mich für die Wahrheit.

»Ich bin ein Arschloch«, kam ich gleich auf den Punkt. »Ich war sauer, weil ich dachte, du würdest mit deinem besten Freund in die Kiste gehen, und habe überreagiert. Du weißt vermutlich inzwischen, dass es ein Missverständnis war, auch wenn das nicht meine Reaktion darauf entschuldigt, aber …«

»Stopp«, fuhr sie mir dazwischen, und ich hielt sofort inne. »Ich will keine Entschuldigung hören. Ich will nicht hören, dass es dir leidtut, mit Zoey geschlafen zu haben. Und vor allem will ich nicht, dass du mit mir redest, als wären wir zusammen gewesen und du hättest mich betrogen.« Ihre Stimme klang jetzt eine Spur wütend.

»Was willst du dann hören?«, fragte ich überrascht. Ich hatte die ganze Zeit über gedacht, dass sie eine Entschuldigung erwartete, aber zu stolz war, um sie anzunehmen.

Nun erklang ein Seufzen. »Ich bin müde, du Idiot. Aber ich werde versuchen, dir meine Sichtweise zu erklären, frag mich nicht, wieso ich mir die Mühe mache. Wahrscheinlich hast du recht, und ich zeige Erbarmen, weil morgen Weihnachten ist. Hör zu, ich weiß nicht, wie oft ich es dir noch sagen soll, aber ich bin wirklich nicht der Beziehungstyp. An Thanksgiving hab ich überreagiert. Ich wollte dich erstens nicht küssen und …«

»Du wolltest mich *nicht* küssen?«

Ein weiteres Seufzen folgte. »Okay, lassen wir das, was passiert ist, bevor wir ins Howl at the Moon gegangen sind, mal beiseite. Ich will sagen, dass es dich nicht zu interessieren hat, mit wem ich was mache. Selbst wenn ich ernsthaft was mit Sam hätte – Gott bewahre –, dann ist das nicht dein Problem, klar? Du hast nicht das Recht, eifersüchtig zu reagieren. Ich gehöre dir nicht, und zwischen uns ist nichts.«

»Und warum hast du dich dann so abgeschossen an dem Abend? Warum hast du Tom gesagt, dass er nie wieder meinen Namen erwähnen soll? Warst du nicht selbst eifersüchtig, Eliza?«

Sie holte tief Luft. War ich gerade dabei, eine Grenze zu überschreiten?

»Das bringt nichts. Ich hab keine Lust auf den Mist«, erwiderte sie frustriert.

»Es tut mir leid, Eliza. Sag mir, was du willst, und ich gebe es dir.«

»Du …« Eine kleine Pause entstand. Was ging ihr durch den Kopf? »Du bist wirklich der seltsamste Mensch, der mir je untergekommen ist«, murmelte sie dann gedankenverloren, und ich musste lächeln. »Ich will nichts von dir. Ich will das hier nicht. Ich brauche niemanden, der vor mir in die Knie geht, weil er mich verletzt hat. Du hast mich nicht verletzt. Du bist mir eigentlich ziemlich egal. Meine letzten Wochen waren gut, ich brauche keinen Menschen an meiner Seite, der mir das Leben schöner macht. Ich bin glücklich.«

»Du bist vielleicht glücklich, Kleine, aber ich bin es nicht«, erwiderte ich und konnte nicht verhindern, dass es sich verdammt verzweifelt anhörte. Aber wenn es sein musste, würde ich betteln. Ich brauchte meine persönliche Ablenkung, ich hatte sie wirklich bitter nötig. Das hatten mir die letzten Wochen nur zu genau vor Augen geführt. Deshalb kamen die folgenden Worte wie von selbst. Auch wenn sie vielleicht alles zerstörten.

»Ich habe dich gebraucht. Nicht auf *die* Art. Ich brauche jemanden, der mich ablenkt. Deshalb bereue ich die Aktion mit Zoey ja auch. Vielleicht hast du Angst, weil das alles so danach aussieht, dass ich dir jetzt hinterherrenne, weil ich mir bewusst geworden bin, wie viel du mir bedeutest, und das stimmt auch irgendwie. Aber ich gehe nicht vor dir in die Knie, weil ich dich so sehr als meine Freundin will, sondern weil ich dich brauche, um nicht durchzudrehen.«

Es blieb still am anderen Ende der Leitung. Sehr, sehr still – die verdammte Stille drückte schmerzhaft auf meine Ohren.

»Ich bin eine Ablenkung für dich?«, fragte sie schließlich in einer Stimmlage, die ich nicht einordnen konnte.

»Ich … nein, ich meine …«, stammelte ich vor mich hin wie ein Idiot, wurde aber schnell wieder unterbrochen.

»Sei einfach ehrlich, okay?«

»Ja, du bist die perfekte Ablenkung für mich.«

»Und du hast keine Gefühle für mich? Du hast nicht irgendwelche romantischen Dinge im Kopf? Ich bedeute dir eigentlich gar nichts?«, hakte sie mit derselben undefinierbaren Stimme nach, und ich stöhnte. Warum tat sie das?

»Nein, eigentlich nicht«, antwortete ich verzweifelt. »Außer, dass ich so oder so scharf auf dich bin, aber das hat nichts mit Gefühlen zu tun.« Wenn schon Wahrheit, dann richtig, oder?

»Nein, du hast recht, das hat es nicht«, meinte sie, und für einen Moment glaubte ich, so etwas wie Erleichterung herauszuhören.

»Aber ich möchte dich nicht ausnutzen, Eliza, ich will … Ach, eigentlich will ich es ja doch, aber …«

»Halt einfach den Mund, und lass mich nachdenken.«

Verblüfft starrte ich an die Decke.

»Erst einmal schulde ich dir noch eine Ohrfeige, wenn wir uns das nächste Mal sehen, dafür, dass du mich vom Schlafen abhältst. Und zweitens erwarte ich von dir, dass du nie wieder versuchst, mich eifersüchtig zu machen. Egal, wie heiß du auf mich bist, und egal, was ich tue. Und merk dir jetzt – weil ich es nie wieder sagen werde –, dass ich nicht mehr sauer auf dich bin. Ach, und bilde dir nichts darauf ein, ich kann das ganz schnell wieder rückgängig machen.«

»Ist das dein Ernst?«, fragte ich vollkommen überrumpelt nach und hörte sie kichern. Zwar leise, aber es war zweifellos ein kleines Lachen.

»Der Grund, warum ich wieder mit dir rede, ist nicht, weil ich von deiner tiefen Reue überzeugt bin oder weil ich dir jetzt so sehr vertraue, sondern weil ich für dich nichts weiter als eine Ablenkung bin.«

War das ihr Ernst?

»Das zwischen uns ist gar nichts, Finn, okay?«, kam es dann von ihr, aber dieses Mal konnte ich mich nicht mehr zurückhalten.

»Wenn du es nichts nennst, dass wir die Finger nicht voneinander lassen können und ich süchtig nach deiner Nähe bin, bitte.«

Sie schnaubte. »Ja, es war mir klar, dass das zum Problem werden würde. Also, hier kommt mein Deal: Wir reden wieder ganz normal miteinander, versuchen aber, Freunde zu sein, ja? Wir können uns meinetwegen kennenlernen und den ganzen Mist, aber lassen wir das Übrige mal weg. Ich glaube, sonst kommt es nur zu Verwicklungen.«

Für einen Moment zog ich es in Erwägung, sie darauf hinzuweisen, dass auch sie mehr als offensichtlich auf mich stand. Aber sie gab mir gerade mehr, als ich mir je von diesem Gespräch erhofft hatte. Sie wollte tatsächlich wieder mit mir reden.

»Kannst du mir eine Sache verraten, Eliza? Wie kommt es, dass du so zu mir bist? Ich hab dich tausendmal angerufen, und jetzt erzählst du mir das alles, als hättest du dich schon längst damit auseinandergesetzt. Was ist passiert? Sag mir nicht, es liegt wirklich an Weihnachten. Hast du Mitleid mit mir, oder was?«

»Nimm es einfach so an. Ich bin wahrscheinlich müde, und mein Tag war gut und … tja, ich glaube, ich hab einfach keine Lust auf irgendwelche Streitereien.«

»Du willst mir das alles verzeihen, einfach weil du einen guten Tag hattest?«

»Du musst noch eine Menge lernen, wenn das zwischen uns normal verlaufen soll. Ich muss dir nichts verzeihen, weil du mir zu nichts verpflichtet bist, verstanden?«

»Verstanden, Ma'm«, sagte ich nach einem Augenblick und lachte leise. »Darf ich mich trotzdem entschuldigen, weil Weihnachten ist und alle Menschen doch etwas Besseres sein wollen?«

»Wenn es dich glücklich macht. Aber fass dich kurz, du hast nur noch fünf Minuten.«

Ich holte tief Luft. »Es tut mir leid, dass ich dich geküsst und hinterher mit einer anderen geschlafen habe. Es tut mir leid, dass es so rüberkam, als würde ich das nur tun, weil du verhindert warst. Ich bin ein Arschloch, weil du dich übergeben hast von dem Alkohol und ich wohl schuld daran war. Es tut mir leid, dass die Leute dieses ganze Durcheinander mitbekommen haben und denken, ich hätte dich betrogen. Es tut mir leid, dass ich dich in den Wochen hinterher nicht in Ruhe gelassen habe. Ich war verdammt noch mal auf Entzug.«

»Warte mal«, meinte sie. »Woher weißt du das mit dem Übergeben?«

»Tom hat mich am nächsten Morgen angerufen und mir die Hölle heiß gemacht, Kleine.«

»Na toll. Wehe, du bildest dir irgendetwas darauf ein. Ich hab einfach überreagiert. Und das spielt jetzt auch keine Rolle mehr, weil wir das ja alles vergessen und einfach wie normale Menschen miteinander umgehen werden.« Es war eindeutig keine Frage.

»Wenn du es so möchtest. Ich meine, was spricht dagegen?«, sinnierte ich und bemühte mich extra um eine rauere Stimmlage.

»Gar nichts, Finn, nicht das Geringste. Wir sind doch auch nur zwei Menschen, die null Interesse aneinander haben«, flüsterte sie zurück, und mir wurde heiß. Gott, sie wusste doch genau, was für eine Wirkung sie auf mich hatte ... Oder glaubte sie, ich hatte ihr das alles vorgespielt, nur um sie ins Bett zu kriegen? Der allererste Abend im Howl at the Moon hatte mir bewiesen, wie sehr wir beide aufeinander reagierten.

»Sprichst du wirklich wieder mit mir? Also, so richtig? Wie willst du das den anderen erklären? Denken sie nicht, du würdest mich hassen?«, wandte ich ein.

»Ich hab mich schon bei ihnen entschuldigt und klargestellt, dass du nichts für mich bist. Sie denken, du wärst mir egal. Na ja, als ich dir eine runtergehauen hab, gab es noch ein paar Diskussionen, aber wenn wir einfach so tun, als wäre nie etwas gewesen, dann werden sie schon irgendwann Ruhe geben. Am Ende kümmert sich kein Mensch mehr darum. Und ja, ich spreche wieder mit dir, Finn.«

»Das ist schön …« Es war *wirklich* schön zu hören, wie sie zur Abwechslung mit sanfter Stimme meinen Namen aussprach. Es war grotesk, hier zu sitzen und mit Eliza zu telefonieren, ganz unter Freunden, als wäre nichts, wo ich mich doch vor wenigen Tagen noch mit Selbstmordgedanken geplagt hatte, weil sie nicht bei mir war.

Keine Pillen, keine gottverdammten Therapien waren etwas im Vergleich zu ihr. Ich hörte nur ihre Stimme, und alles war okay. Irgendwie krank. Ich wusste nicht, wie sie reagieren würde, wüsste sie das wahre Ausmaß meiner Abhängigkeit.

»Was willst du jetzt noch tun, in den letzten Minuten, die dir geblieben sind?«, fragte sie nach einem Augenblick Stille.

»Sag mir, dass das kein Traum ist und du wirklich mit mir redest.«

Sie lachte, und der Klang machte mich glücklich. Es war zum Verrücktwerden.

»Denk mal nach, wenn ich dich weiterhin ignorieren würde, müsste ich mir die Mühe machen, dich wie Luft zu behandeln, und das würde bedeuten, ich würde irgendetwas für dich fühlen.«

»Du hast eine Menge darüber nachgedacht …«

»Mhm«, seufzte sie, und ich spürte die Hitze wieder in mir aufwallen. »Ich bin nur müde … und wunschlos glücklich …«

»Ich könnte dich noch glücklicher machen, Baby«, kam es automatisch von mir, da meine Gedanken immer noch beim Klang ihres Seufzers waren. Meine Selbstbeherrschung bröckelte.

»Finn«, sprach sie meinen Namen mit schwachem Protest aus. »Ich will schlafen, und du musst dich zusammenreißen, wenn es funktionieren soll«, nuschelte sie.

»Okay«, überwand ich mich mit Mühe. »Okay … Wann bist du wieder im wunderschönen Seattle?«

»Silvester …«

Ich musste grinsen. Sie war fast schon im Land der Träume. »Dann schlaf gut. Ruh dich aus.«

»Gute Nacht«, antwortete sie leise.

»Und ich bedeute dir überhaupt nichts, ja?« Die letzte Minute war angebrochen.

»Gar nichts«, seufzte sie, und ich nahm das Handy vom Ohr.

Ich hätte nie gedacht, dass mich diese Worte von ihr einmal so glücklich machen würden. Und ich war mir auch bewusst, warum das so war – sie log. Und wie sie log.

Mit einem breiten Grinsen im Gesicht erhob ich mich von meinem Sofa. Ich wusste, was ich zu tun hatte. Laura und Michael waren zusammen mit Ally noch bei Tom – ich hatte mich vorhin aus dem Staub gemacht, weil ich es nicht mehr ertragen konnte, auf gute Laune zu machen. Aber jetzt fiel es mir leicht, den Schlüssel von meinem Wohnzimmertisch zu nehmen und einfach zu ihnen zu gehen.

Ich hatte meine Ablenkung wieder, ich hatte Eliza wieder in meinem armseligen Leben.

Unten angekommen drückte ich den Klingelknopf und wartete lächelnd darauf, dass mir geöffnet wurde. Kurz darauf hörte ich auch gedämpfte Schritte aus dem Inneren von Toms Wohnung, und dann stand ich schon Ally gegenüber.

»Hi, Finn, wir haben uns schon gewundert, wo du so lange …« Sie brach ab, als sie mein Gesicht sah. »Deine Laune hat nicht zufällig mit einem Telefongespräch zu tun, das du gerade geführt hast?«

Ich nickte, immer noch breit grinsend – Toms Freundin war unbestreitbar schnell im Schalten. Ich bedeutete ihr, kurz nach draußen zu kommen und die Tür hinter sich zuzuziehen.

»Sie hat mir zehn Minuten gegeben. Ich war schon ein bisschen überrascht, dass sie überhaupt abgenommen hat, wo sie doch wusste, dass ich es bin. Na ja, ich hab ihr danach alles erklärt, dass ich nichts Romantisches für sie empfinde, sie hat mir erklärt, dass es bei ihr nicht anders ist, und sie ist auch einverstanden damit, dass wir jetzt Freunde sind.«

»Das ist ja mal ein Fortschritt. Ich hab dir doch die ganze Zeit gesagt, dass du nur warten musst.«

Ich nickte zufrieden.

Wir liefen ins Wohnzimmer, wo meine Eltern und Tom saßen und aufschauten, sobald wir den Raum betraten.

»Wo bleibst du denn so lange, Finn? Ich wollte schon zu dir hochkommen und schauen, ob alles okay ist«, empfing Laura mich mit besorgter Stimme.

Tom sah mich sichtlich amüsiert an – er hatte kapiert, dass es nur eine Person gab, die mich aus meinem Tief herauskatapultieren konnte.

»Ach, Finn, ich finde es übrigens schön, dass du dich hier so schnell eingelebt hast«, fing Laura jetzt mit einem unerträglich glückstrahlenden Lächeln an. »Es scheint dir gutzutun, neue Leute kennenzulernen. Und wo wir schon beim Thema sind, Tom hat mir da etwas von einem Mädchen erzählt.« Sie ließ ihre Stimme immer leiser werden und schaute mich neugierig an.

Ich warf Tom einen mörderischen Blick zu. »Wir sind nicht zusammen oder so, falls du das denkst. Eliza und ich sind gute Freunde, und mehr ist da auch nicht. Ha, da fällt mir ein, dass Alex auch eine Bekanntschaft gemacht hat, du müsstest hören, wie er über sie redet«, versuchte ich hastig von mir abzulenken.

»Das wissen wir schon, Finn, Alex hat am Telefon von ihr erzählt, und so wie es aussieht, könnten wir Kristina bald kennenlernen«, warf Michael ein. Er schmunzelte leicht, während er das sagte, offenbar hatte er bemerkt, dass ich einen Themenwechsel wollte. Doch Gott sei Dank beließ er es dabei und nervte mich nicht weiter.

Zu meiner Überraschung erlöste mich Tom. »Um zu den wirklich wichtigen Themen zurückzukommen: Finn, wir haben uns vorhin über morgen unterhalten, Mom hat gemeint, sie kommt um zehn hierher, um Ally bei den Vorbereitungen für das Essen zu helfen. Michael kommt dann erst später, und du kannst auch kommen, wann du willst, okay?« Er klang so wie Laura selbst – auf keinen Fall wollten sie mich zu etwas *zwingen*, es könnte ja sein, dass ich sonst ausrastete.

»Ich komm gegen zwölf, vielleicht kann ich dann ja noch irgendwas helfen.« Für die Küche geschaffen, das kannten wir ja. Bisher war jeder meiner Versuche, etwas Essbares zu kochen, kläglich gescheitert.

»Na dann, wenn jetzt alles geklärt ist, müssen wir auch schon los.« Michael stand auf, und Laura folgte. Sie übernachteten im Fairmont Olympic, einem teuren Hotel ein paar Blocks von hier entfernt.

»Soll ich euch hinfahren, damit ihr kein Taxi nehmen müsst?«, bot ich an, aber Michael winkte ab. »Mach dir keine Sorgen, wir schaffen das schon. Und sicher hast du an so einem Abend andere Pläne«, antwortete er mit einem Lächeln.

»Dann sehen wir uns morgen«, meinte ich und begleitete sie mit Ally und Tom noch zur Tür. »Ach, und jetzt hätte ich es ganz vergessen«, sagte ich mit einem Blick auf die Uhr. »Frohe Weihnachten.«

Laura nahm mich in den Arm. Nach ein paar Schulterklopfern mit Michael und weiteren Küssen von Laura verließen die beiden das Apartment, und ich wandte mich auch zum Gehen.

»Euch auch frohe Weihnachten«, sagte ich lächelnd, und Tom lachte.

»Schon gut, Kleiner. Wir sehen uns morgen.«

Ally kicherte. »Ich glaube, ehrlich gesagt, er tut nicht nur so fröhlich, sondern ist einfach auf einem Höhenflug wegen Elizas Anruf.«

Ich grinste und verließ eilig Toms Wohnung, bevor sein Gehirn so richtig zu arbeiten anfangen konnte und er das eben Gehörte realisierte.

»Das bereden wir morgen noch genauer, keine Angst!«, war das Letzte, was ich hörte, bevor die Tür hinter mir ins Schloss fiel.

Mein Leben war jetzt wohl ein offenes Unterhaltungsprogramm für die ganze Familie geworden. Es machte mir nichts aus. Nicht jetzt. Nicht an Weihnachten. Nicht, wenn ich wirklich und hundertprozentig Eliza Fleming wieder in meinem Leben hatte.

***

Eliza

December 31st, 6:00 p. m.

Die Tür wurde aufgerissen, bevor wir überhaupt klingeln konnten. Ich hasste mich dafür, dass ich kurz die Luft anhielt, um hinterher festzustellen, dass es Tom war, was mir einen amüsierten Blick von Ally einbrachte. Sie hob eine Braue, bevor sie Tom um den Hals fiel.

»Ich weiß, dass mein Freund heiß ist, Liz, aber Finger weg!«, sagte sie mit einem Kichern, und Tom fiel darin ein, während er ihr die Hände auf die Hüften legte. »Willkommen zurück in Seattle, Eliza«, wandte er sich mit einem Grinsen an mich.

Nachdem ich wieder zu Hause angekommen war und mit den Mädels unser Wiedersehen gefeiert hatte, hatte Alison darauf bestanden, dass wir uns vor der großen Silvesterparty heute Abend bei Finn fertig machten.

Ich betrat den Flur, wo ich wieder einmal nicht die geringste Chance hatte, irgendetwas wahrzunehmen, da ich eine Sekunde später keinen Boden mehr unter den Füßen spürte.

Meine Handtasche fiel mir aus der Hand, und ich krallte reflexartig meine Finger in seinen Rücken, während mir ein erschrockener Laut entfuhr. Dunkelblonde, wirr in alle Richtung stehende Haare nahmen mir die Sicht, und ich wurde augenblicklich von diesem Geruch eingehüllt, den ich schon am ersten Tag unseres Zusammentreffens dafür verflucht hatte, dass er mir jeden vernünftigen Gedanken unmöglich machte.

Er hielt mich umschlungen und wirbelte mich einmal im Kreis herum, bevor er mich wieder absetzte und losließ.

»Hallo, Kleine. Schön, dass du wieder da bist.«

Ich versuchte, ein Lächeln auf die Reihe zu kriegen, während mir bewusst wurde, dass ich wie eine Irre in seine Augen starrte, die mir noch heller als beim letzten Mal erschienen.

Ally und Tom standen vor der Tür und tuschelten gerade wie Teenager, ohne uns zu beachten, also strich ich mir die Haare zurück und hob eine Augenbraue.

»Wir sind Freunde«, flüsterte ich. »Aber wehe, wenn du irgendetwas tust, was gegen die Regeln verstößt.«

Er grinste. »Ich mache mir das, was ich mir aufgebaut hab, nicht wieder kaputt, keine Angst, so dumm bin ich nicht«, erwiderte er in derselben Lautstärke, und ich musste wegsehen, weil sein Blick zu intensiv wurde. Schnell wandte ich mich der Wohnungsgestaltung zu.

Links von mir waren ein Schreibtisch und die Küche zu sehen, rechts befand sich eine schwarze Ledercouch mit zwei Sesseln vor einem Flachbildfernseher, der sogar noch dünner als Toms aussah. Dahinter entdeckte ich beim genaueren Hinsehen ein schwarz glänzendes Klavier, das mich auch sofort dazu brachte, ihn mir daran vorzustellen. Neben dem Flügel befand sich eine angelehnte Tür; dahinter verbarg sich dann wohl das Schlafzimmer.

Alles in allem sah es verdammt geschmackvoll und verdammt perfekt aus. Wie der Bewohner selbst.

Es war nicht so wie vor der Woche zu Hause, als ich ihn ziemlich oft gesehen und mich einfach daran gewöhnt hatte, ihm aus dem Weg zu gehen und ihn zu ignorieren. Jetzt, wo ich mit ihm sprechen musste, wo ich gezwungen war, mit ihm im selben Raum zu sein, fiel es mir äußerst schwer, ihn wie einen normalen Menschen zu behandeln.

Ally trat hinter mich und drückte mir meine Handtasche in die Hand. Zerstreut sah ich sie an und merkte, wie sie mich breit grinsend beobachtete.

»Du siehst aus, als hätte es dir gründlich die Sprache verschlagen«, sagte sie kichernd und klopfte beim Vorbeigehen Finn auf die Schulter. »Gut gemacht, Finn, ich hab dir gesagt, du kriegst das hin.«

Und mit diesen Worten lief sie weiter zum Sofa und ließ sich darauf fallen. Tom tauchte auch hinter ihr auf und lachte schallend, während er ihr folgte und sich neben ihr niederließ.

Ich verschränkte die Arme und warf Finn einen bösen Blick zu. Er sah ein bisschen verlegen aus.

»Ihr habt auch nichts Besseres zu tun, als euch über mich zu unterhalten, wenn ich mal eine Woche nicht da bin, oder?«, fragte ich, und Ally lachte wieder auf.

»Du missverstehst die Situation – wir haben vor Weihnachten über dich geredet, das hinterher war ganz allein sein Verdienst.«

Ich wurde von einem schiefen Lächeln getroffen. Es war noch wirkungsvoller, da ich es so lange nicht mehr zu sehen bekommen hatte.

»Und – wie findest du die Wohnung?«, fragte Finn.

»Das, was ich bis jetzt gesehen hab, ist … interessant.«

»Wie wär's mit einem kleinen Rundgang? Komm, ich führ dich rum.«

Nachdem er mir meinen Mantel abgenommen hatte, legte ich meine Tasche ein bisschen unsicher neben Ally und Tom, die gerade den Fernseher einschalteten.

»Die Schuhe kannst du hierlassen, wenn du willst«, meinte er mit einem Lächeln und deutete hinter uns neben die Eingangstür.

Er machte eine Handbewegung nach links. »Hier siehst du meine Küche, in der ich mich aber kaum aufhalte. Das letzte Mal, dass ich versucht habe, etwas zustande zu bringen, war vor geschätzten vier Wochen, und da das Zeug im Müll gelandet ist, hab ich mich seitdem zurückgehalten.«

Jetzt musste ich grinsen. Ich konnte mir zu gut vorstellen, wie er am Herd stand und verwirrt guckte, weil er keine Ahnung hatte, was er tun sollte. Außerdem war es auch schön zu wissen, dass er wenigstens in einer Sache eine Niete war.

»Apropos Küche«, rief Ally von der Couch aus dazwischen. »Wann kann ich mit den Cocktails anfangen?«

Finn zuckte mit den Achseln. »Wann immer du willst. Ich führe sie nur schnell rum.«

Ally nickte zufrieden und lächelte mir zu. »Die Aussicht von der Terrasse wird dich umhauen.«

Ich erwiderte ihr Lächeln voller Vorfreude und warf einen fragenden Blick ans Ende der Küche, wo sich die Glastür befand.

»Hier lang?«, hakte ich nach, aber er schüttelte den Kopf.

»Im Schlafzimmer gibt es auch eine Tür, die dorthin führt. Das Badezimmer ist auch dort, also zeige ich dir die Zimmer erst, okay?

Dann könnt ihr euch gleich auch fertig machen. Ally hat gesagt, ihr würdet mindestens zwei Stunden brauchen, also viel Spaß.« Er grinste, und ich warf einen gespielt empörten Blick zu meiner Freundin, die sich kichernd an Tom kuschelte.

»Die braucht vielleicht zwei Stunden, aber ich lass mich heute nicht verschandeln«, flüsterte ich verschwörerisch. »Nicht, wenn wir ins neue Jahr reinfeiern.«

»Nötig hast du es sowieso nicht«, erwiderte er mit einem Zwinkern, und bevor ich überhaupt die Chance hatte, das als Flirten zu deuten, hatte er schon meinen Arm genommen und führte mich am Sofa und am Klavier vorbei.

Ich hielt kurz inne, als wir am Flügel standen. »Spielst du mir mal was vor?«, fragte ich, ohne meine Neugier verbergen zu können. Einen Freund konnte man so etwas ja ruhig fragen, richtig?

Seine Augen funkelten, als er mich ansah. »Irgendwann, versprochen.«

Tom lachte. »Das heißt übersetzt nie, Liz. Entweder bringst du ihn jetzt dazu, oder du kannst es vergessen. Ich hab ihn noch nie spielen gehört, und ich bin sein Bruder.«

Finn stöhnte, und dann wurde sein Gesichtsausdruck glühend. »Hör nicht auf ihn, Kleine. Ich schwöre dir, du wirst mich spielen hören. Aber nicht hier und nicht jetzt. Aber das Versprechen hast du.« Mit einem Grinsen hielt er mir seine Hand hin, und ich schlug lachend ein.

»Wenn du es schaffst, bin ich beeindruckt«, kam es amüsiert von Tom, aber Finn beachtete ihn nicht mehr, sondern schob mich sanft weiter zur geöffneten Tür hinein.

Sein Bett war groß … sehr groß. Das Gestell war schwarz, und es nahm die Hälfte des Zimmers ein. Es sah alles zu perfekt aus, um überhaupt von einem Menschen bewohnt zu werden, aber das, was mich am meisten faszinierte, war die Aussicht von hier aus, wenn ich aus dem riesigen Fenster sah. Verträumt blickte ich hinaus, als ich hörte, wie hinter mir die Tür geschlossen wurde. Ich drehte mich um und blickte in seine hellgrünen, hypnotisierenden Augen. Er lächelte nicht, er sah mich einfach an und ließ seinen Blick über meinen Körper wandern. Über meine Beine, die in einer schwarzen Strumpfhose steckten, mein Kleid entlang … Auf Brusthöhe blieb sein Blick etwas länger hängen, bis er sich wieder meinem Gesicht zuwandte. Sein Blick brannte sich in meinen, und ich schluckte.

Wir starrten uns einige Sekunden lang an, bis ich mich daran erinnerte, wieso ich ihn so lange ignoriert hatte. Mein Lächeln kehrte zurück. Ich wollte ihn nicht. Nicht so. Also räusperte ich mich.

»Also, wo ist das Badezimmer?«, fragte ich betont fröhlich, und er sah aus, als würde er aus einem angenehmen Tagtraum aufschrecken. »Und die Terrasse?«

Er nickte kurz und setzte sich dann in Bewegung, lief locker an mir vorbei und kletterte auf sein Bett. Ich war einen sehr kurzen Augenblick abgelenkt von seinem Körper auf dem Bett, bevor ich bemerkte, dass das große Fenster hinter dem Bett auch als Ausgang diente. Von der Fensterbank aus konnte man offenbar direkt nach draußen gelangen.

»Komm her«, sagte er leise, und meine Nackenhaare stellten sich auf. Ich bemühte mich um ein normales Gesicht, lief zu ihm und nahm wortlos die Hand, die er mir hinhielt, um auf die Fensterbank zu gelangen. Die Wärme seiner Haut an meiner durchfuhr mich wie ein Stromschlag. Ich musste aufpassen, um nicht zurückzuzucken.

»Das Badezimmer zeig ich dir hinterher, ja?«

Ich antwortete mit einem Nicken und fragte mich im Stillen, warum ich mich so schüchtern benahm. Das war ich nicht. Das war wahrscheinlich ein Schutzmechanismus, um mich ihm nicht direkt an den Hals zu werfen.

Gott, ich benahm mich wirklich albern. Vor allem, da es ja nichts mehr zwischen uns gab, das mich irritieren sollte.

Nachdem wir nach draußen gelangt waren und ich auf beiden Füßen stand, hielt er meine Hand ein wenig zu lange fest, bevor er sie losließ. Ich wollte gerade etwas sagen, als ich bemerkte, was für ein Ausblick sich mir von hier aus bot. Das war wie im Film. Ich war, seit ich nach Seattle gezogen war, noch nie auf der Space Needle gewesen, also hatte ich auch noch nie die Stadt von oben bewundern können. Aber das hier war besser, weil ich so auch einen Blick auf das Wahrzeichen Seattles selbst hatte.

Die Wolkenkratzer, die sich in den Himmel erhoben, die Autos und die Straßenlichter unten, der Puget Sound um Seattle herum weiter am Horizont … das war meine Stadt. Der graue Himmel war durchzogen von orangen, fast glühend roten Streifen, und es hatte aufgehört zu regnen.

»Du bist so still. Hat dich das hier umgeworfen, oder liegt es an mir? Soll ich gehen?«

Ich verdrehte die Augen. »Du weißt, dass ich nur hier bin, damit wir uns normal benehmen können. Und du weißt auch, dass Ally und Tom uns zusammen sehen wollen, also tu mir den Gefallen, und halt dich zurück. Wir haben geklärt, was geklärt werden musste. Wir sollten ganz normal miteinander umgehen.«

»Warum hab ich das Gefühl, dass du diesen Satz immer wieder wiederholst, um dich selbst zu überzeugen? Ich hab kein Problem damit, Freunde zu sein.«

Wütend funkelte ich ihn an. »Ich weiß, was ich will, und du fällst sicher nicht in diese Kategorie. Auch wenn ich hier bin, vertraue ich dir nicht.«

»Wenn du mir nicht vertraust, warum bist du dann hier? Vor was hast du wieder Angst? Dass ich dich überfalle und du dich nicht wehren kannst? Oder dass du dich nicht wehren willst?« Mit jedem Wort kam er näher. Er stand jetzt mit dem Rücken zum Geländer und versperrte mir die halbe Sicht. Ich verschränkte wütend die Arme, musste hochschauen, um ihm in die Augen sehen zu können.

»Ich wusste, dass du dich nicht daran halten kannst«, zischte ich, und er grinste noch unverschämter. »Du hast nur den Deal mit den Freunden akzeptiert, damit du mich wieder in deiner Nähe haben und ausnutzen kannst. Du hast dich kein bisschen verändert, und du bereust auch nichts.«

Sein Grinsen verschwand, die Lippen pressten sich stattdessen aufeinander. »Du kennst mich nicht. Du hast keine Ahnung, wer ich bin. Aber wenn ich dir sage, es tut mir leid, dann meine ich das so. Es war mir absolut ernst.«

Ich stellte mich auf die Zehenspitzen, um wenigstens halbwegs auf seiner Augenhöhe zu sein. Ich war mir sicher, meine Augen versprühten zornige Funken, genau wie seine.

»Warum glaubst du, ich hätte nur die geringste Lust, dich kennenzulernen? Warum sollte ich dir nahekommen wollen?«, fragte ich kühl.

»Weil ich es sehe. Und weil ich es fühle, wenn du endlich einmal deine verdammte Angst und deinen Stolz vergisst und mir einfach in die Augen siehst. Ich bin nicht dumm. Ich hab mir nach unserem Telefongespräch viele Gedanken darüber gemacht, aber ich wollte dich nicht verärgern, wenn du gerade wieder angefangen hast, mit mir zu reden. Ich will es nicht vermasseln. Aber ich kann nicht zusehen, wie du dich selbst belügst.«

»Du willst mir also sagen, du weißt besser als ich, was in mir vorgeht, ja?«, fuhr ich ihn an, doch er erwiderte nichts mehr, er starrte mich nur an.

Ich wurde mir plötzlich unserer Nähe bewusst. Seine Nasenspitze war nur Millimeter von meiner entfernt, und seine Lippen ...

Sekunden verstrichen, bis er sich einmal mit der Zungenspitze über die Unterlippe fuhr.

»Merkst du jetzt selbst, was ich meine? Spürst du diese Spannung zwischen uns, Kleine? Oder bist du immer noch zu stolz, um es einzusehen?«, murmelte er leise, und ich zitterte leicht. Es lag sicher am kühlen Dezemberwind. Ich räusperte mich und sah ihm dann fest und entschlossen in die Augen.

»Dann ... dann werden wir eben dagegen ankämpfen, verflucht.«

Verblüfft wich er zurück. »Du gibst es zu und willst dich dagegen wehren?«, meinte er mit irritiertem Blick. »Hast du Angst, dich zu verlieben? Ist es das?«

Ich stöhnte auf. »Ich verliebe mich nicht, zum Teufel! Wie oft soll ich dir das noch erklären?«

»Aber warum solltest du sonst dagegen ankämpfen wollen, wenn nicht aus Angst?«

»Weil das mit uns nichts wird. Wir passen nicht zueinander. Wir wollen nichts voneinander«, log ich so überzeugend wie möglich.

Zu meiner Überraschung argumentierte er nicht dagegen, obwohl er mich noch immer ansah, als hätte ich nicht mehr alle Tassen im Schrank.

»Gut«, meinte er dann, und ich hob eine Braue.

»Gut?«

»Ja, gut. Viel Spaß wünsche ich dir beim Vortäuschen. Ich werde nicht dagegen ankämpfen, so viel ist mir jetzt klar. Danke noch mal, dass du mir die Augen geöffnet hast.« Er sah mich überheblich an.

»Idiot«, schimpfte ich. Er machte wieder unsere ganze Abmachung zunichte. Wieder konnten wir nicht normal miteinander umgehen.

»Lügnerin«, konterte er und setzte einen triumphierenden Blick auf. »Wenn du willst, dann geh doch. Die Wahrheit wird dich schon noch einholen.«

Und mit diesen Worten ließ er mich einfach auf seiner verdammten Dachterrasse stehen und lief auf die linke Seite nach hinten, wahrscheinlich durch die Tür in die Küche.

Ich warf einen flehenden Blick Richtung Himmel. Warum konnte er mir nicht ein einziges Mal einen Gefallen tun und sich an unseren Deal halten? Ich verstand es wirklich nicht.

Die Wahrheit wird dich schon noch einholen. Was dachte sich der Typ eigentlich? Vor einer Woche tat er noch ganz unterwürfig, und jetzt das. Kopfschüttelnd lief ich bis zur Glastür, die netterweise noch offen stand, und schlüpfte hindurch.

Ally stand an der Küchentheke und hatte das ganze Zeug zum Mixen ausgepackt, Tom schien vertieft in das Fernsehprogramm zu sein. Als ich reinkam, sah Ally auf und grinste sofort. »Und – was habt ihr beiden so lange getrieben?«

Ich schnaubte bloß und stellte mich neben sie. »Wie kann ich dir helfen?«, fragte ich kühl, und sie sah mich mit hochgezogenen Augenbrauen an.

»Sind wir heute ein bisschen zickig? Was hat er gemacht, Eliza?«

Ich warf ihr einen bösen Blick zu, und sie lachte mich noch mehr aus. Tom drehte sich zu allem Überfluss jetzt auch noch zu uns. Er setzte an, um etwas zu sagen, aber in dem Moment kam

Finn aus seinem Schlafzimmer, seine riesige Musikanlage in den Armen.

»Eliza, kannst du mir mal helfen?« Seine Stimme war leicht amüsiert.

Ich drehte mich mit giftigem Blick zu ihm um. Allys Blick ruhte so lange auf mir, bis ich mit einem ergebenen Seufzen zu ihm lief. Nur allzu gerne würde ich ihm jetzt eine Szene machen, aber natürlich durfte ich nicht.

»Nimm die Kabel hier, und steck sie bitte dort hinten in die Steckdose neben dem Fernseher, ja?«

»Mit größtem Vergnügen«, fauchte ich, und er grinste breit, während Alison sich vor Lachen fast den Tequila, den sie gerade geöffnet hatte, über ihre Finger goss und Tom sich vom Ledersofa erhob, um das Spektakel aus der Nähe betrachten zu können.

Ich schlug die Beine übereinander, strich mein Kleid glatt und griff – als wäre es das Normalste auf der Welt, sich in einer fremden Wohnung so aufzuführen, als wäre es meine eigene – nach der Fernbedienung, um den Sportsender zu wechseln.

Hinter mir ging das Gelächter von Neuem los, aber ich würdigte meine Freunde und Finn keines Blickes.

Gute Laune? Im Keller.

Idiot, der sich aufführt, als wäre er Gott? Volltreffer.

Freunde, die einem beistehen? Fehlanzeige.

Silvester? Scheiß drauf.

Melodramatisches Teenie-Verhalten? *Aber hallo.*

Ally kam von hinten angelaufen und gab mir einen Kuss auf die Wange. »Komm schon, Liz, ein bisschen Partylaune schadet nie.«

Ich antwortete ihr mit einem Grummeln, und sie lief lächelnd Richtung Schlafzimmer. Ich würde wohl oder übel akzeptieren müssen, dass sie sich während der ganzen Zeit, in der ich nicht da gewesen war, mit Toms kleinem Bruder angefreundet hatte. Auch wenn mir das ganz und gar nicht gefiel. Was hatte ich ihr vor ein paar Wochen vorgeworfen? Verbrüderung mit dem Feind! Genau das war es. Oder Eifersucht. Was auch immer.

»Kann ich mal deine Toilette benutzen, Finn?«, hörte ich sie fragen. Sie verschwand einen Moment später.

Tom ließ sich neben mich fallen. »Gib dem armen Kerl eine Chance, heute ist Silvester.« Und damit stand er gleich wieder auf und folgte seiner Freundin mit den amüsierten Worten »Ich geh eine rauchen«.

»Sag Ally, sie soll dir den Mist abgewöhnen«, rief ich ihm hinterher und versuchte verzweifelt die Tatsache zu verdrängen, dass ich gerade eben wieder mit einer gewissen Person alleine gelassen worden war und er soeben die Musik eingeschaltet hatte, die mich gegen meinen Willen verdammt noch mal in gute Laune versetzte.

Und die meinen Herzschlag augenblicklich ums Dreifache erhöhte.

Ich zuckte zusammen und wurde aus meinen Gedanken gerissen, als warmer Atem mein rechtes Ohr streifte. Finn flüsterte mir den Text des angebrochenen Refrains ins Ohr und verfiel dann ins Singen. Natürlich kannte ich das Lied auswendig, es war *Holiday* von Green Day. Wir schienen wirklich ein und denselben Musikgeschmack zu haben. Verdammt!

Unwillkürlich schloss ich die Augen, weil ich so viel Perfektion nicht ertragen konnte. Seine Stimme war rau, kehlig und passte sich dem Lied perfekt an. Außerdem hatte sie dieses gewisse Etwas, diesen Wiedererkennungswert, mit dem nur waschechte Rockstars ausgestattet waren. Er hatte zweifellos das Zeug dazu. Er könnte mir völligen Blödsinn vorsingen, allein der Klang reichte aus, um ein Schaudern durch meinen Körper fahren zu lassen. Dass er bisher immer nur meine Lieblingslieder gesungen hatte, machte die Sache nicht besser. Vor allem weckte seine Stimme aber das Bedürfnis in mir, aufzustehen und zu tanzen.

Es lag im Moment nicht einmal so sehr an Finn, die Verlockung war einfach so groß, Spaß zu haben. Ja, verdammt, sogar mit ihm, wenn es sein musste.

Meine Mundwinkel zuckten leicht, und ohne dass ich etwas dagegen tun konnte, merkte ich, wie sich ein kleines Lächeln auf meinem Gesicht ausbreitete. Als würde er mich bestätigen, spürte ich im nächsten Augenblick seine warme Hand auf meiner, die auf der Couch neben mir ruhte. Er ergriff sie und übte einen leichten Druck aus, damit ich aufstand und mich drehte.

Der letzte Widerstand in mir bröckelte, und ich ließ es geschehen, vollführte mit seiner Führung eine Drehung um die eigene Achse, stand dann ihm gegenüber, unsere Finger verschränkt ineinander. Er grinste, als er meinen Blick erfasste und deutete.

Sollte er heute Abend doch denken, was er wollte, ich würde mich einfach amüsieren. Denn mir wurde jetzt erst wieder so richtig bewusst, dass ich verdammt junge zwanzig Jahre alt war und nur einmal die Chance hatte, mein Leben so wie jetzt zu leben. Der Moment würde kein zweites Mal kommen. Dieser Gedanke kam mir wahrscheinlich nur, weil das Jahr sich nun seinem Ende zuneigte. Die bekannte dramatische Stimmung, wenn etwas vorbeiging.

Er führte mich ums Sofa herum, fuhr mit dem zweiten Durchlauf des Refrains fort und brachte mich dazu, in seinem Wohnzimmer zu tanzen.

Sehr bedacht nahm er meine Hände in seine, um sie nach oben zu strecken. Unsere Körper berührten sich jetzt, während er zu tanzen anfing und damit kleine Hitzewellen durch meinen Körper schickte. Wir näherten uns immer mehr der Küchentheke, während ich mich erst vorsichtig, dann immer schneller bewegte.

Er ließ eine meiner Hände los, während er sich weiter im Takt bewegte und mit seiner freien Hand hinter mich griff und mir einen Moment später ein halb gefülltes Cocktailglas mit fragendem Blick hinhielt. Sein Gesichtsausdruck war immer noch ernsthaft, und jetzt empfand ich irgendwie das Bedürfnis, das Ganze wieder auf eine lockere Basis zu bringen. Er machte mich nervös.

Ich wollte schon nach dem Glas greifen, aber da hatte er es sich schon an die Lippen geführt und trank einen Schluck.

»Ich teste vor, bevor ich dir das zumute«, erklärte er mit einem Lächeln und hielt es mir hin. »Es ist gut, hätte ich nicht erwartet … Man schmeckt keinen Alkohol.«

Und schon war die Stimmung von vorhin wie weggewischt. Ich hatte nicht die geringste Ahnung, wie er das machte, aber alles fühlte sich wieder so richtig an. Nach einem Wettkampf, der verdammt viel Vergnügen mit sich brachte.

Ich verdrehte die Augen und probierte dann Allys Eigenkreation, die zitronig-herb schmeckte.

Nachdem er sich vergewissert hatte, dass ich getrunken hatte, stellte er das Glas zurück und wirbelte mich einmal herum, während er schon wieder zu singen anfing.

Er umfasste meine Hüften – einfach so, als wäre es das Normalste, dass er mich berühren konnte, wann ihm danach war.

Ich versuchte, ihn in einem Anflug von einer gesunden Portion Menschenverstand wegzuschieben, aber es endete nur damit, dass meine Finger im weichen Stoff seines Hemds landeten. Ich hatte keine Chance gegen ihn. Er sah die kurze Wut in meinem Blick aufflackern, und das schien ihn nur noch mehr zu dummen Taten anzustacheln. Ich war aber auch selbst schuld, wenn ich ihm nur eine Sekunde freie Bahn ließ.

Ich atmete durch. Na schön. Ich würde es tun. Ich würde mich verdammt noch mal locker machen. Scheiß auf den Stolz. Meine Finger wanderten weiter nach oben, legten sich um seinen Nacken, genau in dem Moment, in dem er mich nach hinten drückte. Ich spürte etwas Hartes in meinem Rücken, vermutlich die Theke.

»Liiiiiz!«, riss mich Allys Stimme aus dem benommenen Zustand. Erschrocken wollte ich mich aufrichten, aber ich verlor nur mein Gleichgewicht und schwankte gefährlich weiter nach hinten. Seine Hände waren in Sekundenschnelle von meinen Hüften zu meinem Rücken gewandert, um mich zu stützen. Im Gegensatz zu mir war er kein bisschen panisch, ein Grinsen umspielte die perfekten Lippen.

Ich starrte ihn mit aufgerissenen Augen an und hörte gleich darauf Schritte.

»Ich hab ganz die Zeit vergessen, Süße, wir sollten uns schon längst …« Sie stockte. »Oh.«

»Sag mal, Finn, entweder tut sie nur so, als könnte sie dich nicht ausstehen, oder du hast Methoden, von denen ich nicht zu träumen wage. Wie hast du sie so schnell auf die Küchentheke bekommen?« Toms Stimme schwankte zwischen höchst amüsiert und schockiert.

Ich konnte mir nicht helfen – ich prustete los. Finn fiel mit ein und zog mich jetzt so weit nach vorne, dass ich wieder auf meinen eigenen Beinen stehen konnte. Ich ging auf die Zehenspitzen, stützte einen Moment mein Kinn auf seiner Schulter ab und schaute zu Tom und Ally, die uns verdattert beobachteten.

»Ich komme, Ally. Dein Cocktail ist übrigens gar nicht übel«, sagte ich mit einem Grinsen, und sie hob jetzt die Augenbrauen, während auch sie zu lachen anfing.

»Ab ins Badezimmer, wir müssen ein ernstes Gespräch führen!«, rief sie tadelnd, und ich lachte.

»Da hast du's – ich hab den Stolz ausgeschaltet«, flüsterte ich Finn ins Ohr und lief dann schnell zu Ally.

Im Badezimmer versuchte sie natürlich sofort, mich auszuquetschen, aber ich grinste nur und fing dann an, ihr die Haare zu glätten, um sie abzulenken.

Das schwarz geflieste Badezimmer war mindestens so groß wie sein Schlafzimmer, mit zwei weißen Waschbecken, über denen riesige Spiegel hingen, einer großen Badewanne und einer Dusche in der Ecke.

Ally hatte das ganze Schminkzeug auf den Rändern der Waschbecken verteilt und fing jetzt an, sich die Nägel zu lackieren, während ich ihr die Haare machte.

»Wenn du mir nichts erzählst, dann frag ich später Finn aus …«

Ich lachte. »Tu das. Auch wenn es nichts zum Erzählen gibt. Ich war vorhin kurz sauer auf ihn, weil er sich wie ein Idiot benommen hat, aber wir haben das geklärt, als du und Tom draußen wart. So einfach ist das.«

»Ich werde schon noch eine Gelegenheit finden, damit du mir die ganze Geschichte erzählst. Heute lass ich dich in Ruhe, Liz, aber danach …«

Als wir knapp eine Stunde später fertig waren, packte Ally ihre Sachen wieder in die große Tasche, und wir liefen zurück ins Wohnzimmer, wo Tom und Finn vor dem Fernseher saßen und sich erhoben, als wir reinkamen.

»Aber hallo«, kam es von Tom. »Ihr seht umwerfend aus«, meinte er mit überzogenem Grinsen, und ich schüttelte lachend den Kopf, als mein Blick auf Finn fiel, der mich ebenfalls offen anlächelte.

Er trug jetzt genau wie sein Bruder eine elegante schwarze Hose und ein weißes Hemd, seine Haare schienen noch wirrer als sonst.

»Also, wir fahren jetzt ins Howl at the Moon«, wurden wir aufgeklärt. »Alex hat gerade angerufen, Kris und Jenny sind auch schon mit Sam und ihm dort. Anschließend geht es dann wahrscheinlich zur Space Needle und …«

»Na toll, und wann gehen wir dann richtig tanzen?«, unterbrach ich Tom, und er sah mich kurz nachdenklich an.

Bevor er aber etwas erwidern konnte, mischte Finn sich ein. »Wir können dazwischen noch tanzen gehen, Kleine, ich kenn einen Club in der Nähe der Bar, ich fahr dich hin. Ich wollte ohnehin tanzen gehen.«

Ich klappte den Mund auf und schloss ihn dann wieder, als Ally und Tom zu grinsen anfingen.

»Na, dann ist ja alles geklärt. Auf geht's!«

***

December 31st, 10:00 p. m.

Der Wagen hielt am Straßenrand, und bevor ich überhaupt realisierte, was wir taten, hatte Finn mich schon nach draußen gedrängt. Wir kamen gerade aus dem Howl at the Moon.

»Wir haben eine halbe Stunde Zeit, bis wir wieder an der Space Needle sein müssen, und du wolltest tanzen. Also Beeilung.«

Er zwinkerte mir zu und legte einen Arm leicht um meine Schultern, während er mich mit schnellen Schritten in Richtung der aneinandergereihten Clubs drängte, aus denen laute Musik dröhnte. Meine Tasche und mein Mantel waren im Auto geblieben, da wir sowieso kaum Zeit hatten, also war es verflucht kalt, aber sein Arm machte diese Tatsache wieder wett.

Wir hasteten über den Asphalt, und ich spürte das Adrenalin durch meinen Körper schießen, als ich die ganzen Straßenlichter, Autos und Bars sah. Ich fühlte mich einfach großartig, und jede Faser meines unter Strom stehenden Körpers wollte tanzen, bis es kein Morgen mehr gab. Ich war jetzt vollständig in der richtigen Laune, und der Kerl neben mir trug seinen Teil dazu bei.

Er stoppte vor einem Club mit der Aufschrift Black Jewel und nickte dem Türsteher zu, der ihn natürlich nicht nach seinem Ausweis fragte. Sobald wir ins Innere traten, wurden wir augenblicklich von der lauten Musik überwältigt.

Es gab vier verschiedene Tanzflächen, aber wir hielten uns nicht lange mit einer Entscheidung auf, sondern liefen einfach auf die nächstbeste Fläche, wo wir ein wenig Platz finden konnten. Er ließ meine Hand los und beugte sich näher, als ich schon zu tanzen begonnen hatte. Ich konnte nicht anders, die Musik war im Moment alles, und ich wollte mich nur frei fühlen. Ich erkannte ein Lied von Crystal Castles, die elektronischen Klänge waren zwar nichts, was ich mir sonst anhören würde, aber hier passten sie perfekt zu meiner Stimmung. Der Boden schien zu vibrieren, und die zuckenden Körper der tanzenden Menge spiegelten im bunten Scheinwerferlicht unsere Bewegungen wider.

»Soll ich dir was zu trinken holen, oder willst du nur tanzen?«, rief er mir entgegen, und ich antwortete ihm sofort.

»Tanzen!«

Finn grinste und umfasste meine Hüften, die im Takt der Musik kreisten. Ich schloss die Augen. Meine Arme waren leicht um seinen Hals gelegt, und ich spürte, wie auch er anfing, sich zu bewegen.

Hemmungslos. Leidenschaftlich.

Es war nur ein Tanz, aber es fühlte sich fantastisch an, wie mein Körper von einer Gänsehaut überzogen wurde und ich mich von seinen Bewegungen leiten ließ. Es wurde heißer und heißer im Club, und irgendwann war ich mir nicht mehr sicher, ob es nur daran lag, dass der riesige Raum mit Tausenden tanzenden Menschen gefüllt war, oder doch seine berauschende Nähe die Schuld daran trug. Es war mir gleich. Heute war der letzte Tag dieses unbeschreiblichen Jahres, das mein Leben umgekrempelt hatte.

Ich drehte mich um, lehnte meinen Rücken gegen seine Brust und fühlte, wie seine Hände meinen Bauch entlangfuhren und seine Hüften sich von hinten gegen meine drückten. Immer und immer wieder. Ich warf die Hände in die Luft, ließ meinen ganzen angestauten Gefühlen freien Lauf, und der Tanz wurde intensiver, das spürte ich, trotz des Nebels, der meine Gedanken fast vollständig ausgelöscht hatte. Meine Haare flogen, und ein, zwei Mal schob er sie auf die Seite, wobei seine Hand, die meinen Nacken berührte, meinen Körper noch mehr vibrieren ließ.

Ich war völlig in Ekstase, überließ mich vollkommen seiner Führung und der dröhnenden Musik, die bis in mein Inneres drang. Irgendwann spürte ich seine Lippen an meiner überhitzten Haut am Hals und seine Hände, wie sie weiter nach oben fuhren. Mein Körper bebte erneut, und ich drehte mich wieder ihm zu, krallte meine Hände suchend in seine Haare, die schon feucht waren.

Im wechselnden Licht der bunten Scheinwerfer sah ich seine Augen, wie sie mich hellgrün anstrahlten. An seiner Stirn konnte ich Schweißperlen erkennen, und auf einmal staute sich in mir eine überwältigende Emotion an. Ich spürte das Pulsieren meines Herzens viel zu schnell in meiner Brust, seine göttlichen Hände und seine Bewegungen immer fordernder an meinem Körper. Ich fühlte mich unglaublich, unbesiegbar, als seine Hand fest in meinen Nacken griff und seine Hüften sich noch enger an meinen Unterkörper pressten.

Wir wurden eins.

Der Alkohol vorhin im Howl at the Moon hatte seine Arbeit getan, und so schmiegte ich mich genauso eng an seinen göttlichen Körper. Er wollte mich, er wollte nur mich.

Ich vernahm ein Stöhnen an meinem Ohr, wusste nicht genau, ob es Einbildung war. Es spielte keine Rolle. Seine Augen und sein Körper sprachen Bände, sie sagten mir alles, was ich wissen musste. Verlangen. Begierde. Versuchung. Und dazwischen die Musik und unsere Körper. Die Zeit zerfloss genau wie die Menschen um uns herum, sie wurden unbedeutend.

Der Tanz war kein Tanz mehr, das fühlte ich in meiner vollkommenen Benommenheit. Ich sah jetzt nach oben in den bunten Lichterstrudel, weil sein intensiver Blick auf Dauer zu viel wurde. Als ich seine Finger an meinem Kinn spürte, war es bereits zu spät, umzukehren.

Wieder trafen sich unsere Blicke, aber jetzt fühlte es sich nicht nur wie ein Verbrennen an, sondern als würde er niemand anderen sehen, als würde sich seine vollständige Konzentration auf mich richten.

Seine Lippen bewegten sich kurz, aber ich verstand nichts – die Musik zu laut, meine Gedanken zu langsam.

Er lehnte sich vor, während unsere Blicke ineinander verkettet blieben, vor meinen Lippen machte er halt. Immer noch bewegten wir uns im Takt, immer noch krallte ich mich in sein göttliches Haar, und immer noch hielt er mich fest, als wäre ich das Einzige, was er in diesem Moment benötigte. Ich roch ihn, ich fühlte ihn, und dann ... dann schmeckte ich ihn endlich.

Die Emotionen, die seine Lippen auf meinen in meinem Inneren auslösten, waren nicht zu beschreiben. Es traf mich trotz der Benommenheit wie ein Stromschlag. Bestimmend zog er mich mit einem Ruck an seinen Körper und vergrub eine Hand in meinem Haar. Er fing an, mich mit all der Leidenschaft zu küssen, die einzig und allein er aufbringen konnte, und ich war nicht mehr dazu in der Lage, dagegen anzukommen.

Also ließ ich meine Hände weiter nach unten wandern und umschlang seinen Nacken. Hätte er mich nicht so festgehalten, wäre ich sicher umgekippt. Und dann, als sich schon alles zu drehen begann und ich gerade dabei war, mich ihm vollständig hinzugeben, und meine Augen schloss, da wich er zurück.

Meine Augen öffneten sich. Wir hatten zu tanzen aufgehört, standen jetzt immer noch eng beieinander, während die Musik laut durch den Club dröhnte und die Menschen sich um uns herum dazu bewegten, ohne uns zu beachten.

»Raus hier«, hörte ich Finn an meinem Ohr murmeln.

Mir war es nur recht. Ich ließ mich von ihm rausziehen – wir hatten wahrscheinlich nur wenige Minuten getanzt, aber es war mir egal. Ich brauchte mehr.

Vorhin auf seiner Terrasse hatte er die Wahrheit gesagt, ich war nur zu dumm gewesen, um sie zu erkennen. Wieder war ich dankbar, dass er die Führung übernahm, auch wenn es mich unter anderen Umständen verärgert hätte, dass er mich, ohne zu fragen, mitzog. Wenn schon nicht der Alkohol oder die Schuhe daran schuld waren, dann auf jeden Fall mein benebeltes Gehirn, das keinen vernünftigen Gedanken fassen konnte.

Dieses Mal nahm ich die Kälte draußen überhaupt nicht wahr. Ehe ich mich versah, waren wir wieder beim Wagen, und er schloss ihn auf, setzte sich aber nicht auf den Fahrersitz, sondern zog mich auf die Rückbank. Dort ließ er mich los, bevor er die Türen hinter uns schloss.

Ich wartete, war wie gelähmt, hatte keine Ahnung, was ich tun sollte. Ich wollte alles auf einmal.

»Warum hast du aufgehört, mich zu küssen, und mich stattdessen aus dem Club gezogen?«, fragte ich leise und leckte mir über die Lippen, während ich ihn nicht aus den Augen ließ.

Er lächelte. »Um dir zu zeigen, dass deine Gleichung nicht aufgeht. Niemals aufgehen könnte. Nicht, wenn es um uns beide geht. Wir können keine Freunde sein.«

»Warum?«, hauchte ich, während ich automatisch näher auf der Lederrückbank zu ihm rutschte. Mir wurde sehr deutlich bewusst, auf was für einem engen Raum wir uns befanden. Alleine.

»Das, Eliza, will ich dir zeigen.«

***

»Wir sollten … mhhhh … wir sollten … losfahren …«

»Das sollten wir«, murmelte er an meinem Hals. Wir saßen seit einer gefühlten Ewigkeit hier und küssten uns so heftig, dass meine Lippen brannten.

Inzwischen waren wir auf dem Boden des geräumigen Wagens gelandet, er saß halb gegen den Sitz gelehnt, und ich lag mehr auf ihm, als dass ich saß. Meine Beine waren zur Seite geneigt, und der Absatz meiner Schuhe streifte leicht seine Knie. Er hielt mir meine Locken aus dem Gesicht, während ich über ihn gebeugt seine Unterlippe zwischen die Zähne nahm und leicht zubiss. Mir war innerhalb der letzten halben Stunde alles egal geworden. Ich tat das, was sich immer in meinen Gedanken abgespielt hatte, als ich ihn wollte, aber nicht haben durfte. Das, was er mir zeigte, was wir beide brauchten.

»Elizabeth Fleming, ich weiß nicht, was genau du tust, aber es wird mein Tod sein«, knurrte er leise, und ich ließ wieder zu, dass er mich küsste.

»Lass den Scheiß, oder du weißt, was passiert«, raunte er heiser, als ich mich heftiger bewegte. Ich krallte meine Fingernägel fester in sein Haar.

»Und was, wenn ich will, dass es passiert?«, hauchte ich und sah ihm direkt in die Augen.

»Baby ... vor ein paar Stunden hast du mich noch beschimpft, und jetzt willst du's in meinem Auto tun?« Er verstummte und versuchte erfolglos das Verlangen in seinen Augen zu verstecken.

»Du bist immer noch ein Idiot, und ich vertraue dir immer noch kein bisschen«, erwiderte ich, während ich weitermachte und mich jetzt seinen Hals entlangküsste.

Er richtete sich ein bisschen auf und nahm mein Gesicht wieder in seine Hände, sodass ich mich auch aufrichten und ihm in die Augen sehen musste.

»Du weißt nicht, was ich mit dir anstellen würde, wenn wir jetzt die ganze Nacht für uns hätten.«

»Leere Worte«, erwiderte ich und fuhr mit den Händen unter sein Hemd. Er hob eine Braue, und ich biss mir auf die Lippen. »Feigling.«

Seine Augen wurden fast schwarz und dann, im Bruchteil einer Sekunde, fand ich mich mit dem Rücken auf dem Rücksitz wieder, er über mich gebeugt.

»Wage es nicht, meine Worte infrage zu stellen.« Er küsste mich einmal hart auf den Mund, und ich stöhnte vor Überraschung. »Ich werde es dir beweisen. Aber jetzt müssen wir los, es ist fast elf Uhr. Die bringen uns um, wenn wir nicht rechtzeitig an der Space Needle sind. Silvester, erinnerst du dich?«

»Nein. Ist mir egal. Ich will hierbleiben«, murrte ich und versuchte, ihn wieder auf mich zu ziehen, aber keine Chance, er war zu stark.

Er grinste. »Später, Kleine, später. Das schwöre ich dir.«

Er öffnete die Tür und bot mir einen Arm an, den ich sofort

nahm. Mir war sehr schwindelig, und ich schwankte, was ihm natürlich auch nicht entging.

»Ich glaube, du reagierst stärker auf das Zeug, als ich erwartet hab«, sagte er kichernd, und ich verdrehte die Augen, war ihm aber dankbar, als er mich zum Beifahrersitz führte und dort wartete, bis ich mich setzte.

Als er unsere Jacken und meine Tasche nach hinten geschmissen hatte und die Tür schloss, drehte er sich mit einem plötzlich veränderten Gesichtsausdruck zu mir. »Ernsthaft, Eliza, du weißt nicht, wie dankbar ich dir für das alles bin.«

»Sei still. Du solltest es genießen, solange es da ist.«

Er grinste schief und schmiss den Motor an. »Das sollte ich wohl …«

***

Wieder zog er mich aus dem Porsche, diesmal erst, nachdem er mir geholfen hatte, in meinen Mantel zu schlüpfen, und mir die Handtasche vom Rücksitz gereicht hatte. Verdammter Gentleman.

Wir hatten gut zwanzig Minuten nach einem Parkplatz gesucht, und schließlich parkte er mitten auf dem Bürgersteig, aber das würde heute Nacht sowieso keinen mehr interessieren.

Ich schaute mich um. Es war ziemlich glatt auf den Straßen, und der Himmel war sternenklar, zusätzlich erhellten unzählige Lichter die ganze Straße. Ich konnte die Space Needle von hier aus sehen – unser Parkplatz würde in ungefähr einer Stunde wahrscheinlich sehr begehrt sein. Alle, die sich nicht gerade oben auf dem Gebäude befanden und dort feierten, konnten von hier aus das gigantische Feuerwerk beobachten, das aus der Turmspitze kommen würde, wie es hier jedes Jahr Tradition war – Ally hatte mich heute Mittag genauestens aufgeklärt.

Tom und Finn hatten die Karten für die ganze Gruppe schon vor Wochen reserviert, auch wenn damals nicht klar gewesen war, dass ich dem jüngsten Westwood nicht den Hals umdrehen würde. Nachdem wir die Nummer unserer Reservierung vorne am Eingang angegeben hatten, warteten wir ein paar Minuten, bis der riesige Aufzug sich öffnete und wir von zwei Türstehern reingelassen wurden.

Finn führte mich gleich in eine Ecke und stellte sich vor mich, während ich mich gegen die verspiegelte Wand lehnte. Ich schloss die Augen und lehnte meinen Kopf gegen die Wand, als wir losfuhren. Meine Gedanken waren noch immer ziemlich benebelt – ob es nun an Finns umwerfenden Fähigkeiten oder an den Cocktails und dem Martini vorhin im Howl at the Moon lag, war mal dahingestellt.

Ich spürte sofort, als er sich näher zu mir beugte, denn sein Duft nahm mein halbes Denken automatisch ein. Ich schlug die Augen nicht auf und rührte mich nicht von der Stelle, sondern genoss einfach den Moment.

»Wir fahren ganz nach oben, in den Barbereich, Kleine, und nach Mitternacht geht's eine Etage tiefer, wo sich der Club befindet.« Er machte eine kleine Pause, und als er wieder zu sprechen begann, klang seine Stimme rauer. »Sobald du nach Hause willst, musst du nur ein Wort sagen, und ich fahre dich.«

Ich öffnete die Augen und legte benommen meine Hände links und rechts an seinen Hemdkragen. Die anderen Leute um uns herum beachtete ich aus Prinzip schon gar nicht mehr, wenn ich mit ihm unterwegs war. »Ich nehme an, du bietest dich nicht nur als mein Chauffeur an?«, fragte ich ihn mit anzüglichem Blick.

»Ich biete mich als alles und jeden an, den du heute Nacht haben willst«, flüsterte er und legte seine Hände unter meinem Mantel um meine Hüften. Ein wohliger Schauer durchfuhr mich.

***

»Drei, zwei, eins … uuund auf ex!«

Jen, Ally, Kris und ich kippten unsere Shots alle gleichzeitig runter, um die leeren Gläser daraufhin lachend auf den Tresen der Bar zu knallen.

»Auf unsere niemals endende Freundschaft!«, rief ich fröhlich in die Runde, damit sie mich bei den lauten Klängen von Europe's *Final Countdown* überhaupt noch verstehen konnten und weil ich, jetzt war es wohl unbestreitbar, ziemlich angetrunken war. Die tickende Riesenuhr direkt über der Bar zeigte genau fünf Minuten vor Mitternacht an, und wir hatten alle blendende Laune hier oben.

Sam stand zusammen mit Tom und Alex amüsiert neben uns an der Bar, und Finn bezahlte uns gerade die dritte Runde. Er stand direkt neben mir, und mir wurde heiß, wenn er mir nur einen Blick zuwarf. Seit wir hier oben angekommen waren und überschwänglich unsere Freunde begrüßt hatten, ließ er mich nicht aus den Augen. Wir hatten uns ein bisschen am kalten Büfett bedient, das zur Feier des Tages hier aufgebaut worden war, während wir einmal um die eigene Achse rotiert waren.

Jenny rannte schon die ganze Zeit herum, wenn sie gerade mal nicht damit beschäftigt war, mit Samuel rumzuknutschen. Sie versuchte, uns alle mit ihrer Kamera zu erwischen. Ich hatte mich bisher erfolgreich hinter Finns Rücken verstecken können, aber es war wohl nur eine Frage der Zeit, bis ich doch noch auf einem Foto landete.

Genau in dem Moment, in dem ich mich zu Finn wandte, beugte auch er sich zu mir herunter und streifte versehentlich meine Lippen, was mir wieder einmal eine Gänsehaut bescherte. Er grinste selbstgefällig angesichts meiner Reaktion.

»Was darf's als Nächstes sein?«

»Rate mal«, flüsterte ich, sodass nur er mich verstehen konnte, und biss mir auf die Unterlippe, während ich ihm direkt in die Augen sah.

»Pass auf, sonst wirst du das Feuerwerk zum Jahreswechsel nicht mehr miterleben …«

»Ach ja?«

»Mhm. Weil ich dich vorher in die Toilettenräume schleppen und ausziehen werde. Und dann ist es mir auch egal, was für eine Uhrzeit es gerade ist«, erwiderte er völlig beiläufig, und ich fing zu husten an, sodass alle mich grinsend anschauten, auch wenn sie unser Gespräch nicht mitbekommen hatten.

Ich verdrehte die Augen. »Ich denke, ich brauche nichts mehr, danke. Außer Sekt zum Anstoßen gleich, aber der Barkeeper wird mir da sicher behilflich sein.« Ich drehte mich lächelnd zu dem Typen mit eisblauen Augen, der mein Lächeln erwiderte und mir zuzwinkerte, während er mehrere Sektgläser hervorholte und nebeneinander auf der Theke aufreihte.

»Es sind nur noch drei Minuten«, kam es schließlich von Tom, der Ally einen Arm um die Schulter legte und mit ihr gemeinsam an die verglaste Wand der Space Needle trat.

Letztendlich standen wir alle nebeneinander vor Seattles großartiger Aussicht. Alex neben Kris ganz links neben zwei Typen, die mit je einem Bier dastanden, danach kamen Sam und Jenny Arm in Arm, Ally und Tom ebenfalls eng umschlungen und ... wir. Finn und ich.

Es störte mich nicht sonderlich, dass wir perfekt ins verliebte Pärchenimage reinpassten. Solange wir beide wussten, worum es ging, war alles erträglich für mich. Jedenfalls im Moment.

Ich warf einen Blick zu Ally, die mich angrinste, leicht in die Seite stupste und dann unmissverständlich mit dem Kopf auf Finn wies, der gerade gedankenverloren nach draußen blickte.

»Komm schon«, formte sie mit den Lippen.

Wenn sie wüsste, wie wenig ich mich heute zurückgehalten hatte ...

Mit sich immer mehr anbahnender Vorfreude schaute ich mich wieder nach hinten um, und genau in diesem Moment wurde die Musik lauter, und zusätzlich fing das Runterzählen an – wir waren bei einer Minute vor Mitternacht angelangt.

Ally hatte jetzt wieder nur Augen für ihren Freund, dasselbe galt für Jenny. Nur Kris zwinkerte mir zu, und ich lächelte leicht zurück, bevor ich mich Finn neben mir zuwandte.

Er riss sich von den bunten Lichtern und den Gebäuden draußen los und sah mich seltsam nachdenklich an.

Ich hob eine Braue. »Das wird ein interessantes Jahr, denke ich.«

Jetzt grinste er sofort wieder. »Weißt du, das Beste daran ist wohl, dass du wieder mit mir redest ... Na ja. Streng genommen redest du nicht nur mit mir.«

Ich lachte leise und strich mir eine Locke hinters Ohr. »Jetzt tu nicht so, als würde ich dein Leben so sehr bereichern.«

»Du könntest mein Leben sehr wohl bereichern. Nackt zum Beispiel.« Er leckte sich über die Lippen, und ich unterdrückte ein Seufzen.

»Wollen wir jetzt wirklich darüber reden, ja? Eine Minute vor dem neuen Jahr?«

Er ließ ein Lachen hören. »Nein, du hast recht, das sparen wir uns für hinterher auf. Jetzt sollten wir einfach schön kitschig in den Sternenhimmel schauen und uns innerlich auf alles Neue vorbereiten, was?«

Ich verdrehte die Augen. »Ich hasse Romantik.«

»Und wie du das tust ...« Und mit diesen Worten nahm er einfach meine Hand in seine und verschränkte unsere Finger miteinander. Ich starrte ihn an, bis er losprustete und mich wieder losließ. »War nur ein Scherz, komm wieder runter.«

Gerade wollte ich etwas erwidern, als ich realisierte, dass der Countdown bei zehn angekommen war. Mein Blick wanderte über die ganzen Leute hier oben und dann wieder über Seattle und zurück zu Finn, wo er direkt auf seine Smaragdaugen traf.

»Will things ever be the same again?«, flüsterte er ironisch den Liedtext mit und hielt meinen Blick fest.

Wir starrten uns an, viel zu intensiv. Auf der einen Seite war ich berauscht, auf der anderen wollte ich am liebsten wegrennen, weil es so verflucht kitschig war, während sich der Countdown seinem Höhepunkt immer näher zubewegte.

Ich riss mich von seinem Anblick los und sah gerade noch rechtzeitig, wie direkt vor uns ein Feuerwerk explodierte, größer und farbenprächtiger, als ich es je zuvor miterlebt hatte. Die bunten Funken und Raketen kamen aus der Spitze der Space Needle geschossen, und ich sah jetzt, wie sie sich in einem Mix aus den unterschiedlichsten Farben über dem schwarzen Nachthimmel ergossen.

Leicht benommen wandte ich mich wieder Finn zu. »Frohes neues ...«

»Oh, *ich bitte dich*, Eliza«, fiel er mir ins Wort.

Er packte mich im Bruchteil einer Sekunde an den Hüften und zog mich hart an seinen Körper, wo ich überrascht die Hände in sein Hemd krallte. Und dann presste er erneut seine Lippen auf meine. Ich krallte mich an ihm fest und erwiderte seinen verdammten Neujahrskuss, ohne nachzudenken. Mit einem Seufzen, das im lauten Jubeln der Menge unterging, versank ich im Augenblick. Eine halbe Ewigkeit lang. Inmitten der Leute, am ersten Tag im neuen Jahr, schlang ich die Arme um den Nacken des Mannes, der mich nun schon so oft dazu gebracht hatte, meine Prinzipien über den Haufen zu werfen.

Er löste sich genau in dem Moment von mir, als Ally sich auch von Tom löste und sich mir mit einem strahlenden Lächeln zuwandte, sodass es aussah, als hätten wir uns gerade nur umarmt. Er zwinkerte mir zu, bevor er mich ganz losließ und hinter meinem Rücken zu seinem Bruder verschwand. Ich fasste mir kurz an den Mund, bevor ich von Ally in eine Umarmung gezogen wurde.

»Frohes Neues!«, rief sie mir ins Ohr, und ehe ich michs versah, hatte sich Jenny uns um den Hals geworfen, sodass wir uns in einer Dreierumarmung wiederfanden. »Euch auch ein wunderschönes Jahr, Mädels. Das wird super«, rief ich mit einem Lachen, insgeheim stolz auf mich, dass ich noch imstande war, normal zu sprechen.

Wir ließen uns lachend los, und als Nächstes wurde ich von Samuel in eine seiner perfekten Umarmungen gezogen und einmal herumgewirbelt. »Auf ein weiteres perfektes Jahr hier, Liz.«

Dann kamen Tom, Alex und Kris dran, die mich alle drei überschwänglich, aber wohl doch nicht so überbegeistert wie meine anderen zwei Freundinnen umarmten, und meine Eltern, denen ich schnell eine Nachricht schickte.

Nachdem wir ordentlich angestoßen hatten und der Sekt meinen Körper zum Prickeln brachte, bestand Jen auf einem Gruppenfoto. Finn und ich waren mit einem Lachanfall darauf zu sehen – genau in dem Moment, in dem der Blitz kam, fiel meine Tasche aus meiner Hand, und er fing sie in einem halsbrecherischen Manöver auf, was er sehr heldenhaft fand. Ich konnte nicht aufhören zu lachen.

Wir begaben uns alle auf die überfüllte Tanzfläche, und ich wurde natürlich sofort an den Club vor wenigen Stunden erinnert. Selbstverständlich zog Finn mich wieder an sich, um ganz unverfänglich mit mir zu tanzen, wo doch alle anderen um uns herum das Gleiche mit ihren Dates taten. Aber wir hatten kein Date, verdammt noch mal. Irgendwie war es mehr. Mehr in dem Sinne, dass wir sofort übereinander hergefallen wären, hätten wir nicht so viele Zuschauer.

Ich legte ihm wieder die Arme um den Nacken.

Als er mich gerade um mich selbst drehen ließ, verwischte plötzlich alles, und die Farben wurden zu einem bunten Strudel, ich verlor jegliche Orientierung, und meine Augen fielen von alleine zu.

Ich spürte, wie seine Arme sich fester um mich schlossen und er mich leicht schüttelte. »Kleine? Alles okay?«, vernahm ich seine Stimme an meinem Ohr, und ich schüttelte leicht den Kopf, um mich wieder konzentrieren zu können. Verdammt, die Kurzen waren wohl ein bisschen zu viel gewesen.

Ich blinzelte leicht. Im nächsten Moment zog er mich von der Tanzfläche, irgendwohin, wo wir uns setzen konnten. Neben der Bar waren ein paar mit dunkelrotem Samt überzogene Sessel aufgestellt, auf denen ohnehin fast niemand saß, weil alle mit Tanzen beschäftigt waren.

Finn ließ sich darauf nieder, zog mich halb auf seinen Schoß und nahm mein Gesicht zwischen die Hände.

»Zu viel?«, fragte er so laut, dass ich ihn gerade noch bei der Hintergrundmusik und den Gesprächen verstehen konnte, und strich mir eine Strähne aus der Stirn.

Ich kniff noch einmal die Augen zu, bevor ich langsam bemerkte, wie der Schwindel sich besserte und ich meine Umgebung wieder klar sehen konnte.

»Mir ist schwindelig, glaub ich«, meinte ich gelassen und grinste ihn schwach an. Er hob die Augenbrauen und musterte mich prüfend.

»Also hast du doch zu viel getrunken. Ich hätte es wissen müssen, dass man Minderjährigen nicht freie Hand bei Alkohol lassen darf …«

Ich warf ihm einen giftigen Blick zu. »Sei bloß still.« Er lachte und biss sich dann auf die Lippen.

»Ich glaube, dann ist es besser, wenn ich dich bald nach Hause bringe, was?«

Gerade als ich antworten wollte, blitzte es, und ich wandte überrascht den Blick ab. Na toll. Jenny stand mit ihrer Spiegelreflex da und schoss fröhlich Bilder von uns, mitten im Club, während ich gerade zufällig auf Finns Schoß saß. Ich funkelte sie an, aber Finn lachte.

»Machst du auch ein richtiges Foto von uns, Jen?«

Sie zwinkerte ihm zu. »Klar. Komm, Liz, ihr seht super zusammen aus, und ich bin gerade sehr in Stimmung, also auf geht's. Mach ein nettes Gesicht. Wir haben schließlich Neujahr!«

Ich schnitt ihr eine Grimasse, bevor ich dann leicht einen Arm um Finns Schultern legte und er mein Gesicht losließ und seinen Arm um meine Hüften schlang. Es war nicht schwierig, in die Kamera zu strahlen, trotz meines leichten Orientierungsverlustes war ich mir sehr wohl bewusst, wie heiß der Kerl aussah.

Jenny lächelte uns zufrieden an, bevor sie in der tanzenden Menschenmenge verschwand. Ich lehnte mich an seine Schulter und seufzte zufrieden, als ich seinen perfekten Geruch einatmete.

***

»Ich bring sie nach Hause, Tom, sie kann nicht mehr richtig stehen …«, hörte ich Finn über die Musik hinweg rufen und fragte mich einen Moment lang, ob ich mir den amüsierten Ton in seiner Stimme nur einbildete.

Ich hob den Kopf und lächelte schwach in die Richtung, wo ich Ally schemenhaft ausmachen konnte. Jen und Sam waren genauso wie Kris und Alex verschwunden. Wir standen am Ausgang des Clubs, und Finn hatte einen Arm fest um meine Schultern gelegt. Ich ließ mich von ihm rausführen und seufzte zufrieden, als wir auf einen breiten Gang kamen, wo die Stille angenehm auf die Ohren drückte.

Er kicherte und führte mich vorsichtig, aber entschlossen weiter zum Aufzug.

Im ersten Moment waren wir noch dort oben, und ich hatte einen Ausblick auf die Stadt genossen, jetzt waren wir schon beim Auto. Und die ganze Zeit war ich nur umhüllt von diesem Geruch, diesem einzigartigen, unvergleichlichen Duft.

Als wir im Auto saßen, lehnte ich mich sofort seitlich an ihn, setzte mich so, dass mein ganzer Körper zu ihm zeigte, und sah mir sein Profil an. Ich zog die Beine leicht an, stützte mich mit einer Hand auf dem Sitz ab und kuschelte mich in das weiche Leder.

»Hab ich was, oder warum starrst du mich jetzt seit geschlagenen zehn Minuten an?«, fragte er, als wir nach einer Weile, in der wir still durch die erleuchteten Straßen gefahren waren, an einer Ampel hielten.

Ich schüttelte langsam den Kopf und merkte, wie bei der Bewegung alles ein wenig verschwamm. »Du bist nur perfekt«, sprach ich meine Gedanken, ohne zu zögern, aus, und irgendwas an seinem Gesichtsausdruck sagte mir, dass ihn das, was ich sagte, freute.

»Bin ich das, ja? Kein Arschloch mehr? Kein Typ mehr, dem man nicht vertrauen kann?«

Ich schüttelte erneut den Kopf. »Nur … perfekt.«

Es sah mich lange an, dachte nach, bis ein Hupen hinter uns ertönte und er sich von mir losriss und weiterfuhr.

***

Finn

Ich lächelte leise, legte sie dann aufs Bett und bettete ihren Kopf in ihrem Kissen. Elizas Anblick erfüllte mich mit Zufriedenheit, und wenn ich auch immer noch mehr als erregt war, machte es mich seltsam glücklich, sie so vor mir zu sehen. Als hätte ich etwas erreicht. Ich grinste und setzte mich an ihren Bettrand.

Da ihre Zimmertür offen stand, hörte ich es sofort, als die Wohnungstür aufgeschlossen wurde. Ich sah schnell zu Eliza, die vor mir nur in ihrer verflucht heißen violetten Spitzenunterwäsche lag.

Ihre Locken waren um ihren Kopf auf dem weißen Kissen verteilt, und ihr Blick war benommen auf mich gerichtet, während ihre Brust sich immer noch hektisch senkte und hob. Sie schien völlig entrückt und in ihrer eigenen Welt, wo nur wir zwei uns befanden.

Ich bin kein Arschloch, wiederholte ich wohl zum tausendsten Mal, um mich voll und ganz davon zu überzeugen, dass ich das Richtige tat, was verdammt schwierig war.

Außerdem hatten wir anscheinend gerade Besucher bekommen, und egal, wer es war, ich würde sie Eliza unter keinen Umständen so sehen lassen.

Ich holte vorsichtig die Bettdecke unter ihrem weichen Körper hervor, und sie seufzte leise, als ich sie kurzerhand in die Arme nahm, um sie einen Moment später wieder auf die Matratze niederzulassen und richtig zuzudecken.

»Geh nicht«, flüsterte sie plötzlich, und ich wandte mich überrascht ihrem Gesicht zu. Sie streckte die Hand aus, um durch mein Haar zu fahren.

Ich schluckte. Für einen Augenblick vergaß ich, dass wir nicht mehr alleine in der Wohnung waren und jeden Moment jemand ins Zimmer kommen könnte.

Ich versank in ihren dunklen Augen, und auch wenn ich mir bewusst war, dass sie wahrscheinlich selbst keine Ahnung hatte, was sie da tat, konnte ich nicht das seltsame Glücksgefühl in mir unterdrücken.

»Wie … ein Engel …«, murmelte sie zusammenhanglos, und ich lächelte leicht. Sie war eindeutig dicht. Ich nahm an, sie würde sich morgen für ihre Worte umbringen wollen. Falls sie sich überhaupt daran erinnerte.

Langsam nahm ich ihre Hand aus meinem Haar und legte sie wieder auf die Bettdecke. Dann beugte ich mich vor.

»Frohes neues Jahr … Schlaf jetzt, wir haben ein ganzes Jahr vor uns, erinnerst du dich?«

Ich berührte ihre Lippen leicht mit meinen, und sie schloss seufzend die Augen, während ich ihren perfekten Geruch tief inhalierte.

»Idiot«, vernahm ich noch sehr, sehr leise, und sofort verzog sich mein Mund zu einem Grinsen. Das war sie – das Mädchen, das ich von Anfang an so kennengelernt hatte – ausgehungert, heißer, als ihr guttat, und selbst im betrunkenen Zustand noch so stolz.

Ich warf einen letzten Blick zu ihr zurück und ging zur Tür. Bei dem Gedanken daran, was wir endlich tun würden, wenn sie wieder nüchtern war, fing meine Beherrschung wieder zu bröckeln an, und ich musste mich zusammenreißen, um die Tür auch wirklich hinter mir zu schließen und nicht doch zu kapitulieren.

Verfluchte Versuchung. Verfluchter Alkohol. Das nächste Mal würde ich besser auf sie aufpassen, so viel war klar.

»Hi, Finn«, erklang es hinter mir, und ich fuhr herum.

Ally stand im dunklen Flur vor mir und betätigte gerade den Lichtschalter, als mein Bruder dazukam. Auf seinem Gesicht lag das gleiche Grinsen wie auf ihrem.

Unwillkürlich erwiderte ich es und fuhr mir durch die Haare. »Hey, ihr zwei. Was macht ihr so?«

Sie fingen beide zu lachen an, und ich verdrehte immer noch grinsend die Augen. War ja klar, was sie dachten.

»Ihr solltet vielleicht ein bisschen leiser sein, Eliza ist gerade eingeschlafen …«

»Deine Kleine ist eingeschlafen, soso. Ist das alles, was du zu sagen hast?«, kam es amüsiert von Ally, und Tom fügte noch ein weniger taktvolles »Hast du sie flachgelegt?« hinzu.

Ich kicherte. »Himmel, kann man nicht einfach nur befreundet sein?«

»Nein«, antworteten sie einstimmig.

»Finn, ich bitte dich, du bist nicht die halbe Nacht mit einem Mädchen zusammen, weil ihr Freunde seid. Vor allem du nicht.«

Ich gähnte übertrieben und schaute auf meine Armbanduhr. »Es ist vier Uhr, Leute, was macht ihr heute noch? Ich glaube, ich sollte mich langsam auf den Weg machen und …«

»Oh nein, wir gehen jetzt noch feiern«, wurde ich sofort von Tom unterbrochen.

Ally gähnte ebenfalls. »Ich geh jetzt auch ins Bett, aber dein Bruder war der Meinung, die harten Jungs müssten jetzt noch einen draufmachen.«

Ich überlegte kurz und zuckte dann die Achseln. Ich hatte blendende Laune, und eigentlich war ich auch kein bisschen müde. Woran das wohl lag.

»Meinetwegen, Tom, dann gehen wir noch feiern. Die Nacht ist noch jung …«

Er machte ein begeistertes Gesicht, und seine Freundin schüttelte gespielt genervt den Kopf. »Baby, ich will dich spätestens in zwei Stunden in meinem Bett haben«, meinte sie dann unbeirrt zu Tom und küsste ihn, bevor sie sich mir zuwandte. »Mach dir keine falschen Hoffnungen, ich werde schon noch alles aus Eliza rauskriegen.«

»Viel Spaß«, erwiderte ich mit einem Lachen. Ich bezweifelte, dass sie auch nur ansatzweise etwas verraten würde.

Ally lief in Richtung Badezimmer, und Tom klopfte mir auf die Schulter.

»Lucas' Dad lässt uns bis um sechs ins Howl at the Moon. Alex, Sam, David und noch ein paar aus dem Jahrgang werden da sein. So eine Art exklusive Aftershow-Party«, erzählte er grinsend. »Auf geht's.«

Ich hatte heute kaum etwas getrunken, um den Chauffeur spielen zu können, und das hatte sich wohl ausgezahlt. Keine Ahnung, was ich alles mit Eliza angestellt hätte, wäre ich nicht ganz bei Sinnen gewesen.

Während ich Gas gab, sah Tom mich nachdenklich von der Seite an.

»Wegen Liz … Tu mir den Gefallen, und nutz sie nicht aus oder so, ja? Ich kenn sie jetzt schon eine Weile, und sie sieht nicht nur heiß aus, Finn, sie ist auch eine tolle Frau, und wenn du …«

»Mach dir da mal keine Sorgen«, unterbrach ich ihn mit bester Laune. »Ich hab jetzt endgültig verstanden, dass ich bei ihr nicht nach den üblichen Regeln spielen kann.«

Leicht überrascht sah er mich an, lehnte sich dann aber sichtlich zufrieden in seinem Sitz zurück.

Ich hatte beschissene Jahre hinter mir, die voll von trostlosem Nichts gewesen waren. Seit ich nach Seattle gekommen war, hatte sich alles verändert. Keine quälenden Gedanken, keine Vorwürfe und kein Selbsthass mehr. Nicht mehr so regelmäßig jedenfalls.

Ich konnte die Veränderung erkennen, die langsam auf mich zukroch. Keine, die nur für eine kurze Zeit anhielt, sondern eine, die vielleicht eine Menge auf den Kopf stellen würde.

Ein neues Jahr hatte begonnen, das spürte ich jetzt in jeder Faser meines Körpers.

Und irgendetwas in meinem Inneren sagte mir, dass es verdammt noch mal das beste meines Lebens werden könnte.

10. KAPITEL

SO CLOSE TO SOMETHING BETTER LEFT UNKNOWN

Eliza

January 1st, 3:00 p. m.

Mit einem Stöhnen wurde ich aus dem Schlaf gerissen, als ein schreckliches Geräusch in meiner Nähe ertönte. Ich blinzelte, versuchte die Augen zu öffnen, wurde aber in Sekundenschnelle von der verfluchten Helligkeit überrascht und kniff sie wieder zu. Ich fuhr mir mit einer Hand übers Gesicht und versuchte, einen klaren Gedanken zu fassen. Atmete tief durch.

Meine Stirn fühlte sich an, als würde jemand mit dem Presslufthammer dagegen hämmern. Kein besonders angenehmes Gefühl. Ich hatte keinen blassen Schimmer, welcher Tag heute war, geschweige denn, wie spät es war. Das Geräusch erstarb genau in dem Moment, als ich meine Lider aufschlug. Nach einigen Augenblicken realisierte ich, dass es vom Schreibtisch kam und sich vermutlich um mein Handy handelte.

Mit einem resignierten Seufzen schlug ich meine kuschelige Bettdecke zurück und richtete mich auf, so gut es eben ging. Ich wollte gerade richtig aufstehen, als ein kurzes Schwindelgefühl mich übermannte und ich rücklings zurück auf mein Bett fiel.

Nach einigen Sekunden verflog es wieder, das durchdringende Pochen in meinem Kopf blieb aber, als ich noch leicht schwankend zum Schreibtisch tapste. Darauf entdeckte ich meinen Mantel und meine Handtasche, aus der ich mein Telefon zog. Der Bildschirm zeigte an, dass ich eine neue Nachricht hatte. Von Jenny: *Süße, es ist fast 3. Willst du uns so langsam mit deiner Gesellschaft beehren, oder müssen wir uns Sorgen machen?*

Ich schmiss mein Handy auf mein Bett und schaute mich dann vorsichtig in meinem Zimmer um, wobei mein Blick auf den Spiegel fiel.

Ich trug ausschließlich Unterwäsche. So langsam kam mein Gehirn wieder in die Gänge. Silvester. Gestern war Silvester gewesen. Mein Kleid und die Strumpfhose lagen als Beweis auf dem Boden verstreut neben dem Bett, genau wie die Schuhe. *Ach du liebe Scheiße.*

Ich wankte zurück zum Bett und ließ mich rücklings und mit geschlossenen Augen darauf fallen. Ganz langsam, ermahnte ich mich. *Ganz von Anfang an.* Je mehr ich mich konzentrierte, desto mehr Details schlichen sich in meinen Kopf. Die Erinnerung an letzte Nacht überwältigte mich kurz.

Ich wusste noch, dass er mich nach Hause gebracht hatte – wann und wie, konnte ich aber nicht mehr sagen. Ich kniff die Augen ein bisschen zusammen und rieb mir über die Stirn. Ein, zwei Bilder schossen mir noch durch den Kopf … von einem engen Raum, wo Finn und ich allein gewesen waren, so wie ich es mir in dem Moment gewünscht hatte. Ich hatte ihn überall gespürt, er hatte mich mit seinem Körper gefangen genommen.

Ich stöhnte wieder auf. Irgendwie war ich in mein Bett gekommen und meine Kleider auf den Fußboden. Ich bezweifelte stark, dass ich mich selbst ausgezogen hatte.

Ach, verdammt, das war zu viel für meinen Kopf. Ich schlug die Augen wieder auf und tastete dann nach dem Griff über mir, um das Fenster zu öffnen und ein bisschen frische Luft reinzulassen.

Nachdem ich einen Blick auf Seattles Straßen geworfen hatte, stand ich vorsichtig auf, um meinen Kopf nicht überzustrapazieren. Alles war normal. Äußerlich.

Nur in mir war nichts normal. Sobald ich an gestern dachte, spürte ich ein Kribbeln in meinem Körper.

Ich stellte mich noch einmal näher vor den Spiegel. Meine Locken waren völlig zerzaust, so wie immer, mein Gesicht sah ansatzweise normal aus, von meinen geschwollenen Lippen und den dunklen Schatten unter den Augen mal abgesehen. Ich starrte mein Spiegelbild lange und nachdenklich an, bis sich ein verdammt angsteinflößender Gedanke in mein Bewusstsein schob.

War es möglich, dass ich vergangene Nacht mit Finn Westwood geschlafen hatte? Und schlimmer noch: Konnte es sein, dass ich mich nicht an das kleinste Fünkchen davon erinnerte?

Nachdem ich eine Jogginghose und das erstbeste T-Shirt übergezogen hatte, lief ich schnell ins Badezimmer und wusch mir das Gesicht. Ich hatte keine Ahnung, was ich tun sollte, aber wenn das mit meinem Kopf so weitergehen würde, musste ich mal wieder zu Schmerztabletten greifen. Aber erst einmal würde ich schauen, dass ich ein paar Informationen aus meinen Freunden herausbekam. Ich hatte schon ihr Lachen durch die Tür gehört, also waren sie alle in unserem Wohnzimmer versammelt.

Ich putzte mir die Zähne, band mir die Haare zu einem Zopf und wagte mich nach einem letzten prüfenden Blick in den Spiegel über dem Waschbecken auf den Flur.

»Sie ist von den Toten auferstanden!«, war das Erste, das ich von Sam vernahm, als ich ins Wohnzimmer kam. Tom, Jenny und er saßen auf dem Sofa und dem Sessel, Ally lehnte sich gegen die Theke und schlürfte Kaffee. Allesamt grinsten sie mich an.

»Guten Morgen und schönes neues Jahr«, sagte ich lächelnd in die Runde. Dann verdrehte ich die Augen. »Danke für deine Nachricht, Jen, du hättest ja nicht ins Zimmer kommen können oder so ...«

Sie lachte. »Nee, dazu war ich erstens zu faul, und zweitens wollte ich dich nicht überraschen, wenn du verstehst, was ich meine ...«

Ich schaute sie leicht verwirrt an, und sie grinste noch breiter, aber bevor sie etwas sagen konnte, kam Tom ihr zuvor.

»Ja, weißt du, Liz, nicht, dass sie Sachen in deinem Zimmer findet, von denen du nicht möchtest, dass sie an die Öffentlichkeit gelangen.«

»Falls du die Handschellen und die Peitsche meinst, die ich seit gestern in meinem Zimmer verstecke, mach dir keine Sorgen. Ich bin nicht so prüde – die dürft ihr euch gerne anschauen.«

Ich lief zur Theke, wo Ally mich amüsiert beobachtete.

»Kannst du mir auch 'nen Kaffee machen?«

Ich wollte Ally schon einen dankbaren Blick zuwerfen, weil sie keinen Kommentar zu was auch immer gestern geschehen war, abließ, aber dann musterte sie mich kichernd, und ich seufzte.

»Okay, Leute, ich finde es ja auch ganz amüsant, aber ich brauch gerade nur einen Kaffee, eine Kopfschmerztablette und mein Bett.«

Jenny war die Einzige, die ansatzweise mitfühlend aussah. Sam und Tom lachten mich natürlich schamlos aus, was ein unangenehmes Dröhnen in meinem Kopf auslöste.

»Sag mal, wie viel hast du insgesamt getrunken? Und wie viel weißt du überhaupt noch von gestern? Als wir in diesem Club auf der Space Needle waren, sahst du nicht mehr ganz zurechnungsfähig aus ...«

»Keine Ahnung, Sam. Wann seid ihr alle eigentlich nach Hause gekommen?«, fragte ich, um möglichst geschickt von mir abzulenken und gleichzeitig vielleicht etwas Neues herauszufinden, das mir eventuell beim Entwirren meines stark durcheinandergeratenen Gehirns behilflich sein konnte.

»Jen und ich waren so gegen vier Uhr bei mir, ich bin anschließend noch mit Tom, *Finn* und den anderen Jungs feiern gewesen ...«

Ich war natürlich auch im verkaterten Zustand nicht so dumm, die Betonung zu überhören, aber ich ließ mir nichts anmerken. Vielleicht gab es eine Chance, dass gestern gar nichts mit Finn passiert war, wenn er doch später noch feiern gewesen war.

»Als Tom und ich hier angekommen sind, ist Finn gerade aus deinem Zimmer gekommen, Liz. Hast du dazu was zu sagen?«

Mein Herz setzte kurz aus, aber ich hatte mich schnell unter Kontrolle. »Ja«, erwiderte ich. »Danke für den Kaffee.« Und mit diesen Worten schnappte ich mir die Tasse und lief zurück in mein Zimmer. Dort schloss ich die Tür hinter mir, stellte die Tasse ab und ließ die Rollläden vor meinem Fenster zur Hälfte runter.

Es half nichts. Um herauszufinden, was genau gestern passiert war und ob meine Befürchtungen begründet waren, konnte mir nur eine Person weiterhelfen. Also schluckte ich meinen Stolz herunter und setzte mich aufs Bett, nachdem ich mein Handy aus den Kissen hervorgeholt hatte.

Er nahm nach dem ersten Klingeln ab. Was für eine Ehre.

»Hey, Baby«, flüsterte er.

»Ja ja, du mich auch. Du musst mir eine Frage beantworten, und zwar dringend.«

Er lachte. »Lass mich raten – du möchtest wissen, ob ich etwas dagegen habe, dich in circa zehn Minuten abzuholen?«

Ich stöhnte genervt auf, aber in meinem Gehirn fing es zu arbeiten an. Er sprach zu locker mit mir, es bestand also die Möglichkeit, dass meine Gedanken Hirngespinste waren.

»Ich bin heute leider zu überhaupt nichts mehr fähig, mein Kopf dröhnt wie sonst was, und ich bin todmüde, obwohl ich eben erst aufgewacht bin. Aber das kann dir ja egal sein, ich wollte eigentlich nur …«

»Ha, ich wusste, dass es dir heute beschissen gehen wird, Kleine. Ich sollte den Barkeeper anklagen, dass er dir Alkohol gegeben hat.«

»Den Spruch hast du schon gestern abgelassen. Tu mir den Gefallen, und halt einfach die Klappe, ich bin überhaupt nicht in Stimmung. Aber zurück zum Thema …«

Wieder fiel dieser arrogante Idiot mir ins Wort. »Du erinnerst dich also, hm? Hör zu, wie wäre es, wenn wir das alles persönlich besprechen würden, Eliza?«

Ich knirschte mit den Zähnen. Er trieb mich in den Wahnsinn. »Den Teufel werden wir tun. Du hörst jetzt mir zu: Ich seh aus wie der letzte Dreck, fühle mich genauso und möchte wissen, warum zur Hölle ich in Unterwäsche aufgewacht bin. Und wenn dir dein Leben lieb ist, dann sagst du mir jetzt die Wahrheit.«

Ein Lachen ertönte am anderen Ende, und ich zog es in Erwägung, wieder aufzulegen.

»Du bist also heute in Unterwäsche und mit einem ordentlichen Filmriss aufgewacht und weißt jetzt nicht, was du tun und denken sollst, hab ich das richtig verstanden?«

»Das hast du richtig verstanden«, presste ich hervor.

»Okay, und weiter noch: Ich nehme an, dass es einen Grund gibt, warum du gerade mich fragst?«, fuhr er belustigt fort, und ich war mir sicher, ich hätte ihm den Hals umgedreht, würde er sich jetzt vor mir befinden.

»Ich bring dich um.«

»Das ist es, was ich an dir liebe – du hast Feuer, Kleine«, erwiderte er lachend. »Was genau willst du wissen?«

»Du wirst mich jetzt nicht zwingen, den Scheiß auszusprechen«, knurrte ich. »Du weißt ganz genau, was ich will.«

»Und wie ich das weiß … Ein Blick in deine Augen genügt, und ich kann all deine geheimen Fantasien sehen.«

»Ach, weißt du was, vergiss es«, zischte ich und wollte schon auflegen.

»Okay, okay. Du willst wissen, ob was passiert ist. Wie wär's, wenn du mir erst erzählst, was das Letzte ist, an das du dich erinnerst?«

»Ich verstehe nicht, warum du nicht einfach Ja oder Nein sagen kannst, aber schön – ich weiß, dass wir …« Ich brach ab, als die Erinnerung sich zurück in meinen Kopf schlich. Er … und ich … im Club … Ein Seufzen entwich mir.

»Dir hat es gefallen, hm?«

»Klappe. Ich weiß, dass du mich irgendwie von der Space Needle nach Hause gebracht hast, und von Ally hab ich gerade erfahren, dass du aus meinem Zimmer gekommen bist, als sie nach Hause kamen. Das Problem ist, dass ich keine Ahnung mehr habe, was sich in der Zwischenzeit abgespielt hat.«

Er schwieg eine beängstigend lange Weile, dann lachte er. »Weißt du, ich glaube, ich sollte jetzt beleidigt sein. Du verletzt meinen Stolz.«

Sofort wurde mir ängstlich zumute. »Oh Gott, sag mir nicht, dass es wahr ist …«

»Es ist nicht das passiert, was du denkst. Allerdings hab ich dich ziemlich glücklich gemacht, der Lautstärke deines Stöhnens zufolge, also dachte ich, du würdest dich wenigstens ein bisschen daran erinnern …«

Ich spürte, wie die Hitze augenblicklich in meine Wangen stieg. »Ähm … nein. Sorry … ich meine …«, stammelte ich plötzlich verlegen, und er kicherte wieder.

»Mach dir nichts draus, das kann vorkommen. Sehen wir es positiv: Wenn es dich schon so wahnsinnig angemacht hat, als du komplett betrunken warst, dann will ich mir gar nicht ausmalen, wie es im nüchternen Zustand sein wird.«

»Wir hatten also keinen Sex?«, hakte ich vorsichtig nach.

»Nein, aber du hast keine Ahnung, wie verdammt kurz ich davor war«, raunte er mit heiserer Stimme, und ich registrierte, dass mein Kopf in den Momenten, in denen er so sprach, verdächtig wenig pochte.

»Dank meiner guten Erziehung bin ich mir bewusst, dass es erbärmlich wäre, wenn du nicht einmal richtig anwesend bist ... Auch wenn ich natürlich wusste, wie sehr du es wolltest. Aber das tut nichts zur Sache.«

»Ach ja?«, flüsterte ich und ließ mich gedankenverloren nach hinten in die Kissen fallen. Der Gedanke daran, dass er mich vor wenigen Stunden genau hier berührt hatte, machte mich wahnsinnig.

»Oh ja. Ich hab es dir von Anfang an gesagt, und so langsam habe ich das Gefühl, du verstehst ... Oder bilde ich mir das nur ein?«

»Wie viel wissen die anderen?«, lenkte ich ab, um mich wieder auf eine sicherere Basis zu begeben.

»Ich nehme an, sie können es sich denken. Niemand hat uns gestern gesehen, als wir uns geküsst haben oder so. Aber jetzt mal ohne Mist, Kleine, du glaubst nicht ernsthaft, dass wir das ewig geheim halten können, oder?«

»Es gibt nichts, was wir geheim halten müssten«, versuchte ich noch einen schwachen Protest, der in seinem ungläubigen Schnauben unterging.

»Schade, dass ich dein Stöhnen von heute früh nicht aufgenommen habe, Eliza ...«

»Wir dürfen nicht die Tatsache vergessen, dass ich völlig blau war«, meinte ich mit einem Lächeln in der Stimme, das wohl kaum zu überhören war.

»Kinder und Betrunkene sagen immer die Wahrheit, das weißt du doch«, antwortete er, und mir war, als würde ich ihn grinsen sehen.

Darauf konnte selbst ich nichts mehr kontern.

Er lachte. »Ich nehme dein Schweigen als Zustimmung … Sag mal, bist du nicht ein bisschen genervt?«

Ich schnaubte. »Von dir doch nicht. Du bist wie immer ein Engel«, erwiderte ich ironisch.

»Oh ja, das hast du mir gestern Nacht auch erzählt«, murmelte er. Ich fragte lieber nicht nach, was genau er damit meinte.

»Im Moment bin ich noch nicht sauer auf dich, aber das kann sich schnell ändern«, meinte ich und musste unwillkürlich gähnen.

»Gut, Prinzessin, ich lass dich jetzt deinen Rausch ausschlafen, wobei ich mir nicht vorstellen kann, warum du immer noch müde bist. Wahrscheinlich hab ich dir zu einem tiefen Schlaf verholfen, was?«

»Kann gut sein. Aber hey, so gut kann es nicht gewesen sein, wenn ich mich nicht einmal daran erinnere, oder?«, fragte ich und bemühte mich um einen möglichst ernsten Tonfall, um ihn in den Wahnsinn zu treiben.

»Pass auf, was du sagst, Elizabeth, sonst komm ich direkt vorbei und überzeuge dich höchstpersönlich vom Gegenteil«, knurrte er in den Hörer, und ich lachte los.

»Schönen Tag noch, Finn«, zwitscherte ich fröhlich, bevor ich auflegte. Ich zog mir die Decke ans Kinn und blinzelte zufrieden, während die Müdigkeit sich wieder über mich legte. Als ich fast schon in die Traumwelt übergegangen war, piepte mein Handy.

Ich hatte eine E-Mail bekommen.

Absender: Finn Westwood [mrwestwood@uw.com]
Empfänger: Elizabeth J. Fleming [eliza-fleming@uw.com]
Betreff: Ein Angebot

Kleine,

ich bin stolz auf dich, hatte ich das schon erwähnt? Gestern Nacht vielleicht, aber das weißt du sicher nicht mehr.
Du bist nicht nur das sturste Wesen des Universums, nein, du bist auch noch dabei, mich meines Verstandes zu berauben. Vollständig.

Deshalb kriegst du jetzt einen Deal (wir zwei sind geschaffen für Abmachungen, was?).
Ich weiß, dass du mich willst, und ich weiß auch, wie schwer es dir fällt, das zuzugeben, also musst du es nicht aussprechen. Du musst einfach nur zu mir kommen. Egal, wann, egal, um welche Uhrzeit. Und ich schwöre, dann werde ich dir die Welt zu Füßen legen.

Finn

***

January 2nd, 4:00 p. m.

Oh verdammt. Solche in alle Richtungen abstehenden golden glänzenden Haare hatte nur eine einzige Person in ganz Seattle, da war ich mir sicher. *Einfach weiterlaufen, Ally, einfach weiterlaufen*, beschwor ich meine Freundin im Stillen, als wir geradewegs ins Einkaufszentrum liefen und mein Blick auf Finn fiel.

Wir beide hatten soeben unseren Wocheneinkauf erledigt, nachdem wir unseren kleinen Wirbelwind und Samuel zum Flughafen gebracht und ihnen einen tollen Urlaub in Los Angeles gewünscht hatten – der Flug war unser Weihnachtsgeschenk für die beiden gewesen.

Ally hatte darauf bestanden, in die verdammte Mall zu gehen, um noch was für ihre Eltern zu besorgen. Super.

Ich wusste nicht, woher meine Panik kam, aber Finn Westwood war gerade der Letzte, dem ich über den Weg laufen wollte, und das lag nicht an meinem Aussehen. Ich hatte ausgeschlafen, mein Kater und die Augenringe waren so gut wie weg, und ich trug mein Lieblingsoutfit: zerrissene Jeans mit weitem, bequemem Hemd. Ich war nur nervös, weil wir das letzte Mal, als wir uns persönlich gegenüberstanden, heftig rumgemacht hatten. Und ich mich kaum mehr an die Hälfte erinnerte.

Er war nicht alleine, aber ich versuchte, nicht zu lange rüberzuschauen, denn dann bestand die Möglichkeit, dass Ally meinem Blick folgte oder – was noch schlimmer wäre – er mich sehen würde.

Wir standen direkt vor einem Unterwäscheladen, also schnell rein da, bevor es zu spät war. Ich hatte Ally schon am Arm gepackt und wollte sie in die Richtung schieben, als ihr Blick meinem folgte. *Verdammt.*

»Oh, da ist Finn mit seinen Eltern! Komm, Eliza, die musst du kennenlernen, sie sind umwerfend!«, kam es auch schon von ihr.

»Das glaub ich dir, sie sind bestimmt toll, aber meinst du nicht, dass wir gerade keine Zeit für Small Talk haben?«, fragte ich mit unnatürlich hoher Stimme und kam mir ziemlich idiotisch vor, da wir ja alle Zeit der Welt hatten.

Ally musterte mich einen Moment lang interessiert, dann kicherte sie. »Sieh mal einer an, unsere Eisprinzessin hat doch tatsächlich Schiss.« Und damit hakte sie sich bei mir unter und bugsierte mich in Richtung Finn. Ich wehrte mich kurz, entschied mich dann aber, dass eine kindische Szene viel zu auffällig war.

Bevor wir irgendetwas tun konnten, drehte sich die Frau, die zusammen mit einem Mann vor Finn stand, zufällig in unsere Richtung, und auf ihrem Gesicht breitete sich ein Lächeln aus.

»Oh, hallo, Ally!«

Sie war etwa so groß wie Alison, trug einen langen Trenchcoat und hatte weiche Gesichtszüge. Ihre Haare hatten einen dunklen Karamellton, und ihre Augen strahlten in derselben Farbe. Sie sah Finn, der sich jetzt überrascht umdrehte, kein bisschen ähnlich. Der Mann neben ihr war ein Stück größer als Finn, schlank und hatte einen dunkelgrauen Mantel an, der seine hellblauen Augen noch hervorhob. Seine Haare waren hellblond, aber mit ein paar Silberfäden durchzogen. An seinen Gesichtszügen konnte man die Verwandtschaft mit Alex und auch ganz leicht mit Tom erkennen, aber nach Ähnlichkeiten mit Finn suchte ich weiterhin vergeblich.

»Hi, Laura! Hey, Michael!«, kam es auch schon überschwänglich von Ally, und sie beugte sich zu der Frau, um sie auf die Wange zu küssen.

Ich schaute erst verlegen auf den Boden, dann nach oben, um auf seinen Blick zu treffen.

Er zog eine Braue hoch und grinste mich schief an. »So ein Zufall, hallo, ihr beiden …«

Ich versuchte ein Lächeln, aber es gelang mir nicht ganz. Bildete ich es mir ein, oder sah er mich gerade mal wieder an, als würde er mich am liebsten über die Schulter werfen und dann irgendwo in einen dunklen, engen Raum abhauen?

»Hallo, ich bin Eliza«, stellte ich mich seinen Eltern vor, und sie lächelten beide ein bisschen zu verständnisvoll, als wir Hände schüttelten.

»Das hab ich mir schon gedacht … Ich bin Laura.«

»Michael«, kam es von seinem Vater, und ich schluckte ein wenig. Das hatten sie sich also schon gedacht, aha. Ich wollte wirklich nicht wissen, was über mich so im Umlauf war.

»Ich führ sie ein bisschen rum, sie fliegen später wieder nach L. A.«, meinte Finn immer noch grinsend, und mir entging nicht, dass er den Blick keine Sekunde von mir abwandte. Er musterte mich von oben bis unten, also tat ich dasselbe. Ich musste aufpassen, um ihn nicht zur Seite zu zerren. Er sah mal wieder ekelhaft gut aus. Natürlich konnte der Kerl nichts Normales anziehen, sondern immer Kleidung, die alles an ihm vorteilhaft aussehen ließ und mich beinahe zum Hyperventilieren brachte. Ich hasste es. Oder auch nicht. Wie auch immer.

»Mädels, ich hätte euch jetzt noch zum Mittagessen eingeladen, aber unser Flug geht in ein paar Stunden«, kam es leicht bedauernd von Mr. Westwood.

»Schon okay. Viel Spaß noch in Seattle.«

Wir verabschiedeten uns, und ich dachte schon, dass es ja nicht ganz so schlimm gekommen war, als sich Finn zu mir beugte.

»Man sieht sich morgen in der Uni. Soll ich dich abholen, Kleine? Die Vorlesung ist ja ausnahmsweise erst mittags.«

»Mhm.« Würden seine Eltern mich jetzt nicht genauestens beobachten, hätte ich vermutlich die Augen verdreht, aber unter diesen Umständen hob ich nur leicht eine Braue. »Klar kannst du mich abholen.«

Er und Ally lachten. Wahrscheinlich hatte meine Stimme zu freundlich geklungen.

»Bis dann«, murmelte ich.

»Ach, und hast du meine Mail wegen … Literatur bekommen?«,

fragte er grinsend, und ich war kurz vollkommen perplex, bis ich mir einen Ruck gab und zurückgrinste.

»Hab ich«, antwortete ich. Wenn schon, denn schon, dachte ich mir dann und fügte noch ein »Ich fand sie ziemlich aufschlussreich« hinzu, bevor wir noch einmal winkten und dann weiter in die Mall liefen.

Ally sah mich von der Seite mit hochgezogenen Augenbrauen an, während wir an den Läden vorbeischlenderten. Sie grinste. »Du bist eine fantastische Lügnerin, Elizabeth.«

Ich warf ihr einen leicht verwirrten Blick zu. »Danke, aber auf was genau bezieht sich das jetzt?«

»Das zwischen dir und Finn an Silvester – das war nicht nur ein Kuss, hab ich recht?«

Ich hatte Jenny und ihr eine halbe Wahrheit aufgetischt, weil sich das Offensichtliche kaum mehr leugnen ließ.

»Kein Kommentar, Baby«, sagte ich nun mit einem Lachen, legte ihr locker einen Arm um die Schultern und führte sie ins nächste Café, das in Sicht kam. »Kein Kommentar …«

***

»Übrigens, Eliza, nachdem wir gegessen haben, gehen wir auf Jobsuche, nur damit du Bescheid weißt …«

Wir liefen gerade von unserem Vorlesungssaal in das kleinere Gebäude, wo sich die Uni-Cafeteria befand. Finn hatte mich vor zwei Stunden abgeholt, und die Autofahrt war genau wie die Literaturvorlesung erstaunlich harmlos verlaufen – er hatte mir nur am Anfang ein Kompliment über mein Aussehen gemacht, und die restliche Zeit hatten wir uns doch tatsächlich ganz unverfänglich wie zwei normale Menschen über Literatur unterhalten, da uns bald eine Prüfung bevorstand.

Keine Sex-Blicke, keine Anmach-Sprüche oder Ähnliches, ich fand es irgendwie besorgniserregend. Als er vorhin vor der Vorlesung irgendetwas über Shakespeare erzählt hatte, war mir nach einigen Sekunden klar geworden, dass ich ihm gar nicht zuhörte, sondern nur die Bewegung seiner Lippen und das Funkeln in den

Smaragdaugen wahrnahm, während mir die Worte seiner Mail immer wieder in den Sinn kamen.

Vor ein paar Wochen hätte ich diese Tatsache wahrscheinlich als Erniedrigung vor mir selbst empfunden, jetzt wurde mir jeden Moment nur noch mehr bewusst, wie sehr ich auf ihn stand.

Es war nur eine Frage der Zeit, bis ich nachgab, aber lange konnte es nicht mehr dauern. Meine Beherrschung bröckelte.

Mir fiel wieder auf, dass ich abgeschweift war, und ich strich mir eine Locke hinters Ohr. Jobsuche. Er wollte mit mir auf Jobsuche gehen.

»Ach, und das hast du jetzt einfach so entschieden, dass ich mit dir mitgehe, ja?«

Finn lachte. »Weißt du, Ally hat mir gestern eine Nachricht geschickt, dass du einen Job brauchst und sie heute keine Zeit hat, dir zu helfen, weil sie lernen muss ... Und da Jenny und Samuel die Woche ja auch nicht da sind, dachte ich, ich könnte dir einen Gefallen tun, Eliza.«

Ich zog eine Braue nach oben. »Nett von dir«, meinte ich leicht ironisch, und er grinste.

»Das bin ich immer.«

Es war tatsächlich nett von ihm. Ich hatte mir schon seit einiger Zeit überlegt, mir ein bisschen Geld nebenbei zu verdienen, jetzt, wo ich mich in das Studium und die neue Umgebung eingelebt hatte.

»Hör zu, die Idee ist nicht schlecht, weil ich heute keine Lust hab, Bus oder Bahn zu nehmen, aber wehe, wenn du das nur als Vorwand nimmst, um mir mal wieder das Leben schwer zu machen.«

»Eliza, habe ich dir *jemals* das Leben schwer gemacht?« Er klang betont bestürzt.

»Hmmm ... Lass mich mal überlegen«, murmelte ich.

Inzwischen waren wir in der Cafeteria angekommen und suchten uns einen Platz in dem von Studenten überfüllten Raum. Ich setzte mich für einen Moment, obwohl wir uns ja eigentlich erst das Essen holen sollten, und er nahm mir gegenüber Platz.

»Ich weiß nicht, ob ich mich richtig erinnere, aber ich glaub, da war was vor zwei Monaten oder so. Sagen dir die Worte Howl at the Moon und Proberaum etwas?«, fragte ich gespielt in Gedanken versunken, und er grinste wieder.

»Vielleicht bilde ich mir auch das nur ein, aber da war so ein Kerl, der mich anschließend wochenlang gestalkt und mir keine ruhige Sekunde gelassen hat. Ach, und weißt du, ich hätte fast mit ihm geschlafen, aber er hatte mehr Spaß daran, eine andere ins Bett zu kriegen, weil es da schneller ging …«

»Was für ein Arschloch«, antwortete Finn. »Du solltest ihn mir mal zeigen, Baby, ich werde ihm schon beibringen, dass er dich nicht ungestraft so behandeln darf!«

»Und stell dir vor, das war noch nicht alles«, fuhr ich unbeirrt fort. »Als ich ihn dann ignoriert habe, hatte er nichts Besseres zu tun, als mir hinterherzutelefonieren und mir zu erzählen, wie sehr er mich braucht. Er hat mich geküsst, ich habe ihm eine runtergehauen – da war ganz schön was los, kann ich dir sagen … Und nicht zu vergessen die jüngsten Vorkommnisse: Er hat mich doch letztens tatsächlich abgefüllt und mich dazu gebracht, morgens in meinem Zimmer aufzuwachen und nicht zu wissen, ob wir es jetzt getrieben haben oder nicht. Er ist unausstehlich, aber er weiß genau, was er tun muss, um mich zum Durchdrehen zu bringen«, erzählte ich weiter, und mein Gegenüber kam aus dem Grinsen gar nicht mehr heraus. »Und zu guter Letzt schreibt er mir eine Mail, die mir den letzten Nerv raubt und dazu führt, dass ich keine Ahnung hab, was ich als Nächstes tun soll«, schloss ich und verschränkte die Arme vor der Brust.

Er fuhr sich mit einer perfekten Geste durch die Haare. »Wenn du das alles so aufzählst, Kleine, hört sich das ziemlich heftig an … Ich mach dir dein Leben wirklich nicht leicht, was?« Er lächelte doch tatsächlich ein bisschen schuldbewusst, und ich kicherte.

»Sagen wir's mal so, Finn, langweilig wird es mit dir nie.«

Er sah mir prüfend in die Augen, ich lächelte leicht und erhob mich. »Komm schon, lass uns was zu essen holen.«

Nachdem wir unsere Tabletts befüllt hatten – ich nahm zwei Stücke Pizza Quattro Formaggi und Salat, er Steak mit Pommes –, setzten wir uns zurück an den Tisch und fielen über das Essen her. Es schmeckte göttlich. Finn sah meine Begeisterung und lachte los.

»Dir beim Essen zuzuschauen, ist besser als jeder Porno. Du siehst aus, als hättest du mehrere Orgasmen hintereinander …«

Ich verdrehte die Augen und unterdrückte ein genussvolles Stöhnen, als ich den Mozzarella auf der Pizza schmeckte. »War ja klar, dass du alles damit verbindest.«

***

Finn

January 3rd, 7:00 p. m.

Wir waren seit heute Mittag unterwegs und hatten schon ein paar Stellenangebote abgeklappert, die ich gestern Abend – in meiner grenzenlosen Langweile oder auch in der Hoffnung, Eliza damit ein bisschen weichzuklopfen – zusammengestellt hatte. Erst waren wir in der Bibliothek der UW gewesen, weil dort bis vor einer Woche noch jemand für einen Posten gesucht wurde, der Job war aber leider schon vergeben.

Anschließend hatte ich uns quer durch die Innenstadt gefahren, um in ein paar Bars und Clubs herumzufragen, trotz ihres Einwands, sie würde sowieso niemand nehmen, weil sie noch nicht volljährig war.

Gegen Ende musste auch ich einsehen, dass sie recht gehabt hatte – die meisten nahmen nämlich niemanden unter einundzwanzig Jahren, obwohl manche bei ihrem Anblick sichtlich gezögert hatten, was ich gut verstehen konnte. Ich war mir sicher, als Barkeeperin oder Kellnerin würde sie so einige Kundschaft anziehen.

Wir hatten kurz Halt gemacht, um uns einen Kaffee zu holen und uns eine Verschnaufpause zu gönnen.

Während wir uns auf den letzten freien Fensterplatz setzten, dachte ich kurz an Michael und Laura, die ich gestern zum Flughafen gebracht hatte. Bei unserem Abschied hatten sie mich beide mit diesem seltsamen Blick angesehen, diesem Wir-können-es-nichtglauben-aber-er-hat-sich-tatsächlich-verändert-Blick. Ich wusste, das verwirrte sie beide, auch wenn sie glücklich darüber waren.

Aber es verwirrte mich ja selbst. Ich wusste, ich hatte mich in den letzten Wochen verändert. Genau wie ich auch wusste, an wem das lag.

»Hey, Finn, hallo, Eliza – richtig?«, kam es von einer hochgewachsenen Blondine, die ich im ersten Moment nicht zuordnen konnte, bis Eliza sie mit einem Grinsen begrüßte.

»Kate!«

Richtig – Toms und meine Nachbarin.

»Hey, schön dich zu sehen … Das letzte Mal, dass wir uns gesehen haben, wolltest du, dass Finn die Musik leiser stellt, was?«, meinte Eliza mit einem diabolischen Grinsen in meine Richtung, und Kate lachte.

»Ich erinnere mich. Das war, bevor ich wusste, dass er und seine Brüder angehende Rockstars sind!« Sie kicherten.

Soweit ich wusste, wohnte sie mit ihrer Schwester gegenüber von Tom. Ihre Eltern waren Geschäftsführer des Hard Rock Cafés von Seattle – ich hatte sie und ihre Schwester, die eindeutige Annäherungsversuche unternommen hatte, öfters im Gang getroffen.

Ich stutzte. Besitzer des Cafés. Was für ein perfekter Zufall.

»Sag mal, Kate, wir sind gerade auf Jobsuche für Eliza und haben ein paar Probleme, weil sie noch nicht einundzwanzig ist, und deinen Eltern gehört doch das Hard Rock Café, richtig?«

Eliza wandte sich mir interessiert zu und sah dann Kate an, die fast schon euphorisch nickte.

»Tatsächlich – das nenne ich einen Zufall. Wir brauchen Personal, erst gestern hat mein Dad darüber geredet. Lilly – meine Schwester – und ich arbeiten auch dort«, erklärte sie Eliza. »Hättest du Interesse?«

Die Kleine schien völlig verblüfft. »Wow. Klar, das wäre perfekt.«

Kate kramte in ihrer Tasche und zog dann eine Visitenkarte hervor, wo das Logo und die Adresse des Hard Rock Cafés abgedruckt waren.

»Meine Eltern werden begeistert sein. Erstens, weil es so schnell ging, und zweitens, weil ich dich schon kenne und du perfekt ins

Schema passt. Gut aussehende Frauen sind besonders beliebt, weißt du«, sagte sie mit einem Grinsen, und Eliza lachte etwas nervös. Sie schien ihr plötzliches Glück immer noch nicht ganz zu fassen.

»Wie wäre es, wenn du morgen vorbeischaust, hm? So schnell wie möglich am besten, dann ist dir der Job so gut wie sicher …«

Eliza nickte eifrig. »Das wäre der Wahnsinn. Vielen Dank.«

Kate winkte lachend ab. »Du hilfst uns damit. So, ich muss jetzt auch wieder los, ich wollte mir nur einen Kaffee besorgen und muss wieder lernen gehen. Ciao, ihr beiden. Ach, und, Finn – ich soll dir Grüße von meiner Schwester ausrichten«, sagte sie schmunzelnd, und ich lachte.

»Grüße zurück!«

Sie verschwand, und Eliza sah mich begeistert an. »Interessante Nachbarn hast du. Wenn das klappt, dann bin ich dir wirklich was schuldig. Scheiß auf die anderen Jobs. Gehen wir, ja?«

Ich lachte. »Das merk ich mir …«

***

Ich hielt direkt vor Elizas Wohnhaus, zog die Handbremse an und schaltete den Motor aus. Wenn das mal kein erfolgreicher Tag gewesen war … Ganz genau, wie ich ihn geplant hatte.

Eliza hatte ihren Job, war mir jetzt wahrscheinlich dankbar und würde sich heute Nacht hoffentlich noch viele, viele Gedanken machen. Ich wusste, ich konnte nicht so schnell damit rechnen, dass sie kapitulierte, einfach alle ihre Prinzipien über den Haufen warf und zu mir kam. Aber die Situation zwischen uns hatte sich merklich verändert. Ich war mir fast sicher, dass sie sich selbst eingestanden hatte, wie sehr sie mich wollte.

»Wir sind zu Hause. Das war ein guter Tag, was?«, fragte ich und lächelte sie schief an.

Sie nickte. »Mhm … danke … für heute. Ich geb's nicht gern zu, aber ohne dich wäre ich nicht so weit gekommen.«

Ich grinste. »Kein Problem und immer wieder gerne. Und das mit dem Zugeben trainiere ich ebenfalls gerne mit dir … Das wird schon noch.«

»Was willst du jetzt damit sagen?«

»Nun, ich werde mein Bestes tun, um dir die Augen zu öffnen. Und langsam habe ich das Gefühl, du würdest endlich die Situation verstehen.«

Sie hob eine ihrer Brauen. »Du meinst, ich soll dir jetzt dankbar sein, ja? Weil du mir das wahre Leben zeigst?«

Die Anführungszeichen waren nicht zu überhören. Ich musste lachen. »Ich erwarte eigentlich keine Dankbarkeit von dir, nein. Das, was ich erwarte, habe ich mehr als genug deutlich gemacht.«

»Und das wäre?«, hauchte sie mit verführerischer Stimme und beugte sich näher zu mir. Sofort folgte ich der Aufforderung und kam ebenfalls näher, bis unsere Gesichter nur noch wenige Zentimeter voneinander entfernt waren. Ich konnte ihren süßen Duft riechen. Sehr bedacht hob ich die Hände und umfasste damit ihren Nacken. Sie zog die Luft ein bisschen zu scharf ein.

Ich lächelte. »Ich verwirre dich …«

Im Schein der Straßenlaternen konnte ich die winzigen goldenen Sprenkel in ihrem Dunkelbraun erkennen. Sie zögerte kurz, dann nickte sie, was mich dazu brachte, noch mehr zu lächeln.

»Tue ich es jetzt auch, Kleine?« Ich strich mit dem Daumen ihren Hals entlang und konnte spüren, wie sich dort eine feine Gänsehaut ausbreitete. »Sag mir, was ich mit dir anstellen soll … Wie soll es sich anfühlen?«

»Du weißt ganz genau, wie es sich anfühlen soll«, flüsterte sie und beugte sich dann so weit vor, dass ihre Lippen mein Kinn berührten. »Du weißt, wie es sich anfühlt, innerlich zerfressen zu werden, weil man fast umkommt vor Verlangen. Wie es ist, wenn man direkt vor Augen hat, was man am meisten will, aber dagegen ankämpft.« Sie küsste mich am Mundwinkel, aber ich unternahm nichts, ließ sie einfach weitermachen. Ich wollte, dass sie die Initiative übernahm.

Ihr Atem fuhr über mein Gesicht, und ich inhalierte diese verdammte Droge.

»Aber es gibt einen Unterschied zwischen uns beiden«, fuhr sie mit dieser Stimme fort, die meine Erregung verflucht noch mal verzehnfachte. »Ich bin diejenige, die zu dir kommen soll, und bevor ich das tue, bist du machtlos. Bevor ich vor deiner Haustür stehe und dich mit meinen Augen anflehe, das zu tun, wonach es dich seit Wochen verlangt, bin ich die, die dich quälen kann …«

»Ich könnte den Deal brechen und dich verführen«, murmelte ich gegen ihre heißen Lippen und stöhnte leise.

»Das könntest du … Aber dann wärst du der Verlierer.«

Ich genoss noch einmal ihre Nähe und ihre Hitze, dann riss ich mich zusammen. Es erforderte viel, aber letztendlich war ich in der Lage, sie mit sanfter Gewalt zurück in ihren Sitz zu drücken und auf Abstand zu gehen.

»Du hast recht. Ich werde fair spielen. Gute Nacht, Eliza«, sagte ich und zwinkerte ihr lächelnd zu.

Sie erwiderte mein Lächeln, nachdem sie sich einmal über die Lippen geleckt hatte. »Gut. Dann sieht man sich demnächst, ja?«

»Das hoffe ich doch. Grüß Ally von mir, falls sie nicht wieder bei Tom ist«, sagte ich mit einem Grinsen. Ich liebte diesen abrupten Stimmungsumschwung, diesen plötzlich lockeren Umgangston zwischen uns, als wären wir nur flüchtige Bekannte.

»Mach ich.« Sie lächelte mir noch einmal zu und öffnete dann die Tür, aber mir fiel noch etwas ein, was ich ihr sagen musste, bevor ich sie gehen lassen konnte.

»Warte kurz.«

Sie drehte sich wieder zu mir und warf mir einen fragenden Blick zu.

Ich seufzte. Jetzt oder nie. »Wegen der ganzen Sache zwischen uns … Ich will nur klarstellen, dass du dir kein falsches Bild davon machst. Jetzt einmal abgesehen von deinem Stolz oder was auch immer – du musst wissen, dass ich dir nie mehr geben kann. Nichts mit Gefühlen oder …«

»Finn Westwood, ich hab wirklich keine Ahnung, wie oft ich es noch sagen soll, aber hier geht es kein bisschen um irgendwelche Gefühle.«

»Bist du dir sicher?« Es durfte kein Fehler passieren. Sie war vielleicht die beste Ablenkung, aber mir musste garantiert werden, dass sie es niemals zerstören würde.

»Natürlich.« Sie rollte mit den Augen.

»Ich will nicht, dass du verletzt wirst, dass du dir mehr Hoffnungen machst, denn bei mir funktioniert das hier nicht«, gab ich zu und klopfte mir einmal kurz auf die linke Brusthälfte.

Ihr Lächeln wirkte jetzt sehr echt und sehr euphorisch. Ihre Augen funkelten im Halbdunkeln.

»Mach dir da mal keine Sorgen ... Das ist völlig in Ordnung, weißt du ...«, murmelte sie und sah nach unten, um in der nächsten Sekunde die Augen mit einem Hollywood-Wimpernschlag wieder zu heben. Sie sah mich hypnotisierend an und schwieg eine ganze Weile, bevor die Worte ihr über die Lippen kamen. »Ich hab überhaupt kein Herz.«

Und dann verschwand sie in der Dunkelheit.

***

Eliza

January 4th, 8:30 p. m.

Den ganzen verfluchten Tag war ich innerlich fast gestorben. Ich war zu Hause geblieben und hatte mich mit tausend verschiedenen Dingen abzulenken versucht. Ich hatte vor dem Fernseher gelegen, die komplette dritte *Friends*-Staffel hatte dran glauben müssen. Hatte die Wohnung geputzt. Einmal mit, einmal ohne Ally. Ich hatte für Psychologie gelernt, obwohl es da nicht viel zu tun gab, und geschlagene drei Stunden auf dem Rücken liegend auf meinem Bett verbracht – um nachzudenken.

Jetzt reichte es mir endgültig.

Ich wusste, was zu tun war. Ally war vor wenigen Minuten gegangen – sie hatte extrem schlechte Laune gehabt, wollte mir aber nicht verraten, warum. Irgendetwas mit Tom hatte es wohl zu tun, wie ich mitbekommen hatte.

Ich zog mich von meinem Bett hoch und marschierte geradewegs in die Dusche, wo ich mir die Haare zwei Mal wusch und mir mal wieder eine Rasur gönnte. Danach lackierte ich mir meine Fuß- und Fingernägel in einem fast schon schwarzen Dunkelrot, während meine Haare an der Luft trockneten. Ich summte vor mich hin, während ich zurück in mein Zimmer tanzte und das Handtuch, das ich um meinen nassen Körper geschlungen hatte, auf mein Bett warf.

Dort trug ich Mascara, Puder und ein bisschen Rouge auf, bevor ich mich auch für flüssigen Eyeliner entschied und damit einen Lidstrich zog. Zu guter Letzt besprühte ich mich mit ein wenig Parfum, das ich kurz vor Weihnachten ergattert hatte. Meine Haare föhnte ich dann doch noch ein kleines bisschen zurecht, bis sie perfekt saßen, und griff nach meiner Tasche. So weit, so gut.

Ich atmete tief durch, schaltete das Licht in meinem Zimmer aus und lief wie in Trance langsam durch meine dunkle, vertraute Wohnung. In der Küche riss ich einen Notizzettel aus dem Stapel, der sich neben unserem gemeinsamen WG-Kalender befand. Als ich zu schreiben anfing, merkte ich, dass meine Hände zitterten.

Bin ausgegangen, es kann spät werden.
Ruf an, wenn was ist.
x x x, Eliza

Ganz ruhig, redete ich mir gut zu, *alles okay. Du musst das nicht machen.*

Aber ich wollte es. Ich wollte es so sehr, wie ich schon lange nicht mehr etwas gewollt hatte. Und ich würde das durchziehen. Ich hatte wirklich keine Ahnung, woher jetzt auf einmal die Angst kam, denn normalerweise war ich verdammt noch mal nicht so ein Feigling.

Mit neu entfachter Entschlossenheit zog ich mir meinen langen dunkelgrauen Cardigan über und schlüpfte in schwarze flache Stiefel. Ich schnappte mir meine Schlüssel von der Anrichte und verbot mir jeden weiteren Gedanken an das, was ich jetzt tun würde, während ich mit dem Aufzug nach unten fuhr.

Ich war wütend auf mich. Wütend, weil ich den ganzen Tag verschwendet hatte und weil mein Herz schneller pochte und ich aufgeregt war. Das war nicht ich. So benahm sich Eliza Fleming nicht.

Das größte Problem war wohl, dass ich noch nie mit so einem Typen geschlafen hatte. Finn imponierte mir. Er gab nicht auf, hatte die ganze Zeit über nicht lockergelassen, und auch wenn ich ihm das niemals so sagen würde, das genau war der Punkt, warum ich mir den Kopf über ihn zerbrach und warum ich mich mit ihm länger als mit anderen Männern beschäftigte.

Außerdem kam noch hinzu, dass ich zwar ein paar Erfahrungen im Bett gesammelt hatte, aber diese eher so flüchtig und nebensächlich verlaufen waren, dass ich kaum mehr eine genaue Erinnerung daran hatte. Mit Samuel zum Beispiel war es der typische Teenagerakt gewesen, kaum mit richtigem Sex zu vergleichen. Ich war damals froh gewesen, es mit ihm ausprobieren zu können, aber es hatte nie das Verlangen nach mehr in mir geweckt. Ich hatte noch zwei andere gehabt, beide kurz nach meinem achtzehnten Geburtstag.

Mit Finn war es anders. Allein wenn er mich küsste, konnte ich spüren, wie ein Feuer in mir entflammte – das war ganz und gar nicht normal.

Ich hatte seit gut zwei Jahren mit niemandem mehr geschlafen, verflucht, da war es doch verständlich, dass ich ein bisschen Angst hatte, oder?

Bis jetzt hatte ich ihn nicht richtig hinter meine Fassade blicken lassen. Unsere Spielchen hatten Spaß gemacht, aber ich hatte ihm nie gezeigt, dass ich auch unsicher sein konnte. Aber wenn er da war, dann kannte ich seltsamerweise keine Hemmungen. Klar, ich hatte wie jetzt manchmal auch Momente, wo ich nicht wusste, was genau ich tun sollte, aber wenn er mich küsste oder an seinen Körper drückte, dann tat ich einfach das, was sich richtig anfühlte.

Meine Aufregung legte sich kein bisschen, als ich den Wolkenkratzer sah, in dem Tom und Finn wohnten. Der Anblick war vertraut, leicht beängstigend und irgendwie eine Nummer zu groß für mich.

Ich klammerte mich an meiner Handtasche fest, während ich mit schnellen Schritten zum Gebäude lief, da es inzwischen nicht nur leicht nieselte, sondern angefangen hatte, in Strömen zu regnen. Ich war froh, dass die Eingangstür offen stand und ich somit nicht extra klingeln musste – folglich hatte ich den Überraschungseffekt auf meiner Seite.

Im Aufzug betrachtete ich mich im Spiegel. Es sah noch alles okay aus, nur meine Wangen waren leicht gerötet, denn draußen war es alles andere als warm.

Anschließend lehnte ich mich mit dem Rücken zur verspiegelten Wand und beobachtete die blinkenden Zahlen, die immer weiter nach oben stiegen. Beim fünfundzwanzigsten Stock hielt der Aufzug, obwohl ich natürlich am Anfang auf sechsundzwanzig gedrückt hatte. Die Automatiktüren gingen auseinander und …

Oh, verfluchte Scheiße.

Dunkle, kurze Locken, groß und muskulös mit blauen Augen – es war Tom. Mit einem seltsamen Gesichtsausdruck, aber er war es eindeutig. Sein Blick fiel auf mich, und ich wollte schon anfangen zu stottern, um irgendeine Ausrede zu erfinden, als er mir zuvorkam.

»Ah, Eliza, wenn du zu Finn gehst, sag ihm, dass wir schon am Freitag einen Auftritt haben … Ich weiß nicht, warum es so verdammt schwer ist, ans Telefon zu gehen«, murmelte er gereizt und trat zurück. Er hatte offenbar gerade entschieden, dass er doch nicht hochfahren würde, fragte mich nicht, warum ich überhaupt hier war, und schien nicht mal überrascht.

»M-mach ich«, erwiderte ich leicht verwirrt. »Alles okay, Tom?«

»Bestens«, sagte er ironisch, bevor sich die Türen wieder schlossen.

Ich merkte, dass mein Herzschlag sich verdoppelt hatte – verdammt, das war knapp gewesen. Jetzt wusste ich wenigstens, dass Allys schlechte Laune hundertprozentig etwas mit ihm zu tun hatte. Ich hatte Tom noch nie so erlebt, normalerweise war er die Ruhe in Person.

Aber plötzlich kam mir noch etwas anderes in den Sinn: Wenn er seinen Bruder nicht per Telefon erreichte, hieß das vielleicht, dass er überhaupt nicht da war …?

Daran hatte ich überhaupt nicht gedacht. Es war Dienstagabend, und soweit ich wusste, hatte Finn morgen keine Uni. Er würde sicher nicht jeden Abend brav zu Hause warten, bis ich auftauchte.

Die Türen öffneten sich abermals, und die Sechsundzwanzig blinkte rot auf. Wenn er nicht da war, konnte ich immer noch irgendjemanden anrufen und feiern gehen, richtig? Kein Grund, sich verrückt zu machen.

Entschlossen lief ich in den Flur, geradewegs zu seiner Haustür. Ich atmete tief durch, ignorierte meinen rasenden Puls und drückte die Klingel.

Ehe ich mich versah, wurde die Tür aufgerissen.

Und wieder einmal wurde ich vollkommen aus der Bahn geworfen. Meine Augen nahmen jedes Detail gierig auf. Finns feuchte, in alle Richtung stehende Haare, sein perfektes Gesicht, die funkelnden Augen, sein Mund, an dem Wassertropfen perlten, das olivgrüne Hemd, das er hochgekrempelt hatte und das seine Augen betonte, die zerrissenen Blue-Jeans, die nackten Füße …

Ich biss mir auf die Lippe und sah ihm dann wieder in die Augen.

Der Ausdruck darin war kein bisschen überrascht – er beobachtete mich so, als wäre er sich meiner vollkommen sicher. Ich hob fragend eine Braue und versuchte ein kleines Lächeln, das sich in Sekundenschnelle über mein ganzes Gesicht ausbreitete. Ich bereute es ganz und gar nicht, hergekommen zu sein.

Er leckte sich einmal über die Lippen und ging dann ein bisschen zur Seite. »Komm rein, Kleine.«

Vorsichtig trat ich an ihm vorbei ins Apartment und genoss das Gefühl, dass ich mich hier bereits ein wenig auskannte. Die Küche sah ein bisschen unordentlich aus, aber ansonsten war alles makellos, wie beim letzten Mal, als ich hier gewesen war. Es brannten nur die vielen aneinandergereihten runden Lampen in der Küche, ansonsten war alles dunkel. Die Tür zum Schlafzimmer stand offen, sodass ich sogar von hier aus die Lichter der Stadt sehen konnte. Ich ging zum Sofa hinüber und drehte mich dort um, als die Tür hinter mir ins Schloss fiel. Er musterte mich von oben bis unten, bis er meinen Blick sah und zu grinsen anfing.

»Die Überraschung ist dir gelungen, Baby.«

Ich lächelte leicht, legte meine Tasche ab und zog dann meinen Cardigan aus, ohne meinen Blick von ihm abzuwenden. Seine Augen verfolgten fasziniert jede meiner Bewegungen, als meine Haare über meine nackten Arme fielen und ich sie leicht schüttelte.

»Du siehst aber überhaupt nicht überrascht aus … Eher so, als hättest du mich erwartet.«

Ich legte auch die Jacke zu meiner Tasche, und er kam langsam näher.

»Oh, ich habe dich erwartet. Nur, dass es so schnell gehen würde, hätte ich nicht gedacht.«

»Du hast mich unterschätzt.«

»Diesen Fehler werde ich nie wieder begehen«, murmelte er und legte den Kopf leicht schief. Er stand jetzt nur wenige Zentimeter von mir entfernt, und sofort war dieses gewisse Etwas zwischen uns wieder da. Wie blinde Verständigung. Sobald er mir nahe war, spürte ich die Hitze in mir. »Du siehst zum Niederknien aus, Eliza.«

Meine Hände wanderten wie von selbst zu ihm, wo sie seine Brust entlangfuhren. Er verharrte kurz, dann griff er nach meinen Fingern, hielt sie in seinen Händen gefangen.

»Komm …«, flüsterte er, und ich unterdrückte das aufflammende Verlangen, um mich nicht mit Händen und Füßen an ihn zu klammern. Er zog mich rüber durch die Küche und dann den kurzen Gang entlang, bis zur Terrassentür.

Wortlos öffnete er sie, und wir liefen Hand in Hand in den strömenden Regen, ich in meinen Stiefeln, er barfuß. Er schien es nicht einmal zu bemerken.

Ich genoss das Gefühl der Regentropfen – mir war kein bisschen kalt. Es fühlte sich befreiend an.

Er zog mich weiter, bis wir kaum mehr einen halben Meter vom Geländer entfernt waren, und ließ dann meine Hand los, stellte sich hinter mich.

»Dir gefällt das hier, was?«, raunte er mir ins Ohr, und ich bekam eine Gänsehaut beim Klang seiner Stimme.

Ich ließ meinen Blick erneut über die Stadt wandern. Abends, in der Dunkelheit, war es nur noch unglaublicher, wie die Millionen Lichter der Wolkenkratzer und die der Autos unten um die Wette funkelten.

»Das ist eine Untertreibung«, antwortete ich ihm leise und spürte seine Hände an meinen Hüften entlangfahren. »Aber nicht nur der Ausblick ist der Grund, warum ich hergekommen bin …«

Seine Hände streichelten mich unaufhörlich, während der Regen sich erbarmungslos über uns ergoss und er seine Lippen an meinen Hals drückte.

»Soll ich dir verraten, was du mir in der Neujahrsnacht erzählt hast, Kleine?«

Nur eine einzige Sekunde lang gelang es mir, einen klaren Kopf zu bekommen, aber das war genug. Ich wirbelte mit einer Wucht herum, die er offensichtlich nicht erwartet hatte, und legte ihm die Arme um den Hals wie eine Ertrinkende. Ich schlang meine Beine um seine Hüften, er hob mich instinktiv hoch, hielt mich mit seinen starken Armen, und ich presste meine Lippen auf seine. Meine Augen waren geöffnet, und ich konnte erkennen, wie überrumpelt er war, Überraschung zeichnete sich deutlich in dem Grün ab.

Doch im nächsten Moment erwiderte er meinen Kuss, als gäbe es kein Morgen mehr.

Wild und voller Verlangen begegneten sich unsere Lippen, zerrten gierig aneinander.

Der Regen schien nicht aufhören zu wollen, aber so, genau hier, wo wir standen, fühlte ich mich so stark und begehrenswert wie schon lange nicht mehr.

Nach einigen Minuten lösten wir uns abrupt voneinander, um heftig nach Luft zu schnappen. Ich wich ein wenig zurück und krallte die Hände in seine Haare, die jetzt vollständig nass waren.

An seinem gottgleichen Gesicht prallten die Regentropfen ab, und seine Lippen waren genauso nass, wie sich meine anfühlten.

»Ich habe alles ganz genau so gemeint, wie ich es gesagt habe«, flüsterte ich außer Atem und genoss das Gefühl seiner sich hektisch hebenden und senkenden Brust an meiner.

Er zog mich näher zu sich heran und legte seine Stirn gegen meine. Sein Atem blies mir ins Gesicht und benebelte mich, sodass ich mich auf seine Worte konzentrieren musste.

»Du hast keine Ahnung, was du mit mir anstellst«, murmelte er benommen, und ein Lächeln schlich sich auf mein Gesicht. Jetzt machte ich ihn also verrückt, nicht andersherum.

Er trug mich zurück zur Tür, während er mich immer und immer wieder hart auf den Mund küsste, aber es nicht zuließ, dass wir den Kuss vertieften. Während er durch die Küche und das Wohnzimmer lief, beobachtete er genau meine Reaktion.

»Sag mir, was du willst.« Er verzog die vollen Lippen zu einem unwiderstehlichen schiefen Grinsen, und ich strich ihm mit beiden Händen die langen, wirren Strähnen aus der Stirn.

»Ich dachte, ich muss es nicht aussprechen«, antwortete ich ihm und beugte mich mit leicht geöffneten Lippen zu ihm. Es war kein ganz so wilder Kuss wie eben im Regen, er war intensiver, konzentriert. Ich verfiel wieder dem Bann unserer eigenen Welt und schloss zufrieden die Augen, während wir uns unaufhörlich küssten, bis ich etwas Weiches unter mir spürte und benommen die Augen wieder aufschlug.

Wir befanden uns jetzt in seinem Schlafzimmer, ich lag auf seinem riesigen, kuscheligen Bett, und er löste sich von mir, um sich aufzurichten. Ich ließ meine Finger seine Brust und seinen Bauch entlangwandern, bis ich an seiner Jeans angelangt war und ohne zu zögern den Knopf öffnete, um schließlich mit dem Reißverschluss weiterzumachen. Ich hob den Blick. Finn sah ziemlich amüsiert aus und hob eine Augenbraue.

»Ich nehme an, du stehst auf Rotwein?« Er machte Anstalten zu gehen, und ich riss ungläubig die Augen auf. Er wollte doch jetzt nicht ernsthaft abhauen?

»Ich sag dir, auf was ich steh, Idiot …«, murmelte ich und verdrehte die Augen, bevor ich versuchte, mich aufzurichten.

Im nächsten Moment lag ich vollständig rücklings und landete inmitten seiner Kissen. Er hatte mich mit einer Handbewegung nach hinten gedrückt und sah jetzt ganz danach aus, als würde er ein Lachen unterdrücken müssen.

»Bleib genau so liegen, ja?«, meinte er, leckte sich mit anzüglichem Blick die Lippen und verschwand aus meinem Blickfeld.

»Pass auf, sonst verschwinde ich gleich wieder!«, rief ich ihm hinterher, und ein weiteres Lachen folgte.

Nach einer Weile vollkommener Entspannung spürte ich, wie die Matratze neben mir ein bisschen nachgab, aber ich ließ meine Augen geschlossen – nur ein kleines Lächeln auf meinen Lippen verriet, dass ich mir seiner Anwesenheit mehr als deutlich bewusst war.

»Sieh mich an«, vernahm ich seine Stimme rau und konnte seinen Atem auf der Zunge schmecken, so nah musste er sein.

Meine Lider flogen automatisch auf, und ich versank in einem grünen leuchtenden See. Er war direkt über mir und ließ sich jetzt langsam auf meinen Körper nieder.

»Finn«, flüsterte ich und hob den Kopf, um ihn zu küssen, aber er lächelte nur und beugte sich weiter nach unten, küsste mein Dekolleté und wanderte immer tiefer, während meine Finger sich von alleine in die Bettwäsche krallten.

Er seufzte und küsste mich noch einmal, bevor sein Gewicht weg war und ich seine Finger an meinen spürte. Er zog mich mit einem Ruck wieder hoch.

Mein Herz pochte wieder beängstigend schnell gegen meine Brust, aber ich versuchte es zu ignorieren, als er nach den gefüllten Weingläsern griff, die er auf dem kleinen Tisch neben dem Bett abgestellt hatte.

Ich kniete mich aufs Bett und nahm das Glas entgegen, das er mir hinhielt, während er sich mit etwas Distanz an den Bettrand setzte.

Ich nippte kurz daran, bevor ich zu sprechen anfing. »Was ist der Sinn hiervon, hm? Warum versuchst du, Zeit zu schinden?«

Er grinste. »Du sagst es ja schon selbst – es wäre zu einfach. Du bist nicht irgendjemand, Eliza.«

»Ach, nein? Was bin ich dann?« Ich beugte mich vor, vorsichtig, um nicht die Bettdecke zu versauen.

»Du bist heiß, du bist unabhängig, ziehst dein Ding durch … Und vor allem: Du lenkst mich ab. Das hat noch niemand geschafft, Kleine«, murmelte er, und ich legte den Kopf leicht nach rechts.

Ich wusste immer noch nicht, was er genau mit Ablenkung meinte, wovon er abgelenkt werden musste, aber es spielte keine Rolle.

Ich nahm noch einen Schluck aus dem Glas. Plötzlich war es ganz einfach, die Worte auszusprechen.

»Ich will dich mehr, als ich je irgendetwas gewollt habe. Jede verdammte Nacht spielen meine Gedanken verrückt, weil ich daran denke, was du mit mir tun könntest, und jedes Mal habe ich mir aufs Neue eingeredet, dass ich stärker als meine dummen Hormone bin. Aber das bin ich nicht. Ich hatte nur Angst, dass du oder jemand anderes denken könnte, ich würde mehr für dich empfinden – irgendetwas, das mit wahren Gefühlen zu tun hat. Aber das tu ich nicht, und ich weiß jetzt, dass du mich verstehst. Ich kann nicht mehr. Ich brauche dich. Deine Mail hat mich zum Durchdrehen gebracht, weil ich nicht wusste, ob ich über meinen Stolz hinwegsehen kann, weil du einfach ein Idiot bist. Aber das spielt keine Rolle, weil … ich dich will, egal, was du bist. Egal, wer du bist. Seit dem ersten Abend bist du da, die ganze Zeit über. Ich hab dich von Anfang an schon gewollt, sonst wäre ich nie mitgekommen, als du mich in den Proberaum …«

»Kein Wort mehr«, unterbrach er mich heiser, und ich starrte ihn an.

Jetzt verdunkelten sich seine Augen sichtbar vor Lust, und ich konnte spüren, dass ich ihn gerade zum Durchdrehen brachte, so wie er es mit mir getan hatte, von Anfang an.

»Gib mir das Glas«, befahl er in der gleichen Tonlage, und ich reichte es ihm, ohne ihn aus den Augen zu lassen. Er stellte es zusammen mit seinem auf den Tisch, und dann drehte er sich im Bruchteil einer Sekunde zu mir, packte mich an den Hüften und drückte uns nach hinten. Ich klammerte mich an ihm fest, bis wir beide rücklings auf dem Bett lagen, er über mir, sein ganzes Gewicht ruhte auf meinem Körper, und ich erzitterte vor entfachtem Verlangen.

Keuchend lösten wir uns kurz voneinander, um uns mit hastigen, zerrenden Bewegungen gegenseitig auszuziehen. Und genau in diesem Moment, als wir uns wieder küssten, ging sein Handy los.

Nein. *Nein.* Das konnte nicht wahr sein. Verfluchtes Universum. *Ich bringe dich um.*

»Verdammt«, keuchte er außer Atem. »Gib mir das Teil, oder wirf es aus dem Fenster.«

Ich reichte ihm mit bebenden Händen das Handy. Es konnte doch nicht sein, dass wir jedes Mal unterbrochen wurden.

Er warf einen Blick auf den Bildschirm und pfefferte es dann über meinen Kopf hinweg. Mit einem unschönen Geräusch krachte es gegen die Tür, bevor es auf dem Teppichboden aufkam.

Aber sein Klingelton verstummte nicht.

»Mach weiter«, befahl er dann, und ich zog ihm vollständig die Hose aus. Bevor ich mich versah, hatte er sich aufgerichtet. Nur in Boxershorts.

Wieder raste das Verlangen durch meinen Körper. Seine Hände machten sich an meinem Slip zu schaffen und zogen ihn etwas nach unten. Meine Lider flackerten, und ich hörte ihn scharf die Luft einziehen.

Das Lied seines Klingeltons war beim Refrain angelangt, aber ich hatte nicht mehr die Beherrschung, darauf zu achten. Ganz am Rande meiner inzwischen eingeschränkten Wahrnehmung realisierte ich, dass der Klingelton verstummt war.

»Verdammt«, keuchte ich. »Tu es endlich.« Doch dann ertönte ein anderes Geräusch aus dem Wohnzimmer. Sein Festnetztelefon. Das war wohl ein schlechter Witz.

Ich stöhnte auf, halb aus Frustration, halb aus Erregung. Finn hielt auch inne.

»Das ist Schicksal«, knurrte ich.

»Okay, irgendjemand will uns auf die Probe stellen. Halt ganz still, und tu nichts, bis dieses verdammte Klingeln aufhört«, schnaubte er und ließ kurz von mir ab.

»Das ist eine Herausforderung«, murmelte ich und presste mich ihm trotzdem entgegen – ich konnte nicht anders. Ich wollte, dass es nie aufhörte.

Er grinste wieder und beugte sich zu mir runter. »Lass uns wenigstens ein bisschen rummachen, bis es aufhört.«

Ich stöhnte unwillig, schlang ihm dann aber die Hände um den Nacken, als er sich wieder auf meinem Körper niederließ.

Und dann, endlich, hörte das Klingeln auf.

»Danke«, stöhnte ich, und meine Hände wanderten zum Bund der Shorts, um sie ihm runterzuziehen, aber ich hatte nicht die Rechnung mit dem Anrufbeantworter gemacht.

Es klickte, und Finn löste sich ruckartig von mir. Er stand mit mörderischem Gesichtsausdruck abrupt vom Bett auf.

»Ich geh das Ding zerstören, und dann mache ich so laut Musik an, dass wir überhaupt nichts mehr außer unsere Körper wahrnehmen, das schwöre ich dir.«

Er verschwand genau in dem Moment aus der Tür, als Toms Stimme die Wohnung erfüllte. Aber sie klang nicht nach Tom, sie klang nach einem Fremden.

»Ich verstehe nicht, warum nicht mal eine einzige verfluchte Person an ihr scheiß Handy gehen kann. Ruf zurück, du Idiot, und sag mir verdammt noch mal, wo Eliza ist. *Verdammt* – das muss mir passieren …«

Seine Stimme brach.

Ich hörte kurze Stille, dann Finns Stimme. Er hatte offenbar gerade das Gespräch angenommen. Wie erstarrt setzte ich mich auf. Ich wusste nicht, ob es an Toms Stimme lag, die ich noch nie so unbeherrscht gehört hatte, oder an der Tatsache, dass er wissen wollte, wo ich war, obwohl er mich doch vorhin im Aufzug getroffen hatte.

»Tom?«

Ich hörte Schritte, und im nächsten Moment war Finn wieder bei mir im Schlafzimmer, lief langsam zum Bett, wo ich mich jetzt hinkniete und genau seine perfekten Züge beobachtete.

»Ich versteh überhaupt gar nichts – was ist passiert?«, murmelte er in den Telefonhörer und setzte sich neben mich, tastete mit der Hand nach meiner und zog mich zu sich. Eine ganze Weile lang hörte ich nur aufgebrachte Geräusche aus dem Hörer. Ich verstand kein Wort, aber ich sah an seinem versteinerten Gesichtsausdruck, dass das, was sein Bruder ihm eben erzählte, kein Witz war.

Die Wut darüber, dass wir mal wieder mittendrin unterbrochen worden waren, verflog schlagartig, als ich Finns tonlose Stimme vernahm.

»Sie ist hier.« Er schlang den Arm um meine Mitte, zog mich auf seinen Schoß. Ich ließ es geschehen und drehte meinen Kopf so, dass ich sein Gesicht sehen konnte. Er wich meinem Blick aus.

»Natürlich«, meinte er dann nach weiteren Sekunden mit festerer Stimme – er klang jetzt so, als würde er wieder alles unter Kontrolle haben, aber sein Blick war hart. Ich bekam jetzt so richtig Angst.

Er legte auf. Dann endlich wandte er sich mir zu. Ich spürte, wie meine Züge sich versteinerten, bevor er überhaupt zu sprechen begonnen hatte. In seinen Augen flackerte etwas, das mich runterzuziehen drohte.

Er strich über meinen Rücken, stand auf und zog mich mit sich, bis wir uns beide gegenüberstanden, irgendwie umschlungen.

»Du musst dich anziehen, Eliza. Wir müssen gehen.«

Ich brachte kein Wort über die Lippen, starrte ihn nur fragend an und war mir sicher, dass er die Panik in meinen Augen sehen konnte. Die nächsten Worte bestätigten meine Befürchtungen.

»Alison hatte einen Unfall. Tom ist im Krankenhaus.«

Er hielt mich fester, und ich blinzelte, schüttelte den Kopf, um ihn klar zu kriegen. In diesem Moment war ich verdammt froh, dass seine Arme um meinen Körper geschlungen waren.

»Wie schlimm?«, brachte ich irgendwie hervor und wich seinem Blick aus, weil ich das, was ich darin sehen konnte, nicht ertrug.

»Intensivstation«, antwortete er knapp. »Sie haben keine Ahnung, ob sie durchkommt.«

Mein Körper wurde eiskalt.

11. KAPITEL

THE TURNING POINT

Eliza

January 5th, 1:00 a. m.

Die Minuten vergingen – ich wusste nicht, wie. Die große, laut tickende Wanduhr in diesem grässlichen Wartezimmer zeigte eine Stunde nach Mitternacht an, und immer noch hatte ich mich kein Stückchen von meinem Stuhl bewegt. Es fühlte sich an, als könnte ich nicht mehr richtig Luft holen.

Ich wusste nicht genau, wie ich die letzten Stunden überstanden hatte, nur eines war mir im Moment klar: Wenn wir nicht bald eine Information über Allys Zustand bekommen würden, dann würde ich austicken.

Finn hatte mir und Tom vor einigen Minuten Kaffee gebracht, aber weder er noch ich hatten die Becher angerührt. Er sah mich alle paar Minuten an, aber ich brachte es nicht fertig, mein Gesicht zu wenden und ihm in die Augen zu schauen. Ich konnte nicht. Vorhin hatte ich es nur ihm zu verdanken gehabt, dass ich es durchs Krankenhaus geschafft hatte. Ich war ihm dankbar dafür, dass er mich für kurze Zeit festgehalten hatte, und in mir brannte der Wunsch, wieder meine Finger mit seinen zu verschränken.

Finn hatte vor zwei Stunden mit Allys Eltern telefoniert und ihnen die Lage erklärt. Ich hatte nicht viel mitbekommen, aber immerhin so viel, dass ich wusste, wie aufgebracht sie waren. Sie waren in New York, also würde auch kein Nachtflug helfen. Er hatte auch bei Jenny und Sam angerufen, aber er hatte nur mit Samuel gesprochen, und sie hatten am Telefon beschlossen, ihr noch nichts zu sagen, denn Jenny würde mehr als wir alle zusammen durchdrehen, so wie ich sie kannte. Vielleicht war es besser, wenn sie nicht Bescheid wusste.

Die Situation war nun mal, wie sie war. Ich schaltete einfach ab, um nichts mehr fühlen zu müssen. Das beherrschte ich perfekt.

Ich dachte einfach über den Abend davor nach: Wie ich bei Finn gewesen war, wie wir uns im Regen geküsst hatten und ich ihn mit meiner Kapitulation zum Durchdrehen gebracht hatte … Es half. Nicht viel, aber es half mir, nicht völlig die Nerven zu verlieren und herumzuschreien, wie Tom es vor einigen Stunden getan hatte. Ich konnte es ihm nicht verübeln.

Zu dem kam auch noch, dass er und Ally anscheinend Streit gehabt hatten … Wenn sich einer noch beschissener als ich fühlen musste, dann er. Ich wollte ihn trösten, wollte irgendetwas tun, aber ich konnte nicht. Also schwieg ich und versuchte, mich in einen inneren Nebel einzuhüllen, die mildernde Kälte in mir heraufzubeschwören.

Nach ein paar weiteren Minuten erhob ich mich. Mein ganzer Körper fühlte sich steif und kalt an – genau so, wie ich mich im Moment auch innerlich fühlte.

»Ich geh auf die Toilette«, murmelte ich leise und verschwand dann eilig aus dem Wartezimmer, ohne eine Antwort abzuwarten.

Die Toiletten waren menschenleer und eiskalt. Ich fühlte mich plötzlich so einsam.

Hier war ich alleine mit dem grellen Neonlicht, und ganz langsam wurde die Fassade, die ich in den letzten Stunden so gut aufrechterhalten hatte, von meiner nackten Angst zerfetzt. Meine Hände zitterten, und meine Atmung wurde abgehackter.

Ich konnte mich an dieses Gefühl erinnern, an diese nagende Angst. Als mein Vater an diesem einen Morgen das Haus verlassen hatte, nachdem meine Eltern sich besonders schlimm gestritten hatten, war mir der schreckliche Gedanke gekommen, dass er vielleicht nie wiederkommen würde. Dass seine Liebe zu seiner Familie nicht groß genug war, um es diesmal wiedergutzumachen. Ich hatte versucht, mich damit zurechtzufinden, den Gedanken zuzulassen, dass ich es ertragen würde, sollten wir uns nie wiedersehen. Aber ich konnte nicht, jedes Mal, wenn er gegangen war,

war dieselbe Angst zurückgekehrt, und ich hatte mich nie daran gewöhnen können.

Ich war nie mit dem Tod konfrontiert worden, aber die Möglichkeit, einen geliebten Menschen von heute auf morgen zu verlieren, hatte mir immer den Verstand geraubt.

Bei dem Wort zog sich alles in mir zusammen, und ich schloss die Augen, während ich mich am Waschbeckenrand abstützte. Oh Gott. Ein Beben ging durch meinen Körper.

Bitte nicht. Bitte. Sie durfte nicht … Weitere Schauerwellen wurden durch meinen versteinerten Körper gejagt, und ich hörte das Geräusch eines trockenen Schluchzens, ohne realisiert zu haben, dass es aus meinem Mund gekommen war.

Ich bekam auf einmal viel zu wenig Sauerstoff und schnappte verzweifelt nach Luft, aber es brachte mir keine Erleichterung.

»Eliza …«

Ich fuhr herum und riss die Augen auf, schnappte erneut nach Luft. Finn stand da und sah mich einfach an, ich wusste nicht, wie lange schon.

Ich machte ein paar Schritte auf ihn zu, aber etwas hinderte mich am Weiterlaufen, während ich am ganzen Leib zitterte. *Bitte nicht, Ally.*

Ich schluchzte tränenlos. Es tat so weh.

Im nächsten Augenblick war er bei mir und fasste mich hart an den Schultern, dirigierte mich zur Wand gegenüber den Waschbecken und drehte mich so, dass mein Rücken dagegenstieß.

Ich sah ihn nicht an, ich wehrte mich auch nicht, ich versuchte nur, endlich wieder richtig Luft zu kriegen.

»Sieh mich an, Eliza. Du darfst es nicht die Kontrolle über dich gewinnen lassen. Das darfst du nicht zulassen, hörst du? Du bist stärker als die Angst, ich weiß es. Sieh mich an.«

Ich schüttelte den Kopf und spürte, wie auch seine Hände über meinem bebenden Körper zu zittern begannen. Aber ich konnte ihn nicht ansehen. Es fühlte sich an, als würde ich durchdrehen.

»Du weißt nicht, wie …« Meine Stimme war ein lautes, mühsames Keuchen. Ein weiteres Schluchzen folgte.

Er schüttelte mich eindringlich.

»Ich habe Menschen vor meinen gottverdammten Augen sterben sehen, und ich weiß ganz genau, wie es sich anfühlt«, knurrte er mit rasierklingenscharfer Stimme. »Und ich weiß auch, dass du keine Chance hast, dieses Gefühl, diesen Schmerz durchzustehen, wenn du jetzt schon die Beherrschung verlierst. Denn es wird schlimmer, glaub mir, noch hundertmal schlimmer als das. Das hier ist gar nichts gegen den Schmerz, der dich erwartet, wenn du jetzt nicht stark bleibst. Er wird dich umbringen, Eliza, er wird dich so lange quälen, bis du nicht mehr fühlen kannst. Du hast gesagt, du hast kein Herz. Beweise es mir. Kämpfe dagegen an.«

Mein Brustkorb hob und senkte sich viel zu schnell, und ich konnte jetzt nicht mehr mit dem Schluchzen aufhören. Noch immer weinte ich keine Tränen, aber es tat so verflucht weh – die Angst nagte so sehr an mir, dass ich nicht mehr konnte. Er ließ mich los, und ich wäre beinahe gefallen, stände er nicht so nah bei mir.

Er nahm mein Gesicht in beide Hände.

»Sieh mich an«, befahl er wieder, und ich hob endlich den Blick, meine Atmung hatte sich immer noch nicht normalisiert.

»Ich kann nicht«, brachte ich zwischen heftigen Atemzügen hervor, und sein Griff wurde fester.

»Sieh mir in die Augen, blende alles aus. Versuche es. Kämpfe. Sieh mich an, konzentriere dich nur auf mich, mein Gesicht«, wies er mich an. »Sieh mich an«, wiederholte er immer und immer wieder, mal laut, mal flüsternd, bis die Worte schließlich den Weg zu meinem Gehirn fanden, und ich gehorchte.

Endlich blickte ich ihm in die Augen und versuchte, alles andere abzuschalten, so wie er es mir gesagt hatte.

Er legte seine Stirn gegen meine, ohne mein Gesicht loszulassen.

»Konzentriere dich auf meine Atmung. Hol dir deine Beherrschung zurück. Du bist stärker. Du kannst das, ich weiß es. Ich bin hier. Konzentriere dich auf mich.«

Ich wusste nicht, wie lange es dauerte, aber irgendwann wurde die Panik so weit zurückgedrängt, dass es mir gelang, meinen Herzschlag und meine Atemzüge mit seiner Hilfe zu verlangsamen. Ich fixierte mich nur auf das Geräusch seines gleichmäßigen

Ein- und Ausatmens und ließ zu, dass sein vertrauter Geruch mich beruhigte.

Langsam ließ er mich los und trat einen Schritt zurück. Ich holte tief Luft, war unendlich erleichtert, dass ich wieder richtig atmen konnte, und strich mir meine Haare zurück. Das Zittern war fast ganz weg.

»Besser?«, fragte Finn, und jegliche Kälte war aus seiner Stimme verschwunden. Sein Blick brannte sich in meinen, das Grün verflüssigte sich, und ich sah die Sorge darin.

Ich konnte ihm nicht antworten, ich konnte nur eins tun – nach vorne stolpern und ihm um den Hals fallen, mein Gesicht in seiner warmen Halsbeuge vergraben.

Augenblicklich schlang er die Arme um meinen Körper und drückte mich näher an sich, während eine Hand in mein Haar wanderte und mich streichelte und die andere immer wieder über meinen Rücken strich.

Es waren entschlossene Berührungen, und es tat so gut, weil mich seine warme Haut wieder lebendig fühlen ließ und die Kälte fast vollständig verdrängte. Er wiegte mich langsam hin und her.

»Ich hab Angst«, flüsterte ich schließlich, und er wich wieder zurück, um mein Gesicht zum zweiten Mal zwischen die Hände nehmen zu können.

»Ich weiß.« Er strich mir sanft mit dem Daumen über die Wange. »Ich steh das mit dir durch, Kleine.«

Ein leichtes Zittern ging durch meinen Körper, aber diesmal war es keine Panikattacke. In seinem Blick waren so viele unausgesprochene Emotionen, dass ich unwillkürlich schlucken musste. Es fühlte sich so gut an, wenn er solche Dinge sagte und mich so festhielt. Er war stark, das erkannte ich in diesem Moment. Er hatte alles unter Kontrolle.

Und er wollte es mit mir durchstehen. Ich konnte nicht erklären, was diese Tatsache in meinem Inneren mit mir anstellte.

Wir standen einfach nur eng umschlungen in den kalten Toilettensälen, und ich spürte, dass die Angst zwar noch da war, aber ich sie besser kontrollieren konnte. Es brachte nichts, mich jetzt verrückt zu machen.

»Es gibt noch Hoffnung«, sprach ich laut aus und hörte, wie meine Stimme wieder normal klang.

Seine Mundwinkel hoben sich leicht. »Ja, Eliza, die gibt es. Und, egal, was passiert, die werden wir uns nicht nehmen lassen.«

Ich schüttelte den Kopf. »Das werden wir nicht.«

Ally, du schaffst das.

Nun legte er den Arm um meine Schultern, und ich schlang meinen um seine Mitte, wollte auf keinen Fall, dass die Wärme mich verließ. So liefen wir wieder raus auf den Gang und direkt ins Wartezimmer, das sich inzwischen geleert hatte. Nur Tom saß alleine auf seinem Stuhl und hatte den Kopf in einer verzweifelten Geste auf beide Hände gestützt. Er schaute nicht einmal auf, als wir uns setzten.

Ich warf Finn einen fragenden Blick zu, und er nickte, woraufhin ich mich wieder zu Tom drehte und ihm eine Hand auf die Schulter legte. Er hob den Kopf und sah mich an.

»Sie wird das schaffen, Tom«, sagte ich mit fester Stimme und schaute ihm entschlossen in die Augen, so wie Finn es gerade eben noch bei mir getan hatte. Er hielt auch jetzt meine freie Hand fest und gab mir auf der anderen Seite den Halt, den ich benötigte.

»Und wenn nicht, dann werde ich mir das niemals verzeihen«, antwortete Tom. Seine Stimme kam mir fremd vor.

»Du bist nicht schuld an diesem Unfall«, widersprach ich ihm sofort. Ich dachte an sein und Allys Benehmen vor dem Unfall. »Euer Streit hat nicht das Geringste damit zu tun. Hör auf, dir das einzureden.«

Er schüttelte verzweifelt den Kopf.

Finn stand mir bei. Sein Gesichtsausdruck war seltsam, fast so, als fiele es ihm schwer, die Worte auszusprechen, was ich nicht ganz verstehen konnte. Seine Stimme klang bitter.

»Du hast mir … damals gesagt, dass es das Allerletzte ist, einfach aufzugeben. Wieso sollte ich dir das glauben, wenn du dich nicht selbst daran hältst?«

Die Sekunden vergingen, und sie sahen sich lange an. Ich konnte beobachten, wie auch Toms Gesichtsausdruck sich zunehmend veränderte.

Er gab sich einen Ruck, nickte einmal kurz und umarmte mich dann.

»Ihr habt recht. Das ist Ally. Das ist mein Mädchen. Und sie wird nicht einfach gehen können.«

Wir lehnten uns zurück in unsere Sitze, und Finn drückte meine Hand, woraufhin ich mit dem Anflug eines Lächelns antwortete. Hoffnung war alles in diesem Moment. Und es war ein verdammt neues Gefühl, dass es gerade von ihm ausging. So wie er mich beruhigt hatte, so wie er es gerade nur mit ein paar Worten mit seinem Bruder getan hatte, das hätte ich ihm niemals zugetraut.

Ich blinzelte und warf einen Blick auf die Uhr. Kurz nach halb zwei. Jetzt, wo ich mich besser fühlte, realisierte ich erst, wie bleiern meine Glieder geworden waren und wie schwer es mir eigentlich fiel, meine Lider offen zu halten. Ich würde mir einen frischen Kaffee holen müssen.

Ich erhob mich, aber bevor ich weit kommen konnte, wurde ich von Finn auf seinen Schoß gezogen. Er rutschte auf meinen Sitz neben Tom und schlang seine Arme wie Ketten um mich, sodass ich keine Chance hatte aufzustehen. Ich wandte meinen Kopf, um ihn zu fragen, was das jetzt wieder sollte, aber er kam mir zuvor.

»Du schläfst jetzt. Du siehst aus, als würdest du jeden Moment umfallen«, murmelte er in mein Haar, und ich schüttelte den Kopf.

»Ich werde sicher nicht schlafen, bevor wir mehr wissen«, protestierte ich sofort, und er drückte mich seufzend näher an sich, sodass ich nichts anderes tun konnte, als meinen Kopf an seiner Brust abzulegen.

Mein Gesicht war in dieser Position Tom zugewandt, der mich ein wenig amüsiert anschaute. Wenn er meinetwegen wieder ein wenig lächeln konnte, war es mir recht.

»Wir wecken dich auf, sobald es was Neues gibt, Liz, versprochen«, meinte er und nickte mir zu.

Also ergab ich mich. Ich kuschelte mich näher an Finn, und er strich mir leicht über den Rücken, während meine Augen automatisch zufielen. Auf seinem Schoß. Sein Herzschlag unter meinem Ohr war das Beruhigendste, was ich seit langer Zeit gespürt hatte.

Das Letzte, was ich hörte, bevor ich vollständig weg war, war der Anfang eines Gesprächs.

»Was ist das zwischen euch, Kleiner?«

»Ich hab keine Ahnung … aber …«

Doch vielleicht war das auch schon Teil meines Traums. Die Kälte zumindest war endgültig verschwunden.

***

3:15 a. m.

»Hey, Baby, aufwachen …«

»Ja, *Baby*, steh auf, wir haben was zu feiern.« Ein Lachen folgte, und ich seufzte unwillig. Ich wollte schlafen, es war so warm und weich und …

Finn. Unfall. Ally. Krankenhaus. Panik. Angst.

Ohmeingottwirhattenetwaszufeiern.

Ich riss die Augen auf und hob abrupt den Kopf. Kurz drehte sich alles, aber einen Moment später war ich mit einem Schlag wach und starrte in die grünen Augen von Finn. Sie strahlten mich an. Ich wandte mich um. Ein älterer Typ mit weißem Kittel stand zusammen mit Tom da.

Ich sprang von Finns Schoß auf, er ließ mich grinsend los, und ich strich mir meine Locken zurück, schaute von dem Arzt zu Tom und wieder zu seinem Bruder. *Kommt schon, sprecht es aus.*

Aber bevor ich sie mit Fragen überschütten konnte, wurde ich in eine gigantische Tom-Umarmung gerissen und im Kreis herumgewirbelt. Mitten im Wartesaal um – wie viel Uhr war es eigentlich? Der Arzt, in dem ich jetzt den Typen von vor ein paar Stunden erkannte, konnte sich ein müdes Lächeln auch nicht verkneifen. Ich quietschte vor Überraschung und sich anbahnender Erleichterung.

»Sie hat's geschafft, verfluchte Scheiße noch mal!«, rief er in mein Ohr, und ich lachte. Bevor ich michs versah, hatte er mich abgesetzt, und ich warf mich in die Arme seines perfekten Bruders, der inzwischen auch aufgestanden war und heute Nacht im wahrsten Sinne des Wortes meinen Verstand gerettet hatte.

Himmel, was wäre ich bloß ohne Finn gewesen … Ein einziges Nervenbündel vermutlich.

»Danke, Westwood«, murmelte ich, und er kicherte. Es tat so gut, so verdammt gut, endlich wieder lachen zu können und andere lachen hören zu können.

Als wir uns voneinander lösten, wurde ich mir wieder der Anwesenheit des Arztes bewusst, der gerade etwas mit Tom besprach. Ich lauschte, während Finn meinen Arm entlangfuhr, bis er an meiner Hand angelangt war. Ohne nur eine Sekunde zu zögern, verschränkte ich unsere Finger miteinander.

»… und sie wird eine Weile hierbleiben müssen, aber es werden keine nennenswerten Schäden verbleiben. Morgen früh können Sie sie besuchen, heute Nacht wäre es besser …«

»Ich … Bitte, kann ich sie sehen?«, fuhr ihm Tom dazwischen, und der Arzt seufzte und schwieg eine Weile.

Schließlich nickte er zögerlich, und Tom sah aus, wie ich mich fühlte: als könnte er jetzt die ganze Welt umarmen.

»Höchstens eine Person kann über die Nacht bleiben. Sie braucht Ruhe und schläft im Moment.«

Wir sahen uns alle kurz an, und mir war klar, dass Tom derjenige sein sollte, der bei Ally blieb.

Morgen war ja auch noch Zeit. Ein strahlendes Lächeln breitete sich bei diesem Gedanken auf meinem Gesicht aus.

Ich schlug Tom auf die Schulter. »Geh schon«, sagte ich grinsend. »Und sag ihr, dass ich sie mir höchstpersönlich vornehme, wenn sie so etwas noch mal abzieht.«

Tom schien genau auf diese Worte gewartet zu haben, er lief mit einem letzten Lächeln hastig dem Arzt hinterher.

Ich schnappte mir meine Tasche, ohne Finns Hand loszulassen, und wir liefen los. Raus aus dieser hässlichen Krankenhausatmosphäre, raus aus den schrecklichen Erlebnissen dieses Abends, rein in die verregnete Nacht von Seattle. Ich fühlte mich so erleichtert wie schon lange nicht mehr.

Finn führte mich zu seinem Wagen, und ich folgte ihm euphorisch. Nach dem ganzen Mist dieser Nacht war ich jetzt nur noch überglücklich, dass alles vorbei war. Ich lächelte still vor mich hin, während ich mich von ihm über die Straße und durch die parkenden Autos ziehen ließ.

Das Nächste, das wieder klar in mein Bewusstsein trat, war das Klicken meines Gurts. Ich schreckte hoch, um zu realisieren, dass das Auto inzwischen stand und große Hände gerade dabei waren, mich abzuschnallen.

Gerade noch waren wir unterwegs gewesen, jetzt parkten wir an der Seitenstraße vor den vertrauten Nachtclubs, und Finn zog mich mit sanfter Gewalt nach draußen. Ich blinzelte, versuchte, meine Lider offen zu halten, aber es gelang mir nicht ganz.

Nur wenige Sekunden später konnte ich hören, wie er das Auto abschloss, dann war wieder einmal kein Boden mehr unter meinen Füßen. Ich blinzelte ein zweites Mal. Offensichtlich hatte er mich in seine Arme gehoben, als wäre ich federleicht, und lief eilig zum Gebäude, damit wir nicht zu nass wurden.

Ich ließ es geschehen, bis die Tatsache in mein Gehirn drang, dass wir uns in der 1st Avenue befanden und dass das nicht die Straße war, in der sich meine Wohnung befand.

»Was … wohin bringst du mich?«

Er stieß die Eingangstür des Hochhauses mit dem Rücken auf und trat ins Dunkle.

»Du hast nicht ernsthaft geglaubt, ich würde dich nach dieser Nacht in einer verlassenen Wohnung alleine lassen, oder?«, meinte er trocken, als er irgendwie den Lichtschalter betätigte und mich zum Aufzug trug.

»Ich bin kein Kind mehr, das eine Begleitperson benötigt«, nuschelte ich protestierend und mit müder Stimme.

Er schnaubte nur, während der Aufzug sich in Bewegung setzte. »Dazu sage ich jetzt nichts.«

Ich dachte kurz nach und funkelte ihn dann an. »Du kannst meine Verfassung jetzt nicht mit vorhin vergleichen. Ich … ich dachte, sie würde …«

»Schh, Eliza. Das tue ich nicht. Akzeptiere einfach, dass ich dich heute bei mir haben möchte.«

Mein Körper reagierte mit einer kleinen Gänsehaut auf den Armen, die er hoffentlich nicht bemerkte, aber meinem Verstand fiel dazu auch nichts mehr ein, also lehnte ich den Kopf an seine Brust und ließ mich einfach von ihm halten. Wir sprachen kein Wort mehr, bis wir zu seinem Apartment gelangt waren.

Er setzte mich vorsichtig vor seiner Haustür ab, um seinen Schlüssel hervorzuholen, und ich krallte mich an ihm fest, um nicht das Gleichgewicht zu verlieren.

Ich kam mir wie in einem traumähnlichen Zustand vor, alles war irgendwie unscharf, mit weichen Konturen, und die Erschöpfung übermannte mich, während wir durch die dunkle Wohnung liefen, nachdem er die Tür hinter uns abgeschlossen hatte. Kaum zu fassen, in was für einem Zustand ich sie vor einigen Stunden verlassen hatte.

Ich trat auf die Couch zu.

»Ich schlaf hier, wenn das okay für dich ist?«, murmelte ich, aber er kam mit seltsamem Gesichtsausdruck auf mich zu und machte Anstalten, mich wieder hochzuheben.

»Hör auf, dummes Zeug zu reden, und komm her, Kleine«, erwiderte er ausdruckslos, und bevor ich michs versah, packte er mich wieder und trug mich in sein Schlafzimmer.

Er setzte mich auf seinem Bett ab und fing an, seine Schuhe auszuziehen. Der Raum war durch die Lichter der Stadt, die durch das riesige Fenster fielen, relativ gut beleuchtet.

»Du hast nicht wirklich geglaubt, ich würde dich im Wohnzimmer schlafen lassen, wenn ich hier ein Kingsize-Bett rumstehen hab, oder?«, fragte er im selben Wortlaut wie eben.

Ich seufzte. »Es hat keinen Sinn zu protestieren, richtig?«

»Du hast es erfasst.« Er lächelte leicht. »Und jetzt zieh dir die Schuhe aus, und leg dich hin, sonst muss ich das auch für dich übernehmen. Ich geh duschen und werde dann im Wohnzimmer schlafen. Keine Widerrede. Gute Nacht.«

Ich zog mir langsam die Stiefel aus, während er ein paar Sachen aus seinem Kleiderschrank holte und dann in sein Badezimmer verschwand. Ich sah ihm nach, bis die Tür geschlossen wurde, und krabbelte dann weiter nach hinten, um die Decke zurückzuschlagen und es mir unter den Laken gemütlich zu machen.

Ich schloss die Augen, aber irgendwie konnte ich nicht einschlafen, obwohl die Müdigkeit mich zu übermannen drohte. Meine Konzentration fixierte sich auf die Geräusche aus dem Bad und lenkte mich ab. Ich legte mich auf die Seite, so wie ich immer einschlief, mit Blick auf die geschlossene Tür, und atmete gleichmäßig ein und aus.

Es kam mir seltsam vor, morgen wieder ganz normal dem Alltag nachzugehen. Im Krankenhaus war die Zeit für mich stehen geblieben, weil meine Gedanken nur um Ally kreisten.

Nach einer Weile verstummten die Geräusche aus dem Inneren des Badezimmers, und die Tür öffnete sich wieder. Meine Lider fielen automatisch zu.

Erst mal war Stille, dann folgten Schritte auf dem Boden, und schließlich erklang seine Stimme. »Du zitterst.«

Ich öffnete die Augen und sah, dass er vorm Bett stand und auf mich herunterblickte. Und dann merkte ich, dass er recht hatte.

Viel bedeutender erschien mir in diesem Moment aber sein Anblick im schummrigen Halbdunklen. Er trug ein einfaches weißes T-Shirt und schwarze Boxershorts. Seine Haare waren nass, und er beobachtete mich.

»Ist schon okay«, murmelte ich und kuschelte mich ein bisschen tiefer unter die Bettdecke, aber er war schon um das Bett herumgelaufen und kniete sich auf die freie Seite. Er umfasste meine Schultern unter der Decke und zog mich leicht hoch. Was sollte das jetzt wieder werden?

Ich stützte mich auf der Matratze ab und konnte ihm im nächsten Augenblick dabei zuschauen, wie er sich das Shirt wortlos über den Kopf zog. Ich starrte auf seine Bauchmuskeln und anschließend in seine Augen, die jetzt irgendwie einen nachdenklichen Ausdruck hatten.

»Heb die Arme«, wies er mich an, und ich gehorchte leicht überrascht, als er mir sein Shirt über meinen Cardigan und das Kleid zog. Er griff in meinen Nacken und holte meine Haare vorsichtig hervor. Der Stoff war noch warm von seinem Körper und ging mir fast bis zu den Knien, als ich es ein bisschen runterzog und mich dann wieder nach hinten fallen ließ.

»Danke.«

Ein schiefes Grinsen breitete sich auf seinem Gesicht aus, das ich einfach erwidern musste. Kurz schien er noch zu überlegen, dann hob er die Decke leicht an und schlüpfte darunter.

»Wollen wir lieber sichergehen, dass du heute Nacht nicht erfrierst«, murmelte er. Eine Sekunde später konnte ich seine Hände an meinen Hüften spüren. Ich drehte mich bereitwillig zu ihm. Und dann – *verdammt, was tat er da?*

Sein Bein lehnte sich an meines, und er zog mich so nah zu sich, bis ich halb auf ihm lag.

»W-was tun wir hier eigentlich?«, hauchte ich fast lautlos an seiner entblößten, heißen Brust. Finns Geruch brachte mich dazu, den Verstand beinahe zu verlieren. Auch das sollte ich langsam gewohnt sein. Sollte ich. War ich nicht.

Schweigen.

Sein Herz schlug regelmäßig an meinem Ohr. Seine Atemzüge gingen im gleichen Takt.

»Schlaf einfach, Eliza.«

***

»Ich warte hier.« Finns Stimme klang genauso ausdruckslos und kalt, wie sein Gesicht aussah.

Ich nickte nur, schnappte mir meine Tasche und floh eilig aus dem Auto nach draußen, wo ich hastig zu meiner Eingangstür lief. Sein Blick schien sich in meinen Rücken einzubrennen, und ich war erleichtert, als ich die Tür hinter mir schloss und zum Aufzug trat, der sich gerade öffnete.

Cindy, meine Nachbarin, trat hinaus und schenkte mir im Vorbeigehen ein Lächeln. »Hey, Eliza.«

Ich nickte ihr zu, aber nach Reden war mir im Moment nicht zumute, also stellte ich mich einfach in den Aufzug und lehnte mich gegen die Wand, nachdem ich die richtige Zahl gedrückt hatte.

Verdammt. Verdammte Scheiße.

Vor einer halben Stunde war ich in Finns Bett aufgewacht, und als ich die leere Seite neben mir betrachtet hatte, waren mir die gestrigen Geschehnisse mit einem Schlag wieder klar vor Augen geführt worden.

Viel zu intensiv. Noch bei der Erinnerung daran, wie er mich gegen die Wand gepresst und mein Gesicht zwischen seine großen Hände genommen hatte, rieselte eine Gänsehaut meinen Rücken hinunter. Verdammt. Es war nachvollziehbar gewesen, dass ich durchgedreht war, dafür hasste ich mich im Nachhinein nicht ganz so sehr, schließlich hatte eine meiner besten Freundinnen im Sterben gelegen, aber ganz und gar nicht nachvollziehbar war die Tatsache, dass ich auf seinem Schoß eingeschlafen war und mich so wohl dabei gefühlt hatte. Und seine Worte … seine wutentbrannten Worte in den Krankenhaustoiletten …

Und das war genau der Grund, weshalb ich mir am liebsten auf der Stelle den Hals umgedreht hätte.

Und nicht, dass das nicht genug für das nächste Jahrhundert wäre, um mich in Grund und Boden zu schämen – nein, wir waren auch noch zusammen in seinem verdammten Luxusbett eingeschlafen. Ohne miteinander zu schlafen, wohlgemerkt. Ich konnte es nicht leugnen, es hatte mir gefallen. Mir das selbst einzugestehen, war wirklich das Schlimmste. Ich vermied es, in den Spiegel hinter mir zu schauen, die Erniedrigung war zu groß. Und noch erniedrigender war es, dass Finn nun nicht mehr mit mir sprach.

Der Aufzug öffnete sich, und ich lief mit wütenden Schritten zu meiner Haustür.

Es wäre wirklich alles nicht so dramatisch, wenn er mich nicht so behandeln würde. Das gab mir das Gefühl, etwas falsch gemacht zu haben. An Silvester hatte ich noch geglaubt, dass wir keine Freunde sein konnten, aber das war wohl ein Irrtum. Er hatte mir geholfen, wie man einem Freund eben half, und auch das gemeinsame Einschlafen war eigentlich nur halb so wild, wenn wir nicht beide etwas Großes daraus machten. Für mich war es neu gewesen, aber das war in Ordnung. Dann waren wir eben zusammen eingeschlafen. Und ja, ich konnte auch akzeptieren, dass es irgendwie schön gewesen war. Er war ein toller Kerl, ich stand auf ihn und wollte endlich mit ihm in die Kiste, also hatte es sich auch gut angefühlt, seinen heißen Körper unter meinem zu fühlen.

Also warum zum Teufel benahm er sich jetzt mir gegenüber so, als hätte ich eine Todsünde begangen?

Ich schloss meine Tür auf, und während ich meine Wohnung betrat, realisierte ich, dass das der Hauptgrund war, warum ich mich im Moment beschissen fühlte: sein Verhalten.

An meinen Gefühlen hatte sich seit gestern nicht das Geringste geändert. Ich verliebte mich ja nicht einfach mal in Finn, weil er einmal nett zu mir gewesen war. Ich war immer noch dieselbe.

Nachdem ich mich eilig aus den Klamotten geschält hatte und sie anschließend in den Korb mit der Schmutzwäsche warf, lief ich geradewegs ins Badezimmer und gönnte mir eine schnelle Dusche.

Als ich gerade meine Tasche neu packte, um anschließend gleich wieder die Wohnung verlassen zu können, fiel mir siedend heiß mein Bewerbungsgespräch ein. Verdammt, ich sollte wohl heute noch ins Hard Rock Café gehen, wenn ich wollte, dass Kates Eltern mich einstellten.

Als ich wieder zu Finn ins Auto stieg, warf er mir nicht einmal einen Blick zu, sondern fuhr ohne einen Kommentar los. Ich drehte den Kopf und sah ihn demonstrativ an. Das hier war wirklich lächerlich. Waren wir jetzt wieder bei den Spielchen angekommen? Wollte er vielleicht doch nur wieder testen, wie süchtig ich nach ihm war, oder was? Hatte ich das gestern nicht klar genug gemacht?

Ich verschränkte die Arme und ergriff die Initiative. »Hör mal, du Idiot, wenn du ein Problem hast, wäre es wirklich nicht verkehrt, mich einzuweihen. Denn ich habe keine Ahnung, was ich jetzt wieder falsch mache, und solange du nicht mit mir sprichst, wird das auch so bleiben.«

Er fuhr mit sturem Blick geradeaus weiter. »Du würdest es nicht verstehen.« Seine Stimme war nicht verzweifelt, nicht bittend oder entschuldigend, sie war einfach nur kalt und abweisend, und das regte mich am meisten auf.

»Ach, ist das zu hoch für mich? Wie wäre es, wenn du wenigstens versuchen würdest, es mir zu erklären?«

»Danke, aber ich verzichte.«

Mir verschlug es einen Moment lang die Sprache. So ein arroganter Mistkerl. Ich sammelte mich, um einigermaßen normal sprechen zu können. »Tu nicht so, als würde ich alles falsch machen. Du hast mich gestern getröstet, du hast mir geholfen, und du hast darauf bestanden, mich zu dir nach Hause zu bringen und mich dann in den Arm zu nehmen. Das warst du, damit habe ich nichts zu tun, du Idiot«, warf ich ihm aufgebracht an den Kopf.

Kurz zuckte etwas über sein Gesicht, aber dann setzte er natürlich sein Pokerface auf. Er sah mich immer noch nicht an.

»Ich sagte ja, du würdest es nicht verstehen.«

»Verdammt, *warum erklärst du es mir dann nicht?*« Ich schrie, so wütend war ich.

Er blieb erstaunlich ruhig. »Weil es nichts an der Situation ändern würde.«

Frustriert stöhnte ich auf. »Ich hab nicht plötzlich irgendwelche Gefühle für dich, wenn du das meinst. Du hast mir gestern geholfen, und ich bin dir dankbar, aber das heißt nicht, dass …«

»Lass es, Eliza«, fuhr er mir dazwischen, und ich starrte ihn an. Er klang mit einem Mal gar nicht mehr so beherrscht. Ich konnte mir wirklich keinen Reim auf sein Verhalten machen.

Aber ich würde mich nicht noch mal von ihm demütigen lassen, also hielt ich den Mund und biss die Zähne zusammen, um ihm nicht den Kopf abzureißen.

Erleichterung durchflutete mich, als das riesige Gebäude von gestern Nacht in Sicht kam, das im Tageslicht gar nicht mehr so nach einem Horrorschuppen aussah wie noch vor wenigen Stunden. Finn hielt mitten in der Einfahrt.

»Du kannst schon mal reingehen, ich werde noch nach einem Parkplatz suchen«, meinte er ausdruckslos.

Mein Temperament kochte wieder hoch. »Du kannst mich mal«, erwiderte ich, öffnete die Beifahrertür und knallte sie wütend hinter mir zu. Es waren circa fünfzig freie Parkplätze in Sicht.

Zornig lief ich mit schnellen Schritten zur Eingangstür und riss sie auf.

Er war den Aufstand nicht wert. Ich lief zur Rezeption, um noch einmal nach Allys Zimmer zu fragen.

Mir wurde die Nummer sofort durchgegeben, und in einem Anflug von kindischer Schadenfreude wünschte ich Finn, dass er nicht ins Zimmer gelassen wurde, weil Tom ja auch schon bei Ally war und mehr als zwei Besucher hoffentlich nicht erlaubt waren.

Ich musste zweimal nach dem Weg fragen, aber schließlich stand ich vor der Tür und klopfte.

»Wenn das wieder diese dumme …«, erklang laut und deutlich Toms Stimme, und er wurde von einem Kichern unterbrochen.

»Schh, wenn sie dich hört … Komm her, und küss mich, bevor's zu spät ist!« Das war eindeutig Alison, und sie klang amüsiert und wohlauf wie immer. Meine Mundwinkel zuckten, und ein Grinsen breitete sich auf meinem Gesicht aus, das für den Augenblick meine Wut wegwischte, als ich die Türklinke nach unten drückte und den Raum betrat.

»Tom, das eben hab ich gehört, ich werde es gleich mal der Krankenschwester melden. Ich nehme an, die meintest du?«

Ich grinste, und die zwei lösten sich voneinander. Für einen kurzen Moment nahm ich wahr, dass Tom wieder ganz der Alte war, und dann sah ich Ally an, die im weißen Krankenhaushemd im Bett lag und deren Gesicht zwei deutliche Kratzer aufwies.

Sie grinste mich an, doch ich konnte erst nach einigen Sekunden ihr Lächeln erwidern, weil mir kurz wieder die Angst von gestern einfiel. Ich drängte sie zurück und lief schnell zum Bett, versuchte aber, einen lässigen Eindruck zu machen. Hysterie würden wir genug haben, wenn unser kleiner Rotschopf wieder in Washington war.

Ich setzte mich auf die Bettkante. »Ich weiß nicht, ob Tom es dir schon ausgerichtet hat, aber wenn du mir noch einmal so einen verfluchten Schreck einjagst, dann kannst du mich mal.« Und mit diesen Worten nahm ich Allys Hand in meine. Sie erwiderte den Druck und kicherte.

»Niemals wieder, Süße, versprochen.«

Ally begann, von dem Unfall zu erzählen, als Tom uns kurz unterbrach.

»Sag mal, Liz, bist du nicht mit meinem Bruder gekommen?«

Da war sie wieder dahin, die beschwingte Ally-ist-bei-mir-Phase.

Ich nickte kurz und presste die Lippen zusammen. »Er sucht einen Parkplatz.«

Der Blick, den sich meine Freunde daraufhin zuwarfen, war unmissverständlich.

»Und … du hast bei ihm übernachtet, hab ich gehört?«, kam es vorsichtig von Ally, und ihre blauen Augen funkelten verräterisch.

»Jap. Auf seiner Couch. Kein Grund zur Aufregung«, antwortete ich trocken und sah weg, damit sie die Lüge nicht in meinen Augen sah.

Ich wusste, sie nahmen es mir beide nicht richtig ab, aber das war mir im Moment auch egal.

Tom stand auf. »Habt ihr Hunger, ihr zwei? Ich glaub, du kriegst gleich extra was, Baby«, meinte er zu Ally, und sie nickte lächelnd. Er wandte sich zu mir. »Ich hol dir was von unten, wenn du willst, dann mach ich mich auch gleich auf die Suche nach Finn.«

Ich zuckte die Achseln. »Klar, danke.« Hauptsache, sein Bruder kam hier so lange wie möglich nicht rein.

Als er weg war, drehte ich mich Ally zu. »Der sieht nicht so aus, als würde er bald von deiner Seite weichen«, sagte ich mit einem Grinsen. »Sag mal, was war vor dem Unfall mit euch beiden los?«

Sie seufzte und lächelte dann ein bisschen verlegen. »Das war ein Missverständnis. Mir ging's nicht so gut am Montag, ich hab ja im Moment viel zu tun wegen der Uni, und dann hab ich ihn dumm angemacht, weil er sich nicht gemeldet hat übers Wochenende. Montags hat er mich dann mit Chris – mit dem studiere ich zusammen, ist 'n netter Typ – vor der UW gesehen und ist ausgetickt. Hat mich gefragt, was der Scheiß sollte und dass ich mich entscheiden soll, was ich eigentlich in meinem Leben will. So ein Zeug wie *Heuchlerin, und du wirfst mir vor, keine Zeit für dich zu haben* eben.«

Ich verdrehte die Augen. »Ihr seid beide bescheuert, wenn ich das mal so sagen darf. Willkommen im Kindergarten.«

Sie kicherte. »Ich weiß, ich weiß. Aber das hatte ja auch nichts mit dem Unfall zu tun. Nur Tom hat sich, als ich aufgewacht bin, tausendmal entschuldigt. Er hat gesagt, wenn ich nicht mehr aufgewacht wäre, dann wäre er durchgedreht und …«

»Lass mich raten, er hat dir seine ewige Liebe geschworen?«, fragte ich grinsend.

»So ungefähr. Aber ich war ja nicht mal sauer. Ich war gestern auf dem Weg zu ihm, weil ich ihm sagen wollte, dass ich keine Lust auf den Streit hab. Ich hab mich ja selbst dumm benommen.«

»Er hat kein Wort gesprochen, während die OP lief.«

»Das werde ich euch nie wieder antun, Eliza.«

Ich atmete tief durch. »Ich weiß. Aber wir brauchen eine gute Ausrede, wenn Jen aus L. A. zurückkommt. Sie weiß nichts davon.«

Ally riss die Augen erschrocken auf, dann lachte sie plötzlich los. »Ich will nicht in deiner Haut stecken, wenn sie rauskriegt, dass du ihr das verschwiegen hast.«

Ich nickte. »Aber eigentlich ist es ja Sams und Finns Schuld. Die zwei haben miteinander telefoniert. Ich war irgendwie nicht dazu in der Lage«, murmelte ich.

Wir quatschten noch ein wenig, bis ihre Mutter anrief. »Sie meldet sich jede halbe Stunde«, meinte Ally kopfschüttelnd und nahm das Gespräch dann an. Ich lächelte und wurde kurz abgelenkt, als die Tür sich öffnete.

Na toll. Sie hatten ihm also doch die Zimmernummer gegeben.

Finn fuhr sich durch die zerzausten Haare. Ich erinnerte mich, wie sie meine Stirn gestern gestreift hatten, als er sich vorgebeugt und mein Gesicht zwischen die Hände genommen hatte. Verdammt. Ich stand abrupt auf.

»Bis später, Ally.«

Sie nickte mir kurz zu und winkte Finn, der immer noch in der Tür stand.

Ich lief direkt auf ihn zu.

Tom war nicht da, wahrscheinlich holte er gerade Mittagessen. Ich würde nach ihm sehen. Ich konnte es nicht ertragen, mit seinem Bruder im selben Raum zu sein. Nicht jetzt.

»Lass mich durch«, sagte ich ausdruckslos und sah ihn nicht mal an. Er zögerte kurz, bevor er mir wortlos Platz machte.

Egal, was in seinem Kopf vorging, er war es nicht wert, dass ich mir meinen darüber zerbrach.

Sollte er von mir aus zur Hölle fahren.

***

Finn

Ich schloss die Augen, versuchte, alles auszublenden, doch natürlich war das unmöglich. Natürlich schossen die Bilder gerade jetzt wie spitze, giftige Pfeile durch meinen Kopf und ließen mich nicht in Ruhe.

Ihre Augen, in denen man ertrinken konnte. Dieser Blick. Ihre Stimme. Diese alles durchdringenden Worte, die mich verführten, mich den Himmel auf Erden spüren ließen und mich im nächsten Moment verhöhnten und mir zeigten, dass ich noch immer derselbe wie damals war.

Eine leise Stimme in meinem Hinterkopf sagte mir, dass ich langsam nach Hause gehen sollte, aber ich konnte nicht. Vielleicht lag es am Alkohol, vielleicht nur daran, dass sie sowieso überall war und es auf dasselbe herauskam, wenn ich hierblieb, hier, wo alles begonnen hatte. Jedenfalls rührte ich mich nicht von der Stelle, sondern öffnete benommen die Augen, griff nach dem Mikrofon und begann mit dem Refrain. Wie im Traum, wie an meinem ersten Abend hier.

Es war schon seltsam, wie sehr ich mich daran gewöhnt hatte. Wie selbstverständlich es mir jetzt erschien, zu singen und dabei jedes Gesicht vor mir auszublenden. Es war fast zu einfach, und manchmal hatte ich Angst, wieder einen Rückschlag zu erleiden. Die Welt gegen mich. Ich gegen die Welt.

Aber jetzt war ich nicht mehr alleine.

Ich wusste nicht, wann ich aufgehört hatte, mich mit meiner Vergangenheit zu quälen. Der Schmerz war nicht weg, doch er hatte sich gelindert, als hätte jemand die Heilung beschleunigt. Ich wusste jetzt, was passiert war.

Sie hatte mir aufgeholfen, mir gezeigt, dass vielleicht nicht alles umsonst war. Sie war besser als die Pillen, die mich in Watte hüllten und die ich schon länger nicht mehr regelmäßig nahm. Aber ich konnte nicht auf Kosten eines anderen Menschen versuchen, mir ein schönes Leben aufzubauen, und sie dabei zerstören. Es war nicht fair.

Ich hatte es zu weit gehen lassen. Ich hatte mir eingeredet, durch sie wieder ganz zu werden. Ich hatte versucht, mich davon zu überzeugen, dass sie alles besser machte.

Doch die Wahrheit sah anders aus, und das war mir klar gewesen, schon die ganze Zeit, ich hatte es nur nicht wahrhaben wollen. Hatte es verdrängt, weil ich mir nicht eingestehen wollte, einen Fehler gemacht zu haben.

Ich schloss die Augen, während ich die Zeilen automatisch weitersang. Wie war es gewesen, bevor ich Eliza getroffen hatte? War ich jetzt glücklicher als davor? Wollte ich mein altes Leben zurück? Vermisste ich es sogar? Oder hatte ich mich schon an dieses gewöhnt?

Und wichtiger: Was bedeutete dieses Durcheinander für sie? Konnte sie damit leben, konnte sie mir helfen, ohne zu wissen, warum ich überhaupt ihre Hilfe benötigte?

Eine Frage nach der anderen beantwortete sich wie von selbst. Ich war so unendlich dumm gewesen.

Und dann, als meine Augen sich wieder öffneten, hatte ich eine Entscheidung getroffen.

Das Lied verklang langsam, und plötzlich erschien es mir ganz einfach, zu gehen. Wegrennen und nie wiederkommen. Diese Bar erinnerte mich an zu viel Falsches, ich wollte nicht länger hier sein. Wenn ich schon meine Entscheidung getroffen hatte, sollte ich auch sofort beginnen, damit zu leben.

Ich drehte mich zu Alex, reichte ihm das Mikro, murmelte eine Entschuldigung und ignorierte sein verdutztes Gesicht, während ich die Tür hinter uns auf der Bühne öffnete. Tom hämmerte immer noch auf das Schlagzeug ein, aber auch er blickte fragend in meine Richtung. Ich schüttelte nur den Kopf, drehte mich dann um und stieg die Treppe hinunter.

Im nächsten Augenblick befand ich mich im Proberaum. Ich riss meine Jacke vom Haken und öffnete die Tür, die in den Flur zur Bar führte.

Wieder erwies es sich als einfach, allen Blicken der Besucher auszuweichen, die mich anstarrten, während ich zum Ausgang eilte.

Und dann, als ich durch die Tür nach draußen trat und die kalte Nachtluft mir entgegenstieß, da sah ich sie. Die Autos fuhren vorbei, und Eliza stand auf der anderen Straßenseite. Ihr Gesicht war so perfekt, so lebendig, genau wie ich es am ersten Abend wahrgenommen hatte. Ihre dunklen Locken wanden sich über ihre Schultern, und gerade schob sie sich eine besonders widerspenstige Strähne hinters Ohr. Selbst von dieser Entfernung konnte ich genau sehen, wie sie sich gedankenverloren auf die Lippe biss und dann nach dem Verkehr schaute.

Gott, hatte sie schon immer so ausgesehen, oder lag es nur am verdammten Mondlicht, das sie bleicher und schöner als je zuvor erscheinen ließ?

Ich stand da wie ein kompletter Vollidiot und konnte meinen Blick nicht abwenden. Warum sah sie für mich so anders aus als die anderen? Es gab einen Haufen hübscher Mädchen, die ich noch nie beachtet hatte. Es lag nicht daran, dass sie schön war. Wann hatte es begonnen, dass ich diesen Drang verspürte, jedes Mal, wenn sie nur in mein Blickfeld kam? Diesen Drang, sie an mich zu reißen und zu rennen, bis wir alleine waren. Noch nie hatte ein Mensch etwas Derartiges mit mir angestellt.

Und das war genau der Grund, warum ich mich im nächsten Moment auf der Stelle umdrehte und rannte. Ich rannte wirklich – als wäre sie hinter mir her. Ich erlaubte mir keinen Blick zurück, sosehr das Verlangen auch in mir brannte. Ich durfte die Kontrolle nicht verlieren.

Zum ersten Mal in meinem Leben war es nicht ich selbst, der gerettet werden musste. Ich lebte jetzt schon viel zu lange so vor mich hin, und es machte keinen Unterschied mehr, ob es mir besser ging oder nicht.

Nein, ich rannte, um das Mädchen im Mondschein zu retten.

Ich rannte die Straßen entlang, zwischen Taxis und Menschen, durch Fußgängerzonen, an Bars und Clubs vorbei, wie ein Wahnsinniger. Kalte Tropfen fielen auf mich nieder, während ich orientierungslos durch Seattles Straßen rannte. Alles um mich herum verschwand zu einem unbedeutenden Nichts, und ich konnte nur ab und zu entfernt das Hupen von Autos hören, aber sicher konnte ich mir nicht sein, ob es mir galt.

Sollten sie mich doch anfahren. Sollten sie dem ein Ende setzen, ich würde nicht Nein sagen.

Langsam, ganz langsam drang der Gedanke voll und ganz in mein Bewusstsein, und dann zuckte ich heftig zusammen, blieb wie erstarrt stehen. Plötzlich kehrte mein scharfer Blick wieder zurück, und ich realisierte, dass ich mich allein in einer engen Seitenstraße befand. Meine Knie gaben nach.

Ich stürzte auf den Boden, und im nächsten Moment kauerte ich dort, auf dem verschlammten Asphalt, und mein Kopf sank in die Hände. Der Regen hatte sich verstärkt, und es donnerte dröhnend über mir, aber ich nahm es kaum wahr. Das, was mir klarer als jemals zuvor erschien, spielte sich nicht außerhalb, sondern direkt in meinem Kopf ab.

Die Wahrheit. Die unumstößliche, traurige und zugleich beschissen zufriedenstellende Wahrheit.

Ich würde mich dagegen wehren. Ich wollte nicht, dass es vorbei war. Ich wollte leben, verdammt.

Heiße Tränen schossen mir in die Augen, aber ich drängte sie verzweifelt zurück, bis ich sicher war, dass sie nicht über meine Wangen laufen würden.

Eine lange Weile gab ich mich der Emotionsflut hin und verlor jedes Zeitgefühl. Als es sich ein wenig dämpfte und ich wieder einigermaßen klar denken konnte, da durchfuhr mich die Erkenntnis. Wann hatte ich je zuvor den Gedanken gehabt, etwas zu verpassen, wenn ich jetzt aus diesem Zustand gerissen würde? Wann, ja, wann hatte ich jemals Angst vor dem Tod gehabt?

Es war mir immer so vorgekommen, als würde mir jemand die Luft abdrehen, und ich hatte das Gefühl genossen, taub zu sein.

Doch jetzt zuckte ich innerlich vor diesem Gefühl zurück, wollte es weit von mir drängen.

Ich keuchte. Der Takt meines Herzklopfens dröhnte in meinem Kopf.

Ich wollte nicht sterben. Ich hatte in den vergangenen Tagen genau das Richtige getan, indem ich Eliza von mir gestoßen hatte.

Ich konnte nicht leugnen, dass ich sie – ohne dass sie überhaupt etwas davon mitbekommen hatte – verdammt nah an mich herangelassen hatte.

Sie würde es nicht verstehen, denn sie hatte mir ja nie bewusst beigestanden. In der Nacht von Alisons Unfall war ich derjenige gewesen, der ihr geholfen hatte, nicht andersherum. Wie also sollte ich ihr erklären, dass sie durch ihre bloße Anwesenheit alles besser machte?

Sie hatte keine Ahnung, dass ich vermutlich noch heute im Irrenhaus stecken würde, wenn Michael mich nicht rausgeholt hätte. Und trotzdem war sie der einzige Mensch in meinem armseligen Leben, der es geschafft hatte, mich länger als eine Woche dazu zu bringen, mich normal zu fühlen.

Ich fuhr mir durch die durchnässten Haare.

Vielleicht war doch nicht alles eine Illusion. Vielleicht hatte sie mich tatsächlich schon verändert. In ihrer Anwesenheit wurde ich immer ein anderer, das konnte ich nicht abstreiten, selbst jetzt nicht.

Sie bedeutete mir etwas.

Nicht viel, nicht so sehr, dass ich mich ihr jemals öffnen würde, aber dennoch so viel, dass ich mich von ihr fernhalten sollte.

Bis zu diesem Moment, als ich sie in meinem Bett an meine Brust gezogen hatte, war sie von vorne bis hinten von mir ausgenutzt worden. Ich brauchte sie nur, damit ich wieder normal denken konnte. Sobald ich fertig mit ihr war, würde ich sie fallen lassen, dessen war ich mir sicher gewesen.

Und das war der Grund, warum meine Entscheidung jetzt felsenfest stand.

Ich dachte an Michael. Ich würde jedes Glücksgefühl nutzen, aber das hier ging zu weit. Also musste ich versuchen, die Veränderung, die Eliza bis jetzt in mir vollbracht hatte, weiterhin aufrechtzuerhalten. Ohne ihre Hilfe.

Ich war ihr dankbar, dass sie mir gezeigt hatte, welcher Teil noch in mir steckte. Der Mistkerl. Der ... Beschützer. Der Typ, der sie verrückt machen konnte, wenn auch nur körperlich.

Aber das würde jetzt ein Ende haben.

Sie konnte mir so oft erzählen, wie sie wollte, dass sie kein Herz hatte. Die Maske hatte sich vor mir in Luft aufgelöst, als ich sie in den Toiletten des Krankenhauses gesehen hatte. Ich war wütend geworden, weil sie behauptete, keine Gefühle zu haben, obwohl sie noch nie mit echtem Schmerz konfrontiert worden war.

Jetzt war ich froh darüber. Mit ein wenig Glück würde es niemals dazu kommen. Ich hoffte es für sie. Sie war kein schlechter Mensch, sie hatte es nicht verdient.

Langsam erhob ich mich und streckte meine versteiften Glieder. Und dann, ohne dass ich darüber nachdachte, hoben sich meine Mundwinkel, und ich musste lächeln. Die Sinnlosigkeit war wieder weg. Einfach so, genauso schnell, wie sie gekommen war. Da war mehr, ein unbekanntes Gebiet, unerforschte Welten, die ich erst noch entdecken musste.

Ich würde es langsam angehen. Schritt für Schritt.

Ich schaffte es in einer halben Stunde zu Fuß nach Hause. Im Apartment zog ich mich nicht einmal um, sondern lief geradewegs ins Wohnzimmer.

In dieser Nacht setzte ich mich ans Klavier und spielte mir die Finger wund. Fremde Melodien bahnten sich den Weg aus meinem Kopf in meine Fingerspitzen und wurden eins mit den Klaviertasten. Schwarz und weiß. Und zwischendurch flimmerte Rot über mein Sichtfeld. Ich verschwand in einer anderen Welt, und als ich dann im Morgengrauen ins Bett fiel und meine schweren Lider sich automatisch schlossen, da trat eine Frage in meine Gedanken, eine Tatsache, die ich in meinen ganzen Überlegungen nicht berücksichtigt hatte.

Wie sollte ich mich von einem Menschen fernhalten, der mich schon bei der ersten Begegnung fasziniert hatte?

Wie sollte ich dieses Mädchen meiden, wenn ich von Anfang an nicht stark genug gewesen war?

Mir war, als würden die Zeilen von *Not Strong Enough* laut und deutlich in meinem Kopf ertönen. Ich wehrte mich nicht. Die Realität schwand, und ich fand mich für den Augenblick in diesem kleinen dunklen Raum wieder, in dem Moment, als sie den Text an meinen Lippen geflüstert hatte.

***

Eliza

January 9th, 10:00 p. m.

»Ja, Mom, ihr geht es gut. Ich war heute Morgen bei ihr, und sie ist wohlauf, schon seit Mittwoch. Nächste Woche darf sie wieder nach Hause.«

Ich hörte mir das aufgeregte Geschnatter meiner Mutter an, nickte dann, bevor ich realisierte, dass sie das am anderen Ende der Leitung nicht sehen konnte.

»Ja, mir geht es auch gut, wie oft denn noch?«

»Hör mal, du passt aber auf, dass …«

»Jaaaa, Mom, ich passe auf. Gut, ja. Ich sagte doch – ja. Mhm, ja, richte ihm viele Grüße aus.«

»Ich hab dich lieb, mein Schatz, melde dich mal wieder …«

»Mach ich. Ich dich auch.«

Ich kam gerade von meinem neuen Job und hatte meine erste Schicht hinter mich gebracht, bevor meine Mutter mich angerufen hatte.

Seit sechs Uhr war ich im Café gewesen, und es machte mir ziemlich Spaß. Kate, ihre Schwester Lilly und ihr Vater waren, wie sie mir bei der Vorstellungsrunde prophezeit hatten, nicht die einzigen Verrückten im Laden, und wir hatten alle mehr herumgealbert als gearbeitet. Dank der abwechselnden Posten wurde es nicht langweilig – mal stand ich im Shop, mal fungierte ich als Kellnerin, und beim letzten Mal hatten mich zwei meiner neuen Kollegen sogar an die Bar gelassen. Ich hatte mich die vier Stunden über wirklich gut amüsiert und meine üblichen Sorgen beiseitegeschoben.

Aber jetzt war Samstagabend, und ich stand mitten in der quirligen Pike Street. Die Großstadt lebte so richtig auf, und unzählige Menschen liefen an mir vorbei, der Verkehr floss geradezu dahin.

Ich hatte keine Ahnung, was ich heute tun sollte. Jen und Sam waren nicht da, Ally hatte ich heute schon besucht, und ich wollte jetzt auch nicht unbedingt ausgehen und mit den Leuten von der Uni einen draufmachen.

Die letzten Tage waren teils qualvoll und teils langweilig gewesen. Ich war nicht daran gewöhnt, nur für mich alleine zu kochen und dass es so still in der Wohnung war und man niemanden zum Reden hatte. Außerdem sprach Finn Westwood, dieser riesige Volltrottel, immer noch nicht mit mir.

Am Donnerstag hatte ich ihn auf dem Campus getroffen, weil wir eine Vorlesung in Literatur nachgeholt hatten. Er hatte sich einen Platz weiter vorne im Saal gesucht und mich nicht einmal gegrüßt, obwohl ich auf ihn zugegangen war.

Gestern Abend hatte Ally Tom überredet, im Howl at the Moon mit seinen Brüdern aufzutreten und sie für zwei Stunden alleine zu lassen. Mich hatten sie auch eingeladen. Ich hatte eingewilligt, obwohl ich wusste, dass Finn singen würde. Aber naiv, wie ich war, hatte ich gehofft, er würde hinterher mit mir sprechen.

Doch dazu war es nicht gekommen. Gerade als ich pünktlich um acht Uhr aufgetaucht war, hatten Tom und Alex mir erzählt, dass ihr toller Bruder sich gleich nach dem ersten Song aus dem Staub gemacht hatte.

Den restlichen Abend hatte ich mit Kris und Lucas an der Bar verbracht, aber meine Gedanken waren immer wieder zu Finn geschweift.

Ich seufzte und überquerte die Straße, dann fiel mein Blick auf das Straßenschild, und ich blieb stehen.

Ich befand mich nur ein paar Blocks von der 1st Avenue entfernt. Zu Fuß waren es höchstens fünf Minuten, das hatte auch

Kate mir vorhin erzählt, weil sie es so praktisch fand, dass der Familienbetrieb so gut von ihrer Wohnung aus zu erreichen war.

Finn war sich zu fein, um mir zu erklären, was los war. Das bedeutete jedoch nicht, dass ich nicht dazu in der Lage war, mit ihm zu reden oder zu versuchen, das große Geheimnis zu lüften. Er war mir eine Erklärung schuldig. Und die würde ich mir jetzt holen.

Die weiße Tür öffnete sich, und Finns Gesichtszüge erstarrten, als er mich erblickte.

»Du kannst gleich wieder gehen.«

Ich hob die Brauen. »Wie gut, dass ich schon immer einen Dreck darauf gegeben habe, was du von mir verlangst.«

Und damit drängelte ich mich an ihm vorbei und trat in die Wohnung, wo laute Musik dröhnte. Diesmal erkannte ich Thirty Seconds to Mars. Ich drehte mich um und sah ihn an. Er stand immer noch im Türrahmen, mit dem Rücken zu mir, und rührte sich nicht.

»Weißt du, du kannst mich jetzt wirklich so lange anschweigen, wie du willst, aber ich schwöre dir, ich bewege mich keinen Millimeter hier weg, bevor wir diese … Sache geklärt haben. Ich hab keine Lust auf Spielchen, und ich will wissen, warum du mich seit Dienstagnacht wie Luft behandelst.«

Ich starrte auf seinen Rücken, der sogar durch das T-Shirt geschmeidig aussah, und ganz langsam bewegte er sich, drehte sich zu mir um. Er sah mich an, aber sein Gesichtsausdruck war immer noch glatt, frei von jeglichen Emotionen.

Mal sehen, ob wir das nicht ändern konnten.

Ich holte tief Luft. »Du bist ein manipulatives Arschloch. Weißt du noch, wie du mich damals am Telefon angefleht hast, dir zu verzeihen, weil du mit Zoey geschlafen hast? Du hast gesagt, du würdest alles tun, Finn. Und jetzt sieh dich an. Hast nicht einmal den Mut, mir ins Gesicht zu sagen, dass du keine Lust mehr hast«, redete ich drauflos. Ich wollte ihn provozieren, ich wusste, dass er noch nicht das Interesse an mir verloren hatte, das spürte ich.

Meine Worte zeigten offenbar Wirkung. Er knallte die Tür mit einem Tritt hinter sich zu. In seinem Gesicht zuckte etwas, und ich sah, wie seine Beherrschung bröckelte. Na endlich.

»Du ...« Er rang sichtlich mit sich. »Du hast nicht die geringste Ahnung, wovon du da sprichst.«

Ich verschränkte die Arme. »Ach, nein? Was willst du jetzt damit erreichen? Dass ich einfach so tue, als wäre nie etwas gewesen? Ich sag dir was: Du bist genau wie alle anderen. Du machst es dir zum Ziel, Menschen auszunutzen. Das ist dein kleines, armseliges Spiel, oder? Und dann hattest du Angst, dass ich zu früh dahinterkomme, also ignorierst du mich einfach. Völlig verständlich. Das einzig Traurige an der Sache ist, dass ich dich für etwas Besseres gehalten habe. Dass du so erbärmlich bist, hätte ich ...«

»Halt den Mund«, herrschte er mich an. Seine Hände zitterten, das Grün in den Augen loderte.

Er kam auf mich zu, aber ich lief zur Tür, um mir etwas Raum zu schaffen. Ich war noch nicht fertig. Doch bevor ich noch etwas sagen konnte, fuhr er mir wieder dazwischen, diesmal war von seiner Selbstbeherrschung nichts mehr übrig.

»Ich sage dir, du hast keine Ahnung. Halte dich aus Dingen raus, die nichts mit dir zu tun haben«, knurrte er, und ich wagte den nächsten Schritt, obwohl er mit sich rang, um nicht völlig die Kontrolle zu verlieren.

»Du kannst mir erzählen, was du willst. Merkst du nicht selbst, wie falsch das klingt? Denkst du, ich lese dir jedes Wort von den Lippen ab, weil du ach so gut aussiehst? Du bist ein Nichts, und du kannst es nicht ertragen, dass dich jemand damit konfrontiert.«

Mist. Ich hatte offensichtlich ein wenig zu dick aufgetragen. Wüsste ich es nicht besser, würde ich sagen, dass er drauf und dran war, etwas zu zerstören. Und dass ich einen verdammt wunden Punkt getroffen hatte.

»Verdammt, WAS DENKST DU, WER DU BIST? DU WEISST NICHTS ÜBER MICH, DU DENKST, DU HÄTTEST FÜR ALLES EINE PERFEKTE ERKLÄRUNG, ABER DU HAST *KEINE AHNUNG*. DU BIST NICHT EINMAL ENTFERNT AN DER WAHRHEIT DRAN! DU ... DU ...« Er brach ab. Sein Atem ging schwer, und sein dunkler Blick bohrte sich in meinen.

»Das … das spielt doch keine Rolle. Ich bin nicht hier, um … deine Probleme zu lösen«, stammelte ich völlig perplex.

Verflucht, ich hatte mir eine Reaktion erhofft, aber das hier war zu viel.

Er starrte mich an, und ich starrte zurück. Irgendwie musste ich das geradebiegen. *Verdammt, beruhige dich. Denk nach.*

Ich bemühte mich um eine feste Stimme. Mein erwünschtes Ziel war, ihn zum Nachdenken zu bringen. Das hatte ich jetzt erreicht. Also Rückzug und raus hier.

»Ich bin hergekommen, um dich daran zu erinnern, dass wir ein Spiel am Laufen haben, Finn, ein gemeinsames. Mehr nicht.«

Dann drehte ich mich um, realisierte dabei, dass meine Hände leicht bebten, und drückte die Klinke nach unten.

Ich kam nicht weit. Ich spürte seine Nähe, bevor ich seine Hände sah, die unter meinen Armen hindurchgriffen und die Tür wieder zuschlugen. Er stand direkt hinter mir. Seine Atmung war immer noch beschleunigt.

Langsam, wie in Zeitlupe drehte ich mich zu ihm. Er stützte seine Hände rechts und links neben meinem Kopf ab. Noch immer schien er in Rage zu sein, aber nicht mehr so unkontrolliert. Sein intensiver Geruch umhüllte mich, und er drückte seinen Körper gegen meinen.

»Dann lass es uns spielen.«

12. KAPITEL

SEX IS BETTER THAN TALK

Eliza

January 9th, 10:30 p. m.

Keuchend stolperten wir den Flur zwischen Wohnzimmer und Schlafzimmer entlang und krallten uns aneinander fest. Meine Hände wanderten zu seinem Rücken, und seine Finger krallten sich in meinen Nacken.

Es war nicht wie sonst. Es war weder durchdacht noch berechnend. Wir taten das hier nicht, weil es Spaß machte oder weil wir den anderen verführen wollten, sondern weil wir genau hier, in diesem Moment, in dieser Januarnacht in seinem Apartment einfach nicht anders konnten.

Wie am ersten Abend. Zwei Fremde. Ein Mann und eine Frau. Und dazwischen diese unglaubliche Anziehungskraft.

Das Einzige, was zählte, war die Tatsache, dass er mich genauso wollte wie ich ihn. Ich hatte es schon von Anfang an gewusst, aber noch nie zuvor war mir diese unumstößliche Wahrheit so bewusst gewesen.

Finn zerrte an meiner Jacke, und ich zog ihm sein Shirt über den Kopf.

Es ging alles sehr schnell – im ersten Moment waren seine warmen Hände unter meinem Oberteil gewesen, im nächsten lag es zusammen mit seinem auf dem Boden, und er machte bei meiner Jeans weiter, während ich ihm gerade seine öffnete, immer noch mit zitternden Fingern.

Wenige Augenblicke später trugen wir beide nichts weiter als Slip und Boxershorts.

Ich spürte ihn an meinem entblößten Körper, aber das war nicht genug. Diesmal war überhaupt nichts genug. Er drängte mich ins Schlafzimmer, aus dem laute Rockmusik ertönte.

Ein Beben ging durch meinen Körper, und er löste sich für einen Moment von mir, als wir beim Bett angekommen waren und er mich darauf niederdrückte.

»Verdammt«, stöhnte er, und auf seinem Gesicht lag der Ausdruck eines gequälten Mannes. »Verdammt«, wiederholte er. »Ich komme in die Hölle.« Ich verstand die Worte kaum, so außer Atem war er. »Eliza«, keuchte er heiser. »Nicht … tu das … nicht. Du kommst hier nie wieder raus.«

Ich stieß die angestaute Luft aus. Ich konnte nicht mehr. Jegliches Zeitgefühl war verschwunden. Trotz seiner Worte fingen wir an, uns zu berühren. Seine Hände waren überall, ich fühlte mich, als wäre mein Körper nicht mehr derselbe. Jede Berührung entfachte ein neues Feuer. Seine Küsse auf meiner Haut, sein Duft, sein Atem.

Nach einer langen, perfekten Weile rollte er sich plötzlich auf die Seite und drehte mir den Rücken zu.

»Bitte«, stöhnte ich flehend. Ich presste mich gegen die Matratze und versuchte, mich nicht hin und her zu winden. Alles, nur nicht jetzt aufhören, bettelte ich stumm.

In der nächsten Sekunde wandte er sich wieder zurück zu mir, mit einer kleinen Plastikverpackung in der Hand.

Erleichtert seufzte ich auf.

Er küsste mich erneut, und ich ergab mich sofort. Seine Brust hob und senkte sich hektisch, und er sah so aus, wie ich mich fühlte.

Unsere Blicke versanken ineinander. Sein Ausdruck war ausgehungert, rasend, aber gleichzeitig auch mit sich kämpfend.

»Ich meine es ernst, wir kommen nie wieder hier raus, wenn wir einmal damit anfangen … Wenn du dir nicht hundertprozentig sicher bist, dann werde ich dich gehen lassen.«

»Was … was redest du da?«, wimmerte ich jetzt wirklich. Meine Hände krallten sich Halt suchend in die weiche Haut seines Rückens. »Tu es«, stöhnte ich.

Das Letzte, was ich sah, war der Ausdruck in seinen göttlichen Augen, der sich von einem Moment auf den anderen änderte. Meine Lider schlossen sich.

Ich spürte, wie mein Oberkörper leicht von seinen Händen hochgehoben wurde, meine Beine wie von selbst auseinanderglitten, wie unsere Körper näher aneinanderrückten und er mich jetzt vollständig in seinen Armen hielt. Leise stöhnte ich.

Mein Herzschlag wurde noch unregelmäßiger, meine Handflächen schweißnass, also krallte ich mich nur noch fester an seinem Rücken fest.

Es konnte sich nur noch um Sekunden handeln. Sekunden, die mir viel zu lang, wie eine Ewigkeit erschienen …

»Sieh mich an«, raunte er, aber es hörte sich nicht wie vor ein paar Tagen im Krankenhaus an.

Es erforderte eine gewisse Anstrengung, aber schließlich zwang ich mich, die Augen zu öffnen und direkt in die seinen zu blicken. Darin zu ertrinken. Es wäre ein schöner Tod. Alles verschwamm in meiner Wahrnehmung.

»Wir können nicht gewinnen«, raunte er völlig heiser.

»Ich spiele kein Spiel mehr«, flüsterte ich zurück und krallte mich fest, als er anfing, sich zu bewegen, und ich mit ihm. Erst langsam, dann immer schneller.

Es gab für mich keine Welt mehr außerhalb. Die einzige Realität war diese hier, die sich zwischen unseren bald schon von Schweiß überzogenen Körpern abspielte. *Hurricane*, das Lied von Thirty Seconds to Mars, das schon lange in meinem Unterbewusstsein mitgespielt hatte, drang jetzt lauter an meine Ohren.

Und dann wurden wir eins.

Seine Hände waren wieder überall, an meinen Hüften, an meinem Rücken, in meinen Haaren … Er war überall. Ich konnte ihn spüren, auf der Zunge schmecken, und es war so viel besser als alles, was ich je zuvor empfunden hatte. Alles tobte in mir, aber die Augen ließ ich geöffnet.

Denn dieses Mal war ich diejenige, die ihn sehen musste, um zu glauben, um mir wirklich sicher zu sein, dass das, was wir hier taten, der Wirklichkeit entsprach.

Tausend Farben tanzten vor meinem inneren Auge, und für eine ganze Weile versank ich in diesen Empfindungen, in der von uns beiden erzeugten Welt.

Ich wollte nie, niemals wieder auftauchen.

***

Die Badezimmertür öffnete sich, und ich versuchte schnell, das Grinsen aus meinem Gesicht zu verbannen. Alles war aus den Fugen geraten, aber mein Stolz existierte immer noch, wenn auch nicht so undurchdringbar wie am Anfang.

Jedenfalls musste ich Finn ja nicht gleich unter die Nase binden, dass das hier der beste Sex meines Lebens gewesen war und ich es kaum erwarten konnte, bis wir es wieder taten. Und wieder. Bis wir beide nicht mehr konnten.

Ich wandte erst meinen Blick, als die Matratze sich gesenkt hatte und er unter die Decke geschlüpft war.

Er saß gegen das Kopfteil gelehnt, sodass seine Brust freigelegt war, und sah auf mich hinunter. Sofort rappelte ich mich hoch, damit wir ungefähr auf gleicher Höhe waren.

»Ich nehme an, du redest wieder mit mir«, stellte ich so gleichgültig fest, wie ich nur konnte.

Er fuhr sich durch die Haare, und seine Mundwinkel zuckten. »Es war dumm von dir, mich zu provozieren. Du weißt nicht, wozu ich fähig bin.« Sein Gesichtsausdruck wurde ernst, aber etwas in den Augen glitzerte immer noch.

»Doch«, widersprach ich ihm. »Ich wusste, dass ich dich nur dadurch dazu bringen kann, über die Sache nachzudenken. Und ich hab erst gegen Ende gemerkt, dass ich zu weit gegangen bin. Aber ich wäre abgehauen. Es wäre überhaupt nichts passiert.«

»Das weißt du nicht.«

Ich grinste. »Oh doch. Ich weiß nicht, warum du dich so benommen hast, aber ich weiß, dass du mich die ganze Zeit über wolltest.«

Einen Augenblick lang sah ich, wie er noch dagegen ankämpfte, dann aber erwiderte er mein Lächeln. »Sind wir jetzt allwissend geworden, Kleine?«

»Nein, nur besitzen wir die Fähigkeit, das Offensichtliche zu sehen. Damals, im Howl at the Moon, hast du mich in den Proberaum gezogen, und seitdem gab es keinen einzigen Moment, in dem du lockergelassen hast. Das hättest du nicht getan, wenn ich unbedeutend für dich gewesen wäre.«

»Dann hast du das alles, was du vorhin gesagt hast, nicht ernst gemeint?«

Ich schüttelte den Kopf. »Ich kenne diese Seite von dir inzwischen so gut, dass ich sagen kann, ob du mit mir spielst oder nicht. Ich wollte nur, dass du die Kontrolle verlierst«, gab ich ehrlich zu, und er presste die Lippen zusammen.

»Glückwunsch«, meinte er leise.

»Aber es musste sein«, verteidigte ich mich. »Ich musste wissen, dass du mir nicht die Schuld gibst, weil wir in der Nacht von Allys Unfall zusammen eingeschl...«

»Stopp«, unterbrach er mich, und ich verstummte. »Wir werden nicht darüber sprechen. Das ist ein Tabuthema, okay? Sonst funktioniert das nicht, sonst kann ich ...«

Diesmal fiel ich ihm ins Wort. »Keine Fragen, schöner Fremder, ich hab es nicht vergessen.«

Überrascht sah er mich an, und dann musste er lächeln und biss sich auf die Unterlippe, ohne mich aus den Augen zu lassen.

»Ja, ich denke, ich wusste von Anfang an, was ich an dir habe. Gut. Das von vorhin steht nämlich immer noch: Du hast keine Ahnung. Und so soll es auch bleiben.«

»So wird es bleiben. Du bist immer noch ein Idiot, den ich um Himmels willen niemals näher kennenlernen möchte«, sagte ich mit einem Grinsen, und er hob eine Braue.

»Möchtest du nicht?« Seine Stimme wurde rauer, bekam einen dunkleren Unterton, und er beugte sich leicht zu mir. »Ich denke, du hast mich vor einigen Minuten ziemlich gut kennengelernt. Du wolltest mich näher ... und immer näher, Eliza ...«

Ich spürte, wie meine Gesichtszüge mir entglitten, aber dann meldete sich mein Kampfgeist. »Seltsam. Du musst dich wohl getäuscht haben«, erwiderte ich achselzuckend und schlug die Bettdecke beiseite, stand auf und lief geradewegs durch die Tür ins Wohnzimmer.

Ich konnte seinen fassungslosen Blick in meinem Rücken spüren und erlaubte mir ein triumphierendes Lächeln. Schnell lief ich zu dem Klamottenhaufen direkt zwischen Küche und Wohnzimmer und hob eilig meine Sachen auf. Dann versuchte ich schleunigst, mir mein schwarzes Höschen überzuziehen.

Dieser Abgang würde grandios werden. Und danach war er nur noch verrückter nach mir, da war ich mir sicher.

»Wo gedenkst du hinzugehen, Elizabeth?«, ertönte die messerscharfe Sexstimme hinter mir, und ich zuckte leicht zusammen.

Nach einem tiefen Atemzug drehte ich mich um und bekam einen leichten Hustenanfall. Nackt stand Finn im Türrahmen seines Schlafzimmers und beobachtete jede meiner Bewegungen. Er war die reine Offenbarung.

»N-nach Hause?«, gab ich wenig überzeugend von mir. Ich wollte ihn so sehr.

»Nun, das bezweifle ich. Ich bin noch nicht fertig mit dir.«

Er sah mich an, von oben bis unten, leckte sich über die Lippen, und ich war wieder am Durchdrehen.

Meine Kleidung glitt mir aus den Händen, ich trug kaum einen Fetzen Stoff am Körper.

Ich befand mich in der Falle.

Und die Schmetterlinge in meinem Magen flatterten wieder.

In zwei Schritten war er bei mir. Wir glitten beide zu Boden, und die Welt begann sich wieder in einem unnatürlichen Winkel zu neigen, bis sie stillstand.

Da wurde mir etwas klar. Das Spiel, von dem wir überzeugt gewesen waren es zu spielen, existierte nicht mehr.

Wir hatten beide aufgegeben.

***

Finn

January 10th, 5:30 p. m.

Sonntagnachmittag und unvermeidlicher strömender Regen in Seattle. Es war mir nie so sehr bewusst gewesen, dass sich das nach der jahrelangen Hitze in der Stadt der Engel wie eine Erlösung anfühlte. Vermutlich, weil ich mich hier in nicht einmal einem halben Jahr wohler fühlte, als ich es in L. A. je getan hatte.

Ich war auf dem Weg zu Alex ins Emporio, und anschließend würde ich Alison einen Besuch im Krankenhaus abstatten, denn seit Mittwoch, als ich Eliza dorthin gebracht hatte, war ich nicht mehr bei ihr gewesen.

Gestern Nacht hatte ich nicht mehr geschlafen. Meine Gedanken hatten mich noch stundenlang außer Gefecht gesetzt, nachdem sie gegangen war.

Ich war froh, dass sie nicht geblieben war. Wenn sie in meiner Nähe war, konnte ich nicht objektiv denken, denn sie beeinflusste mich so sehr, auch wenn sie es nicht wusste.

Nachdem sie mich mit ihren Vorwürfen überwältigt hatte und ich vollständig ausgerastet war, hatte ich keine Kontrolle mehr über mich gehabt. Eliza hat mich in meinem schwächsten Moment erwischt.

Ich seufzte. Sex war für mich immer Mittel zum Zweck gewesen, aber dass ich mich so voll und ganz dabei hatte gehen lassen, war nicht geplant.

Ich verstand es nicht. Nachdem es zum ersten Mal passiert war, musste ich ein paar Minuten ins Bad gehen, um nicht völlig durchzudrehen. Und dort hatte ich etwas beschlossen. Es erschien lächerlich, dass ich alles aufgrund einer einzigen Nacht über den Haufen warf.

Ich war gefährlich für sie, die Sache war ein Risiko, aber ich konnte nicht mehr Nein sagen. Es wäre besser für sie, aber tief in mir war ich egoistisch. Solange unser Verhältnis auf Ahnungslosigkeit basierte, war ich der glücklichste Mann der Welt.

Ich stieß die Glastür des Emporios auf, an dem ich inzwischen angekommen war.

Alex stand wie immer hinter der Bar. Die blauen Lichter, die abends das Café in eine Bar umwandelten, waren jetzt, da es schon ein wenig dämmerte, eingeschaltet. Ich lief lächelnd auf ihn zu. Er bemerkte mich erst, als ich direkt vor ihm stand.

»Ich hab auf dich gewartet. Hier ist nichts los. Willst du Scotch?«

Er grinste mich an, und ich nickte.

»Wen interessiert es schon, dass heute Sonntag ist?«, murmelte ich.

Er wischte noch kurz mit einem Lappen über die Theke und machte sich dann daran, mir den Drink einzuschenken. »Und, was gibt's Neues bei dir?«, fragte er nebenbei.

Ich stützte mich mit einem Ellenbogen auf den Tresen. »Nichts Besonderes«, antwortete ich ausweichend. »Und bei dir?«

»Dasselbe«, meinte Alex zustimmend. Ich sah ihn auffordernd an und merkte, dass wir beide logen.

»Die Uni ist wie immer, nur jetzt habe ich zusätzlich jemanden, der mir den Alltag verschönert«, fügte er hinzu und lächelte gedankenversunken, seine Augen strahlten. Diesen Ausdruck kannte ich sehr wohl von Tom. Verfluchte Frauen. Ich musste grinsen.

Einen Moment lang fragte ich mich, ob ich auch so aussah, wenn ich an gestern Nacht dachte. Ich verlor mich in Erinnerungen und tauchte erst wieder auf, als ein anderer Typ an die Theke kam und Alex ihm einen Drink hinstellte, den er in einem Zug runterkippte.

Ich griff das Gespräch wieder auf. »Also, hat Kris dich endlich dazu gebracht? Ist es offiziell?«

»Seit Freitag im Howl at the Moon. Ich hab sie zu mir mitgenommen.« Alex wohnte ein paar Blocks entfernt von Tom und mir, auch in der Nähe des Clubs. »Das war, nachdem du gegangen bist«, sagte er und schaute mich vorsichtig an. »Was war los?«

Ich winkte ab. Das alles erschien mir so weit weg. Es wurde von einem anderen Gefühl in mir überdeckt, das gestern entstanden war.

Als Alex mich immer noch fragend ansah, gab ich mich geschlagen. »Ich war durcheinander wegen einer Sache, die sich jetzt aber geklärt hat.« Ich überlegte, wie viel ich ihm erzählen konnte, ohne zu viel zu verraten und damit sowohl Eliza als auch mir Probleme zu verschaffen. Aber Alex war immer derjenige gewesen, der Geheimnisse für sich behielt. Immerhin war er auch älter als Tom und ich. Es konnte nicht schaden, seinen Rat einzuholen.

»Es könnte sein, dass da was zwischen Eliza und mir entsteht. Aber ich hab keine Ahnung, wie sich das jetzt weiterentwickeln wird und ob ich die ganze Zeit nur Fehler mache.« Ich sah ihn an, und er hatte genau den gleichen Blick wie Michael drauf, als ich ihm in diesem weißen Raum in L. A. immer von meinem Gedankenchaos erzählt hatte. Offenbar hatte Alex das Talent des Zuhörens von seinem Vater geerbt. Sein Gesichtsausdruck schwankte zwischen verständnisvoll und auffordernd.

»Ich will nicht, dass sie es zu ernst nimmt und ich sie dann womöglich verletze. Sie lässt mich irgendwie vergessen, aber ich weiß, mehr wird das nicht. Sie sagt zwar immer, dass sie auch nie mehr fühlen könnte, aber was, wenn sie irgendwann Erwartungen an mich stellt? Ich benutze sie doch eigentlich nur, um nicht zurückzufallen, und ich weiß selbst, dass das ihr gegenüber beschissen ist. Verdammt, ich hab keine Ahnung.«

Ich hörte auf, auf die Theke vor mir zu starren, und sah zu Alex, der mich nachdenklich musterte. Ich wollte gar nicht wissen, wie ich im Moment auf ihn wirkte.

»Sprich mal Klartext, wie weit seid ihr gegangen, und wie weit willst du es treiben?«

Ich hob die Augenbrauen und grinste. »Ich hab sie gestern Nacht flachgelegt, falls du das meinst.«

Er lachte laut. »Du kannst von Glück reden, dass du das nicht mit Michael besprechen musst. Du kleiner Idiot bist dir so langsam tatsächlich bewusst geworden, was die Frauenwelt von dir hält.«

»Das, Alex, wusste ich schon immer, nur habe ich es mir nie zunutze gemacht«, erwiderte ich gespielt überheblich. »Bis jetzt.«

»Also, erst mal musst du dir bewusst sein, dass du dich sowieso schon verändert hast. Vor ein paar Monaten wärst du mit der Geschichte nie zu mir gekommen.«

Ich nickte.

»Außerdem ist es interessant, wie du dich an dieser Front entwickelst, denn wenn meine Quellen stimmen, hattest du innerhalb der letzten Wochen nicht nur mit Eliza das Vergnügen.«

Ich verdrehte die Augen, er lachte wieder.

»Nein, mal ernsthaft, vielleicht wirst du jetzt zum Herzensbrecher, aber das ist gut für dich. Das ist menschlich. Vielleicht machst du Fehler, aber wer macht die nicht? Du musst endlich zu leben beginnen. Riskiere etwas. Es kann dich nur weiterbringen. Du wirst nicht mehr rückfällig. Nicht nach all dem, was passiert ist.«

Die darauffolgende Stille wurde von dem Typen neben mir zerstört, der sein Glas geräuschvoll auf die Bar knallte. »Das hast du schön formuliert, Kumpel. Noch mal das Gleiche bitte«, meinte er trocken und hob sein Glas wieder in die Höhe, bevor Alex ihm mit mitleidigem Blick Whiskey auffüllte.

»Auf dich und deine Fehler.« Er prostete mir zu und trank den Drink wieder auf ex.

***

Ich lief den Gang zu Allys Zimmer entlang und wich währenddessen vorbeieilenden Krankenschwestern und Besuchern aus.

Auf dem Weg vom Emporio hierher hatte ich kurz noch an einem Blumenstand gestoppt und einen großen Strauß für sie gekauft.

Ally saß aufrecht in ihrem Krankenhausbett und las in einer Zeitschrift, wobei sie aber nicht besonders begeistert aussah. Als sie aufschaute und mich entdeckte, stöhnte sie laut auf. »Gott sei Dank! Ich dreh hier durch, wenn ich länger als eine Stunde alleine bin, obwohl ihr mich heute alle besucht habt.«

Sie warf einen Blick auf die Blumen in meiner Hand, und ich legte sie neben ihr auf dem Nachttisch ab, wo schon ein Strauß in einer Vase stand. Ich beugte mich zu ihr und küsste sie vorsichtig auf die Wange. »Du siehst gut aus, Ally.«

Sie schnaubte. »Glaub ich dir sofort. Genauso fühle ich mich«, seufzte sie und blickte dann mit einem Lächeln zu mir auf.

»Darf ich wissen, wieso sowohl Eliza als auch du heute auf die Idee kommt, mir Blumen mitzubringen? Versteh mich nicht falsch, ich steh ja drauf, aber irgendwie erkenne ich ein Muster. An Zufälle glaube ich nicht«, fügte sie mit Unschuldsmiene hinzu.

»Das liegt wahrscheinlich daran, dass es so einen Stand mit Blumen genau vor dem Krankenhaus gibt.« Ich lächelte charmant.

Ally schaute nachdenklich. »Und wie kommt es dann, dass vor knapp zwei Stunden, als ich einen kleinen Spaziergang durchs Krankenhaus und vor die Eingangstür gemacht habe, kein solcher Stand dort aufgebaut war?«

»Muss wohl erst seit Kurzem dort stehen ...«

Sie warf mir einen spöttischen Blick zu.

»Eliza hatte eine Laune, Finn, das kann ich dir sagen. Ich will ja nicht so tun, als hätte ich eine Ahnung, was das jetzt zwischen euch ist – letzte Woche habt ihr euch noch gehasst, und plötzlich seid ihr ein Herz und eine Seele –, aber sie tanzte hier durchs Zimmer ...«

Unwillkürlich musste ich lächeln. »Sie tanzte?«

Ally lachte mich aus. »Wenn du jetzt deinen Gesichtsausdruck sehen könntest.«

»Ich hab dir einiges zu verdanken, denke ich«, erwiderte ich mit einem Lächeln, und sie hob die Brauen.

»Weil ich in einen Unfall verwickelt war und du mehr Zeit mit ihr hattest? Oder wegen der Tipps vorher?«

Jetzt war es an mir, die Augen zu verdrehen. »Themawechsel. Wo ist mein Bruder? Immerhin ist es Sonntag, und sonst weicht er auch nicht von deiner Seite.«

Sie lächelte leicht. »Ich hab ihn überredet, sich mal eine Auszeit von den Krankenhauswänden zu nehmen und mich für ein paar Stunden alleine zu lassen, um trainieren zu gehen. Er sagt zwar kein Wort, aber ich sehe ihm an, dass ihm das fehlt ... Also ich würde durchdrehen, wenn ich jeden Tag hier sein müsste«, meinte sie ironisch, und ich grinste.

»Und wann kommst du endlich raus?«

»In einer Woche, wenn alles gut geht. Kris feiert doch am Samstag ihren Geburtstag, und ihr tretet wieder im Howl at the Moon auf, also bis dahin sollte ich fit sein.«

Wir sprachen noch eine Weile, bis eine Krankenschwester kam und mich darauf hinwies, dass Ally Ruhe brauchte und die Besuchszeiten jetzt vorüber waren. Ich verabschiedete mich und wandte mich dann zum Gehen.

»Hey, Finn«, rief Ally mir hinterher, als ich schon halb zur Tür raus war, und ich drehte mich kurz um. »Eliza und du, ihr seid blinde Idioten!«

»Tja, das sind wir wohl. Aber im Gegensatz zu dir stecken wir nicht in diesem Zimmer fest«, antwortete ich lachend und zog die Tür hinter mir zu.

Während ich mir meinen Weg nach unten bahnte, lächelte ich immer noch, und da ich so verdammt gute Laune hatte, beschloss ich, dass es an der Zeit war, es auf die Spitze zu treiben. Ich zog mein Handy aus der Tasche und scrollte lächelnd zu dem richtigen Namen herunter.

***

Eliza

Ich war gerade vom Supermarkt gekommen, wo ich alle Zutaten für mein spezielles Chili sin carne besorgt hatte, das ich für Sam und Jenny als Willkommensessen zubereiten würde. Gleichzeitig war es auch eine Art Bestechung, weil ich wusste, dass Jenny es über alles liebte. Vielleicht war das der Auftakt zu einem einigermaßen vernünftigen Gespräch, bei dem sie Sam und mir nicht den Hals umdrehen würde. Aber vielleicht hatte er ihr auch schon von Allys Unfall erzählt. Das war meine größte Hoffnung.

Ich schaltete einen Musiksender im Fernsehen ein, während ich mit den Kochvorbereitungen begann und meine Gedanken zu den interessanten Dingen in meinem Leben wanderten.

Am helllichten Tag war es noch unglaublicher, daran zu denken, was Finn und ich gestern Nacht in seinem Bett und auf dem Boden veranstaltet hatten.

Als ich den Herd anschaltete und die restlichen Zutaten gerade auspacken wollte, erklang mein Klingelton aus meiner Hosentasche, und ich wischte mir die Hände schnell am Geschirrtuch ab, bevor ich das klingelnde Handy in die Hand nahm und auf das grüne Symbol klickte.

»Hat da jemand Sehnsucht nach mir?«, fragte ich mit einem Grinsen und hörte Finns tiefes Lachen am anderen Ende.

»Die Frage könnte ich direkt zurückgeben. Was machst du, Baby?«

»Hmm … Ich wüsste nicht, was dich das zu interessieren hat«, säuselte ich ins Telefon und schaltete den Herd aus. Ich klemmte mir das Handy kurz in meine Halsbeuge, stützte mich ab und hievte mich auf die Theke, um dort die Beine übereinanderzuschlagen.

»Zufällig, Kleine, hat mich das sehr wohl zu interessieren. Ich bin der Typ, mit dem du gestern die halbe Nacht verbracht hast, also dachte ich, du hättest möglicherweise Interesse an einer Wiederholung?«

»Das war keine Verpflichtung für irgendetwas«, erwiderte ich so gleichgültig, wie es mein Innenleben zuließ.

Er lachte auf. »Ich wusste schon immer, dass du einen ausgeprägten Sinn für Humor hast. Ich hätte mich verständlicher ausdrücken müssen. Die Frage nach der Wiederholung war rein rhetorisch. Eigentlich gemeint war: Wann kommst du vorbei?«

»Was, wenn ich keine Lust habe?«, fuhr ich seelenruhig fort und war stolz auf mich, dass ich noch nicht vollständig die Kontrolle über mich verloren und ihm erzählt hatte, dass ich gestern Nacht nicht einmal richtig hatte schlafen können, weil mir alles immer wieder in den Sinn gekommen war.

Ein kleines Seufzen ertönte am anderen Ende der Leitung. »Ich hätte wohl damit rechnen müssen, dass sich das kleine, sture Mädchen wieder querstellt, weil sein Stolz gestern angeknackst wurde«, murmelte er scheinbar zu sich selbst, aber ich wusste, dass er mich nur damit provozieren wollte.

Natürlich biss ich trotzdem sofort an. »Hör mal zu, du Vollidiot, das gestern hat nicht das Geringste mit meinem Stolz zu tun.

Ich wollte es, ich hab's gemacht, es war gut. Mehr gibt's nicht zu sagen.«

Eine kleine Pause entstand.

»Wann kommst du vorbei?«, fragte er jetzt todernst, ohne eine Spur von Ironie.

»Finn.« Ich sprach seinen Namen mit Bedacht aus und ließ ihn mir auf der Zunge zergehen. »Jen und Samuel können jeden Moment vom Flughafen kommen, und ich bin gerade am Kochen, also …«

»Na bitte, genau das wollte ich von Anfang an von dir wissen.« Er kicherte, ich verdrehte die Augen.

»Und zusätzlich wolltest du noch ganz nebenbei klarstellen, dass du mal wieder nicht lockerlassen wirst, was?«

»Exakt. Ich liebe es, dass wir immer schneller verstehen, was der andere will.«

»Willst du mir erklären, wie genau du das meinst?« Ich senkte meine Stimme und biss mir auf die Unterlippe.

»Am liebsten würde ich es dir zeigen. Wie ich dich …«

Ein Schlüssel wurde im Schloss umgedreht, und ich sprang automatisch von der Theke. »Ähm«, unterbrach ich ihn schnell. »Können wir diese Unterhaltung später fortsetzen?«

»Wann immer du willst.«

Erleichtert seufzte ich auf. »Okay. Ich muss los. Man sieht sich, Westwood.«

»M-hm. Darauf kannst du Gift nehmen.«

Ich unterbrach die Verbindung genau in dem Moment, als die Wohnungstür sich öffnete. Ein strahlendes Lächeln wischte diese Hitze in meinem Inneren glücklicherweise weg, als ich Jenny und Sam hereinkommen sah.

Jenny wirkte, als hätte sie gerade einen Hochverrat aufgedeckt – oder bildete ich mir das nur ein, weil ich ein schlechtes Gewissen hatte? –, und warf mir einen vernichtenden Blick zu, bevor sie, ihren Koffer und das Handgepäck hinter sich her ziehend, mit großen Schritten im Flur verschwand.

Die freudige Begrüßung blieb mir im Hals stecken. Samuel hob leicht schuldbewusst die Brauen und trat näher zu mir, nachdem er die Tür geschlossen hatte und sein Gepäck daneben abstellte.

»Hi, Liz«, begrüßte er mich und küsste mich mit einem Seufzen auf die Wange. Ich umarmte ihn kurz und fuhr mir dann leicht nervös durch die Haare.

»Wann hast du es ihr gesagt?«, fragte ich flüsternd.

Er zuckte resigniert mit den Schultern. »Vor circa einer halben Stunde am Flughafen. Seitdem spricht sie kein Wort mehr mit mir. Sie ist nicht einmal ausgerastet oder so, und das macht mir am meisten Angst. Ich glaube ehrlich gesagt, ich hab's verbockt.«

»Und diesmal stehst du nicht alleine da«, murmelte ich und führte ihn dann zur Couch. »Setz dich mal, ich bring was zum Trinken. Ich war gerade dabei, Chili sin carne zu kochen, falls ihr Hunger habt.«

»Danke. Aber wir sind wirklich am Ende. Es war so perfekt in L. A., das war ehrlich die beste Woche mit Jenny, und jetzt ist sie so sauer, weil wir ihr den Unfall verschwiegen haben. Ich hab mich sowieso die ganze Zeit über schuldig gefühlt, weil ich kein Wort gesagt habe, aber das macht es auch nicht besser. Wie geht es Ally jetzt eigentlich?«

Ich holte eine Dose Limonade aus dem Kühlschrank, reichte sie ihm und setzte mich. »Ziemlich gut. Ich war heute Morgen noch bei ihr, und es kann gut sein, dass sie schon in einer Woche entlassen wird.«

»Das ist eine gute Nachricht. Aber wie bist du mit dem Unfall klargekommen? Ich hatte nur Finn am Telefon.« Er sah mich prüfend von der Seite an.

»Ich bin durchgedreht. Wäre er nicht bei mir gewesen, hätte ich eine Panikattacke bekommen. Aber das ist jetzt auch egal.«

»Finn und du, ja? Was ist das eigentlich? Und jetzt erzähl mir keinen Mist, ich durchschaue dich.«

Ich musste ein wenig grinsen. »Ich habe keine Ahnung, was das ist.«

Damit schien er sich zufriedenzugeben. Es war ja auch die Wahrheit. Wenn man die schmutzigen Details ausließ.

Während ich weiterkochte und mit Sam über seine fantastische

Woche plauderte, hörten wir Jenny in ihrem Zimmer und dem Badezimmer herumhantieren. Gerade war die Dusche ausgestellt worden, und ich verteilte das Essen auf drei Teller, während Sam halb auf der Couch lag und die Augen geschlossen hatte. Ich lächelte.

Er war ziemlich fertig vom Flug, und Jen ging es vermutlich nicht anders, also war es nur verständlich, wenn sie im ersten Moment überreagierte. Ich würde das schon geradebiegen.

Als jedoch Schritte aus dem Flur ertönten und sie im nächsten Moment in voller Montur vor uns stand, verpufften meine Hoffnungen. Ihr Blick war genauso unversöhnlich wie zuvor, und jetzt stemmte sie zusätzlich noch die Hände in die Hüften. Ich registrierte, dass sie eine Handtasche bei sich trug und Stiefel anhatte.

Trotzdem ergriff ich meine Chance. »Jen, ich hab Essen gemacht, und wir wollen beide mit dir reden, wegen der Sache …«

»Ernsthaft, Eliza?«, unterbrach sie mich mit kalter Stimme. »Ich denke, es ist ein bisschen zu spät, um mit mir zu reden. Schade, dass euch das nicht früher eingefallen ist. Ich bin enttäuscht von Sam, aber von dir hätte ich das niemals erwartet, nur damit du Bescheid weißt.«

Sam war aufgestanden und hatte hilflos die Arme gehoben, aber sie hatte sich schon umgedreht und war zur Tür gelaufen.

Samuel und ich starrten uns ein paar Sekunden lang an, dann rannte ich zur Tür, die sich gerade hinter ihr geschlossen hatte, riss sie wieder auf und lief Jenny hinterher. Sie war schon fast beim Aufzug.

»Verdammt, Jenny, es tut mir leid, aber was sollte ich tun? Wir waren alle geschockt, und als Finn mit Sam telefoniert hat, da wollten sie dir nicht den Urlaub versauen. Außerdem …«

Sie wirbelte herum und funkelte mich an. »Finn war also auch beteiligt, ja? Dann weiß ich, wer noch zu den falschen Freunden gehört.«

Ich stöhnte. »Hör zu, wir haben es für dich getan, weil wir nicht wollten, dass du durchdrehst. Das war nichts gegen dich.«

»Ich bin kein Kind mehr, und ich weiß sehr wohl, was das Beste für mich ist. Und wenn du mich jetzt entschuldigst, ich werde Ally besuchen gehen, so wie man es unter wahren Freunden tut.«

Und mit diesen Worten stieg sie in den Aufzug und drehte sich nicht mehr zu mir um.

Verzweifelt hob ich die Arme in die Höhe, ließ sie aber sogleich wieder sinken.

Als ich resigniert zurück zur Wohnung schlurfte, öffnete sich die Tür unserer reizenden Nachbarn, und die alte Dame streckte ihre lange Nase heraus. »Ah, Miss Fleming, ich habe laute Stimmen im Treppenhaus gehört und habe mich gefragt, ob Sie vielleicht Hilfe benötigen«, erklärte sie mit falscher Freundlichkeit.

Diese Frau war wirklich unerträglich neugierig. Und außerdem ging sie mir, Ally und Jen jetzt schon seit Monaten auf den Geist.

Ich zwang mich zu einem ebenfalls falschen Lächeln. »Kümmern Sie sich um Ihre eigenen Angelegenheiten«, erwiderte ich, knallte ihr die Tür vor der Nase zu und lief geradewegs zu Sam, wo ich mich neben ihn auf die Couch fallen ließ und er den Arm um mich legte.

»Sie kriegt sich wieder ein. Ich weiß es, Eliza … Sie braucht Zeit.«

Weil er mein bester Freund war und weil ich gerade keine Lust auf noch mehr Komplikationen hatte, glaubte ich ihm einfach.

***

January 11th, 9:30 a. m.

Ich kam gerade mit meinem morgendlichen Cappuccino und einem Schokomuffin aus dem Café und war auf dem Weg zum Campus.

Jenny war gestern erst nach zehn Uhr nach Hause gekommen, nachdem Sam schon gegangen war, und jeder meiner Versuche, ein Gespräch mit ihr aufzunehmen, war gescheitert.

Ich hatte mich so sehr daran gewöhnt, dass immer jemand zum Reden da war, und die letzten Tage, in denen Ally im Krankenhaus und Jen noch in L. A. gewesen war, hatte ich mich wirklich zu Tode gelangweilt. Hinzu kam natürlich noch, dass ich sie vermisst hatte und gerne auch von ihr, nicht nur von Sam, erfahren hätte, wie ihre Woche gewesen war.

Ich zwang mich, an etwas Erfreuliches zu denken. Es sah nicht so aus, als würde Finn die ganze Sache als beendet ansehen. Vielleicht hatte ich tatsächlich recht gehabt, und er war jetzt genauso süchtig nach mir wie ich nach ihm.

Ich konnte mich so lange fragen, wie ich wollte, warum es bei ihm so anders war, ich wusste es wirklich nicht. Wahrscheinlich lag es daran, dass er so aussah, wie er aussah, und nicht lockerließ. Es war jedenfalls alles oberflächlich.

Zwar hatte ich für ihn zum ersten Mal viele Grenzen überschritten, aber spätestens jetzt müsste ich den Schlussstrich ziehen.

Das wäre das Gesündeste. Sicher. Vernünftig.

Aber so liefen die Dinge nun einmal nicht.

Ich hatte keine Ahnung, ob er so etwas Ähnliches schon einmal erlebt hatte, aber anscheinend hatte er von Anfang an gewusst, dass es kein Zurück mehr gab, sobald wir beide einmal diesen Schritt wagen würden.

Aber auf der anderen Seite hatte ich ein klein wenig Angst, dass es aus dem Ruder laufen könnte. Dass er mehr von mir verlangen würde und damit letztendlich alles kaputt machte. Obwohl ich wusste, dass er irgendetwas verbarg, das ihm zu schaffen machte.

Vielleicht war gerade das der Grund dafür, dass das zwischen uns irgendwie funktionierte. Vielleicht hielt diese Sache ihn davon ab, Illusionen wie Verliebtsein zu verfallen.

Das Problem bestand nur darin, dass im Laufe der Zeit vielleicht der freundschaftliche Aspekt zwischen uns größer werden könnte. Und Sex und Freundschaft waren meiner Ansicht nach eine gefährliche Mischung.

Für mich war Finn undurchschaubar – es konnte gut sein, dass er seine Meinung über Nacht wieder geändert hatte. Allein der Gedanke stellte seltsame Dinge mit meinem Körper an, also verdrängte ich ihn schnell wieder. Ich war wirklich nicht der Typ für Minderwertigkeitskomplexe.

Die Uni kam in Sicht, aber ich hatte noch zwanzig Minuten bis zur Vorlesung, also ließ ich mir Zeit, warf den leeren Becher zusammen mit dem Muffinpapier in den nächsten Mülleimer und lief langsam über die Grünflächen und an den Tannen vorbei, die hier überall auf dem Campus wuchsen.

Unterwegs traf ich Kris, die mich eilig umarmte und dann mit einem entschuldigenden Blick weiterhastete, nachdem sie mir von ihrer Geburtstagsparty erzählte, die am Wochenende stattfinden sollte.

Kopfschüttelnd sah ich ihr nach – sie rannte auf ihren Fünfzehn-Zentimeter-Absätzen, als wären es Sportschuhe.

Als ich gerade bei einem der kleineren Gebäude angekommen war, lächelte ich immer noch, bis ich abrupt von hinten an beiden Handgelenken gepackt und zur Seite gezogen wurde. Ich gab ein Japsen von mir und wandte den Kopf zur Seite, um meinen Angreifer zu erkennen.

Nicht, dass ich nicht sofort eine Vermutung hatte, die sich augenblicklich bestätigte.

»Was zur Hölle, Westwood?«, zischte ich, aber er zog mich bestimmend und mit unglaublicher Kraft weiter, bis wir an der Rückseite des kleinen Gebäudes angelangt waren. Soweit ich wusste, diente es als Chemielabor, ich war noch nie darin gewesen.

Den ganzen Weg über wehrte ich mich heldenhaft und warf ihm die ausgefallensten Flüche an den Kopf, wobei ich die hohen Tannen verfluchte, die so dicht beieinanderstanden, dass kaum jemand etwas von seiner Entführungsaktion mitbekam. Außerdem verfluchte ich mich selbst, weil mein Herz schon wieder wie eine Dampflok gegen meinen Brustkorb donnerte, und das ganz sicher nicht aus Angst.

Er drückte mich gegen den Backstein und versperrte mir die Sicht mit seinem Körper. Vorerst wehrte ich mich nicht.

»Ich setze unsere Unterhaltung von gestern Abend fort, mein Mädchen.«

Ich zog die Augenbrauen hoch. »Ich bin jetzt also *dein Mädchen*, ja?«

Seine Lippen verzogen sich zu einem leichten Lächeln, und er hielt mir die Hände jetzt hinter meinen Rücken, sodass ich förmlich an seiner Brust klebte.

Ich sah zu ihm auf und kam mir dabei wie seine Gefangene vor.

»Das warst du schon vom ersten Moment an, als ich dich an diesem verhängnisvollen Abend aufgefangen habe. Nur jetzt ist es offiziell.«

»Ah«, gab ich von mir, weil mir sein warmer Atem übers Gesicht fuhr und ich mich erst einmal sammeln musste. »Nur damit das klar ist, ich gehöre dir nicht.«

Er lachte leise.

Wütend funkelte ich ihn an. »Ich hab dir gesagt, dass das zwischen uns frei von Verpflichtungen ist. Ich bin ein freier Mensch, wir haben nichts miteinander zu tun, außer ...«

»Außer dass wir beide den besten Sex überhaupt hatten und jetzt nicht mehr genug kriegen können, weil uns die Erinnerung daran verrückt macht?«

Ich schnappte nach Luft. Den besten Sex. Verflucht. Für mich natürlich, aber er hatte doch schon Tausende gehabt. Ich musste aufhören mit dem Mist. Es konnte mir doch so egal sein, ob es für ihn genauso gut wie für mich gewesen war. Ob er es wieder wollte.

»Wir hatten nur einen One-Night-Stand, das war nur eine Nacht«, sagte ich mit fester Stimme und sah ihm dabei geradewegs in die Augen. Nicht dass er wieder auf die Idee käme, ich würde mich selbst belügen. Sobald ich die Worte ausgesprochen hatte, konnte ich die Veränderung in seinem Smaragdgrün sehen.

»Ein One-Night-Stand ...«, murmelte er scheinbar gedankenverloren, bevor er eine Hand von meinem Rücken nahm, meine Handgelenke nur noch mit einer festhielt und mein Kinn mit der anderen so anhob, dass ich nicht entkommen konnte und nur noch wenige Zentimeter von seinem Gesicht entfernt war. »Beweise es.«

»W-was?«, stotterte ich.

Er drückte uns beide weiter zurück an die Wand, und dann war sein Mund schon auf meinem.

Im ersten Moment war ich zu überrascht, um zu realisieren, dass meine Lippen sich automatisch einen Spalt geöffnet hatten und meine Hände verzweifelt versuchten auszubrechen, damit ich sie in seine Haare krallen konnte.

Aber er gab mich noch nicht frei. Er zog mich näher, immer näher an seine Brust, ließ unsere Oberkörper immer wieder gegeneinander prallen, während er mich voller Leidenschaft küsste.

Bei keinem anderen Mann hatte ich je dieses Gefühl gehabt, dass er sich mir ganz hingab, nur wenn er mich küsste. Ein Kuss war eigentlich gar nichts. Nicht von Bedeutung.

Aber seit ich Finn kennengelernt hatte, hatte sich sowieso alles verändert.

Nach einigen Herzschlägen ließ er meine Hände los, nur um seine Finger in meinem Haar zu vergraben.

Er berührte mich nicht langsam oder vorsichtig. Das hatte er noch nie.

Und ich konnte nichts anderes tun, als die Arme um seinen Hals zu schlingen. Auch wenn ich wusste, dass ich ihm damit wieder einen Sieg gönnte. Zwischen den heftigen Küssen brachen ein paar atemlose Worte aus ihm hervor, die ich im ersten Augenblick nicht einmal verstand.

»Wie war das noch mal mit dem One-Night-Stand?«

***

Es dämmerte schon, als die Türklingel ertönte. Ich war alleine in der Wohnung.

Heute früh waren Finn und ich natürlich zu spät zur Vorlesung gekommen, und obwohl ich eine Wiederholung kaum abwarten konnte, machte ich mich gerade fertig, um zu einer Besprechung an der Uni für ein optionales Auslandssemester in London zu gehen. Anschließend musste ich noch arbeiten.

Ich riss die Tür auf und war nicht einmal überrascht. »Lass mich raten, du warst zufällig in der Nähe?«

Finn hatte sich umgezogen und trug jetzt ein Shirt, das so zerfetzt war, dass man ein wenig nackte Haut an den Schultern und an der Brust sehen konnte.

»Eigentlich hab ich nur auf den Moment gewartet, bis du alleine in der Wohnung bist.« Er grinste mich schief an und machte Anstalten hereinzukommen.

Meine Hände schnellten nach vorne und legten sich auf seine Brust, um ihn davon abzuhalten. »Zu schade, dass ich leider überhaupt keine Zeit für dich habe. Ich muss mich für das London-Treffen fertig machen, und hinterher gehe ich ins Hard Rock Café. Wie du siehst, habe ich im Gegensatz zu dir ein Leben. Also, tut mir wahnsinnig leid, aber du musst wieder gehen.«

Er hob die Brauen, und dann beugte er sich zu mir herunter und packte mich. Er trug mich ein paar Schritte in die Wohnung und kickte die Haustür mit seinem Fuß zu. Ich verdrehte die Augen und stützte mich an seinen Schultern ab.

»Idiot.«

Ein Lachen entfuhr ihm. »Ich bin gekommen, um dich abzuholen.«

»Du hast nie gesagt, dass du auch Interesse an dem Auslandssemester hast.«

»Ich habe nie gesagt, dass ich es nicht habe.«

Irgendwie schaffte er es wieder, mich zum Grinsen zu bringen.

»Aber ich habe wirklich keine Zeit«, meinte ich halbherzig und legte im krassen Widerspruch dazu meine Hände links und rechts an sein Gesicht.

»Das werden wir ja sehen.«

Im nächsten Moment lag ich auf meiner Couch, und er war über mir.

»Ich habe den ganzen Tag damit verbracht, mir alles, was wir tun könnten, im Detail auszumalen, Kleine«, hauchte er mir entgegen, und ich schlang ihm ein Bein um die Taille.

»Endlich«, murmelte ich zwischen den Küssen und biss ihm leicht in die Unterlippe, was ihn dazu brachte, leise zu stöhnen.

Seine Finger machten sich gerade am Saum meines Kleids zu schaffen, als ein Schlüssel von außen ins Schloss gesteckt wurde und wir beide aufhorchten. Eine Millisekunde waren wir wie erstarrt, dann schob ich ihn energisch von mir, und er landete in der rechten Ecke des Sofas. Ich fluchte und warf ihm einen panischen Blick zu.

Finn reagierte erstaunlich schnell, nahm die Fernbedienung, schaltete den Fernseher ein und winkelte dann ein Bein an, damit seine Sitzposition entspannt und gemütlich wirkte.

Gerade rechtzeitig konnte ich mich noch aufsetzen und möglichst weit weg von ihm rutschen, als die Tür aufging – es war Jenny.

Ich zwang mich zu einem Lächeln, aber sie hob schon erstaunt die Augenbrauen, bevor sie ihren Gesichtsausdruck wieder unter Kontrolle brachte.

»Sieh mal einer an, die Verräter sind versammelt«, meinte sie trocken, und ich wollte schon erleichtert aufatmen, weil sie offenbar nichts allzu Ungewöhnliches an der Situation fand, aber dann hob sie noch mal eine Braue, bevor sie in den Flur lief. »Interessant, was für Dinge ihr euch alleine in der Wohnung anhört.«

Verdutzt sah ich Finn an, der wieder zu grinsen angefangen hatte, nachdem sie in ihrem Zimmer verschwunden war. Na toll. Ich drehte mich zum Fernseher und realisierte, dass Finn zufällig einen Musiksender eingeschaltet hatte und dort ein interessantes Lied über körperliche Verschmelzung lief. *Sex Is Good* von Saving Abel.

»Super«, erwiderte ich und verdrehte die Augen, aber er hatte mich schon am Nacken gefasst und drückte mir einen schnellen Kuss auf die Lippen.

Ich funkelte ihn an. »Bist du wahnsinnig?«

»Scheiß drauf«, flüsterte er mit strahlenden Augen und küsste mich noch mal. Ich drückte ihn genau in dem Moment zurück, als Jen wieder ins Wohnzimmer kam. Und zu meiner größten Überraschung lächelte sie leicht.

»Ihr seid fast noch größere Idioten, als Sam und ich es waren.«

»Da läuft nichts«, beeilte ich mich zu sagen, aber irgendwie musste ich auch grinsen, weil es das erste Mal seit ihrer Rückkehr war, dass sie in meiner Gegenwart lächelte.

»Mach dich nicht lächerlich, Kleine«, antwortete sie, öffnete die Tür und war schon wieder weg.

Ich wandte mich Finn zu. »Mach weiter so, und ganz Washington weiß bald, dass wir was am Laufen haben.«

Er antwortete nicht, sondern stürzte sich auf mich, und ich konnte nichts tun, außer erschrocken zu keuchen, als wir auf den Boden vor der Couch fielen. Den Aufprall federte er mit seiner Umarmung ab. Ich krallte mich in seinen Haaren fest.

Das Lied dröhnte jetzt lauter an meine Ohren, und ich genoss einfach das Hochgefühl, das sich gerade in meinem Inneren ausbreitete, während ich in seinen Augen versank, die nur Millimeter von meinem Gesicht entfernt waren.

»Wo waren wir stehen geblieben?«

13. KAPITEL

SOME THINGS WE CANNOT CONTROL

Eliza

January 16th, 7:30 p. m.

»Willkommen zu Hause, Ally! Gott, haben wir dich vermisst. Hey, Tom.« Ich umarmte sie beide, bevor Jenny hinter mir auftauchte und es mir gleichtat.

Es war Samstagnachmittag, und Tom hatte Ally vom Krankenhaus hierhergebracht, weil sie endlich entlassen wurde – und das glücklicherweise auch noch wenige Stunden vor Kristinas Geburtstag.

Sie sah eigentlich ziemlich gesund aus – die Haare waren zu einem verstrubbelten Pferdeschwanz nach oben gebunden, und ihre Augen funkelten hellblau.

Sie schaute von Jenny zu mir. »Ich komme keinen Schritt weiter rein, wenn ihr euch nicht vertragt, Mädels.«

Tom lachte hinter ihr. »Okay, ihr drei, ich denke, das ist mein Stichwort. Ich bring deine Taschen rein, Baby, und dann bin ich weg.«

Er küsste sie und verschwand in unserem Flur, während Jen mir einen zaghaften Seitenblick zuwarf. Sie hatte seit Montag nicht mehr viel mit mir gesprochen, was aber meiner Meinung nach nicht daran lag, dass sie so viel Wert darauf gelegt hatte, mir aus dem Weg zu gehen, sondern eher, dass wir beide verdammt viel zum Lernen gehabt hatten.

Aber unser Umgangston war trotzdem kühl gewesen, wenn wir uns dann mal gesehen hatten. Ich wandte mich zu ihr und versuchte ein leichtes Lächeln. »Ich hab Mist gebaut, das weiß ich«, fing ich an. »Aber denkst du nicht, es reicht jetzt mit der Bestrafung? Ich tu das nie wieder, das kannst du dir ja denken«, murmelte ich, und sie sah mich einen Moment lang schweigend an, bis sie mit den Schultern zuckte und mich angrinste.

»Schon gut. Ich denke, ich hab ein bisschen übertrieben. Lass uns die Sache vergessen und hoffen, dass Ally hier …« Sie zog sie richtig in die Wohnung und legte ihr einen Arm um die Schultern. »… uns nie wieder so einen Schrecken einjagt.«

Ein Lächeln breitete sich auf meinem Gesicht aus, als ich sie kurzerhand beide in meine Arme zog.

Ally kicherte. »Gebt am besten mir die Schuld!«

Ich löste mich von den beiden, als mein Handy in meiner Hosentasche zu vibrieren anfing. Da wir nah beieinanderstanden, konnten sie beide den Bildschirm sehen, als ich es hervorzog und eine neue Nachricht registrierte. Ich klickte auf Lesen, und sie guckten mir beide neugierig zu. *Kannst du vorbeikommen, Kleine? Ich dreh gleich durch.*

»Von wem die wohl ist …«, fragte Jen mit einem Kichern, aber bevor ich antworten konnte, kam Tom zurück, da er seine Jacke vergessen hatte.

»Von wem ist was?«

Ich seufzte. Jetzt, wo wir uns vertragen hatten, ging das wieder los.

»Dein Bruder sendet Liz Hilferufe«, kam es auch gleich von Ally, und jetzt sahen sie mich alle drei grinsend an.

»Ich kann mir vorstellen, dass er ohne dich durchdreht.«

»Okay, das reicht«, stöhnte ich auf und blickte zu Tom. »Fährst du zu dir nach Hause? Kannst du mich mitnehmen?«

Wenn Finn mich brauchte, dann würde ich tatsächlich vorbeikommen. Auch wenn wir alle in einer Stunde im Howl at the Moon sein mussten und ich mich noch nicht umgezogen hatte. Hinterher würden wir in einen Club gehen, der sich unmittelbar unter Kristinas Wohnung befand und den sie für ihre Geburtstagsparty gemietet hatte.

Aber ich würde ganz sicher nicht aus purer Freundlichkeit in die

1st Avenue fahren, sondern schlicht und einfach aus dem Grund, dass ich Finn seit Montagnacht nicht mehr gesehen hatte. Ich war wirklich beschäftigt mit der Uni gewesen, aber er hätte sich ja auch mal melden können, der Idiot.

Tom nickte amüsiert. »Klar. Ich frage mich, was er jetzt, nur eine Stunde vor unserem Auftritt, von dir will.«

»Ich hab genauso wenig Ahnung wie du«, erwiderte ich mit einem zuckersüßen Lächeln und verschwand in Richtung meines Zimmers, um mein Outfit für heute Abend in meine Tasche zu stopfen. »Ally, ich hab dein Bett neu bezogen, und deine Wäsche liegt drauf, oder, Jen?«, rief ich ihnen vom Flur aus zu und bekam zustimmendes Gemurmel als Antwort.

Ich schlüpfte in meine Schuhe und eilte zurück ins Wohnzimmer, wo sich Ally auf die Couch gesetzt hatte und Jen ihr in der Küche ein Sandwich machte.

Tom stand startbereit an der Tür, lief aber noch mal schnell zu seiner Freundin, um sie erneut zu küssen. »Wir sehen uns später, ja? Ich liebe dich.« Und zu Jenny gewandt: »Pass auf mein Mädchen auf, okay?«

»Bis nachher, ihr beiden«, unterbrach ich das Geschmalze, und wir traten zur Tür hinaus, nachdem ich meine Jeansjacke vom Haken gerissen und mir übergezogen hatte.

Unten angekommen stiegen wir in Toms Wagen, während er damit anfing, mich über Finn und mich auszufragen.

Als wir endlich angekommen waren und ich mich vor seiner Wohnungstür von ihm verabschiedete, rannte ich die Treppen zum sechsundzwanzigsten Stock hoch, bis ich vor Finns Tür stand und klingelte.

Von drinnen konnte ich seine Gitarre hören. Seine Stimme erklang gereizt und leicht gedämpft durch die Tür. »Es ist offen!«

Ich runzelte die Stirn und drückte gegen das weiße Holz, das tatsächlich nachgab.

Kaum hatte ich die Tür hinter mir zugezogen, hörte ich ihn aus dem Schlafzimmer rufen.

»Verdammt, Tom, ich schwör's dir, ich bring Alex um. Sag mal, weiß er überhaupt, was für ein Dreck ...«

Er war aus dem Zimmer gekommen und verstummte angesichts meines Anblicks.

»Knapp daneben«, meinte ich trocken. »Hast du die Nachricht an die falsche Nummer geschickt? Aber irgendwie hätte ich nicht gedacht, dass du deinen Bruder als Kleine bezeichnest.«

Er verdrehte die Augen. »Spar dir den Mist«, murmelte er finster und raufte sich die Haare.

Ich blinzelte. »Okay, komm runter«, entgegnete ich. »Wo liegt das Problem? Wozu brauchst du mich? Ich hab mir eigentlich gedacht, dir ist mal wieder eingefallen, dass es mich auch noch gibt«, fügte ich sarkastisch hinzu, und er hielt kurz inne.

»Ich hab Tag und Nacht gearbeitet oder gelernt, da ist nicht viel Zeit übrig geblieben. Und weil du dich nicht gemeldet hast …«

»Ja, ja, schon gut«, winkte ich schnell ab, bevor er noch auf absurde Gedanken kommen konnte.

Sein Blick verdunkelte sich wieder. »Mein toller Bruder ist der Meinung, ich könnte locker mal ein Stück an einem Tag lernen, weil seine Freundin fünfundzwanzig wird. Und weil ich ja nichts Besseres zu tun habe, soll es auch noch eine Acoustic-Schnulze sein, weil Kris auf den Scheiß steht.«

»Was für ein Lied?«, hakte ich nach.

»Ist doch komplett egal. Fakt ist, dass ich es in einer halben Stunde draufhaben muss und kein verfluchter Typ für den Romantikdreck bin.«

Ich überlegte kurz, nahm dann entschlossen seine Hand und zog ihn wieder ins Schlafzimmer, wo seine Gitarre und mehrere Notenblätter auf dem Bett verteilt lagen.

Beauty of the Dark von Mads Langer. Ich hatte noch nie davon gehört.

»Was wird das?«, grummelte er, ließ sich aber von mir zum Bett führen, auf das wir uns setzten. Kurz blitzten kleine Flashbacks von Samstagnacht durch meine Gedanken, aber ich verdrängte sie schnell.

»Also … wo liegt das Hauptproblem?«

»Ich kann die Griffe und den Text, aber ich hab keine Ahnung, wie ich es singen soll«, erklärte er und biss sich nervös auf die Lippe.

Ich nahm den Songtext in die Hand und überflog ihn kurz. »Himmel, stell dich nicht so an!« Ich verdrehte die Augen. Bei seiner Stimme konnte er nicht viel falsch machen. »Gut, dann spiel jetzt einfach mal den Anfang. Und wenn du singst, dann stell dir vor, dass du unendlich verliebt bist. So schwer kann das doch nicht sein!«

Irgendwie brachte ich ihn damit zum Grinsen.

»Und das muss ich mir von der Frau anhören, die Liebe als Illusion ansieht.«

Ich schnaubte. »Das ist doch jetzt egal. Es geht um eine Rolle, die du spielen musst.« Ich drehte sein Handgelenk zu mir und sah auf seine Armbanduhr. »Wir haben noch zwanzig Minuten, und wir müssen uns auch noch fertig machen, also wirst du dir jetzt verdammt noch mal vorstellen, du wärst so ein verliebtes Weichei, und ich wäre deine große Liebe – der Mensch, für den du alles tun würdest. Und dann singst du für mich.«

Die Sache fing an, mich aufzuregen. Aber wenn er schon seinen dummen Text rüberbringen wollte, dann fiel mir auch nichts Besseres ein.

Seine Miene war halb belustigt, halb gestresst, aber glücklicherweise zuckte er nach ein paar Sekunden mit den Achseln und griff nach der Gitarre.

Ich blickte ihm fest in die Augen und versuchte, nicht allzu genervt auszusehen.

Er brachte drei Anläufe, bis er anfangen konnte zu singen. Zwei Mal schaute er zur Seite, beim dritten sah er mich direkt an und schloss dann die Augen, kurz bevor seine Stimme zusätzlich zum leisen Gitarrenspiel den Raum erfüllte.

Ich war wie erstarrt. Ich konnte mich nicht rühren, musste nur dieses Wunder vor mir betrachten. Wie er mit geschlossenen Augen im Schneidersitz vor mir saß und an den Saiten zupfte, während aus seinen Lippen diese unglaubliche Stimme erklang.

Sie war so rau, so tief, dass es sich anhörte, als würde er direkt aus seinem Inneren zur Außenwelt sprechen. Meine negativen Gedanken waren ausgelöscht.

Mir wurde klar, wie sehr ich ihn bewunderte. Nicht als Mensch oder als Freund, sondern als Mann mit einer Stimme zum Niederknien. Wie machte er das bloß? Er sah kein bisschen angestrengt aus, jegliche Anspannung war von seinen perfekten Zügen gewichen, nur im Bruchteil einer Sekunde. Seine Wimpern waren lang und dunkel und bildeten einen Kontrast zu seiner eher hellen Haut. Seine Hände umfassten die Gitarre so behutsam, als wäre sie etwas unglaublich Kostbares. Ich hatte noch nie gesehen, dass er so mit irgendetwas umging.

Mit einer belanglosen Sache, geschweige denn einem Menschen … oder mir.

Er sang von Licht und Dunkelheit, von Schönheit und wie plötzlich alles einen Sinn ergab, wenn diese eine Person den Raum betrat. Es war keine rockige Nummer wie sonst, es war eine Ballade, die ruhig begann und immer emotionaler wurde.

Eine Weile verharrte ich so und genoss den Moment, bis mir bewusst wurde, dass ich am ganzen Körper eine Gänsehaut bekommen hatte. Und das war der Augenblick, in dem es klick machte und ich aus meiner Trance aufwachte.

Ich durfte ihn nicht auf diese Weise toll finden. Ich durfte hier nicht dahinschmelzen, wenn er von Liebe und dem anderen Romantikdreck sang, wie er es formuliert hatte. Das war zu seltsam.

Also begann ich, mir meine Schuhe abzustreifen, um mich umzuziehen. Ich musste diese Faszination irgendwie loswerden, deshalb lenkte ich mich ab. Und außerdem hatten wir nicht mehr viel Zeit.

Als ich aufstand und in meiner Tasche kramte, öffnete er langsam die Augen und sah mich mit einem Blick an, der mich in Panik versetzte. Schlagartig ließ ich die Tasche fallen.

Vielleicht war mein Vorschlag doch keine so gute Idee gewesen. Sein Blick brannte auf mir, seine Stimme schien in mir widerzuhallen. Aber dann verstummte er mitten im Refrain und spielte nur weiter, während er zu mir sprach.

»Wenn du dich ausziehen willst, dann stell dich bitte direkt vor mich, damit ich auch was davon habe.« Mit einem Schlag fühlte ich mich wieder wohl in meiner Haut und konnte ihn anschauen.

Er spielte leise lächelnd weiter. Ich kniete mich zwischen den Notenblättern auf seinem Bett direkt vor ihn und stützte mich mit meinen Händen auf seinen Knien ab, während er sich über die Lippen leckte und ich mich näherbeugte.

»Hab ich dich genug inspiriert?«, flüsterte ich an seinen Lippen.

»Oh ja. Obwohl ich von Liebe singe, Elizabeth, nicht von abgrundtiefem, alles zerstörendem Verlangen.«

Ich verweilte noch einige Sekunden so, bis er wieder mit einem Grinsen das Lied aufnahm und ich mich erleichtert aufrichtete, um mich wirklich umzuziehen.

»Du bist mir was schuldig«, sagte ich mit einem Schmunzeln und kramte die Kleidung aus meiner Tasche hervor. Als ich fertig war, lief ich schnell in sein Badezimmer, wo ich mich vor den riesigen Spiegel stellte und anfing, meine Haare nach hinten zu kämmen und mit winzigen Klammern festzustecken, nachdem ich einzelne Strähnen ineinander verflochten hatte.

Zurück in seinem Schlafzimmer entdeckte ich ihn zu meiner großen Erleichterung vor seinem begehbaren Kleiderschrank. Offensichtlich war das Singen beendet, und das auch noch erfolgreich.

Nach einigen Minuten klingelte es an der Tür, als er sich gerade seine Jeans zuknöpfte.

»Ich geh aufmachen«, murmelte ich und griff nach meiner Tasche. »Ist wahrscheinlich Tom.«

Doch Finn zog mich mit einem Ruck zurück und drehte mich gegen die Tür.

»Einen Moment noch. Ich habe dir noch nicht gedankt.«

»Wofür?«

Er legte den Kopf leicht schief. »Dafür, dass ich den verfluchten Song in fünf Minuten richtig singen konnte, nur weil du aufgetaucht bist.«

»Das hat ehrlich geholfen?«, fragte ich zweifelnd.

»Ich wusste, du kannst mir helfen. Und sei dir sicher, ich werde dir meine Dankbarkeit erweisen«, meinte er mit einem versauten Grinsen und beugte sich näher, um mich in einen kurzen, aber leidenschaftlichen Kuss zu ziehen.

Bevor wir das Ganze vertiefen konnten, klingelte es wieder, diesmal länger. Seufzend löste ich mich von ihm.

Er trat einen Schritt zurück und legte mir dann einen Arm locker um die Schultern. »Fortsetzung folgt. Mal schauen, ob ich meine Finger in der Öffentlichkeit von dir lassen kann, Kleine.«

»Das solltest du lieber.«

Er ließ seine Hand weiter nach unten in mein Dekolleté wandern, und ich schlug sie weg, woraufhin er auflachte. »Okay, bist du bereit?«

Ich nickte, und wir liefen zur Tür. Meine große Tasche ließ ich hier, dann musste ich sie nicht auf der Party und im Howl at the Moon mitschleppen, und außerdem hatten wir dann später einen Vorwand, um zusammen hierherzukommen. Das Geschenk für Kris befand sich noch in unserem Apartment, Jen und Ally würden es mitbringen.

Also auf ging's ins Nachtleben und in die nächsten Stunden, die ich mit der bloßen Verführung vor mir durchstehen musste, ohne schwach zu werden.

***

»Bleib heute Nacht hier, Eliza.«

Finn griff nach meiner Hand, als ich gerade aufgestanden war und mir den Slip wieder übergezogen hatte.

Kristinas Geburtstag war perfekt gewesen. Im Howl at the Moon hatte ich mich auf den Toiletten versteckt, um den romantischen Song kein zweites Mal hören zu müssen, und anschließend hatte ich einfach eine gute Zeit mit meinen Freunden gehabt. Ally ging es wieder gut, Jenny und ich hatten uns vertragen – die Welt war wieder in Ordnung.

Als ich gedacht hatte, dass es kaum besser werden konnte, hatte Finn mich ein paar Stunden nach Mitternacht aus dem Club gezogen, und wir waren in seine Wohnung gefahren, um übereinander herzufallen. Es wurde jedes Mal besser, aber das hier ging entschieden zu weit. Das erkannte ich trotz meiner benebelten Gedanken.

Ich versuchte, mich loszureißen. »Nein, verdammt!«

»Warum nicht? Komm schon, es ist bequemer für dich, und

das Bett ist riesig. Morgen früh kannst du duschen und die Bahn nehmen, ich muss sowieso schon vormittags wieder los …« Er sah mich flehend an und lächelte gewinnend.

Aber nicht mit mir. Ich konnte mich nur allzu gut an das letzte Mal erinnern, als ich hier übernachtet hatte.

»Aber sicher, Finn. Damit wir noch schön ekelhaft kuscheln können und du mich am Morgen wieder hasst und für den Rest der Woche ignorierst. Nein, danke, ich denke, dafür ist mir der Sex wirklich zu wichtig.«

Er verdrehte die Augen. »Jeder schläft auf seiner Hälfte des Betts, wir fassen uns nicht mal an, und morgen früh wird alles unverändert sein. Ich verspreche es dir.«

Ich wägte das Ganze für einen Moment ab.

»Wehe, du gibst mir morgen wieder das Gefühl, etwas falsch gemacht zu haben«, zischte ich, und sein ganzes Gesicht leuchtete auf.

»Du bleibst?«, fragte er mit einem Grinsen, und ich nickte seufzend.

»Meinetwegen. Aber bilde dir bloß nichts darauf ein. Dein Bett ist nur irgendwie ziemlich gemütlich.«

Sein Grinsen vertiefte sich. »Du bist die Beste.«

Ich schnaubte. »Hast du für mich ein Shirt zum Schlafen da?«

Er tauchte wieder zwischen den Kissen und der Bettdecke auf und leckte sich anzüglich über die Lippen. »Am besten trägst du überhaupt nichts, Eliza.«

Ich verdrehte die Augen, lief zu seinem Schrank und sah mich um, bis ich ein leicht verwaschenes Bandshirt fand. »Geht das hier?«

Ich zog das Shirt aus dem Schrank, zeigte es ihm und sah ihn fragend an. Er war gerade damit beschäftigt, unsere Kleidungsstücke vom Bett zu räumen, und sah zu mir auf, woraufhin er sich gleich mal wieder grinsend auf die Unterlippe biss. Irgendwie schien ich ihn zu amüsieren.

»Pass bloß auf, dass ich dich mitten in der Nacht nicht wieder davon befreie.« Unverhohlen ließ er seinen Blick über meine entblößten Brüste gleiten.

Bevor er noch auf weitere Ideen kam, zog ich mir das Teil demonstrativ über und lief zurück zum Bett. Er sah mir leicht bedauernd zu und verschwand dann im Badezimmer.

Ich setzte mich auf und stützte mich an der breiten Fensterbank vor mir ab. Seattle bei Nacht von hier aus war wirklich meine Lieblingsaussicht.

Gott, was für ein Abend.

Ich merkte, wie jetzt auf einmal die Erschöpfung über mich hereinbrach. Vielleicht war es doch keine so schlechte Idee hierzubleiben.

Seufzend vergrub ich mich unter der Bettdecke und rollte mich auf die rechte Seite, wo mich Finns konzentrierter Duft erwartete. Als er wieder zurückkam und sich brav auf seine Seite legte, nachdem er die Decke über sich gezogen hatte, wandte er mir sein Gesicht zu. Ich blinzelte.

»Danke für alles.«

Sein Gesicht war eine Spur zu ernst. Aber die Augen schimmerten umso mehr. Wenn ich jetzt nicht so müde und angetrunken wäre …

»Schon okay, Finn.«

Bevor er etwas erwidern konnte, was das Verhältnis zwischen uns noch verkomplizieren würde, drehte ich mich auf die andere Seite und schloss seufzend die Augen. Zum Glück blieb er still. Das Einzige, was ich schließlich vernahm, war sein gleichmäßiger Atem, der mich in einen festen Schlaf gleiten ließ.

***

Hitze umgab mich. Und gleißende Helligkeit. Kurz zuckten Bilder und Empfindungen durch meinen Kopf, die mich an Urlaub erinnerten. Strahlend heiße Sonne auf meiner nackten Haut und überall diese Schwüle. Palmen und Kakteen. Der Geruch von Sommer.

Als sich die Benommenheit etwas löste und mich ein wenig klarer denken ließ, spürte ich, dass etwas anderes in mein Bewusstsein drang. Von weiter Ferne schlich sich der Gedanke ein, dass ich nicht alleine war. An meiner Nase befand sich etwas Warmes … Es war glatt, irgendwie weich. Ich blinzelte, um mich besser zurechtfinden zu können, ich versuchte meine Arme zu bewegen, aber es funktionierte nicht. Schlaftrunken öffnete ich die Augen und fühlte, wie sich seine Finger leicht in meine Haut gruben. Er hielt mich im Arm, eine Hand lag in meinen Haaren, die andere ruhte auf meinen nackten Hüften. Sein T-Shirt war mir um einiges hochgerutscht.

Ich richtete mich leicht auf und sah, wie Finn ebenfalls zu blinzeln anfing. Er sah so verschlafen aus, dass es beinahe süß wirkte. So hilflos. So gar nicht der heiße, unnahbare Mann wie sonst. *Ach du meine Güte.*

Wir hatten ineinander verschlungen die Nacht verbracht. Verdammt.

Verdammt, verdammt, verdammt. Und was hatte ich eigentlich für bescheuerte Gedanken? War ich nicht mehr ganz dicht? Ein schneller Blick zeigte mir, dass ich auf seiner Seite und somit fast völlig auf ihm lag. Na toll. *Gut gemacht, Eliza.*

Trotz leichter Benommenheit verfluchte ich mich gedanklich. Er brauchte ein paar Sekunden, aber dann öffneten sich seine Augen. Seine Lippen verzogen sich zu einem Lächeln.

Ich stöhnte auf und wollte mich von ihm lösen, aber sein Griff verstärkte sich reflexartig.

»Ich hasse dich, Finn Westwood«, schimpfte ich drauflos, was ihn dazu brachte, noch mehr zu grinsen. Und dann roch er auch noch so unwiderstehlich gut.

»Dir auch einen wunderschönen guten Morgen.«

Ich wand mich vergebens in seinen viel zu starken Armen. Zwar gelang es mir, mich auf die andere Seite zu drehen, aber im nächsten Moment wurde ich wieder von hinten gepackt, und seine Brust drückte sich gegen meinen Rücken.

Dafür, dass er gerade noch geschlafen hatte, war er erstaunlich schnell. Er kicherte, als ich meinen Kopf drehte, weil sich das als ein weiterer Fehler erwies. Erbarmungslos drückte er seine Lippen auf meine.

Ich gab ein lang gezogenes, lustvolles Stöhnen von mir und ergab mich.

Ohne mir eine Gelegenheit zu geben runterzukommen, warf er mich schon auf die andere Hälfte, sodass das Bett bedrohlich wackelte, und kniete sich über mich.

Wir küssten uns intensiver, seine warmen, starken Hände wanderten von meinem Bauch zu meinen Brüsten. Ich schmolz unter seinen Berührungen dahin … bis sein Blick auf etwas hinter uns fiel. Er stockte kurz und seufzte dann. »Verdammt. Könnten wir das später fortsetzen?«

Enttäuscht stöhnte ich auf.

»Ich muss in einer halben Stunde bei Mr. Erikson im Büro sein und hab vergessen, den dummen Wecker zu stellen. Danke fürs Aufwecken.« Er grinste. »Kann ich dich hinterher anrufen?«

Ich fuhr mir mit leicht zitternden Händen durchs Haar. Er wusste sehr wohl, dass er mich immer und überall anrufen konnte. Auch wenn das vielleicht nicht so gut für mich war.

Finn stand auf und lief zu seinem Schrank. »Kein Wunder, wenn du dich mitten in der Nacht aus dem Hinterhalt auf mich stürzt …«

»Mich würde es nicht wundern, wenn du das extra so eingefädelt hast.«

Er grinste breit und schlüpfte in seine Jeans. »Ich musste gar nichts einfädeln, meine natürliche Anziehungskraft reicht voll und …«

»Okay, okay, ich geh duschen«, schnitt ich ihm das Wort ab. Er hatte es offensichtlich darauf angelegt, mir auf die Nerven zu gehen. Das Dumme an der Sache war eben nur, dass er recht hatte.

Sein Lachen begleitete mich bis ins Badezimmer. Ich hatte eine eiskalte Dusche wirklich mehr als nötig, wenn ich heute nicht vollständig den Verstand verlieren wollte.

Finn hängte sich lautstark ans Telefon, als wir den Aufzug des Hochhauses herunterfuhren, um sich bei seinem Chef für die Verspätung zu entschuldigen, der keine sonderliche Begeisterung an den Tag legte – ich konnte seine gereizte Stimme durchs Handy hören.

Ich war kaum aus der Dusche gekommen, so angenehm war das kühle Nass für meinen überhitzten Körper und meine lodernden

Gedanken gewesen. Jetzt musste ich mir aber wirklich eine gute Ausrede einfallen lassen. Ich hatte fünf verpasste Anrufe auf meinem Handy – zwei von Ally, zwei von Jenny und einen von Kris.

Als wir unten angekommen waren, hielt er mir die Tür auf und beendete sein Gespräch. Er sah leicht gestresst aus, aber als er meinen Blick sah, musste er wieder lächeln. Wir blieben zwischen der Hauptstraße und seiner Garage stehen.

»Kleine, du weißt nicht, wie sehr ich mich auf die Fortsetzung freue …« Er biss sich auf die Unterlippe. »Du kannst jetzt übrigens zugeben, dass es nicht ganz so schlimm war, bei mir zu schlafen.«

Es war schon komisch – vor ein paar Wochen war er kaum ansprechbar gewesen, nachdem wir Arm in Arm eingeschlafen waren, und jetzt riss er Witze darüber, als gäbe es nichts Gewöhnlicheres.

»Mit dir zu schlafen, war ehrlich gesagt aufregender«, erwiderte ich grinsend, und er zog mich unerwartet zu sich, um mir einen festen, harten Kuss auf den Mund zu geben.

»Bis später.«

Ich schüttelte den Kopf und setzte mich in Bewegung. Es war aufregend, jeden Tag aufzuwachen und nicht zu wissen, was einen als Nächstes erwartete. Ich hatte keine Ahnung, wohin mich das Ganze führen würde, nur war mir klar, ich würde es nicht unterbrechen. In meinem Kopf hatte sich die Idee von Finn und mir schon längst festgesetzt. Ich brauchte ihn zu meinem Vergnügen, und ihm ging es genauso. Es war vollkommen.

Leise lächelnd lief ich an den vorbeifahrenden Autos entlang. Als ich gerade die Straße überqueren wollte, wurde ich von hinten angetippt und drehte mich überrascht um.

Eine junge Frau in ungefähr meinem Alter musterte mich mit einem seltsamen Blick. Mein erster Gedanke war, dass sie der *Vogue* hätte entsprungen sein können. Perfekter Körper, perfekt geformte Gesichtszüge und knallroter Lippenstift, der ihr ausgezeichnet stand. Genau wie die langen blondierten Haare. Vielleicht ging sie auf die UW, aber ich hatte sie dort noch nie gesehen.

»Verzeihung, bist du Elizabeth Fleming?«

Ich nickte. Hundertprozentig UW. Woher sollte sie mich sonst kennen, und dann auch noch meinen tollen Vornamen? »Und du bist …?«

Sie streckte mir ihre Hand hin. »Kathryn, hey. Ich … oh, Gott, das ist so ein verrückter Zufall. Ich bin neu in Seattle, und … er ist wirklich hier, oder?«

Ihr seltsamer Blick verstärkte sich, er war eine Mischung aus ängstlich und mitleidig.

»Ich dachte, ich traue meinen Augen nicht, als ich ihn eben gesehen habe«, sprach sie gedankenverloren weiter. »Aber es gibt wohl keine Möglichkeit, dass ich mich täusche, was?« Nervös huschte ihr Blick aus goldbraunen Augen hinter mich, als hätte sie Angst, jemand könnte über uns herfallen.

So langsam verlor ich die Geduld. Konnte das Mädchen auch Klartext sprechen? »Was meinst du? Wer soll …«

»Ich spreche von Finn Gallagher«, unterbrach sie mich mit tonloser Stimme.

Verblüfft schaute ich auf. Finn? *Gallagher*?

»Dem Kerl, der mir das Leben zur Hölle gemacht hat.«

14. KAPITEL

MAYBE WE DON'T HAVE TO THINK IT'S RIGHT

Eliza

Ich schüttelte verwirrt den Kopf. »Ich bin mir nicht ganz sicher«, meinte ich wahrheitsgemäß. »Falls du den Typen meinst, von dem ich mich gerade verabschiedet habe, das ist Finn Westwood, also …«

»Ich weiß, wer er ist. Westwood, stimmt. Das war der Name des Arztes. Das hätte ich fast vergessen.«

So langsam verlor ich die Lust auf dieses rätselhafte Gespräch. Das führte doch zu nichts. »Da ich noch immer keine Ahnung habe, wieso du meinen Namen kennst, wäre es wohl das Beste, wenn ich mich jetzt auf den Heimweg mache. War nett, dich kennenzulernen«, leierte ich herunter und drehte mich um. Den winzigen Teil in mir, der leichte Neugierde zeigte, verdrängte ich erfolgreich.

»Elizabeth! Bitte, es tut mir leid«, erklang ihre Stimme hinter mir, und ich wandte mich ihr doch noch einmal seufzend zu.

»Du bist meine einzige Bezugsperson«, beeilte sie sich zu sagen, bevor ich mich aus dem Staub machen konnte. »Bitte, wenn du nur ein wenig Zeit hast, trink einen Kaffee mit mir. Das muss dir seltsam vorkommen, aber … bitte. Es ist wichtig. Auch für dich. Ich kenne Finn Gall… Westwood. Ich bin mir sicher, ich kenne Seiten von ihm, die du nicht kennst.«

»Ähm, Kathryn, das ist alles schön und gut, aber es interessiert mich nicht wirklich, ob du Finn kennst. Er ist mir egal, und deshalb kann ich mir nicht vorstellen, worüber wir uns unterhalten sollten. Wenn du durch mich an ihn rankommen willst, kann ich dir nicht helfen.« Das Mädchen ging mir gewaltig auf die Nerven. Jetzt hob sie die Augenbrauen.

»Es sah nicht so aus, als wäre er dir egal.«

Ich vergaß meine aufgesetzte Höflichkeit für einen Moment. »Ich gehe jetzt.«

Sofort schaute sie wieder entschuldigend. »Der Typ ist ein Wahnsinniger, Elizabeth. Ich muss mit dir darüber reden. Es ist mir ernst. Er ist gefährlich, verstehst du? Ich hab gesehen, wie er dich geküsst hat, und es ist einfach verdammt wichtig«, sagte sie mit eindringlicher Stimme.

Ich stockte kurz. Sie sah nicht aus, als würde sie scherzen. Finn war öfters ein Idiot, er war verdammt heiß, brachte mich um den Verstand, ja, aber wahnsinnig? Gefährlich? Totale Fehlanzeige. Also was wollte sie von mir?

»Sag mir einfach, aus welchem Grund du mich wirklich angesprochen hast, okay?«

Sie zuckte nicht mit einer Wimper. »Ich muss dich warnen. Und außerdem hab ich Angst.«

»Angst?«, wiederholte ich noch verwirrter.

»Vor ihm. Komm mit. Bitte. Eine Tasse Kaffee. Hör dir nur kurz an, was ich zu sagen habe, dann kannst du diese Begegnung wieder aus deinem Leben streichen.«

Ich seufzte ein zweites Mal auf, diesmal ergeben. »Meinetwegen, ich komme mit. Aber nenn mich bitte Eliza«, forderte ich, und Kathryn brachte zum ersten Mal so etwas wie ein Lächeln zustande.

»Danke, Eliza. Wie wäre es mit dem Café hier?« Sie deutete hinter uns auf die andere Straßenseite.

»Okay. Aber ich hab wirklich nicht viel Zeit«, stellte ich gleich klar. Jenny und Ally sollten sich nicht noch mehr Sorgen machen.

Sie nickte sofort, während wir uns durch den Verkehr schlängelten. »Natürlich. Ich muss anschließend sowieso in die Uni.«

»UW?«, hakte ich nach.

Sie nickte. »Die beste hier. Deshalb kenne ich ja auch deinen Namen, ich hab ihn aus dem Forum.«

Wir betraten das Café, setzten uns an eine hintere Ecke neben dem Ausgang, ich mit dem Rücken zum Fenster, sie mir gegenüber. Als unsere heißen Getränke kamen, begann sie endlich, den Small Talk hinter sich zu lassen.

»Also, ich komme aus Chicago. Vor vier Jahren habe ich Finn zum ersten Mal getroffen. Ich erinnere mich genau an diesen Moment. Du musst wissen, meine Eltern sind ziemlich wohlhabend. Wir haben ein riesiges Haus mit Pool und so ein Zeug, ich war ziemlich verwöhnt auf der Highschool ...« Der Anflug eines Lächelns huschte über ihr Gesicht, und sie nahm einen Schluck von ihrem Milchkaffee. »Jedenfalls war ich siebzehn, als mein Dad mir sagte, dass sie planten, einen Jungen zu adoptieren. Die Frau eines Geschäftskollegen hatte eine Freundin, die in einem Heim arbeitete und jemanden vorschlug. Ich glaube, meine Eltern wollten zeigen, wie großzügig und sozial sie doch waren, ein Waisenkind bei sich aufzunehmen. Der Haken war nur, es war kein Kind. Es war ein Gott.«

Ich schluckte hart. So langsam kamen mir Zweifel auf, ob es so eine gute Entscheidung gewesen war, Kathryns Erzählungen zuzuhören. Ich konnte mir keinen Reim darauf machen. Warum erzählte dieses Mädchen mir all das?

Etwas in mir wollte ihr sagen, sie sollte aufhören mit diesen Märchengeschichten. Aber ich konnte meine Augen nicht von ihr abwenden. »Sprich weiter«, forderte ich sie auf.

»Finn Gallagher, so hieß er. Er bekam ein Zimmer direkt neben meinem und machte einen vollkommen normalen Eindruck auf mich. Nun, das ist wohl untertrieben. Ich war geblendet von seiner Perfektion. Noch nie in meinem Leben hatte ich so einen Kerl gesehen, und als er bei uns einzog, machte ich mit meinem damaligen Freund sofort Schluss. Ich war oberflächlich und jung und voreingenommen. Die Heimleitung hatte meinen Eltern gesagt, Finn sei psychisch angeknackst und würde manchmal die Kontrolle über sich verlieren. Davon merkten wir bei uns zu Hause nichts. Zu Beginn war er einfach höflich. Er war oft in sich gekehrt, und es gab Tage, an denen er überhaupt nicht sprach. Ich war eigentlich seine einzige Kontaktperson. Mein Vater arbeitete, meistens auch mehrere Wochen im Ausland, und meine Mutter ging mit ihren Freundinnen auf Reisen, während ich mit dem Hausmädchen und Finn alleine gelassen wurde. Es war für mich das pure Glück. Ich war so verschossen in ihn. Er war so anders als alle Jungs, die ich aus meiner Kindheit und von der Schule kannte. So reif und ernst und so … gut aussehend.« Wieder lächelte sie, aber diesmal erreichte es ihre Augen nicht. »Er blieb sechs Monate bei uns. Drei davon waren wir ein Paar.«

Benommen stellte ich mein Getränk ab. Keine Ahnung, warum alles in mir erstarrt war. Ich atmete tief durch. Sie sah mich wieder mit diesem mitleidigen Blick an, und ich war kurz vorm Explodieren. Sie sollte weitersprechen.

Das tat sie auch, nachdem sie sich die perfekten Haare aus der Stirn gestrichen hatte. Alles an ihr war perfekt.

Aufhören. Ich musste aufhören.

»Im Nachhinein kann ich sagen, dass ich nie richtig in ihn verliebt war. Ich war verliebt in den Typen, für den ich ihn gehalten habe. Ich war naiv. Die meiste Zeit unserer Beziehung sprach er nicht mit mir. Und wenn, dann war es oberflächlich und nichtssagend. Wann immer ich ihn etwas über seine Zeit im Heim fragen wollte, über seine Vergangenheit, hat er mich in seinen Bann gezogen, indem er mich lang und intensiv geküsst hat auf seine unnachahmliche Art …«

Ich konnte das nicht mehr hören. »Kannst du bitte zum Punkt kommen, ich hab nicht den ganzen Tag Zeit.« Mein Blick haftete auf meinen Händen, die sich in meinem Schoß ineinandergekrallt hatten. Ich wollte Kathryn nicht anschauen. Meinen Kaffee rührte ich nicht an. Mir war schlecht geworden.

»Entschuldige«, antwortete sie etwas förmlicher. »Ich wünschte, ich müsste dir das nicht erzählen. Ich fasse mich jetzt kurz. Irgendwann fing Finn an, wütend zu werden, wenn ich ihn ansprach und ihm das gerade nicht passte. Er hatte Wutausbrüche, und es gingen einige Sachen zu Bruch, nicht zuletzt einige Autos in der Nachbarschaft. Meine Eltern vertuschten alles, und ich tat es ihnen nach. Ab einem gewissen Punkt in meinem Leben hätte ich alles für ihn getan. Nicht, weil wir uns so nahestanden, sondern weil ich fest davon überzeugt war, ihn zu lieben. Er hat mir ebenfalls seine Liebe gestanden, und ich war blind, ich hatte immer im Hinterkopf, dass es ihm in seiner Vergangenheit schlecht ergangen war und ich ihn heilen könnte, wenn ich ihm einfach Zeit ließe. Ich konnte mir nicht vorstellen, dass ein solch schöner Mensch überhaupt zu bösen Dingen imstande war.«

Meine Finger begannen zu zittern, und ich krallte sie wütend noch fester ineinander.

Kathryn fuhr unbeirrt fort: »An einem Abend im Juli oder August waren wir wieder alleine, und Finn hatte schon seit einigen Tagen kein Wort mit mir gesprochen. Je näher ich ihm kommen wollte, desto verschlossener wurde er. Ich war ungeduldig und auch ein bisschen sauer, denn immerhin waren wir zusammen, und er sollte gefälligst mit mir reden, nachdem er behauptet hatte, mich zu lieben. Das Gespräch geriet außer Kontrolle. Irgendwann fand ich mich panisch in die Ecke meines Zimmers gedrängt wieder. Er brüllte zusammenhangloses Zeug, ich solle ihn gefälligst nicht bedrängen, er sei eine tickende Zeitbombe, niemand dürfe ihm zu nahekommen – so etwas in der Art. Er jagte mir wahnsinnige Angst ein, denn so hatte ich ihn noch nie erlebt. Als ich ihm widersprach, rastete er völlig aus. Er begann mein Zimmer zu verwüsten und alles, was ihm in die Finger kam, durch die Gegend zu schmeißen. Zuerst waren es Kleinigkeiten: Bücher, Fotos, ein Handy – dann griff er plötzlich nach einem schweren Steingutteller, der auf meinem Tisch stand, und schleuderte ihn voll rasender Wut in meine Richtung. Er traf mich am Kopf und hinterließ eine blutende Wunde.« Kathryn deutete mit zitternden Fingern auf eine schmale, blasse Narbe an ihrer rechten Schläfe und sprach dann stockend weiter: »Mein Anblick muss ihn wieder halbwegs zur Vernunft gebracht haben. Plötzlich verstummte er, lief auf mich zu und versuchte, sich zu entschuldigen, er habe das nicht gewollt, aber ich rannte einfach nur raus, rief meine Eltern an und wurde ins Krankenhaus gebracht. Es war nur eine Platzwunde, nichts Ernstes, aber ich hatte einen ziemlichen Schock. Das war das letzte Mal, dass ich Finn gesehen habe. Ein Doktor Westwood hat dann zwei Monate später bei uns angerufen – von Finn war keine Spur, niemand konnte sagen, wo er hingegangen war – und bat um das Sorgerecht. Es hat einige Monate gedauert, aber schließlich hat er es mit seinem Einfluss und seinem Geld geschafft. Soweit ich weiß, ist er ein Star-Psychologe. Und meinem Dad lag natürlich nichts mehr an dem Sorgerecht. Lange Zeit hatte ich Albträume von Finn. Denn früher hatte er in seinen wenigen redseligen Augenblicken mal von Dämonen gesprochen, die ihn verfolgten, und so ein Zeug. Ich war wirklich verängstigt. Du kannst dir vorstellen, was es für ein Schock war, hierherzukommen und ihn nach drei Jahren im Uni-Forum zu entdecken. Und dann auch noch in echt zu sehen, mit einem Mädchen, das wahrscheinlich keine Ahnung hat, was für ein Mensch er wirklich ist.«

Es blieb eine ganze Weile still. Ich spürte meinen rasenden Puls und hörte das Blut in meinen Ohren rauschen. Keine Ahnung, wie viele Minuten vergingen, aber irgendwann hörte ich meinen Namen wie aus Watte zu mir durchdringen.

»Eliza? Alles in Ordnung?«

Endlich schaute ich auf und begegnete Kathryns offenem, mitfühlendem Blick.

Ich räusperte mich zweimal, bevor ich normal sprechen konnte. »Klar. Es ist nur ziemlich viel. Aber …« Irgendwie brachte ich ein Lächeln zustande. »Du musst wissen, dass ich nicht mit Finn zusammen bin, egal, was du gesehen hast. Ich danke dir, dass du mir das alles anvertraut hast, und mir tut es für dich wirklich leid, aber ich empfinde nichts für ihn, und wir haben auch kaum etwas miteinander zu tun. Danke noch mal für das Gespräch. Ich muss jetzt gehen.« Ich griff nach meiner Tasche und machte Anstalten aufzustehen.

»Warte – kannst du mir nicht etwas über ihn erzählen? Ich meine, er hat dich geküsst, irgendetwas müsst ihr ja miteinander zu tun haben …« Ihr Gesichtsausdruck schwankte zwischen verzweifelt und verwirrt, aber das war mir jetzt egal. *Bloß weg von hier.*

Geräuschvoll rückte ich meinen Stuhl nach hinten und stand auf. »Finn Westwood oder Gallagher oder wie auch immer und ich sprechen nicht über solche Dinge. Es ist nett von dir, dass du dir Sorgen um mich machst, obwohl du mich nicht kennst, aber es ist unnötig. Wir beide führen eine rein körperliche Beziehung, wenn man das überhaupt als eine solche bezeichnen kann. Jedenfalls kennt er meine Geschichte nicht, und ich hätte seine nie erfahren sollen. Auf Wiedersehen.«

Ich zwang mich, nicht aus dem Laden zu stürmen, sondern ganz normal, ohne Aufsehen zu erregen, hinauszugehen.

Erst als das Café außer Sichtweite war und ich um die Ecke bog, rannte ich los, als wäre jemand hinter mir her. Es fühlte sich einfach richtig an, wie etwas, das ich brauchte, um nicht völlig durchzudrehen. Nach etwa drei Blocks stoppte ich komplett außer Atem und mit einem Herz, das mir bis zum Hals klopfte. Als ich mich ein wenig beruhigt hatte, suchte ich mir die nächste Bahnhaltestelle, um nach Hause zu fahren. Während ich am Straßenrand wartete, fiel mir auf, dass die Sonne nicht mehr schien.

Der Moment vor wenigen Stunden, als sie mich geweckt hatte, kam mir so unendlich weit weg vor. Dunkelgraue Wolken waren aufgezogen.

Nachdem ich die Tür aufgeschlossen und mein Apartment betreten hatte, lief ich geradewegs in mein Zimmer, schmiss die große Umhängetasche neben den Schreibtisch, riss das Fenster auf und warf mich aufs Bett. Der Wind blies sofort geräuschvoll ins Zimmer und fegte ein paar Blätter vom Tisch, die sich auf dem Fußboden verteilten.

Kaum eine Minute verging, bis Ally und Jenny hereingestürmt kamen, ohne sich die Mühe zu machen anzuklopfen. Ich strich mir eine Strähne aus dem Gesicht, blieb aber genau so liegen, während Jen sich auf meinen Drehstuhl setzte und nah ans Bett heranrollte und Alison sich auf der Bettkante niederließ. Um ihre amüsierten Gesichter nicht sehen zu müssen, schloss ich einfach die Augen und seufzte tief.

»Du …«, setzte eine der beiden an, aber ich unterbrach sie.

»Mädels, ich bin nicht in der Verfassung, mich ausfragen zu lassen. Aber noch weniger Lust hab ich gerade auf das Erfinden irgendwelcher Lügengeschichten.« Sobald ich es ausgesprochen hatte, wurde mir bewusst, dass es die Wahrheit war. Meine Ausreden waren sinnlos gewesen, denn ich würde ihnen kein Märchen auftischen, das wurde mir jetzt klar. Nicht heute. »Deshalb fragt mich, okay? Aber wenn ich nicht antworte, dann hasst mich nicht.«

Für einige Sekunden herrschte Stille, bis die Neugier Jenny überwältigte. »Du hast bei Finn geschlafen, oder?«

Jetzt, wo sie den Anfang gemacht hatte, folgte Ally augenblicklich. »Habt ihr euch gestritten?«

Ich stöhnte, öffnete die Augen und stemmte mich ruckartig hoch. Sie sahen mich überrascht an. Ich lehnte mich gegen die Wand, sodass mein Kopf die Fensterbank berührte, und schlang die Arme um meine Knie. »Lassen wir das mit den Fragen«, entschied ich mich schnell um. »Ich rede einfach.«

Unter ihren neugierigen Blicken fing ich an zu erzählen. Dass wir miteinander geschlafen hatten, dass ich nicht verliebt, aber ihm auf irgendeine Art verfallen war, wenn auch niemals gefühlsmäßig.

Und schließlich die Geschichte mit Kathryn, in Kurzfassung. Irgendwann verfiel ich in den Erzählfluss und spürte, wie gut es tat, sich das alles von der Seele zu reden, auch wenn ich vieles ausließ. Ich rechnete es den beiden hoch an, dass sie mich nicht unterbrachen, obwohl ihnen die Neugierde ins Gesicht geschrieben war.

»Und jetzt bin ich geliefert«, schloss ich dramatischer als nötig. »Ich weiß nicht, was ich denken, geschweige denn tun soll.«

Zwei blaue Augenpaare musterten mich einen Moment lang, und ich starrte von der einen zur anderen. Entgegen allen meinen Erwartungen waren sie beide still und sahen nur verständnisvoll aus.

»Wieso hab ich das Gefühl, dass das alles nichts Neues mehr für euch ist?«

Sie grinsten beide ein wenig.

»Ach komm schon«, meinte Ally.

»Süße, wir sind weder blind noch dumm. Wir können eins und eins zusammenzählen. Und außerdem darfst du nicht vergessen, dass ich diese Phase auch mit Sam durchgemacht hab, bis wir zusammengekommen sind«, antwortete Jenny.

Ich nickte zynisch. »Ja, mit dem Unterschied, dass das bei uns keine Phase, sondern Standard ist und dass Sam in der Vergangenheit keine gewalttätigen Wutausbrüche hatte.«

Jenny lächelte halbherzig. »Wer weiß?«, startete sie einen Versuch, die Sache ins Lächerliche zu ziehen. Ich war ihr dankbar dafür, auch wenn ich an dieser Situation nichts Komisches fand. Es tat mir gut, dass sie alle beide hier saßen und mir das Gefühl gaben, nicht vollkommen verrückt zu sein.

»Glaub mir«, entgegnete ich. »Sam kann keiner Fliege etwas zuleide tun, da bin ich mir sicher.«

Sie nickte gedankenversunken. »Vielleicht hing das Ganze mit der Adoption zusammen. Du wusstest nicht, dass Finn adoptiert ist, oder?«

Ich schüttelte den Kopf. »Wie denn? Ich bin nicht mit ihm zusammen, Jen. Wir reden nicht über solche Dinge. Die meiste Zeit reden wir überhaupt nicht.«

»Was ist, wenn sie lügt? Hast du dir das schon überlegt? Vielleicht erzählt dir diese Kathryn nur irgendwelche Sachen, weil sie dich von Finn wegkriegen will? Es könnte doch sein, dass sie nur eifersüchtig ist.«

»Nein«, widersprach ich sofort. »Sie lügt nicht. Du hättest ihren Blick sehen müssen, als sie mich angesprochen hat – sie war völlig verängstigt. Und diese ganze Geschichte. Also, wenn sie das erfunden hat, dann gratuliere ich ihr zu einer blühenden Fantasie.«

Ich versank in meinen Gedanken, bis mein Blick auf Ally fiel, die sich nervös auf die Lippe biss. »Ally, willst du mir etwas sagen?«

Sie schaute hoch, leicht zerknirscht, und seufzte dann auf. »Ich wusste, dass Finn adoptiert ist und aus Chicago kam, bevor er bei den Westwoods einzog. Tom hat es mir erzählt.«

»Und warum hast du nie was erwähnt?«

Sie grinste plötzlich. »Wie sollte ich, wenn du mir jedes Mal, als wir auf Finn zu sprechen kamen, versichert hast, er wäre dir egal?«

»Na schön«, gab ich grummelnd zu. »Aber kannst du mir … ähm … jetzt vielleicht alles erzählen, was du weißt?«

Jenny lächelte mir zu und redete dazwischen. »Heißt das, du interessierst dich jetzt für ihn?«

Ich zuckte mit den Achseln. »Ich weiß wirklich nicht mehr, was ich denken soll. Ich meine, eigentlich haben wir nichts außer das Körperliche gemeinsam, also könnte mir diese ganze Sache ja egal sein. Aber andererseits …«

»Andererseits bist du nicht so gefühllos, dass es dich kaltlässt, wenn du einen Typen küsst, der vor ein paar Jahren einem Mädchen, das er ebenfalls geküsst hat, Schmerz zugefügt hat«, vervollständigte Jen nickend.

»Ersetze küssen durch vögeln, wenn ich eure Beziehung zueinander richtig verstanden habe«, warf Ally grinsend ein, und ich überraschte mich selbst, als ich ebenfalls zu grinsen anfing.

»So langsam muss ich mir ernsthaft darüber Gedanken machen, ob ich das nicht schon früher hätte erzählen sollen«, meinte ich. »Ihr geht normaler damit um, als ich es mir je hätte vorstellen können.«

»Freu dich nicht zu früh, Liz.«

»Ja – das tun wir nur, weil wir finden, dass es für dich schon ein riesiger Schritt ist, länger als unbedingt nötig bei einem Mann zu bleiben und dann auch noch zuzugeben, dass du ihn magst. Der Respekt, meine Liebe, gebührt dir.«

Ich verdrehte die Augen. »Schon gut. Zurück zum Thema. Ich will alles wissen.«

»Viel ist es wirklich nicht. Tom hat mir nur erzählt, dass Laura und Michael Finn adoptiert haben, als er siebzehn war. Wie das alles vor sich ging, weiß ich auch nicht – Tom ist bei diesem Thema immer ziemlich verschlossen und lenkt ab. Finn hat laut ihm mehr Mist durchgemacht als ganz Los Angeles – das waren seine Worte –, und er wollte mit Seattle und dem Studium einen Neuanfang starten.«

Mir kamen durch Allys Erzählungen andere Worte in den Sinn. »Er hat gesagt, ich sei die perfekte Ablenkung für ihn«, überlegte ich laut. »Ich hab nie länger darüber nachgedacht, was er damit meinte. Aber wenn das alles mit Kathryn zu tun hat … Glaubt ihr, er wäre noch mal zu so etwas imstande?«, stellte ich die Frage, die mich schon die ganze Zeit über gequält hatte.

Und dann, als die beiden schon zur Antwort ansetzten, erstarrte ich, als mir eine Situation einfiel. Eine Situation, die ähnlich außer

Kontrolle geraten war, wenn auch mit einem völlig anderen Ausgang.

»Oh mein Gott.«

Sie sahen mich fragend an, und ich blickte leicht verzweifelt zurück.

»Am ersten Wochenende nach deinem Unfall, Ally, da war ich bei Finn. Er hat mich nach dem Unfall tagelang ignoriert, nur weil wir … äh … zusammen in seinem Bett eingeschlafen sind und …«

»Ach du meine Güte, wie schlimm«, murmelte Ally ironisch, und Jenny grinste, aber ich sprach unbeirrt weiter, immer noch gefangen von der Erinnerung.

»Jedenfalls hat es mir gereicht, und ich wollte ihn zur Rede stellen. Er wollte mich gleich wieder rausschmeißen, deshalb hab ich versucht, ihn zu provozieren, damit er ausrastet und mir endlich sagt, was Sache ist.«

»Dumm bist du ja auch nicht, das muss man dir lassen.« Jenny kicherte.

»Ich hab's geschafft. Er war völlig außer sich, so hatte ich ihn noch nie erlebt. Er hat mich angeschrien und …« Ich verstummte.

Ally und Jenny lachten nicht mehr. Sie starrten mich beide entgeistert an.

Ich schüttelte hastig den Kopf, als ich merkte, auf welche falschen Schlussfolgerungen sie gekommen waren. »Er … er hätte mich schlagen können, oder?«, fragte ich leise und spürte, wie ich eine Gänsehaut im Nacken bekam.

Jenny ignorierte meine Frage. »Was ist passiert?«

»Er hat mich geküsst. Er hat mich gepackt und an sich gedrückt, und das war das erste Mal, dass wir miteinander geschlafen haben«, gab ich zu und realisierte, dass es mir überhaupt nichts ausmachte, es laut auszusprechen.

»Was? Und warum machst du dir dann noch Sorgen?«

»Es hätte passieren können«, wiederholte ich und fuhr mir verzweifelt durch die Haare. »Wie kann ich mir je sicher sein, dass es nicht noch mal passiert?«

Es war Alison, die mir einen Moment später mit ernster Stimme antwortete.

»Eliza, hör mir zu, das glaube ich nicht. Das alles ist vier Jahre her, und er ist älter geworden, hat dazugelernt. Man kann aus seinen Fehlern lernen. Nichts kann seine Tat rechtfertigen, aber du musst dich jetzt von deinem eigenen Gefühl leiten lassen. Meiner Meinung nach ist er bei dir anders, verändert sich … Das sagt auch Tom. Ich denke nicht, dass er dazu in der Läge wäre, dich zu verletzen, selbst wenn er außer Kontrolle ist. So wie ich ihn kennengelernt habe, ist er im Inneren ein guter Mensch.«

Ich nickte.

Mein Blick wanderte durch mein Zimmer und blieb bei der Uhr hängen. Wir saßen schon seit beinahe anderthalb Stunden hier, es war fast halb eins. Ich hatte nicht einmal gemerkt, wie die Zeit vergangen war.

»Tut mir leid, dass ich euch so lange aufgehalten hab … was habt ihr heute noch vor? Wie war die Party gestern noch?«

Ally stand langsam auf. »Es war gut, dass du darüber gesprochen hast, anstatt es in dich hineinzufressen. Jen, erzähl du ihr von gestern. Ich muss mich fertig machen, ich treffe mich in einer Stunde mit ein paar Leuten aus der Uni, die Prüfungen stehen ja bevor …«

Ich schaute sie schuldbewusst an. »Soll ich schnell was zum Essen machen?«

Sie schüttelte den Kopf. »Ist schon okay, du hast heute genug Stress gehabt.«

Energisch stand ich auf und zog Jenny an der Hand ebenfalls hoch. »Nein, das bin ich euch schuldig. Ich koche jetzt was. Komm, Jen, du kannst mir währenddessen von der Party erzählen … Oder musst du auch weg?«

Sie lächelte, als ich sie durch den Flur in die Küche zog.

»Meine Prüfungen sind fürs Semester erst mal vorbei. Sam muss aber noch lernen, also sehen wir uns erst heute Abend. Ich geh mittags mit Fiona weg, sie ist ziemlich cool und will mich mit ein paar Fotografen bekannt machen, irgendwie haben ihre Eltern Kontakte, und anschließend muss ich noch arbeiten. Aber wenn du lieber nicht alleine sein willst, kann ich auch hierbleiben.«

Ich beeilte mich, den Kopf zu schütteln. »Oh, nein, du gehst schön weg und machst dir keine Sorgen um mich«, redete ich ihr ein, während ich schnell alles Mögliche, was ich an Gemüse fand, in Stücke schnitt und in eine Pfanne warf, in der ich vorher Öl erhitzt hatte. Dann gab ich verschiedene Gewürze dazu.

»Ich bin ja nicht mit Finn zusammen, also macht das die Dinge schon mal wesentlich weniger kompliziert.«

Sie setzte sich an unsere hohe blaue Theke und stützte die Ellenbogen darauf ab. »Eliza, meinst du nicht, dass er vielleicht verliebt in dich ist?«

Genervt wollte ich antworten, aber sie sprach schnell weiter.

»Ich meine nicht, dass *du* verliebt bist. Wenn du sagst, dass da noch nichts ist, dann glaube ich dir.«

Ungläubig schaute ich auf, und sie kicherte.

»Schau nicht so überrascht, ich bin schließlich nicht so ein kleiner Romantikfreak wie Ally ... Ich bin mir aber trotzdem sicher, dass sich das zwischen Finn und dir noch entwickeln könnte. Und es könnte doch auch sein, dass er schon Gefühle für dich hat.«

»Nein, er hat mir selbst gesagt, er könnte niemals ...« Mir war schon wieder etwas eingefallen.

»Was ist?«

»Kathryn hat gesagt, dass er sie geliebt hat«, sagte ich leise vor mich hin, während ich etwas zu hektisch in der Pfanne rührte.

Sie rollte mit den Augen. »Kathryn sagt viel, wenn der Tag lang ist. Ich bin mir nicht ganz sicher, was ihre Glaubwürdigkeit angeht.«

»Jenny, das Mädchen hat die Wahrheit gesagt!«, rief ich aufgebracht, und sie hob sofort abwehrend die Hände.

»Hey, hey, schon gut. Ich stelle hier nur Überlegungen an. Aber warum stört es dich denn? Bist du möglicherweise eifersüchtig?«

Ich presste die Lippen aufeinander. »Natürlich nicht. Warum sollte es mich stören?«

Natürlich störte es mich. Nicht nur, dass ich niemals diesen langen Beinen und den vollkommenen Gesichtszügen das Wasser reichen konnte, nein, ich fühlte mich zu allem Überfluss auch noch von Finn hintergangen.

Die ganze Zeit über hatte ich gedacht, dass das unsere große Gemeinsamkeit war, diese eine Sache, die uns miteinander verband und uns zu dem machte, was wir waren. Und jetzt stellte sich heraus, dass er schon so eine ekelhafte Beziehung mit allem Drum und Dran geführt hatte.

Ich wollte nicht mehr darüber nachdenken.

»Erzähl mal von Kristinas Geburtstag«, wechselte ich das Thema. »Wie fand sie unser Geschenk?«

Jenny sah mich noch kurz nachdenklich an, begann dann aber zu erzählen.

***

Am nächsten Morgen verschlief ich. Es war nach elf Uhr, als ich endlich aufwachte und den restlichen Vormittag den Lernstoff an meinem Laptop ausarbeitete.

Auf meinem Handy befanden sich zwei Anrufe von Finn, wahrscheinlich hatte er morgens auf mich gewartet. Auch davor hatte er mir Nachrichten hinterlassen, die ich ignorierte.

Der Tag zog sich. Ally und Jenny starteten ein paar Versuche, mich wieder zum Reden zu bringen oder zum Rausgehen zu bewegen, aber ich blockte ab.

Mein Benehmen war kindisch, aber ich wollte nicht nach draußen gehen und mich der Realität stellen, denn dann wäre ich gezwungen, eine Entscheidung zu treffen. Und das konnte ich noch nicht. Das Einzige, wozu ich imstande war, war, eine kleine, nahezu aussagelose Nachricht an Finn zu schicken, damit die endlosen Anrufe aufhörten und mich nicht noch verrückter machten.

Ich schrieb, dass ich Zeit brauchte. Eine Antwort kam nicht, aber von diesem Moment an versuchte er nicht mehr, mich zu erreichen.

Als ich am Dienstag aufwachte, war mir sofort klar, dass es auf keinen Fall ein guter Tag werden würde. Ich quälte mich aus dem Bett und versuchte erfolglos meine Träume auszublenden, in denen Kathryn immer wieder aufgetaucht war und die eine Mischung aus Erinnerungen und Fantasie waren. Den Blick in den Spiegel ersparte ich mir – kein Grund, sich noch mehr zu quälen.

Ich verbrachte meine Zeit damit, für die Psychologieprüfung am Donnerstag zu lernen. Abends machte ich mich fürs Hard Rock Café fertig und war einfach nur froh, jeden weiteren Tag der Woche wenigstens abends für ein paar Stunden das Gefühl zu haben, etwas Sinnvolles zu tun, indem ich arbeitete. Und eine bessere Ablenkung konnte ich mir nicht vorstellen. In Gegenwart der anderen dort verwandelte ich mich sofort in eine normale, nette Kellnerin, da ich wusste, dass keiner auch nur die geringste Ahnung hatte, was in mir vorging, nicht so wie zu Hause bei Ally und Jen.

Die nächsten Tage wurden schlimmer. Ich musste in die Uni, wenigstens am Donnerstag, um die Prüfung zu schreiben.

Lucas, der mich hinterher in ein Gespräch verwickeln wollte, würgte ich so schnell ab, wie es ging, und auch ansonsten bemühte ich mich kaum um ein falsches Lächeln. Nervös schaute ich mich ständig um, um abhauen zu können, sollte Kathryn oder – schlimmer noch – Finn auftauchen, und war unendlich froh, als alles vorüber war und ich mich wieder in meinem Zimmer verkriechen konnte.

Die Prüfung lief einwandfrei, aber ich war nicht in der Lage, mich darüber zu freuen. Dunkle Gedanken quälten mich und warteten nur auf eine Gelegenheit, um mich zu foltern.

Samstagabend stellte eine besondere Herausforderung dar. Jen und Ally machten sich fertig fürs Howl at the Moon. Als ich wieder wie eine Taubstumme in meinem Zimmer blieb und erneut vortäuschte, nicht zu existieren, reichte es ihnen wohl. Sie stürmten in mein Zimmer, zogen die Jalousien hoch und öffneten mein Fenster, um Licht und Luft hereinzulassen.

»Es reicht, Elizabeth.«

»Du hattest jetzt fast eine Woche Zeit, und wenn du dich nicht aufraffen kannst, dann tun wir das für dich.«

Ich stöhnte und bedeckte mein Gesicht mit einem Arm. »Ich muss in einer Stunde arbeiten«, murmelte ich.

»Sag mal, was machst du eigentlich sonst noch außer lernen und arbeiten?«, fragte Ally.

»Musik hören.«

»Sehr witzig. Eliza, du solltest mit ihm reden, es …«

»Ich will nicht darüber reden.«

»Du willst also hier liegen und Trübsal blasen? Vergiss es. Das lassen wir nicht zu. Heute Abend kriegst du noch Schonfrist, und morgen stehst du auf und fängst wieder zu leben an. Sonst …«

»… werden wir andere Maßnahmen ergreifen.«

»Ach ja?«, meinte ich und unterdrückte ein Gähnen. Es konnte eigentlich nicht sein, dass ich schon wieder müde war, wo ich so gut wie den halben Tag schlief, aber das ganze Herumliegen machte schläfrig. Ach, verdammt. Die beiden hatten recht.

»Wir gehen jetzt ins Howl at the Moon. Du kannst hinterher noch vorbeikommen. Oder eben morgen – dann gehen wir was trinken.«

Ich fuhr mir übers Gesicht und zwang mich dann, vom Bett aufzustehen. »Okay. Morgen. Lasst mir den Tag noch, ab morgen bin ich wieder wie neu. Versprochen.«

***

January 23th, 10:45 p. m.

Alle meine Klamotten waren durchnässt, der Regen lief immer noch an mir herunter, und ich zitterte vor Kälte, als ich vor Finns Hochhaus stand.

Mein zielloses Herumlaufen nach dem Arbeiten im Hard Rock Café war nicht willkürlich gewesen, das musste ich mir jetzt eingestehen. Ich war erschöpft. Außerdem war mir kalt, und ich wollte ins Warme und – ach, was machte ich mir vor, ich wollte zu Finn. Ich musste ihn einfach sehen.

Ich wusste, er hatte heute im Howl at the Moon gesungen, und vermutlich war er gerade irgendwo in Seattle unterwegs und dachte schon gar nicht mehr über mich nach, aber ich konnte nicht anders – es war wie eine geheime Macht, die mich magisch zum Eingang zog.

Ich lief zum Aufzug, drückte den Knopf, und er öffnete sich augenblicklich. Erleichtert lehnte ich mich gegen die kalte Metallwand und drückte auf die Sechsundzwanzig. Zum Glück begegnete mir niemand auf dem Weg nach oben.

Seine Tür öffnete sich erst nach drei Mal Sturmklingeln. Als ich ihn vor mir sah, wäre ich ihm beinahe um den Hals gefallen und hätte aufgeschluchzt. Himmel, ich wurde wirklich melodramatisch.

Mir war klar, was für einen hilflosen Eindruck ich machte, meine Wimperntusche war sicherlich vollkommen verlaufen, und ich sah wahrscheinlich so aus, wie ich mich fühlte.

Im Gegensatz zu Finn – er war die reine Perfektion, wie jedes verfluchte Mal. Ich hatte ihn vermisst. Diese Augen und diese Haare und einfach alles.

Sekunden verstrichen, und wir sahen uns einfach an. Eine Woche kam mir vor wie Lichtjahre. Alles konnte sich in einer Woche verändern.

Einen Moment lang kroch Panik auf mich zu. Was, wenn er mich nicht mehr wollte? Was, wenn ich mit dieser Woche alles zerstört hatte, weil ich mich so kindisch versteckt hatte?

Aber dann trat Finn vor und nahm mein Gesicht zwischen die Hände, als wollte er mir etwas sagen. Etwas, das er nicht aussprechen konnte.

Er zog mich in die Wohnung und schlug die Tür hinter uns zu, drückte mich sanft dagegen und strich mit beiden Daumen über meine nassen Wangen. Immer wieder, behutsam und vorsichtig, als wäre ich zerbrechlich. Als ich schluckte, tat es weh.

»Hast du geweint?«, flüsterte er und lehnte seine Stirn gegen meine. Ich handelte impulsiv und schlang ihm einfach die Arme um seine angenehm warme Taille. Ich hielt mich an ihm fest und genoss seine Nähe.

Sein Gesicht war so nah und seine Umarmung so beruhigend, es fühlte sich an, als wollte er mich nie wieder loslassen. Erst als ich mir sicher war, dass er genauso blieb, wie er war, überwand ich mich dazu, den Kopf zu schütteln.

»Nein … Mir ist nur kalt«, hauchte ich zurück, und er fuhr damit fort, mein Gesicht zu streicheln.

Ich wusste nicht genau, wie Finn es tat, aber mit einem Schlag hatte ich keine Angst mehr. Ich sah alles ganz klar, ich wusste, dass ich den Mann vor mir hatte, den ich von Anfang an kennengelernt hatte. Kein Wahnsinniger, der mir nur etwas vorspielte.

Seine Hände glitten an meinem Nacken hinunter, und er umarmte mich fester, hob mich an, sodass ich den Kopf an seiner Schulter ablegen konnte.

Der Geruch nach frischem Regen und etwas Holzigem hüllte mich ein wie eine Wolke, und ich schloss zufrieden die Augen, als er mich durch sein Apartment trug und dabei unaufhörlich über meinen Körper strich, als wollte er mich trösten.

Erst als er mich auf etwas Weichem absetzte, öffnete ich wieder meine Augen und sah, wie er sich vor mich hinkniete und mir die Schuhe von den Füßen zog. Wir befanden uns im Schlafzimmer, das ziemlich durcheinander war. Das Fenster über dem Bett war weit geöffnet, und der Wind zerstreute alles.

Automatisch streckte ich die Hand aus und schloss es. Er lächelte leicht und richtete sich wieder auf.

»Zieh dich aus, ich lass dir ein Bad ein«, meinte er und verschwand im Badezimmer, nachdem er mit zwei Fingern einmal kurz über meine Lippen gestrichen hatte.

Ich kam einfach so zu ihm, nachdem ich ihn eine Woche lang gemieden hatte, und er ließ mir ein Bad ein? Als ich durch die angelehnte Tür hörte, wie tatsächlich Wasser floss, stand ich zögernd auf und begann, meine Kleidung abzulegen, bis ich nur noch meine Unterwäsche trug, die aber genauso durchnässt wie der Rest meiner Klamotten war.

Etwas unschlüssig trat ich durch die Badezimmertür. Er war gerade dabei, mir ein riesiges Handtuch neben die Wanne zu legen.

Er blickte auf und sah mich unergründlich an.

»Hast du Hunger?«, fragte er und ließ seinen Blick nicht von mir. Halb nackt stand ich vor ihm. Verdammt, das war nicht normal.

Schnell schüttelte ich den Kopf, obwohl mein Magen leise Geräusche von sich gab. Tatsächlich hatte ich seit heute Morgen nichts gegessen. »Schon okay«, murmelte ich, und er hob eine Braue, ging dann aber an mir vorbei und aus der Tür. Dort drehte er sich noch einmal um.

»Lass dir so viel Zeit, wie du willst.«

Und weg war er. Ein, zwei Sekunden blieb ich wie angewurzelt stehen, dann lief ich ihm eilig hinterher.

»Warte – warum machst du das?«, fragte ich verwirrt, und er lächelte mir seelenruhig zu.

»Warum ich zur Abwechslung mal nett zu dir bin und mich nicht wie ein Idiot verhalte, weil du dich ein paar Tage nicht gemeldet hast, meinst du?«

Ich nickte noch verwirrter, und er fuhr fort.

»Ich mag dich eben, ist das so abwegig?«

Sofort trat ich ein paar Schritte zurück. Oha. Ganz langsam.

Meine Reaktion brachte ihn zum Lachen. »Atme tief durch, Baby. Ich hab dir keinen Heiratsantrag gemacht.«

Ich schüttelte den Kopf. »Idiot.«

»Komm, jetzt geh baden. Nicht, dass du noch krank wirst oder so.«

»Bist du überhaupt nicht sauer?«, entfuhr es mir, obwohl ich mir damit eigentlich selbst eine Falle stellte. Aber sein Verhalten war so verdächtig.

»Du hast ein Recht auf Freizeit, Elizabeth«, antwortete er grinsend, und ich nickte schnell.

»Ich glaube, ich bin lieber still und geh baden«, stammelte ich und rannte zurück ins Badezimmer. Sein tiefes Lachen hinter mir erzeugte bei mir eine Gänsehaut. Wenigstens konnte ich mir jetzt sicher sein, dass er wirklich keinen Schimmer hatte. Andernfalls hätte er mich nicht so behandelt, oder?

Ich stieg ins heiße Wasser. Ein Stöhnen entfuhr mir. Es war so angenehm. Das war also die Belohnung dafür, dass ich mich diese Woche so gequält hatte? Ich kam verzweifelt her und wurde mit offenen Armen empfangen. Er benahm sich wie der perfekte Gentleman. Gott sei Dank versuchte er nicht, aus meinem merkwürdigen Verhalten schlau zu werden.

Nachdem ich mich lange genug im heißen Wasser geräkelt hatte und meine Haut schon schwammig wurde, schäumte ich meinen Körper ein und wusch mich ab, bevor ich aufstand, mich abtrocknete und in das übergroße flauschige Handtuch wickelte. Ich ließ das Wasser ablaufen und tapste zurück ins Schlafzimmer.

Aus dem Wohnzimmer drangen Stimmen herüber. Warum war Finn eigentlich hier und nicht draußen mit seinen Brüdern oder anderen Leuten, die sicher dafür bezahlen würden, mit ihm durch die Stadt zu ziehen und feiern zu gehen?

Auf dem Bett lag zusammengefaltet das Shirt, das ich beim letzten Mal hier getragen hatte, und ich musste lächeln, als ich danach griff und es mir überzog. Meine Unterwäsche war inzwischen wieder trocken – ich hatte sie auf die Heizung gelegt.

Das Zimmer war jetzt wieder aufgeräumt, und aus der Musikanlage ertönten leise die ersten Klänge von Nirvanas *Smells Like Teen Spirit*. Ich lief aus Neugier zum Regal und sah mir erst seine Musiksammlung an, bis mein Blick bei einigen abgenutzten Büchern mit Ledereinband hängen blieb, die neben zwei Stephen-King-Thrillern und einem Shakespeare-Sammelband standen. Als ich mit dem Finger vorsichtig darüberstrich, spürte ich, dass kleine Buchstaben in das schwarze Leder eingestanzt waren.

Erinnerungen. Er schrieb Tagebuch?

Ich lief ins Wohnzimmer und sah ihn auf der Couch liegen. Auf dem Tisch vor ihm befand sich ein Pizzakarton.

Mit einem Lächeln setzte ich mich neben ihn. Zwei Cola-Dosen standen ebenfalls noch auf dem Tisch. Im Fernseher lief ein Actionfilm mit Angelina Jolie, und er wandte den Blick davon ab, um mich anzuschauen. Auf seiner riesigen Couch war genug Platz für uns beide, um sich auszustrecken.

»Ich denke mal, ich hab deine Antwort vorhin richtig interpretiert«, meinte er leichthin und beugte sich nach vorne, um den Pizzakarton auf seinen Schoß zu holen. Mit der freien Hand griff er hinter meinen Rücken und zog mich sanft näher, sodass wir jetzt Schulter an Schulter gelehnt waren und mein nacktes Bein über seinem lag.

»Wir wollen ja keine Sauerei machen.«

Der Pizzaduft stieg mir in die Nase, und diesmal knurrte mein Magen lauter.

Er kicherte. »Das ist Antwort genug.« Und damit hielt er mir ein köstliches Pizzastück an den Mund, und ich konnte nicht widerstehen – ich biss ab und schloss genießerisch die Augen.

Bei meinem Blick lächelte er zufrieden und nahm sich ebenfalls ein Stück.

»Danke«, nuschelte ich, während wir weiteraßen. Innerlich bedankte ich mich nicht nur für das Essen, sondern auch für das Bad und vor allem für sein Verhalten.

»Willst du darüber reden?«, fragte er, ohne mich anzusehen, und ich wusste, dass er wohl kaum über meine Dankbarkeit sprach.

Ich starrte auf den Flachbildschirm, ohne das Bild richtig zu realisieren. Ruhig bleiben. Er hatte nur eine unverfängliche Frage gestellt. Eine Frage, die völlig nachvollziehbar war, nachdem ich ihm vergangene Woche ausgewichen war.

Ich räusperte mich. »Nein. Du hast dich damit auch immer aus der Affäre gezogen, und ich mache jetzt dasselbe. Es ist besser so. Keine …«

»Fragen«, vervollständigte er, und ich spürte seinen Blick von der Seite auf mir ruhen. Ich wandte den Kopf und sah, dass er lächelte. »Keine Fragen«, wiederholte er. »Das wird zu einer Art Parole für uns. Aber du hast recht. Manchmal ist es besser, wenn ein paar Dinge unentdeckt bleiben. Nur so können wir funktionieren.«

Erleichterung und Zufriedenheit durchfluteten mich. Ich hatte die richtige Entscheidung getroffen.

Nachdem wir fertig gegessen hatten, wischte er sich die Finger an einer Serviette ab und griff nach mir.

Überrascht keuchte ich auf, als er mich mit Leichtigkeit auf sich zog und seine Beine um mich legte. Sanft drückte er mich mit dem Rücken an seine Brust, und mein Kopf fiel wie von selbst an seine Schulter.

»Warum …?«, setzte ich seufzend an, und als er antwortete, musste ich nicht den Kopf drehen, um sein Lächeln zu sehen – ich hörte es aus seinen Worten heraus.

»Stell keine Fragen, Baby …«

Ich schnaubte, um die Tatsache zu verschleiern, dass ich mich hier verdammt wohlfühlte. Seine Hände an meinem Bauch fühlten sich fantastisch an. Meine Lider fielen von alleine zu, und ich blendete die lautstarke Verfolgungsjagd im Fernseher fast vollständig aus. Unsere Körper senkten und hoben sich beide im selben Takt. Wohltuende Wärme, tiefe Atemzüge.

Ich driftete ab.

Das Nächste, was in mein Bewusstsein trat, waren seine Arme, die mich aufhoben und durch die Wohnung trugen. Benommen seufzte ich auf und drückte mein Gesicht gegen den weichen Stoff seines Shirts. »Wie viel Uhr ist es …?«

»Fast eins«, flüsterte er und legte mich vermutlich auf seinem Bett ab. Ich blinzelte. Es war stockdunkel, ich konnte allein die Umrisse seines Gesichts erkennen.

»Sch, schlaf weiter.«

Meine Hände krallten sich an ihm fest, aber er hatte nicht die Absicht, mich loszulassen. Nach einigem Geraschel spürte ich die Daunendecke über mir, und als ich mich leicht zur Seite drehte, konnte ich seine Arme um meine Taille fühlen und wie er sich von hinten an meinen Körper drückte.

Ich zuckte zusammen. Ich war jetzt schon öfter mit ihm eingeschlafen, aber dieses Mal hatten wir nicht einmal miteinander geschlafen, und das war alles so beängstigend intim.

»Finn, ich …«

»Hmmm?«

»Lass mich los«, flüsterte ich.

Einen Augenblick lang herrschte Stille. »Warum, Kleine? Fühlt es sich schlecht an?«

Ich stöhnte leise. »Nein, aber …«

»Gut. Dann lasse ich dich auch nicht los.«

Als ich wieder kurz vorm Einschlafen war, kamen die Bilder aus meinem Traum zurück, und wie von selbst begann ich, meine Gedanken auszusprechen.

»Hast du schon mal jemanden geliebt?«, hauchte ich fast lautlos, und als die Sekunden vergingen, er aber nichts sagte, rechnete ich schon fest damit, dass er mich überhaupt nicht gehört hatte, und war dankbar.

Aber dann presste sich seine Brust näher an meinen Rücken. »Warum?«, fragte er genauso leise. »Ich denke, es gibt keine Liebe, oder?«

Ich schüttelte den Kopf, und mir wurde bewusst, was ich ihn da gefragt hatte. Verdammt.

Bevor ich etwas erwidern konnte, sprach er mit fester Stimme und etwas lauter. »Ich habe es oft genug vorgegeben. Aber ich bin nicht in der Lage, derartige Gefühle zu empfinden. Für niemanden.«

Der Takt unserer Atemzüge vereinte sich wieder. Und als ich zum zweiten Mal in dieser Nacht ins Reich der Träume verschwand, da war es so, als hätte dieses Gespräch niemals stattgefunden.

Aber mein Unterbewusstsein beschäftigte sich nicht mehr mit Kathryn. Sie war endgültig aus meinen Gedanken verschwunden.

Als ich am nächsten Morgen wach wurde, war ich alleine. Ich lief in der Wohnung herum, aber von Finn keine Spur. Schließlich ging ich ins Schlafzimmer zurück und entdeckte ihn durch das Fenster auf der Terrasse.

Er stand mit dem Rücken zu mir am Geländer vor der vernebelten Skyline Seattles und starrte in die Ferne. Der Wind zerzauste seine Haare, und er trug trotz winterlicher Temperaturen nur eine Jogginghose und ein T-Shirt.

Ohne lange zu überlegen, kletterte ich auf die Fensterbank und durchs Fenster, um zu ihm zu gehen. Ich stellte mich neben ihn ans Geländer und wandte mich seinem makellosen Profil zu.

Ein paar Sekunden verharrten wir so, dann packte er mich blitzschnell an den Schultern, drehte mich herum und presste mich mit dem Rücken gegen das Geländer.

Einen endlosen Moment lang sah er mir in die Augen, dann nahm er mein Gesicht voller Leidenschaft in beide Hände und beugte sich zu mir herunter, um seine Lippen fordernd gegen meine zu pressen. Immer wieder. Bis mir beinahe schwindelig wurde.

»Ich muss dich was fragen«, murmelte er, als er sich von mir löste, und lächelte mich unwiderstehlich an, während er mir eine Locke hinters Ohr schob.

Ich wollte etwas erwidern, als er mich wieder heftig und intensiv küsste. Himmel, er hatte es doch tatsächlich darauf angesetzt, dass ich einen Herzinfarkt bekam.

Trotz der Kälte hätte ich mich hier und jetzt am liebsten aus den Klamotten geschält. Heftig musste ich nach Luft schnappen, als er zurückwich, und kam mir mal wieder so vor, als würde mein Herz sich gleich vom Rest meines Körpers verabschieden.

Er führte garantiert etwas im Schilde.

Sein heißer Atem fuhr über mein Gesicht, seine Stirn legte sich sanft gegen meine, und sein Blick zog mich magnetisch an.

»Eliza, möchtest du mit mir nach San Francisco kommen?«

15. KAPITEL

SOMEONE WHO CARES

Finn

January 24th, noon

Ich konnte einer Frau nicht gleichgültig gegenüberstehen, wenn sie mich den Schmerz vergessen ließ und erst richtig zum Leben brachte. Je mehr Zeit Eliza und ich miteinander verbrachten, desto vertrauter wurde sie mir, und desto präsenter wurde der Gedanke, dass ich sie nicht gehen lassen wollte. Genau das war der Grund, warum ich sie fragen musste, ob sie mich auf diese Reise begleiten würde.

Dass sie mich eine Woche lang ignoriert hatte, hatte mich zwar genervt, aber mir war bewusst geworden, dass Eliza mir nie Fragen stellte und ich ihr das genauso schuldig war. Als sie dann vor meiner Tür stand, war ich einfach nur froh. Natürlich wollte ich wissen, was ihr zu schaffen machte, warum sie so verzweifelt ausgesehen hatte, aber das würde sie mir schon erzählen, wenn sie es wollte.

Gestern war ich ins Howl at the Moon gefahren, nachdem Mr. Erikson drei Nachrichten auf meinem Telefon hinterlassen hatte. Ohne Umschweife hatte er mir erzählt, dass ihn eine Plattenfirma kontaktiert hatte. Sie wollten mich in Kalifornien treffen, um einen Song mit mir aufzunehmen. Ihr Sitz war in San Francisco, und es sollte eine Woche lang dauern. Natürlich war es nichts Großes, aber ich würde ganz gutes Geld dafür bekommen. Verpflegung, Unterkunft und Flug wurden mir finanziert, und abgesehen von der Zeit, in der ich mit den Leuten im Studio sitzen würde, klang es nach einem kostenlosen Urlaub mitten im Semester. Das

Schöne war, dass mich die Uni sogar für die paar Tage freistellen würde, wie Mr. Erikson schon freundlicherweise in Erfahrung gebracht hatte.

Ich hatte erst zugesagt, als mir auch noch eine Begleitung zugesichert worden war. Laura, Michael, Alex und Tom wussten Bescheid und hatten gestern schon mit mir darauf angestoßen, aber ich hatte sie gebeten, kein Wort zu Eliza zu sagen.

Ich musste es ihr selbst sagen. Und ich hatte schon eine Taktik entwickelt, die todsicher funktionieren würde.

Sie antwortete nicht sofort, es schien geradezu unmöglich, so atemlos war sie.

»Du ... was?«, brachte sie hervor und positionierte ihre kleinen Hände auf meiner Brust, um mich ein Stück von sich wegzuschieben.

Ich grinste. »San Francisco, in Kalifornien, sagt dir das was?«

»Und ... was ...« Sie musste wieder tief Luft holen, bevor sie sprechen konnte.

Ich hatte ganze Arbeit geleistet.

»Was soll ich da?«

»Mich begleiten. Ich hab ein Angebot für einen Plattenvertrag bekommen.« Mit diesen Worten beugte ich mich wieder nach vorne, um sie abermals zu küssen, aber sie stieß mich leicht von sich, und ich hielt kurz inne.

Ihre Augen weiteten sich. »Mach mal langsam. Und hör auf, mich zu küssen, du Idiot, ich will die Story hören.«

»Was kann ich dafür, dass du mich so anmachst?«, hielt ich sie mit einem Grinsen hin, und sie verdrehte die Augen.

»Finn Westwood, wenn du mir nicht sofort ...«

»Eine Woche. Wir kriegen von der Uni aus frei, und alles ist bezahlt.«

Sie hob die Brauen. »Du hast einen Plattenvertrag!« Ihre Augen leuchteten auf.

»Freut dich das, oder was?«

Ungläubig sah sie mich an. »Dich etwa nicht?«

»Ich will nicht berühmt sein, Eliza, ich will diese eine Woche. Und ich will, dass du mitkommst.«

Kurz sah sie mich nachdenklich an, dann zuckte sie die Achseln. »Okay. Wann wäre das? Aber wir müssen die Einzelheiten noch klären.«

»Du … Was hast du gesagt?«

Das war Eliza. Meine sture Eliza, die vor jeder emotionalen Bindung Angst hatte.

Jetzt musste sie kichern. »Ich komm mit, was ist schon dabei? Ich war noch nie in San Francisco. Du dachtest, ich würde mich querstellen, was?« Sie grinste.

»Woher kommt dieser Sinneswandel?«

»Ich weiß jetzt, dass das zwischen uns genauso ist, wie es sein muss«, entgegnete sie mir.

Ich musste lächeln. »Perfekt. Das erspart mir einige Diskussionen. Es ist im März, also wird es dort noch nicht wirklich warm sein … Und du kommst wirklich mit?«

»Ja … ja. Kannst du mich jetzt bitte noch mal so wie vorhin küssen? Ich fahr gleich zur Uni.«

Grinsend griff ich nach ihren Händen. »Elizabeth … Was meinst du … Sollte ich dich nicht belohnen?«

Sie leckte sich über die Lippen, während diese sich zu einem Lächeln verzogen. »Dafür, dass du mir einen Urlaub mitten im Semester schenkst?«

Ich musste lachen. »Nein, dafür, dass du es einfach mal zulässt.«

Wir beugten uns gleichzeitig vor, um unsere Lippen miteinander verschmelzen zu lassen.

***

January 25th, 4:45 p. m.

Irgendetwas stimmte ganz und gar nicht. Ich hatte vorhin mit Laura telefoniert, und sie war mir ständig ausgewichen, als ich nach Michael gefragt hatte. Ich hatte versucht, Alex anzurufen, aber er hatte mich weggedrückt.

Es hatte mich an diese Zeit erinnert, ganz am Anfang, als ich bei ihnen eingezogen war. Sie hatten mich die ersten Wochen lang wie jemand behandelt, der kaum zurechnungsfähiger als ein Kind war.

Ich raufte mir die Haare und lief aus dem Badezimmer, wo ich gerade geduscht hatte. Heute hatte ich glücklicherweise keine Uni, und Eliza würde den Abend bei mir verbringen, da wir hier ungestörter waren.

Aber die Sache ließ mir keine Ruhe. Ich zog mir eine Jeans über die Boxershorts, schnappte mir mein Handy und lief auf die Dachterrasse. Tom würde mir am ehesten etwas verraten, wenn auch aus Versehen.

»Hey, Kleiner«, murmelte er mit verschlafener Stimme ins Telefon, nachdem er nach dem geschätzten dreißigsten Klingeln abnahm.

»Pennst du, oder was?«

»Jetzt offensichtlich nicht mehr. Was gibt's?«

Es war wohl am besten, mit etwas Unverfänglichem zu beginnen. »Ich wollte dir wegen morgen Bescheid sagen. Erikson will uns wie immer um acht vor Ort haben, damit wir meinen großartigen Aufstieg ins Musikbusiness feiern können«, erklärte ich mit triefendem Sarkasmus.

Er gab ein undefinierbares Geräusch von sich. »Was ist los mit dir? Das haben wir doch gestern schon geklärt, Finn. Sogar Ally hat's mitbekommen, sie hat mich schon gefragt, was sie anziehen soll.«

»Hatte ich vergessen.« Ich war so ein Vollidiot.

»Sag mir, was los ist, oder ich leg auf. Ich könnte noch ein bisschen Schlaf gebrauchen, du Trottel.«

»Es ist fünf Uhr am Nachmittag, Tom, was hast du denn letzte Nacht getrieben?«, warf ich scherzhaft ein, um ihn ein wenig lockerer werden zu lassen.

»Meine Freundin ist interessant drauf, wenn sie betrunken ist«, antwortete er knapp, und ich seufzte.

»Weißt du, wo Michael heute Morgen war?«, fragte ich schließlich widerstrebend und konnte förmlich spüren, wie er stockte.

»Ähm, keine Ahnung, du solltest ihn selbst fragen.«

Ich ließ grimmig meinen Blick über die Hochhäuser wandern und schritt näher ans Geländer. »Du hast keine Ahnung, oder du willst es mir nicht sagen?«

»Hör zu, Finn, ich sollte jetzt Schluss machen, ich hab noch viel …«

»Klar, du musst *schlafen*«, rief ich spöttisch aus. »Sag mir, um was es geht. Ich dachte, wir hätten diesen Mist hinter uns gelassen.«

Er stöhnte frustriert auf. »Ich soll es dir nicht sagen, okay? Weil sie sich nicht sicher sind, ob … ach verdammt, ob du dafür bereit bist.«

»Wovon zur Hölle sprichst du? Wirke ich wie ein wahnsinniger Psychopath auf dich, oder was?«, erwiderte ich wütend. Ich hasste es. Ich hasste das Gefühl, das dieses Gespräch in mir hervorbrachte. Es zeigte mir, dass ich nach allem, was passiert war, immer noch nicht als normal galt. Ich trat gegen das Geländer und fluchte.

Tom blieb eine Weile still, bis er tief durchatmete. »Du bist kein Psychopath, Kleiner. Und ich finde es, ehrlich gesagt, auch beschissen.« Es entstand eine Pause. »Ben ist letzte Woche gestorben.«

Perplex hielt ich inne, als ich gerade wieder gegen die Wand treten wollte. »Welcher Ben?«

»Mein Onkel. *Dein* Onkel. Benjamin Westwood. Dads Bruder.«

Als die Erkenntnis mich traf, gefror ich auf der Stelle und wurde ganz starr. »Woran?«, fragte ich tonlos.

»Herzinfarkt.«

»Seit wann weißt du es?«, fragte ich monoton weiter.

»Seit ein paar Tagen … Die Beerdigung ist morgen um drei in Olympia. Sie wollten nicht, dass du …«

»Morgen schon? Sie wollten nicht, dass das verdrängte Erinnerungen in mir hervorruft, schon klar«, unterbrach ich ihn mit bitterer Stimme. »Danke, Tom.«

Ich nahm das Telefon vom Ohr und drückte ihn weg, obwohl ich ihn noch etwas sagen hörte. Eine Weile lang starrte ich nur vor mich hin. Benjamin Westwood. Es hatte seinen Grund, warum ich nicht gleich seinen Namen einordnen konnte. Ich kannte diesen Mann im Grunde nicht. Ich hatte ihn nie richtig kennengelernt – zum einen, weil Michael keinen engen Kontakt zu ihm gepflegt hatte, zum anderen, weil ich erst so kurze Zeit Teil dieser Familie war. Ich schluckte hart. Verdammter Mist. Ich wusste genau, wer dieser Mensch war.

Als ich ihm zum ersten Mal in Los Angeles begegnet war … Diesen Tag würde ich niemals vergessen. Er hatte sich über mich gebeugt und mich angeschrien.

Ich musste aufhören. Mein Atem ging zu schwer. Mein ganzer Körper hatte zu zittern begonnen. Ich durfte nicht daran denken.

Denk an Eliza, durchfuhr es mich, und ich gehorchte, ohne zu wissen, weshalb. Ich sah ihre durchscheinende Haut vor mir, ihre dunklen Augen, die Stupsnase und die wilden Locken um ihr Gesicht. Ich sah sie lächeln und versuchte, mich ganz auf diesen Anblick zu konzentrieren. *Reiß dich zusammen. Reiß dich zusammen, du Weichei.*

Nach ein paar Minuten konnte ich wieder normal atmen. »Reiß dich zusammen«, wiederholte ich laut und mit Nachdruck, bevor ich die Nummer der Praxis meines Vaters wählte.

»Dr. Westwood. Guten Tag.«

»Ich bin's«, antwortete ich ihm und realisierte, wie hart meine Stimme klang.

»Finn.«

»Warum hast du mir nicht gesagt, dass dein Bruder gestorben ist?«

Genau wie Tom stockte er zuerst. »Hör mir zu, Finn, ich …«

»Ist schon okay. Ich hab kein Problem damit, aus der Familie ausgeschlossen zu werden. Wirklich. Schließlich gehöre ich sowieso nicht wirklich dazu. Es würde mich nur interessieren, was du so über mich denkst. Waren das Lügen, als du mir erzählt hast, du wärst der Meinung, ich hätte mich drastisch gebessert? Oder hast du allen anderen gesagt, sie sollen mir gegenüber Schweigen bewahren, weil du mich nach all der Zeit immer noch für labil hältst?«

»Finn«, sprach er mit leiser, bittender Stimme. »Du musst mir zuhören.«

»Nein, du musst einfach nur antworten. Komm schon – ich will es aus deinem Mund hören. Es ist doch so, oder? Ich bin immer noch unzurechnungsfähig«, knurrte ich.

Die darauffolgende Stille sagte mehr, als Worte es jemals hätten tun können.

Ich legte auf, drehte mich um und schmiss das Handy durchs offene Fenster in mein Schlafzimmer.

Es warf mich aus der Bahn, weil ich nicht damit gerechnet hatte, dass Michaels Misstrauen mir so sehr zusetzen würde. Immerhin vertraute ich diesem Mann jetzt schon seit fast vier Jahren.

Ich war also immer noch der Typ, der ohne Plan durchs Leben lief. Aggressiv. Opfer seiner eigenen Gedanken. Mein Blick wanderte flehend nach oben, in den grauen Himmel, und plötzlich war wieder dieser Gedanke da.

Es gab nur eine einzige Person in dieser Stadt, die mir jetzt helfen konnte.

***

Eliza

Die Vorlesung war zu Ende, und ich saß zusammen mit Lucas und David in der Universitätskantine. Während die zwei aßen und irgendwas auf ihren Laptops tippten, stocherte ich gedankenverloren in meinem Burger herum.

In meinem Kopf schwirrte alles umher – ich hatte bis nächste Woche eine Hausarbeit zu schreiben, und dann war da noch diese kleine Sache … San Francisco. San Francisco mit Finn Westwood.

Allein der Gedanke daran beschwor ein seltsames Bauchkribbeln in mir. Ich freute mich darauf. Und mir war klar, dass ihn meine Reaktion völlig aus der Bahn geworfen hatte.

Aber es stimmte, ich hatte keine Angst mehr, wenigstens vorläufig. Keine Ahnung, wie lange diese innere Gelassenheit anhalten würde, aber ich wollte sie auskosten. Vorerst mal mit einer Woche in Kalifornien.

Was mich aber auch ehrlich freute, war die Tatsache, dass er ein Angebot für einen Plattenvertrag bekommen hatte. Seine Stimme war der Wahnsinn, das hatte ich schon im ersten Moment so empfunden. Und ich dachte nicht nur so, weil er so heiß war und ich mit ihm ins Bett ging. Seine Stimme ging unter die Haut.

Ally war über meine Entscheidung ganz aus dem Häuschen gewesen, denn natürlich kapierte sie nicht, dass ich immer noch nicht so auf Finn stand wie sie auf Tom. Jen hatte mich auch gleich angerufen und am Telefon rumgequietscht. Fast so, als hätte ich einen Heiratsantrag bekommen.

»Finn kann sich glücklich schätzen«, kam es plötzlich von David, und Lucas zwinkerte mir zu. Ich schaute auf und musste stöhnen. Gab es denn niemanden mehr in dieser Stadt, der nicht der Meinung war, dass Finn und ich eine Beziehung führten?

»Finn kann sich *wirklich* glücklich schätzen, dass er mit mir befreundet ist und ich ihm helfe, unerwünschten Frauengeschichten aus dem Weg zu gehen«, erwiderte ich genervt.

Lucas lachte mich aus. »Ich ziehe auch immer meine Freunde durch die Bar ins Hinterzimmer.«

»Du hast gesagt, du würdest es für dich behalten«, erinnerte ich ihn, aber er machte schon weiter.

»Ja, und ich kippe auch reihenweise Hochprozentiges runter, wenn mein Freund eine andere küsst. Schon klar, Liz.« Er grinste und fuhr sich durch die Haare.

»Du stehst auf Männer?«, fragte ich ungerührt, und David lachte los.

»Höchstens bisexuell, er hat was mit meiner Schwester.«

Die Zwillinge wohnten ja mit Lucas in einer WG, wenn das mal nicht seltsam war … Ich grinste. »Tja, okay, aber ich bin immer noch nicht mit Finn zusammen.«

Ich erwartete weiteres Gerede, aber stattdessen wandte sich Lucas lächelnd wieder seinem Essen zu, und David stand auf, um um den Tisch herumzugehen und sich neben mich auf die Sitzbank fallen zu lassen.

»Finde ich wunderbar, dass wir das geklärt haben. Ich nehme an, dann bist du nicht abgeneigt, mich auf ein Date zu begleiten.«

Einen Moment lang war ich überrascht, dann hob ich eine Braue. »Natürlich nicht«, antwortete ich sarkastisch. »Am besten gleich bei dir zu Hause.«

Er grinste, beugte sich vor, drückte mir einen Kuss auf die Wange und stand dann auf, bevor er seinen Laptop zusammenklappte und unter den Arm klemmte.

»Abgemacht. Morgen Abend, so gegen acht, ja?« Er klopfte Lucas einmal kurz auf die Schulter und verschwand zwischen den Studenten, nachdem er uns noch einen schönen Tag gewünscht hatte.

Ich schaute ihm leicht perplex hinterher und wandte mich dann Lucas zu, der mit den Schultern zuckte.

»Er hat schon länger ein Auge auf dich geworfen. Aber ich hab ihm gesagt, er soll die Finger von dir lassen.«

»Warum zur Hölle würdest du so etwas sagen, Lucas?«

Er hob die Brauen. »Weil du mit Finn schläfst.«

»Was du nicht sagst«, murmelte ich.

Den Rest der Zeit verbrachten wir schweigend, während wir aßen, und als ich aufstand und mich von ihm verabschiedete, um nach Hause zu gehen und mit der Psychologie-Hausarbeit anzufangen, warf er mir einen fast schon mitleidigen Blick zu.

»Viel Glück bei …«

»Ist schon okay, du hast deinen Standpunkt ja klargemacht«, fuhr ich ihm dazwischen. Ich mochte ihn, aber seine Sprüche brauchte ich im Moment nicht.

Er hob lachend die Hände. »Ganz ruhig, ich meinte nur die Hausarbeit.«

Kopfschüttelnd verließ ich die Mensa und schlängelte mich durch die Menge nach draußen. Ab nach Hause und ran an die Arbeit, lautete die Devise. Zum Glück hatte ich mir ein paar Tage im Hard Rock Café freigenommen, sonst würde mein Kopf vermutlich explodieren.

Aber ich hatte ja noch meine persönliche Ablenkung vom Stress. Ein gedankenverlorenes Lächeln erschien auf meinen Lippen, als ich meinen Jackenkragen hochschlug.

Ich merkte kaum, wie die Sonne hinter mir unterging, so vertieft war ich in die Hausarbeit. Allein der rötliche Schimmer, der sich am Bildschirm meines Laptops spiegelte, verriet den Stand der

Abenddämmerung. Es war höchste Zeit für eine Pause. Ich stand auf und lief ins Badezimmer.

Als ich mir gerade die Hände wusch und mein müdes Gesicht im Spiegel betrachtete, klingelte es an der Tür.

»Hey, Finn«, hörte ich Jens Stimme, als ich die Badezimmertür öffnete, und blieb kurz überrascht stehen. Er sagte etwas, das ich nicht verstand, und dann hörte ich schon Schritte im Flur.

An meiner Zimmertür trafen wir aufeinander. Er hatte sich umgezogen und trug jetzt einen hellgrauen Pullover und helle Jeans. Seine Haare sahen frisch gewaschen aus, aber sein Gesicht ließ darauf schließen, dass er genauso müde wie ich war.

»Hi«, begrüßte ich ihn und zog ihn in mein Zimmer, bevor ich die Tür sorgfältig hinter uns schloss. »Ich sitze gerade an einer Hausarbeit, aber ich denke, für dich könnte ich eine Pause einschieben …« Ich warf ihm einen verruchten Blick zu, aber er lächelte nicht einmal.

»Ich bleib sowieso nicht lange …« Jetzt erschien ein halbherziges Lächeln auf seinen Lippen, und er trat ein paar Schritte auf mich zu, bis wir an meinem Schreibtisch angelangt waren, wo er vorsichtig die Sachen darauf zur Seite schob.

Voller Vorfreude fing ich zu grinsen an und wurde auch gleich bestätigt, als er nach mir griff und mich auf den Tisch hob, als würde ich kaum etwas wiegen.

Sofort schlang ich ihm die Arme um den Hals und die Beine um die Taille. Er beugte sich nach vorne, aber anstatt seine Lippen auf meine niederzusenken, küsste er meinen Hals, während ich mich immer näher an ihn drückte.

Ich seufzte und lehnte mich ein bisschen zurück, sodass mein Rücken leicht gegen die Wand stieß.

Er fuhr fort mich zu küssen, aber irgendetwas sagte mir, dass er nicht ganz bei der Sache war. Es war zu still. Ich hob den Kopf, und mein Blick traf auf seinen. Er schien verzweifelt.

Nicht nur verzweifelt, sondern auch traurig. Jetzt wusste ich auch, womit ich eben die Müdigkeit in seinem Gesicht verwechselt hatte.

Ich öffnete den Mund, um etwas zu sagen, aber da hatte er mich schon mit einem Ruck halb hochgezogen und ließ von meiner

Haut ab. Stattdessen umschlang er meinen Oberkörper mit einem Arm, krallte die freie Hand in mein Haar und umarmte mich.

Sein Kopf vergrub sich in meinen Haaren, und er stöhnte leise, aber ich merkte sofort, dass es nicht vor Erregung war. Irgendetwas machte ihn fertig. Ohne genau darüber nachzudenken, erwiderte ich die Umarmung und strich mit einer Hand behutsam seinen Nacken entlang nach oben, streichelte seine weichen Haare. Ich hielt ihn mit den Beinen immer noch an mich gepresst, aber jetzt war es auf einmal nicht mehr verlangend, sondern tröstend. Warum auch immer.

»Was ist passiert?«, murmelte ich an seinem Ohr, und sein Griff wurde fester.

Er sagte eine ganze Weile nichts, bis er mich schließlich freigab und zurückwich. Der Schmerz in seinem Blick war unverkennbar, als er hart schluckte.

»Mein Onkel ist letzte Woche gestorben. Es wurde nicht für nötig gehalten, mich darüber aufzuklären, also musste ich es selbst herausfinden. Die Beerdigung ist morgen.«

Seine Stimme klang seltsam, und ich war noch nicht bereit, ihn loszulassen.

»Wie lange … ich meine, hast du ihn gut gekannt?«

Fast hätte ich mich versprochen, ich Idiotin. Denn so lange konnte er ihn nicht gekannt haben, wenn Michael Westwood ihn erst mit siebzehn Jahren adoptiert hatte.

Er musterte mich resigniert und schüttelte dann ungeduldig den Kopf. »Wenn überhaupt, dann habe ich ihn drei, vier Male gesehen. Aber ich hab diesem Menschen etwas zu verdanken, das ich ihm niemals zurückzahlen kann.«

Ich fragte nicht weiter nach. Wir befanden uns gerade auf einem schmalen, gefährlichen Grat, denn Finn sprach für gewöhnlich nie so ernst mit mir.

»Warum hat's dir niemand gesagt?«

Sein Blick wurde noch eine Spur zorniger, aber er schüttelte abrupt den Kopf und befreite sich aus meiner Umklammerung, um in meinem Zimmer auf- und abzulaufen.

»Die Beerdigung ist morgen in Olympia, und ich …« Er fuhr

sich durch die Haare und vermied es, mich anzusehen. »Würdest du mitkommen?«

»Was?«, entfuhr es mir völlig taktlos. Ich war wirklich die größte Idiotin. Aber, verdammt … Beerdigung … Trauerfeier … weinende Menschen … Finn und seine Familie.

Jetzt hob er den Kopf und sah mich an, aber diesmal wich ich ihm aus. Mein Herz klopfte schneller, und die Stille auf meinen Ohren drückte schmerzhaft. Als er sie schließlich mit seiner inzwischen eiskalten Stimme durchbrach, zuckte ich zusammen.

»Tut mir leid.«

Ich konnte nicht anders, ich musste hochschauen. Sein Blick traf mich erbarmungslos und hielt mich gefangen.

»W-was tut dir leid?«

Er lief zur Tür. Ich dachte schon, ich hatte es jetzt vollständig vermasselt, als er sich dort noch einmal nach mir umdrehte. »Es tut mir leid, dass ich auch nur für einen Moment glauben konnte, du würdest so etwas wie Gefühle besitzen.«

Die Tür knallte hinter ihm zu, und ich starrte mit offenem Mund auf das helle Holz. Zur Hölle, ich *hatte* es vermasselt.

Völlig vor den Kopf gestoßen lief ich ins Wohnzimmer, wo Jen überrascht auf die Wohnungstür schaute, die genau in dem Moment zuschlug, als ich davor angekommen war.

»Was hast du denn mit dem angestellt?«, fragte sie und drehte die Lautstärke des Fernsehers runter.

Ich fuhr mir nervös durch die Haare. »Soll ich ihm hinterherlaufen?«, murmelte ich leicht verzweifelt und ließ mich neben sie aufs Sofa fallen. »Ach, Scheiße …«

»Kommt ganz auf die Situation an. Was ist passiert? Das waren ja nicht mal fünf Minuten … Und ich hab mich schon auf lautes Gestöhne eingestellt.«

Ich verdrehte nur halbherzig die Augen. »Er will, dass ich auf die Beerdigung seines Onkels mitkomme, und ich hab wohl ein wenig seltsam reagiert.«

»Definiere seltsam«, entgegnete sie und hielt mir eine halbe Tafel Schokolade hin. Ich brach mir dankbar einen Riegel ab und seufzte.

»Ich wollte nicht. Das ist seine Familie. Seine trauernde Familie. Und ich gehöre da nicht rein.«

»Aha. Und warum nicht? Also, wenn Sam auf eine Beerdigung müsste, dann würde ich nicht lange überlegen.«

»Ja, Jennifer, aber Sam ist dein Freund«, nuschelte ich zwischen zwei Bissen Schokolade.

Sie zuckte die Achseln. »Was macht das schon für einen Unterschied … Du magst ihn, er mag dich, also ergibt es nur Sinn. Aber Süße, ich verstehe auch, wenn du nicht hinwillst.«

»Echt?«, fragte ich überrascht und warf ihr einen Seitenblick zu.

»Oh ja. Beerdigungen können ziemlich beschissen sein. Glaub mir.« Sie sagte es mit solch einer trockenen Stimme, dass ich irgendwie lachen musste, trotz der unglücklichen Situation.

»Ich war zwar noch nie auf einer, aber ich kann's mir vorstellen.« Sie hatte ja vor ein paar Jahren ihren Vater verloren. Das musste entsetzlich gewesen sein.

»Genug Trübsal geblasen, du überlegst es dir einfach bis morgen und …«

»Warte – woher weißt du, dass sie morgen ist?«, fragte ich misstrauisch, und sie lächelte triumphierend.

»Na, du glaubst doch nicht, dass Ally Tom sitzen lässt, wenn sein Onkel gestorben ist, oder?«

»Danke, Jen, danke. Das hilft unglaublich.«

Sie kicherte. »Na komm. Stress dich nicht – schlaf einfach eine Nacht drüber, ja? Wie wär's, wenn wir uns was vom Chinesen bestellen, bevor ich zu Samuel fahre?«

»Du fährst zu Sam«, seufzte ich, und sie musste aus irgendeinem Grund noch mehr lachen.

Ich musste auch grinsen und stand dann auf. »Na gut. Aber wir bestellen nichts – ich geh's uns besorgen. Mir ist gerade nach frischer Luft.«

Ich schnappte mir meinen Musikplayer und nahm mir ein paar Scheine aus unserer Haushaltskasse. »Wo ist Ally eigentlich?«, wandte ich mich an Jenny. »Soll ich ihr auch was kaufen?«

Sie schüttelte den Kopf. »Sie muss lernen, ich glaube, sie kommt nicht so schnell aus der Bibliothek zurück.«

Ich nickte und zog meine ausgetretenen Sneakers an, warf mir meinen Mantel über und verließ das Apartment.

Es regnete draußen nicht richtig, aber ich spürte einzelne Tropfen auf meinem Gesicht, während Placebo in meinen Ohren sang. Das mit der Hausarbeit konnte ich heute vergessen – ich war mir sicher, ich würde mich keine Sekunde mehr darauf konzentrieren können.

Wieder sah ich Finns Gesicht vor mir, verletzt und traurig. Die Situation war anders als sonst gewesen. Aber es war gerade gar nicht so sehr die Beerdigung an sich, die mir zu schaffen machte. Es war das Drumherum. Seine Worte.

Was meinte er damit, dass er seinem Onkel etwas so Großes zu verdanken hatte, obwohl er ihn kaum gekannt hatte? Und wieso war er auf meine Reaktion hin gleich so ausgetickt?

Na gut, das konnte ich mir wahrscheinlich selbst beantworten. Es lag ja nicht daran, dass ich wirklich so ein kaltherziger Mensch war. Ich unterdrückte das aufwallende Schuldgefühl. Natürlich tat er mir leid. Ich hatte nur vorschnell reagiert, weil ich … ach, verdammt, weil ich eben ich war. An eine solche Verbundenheit war ich nicht gewöhnt.

Ich war nicht gut darin, jemanden zu trösten. Vor allem, wenn es sich um jemanden handelte, den ich auf diese Weise attraktiv fand.

Ich hatte noch nie eine ernsthafte Beziehung geführt, wie Jenny so schön sagte. Bisher hatte ich zwischen meinen Freunden und meinen Bettgeschichten unterschieden, und jetzt kam Finn und wollte, dass ich diese beiden Dinge miteinander verband.

Das war nicht die leichteste Aufgabe, auch wenn ich es mir schon hoch anrechnete, dass ich überhaupt versuchte, mich mit dem Gedanken anzufreunden.

Natürlich hatte ich mich bescheuert verhalten. Aber daran war jetzt nichts mehr zu ändern.

Leise seufzend realisierte ich, dass ich vor dem Laden angekommen war, und trat ein, um Jens und meine Bestellungen abzuholen.

***

Weder wusste ich, was ich tun sollte, noch, wie er reagieren würde, und schon gar nicht, wie ich reagieren sollte. Ich stand auf unserem Balkon und starrte auf die Straße. Eigentlich hatte ich schon längst eine Entscheidung getroffen.

Unten fuhr ein Bus vorbei, und das Geräusch ließ mich aufschrecken.

Ich verschwendete kostbare Zeit, wenn ich genauso gut versuchen konnte, die Sache wieder zu berichtigen. Schnell lief ich zurück ins Apartment und schlug die Balkontür hinter mir zu.

In meinem Zimmer griff ich sofort nach meinem Handy und ging meine Kontakte durch. Klar, ich konnte Ally anrufen, damit sie mir den Weg beschrieb, aber ich hatte ehrlich gesagt keine Lust, dass Finn das mitbekam. Dann konnte ich ja gleich ihn anrufen, und dazu war ich momentan nicht bereit. Außerdem würde das auch nicht das Autoproblem lösen. Ein Taxi für die Strecke war zu teuer.

Bei Sam stockte ich und zuckte dann die Achseln. Einen Versuch war es wert.

Er nahm sofort ab. »Hey, wie geht's dir?«

»Beschissen. Was machst du gerade?«

»Ich war auf dem Campus und bin jetzt auf dem Heimweg. Wie kann ich helfen?«

»Ich brauch ein Auto nach Olympia«, erklärte ich ihm kleinlaut.

»Die Beerdigung, hm? Sind alle schon weg?«

»Ja. Und das ist alles so dumm gelaufen.«

Ein raues Lachen ertönte. »Ich bin in fünf Minuten da, ich fahr dich.«

Ein warmes Gefühl breitete sich in meinem Inneren aus. »Ich bin mir manchmal nicht sicher, ob ich dich überhaupt verdiene«, stöhnte ich erleichtert.

»Gern geschehen, Lizzy.«

Ein paar Minuten später hatte ich mich umgezogen, schnappte mir meinen Mantel vom Kleiderhaken und öffnete die Tür.

Sam lächelte und nahm mir meine Tasche ab, damit ich den Mantel anziehen konnte, und wir machten uns gemeinsam auf den Weg nach unten.

»Du hättest mir auch nur dein Auto leihen können«, murmelte ich, und er warf mir einen spöttischen Blick zu.

»Klar, Eliza – wann war gleich noch mal das letzte Mal, dass du gefahren bist?«

»Keine Ahnung«, gab ich zu. Ich hatte meinen Führerschein mit sechzehn gemacht, um zur Schule fahren zu können, aber irgendwann war ich immer mit Samuel mitgefahren.

»Genau das meine ich. Außerdem hab ich heute nichts mehr vor, und ich bin schon öfter nach Olympia reingefahren. Ein Kumpel von mir wohnt dort.«

»Okay. Ich bin dir was schuldig.«

Er verdrehte die Augen und hielt mir die Eingangstür auf, als wir aus dem Aufzug stiegen. »Du bist mir nichts schuldig, du bist meine beste Freundin.«

»Danke«, sagte ich aus größter Überzeugung.

Als wir in seinem Golf saßen und losfuhren, schaltete er das Radio aus und warf mir einen verständnisvollen Blick zu. »So, Kleines, wenn du reden willst, dann hör ich dir zu.«

Ich seufzte tief. »Hat dir Jenny nicht schon alles gesagt, was es zu sagen gibt?«

»Jen hat mir nur erzählt, dass du Angst hast, ihn zu begleiten, aber davon spreche ich nicht. Wie stehst du zu Finn? Du kannst mir ja nicht erzählen, dass ihr euch nicht mittlerweile nähergekommen seid, oder?«

»Natürlich nicht«, murmelte ich leise. »Ich geh für eine Woche mit ihm nach San Francisco, das sagt ja schon alles, oder?«

Er grinste mich von der Seite aus an. »Und da machst du so ein Gesicht?«

»Ich hab Angst, es zu versauen. Aber ich mag ihn. Nur das mit den Gefühlen ist so eine Sache – ehrlich, ich empfinde nicht so für ihn.«

»Vielleicht solltest du dich nicht zu sehr auf diesen Gedanken versteifen … Wie sieht's mit ihm aus?«

»Ich weiß nicht.«

»Hey, das wird schon. Du findest es raus, wenn es so weit ist, Liz.«

Erst nach ungefähr der Hälfte der Strecke fiel uns ein, dass wir nicht die leiseste Ahnung hatten, wo die Beerdigung stattfinden würde. Von Ally hatte ich heute Morgen noch mitbekommen, dass die kirchliche Trauerfeier aus organisatorischen Gründen schon letzte Woche stattgefunden hatte, also mussten wir uns wohl nach einem Friedhof umschauen.

»Wie wär's, wenn du Ally anrufst?«, kam es von Sam, aber ich schüttelte den Kopf.

»Nein, wenn *er* auch da ist und …«

»Na schön, dann muss ich das halt in die Hand nehmen«, meinte er augenverdrehend. »Ehrlich, du solltest Finn gegenüber ein wenig lockerer sein.«

Als wir an einer roten Ampel hielten, nahm er sein Handy in die Hand und tippte kurz eine Nachricht, und ich biss mir nervös auf die Unterlippe. Meine Angst steigerte sich von Minute zu Minute.

Als sein Telefon piepste, zuckte ich zusammen.

Sam schlängelte sich zwischen ein paar Autos hindurch und wechselte die Spur, bevor er mit seiner freien Hand meine nahm und kurz drückte. »Hey, ganz ruhig. Schau mal bitte, was Tom geschrieben hat, ja?«

Ich nahm sein Handy in die Hand, und wieder durchflutete mich Dankbarkeit, während ich ihm die Adresse diktierte.

Samuel gab die Anschrift in sein Navigationssystem ein, und wir fuhren schweigend weiter, bis mir siedend heiß David einfiel, der wahrscheinlich gerade im Glauben war, ich würde heute Abend zu ihm kommen.

»Oh, verdammt, den hab ich ganz vergessen«, murmelte ich und ignorierte Sams neugierigen Blick.

Schnell zog ich mein Telefon aus der Handtasche und gab seine Nummer ein. Ich hatte keine Ahnung, was ich sagen wollte, das fiel mir erst auf, als er abnahm.

»Hey, Eliza Fleming«, begrüßte er mich gut gelaunt.

»David …«

»Du willst absagen, stimmt's?«

»Ich …« Die Wahrheit war natürlich ja, aber das musste ich ihm ja irgendwie freundlicher beibringen, oder?

»Ist schon okay, weißt du. Ich hätte auf Lucas hören sollen. Aber sag mal, nur so aus Neugier – ist es, weil du keine Zeit hast, oder ist es der andere Grund?«

Er klang nicht besonders angepisst, also holte ich tief Luft und sagte die Wahrheit. »Der andere.«

Ein paar Sekunden blieb es still. »Finn kann sich *wirklich* glücklich schätzen«, murmelte er mit immer noch heiterem Unterton. »Bis dann, Eliza.« Damit legte er auf.

Nach einiger Zeit bremste Sam schließlich ab und bog in eine ruhige Seitenstraße ein. Ich sah überall Grün – lauter Bäume wuchsen hinter einem riesigen schwarzen Tor aus Messingrosen. Ich atmete tief ein und drehte mich zu Sam.

Er lächelte. »Du packst das. Komm schon, sei kein Angsthase – geh da rein, und steh ihm bei.«

Ich versuchte, sein Lächeln zu erwidern. »Okay«, antwortete ich ihm halbherzig und beugte mich vor, um ihn auf die Wange zu küssen. »Danke, Sam. Du weißt nicht, wie viel mir das bedeutet, dass du mich hergefahren hast.«

»Du weißt, dass das selbstverständlich war.«

Ich nahm meine Tasche und stieg aus. »Ich hab dich lieb.«

»Viel Glück«, rief er mir über das Motorgeräusch hinweg zu und wendete den Wagen, nachdem ich die Beifahrertür zugeschlagen hatte.

Einen Moment lang starrte ich ihm hinterher, bis ich mir einen Ruck gab und zum Tor lief, um es zu öffnen und einzutreten. Dahinter befanden sich überall schwarze Autos, sogar eine Limousine, aber Finns Auto konnte ich nicht entdecken. Mit schnellen Schritten lief ich durch das kurze Gras an den Grabsteinen und Bäumen vorbei, bis ich auf einem Hügel stand, von dem aus ich eine Ansammlung von ungefähr dreißig Menschen sehen konnte. Sie standen von mir abgewandt vor einem Grabstein. Ich nahm meinen ganzen Mut zusammen und lief vorsichtig nach unten.

Es dauerte kaum einen Augenblick, da hatte ich Finn schon an seinen zerzausten Haaren erkannt, ganz rechts neben seinen Eltern, seinen Brüdern und Alison. Er stand am Rand, also schritt ich, so leise ich konnte, an den Leuten vorbei, während der Pfarrer vorne seine Rede hielt. Das Letzte, was ich jetzt wollte, war, die Beerdigung mit meinem unpassenden Erscheinen zu stören.

Der Wind wehte leicht und zerzauste mir meine Haare, als ich mich direkt hinter ihm befand. Ally warf mir sofort einen Blick zu, und ich sah ein kurzes Zucken an ihren Mundwinkeln, bevor sie wieder diskret nach vorne schaute.

Ich trat neben Finn und starrte nach vorne, genau wie er. Der Sarg war offenbar schon eingelassen worden, und ein großer Grabstein war dahinter aufgestellt, worauf weiße Blumen verteilt waren.

In stillem Gedenken an Benjamin E. Westwood, stand darauf geschrieben, zusammen mit seinem Geburts- und Todesdatum.

Vielleicht sollte ich mir wie ein Eindringling vorkommen, der diesen friedlichen Abschied unterbrach, aber das tat ich nicht. Ich fühlte mich als Teil des Ganzen. Denn ich wusste – ich stand hier, weil ich dem Neffen des Verstorbenen beistehen wollte. Weil ich gar nicht anders konnte. Und weil die Angst mit einem Schlag plötzlich von mir wich. Das hier, das war ganz normal. Das war echte, unverfälschte Trauer, und ich konnte an Finns Seite damit klarkommen, auch wenn es nicht meine eigene war.

Aus den Augenwinkeln sah ich, wie Finn mir sein Gesicht zuwandte und mich ansah. Ich rührte mich nicht, während der Wind immer stärker wehte und sogar ein paar vereinzelte Regentropfen vom Himmel fielen.

Sein Blick brannte auf meinem Gesicht wie ein kleines Feuer in der Kälte, und ich unterdrückte eine weitere Regung, als plötzlich etwas Warmes meine Hand berührte.

Erst war es nur ein Finger, dann auf einmal seine ganze Hand, die behutsam meine umschloss. Seine langen Finger passten zu meinen, als wären sie dafür geschaffen worden. Er strich mit dem Daumen immer wieder über meinen Handrücken, und jetzt konnte ich ein Lächeln nicht mehr zurückhalten. Ich wandte ihm mein Gesicht zu und sah, wie er ebenfalls lächelte. Es wirkte eine Spur traurig, aber trotzdem war der Moment auf seine eigene Art perfekt.

Die Zeremonie dauerte nicht mehr lange. Nach der kirchlichen Rede trat die Frau neben Michael zusammen mit ihm vor und brachte unter Tränen ein paar Abschiedsworte heraus. Ich sah, wie Laura links neben Finn ebenfalls zu weinen anfing, und schaute auf den Boden. Ich hatte mich auf das alles eingelassen, aber trotzdem gab es mir einen Stich. Obwohl ich mich auf den Mann neben mir konzentrierte, der meine Hand fest in seiner hielt und sie nicht losließ, bis alles vorbei war, konnte ich den Anblick nur schwer ertragen.

Als schließlich das Grab zugeschüttet wurde und der Pfarrer sich nach einer Verabschiedung in Richtung Ausgang bewegte, gingen ein paar leise Gespräche los, und es bildeten sich Grüppchen.

Ally lief mit Tom zu Alex und Kris, die ich erst jetzt entdeckte, aber bevor ich eine Chance hatte, zu ihnen zu gehen, führte Finn mich ein paar Meter weg unter einen riesigen Baum. Er blieb stehen und drehte sich zu mir. »Ich hätte nie gedacht, dass es mir so leichtfällt, Abschied zu nehmen«, meinte er und fuhr sich mit einer Hand durch die Haare.

»Vielleicht, weil du das in Gedanken schon hinter dich gebracht hast?«, murmelte ich, verwirrt darüber, dass er ganz normal mit mir sprach.

»Ich denke, es lag an dir.« Er hob mein Kinn mit zwei Fingern an, sodass ich ihm direkt in die Augen sehen musste. Meine Wangen wurden ein wenig heiß.

»Es tut mir leid, dass ich so lange gebraucht habe, um zu verstehen, was ich will.«

Er schüttelte abrupt den Kopf. »Es ist meine Schuld. Das gestern, das hatte nichts mit dir zu tun, okay? Und ich möchte dich nicht zu irgendetwas zwingen, das du nicht willst.«

»Ich bin deinetwegen gekommen. Weil … du … mir etwas bedeutest«, brachte ich mühsam hervor und sah zur Seite, weil es schon schwierig genug war, die Worte auszusprechen, ohne seinen Blick zu erwidern.

Das Grinsen, das sich auf seinem Gesicht ausbreitete, konnte ich trotzdem sehen.

»Nun, ich denke, etwas Gutes hatte die ganze Sache dann doch. Ich sollte öfter ausrasten. Komm schon, Kleine, sieh mich an, und steh zu deinem Wort.«

Ich wandte mich ihm wieder zu und funkelte ihn an. »Idiot.«

Er kicherte. »Lass uns zu den anderen gehen, ja?« Bevor ich etwas tun konnte, hatte er mir einen Hauch von einem Kuss auf die Lippen gedrückt und nahm anschließend wieder meine Hand, um mich zurück zu den anderen zu führen.

Ally nahm mich gleich zur Seite, als Finn zu seinen Brüdern ging. »Wer hätte das gedacht«, sagte sie mit einem Schmunzeln, und ich verdrehte die Augen.

»Es war nicht so schlimm, wie ich es mir vorgestellt habe.«

»Die Beerdigung oder die Tatsache, dass du mit deiner Anwesenheit gezeigt hast, dass Finn dir nicht egal ist?«

»Beides«, antwortete ich schulterzuckend. »Letzteres hat sich eh gerade erledigt – ich hab's ihm gesagt.«

Ihre hellblauen Augen wurden ganz groß. »*Was* hast du ihm gesagt?«

Genau in diesem Moment kam Kris zu uns. »Hallo, Eliza. Schön, dass du auch gekommen bist.«

»Kanntet ihr Benjamin Westwood eigentlich?«, fragte ich die beiden, und sie schüttelten die Köpfe.

»Alex meinte, Michael und er sind sich nie so nahegestanden, vielleicht auch wegen des Altersunterschieds«, erklärte Kris.

»Wie alt war er denn?«

»Mitte sechzig, glaub ich … Aber sein Tod hatte nichts mit seinem Alter zu tun, er hatte schon immer Herzprobleme.«

Die Westwoods kamen zusammen zu uns, und ich begrüßte Alex, Tom und ihre Eltern.

»Danke, dass du gekommen bist«, murmelte Laura in mein Ohr, als wir uns umarmten, aber bevor ich etwas darauf erwidern konnte, kam Bewegung in die Menge, und ich verlor sie schon wieder aus den Augen.

Finn tauchte wieder neben mir auf, als wir zum Ausgang liefen.

»Was ist als Nächstes geplant?«, fragte ich ihn, und er schaute nach vorn, nahm aber gleichzeitig wie nebenbei wieder meine Hand.

»Wir gehen für eine Stunde zu Claire nach Hause – das ist Benjamins Frau. Meine Eltern und der Rest bleiben länger dort, nur wir müssen wieder los, weil wir einen Auftritt im Howl at the Moon haben.«

Ich hob überrascht die Augenbrauen. »Ihr wollt nach der Beerdigung auftreten? Und warte mal – seit wann singst du unter der Woche?«

Er seufzte. »Erikson ist scharf darauf, mein Angebot wegen San Francisco zu feiern, und da es ja erst um acht ist, hab ich zugesagt.«

»Was ist mit Tom und Alex? Ich meine, wollt ihr nicht ein bisschen … Zeit?«

»Wir kannten ihn nicht besonders gut. Trotzdem, du hast schon recht. Aber wenn die Arbeit ruft …« Er sah mich von der Seite an und musterte mich von oben bis unten. »Du siehst verdammt heiß aus.«

»Ähm – danke.«

Er grinste und ließ meine Hand los, um mir stattdessen den Arm um die Schultern zu legen und mich an sich zu drücken. »Ich danke dir, Baby.«

Und so liefen wir weiter über den Friedhof, während ich versuchte, das Glück, das ich in dem Augenblick empfand, nicht allzu deutlich zu zeigen.

16. KAPITEL

EVER FALLEN IN LOVE?

Finn

Kaum zu glauben, wie sich der Tag nach einem derart beschissenen Beginn so zum Guten wenden konnte. Als ich heute Morgen aufgestanden war, hatte ich erst einmal die Träume der vergangenen Nacht verscheuchen müssen. Ich war beinahe wieder wahnsinnig geworden.

Nicht einmal der Gedanke an Eliza hatte es geradebiegen können. Da war Wut und Verzweiflung. Sie musste ja unbedingt jetzt ihren Schutzwall hochfahren.

Aber anderseits hatte ich mich selbst dafür verflucht, dass ich nach dem Telefongespräch mit Michael zu ihr gefahren war. Nicht nur aufgrund ihrer Reaktion, sondern weil ich sie zu viel hatte sehen lassen. Zu viel von mir. Von meinen Gefühlen.

Das war etwas völlig Neues, denn für gewöhnlich offenbarte ich mich niemandem. Aber bei ihr … Sie sah in mich und rief den Wunsch hervor, ihr mehr von mir zu erzählen, ohne dass sie es überhaupt merkte. Und das war gefährlich. Weil ich niemals, niemals wollte, dass sie meine Geschichte erfuhr.

Michael hatte mich vormittags noch besucht und sich entschuldigt. Anfangs hatte ich ihm kaum zugehört, so sehr hatte er mich mit seiner Geheimhaltung enttäuscht. Aber er wäre nicht er, der großartige Psychologe aus L. A., wenn er es nicht geschafft hätte, mich nach einer Weile doch zu überzeugen. Generell war er auch der einzige Mensch, bei dem ich solche Gespräche zuließ. Dieser Mann hatte mir alles gegeben, als ich nichts gehabt hatte. Außerdem wusste ich, dass er mich, so abwegig das klang, besser kannte als jeder andere.

Bis Eliza in mein Leben gekommen war.

Ich überraschte mich selbst, wenn es um sie ging. Als sie dort auf der Beerdigung aufgetaucht war … das war alles für mich gewesen. Es war nicht nur ihre Nähe, sondern eher das Gefühl, das sie in mir auslöste. Ich hatte erkannt, dass genau das passiert war, wovor ich mich von Anfang an bei ihr gefürchtet hatte. Nur, dass da jetzt keine Angst mehr war.

»Hey, Finn, Erikson sagt, in zwanzig Minuten ist Schluss«, erklang plötzlich Toms Stimme hinter mir.

Ich drehte mich zu ihm um und nickte. Seit ein paar Minuten saß ich draußen im Hinterhof des Howl at the Moon auf ein paar Kartons, wo auch unsere Autos geparkt waren. Im Inneren der Bar waren zwar weniger Menschen als vorhin, als Eliza noch da gewesen war, aber ich hatte trotzdem ein wenig meine Ruhe haben wollen. Sie war mit ihren Freundinnen nach Hause gegangen. Auch wenn ich sie bei mir haben wollte, war ich mir bewusst, dass ich die Beerdigung heute vielleicht alleine verarbeiten sollte, anstatt die Erinnerung in ihr zu ertränken.

»Geht klar. Ich komm gleich rein«, murmelte ich und wandte mich wieder ab.

»Da wäre noch etwas. Ein blondes Mädchen ist hier, das unbedingt mit dir sprechen will. Ich hab gesagt, ich geh nach dir schauen. Sie sagt, es ist dringend, und sie sieht nicht so aus, als will sie dir die Klamotten vom Leib reißen, was zugegebenermaßen ein wenig seltsam ist.«

»Dann bring sie raus«, meinte ich lachend, und er verschwand.

Ich stand langsam auf und fuhr mir durch die Haare. Ein paar Getränke weniger wären wahrscheinlich besser gewesen.

Es dauerte kaum eine Minute, da öffnete sich die Tür, und Tom kam im Schlepptau mit einem Mädchen raus, das ich hinter ihm kaum sehen konnte, so groß und breit, wie er war.

»Hey, also das ist Kathy«, stellte er sie grinsend vor, und ich stockte augenblicklich. Als er zur Seite trat, bestätigten sich meine allerschlimmsten Befürchtungen. Es fühlte sich an, als würde das Blut in meinen Adern gefrieren.

»Kathryn«, verbesserte sie ihn mit einem kleinen Lächeln, und mir wurde schlecht.

Irgendwie verschwamm alles vor meinen Augen, und ich stolperte zurück an die Wand, um Halt zu haben, sollten meine dämlichen Knie nachgeben.

»Hey, alles okay?«, hörte ich Toms Stimme und sah schemenhaft, wie er sich zu ihr drehte. »Kathryn, hast du gesagt? Verdammt, bist du nicht …«

Ich blinzelte kurz und riss mich dann zusammen. Es dauerte einen Augenblick, bis ich aufschauen konnte und den Mut aufbrachte, ihr in die Augen zu sehen.

Sie war älter geworden. Reifer. Aber ich war mir sicher, dieses Gesicht würde ich, solange ich lebte, niemals vergessen.

Nicht nach dem, was ich ihr angetan hatte.

»Kat«, brachte ich hervor und sah etwas über ihr Gesicht zucken.

Toms Gesichtsausdruck wurde jetzt immer besorgter. Er schien die Situation erfasst zu haben. »Ich weiß nicht, ob das gerade jetzt ein passender Augenblick ist …«

Vehement schüttelte ich den Kopf und räusperte mich. »Kannst du uns kurz alleine lassen, Tom?«, fragte ich, ohne ihn anzusehen. Mein Blick haftete immer noch auf ihr.

Er zögerte noch einen Moment, verschwand dann mit einem letzten zweifelnden Blick durch die Tür.

Sie lief an mir vorbei und setzte sich auf die Kartons. Ihre langen Haare wehten um ihr schmales Gesicht. Sie war hübsch. Das hatte ich vom ersten Moment an erkannt, auch wenn es mich nie sonderlich interessiert hatte.

»Willst du dich nicht neben mich setzen, Finn?«

Zu hören, wie sie meinen Namen aussprach, löste etwas in mir aus. Ich befahl meinen Beinen, sich vorwärtszubewegen, bis ich mich neben sie setzen konnte.

»Ich hab dich heute Abend singen hören. Ziemlich beeindruckend«, fuhr sie fort, aber ich konnte mich kaum darauf konzentrieren – Tausende Bilder und Erinnerungsfetzen rasten durch meine Gedanken.

»Warum …«, fing ich an, brach dann aber ab, weil ich nicht die geringste Ahnung hatte, was ich zu ihr sagen sollte.

Ich war der Idiot gewesen, der sich auf sie eingelassen hatte, als ich mit ihr zusammen unter dem Dach ihrer reichen Eltern in Chicago gelebt hatte. Sie zu sehen, war so, als würde sich ein riesiges Loch neben mir öffnen, das nur darauf wartete, dass ich hineinfiel. Ich erinnerte mich kaum an Momente der Zweisamkeit. Da war nur diese Atmosphäre, die an ihr haftete.

»Warum ich hergekommen bin, meinst du? Ich wollte hier studieren. Ich habe als Allerletztes dich erwartet, Finn. Von meinem Vater hatte ich gehört, dass du in Los Angeles ein neues Zuhause gefunden hast.«

Ich stützte meine Ellenbogen auf die Knie und legte meinen Kopf in die Hände. »Warum sprichst du mit mir?«, fragte ich leise.

Das Natürlichste wäre gewesen, dass sie einfach nur Angst vor mir hatte. Gut, es war ein paar Jahre her, aber ich musste ihr wie ein Psychopath vorgekommen sein. Was möglicherweise daran lag, dass ich einer war.

Sie lachte bitter auf. »Du hast vollkommen recht, wenn du denkst, ich hätte mich erschrocken. Ich hatte dieses Panikgefühl von damals, als du mich im Haus alleine gelassen hast. Ich gehe auf dassselbe College wie du, und ich hab mich absichtlich versteckt. Aber als ich dich heute Abend mit diesem Mädchen tanzen und singen sehen habe, da ist mir etwas klar geworden.«

Mein Inneres krampfte sich bei ihren Worten zusammen. Es tat weh, zu wissen, dass ein Mensch tatsächlich Angst vor mir hatte, auch wenn er mir nichts bedeutete. Es bewies, dass irgendwo in mir immer noch ein Monster verborgen sein musste.

»Menschen verändern sich. Und was immer dieser Psychologe mit dir angestellt hat – es sieht aus, als würde es wirken. Sieh mich bitte an, Finn.«

Es kostete mich einige Selbstbeherrschung, um ganz normal zu ihr aufzuschauen und nicht zu schreien, dass sie mich in Ruhe lassen sollte. Kathryn konfrontierte mich nur mit Tatsachen. Und sie hatte dieses Gespräch verdient. Ich sah ihr in die hellen Augen und schluckte. Ich hatte sie die ganzen Monate über nie richtig gesehen, selbst nicht, als ich ihr erzählt hatte, dass ich sie liebte. Immer nur durch sie hindurch.

»Es tut mir leid, was passiert ist.«

Verblüfft musterte ich sie. »Dir tut es leid, Kat? *Dir?*«

»Ja. Es tut mir leid, dass du nie ein normales Leben hattest und ich dir nicht helfen konnte. Und es tut mir auch leid, dich am Anfang falsch eingeschätzt zu haben, als ich dich zum ersten Mal hier in der Stadt gesehen habe. Aber es tut gut zu sehen, dass du immer noch mit ihr zusammen bist.«

»Wovon sprichst du?« Ich konnte nicht klar denken, ihr Anblick und was ich damit verband, setzte mich immer noch außer Gefecht.

Sie schüttelte den Kopf. »Alles, was zählt, ist, dass ich mit dir gesprochen habe und du jetzt weißt, dass ich dir nicht böse bin.«

Eine Weile blieb es bis auf den Lärm vom Club drinnen und von den Geräuschen der Hauptstraße ganz still zwischen uns.

»Das habe ich nicht verdient.«

»Jeder verdient eine zweite Chance. Das hat auch mein Dad gesagt. Auch wenn ich zugeben muss, dass er nicht besonders erfreut war, als du abgehauen bist.«

»Und als ich dich verletzt habe«, fügte ich trocken hinzu.

Ich beobachtete sie ungläubig, als sie zu lachen anfing. »Hör auf, so ein Gesicht zu machen. Dir geht es gut, mir geht es gut, und wir können die Vergangenheit, die übrigens mehr als drei Jahre zurückliegt, vergessen. Das hier ist mein Neuanfang. Aber keine Angst, ich will keinen Kontakt zu dir oder so. Ich lasse dich in Ruhe dein Leben leben.«

Ich atmete ein paarmal tief durch, bis ich merkte, dass sie es tatsächlich ernst meinte.

»Es tut mir unendlich leid, dass ich dich damals mit reingezogen und dich verletzt habe. Das war falsch.«

»Ich verzeihe dir, okay? Und ich wünsche dir viel Glück mit Eliza Fleming.«

Mein Herz setzte einen Schlag aus. »Woher …«

»Das Uni-Forum kann manchmal nützlich sein, ob du's glaubst oder nicht. Und vielleicht findet sie eines Tages heraus, dass sie mehr Gefühle für dich hat als nur rein körperliche.«

Mein Mund klappte auf, aber Kathryn stand schon auf und drehte sich vor der Hintertür zum Club noch mal nach mir um.

»Ich weiß, dass du mich nie geliebt hast, aber ich denke, das habe ich auch nicht. Dafür kannte ich dich zu wenig. Bei ihr ist es vielleicht anders.«

Sie verschwand, ohne mir die Chance zu geben, noch etwas zu erwidern. Es spielte keine Rolle, woher sie diese Dinge wusste, nur eines schwirrte mir jetzt im Kopf herum: Kathryn war zurück. Sie und die Erinnerungen.

Und auch wenn es mir im ersten Moment den Atem raubte, vielleicht war es gut so. Vielleicht konnte ich somit endlich mit dieser Zeit abschließen.

Aber jetzt brauchte ich etwas anderes. Jetzt war nicht der Augenblick für mein vernünftiges Ich. Ich brauchte Hochprozentiges, in dem ich meine Gedanken ertränken konnte, wenn schon Eliza nicht bei mir war.

***

Eliza

Es musste mitten in der Nacht sein, als ich durch meinen Klingelton aus dem Schlaf gerissen wurde. Schlaftrunken tastete ich die Matratze ab. Ohne zu schauen, schob ich mein Handy hoch und hielt es mir ans Ohr, während der letzte Traum nachklang und ich mich insgeheim fragte, warum ich das Teil nicht quer durchs Zimmer schleuderte und einfach weiterschlief.

»Welcher Penner will sich mit mir anlegen?«, knurrte ich mit heiserer Stimme.

»Ich bin betrunken, kleines Mädchen.«

Ich stieß ein paar Flüche aus. »Ich schlafe, du Mistkerl!«, rief ich so laut ins Handy, wie es meine verschlafene Stimme erlaubte.

Finn schien es also für amüsant zu halten, sich zu betrinken und mich dann um – ich warf einen Blick auf die roten Leuchtziffern meiner Digitaluhr auf der Fensterbank – drei Uhr morgens um den Schlaf zu bringen. Und das, nachdem wir uns vor genau drei Stunden vor dem Howl at the Moon verabschiedet hatten, nachdem *er* mir gesagt hatte, er würde ein bisschen Zeit zum Nachdenken brauchen, was ich natürlich sofort akzeptiert hatte, da sein Onkel ja gestorben war.

»Ich bin betrunken, und ich vermisse dich«, murmelte er mit so benommener Stimme, dass ich es ihm sofort abnahm. Ich setzte zu weiteren Beschimpfungen an, aber er sprach schon weiter. »Gott, du musst kommen … bitte. Komm schon, Trish, sag ihr, wie sehr ich sie vermisse!« Ich hörte Gekicher am anderen Ende und dann eine leicht genervte Frauenstimme.

»Gib mir mal das Telefon, Kleiner.«

Mit einem Mal war ich wach und spürte, wie sich eine steile Falte zwischen meinen Augenbrauen bildete.

Er konnte unmöglich noch im Howl at the Moon sein, das hatte bestimmt schon längst zugemacht. Oder doch nicht?

Bevor ich weiterdenken konnte, erklang dieselbe Stimme an meinem Ohr.

»Hallo, Schätzchen, ich bin Trisha, wie du vielleicht schon mitbekommen hast – frag mich nicht, wie er sich den Namen merken konnte. Ist der Kleine dein Freund?«

Jetzt war ich endgültig wach und setzte mich abrupt auf.

»Ich hab keine Ahnung, wer dieser Junge ist, aber er sitzt schon seit ungefähr zwei Stunden in meiner Bar und redet zusammenhangsloses Zeug, unter anderem, wie sehr er Eliza will. Wenn du das bist, Süße, dann machst du dich besser auf den Weg hierher und holst ihn ab, bevor ich ihn rausschmeißen muss. Er ist ja wirklich heiß, aber wir machen in ’ner halben Stunde den Laden dicht.«

Das waren eindeutig zu viele Informationen auf einmal für meinen benebelten Kopf. »Ah … verdammt. Wo ist er?«, fragte ich und unterdrückte ein Gähnen.

»Toronto Bar, Stadtmitte … In Seattle«, fügte sie dann noch fragend hinzu, als wäre sie sich nicht sicher, ob er aus irgendeiner anderen Stadt ausgebrochen war.

Ich seufzte tief. »Okay, Trish, ich bin tatsächlich Eliza, und du kannst dem werten Westwood gerne von mir einen Tritt in den

Hintern verpassen, dafür, dass ich jetzt wirklich komme. Könntest du mir die Adresse geben?«

Sie kicherte. »Oh, ich glaube, das würde ihn dann endgültig vom Hocker ... warte mal, Westwood, hast du gesagt? Sag mir jetzt nicht, der Kerl gehört zum Westwood-Trio von nebenan?«

Ich horchte auf. »Nebenan?«

»Howl at the Moon, dieses Studentenloch, das kennst du doch bestimmt, wenn du in seinem Alter bist. Wir sind drei Meter weiter.«

»Na klasse«, stöhnte ich. »Gut, dann weiß ich, wo ihr seid. Und ja – du hast den wahrhaftigen Finn Westwood vor dir. Dieser Idiot. Ich bin in einer halben Stunde da.«

Ich legte mit mörderischer Laune auf, bevor ich mich widerstrebend erhob. Kaum zu glauben, dass ich mich jetzt tatsächlich aus meinem Bett schmeißen ließ.

Eine halbe Stunde später wich ich einem torkelnden Obdachlosen aus, als ich am Howl at the Moon stand und mich suchend nach der Toronto Bar umsah. Nach zwei Minuten Hin- und Herlaufen realisierte ich dann endlich, dass ich schon dreimal am richtigen Laden vorbeigelaufen war. Da er so klein und schummrig wirkte, hatte ich ihn glatt übersehen. Ich stieß die angestaute Luft zwischen meinen Lippen aus, die bei der Kälte sichtbar wurde, und betrat die Bar.

Das Wort Bar war übertrieben. Der Raum war ungefähr so groß wie die Toiletten im Howl at the Moon, und außer einem Tresen und ein paar Holzhockern gab es wirklich nichts. Die spärliche Beleuchtung war grün, und es war alles so verraucht, dass ich erst einmal husten musste.

Insgesamt befanden sich außer mir drei Personen hier: ein junges Mädchen, das mit blutunterlaufenen Augen resigniert in ihren zweifelhaft aussehenden Drink starrte, Finn vorne an den Tresen gelehnt, mir den Rücken zugewandt, und eine Frau zwischen circa dreißig und vierzig dahinter. Sie hatte hellblond gefärbte, strohige, lange Haare, und dank ihres ärmellosen Tops sah man, dass ihre Arme über und über tätowiert waren.

Na, hier war ich ja genau richtig gelandet.

Mit schnellen Schritten lief ich zum Tresen und packte Finn an der Hand. Er und die Barkeeperin schauten beide zu mir auf.

»Oh, hey, das ging schneller als erwartet«, meinte sie freundlich.

»Mein Baby ist da«, seufzte er, und mir kam es wirklich rätselhaft vor, wie er es schaffte, dass seine Stimme trotz des ganzen Alkohols noch verführerisch klang.

Trisha lachte, ich verdrehte die Augen. Mit vereinten Kräften zog ich ihn hoch und warf ihr einen dankbaren Blick zu.

»Er kann sich glücklich schätzen, dass dir dieser Laden gehört. Verdient hat er es nicht.«

Sie grinste mich schelmisch an. »Oh, weißt du, Süße, seinem Charme kann man selbst im jetzigen Zustand nicht widerstehen. Er war eine nette Unterhaltung. Immerhin ist er ein Westwood, was?«

Ich seufzte. »Das ist er wohl. Danke für den Anruf und das Aufpassen. Gute Nacht.« Sie zwinkerte mir zu, und ich verließ leicht wankend mit ihm den Laden.

Draußen schnappte ich zuerst erleichtert nach frischer Luft, die drinnen eindeutig zu knapp kam.

Glücklicherweise ging das mit dem Laufen einigermaßen gut, und Finn torkelte auch nicht, was die Situation enorm erleichterte. Ich winkte uns hastig ein Taxi heran, drückte ihn auf den Rücksitz und nannte dem Fahrer seine Adresse. Dann wandte ich mich letztendlich ihm zu, während das Auto losrollte.

Er beobachtete mich mit einem zufriedenen Gesichtsausdruck und schaffte es, mein Gesicht zwischen die Hände zu nehmen. Ich verlor mich in seinem Anblick. Er war betrunken, ich war seinetwegen aus dem Bett gestiegen und hatte gerade wohl jedes Recht, genervt zu sein. Aber er machte es mir momentan ein wenig schwer, als er begann, mich zu küssen und fest an sich zu drücken.

Er küsste mich so wild und verlangend wie schon lange nicht mehr. Lag es daran, dass er so viel getrunken hatte? Und verdammt – warum überhaupt hatte er das getan, ganz alleine?

Ich wusste nur, dass dieser Kuss anders war als die, die wir in der letzten Zeit austauschten. Und ich merkte den Unterschied deutlich. Gerade eben war es so wie am Anfang – aus purer Lust. In den letzten Tagen war es viel vertrauter, viel … zärtlicher gewesen.

Das, was zwischen uns existierte, war über alle Grenzen hinausgeschossen. Nie hätte ich damals in dieser verhängnisvollen Novembernacht gedacht, dass er mein Leben derartig auf den Kopf stellen würde. Und das in so wenigen Monaten.

Ich war ein wenig außer Atem, als er abrupt von mir zurückwich und mir fast schon mit wahnsinnig ehrfürchtigem Blick in die Augen starrte.

Die Straßenlichter warfen immer wieder funkelnde Spiegelungen auf sein vollkommenes Gesicht.

»Du bist so … wunderschön«, keuchte er ganz durcheinander. Mir fiel auf, wie sehr er mit sich rang. Seine Brust senkte und hob sich in Rekordschnelle, als wäre er eben mal drei Blocks lang gerannt. Das kam sicher nicht allein von meiner Schönheit.

Ich musste wieder grinsen und fuhr beruhigend seinen Oberkörper entlang. »Hey, ganz ruhig bleiben, ja?«

Er nickte wie ein kleiner, verzweifelter Junge und nahm mich dann aus heiterem Himmel einfach in den Arm, als würde er Trost brauchen. Immer noch grinsend atmete ich tief seinen Duft ein und vergrub meine Nase in seinem weißen Hemd. Ich hätte noch lange, lange so verharren können, aber im nächsten Augenblick hielt das Taxi schon. Erstaunt schaute ich auf. Ich hatte vergessen, dass Finn nur fünf Minuten entfernt von unserer Lieblingsbar wohnte.

Gerade wollte ich ein paar Scheine aus meiner Jeanstasche holen, als er meine Hand festhielt und mit der anderen seinen Ledergeldbeutel aus seiner Jackentasche zog und mir reichte. Ich sah ihn an und verdrehte die Augen. »Das sind kaum fünf Dollar.«

»Nimm es heraus, bitte«, beharrte er, und seine Stimme klang plötzlich gar nicht mehr so benebelt.

Ich gehorchte seufzend, und wir stiegen eilig aus, nachdem ich mit seinem Geld gezahlt hatte.

Als wir schließlich endlich in seiner Wohnung standen, schaltete ich das Licht an, und er ließ meine Hand los, um geradewegs in die Küche zu gehen.

»Ähm, Finn«, rief ich gähnend. »Wollen wir nicht schlafen?«

Er bückte sich und tauchte erst nach einer Minute Krach, den er dort unten veranstaltet hatte, über der Theke auf. Mit einem Lächeln auf den Lippen, das ein bisschen zu unternehmungsfreudig für diese Uhrzeit war. Er hielt eine Glasflasche hoch, deren Etikett ich nicht entziffern konnte, in der sich aber eine klare, durchsichtige Flüssigkeit befand, die mit großer Wahrscheinlichkeit kein Wasser war.

»Oh nein. Finn. Hör mir zu, und versuche, die Worte irgendwie so in deinen Kopf zu kriegen, dass sie eine Weile drinbleiben. Du. Wirst. Jetzt. Ganz. Sicher. Nichts. Mehr. Trinken. Wir gehen schlafen. Stell das Zeug weg.«

Sein Lächeln wurde breiter, und seine Augen begannen zu funkeln. Er drehte sich wieder zu einem der Schränke und holte ein Glas heraus, das er zusammen mit der Flasche vor sich auf der blauen Theke abstellte.

»Nein, verflucht«, protestierte ich stöhnend und lief mit schnellen Schritten zu ihm, während ich mir im Gehen die Schuhe von den Füßen kickte. »Lass den Scheiß. Ich hab keine Lust, dich hinterher in die Notaufnahme zu fahren. Du bist betrunken genug.«

Er schüttelte den Kopf und öffnete die Flasche. Ich zögerte nicht lang und riss sie ihm aus der Hand.

»Hör auf«, knurrte ich. »Ich verstehe, dass du einen schweren Tag wegen der Beerdigung hattest. Aber ich bin verdammt noch mal nicht deine Mutter, und du bist keine sechzehn mehr, okay? Wie wär's mit ein bisschen Dankbarkeit, weil ich dich aus dieser versifften Bar geholt hab?«, fuhr ich ihn wütend an und sah, wie seine Freude in sich zusammensackte.

»Eliza«, murmelte er leise. »Ich will nur Spaß. Mit dir. Ich bin nicht traurig.«

»Das war kein Verzweiflungsakt?«, ließ ich mich unwillig ablenken.

Er schüttelte den Kopf. »Manchmal kommt die Vergangenheit hoch und tut da drinnen weh.« Er klopfte sich auf die Brust.

Ich starrte ihn an.

»Und dann kommt die Gegenwart und zieht dich mit sich, und da ist Glück. Und etwas, was du noch nie gefühlt hast. Und es ist schön.« Er machte eine Pause und atmete tief ein, als wäre er plötzlich müde geworden und müsste sich trotzdem konzentrieren.

»Das bist du. Das alles machst du. Und bitte …« Sein Gesichtsausdruck wurde gequält. »Bitte glaub mir. Da war nie jemand anderes. Nie. Du bist so schön.«

Er war eindeutig gruselig, wenn er zu viel getrunken hatte. Ich wollte gar nicht erst über die Glaubwürdigkeit seiner Worte nachdenken, sondern sie einfach als betrunkenes Gerede abstempeln.

Auf einmal lächelte er wieder. »Trink für mich, bitte. Du hast zu viel Angst in dir.«

»Wie bitte?«

Langsam griff er nach der Flasche, und ich war so verwirrt von seinen Worten, dass ich es geschehen ließ. Dass er sie nahm und das Glas halb füllte. Mit zitternder Hand zwar, aber immerhin verschüttete er nichts.

»Ich trinke nicht, wenn du dafür trinkst«, erklärte er mit einer Standhaftigkeit, die gar nicht zu seinem Rausch passte.

Oh Mann. Ich brauchte wirklich dringend Schlaf. »Finn, können wir nicht einfach schlafen gehen?«

»Danach. Ein paar Shots. Vielleicht ist das die letzte Nacht. Vielleicht haben wir nie wieder Zeit. Bitte. Für mich.«

Was tat ich hier überhaupt? Ich wusste nicht, aus welchem Grund, aber ich nahm das Glas in die Hand und kippte es herunter, ohne ihn anzusehen. Alles war wohl besser, als dass er jetzt trank. Sobald der Alkohol in meine Speiseröhre sickerte, fing ich zu husten an. Es brannte wie die Hölle. Ich knallte das Glas zwischen uns und versuchte, das Husten zu unterdrücken.

»Verdammt, was ist das für ein Zeug?«, fragte ich leicht japsend, und er lachte sein typisches, raues Lachen, bevor er nachfüllte.

»Ich hab keine Ahnung.«

Ich verdrehte die Augen. Er hatte doch wirklich einen Knall.

»So einen Mist bin ich nicht gewohnt, das solltest gerade du am besten wissen. Also mach mal langsam.«

»Es wird besser, wenn du mehr trinkst.«

Ich funkelte ihn an. »Spielst du nur den Betrunkenen und verfolgst irgendeinen kranken Plan?«

»Bei dir konnte ich noch nie planen«, antwortete er mit trauriger Stimme.

Mit einem Seufzen setzte ich das Glas wieder an meine Lippen und trank in einem Zug. Diesmal blieb das Husten aus, weil ich vorbereitet war. Zwar brannte es immer noch ein wenig, aber sobald es in meinem Magen war, breitete sich allmählich eine Wärme in mir aus.

»Hast du Geheimnisse, Elizabeth?«, unterbrach Finn die Stille und sah mich wie hypnotisiert durch seine schwarzen Wimpern an.

Ich ließ mein Glas wieder auffüllen und zuckte die Achseln. »Genau wie du eben. Genau wie jeder.«

»Das bezweifle ich«, meinte er finster, und ich hob eine Braue, bevor ich wieder trank.

»Es bringt nichts, seine Geheimnisse zu lüften«, antwortete ich ihm. »Es bringt nichts, sich damit näherkommen zu wollen. Alles, was anvertraut wird, kann gegen dich benutzt werden. Jede Schwäche kann die Geheimwaffe des anderen sein.«

»Warum denkst du so?«, flüsterte Finn und sah mich an, als würde er versuchen, aus mir schlau zu werden.

»Weil ich mich selbst beschützen muss«, entgegnete ich mit fester Stimme und trank meinen letzten Kurzen leer.

»Aber ich kenne dich. Trotz allem habe ich dich kennengelernt. Hast du es bei mir zugelassen.«

Ich schüttelte traurig den Kopf. »Du kennst nur die Oberfläche.«

»Du irrst dich.«

Bevor ich zum Protest ansetzen konnte, lief er um die Theke herum und schaffte es irgendwie ins Schlafzimmer. Ich schaute ihm nachdenklich hinterher. Würden wir jetzt schlafen gehen?

Plötzlich wollte ich es gar nicht mehr so sehr. Vermutlich war der Alkohol schuld. Warum wollte er, dass ich trank? Warum redete er so mit mir, wie er es eigentlich nie tat?

Als Musik aus dem Zimmer erklang und immer lauter wurde, fühlte ich mich schon gelöster. Ich erkannte das Lied wie immer sofort – es war eine Coverversion von The Buzzcocks *Ever Fallen In Love*. Dem Klang zufolge ein aufgenommenes Cover der Westwoods, denn Finns Stimme war unverkennbar.

Meine Haut fing leicht zu kribbeln an, und bevor ich mich versah, war Finn wieder da. Ohne Jacke und Schuhe. Er lächelte nicht, aber er sah auch nicht allzu traurig aus, als er sich direkt vor mich stellte.

»Willst du tanzen?«

»Jetzt?«

»Unsere Zeit ist begrenzt«, wiederholte er wie vorhin, jetzt mit sanfter Stimme. »Schenk mir diesen einen Tanz, bevor alles vorbei sein könnte. Wir leben nicht ewig.«

Er positionierte eine Hand an meinem Rücken, die andere hielt er fragend, wie eine Aufforderung, neben uns in die Luft.

Ich dachte nicht mehr darüber nach, ich legte meine Hand in seine und die andere an seine Schulter. Den gewöhnlichen Abstand beim Tanzen überbrückte er einfach, sodass wir Brust an Brust standen.

Und dann flog ich.

Er wirbelte mich durchs ganze Zimmer und weiter, bis raus auf die Terrasse. Es musste etwas sein, was er schon lange und sehr gut konnte, denn seine Bewegungen hatten etwas Geschmeidiges und kamen trotz des Alkohols reflexartig. Wir gehorchten keinen Schritten, keinen Richtlinien. Wir flogen einfach durch die Nacht, tanzten über die glitzernden Dächer der Großstadt. Er hielt mich in seinen Armen, und wie vorhin im Howl at the Moon war es das pure Glück. Der wunderbare Geschmack von Freiheit. Der Himmel war voller Sterne, die um die Wette mit der erleuchteten Space Needle in der Ferne funkelten. Alles raste in einem Moment an uns vorbei, als hätten wir Flügel und könnten einfach davonschweben, um in der nächsten Sekunde wieder detailliert, scharf und vollkommen zu werden. Es war eine unendliche Reise durch Zeit und Raum.

Und er war bei mir.

***

January 26th, 11:30 a. m.

Mir wurden lästige Haare aus dem Gesicht gestrichen, und ich realisierte, dass ich auf etwas sehr Hartem lag. Im nächsten Moment spürte ich weiche Lippen auf meinen, seufzte und schlug die Augen auf.

Finn wich von mir zurück, sodass ich sehen konnte, dass er so gut wie auf mir saß, die Knie links und rechts neben meinem Körper. Er war vollständig angezogen und lächelte mit einem schiefen Grinsen auf mich herab. Es war sehr, sehr hell in dem Raum, der sich im nächsten Augenblick als Finns Wohnzimmer herausstellte. Links von mir befand sich die schwarze Ledercouch.

»Wie spät ist es? Warum sitzt du auf mir? Wieso liege ich auf dem Boden?«

»Die kurze oder die lange Fassung?«

»Kurz, bitte«, stöhnte ich.

»Halb zwölf, mittags. Ich steh drauf. Nach gestern Nacht sind wir irgendwo auf dem Boden zusammengebrochen.«

Ich starrte ihn eine Weile an, bis wirklich alle Details von gestern langsam in mein Gehirn sickerten. Alkohol, Toronto Bar, Shots, seltsame Gespräche, Tanzen.

»Du kannst tanzen, das muss man dir lassen.«

Er lachte und setzte sich von mir runter, bevor er meine beiden Hände nahm und mich hochzog.

Mir entfuhr ein kleiner Schmerzlaut. Mein Rücken fühlte sich an, als hätte ich stundenlang auf kaltem Zement gelegen.

»Alles okay?«, fragte er nach, und ich nickte, während ich meinen Schal richtete.

»Bisschen verspannt alles.«

»Wie geht's dem Kopf?« Ich sah das Grinsen, das er zu unterdrücken versuchte.

Irgendwie drehte sich alles ein bisschen, aber das lag wohl daran, dass ich gerade erst aufgewacht war. »Gut, ansonsten hätte ich dir das Leben zur Hölle gemacht. Kannst du mir erklären, warum zum Teufel du mich abgefüllt hast?«

Sein tiefes Lachen ließ seine Brust vibrieren. »Das kann ich dir beim besten Willen nicht sagen, sorry. Schon vergessen? Ich war derjenige, der sich erst selbst abgefüllt hat.«

»Wie könnte ich?«, erwiderte ich sarkastisch. »Ich hab dich schließlich aus dieser Bar gerettet.«

»Danke übrigens«, sagte er grinsend.

»Du bist mir was schuldig. Wieso hast du mich eigentlich aufgeweckt?«

»Erstens, weil dein Rücken nur noch mehr gelitten hätte, und zweitens, weil ich jetzt wegmuss, ich hab noch Uni.«

»Hast du wenigstens Kaffee?«

Er deutete hinter sich in die Küche. »Bedien dich.«

Ich lief zur Theke und setzte mich auf einen der Stühle. Die Flasche von vergangener Nacht war nicht mehr zu sehen, genauso wie das Glas.

»Hab ich schon erwähnt, was für ein Idiot du bist?«

»Ja«, erwiderte er mit einem Kichern. »Aber ich hab etwas, das die Sache wieder geradebiegen könnte.«

Ich verschränkte die Arme vor mir auf dem Tisch und legte meinen Kopf dort ab.

»Ich bin zu müde für Sex«, nuschelte ich in meinen Ärmel.

»Du denkst auch wirklich immer nur an das Eine«, meinte er gespielt bestürzt, und ich seufzte, schaute aber nicht auf.

»Halt die Klappe.«

»Für Sex habe ich heute leider keine Zeit mehr, aber ich hab tatsächlich noch etwas anderes.«

»Schön für dich.« Ich sehnte mich nach seinem Bett. Nach Schlaf und Dunkelheit.

»Schau mal, Baby.«

»Nein. Geh weg.«

»Ich muss wirklich in einer Minute los, und ich will deinen Gesichtsausdruck um keinen Preis verpassen.«

»Noch mal: Verschwinde, Finn.«

»Na schön, dann lese ich's dir eben vor. Three Days Grace live, Open Air Concert in Seattle, Washington. 27. Januar.«

Ich hob den Kopf so abrupt, dass sich wieder alles drehte. Das

Datum war morgen. Und vor mir stand er, lässig grinsend an die Theke gelehnt, mit zwei orangen Tickets in der Hand.

»Du …« Ich unterbrach mich selbst und kreischte vollends los. »THREE DAYS GRACE? DU WAHNSINNIGER!«

Ich riss ihm die Tickets aus der Hand und starrte auf die schwarzen Druckbuchstaben, weil ich Angst hatte, sie würden sich jeden Moment in Luft auflösen. Dann sprang ich vom Hocker und rannte um die Theke herum, um ihm um den Hals zu fallen. »Ich hasse dich!«, schrie ich und spürte das Grinsen auf meinem Gesicht, so breit, dass es wehtat. »Verflucht noch mal!«

Lachend hob er mich hoch und wirbelte mich einmal herum, bevor er mich wieder absetzte. »Ich denke, du verzeihst mir?«

»Verdammt, dir ist alles verziehen, Finn Westwood.«

Er kicherte. »Das merke ich mir.«

»Oh Gott, danke. Danke, danke, danke.«

»Hey, gern geschehen. Ich hol dich morgen um sechs ab, ja? Ich muss jetzt wirklich los. Viel Spaß beim Feiern, mein Mädchen.«

Mit einem schnellen Kuss auf die Lippen lief er zur Tür und verschwand. Ließ mich einfach in diesen Wellen von Euphorie zurück.

Ich rannte nach draußen auf die Terrasse und schrie meine Begeisterung in den Wind.

***

Auf dem riesigen Platz standen ein paar vereinzelte Bäume neben der großen Bühne, und eine riesige Menschenmenge war vor den zwei Eingängen versammelt, alle bereits mit Tickets in den Händen. Die Festivalatmosphäre war zum Greifen nahe.

Auf der Bühne hantierten ein paar Leute, und ich ließ mich von Finn zum Eingang führen. Einlass war offiziell in einer Viertelstunde, und um acht fing dann das eigentliche Konzert an, nachdem eine Vorband das Ganze einleitete.

Kurz fragte ich mich, wie wir am besten einen der vorderen Plätze ergatterten, aber natürlich hatte er schon etwas im Sinn.

»Wir machen das auf meine Art«, flüsterte er mir ins Ohr und zwinkerte mir zu, bevor er meine Hand nahm und zum Eingang lief, dort seinen V.I.P.-Pass vorzeigte und wir dann einfach so, als wäre es das Normalste auf der Welt, den abgesperrten Bereich betraten, nachdem unsere Tickets kontrolliert und meine Tasche durchsucht worden waren.

»Was zum Teufel war …«

Er unterbrach mich, indem er seine Lippen hart auf meine drückte und mich lange küsste. »Nimm es einfach hin, Baby, okay? Wir wollen heute Spaß haben.«

»Na gut.« Ich würde sie wirklich sehen, da spielte es im Moment keine Rolle, wie genau es dazu kam.

Meine Güte, ich hatte immer noch nicht realisiert, dass ich wirklich hier war und meine Lieblingsband live sehen würde.

Es dauerte nicht lange, bis die Menge hereinstürmte und sich zu uns vor die Bühne gesellte. Wir kauften uns eiskaltes Bier von einem der Stände im Geländebereich und stießen an, während die Vorband zu spielen begann.

»Wir haben noch nie Bier zusammen getrunken«, rief ich Finn über die Musik hinweg zu, und er zog mich vor sich, umschlang mich mit einem Arm.

»Es gibt für alles ein erstes Mal, Elizabeth.«

Die Lichter auf der Bühne wurden ausgeschaltet, nachdem die Vorband weg war, nur ein Scheinwerfer schien noch hell. Ich kreischte ein bisschen mit den anderen Fans um die Wette, während Finn mich amüsiert beobachtete. Und dann begann es. Das Intro. Die Melodie, die ich ganz genau kannte. Das Lied, nach dem das aktuelle Album benannt war. *Life Starts Now* – der Titel, der auf meinem T-Shirt abgedruckt war.

Genau in dem Moment, als die raue Stimme des Sängers ertönte und über den Platz hallte, spürte ich die ersten Regentropfen. Ich stellte mich auf die Zehenspitzen und hielt begeistert Ausschau nach der Band, aber nichts war zu sehen, außer Rauch, der von den Seiten in die Mitte gepumpt wurde. Automatisch sang ich die Zeilen mit und sprang ein bisschen hoch, um nichts zu verpassen.

Die letzten Worte vor dem Refrain erklangen, und plötzlich waren sie da. Teilten den schwarzen Vorhang und traten auf die Bühne.

Ich konnte mich nicht mehr halten und kreischte einfach mit allen anderen wie ein Groupie los.

Finn lachte mich aus, aber ich störte mich nicht sonderlich daran, vor allem, als ich merkte, wie er, genau wie ich, die ganze Zeit auf die Bühne starrte und mitsang.

Das hatte ich mir gewünscht, seit ich die Band zum ersten Mal zufällig im Autoradio von Sams Dad gehört hatte.

Um meine Dankbarkeit zu zeigen, nahm ich Finns Hand. Seine Finger schlossen sich automatisch um meine und drückten sie leicht. Er schien zu verstehen. Ich ließ alle Emotionen raus, ließ meine Hemmungen, die ich mit ihm sowieso nie verspürte, fallen und vergaß alles um uns herum. So ging es weiter, während ein Song nach dem anderen gespielt wurde, die wir beide alle auswendig kannten.

Und plötzlich, nach ungefähr der Hälfte der Zeit, packte Finn mich an der Taille, hob mich hoch, als hätte ich das Gewicht einer Fliege, und setzte mich auf seine Schultern. Ich ließ einen leichten Aufschrei hören, und er lachte leise. Ich stieß meine Arme in die Luft und versuchte, so gut es von hier oben ging, auf mich aufmerksam zu machen und weiterzufeiern. Eine Sekunde bildete ich mir ein, dass der Blick meines tätowierten Lieblingssängers auf mir ruhte, aber dann war der Moment schon wieder vorbei, und ich realisierte, dass ich nicht die Einzige war, die sich auf den Schultern ihrer Begleitung befand.

»Adam Gontier steht auf mich«, rief ich Finn ins Ohr, und er half mir grinsend wieder von seinen Schultern auf den Boden, um mich zu packen und an sich zu drücken.

»Sollte das zu auffällig werden, gehen wir später backstage, und ich kläre das persönlich«, antwortete er in derselben Lautstärke, und wir tanzten lachend weiter.

Irgendwann war ich in solch einem Rausch von Glücksgefühlen, dass ich kaum wahrnahm, wie die Zeit verging. Ich wollte nicht, dass das hier endete, es fühlte sich zu fantastisch an, an Finns Seite einer der besten Rockbands überhaupt zuzuhören. Langsam drehte ich mich zu ihm um und zog ihn an mich heran. Er hatte aufgehört zu singen und versank mit seinem Blick in meinem. Dann packte er mich erneut und küsste mich hart und leidenschaftlich, während seine Hände überall auf meinem Körper waren. Ich klammerte mich an ihn und verhakte meine Beine mit seinen. So machten wir eine Weile weiter, bis er unseren Kuss unterbrach und mich an meiner Hand durch die Menschenmenge zog – Richtung Ausgang. Uns wurden ein paar genervte Blicke zugeworfen, aber mein Blick lag benommen auf seinem von den Scheinwerfern erleuchteten Gesicht, und eine andere Art von Feuer begann, sich durch meinen Körper zu fressen.

Endlich waren wir draußen, und er führte mich an eine Stelle weiter weg, zu einer kleinen Baumgruppe, die halbwegs von Blicken geschützt war. Es war sowieso stockdunkel, kein Mensch konnte uns also hier sehen. Er drückte mich gegen einen der Bäume, ohne ein Wort zu sagen, und wir machten da weiter, wo wir aufgehört hatten. Unsere Münder verschmolzen zu einem, seine Hände wühlten in meinem Haar, und ich drückte meine Mitte an ihn. Er schob meinen Rock nach oben, packte mich an den Oberschenkeln und hob mich hoch.

***

»Warte hier«, wies er mich lächelnd an und schloss die Wohnungstür hinter uns. Ich lehnte mich dagegen und sah ihm hinterher, wie er ins Schlafzimmer lief und die Türe hinter sich schloss.

Ich machte die Augen zu. Es war alles so seltsam. So seltsam wunderbar und verwirrend zugleich. Finns Lippen, das Konzert, die Menschenmenge, die Festivalstimmung, das Adrenalin. Die Tatsache, dass wir kurz vor Schluss abgehauen waren, nur um das zu tun, was wir eigentlich jeden Tag tun konnten.

Es war ein unvergesslicher Abend für mich gewesen. Ich war so glücklich, ich spürte es in jeder Faser meines Körpers, wollte es in die Nacht hinausschreien, aber dafür war meine Stimme wahrscheinlich zu heiser von den Liedern, die ich lauthals mitgesungen hatte. Als er nach ein paar Minuten wieder zu mir zurückkam und meine Hand nahm, empfing ich ihn mit einem breiten Lächeln.

»Mach das Licht neben dir aus, ja?«

Ich gehorchte leicht verwundert und legte den Schalter um, bevor er mich schon direkt ins Schlafzimmer führte.

Der dunkle Raum wurde nur durch schwaches Mondlicht und die Lichter der Stadt erhellt. Und Kerzenlicht.

Mindestens zwanzig brennende Kerzen befanden sich auf der Fensterbank und neben uns auf dem Fußboden.

Ich krallte mich an seiner Hand fest. Ach du Scheiße.

»Du kannst gehen. Nichts hält dich hier. Du kannst meine Hand loslassen und davonrennen, so schnell du kannst.« Finn klang nicht wütend oder verbittert, ganz im Gegenteil, seine Stimme war ruhig und verständnisvoll. »Worum ich bitte, ist dein Einverständnis. Nur ein einziges Mal. Du kannst immer wegrennen. Das ist einfach. Ich will nur dieses eine Mal. Und ich will es mit dir.«

Meine Finger waren nach wie vor in seine gekrallt, damit sie nicht zu zittern anfingen. Ich hasste Romantik. Das war ein Fakt. Aber er hatte mir so viel gegeben. Er war ein guter Mensch.

Eine halbe Ewigkeit verging, aber diesmal wirkte die Stille beruhigend. Diesmal hatte ich keine Angst. Vermutlich sehnte er sich nur nach ein bisschen Normalität. Wahrscheinlich hatte ihn seine Vergangenheit – was immer ihm damals widerfahren war – so an seinem Verstand zweifeln lassen, dass er jetzt das hier brauchte, was alle Menschen zu brauchen glaubten.

Ich spürte, wie er langsam meine Hand von seiner löste und sich vor mich aufs Bett setzte. Er hob den Kopf und sah mich an. Der Schatten der Flammen flackerte über sein Gesicht. »Ist es so schwer?«, fragte er.

»Nein«, murmelte ich fast lautlos und beugte mich vor, legte die Arme um seine Schultern. »Nein, es ist nur … neu.«

Ich kickte meine Schuhe hinter mich. Er tat es mir nach, bevor er seine Hände an meine Hüften legte und mich neben sich aufs Bett hob. Wir tauschten einen letzten verunsicherten Blick, dann fingen wir an, uns zu küssen.

Wir ließen uns Zeit. Seine Lippen begegneten meinen so vorsichtig, als wäre ich zerbrechlich. Es gab mir einen kleinen Stich in der Magengegend, den ich nicht ganz einordnen konnte, weil es sich so gut anfühlte. Er griff unter uns und zog die Bettdecke hervor, mit der er uns zudeckte. Ich wusste, dass das hier ein Klischee war. Dass es der Traum eines jeden Mädchens von seinem ersten Mal war. Ich war mir bewusst, dass es etwas war, von dem ich niemals gedacht hatte, es zu bekommen.

Finn war lieb und zärtlich und berührte mich so sanft, wie ich ihn bisher nur mit seiner verfluchten Gitarre hatte umgehen sehen. Als wäre ich kostbar und unersetzlich.

Außerdem sprach er kein Wort. Auch das war anders als sonst. Mit einer Hand berührte er mein Gesicht. Seine Fingerspitzen strichen über meine Wangen, und er war nur ein paar Zentimeter über mir, nah genug, um mir mit einem emotionsgeladenen Blick in die Augen zu sehen, der mich überraschender traf, als ich es gewohnt war. Ich schob alle Zweifel zur Seite und ließ mich mitreißen, in den Strudel, aus dem es kein Zurück mehr gab.

Nicht einmal auf der Beerdigung neben ihm hatte ich solch eine Vertrautheit gespürt. Ein Gefühl von einem festen Band, das uns zusammenhielt. Der Gedanke kam auf, dass er mich niemals belügen könnte, weil er mich in sein Innerstes blicken ließ. Und dass er mir nie absichtlich wehtun würde, weil das, was er für mich empfand, echt war. Echt, rein und unbeschmutzt. Genau wie meine Gefühle für ihn. Er war der Erste, der mich dazu brachte, mich derart wohl in meinem Körper zu fühlen. Nicht nur schön und begehrt, sondern auch geborgen und gewollt.

Sein Körper fing über meinem zu zittern an, und sein Gesichtsausdruck verspannte sich.

»Alles okay?«, flüsterte ich und stützte mich ab. Er beugte sich tiefer über mich.

»Nein«, brachte er ganz leise hervor und stöhnte kurz. »Es ist das Schönste, was ein Mensch mir je gegeben hat.« Er nahm mich fester in den Arm.

Sein Blick wurde immer brennender, als er mir in die Augen schaute.

Durch die herumwirbelnden Gefühle in mir wurde ich so sehr überrumpelt und konnte rein gar nichts dagegen tun, als mir völlig unvorbereitet die Tränen in die Augen schossen. Es dauerte einige Sekunden, bis mein Verstand kapierte, was gerade mit mir geschah, und ich mich augenblicklich von seinem Blick losriss. Ich klammerte mich mit wildem Herzklopfen an seinem Körper fest und schmiegte den Kopf an seine Schulter, damit er nichts mitbekam.

Die Tränen kannten kein Erbarmen – sie rannen meine Wangen entlang, und ich war wehrlos. Ein Panikgefühl war anstelle der Entspannung aufgetaucht, das mich gleichzeitig klarer denken ließ. Ich wischte die Tränen weg und bekam es erst richtig mit der Angst zu tun, als immer mehr nachkamen. Ich hatte noch nie in meinem Leben vor Glück geweint. Bis jetzt.

Minutenlang lagen wir da, bis wir beide ruhiger wurden.

Als er sich schließlich neben mich rollte, setzte ich mich sofort schwer keuchend auf. Ich musste auf der Stelle verschwinden. Egal, wohin. Hauptsache, weg von hier.

Schweigend suchte ich in der Dunkelheit meine Klamotten zusammen und zog sie an. Die Hälfte der Kerzen war erloschen.

Ich schaute mich nicht nach Finn um, denn das wäre sicher kontraproduktiv gewesen. Er gab keinen Laut von sich, auch nicht, als ich weiter nach vorne auf die Bettkante rutschte und meine Schuhe anzog. Erst als ich aufstand, hörte ich ein Rascheln.

»Eliza, bitte. Es tut mir leid.«

Einen Moment lang entglitt mir mein Gesichtsausdruck völlig. Er klang so verzweifelt. Schnell bemühte ich mich um ein Lächeln und drehte mich zu ihm um, nachdem ich mich nach meiner Tasche auf dem Boden gebückt hatte.

»Sei nicht albern. Ich muss nur los, weil ich morgen sehr früh rausmuss. Danke für alles. Auch das Konzert. Es war wunderbar.« Die Worte schienen nicht von mir, sondern von einer Fremden zu kommen.

Er starrte mich unverwandt an. Ich wusste, dass ich ihn nicht täuschen konnte.

»Es tut mir leid, dass ich es so weit getrieben habe.«

»Ich weiß nicht, wovon du sprichst. Nichts ist deine Schuld«, entgegnete ich ihm mit einem panischen Unterton in der Stimme und lief rückwärts zur Tür. Das war nicht einmal gelogen – es war nicht seine Schuld. Es war meine. Dafür, dass ich so dumm gewesen war. »Wir sehen uns«, murmelte ich, drehte mich um und rannte fast schon in den Flur.

Das Letzte, was ich wahrnahm, als ich die Wohnungstür aufriss, war mein lautes Herzklopfen und der Nachklang seiner Stimme, als er meinen Namen hinter mir herrief.

Ich wollte keinem Menschen unter die Augen treten. Meine Füße trugen mich immer schneller, auch wenn ich nicht in der Lage war, richtig zu rennen. Ich schaute nach oben in den Himmel – heute war kein einziger Stern zu sehen. Mein Inneres war immer noch vollständig durchgeschüttelt. Einerseits hatte ich das dringende Bedürfnis, zu ihm zurückzurennen, mich in seine Arme zu werfen und die ganze Nacht durchzuweinen, auf der anderen Seite hasste ich mich immer mehr dafür.

Ich war ihm nicht böse. Das war ich wirklich nicht. Ich konnte ihn nicht dafür beschuldigen, dass er Zuneigung wollte. Aber ich konnte das einfach nicht.

Es schockierte mich nur so sehr, was gerade mit mir passiert war. Das konnte ich mir nicht erklären. Weshalb genoss ich seine Gesellschaft so sehr? Warum wollte ich so verzweifelt bei ihm sein, die ganze Zeit über? Zweifellos war ich gerade dabei, mir eine riesengroße Scheiße einzureden, aus der ich nicht mehr so schnell wieder rauskam.

Das würde ich verhindern. Ich war immer noch ich selbst. Und er war noch immer der heiße Typ, der mich ins Hinterzimmer gezogen hatte, als wir zwei Fremde gewesen waren. Mehr nicht. Verflucht noch mal.

Ich wusste nicht, warum mein Herz mir immer noch bis zum Hals klopfte und ich so derart außer mir war. Es war ungesund. Das alles nahm eine ganz falsche Richtung an. Wir waren zu weit gegangen und hatten eine Grenze überschritten. Denn wie zur Hölle sollte ich ihm jetzt noch normal in die Augen blicken, nach dem, was er mich hatte fühlen lassen?

Ich war so verwirrt und wütend, dass ich erst nach etlichen Minuten realisierte, dass ich nur noch wenige Meter vom Howl at the Moon entfernt war und hier Dutzende Leute herumliefen, die mich wahrscheinlich auch noch kannten. Ich öffnete meine Tasche, um nach der Uhrzeit auf meinem Handy zu sehen und gleichzeitig eine Ausrede zu haben, um nicht hochschauen zu müssen. Es war kurz nach halb eins, was mich noch einmal an meinem Verstand zweifeln ließ. *Wie lange hatten wir miteinander geschlafen?*

Panisch schüttelte ich den Kopf. Daran durfte ich nicht denken, wenn ich einen normalen Eindruck machen wollte. Ich steckte mein Handy in meine Tasche, strich mir die Haare zurück und wischte mir noch einmal schnell unter den Augen entlang, bevor ich mich straffte und erhobenen Hauptes die Straße am Howl at the Moon entlanglief. Ich würde jetzt nach Hause fahren und … – ja, was dann? Meine Gedanken liefen Amok. Ich wollte nicht mehr darüber nachdenken, keine Sekunde lang. Es tat so schrecklich weh. Verzweifelt lief ich am Laden vorbei und streifte die Menschen beim Vorübergehen hastig mit einem Blick. Ich spürte schon die Erleichterung, dass ich niemanden erkannte, als genau am Straßenrand vor der Bar ein Typ mit blonden Haaren seinen Wagen aufschloss und sich gerade in dem Moment umdrehte, als ich vorbeilief. Ich erkannte ihn sofort. Schnell wollte ich weitergehen, aber da hatte er mich schon entdeckt.

»Eliza!«, rief er, und ein Leuchten erschien in seinen braunen Augen.

Ich unterdrückte ein Seufzen. »Hey, David.«

»Was machst du denn um die Uhrzeit ganz alleine hier?«, fragte er grinsend und biss sich auf die Lippen.

Ich brauchte einen Augenblick, um zu merken, wieso ich als Reaktion auf seine Worte völlig erstarrte. Eine andere Situation spielte sich in meinen Gedanken ab.

»Er hat schon länger ein Auge auf dich geworfen. Aber ich hab ihm gesagt, er soll die Finger von dir lassen.«

»Warum zur Hölle würdest du so etwas sagen, Lucas?«

»Weil du mit Finn schläfst.«

Ich starrte David benommen in die Augen. Das war es. Das war der Auslöser. Ich konnte tun und lassen, was ich wollte.

Endlich wusste ich, was zu tun war, damit das Stechen in meinem Inneren, was zum Teufel auch immer es war, ein Ende nahm.

»Alles okay mit dir?«, murmelte David besorgt und legte die Stirn in Falten. Aber das war mir jetzt egal. Ich nahm meinen ganzen verdammten Mut zusammen, beugte mich vor und presste meine Lippen auf seine.

Er blieb wie erstarrt stehen, während ich ihn so leidenschaftlich küsste, wie ich nur konnte, bis das, was wir taten, zu ihm durchdrang und er sich von mir löste. Er packte mich an den Schultern und drehte mich um, sodass mein Rücken gegen seinen Wagen stieß.

»Was machst du da?«, fragte er verblüfft und sah mich an, als wäre ich wahnsinnig geworden.

Meine Brust hob und senkte sich hektisch, aber ich bemühte mich, die Fassung zu bewahren. Er hatte keine Ahnung, was in mir vorging. Kein Grund zur Sorge. Außerdem sah ich etwas neben dem Durcheinander in seinem Blick, das die Hoffnung in mir aufflammen ließ. Meine Hände schnellten zu seinem Jackenkragen und umfassten ihn.

»Du hast was mit Finn Westwood«, brachte er hervor, und ich hörte, wie seine Stimme ein wenig bebte. »Das hast du mir selbst am Telefon gesagt.«

Ich hob eine Braue und lächelte ihn an. »Die Dinge ändern sich. Schneller, als man denken kann.« Mit einem Ruck drehte ich uns so, dass jetzt er gegen das Auto stieß, und beugte mich so nahe an ihn heran, dass sich unsere Nasenspitzen berührten.

»Und würde ich wirklich hier bei dir sein, um diese Uhrzeit … ganz alleine, wenn ich nicht frei wäre?«, hauchte ich.

Als ich sah, wie sein Gesichtsausdruck mit einem Schlag gezeichnet von Verlangen war, wusste ich, dass es kein Zurück mehr gab. Er wollte mich. Ich hatte gewonnen. Und ich fühlte ein seltsames Machtgefühl durch meinen Körper fließen. Aber bevor ich mich dem Rausch ganz und gar hingeben konnte, tauchte eine leise Stimme in meinem Hinterkopf auf.

Willst du das wirklich tun, Eliza? Willst du all die Schönheit, alle Gefühle zerstören, die Finn in dir auslöst? Alles, was ihr euch in den letzten Monaten aufgebaut habt? Das ganze Vertrauen und dieses Band, das du nie zuvor bei einem Mann gespürt hast?

David unterbrach meine lästigen Gedanken, als er mit beiden Händen in meinen Nacken griff und sich vorbeugte, um mich hart zu küssen.

Ja, dachte ich, als ich mit einem Stöhnen alles hinter mir ließ und seinen Kuss mit Nachdruck erwiderte, während um uns herum die Nacht immer schwärzer zu werden schien.

Genau das will ich.

17. KAPITEL

DESTROYING SOMETHING BEAUTIFUL

Finn

Kerzen. Gottverdammte Kerzen.

War ich wahnsinnig geworden? War ich so geblendet von meinen bescheuerten Gefühlen gewesen, dass ich mir mein Ende selbst auf dem Silbertablett servierte? Jetzt hatte ich die Rechnung für meine Leichtsinnigkeit bekommen.

Eliza war weg.

Aber was mich noch mehr verzweifeln ließ, war die Tatsache, dass sie es zugelassen hatte. Dass sie mir nicht von Anfang an für das Konzert gedankt hatte und dann davongelaufen war. Das wäre nur fair gewesen. Es hätte mich frühzeitig aus meiner Traumwelt geholt.

Ich saß immer noch auf dem Bett und öffnete jetzt das breite Fenster hinter mir, sodass sofort ein Windstoß kam und die restlichen verfluchten Kerzen auslöschte. Vor meinem inneren Auge spielte sich alles noch einmal ab. Ich sah ihr verzweifeltes Gesicht vor mir, fühlte fast schon ihren Druck an meinen Fingern, als sie mit sich gekämpft hatte. Es war ihr nicht leichtgefallen, das hatte ich mit jeder Faser meines Körpers gespürt. Aber als wir dann begonnen hatten, uns zu küssen … Ich konnte nicht einmal daran denken. Himmel noch mal, warum hatte ich ihr nicht einfach gleich vor den Kopf geknallt, dass sie meine große Liebe war und ich mit ihr den Rest meines Lebens verbringen wollte, ich elender Vollidiot? Es wäre auf dasselbe hinausgelaufen.

Niemals hätte ich damit gerechnet, dass sie mich in einen beschissenen Romantiker verwandelte. Der ihr seine Gefühle einfach zu Füßen legte und ihr Eintritt in seine Seele gewährte, ohne dass sie überhaupt nur ein einziges Mal danach verlangt hatte.

Aber als ich sie in meinen Armen gehalten hatte, hatte sie weder einen gequälten noch einen panischen Eindruck auf mich gemacht. Es … verdammt … hatte es ihr vielleicht gefallen? Lief sie deshalb davon? Weil ich sie verwirrt hatte? Ich musste aufhören damit. Sie hatte keine Gefühle für mich. Genauso wenig wie ich für sie.

Gut, ich war nicht so dumm abzustreiten, wie wichtig sie mir war. Aber das hing alles mit meiner verdammten Vergangenheit zusammen. Ich konnte keine Frauen lieben. Ich war innerlich tot. Ja, ich hatte Vertrauen zu meiner neuen Familie aufgebaut, und auf meine Weise konnte ich sagen, dass ich sie auch liebte, aber ein fremdes Mädchen war etwas ganz anderes.

Nur, dass Eliza nicht fremd war. Dass es sich anfühlte, als würde sie schon lange zu mir gehören. Gott, das war ja nicht mehr auszuhalten. Ich lief mit großen Schritten zu meinem Kleiderschrank und nahm eine saubere Jeans und ein Hemd heraus.

Nachdem ich mich im Bad kurz gewaschen hatte, nahm ich meine Schlüssel und mein Handy und verließ mein Apartment. Ich hatte kaum eine Sekunde nachgedacht, dann hatte ich schon gewusst, zu wem ich jetzt musste. Meine Eltern waren gestern Abend zurück nach L. A. geflogen, und Alex hatte vermutlich Zeit, aber ihm wollte ich nicht zur Last fallen. Ich brauchte im Augenblick nur ein paar Drinks in einer Bar, wo nicht jeden Moment ein hingebungsvolles Groupie auftauchte. Ein bisschen Normalität. Und es gab nur einen, der sich so gut in Seattle auskannte und gleichzeitig auch noch die perfekte Gesellschaft für mich war.

Ich sprang die Stufen mit großen Sätzen nach unten, bis ich einen Stock tiefer ankam und zu Toms Haustür lief.

Schon nach wenigen Augenblicken stand mein Bruder im Türrahmen und sah mich halb lächelnd, halb stirnrunzelnd an. »Hey, Kleiner.«

»Hast du Zeit?«, kam ich gleich zum Punkt, und er zuckte die Achseln.

»Ich sollte eigentlich für ’ne Prüfung lernen, aber heute ist Freitagabend. Also was soll’s. Du bist die perfekte Ausrede, eine Pause einzulegen. Aber seit wann fragst du mich, ob wir was machen? Lass mich raten …«

Zwanzig Minuten später befanden wir uns in einer kleinen Bar, die zwar noch in der Stadtmitte war, dafür aber so abgelegen, dass ich kein bekanntes Gesicht erkennen konnte. Wir ließen uns in einer Ecke auf die mit dunkelrotem Leder bezogenen Sessel fallen und bestellten die Getränke.

Tom überkreuzte seine Arme hinter dem Kopf und lehnte sich zurück. »Also, fang an. Wo ist sie? Was hast du wieder angestellt? Wie kann ich dir helfen?«

»Lass mal«, erwiderte ich finster. »Erzähl du erst. Wie …« Mir kam etwas in den Sinn, das ich ihn noch nie gefragt hatte, obwohl es eigentlich ganz natürlich gewesen wäre. »Wie ist deine Beziehung mit Ally? Ich meine, wie hat das alles angefangen? Du kannst mir ja nicht erzählen, dass du schon immer der Typ warst, der sich festlegen wollte.«

Kurz musterte er mich skeptisch, dann lächelte er. »Das auf keinen Fall. Du weißt ja, wie ich in L. A. drauf war. Aber sie hat etwas an sich, das mich nicht mehr losgelassen hat. Also am Anfang habe ich sie gesehen, und das Einzige, was ich mir erhofft habe, war ein One-Night-Stand.« An dieser Stelle prostete er mir grinsend mit seinem Drink zu, der inzwischen zusammen mit meinem gebracht worden war. »Aber sie hat mir gleich gesagt, dass ich den Scheiß bei ihr lassen kann. Dass sie mich nicht für eine Nacht ranlässt. Sie ist verdammt stolz. Sie weiß, was sie hat. Und sie weiß, was sie will.«

Sein Lächeln war so glücklich, dass ich es kaum mit ansehen konnte. Wir waren alle noch jung, aber Tom sprach so, als würde er Ally nie wieder freiwillig gehen lassen.

»Ihr habt nicht miteinander geschlafen, bevor ihr zusammengekommen seid?«, fragte ich nach.

Er schüttelte den Kopf. »Sie hat gesagt, das kann ich vergessen, solange sie sich nicht sicher ist, dass ich es wert bin«, erzählte er lachend.

»Also, was ist mit ihr passiert, Finn? Und was war eigentlich mit dem Konzert?«

Ich nahm einen großen Schluck von der goldbraunen Flüssigkeit in meinem Glas. »Es ist alles perfekt verlaufen. Bis wir zu Hause waren und ich auf die großartige Idee kam, Eliza zu zeigen, dass sie nicht nur irgendeine für mich ist.«

»Hätte ich nicht von dir erwartet«, witzelte er und wurde dann tatsächlich wieder ernst. »Wie hast du das angestellt? Sag mir nicht, du hast Klavier für sie gespielt und ihr Rosen geschenkt?«

»So ähnlich«, meinte ich mit ironischem Lächeln. Das mit den Kerzen würde ich sicherlich nicht erzählen. Irgendwann reichte es dann auch mit der Erniedrigung. »Es war einfach anders. In meinem Kopf hat sich das irgendwie festgesetzt, und ich glaube, ich hab es ziemlich übertrieben. Sie ist danach sofort abgehauen.«

Eine Weile betrachtete er mich stumm. »Du meinst, du hast sie nicht wie sonst einfach flachgelegt, sondern mit ihr geschlafen?«

»Exakt.«

»Wie konntest du nur?«, fragte er gespielt empört, und ich seufzte.

»Du findest das lustig, aber Eliza gar nicht.«

»So schlimm?«

»Sie haut danach nie ab. Wir schlafen eigentlich immer zusammen ein.«

»Das hört sich für mich nicht mehr nach einer Affäre an.«

»Ich weiß. Aber wir haben geklärt, dass wir nichts füreinander empfinden.«

Er hob die Brauen. »Sie hat nur Angst, denke ich. Aber was ist mit dir? Ist es … hat es was mit früher zu tun?«

»Ich wünschte, es wäre so. Ich weiß nicht mehr, was ich überhaupt will.« Ich brach ab und wich seinem Blick aus. Ich war wirklich erbärmlich.

Er fing zu lachen an, und mein Blick zuckte zurück zu ihm.

»Ich fass es nicht, Kleiner.«

»Was?«, entgegnete ich genervt.

»Du hast dich verknallt. Du stehst doch tatsächlich ein bisschen mehr auf Eliza, als du dachtest.«

»Ich … was redest du für einen Scheiß?«, protestierte ich, aber es hörte sich nur halbherzig an. Sein Grinsen wurde breiter.

»Tue ich das? Oder hast du dich schon von ihrer abgedrehten Einstellung beeinflussen lassen?«

»Tom, du verstehst das falsch.«

Er sah mich lange und eindringlich ein, bis seine Worte richtig in mich sickerten. Tat er das wirklich? Oder war es wirklich möglich, dass er die Wahrheit sagte?

***

Eliza

January 30th, 11:30 a. m.

»Lesen Sie die Seiten 580 bis 639 zur Vorbereitung, und schicken Sie mir die Zusammenfassung per Mail.«

Es war Montagmorgen, und die Dozentin beendete das Psychologieseminar.

Seufzend packte ich meinen Notizblock in meine Umhängetasche und erhob mich. Ich würde jetzt in die Mensa gehen und mir etwas zu essen holen und dann ganz schnell wieder verschwinden. Ich hatte Seattle Samstag früh verlassen und war zu meinem Vater gefahren, wo ich das Wochenende verbracht hatte, um das zu verdrängen, was ich getan hatte.

Heute Morgen war ich für kaum fünf Minuten nach Hause gegangen, hatte mich umgezogen, mein Zeug für Psychologie gepackt und war zur Uni gelaufen. Da heute keine Literaturvorlesung stattfand, standen meine Chancen ganz gut, Finn nicht zufällig zu treffen. Ich war nicht bereit. Am liebsten hätte ich die ganze Woche bei meinem Dad verbracht, um mich dort vor meinem wirklichen Leben zu verstecken, aber leider, leider studierte ich ja. Und leider gab es da auch noch meine Mitbewohnerinnen, die keine Ahnung hatten, was vor sich ging. Ach ja, und einen Typen, dem ich vermutlich auch eine Erklärung schuldig war, bevor meine Welt endgültig in sich zusammenbrach.

Jetzt war die Nervosität nicht mehr zurückzuhalten. Mir wurde schlecht davon, und mir fiel auf, dass auch meine Hände normalerweise nicht so zitterten. Gott, ich war ein Desaster.

Ich lief zum Ausgang, wo ein paar Mädchen aus dem Kurs die Tür versperrten, und räusperte mich ungeduldig, damit sie Platz machten. Über irgendetwas tuschelten sie, und als sie alle gleichzeitig mit großen Augen und hochgezogenen Brauen zu mir und wieder zu ihren Handydisplays schauten, wurde mir klar, dass ich mitten in ein Gespräch über niemand Geringeres als meine Wenigkeit geplatzt sein musste. Heute blieb mir nichts erspart.

»Okay, Mädels, lasst ihr mich jetzt durch, oder müssen wir ernsthaft über die Glaubwürdigkeit irgendwelcher Gerüchte diskutieren, die ihr im Forum gelesen habt?«, fauchte ich.

»Stimmt es also nicht, dass du Finn betrogen hast?«, kam es hochmütig von einer Brünetten.

Eine kurze schockierende Sekunde lang entglitten mir meine Gesichtszüge, aber ich wäre nicht ich gewesen, wenn ich nicht sofort wieder die sarkastische Maske aufgesetzt hätte, während die Emotionen in meinem Inneren angesichts seines Namens tobten.

»Doch, klar – *natürlich*«, entgegnete ich. »Ich hatte ganz vergessen, dass er und ich eine langjährige Beziehung führen und wahnsinnig verliebt sind!«

Eine kleine Blondine kicherte und trat zur Seite, aber die Brünette reckte ihr Kinn.

»Also ist es eine Lüge, dass Finn Westwood und David Baker sich gerade in diesem Moment deinetwegen in der Mensa prügeln?«

Augenblicklich erstarrte ich, konnte mich auf nichts anderes mehr konzentrieren als auf das Fallgefühl in meinem Magen. Unter ihren hämischen Blicken drängte ich mich schließlich gewaltsam an ihnen vorbei und rannte den breiten Gang entlang.

Das konnte nicht wahr sein. Die Einzigen, die von der Sache wussten, waren David und höchstens seine Schwester und Lucas. Finn und David würden nicht ernsthaft vor versammelter Studentenschaft eine Schlägerei anfangen. Das würden sie nicht. David hatte keinen Grund und … Finn … Ich zuckte zusammen.

Meine Schritte wurden schneller, immer schneller, und ich rannte ein paar Studenten beinahe um. Mein Herz drohte mir aus der Brust zu springen. Ich stürme durch das Hauptgebäude, bis ich vollkommen erledigt vor der Kantine stand und fast keine Luft mehr bekam. Aber darauf nahm ich erst gar nicht Rücksicht, denn ich hörte schon gebrüllte Worte, die meine schlimmsten Befürchtungen bestätigen. Ich stieß die Tür zur Mensa auf.

»Sag mal, bist du … wahnsinnig geworden?«

»Das fragst du mich? Du hast sie gevögelt!«

»Kumpel, Kumpel, komm runter, du weißt nicht …«

»Fass mich nicht an! Mit dir hatte sie doch auch schon was, oder?«

Die ganze Situation war so surreal, dass ich für den Bruchteil einer Sekunde die Augen schloss und mir wünschte, auf der Stelle zu sterben – egal, wie, aber je schmerzhafter, desto besser –, bis ich sie im nächsten Moment wieder aufriss und das Geschehen voll und ganz einspeicherte. Automatisch in mein Gehirn einbrannte.

David hing mit eingeknickten Beinen über einem der runden Tische, Finn hatte ihn am Kragen gepackt und beugte sich über ihn – mit einem Gesichtsausdruck, den ich nicht in Worte fassen konnte. Samuel stand hinter ihm und versuchte offensichtlich, ihn zu besänftigen.

»Ich hab eine Freundin, und das weißt du. Lass ihn in Ruhe, Finn.«

Ein paar Schaulustige waren aufgestanden, aber auch die, die saßen, hatten ihre Blicke auf die drei gerichtet. Oder auf mich. Abschätzend. Schadenfreudig. Sensationsgeil.

Das war alles ein schlechter Film. Ich würde aufwachen und merken, dass ich in einem Albtraum gefangen gehalten war. Alles würde gut werden.

Ich wollte etwas sagen, öffnete meinen Mund, aber es kam einfach nichts raus. Sam war der Erste, der seinen Blick auf mich richtete. Erst zuckte Sorge über sein Gesicht, dann Verblüffung.

David sah so aus, als würde er keine Luft mehr bekommen, und Samuel packte Finn am Arm, der ihn aber gewaltsam zurückstieß.

Ich hatte die Wahl: Ich ließ David ersticken und meinen besten Freund leiden, oder ich schritt jetzt ein. Keiner der anderen Studenten schien es jedenfalls für nötig zu halten. Meine Beine bewegten sich nach vorne, ohne dass ich es ihnen befahl, und die Schritte hörten sich so grausam laut auf dem Linoleumboden an, dass ich erneut zusammenzuckte.

»Finn«, brachte ich hervor und hätte mich am liebsten in einer Ecke zusammengerollt bei dem heftigen Schmerz, der mich innerlich durchfuhr. Ich stand jetzt nur wenige Meter von ihnen entfernt, und es war totenstill im Saal.

Jetzt drehte sich wirklich jeder zu mir um, auch wenn meine Stimme kaum mehr als ein Krächzen gewesen war. Ich nahm keine Gesichter wahr. Ich starrte nur zu ihm.

Es war wie im Film. In Zeitlupe realisierte Finns Verstand, wen er da vor sich stehen hatte, und er ließ abrupt von David ab, der sich verzweifelt am Tisch festklammerte und versuchte, sich zu erheben, um nicht auf den Boden zu stürzen. Samuel war sofort an seiner Seite und half ihm. Ich konnte nur dastehen und alles mit ansehen. Das war ohne Zweifel der schlimmste Moment meines Lebens.

Keine Ahnung, wie ich Finns Blick standhielt, aber er hielt mich damit fest. Und ich war mir sicher, hätte er das nicht, dann wäre ich jetzt davongerannt. Das Grün bohrte sich wie schon so oft in meine Augen, aber etwas hatte sich verändert.

Im ersten Moment sah ich Schmerz darin, größer, als ich ihn je bei einem Menschen gesehen hatte. In der nächsten Sekunde schlug er um in Zorn. Finn zitterte am ganzen Körper. Ich wusste nicht, wann ich selbst damit angefangen hatte, aber als David sich von Sams stützenden Händen losmachte und gefährlich langsam auf mich zukam, bebte schon alles, und es fühlte sich an, als würden die Wände wackeln.

»Du«, keuchte David wütend, immer noch strauchelnd von der Kraft, die ihn fast zu Boden geschlagen hatte, und schien sich beherrschen zu müssen, um mir keine runterzuhauen. Ehrlich gesagt wäre mir das lieber gewesen. »Du bist wirklich das Letzte«, zischte er so laut, dass es jeder hören konnte.

Ich sagte kein Wort. Denn egal, was gerade passiert war, ich stimmte ihm voll und ganz zu. Ich brachte auch keine Entschuldigung hervor, dafür, dass er gerade verprügelt worden war oder dass ich ihn angelogen hatte. Aus seiner Nase tropfte Blut, das er sich mit dem Ärmel wegwischte. Aber da lief er schon mit einem letzten, verachtenden Blick an mir vorbei.

»Du bist nicht nur das Letzte, Elizabeth Fleming, du bist der verlogenste Mensch, den ich jemals getroffen habe, zu meinem Unglück.«

Finns Worte durchfuhren mich wie ein Blitz. Ich dankte dem Universum dafür, dass ich jahrelange Übung darin hatte, nicht zu weinen. Denn ich war mir sicher, die Tränen wären mir in diesem Moment ohne Vorwarnung in die Augen geschossen und die Wangen heruntergerannt.

Samuel mischte sich wieder ein. »Finn, meinst du nicht, es reicht jetzt?« Er warf mir einen sichtlich besorgten Blick zu, aber ich konnte ihn nicht erwidern. Ich war immer noch gefangen von dem Mann vor mir.

Er gab ein spöttisches Lachen von sich. »Du meinst, es reicht, ihr zu sagen, dass sie die pure Zeitverschwendung war?«

Das war zu viel. Ich konnte seinen Zorn ertragen, aber diese Erniedrigung tat mehr weh als alles andere.

»Das muss ich mir nicht antun«, murmelte ich verzweifelt und drehte mich auf dem Absatz um, obwohl ich ganz genau wusste, dass ich jedes Wort verdient hatte. Ich rannte beinahe zum Ausgang, als seine Stimme wieder höhnisch hinter mir erklang.

»Ja, lauf nur weg, so wie du es immer tust, Baby.« Das letzte Wort klang wie die größte Beleidigung.

Ich wusste nicht, was in mich fuhr, ob es der Schmerz in meinem Inneren war oder die Tatsache, dass ich nicht mehr konnte. Aber ich wirbelte herum und schrie ihn an, ohne darüber nachzudenken. »Ich bin nicht deine Freundin, verdammt!« Es klang nicht einmal wütend oder wie ein Vorwurf, sondern einfach nur unglaublich verzweifelt.

»Nein«, spie er mir entgegen. »Das wirst du tatsächlich niemals sein.«

Ohne mich noch einmal umzudrehen, hastete ich aus der offenen Tür, vor der sich ein Grüppchen im Halbkreis aufgestellt hatte, das zweifellos jedes einzelne Wort mitbekommen hatte. Ich würdigte niemanden eines Blickes, als ich rechts abbog und den Gang beinahe so schnell wie vorhin entlangeilte. Immer weiter rannte ich, bis ich an einer Plakette ankam und dort keuchend stehen blieb.

Spätestens bei der Aufschrift *Physikinstitut* wurde mir klar, dass ich mich verlaufen hatte. Aber andererseits sah ich hier niemanden, der mich kannte und Bescheid wusste.

Gerade als ich dachte, allein zu sein, hörte ich laute Schritte hinter mir und drehte mich um.

Ich hatte angenommen, das eben in der Kantine war der schlimmste Moment meines Lebens gewesen, aber auch das war ein Irrtum.

Finn Westwood befand sich schwer atmend vor mir. Wir waren alleine. Mein Herz setzte einen Schlag aus, und das Zittern begann schlagartig wieder. Das hier war mein sicherer Tod. Nicht, weil ich Angst vor ihm hatte, sondern vor mir selbst. Davor, dass er meine Motive durchschaute, derer ich mir selbst nicht richtig bewusst war. Aber er schien viel zu wütend.

»Lass mich«, stammelte ich, ohne ihn anzusehen. »Lass mich … in … Ruhe.«

»Das meinst du nicht ernst, oder?«, fragte er gefährlich leise. Das leichte Beben in seiner Stimme verriet ihn. Ich presste den Rücken an die Wand. Er tat zwei große Schritte, und dann waren seine Hände auf meinen Schultern und drückten mich noch weiter nach hinten.

Meine Brust senkte und hob sich so hektisch, dass sie gegen seine stieß. Ich roch ihn überall.

»Geh weg«, wimmerte ich voller Verzweiflung. Es wäre leichter zu ertragen, wenn er es dabei beließ und mich hasste. Aber das hier, das war nicht auszuhalten, so weh tat es mir.

Er verlor die Beherrschung und brüllte mich an: »Was bezweckst du damit?«

»Ich gehöre dir nicht«, schrie ich zurück und hob endlich den Blick. Unsere Nasenspitzen berührten sich beinahe. Seine Augen waren so dunkel geworden, dass sie schwarz aussahen. Wenn ich wütend wurde und mich verteidigte, fiel es mir leichter, nicht völlig durchzudrehen.

»Natürlich nicht«, zischte er. »Du gehörst niemandem. Du hast kein Herz. Und dir ist es scheißegal, was ich von dir denke.«

»Du hast alles kaputt gemacht, verfluchte Scheiße!« Es ging nicht darum, Finn noch mehr zu provozieren. Aber wenn er so weitermachte, würde ich in Tränen ausbrechen. In meinem Körper herrschte ein Chaos wie schon lange nicht mehr. Das durfte nicht passieren.

»Du hast recht«, presste er bitter hervor. »Ich mache es kaputt, weil ich versuche, dir zu zeigen, dass du nicht wertlos bist. Wie dumm von mir.«

»Ich bin erbärmlich, ich bin nutzlos, also lass mich endlich in Ruhe!« Meine Unterlippe zitterte so stark, dass ich Panik bekam. Je ruhiger und ehrlicher er wurde, desto näher war ich dem Wahnsinn. Ich kannte die Wahrheit, aber das durfte ich nicht zugeben. Ich hatte mit David geschlafen, um mir zu beweisen, dass ich nichts für Finn empfand. Um nicht so zu enden wie meine Eltern. Denn genau das würde passieren, wenn das so weiterging. Es wäre der Anfang vom Ende.

»Warum hast du das gemacht, Eliza? Warum? Warum war ich dir nicht genug? Wieso dieser Sinneswandel, nachdem ich dir alles gegeben habe?«

»Ich wollte es nie«, brachte ich hervor und sah gequält zur Seite. Sein Blick, der widerspiegelte, wie verletzt er war, war einfach zu viel für mich.

»Verdammt, sieh mich an! Warum hast du mir gesagt, dass ich dir etwas bedeute?«

Mein Herz donnerte gegen meine Brust, und die Flüssigkeit schoss mir in die Augen, ohne dass ich etwas dagegen tun konnte. Ich hatte verloren. Aber das durfte ich niemals zeigen. *Nicht ihm.* Und deshalb sammelte ich meine ganze Selbstbeherrschung. »Es war eine Lüge.« Meine Stimme war ruhig, und ich drängte die Tränen wieder zurück. Die messerscharfe Kälte in meinem Inneren war zurück. »Was ist? Willst du mich jetzt schlagen?«

Er ließ mich so ruckartig los, als hätte er sich die Finger verbrannt, und wich so weit zurück, wie es der enge Flur erlaubte. Meine Beine knickten für einen Moment weg, aber ich beherrschte mich. Später hatte ich genug Zeit, um mich dafür zu hassen, jetzt musste ich das durchziehen. Auf einmal sah ich nur noch Abscheu in seinem Blick.

»Du widerst mich an.«

»Ich werde nie jemandem gehören.«

»Nein, das wirst du nicht. Aber du wirst auch nie einen Menschen finden, der etwas anderes als Leere in dir sieht. Du wirst der einsamste Mensch auf dieser Welt bleiben.«

»Mehr will ich nicht«, erwiderte ich und sah ihm berechnend in die eiskalten Augen. Lieber für immer auf sicherem Terrain, als jemals wieder so ein Gefühlschaos zu durchleben, das mich zu zerstören schien.

»Gut. Denn es tut mir so unendlich leid, dir mein Innerstes gezeigt zu haben. Du hast recht, du wolltest es nie, weil du die Wahrheit kanntest. Und ich hab lange gebraucht, aber jetzt habe ich sie auch erkannt.«

Er lief wieder ein paar Schritte aus dem Gang raus, bis er sich dort noch einmal umdrehte. Diesmal waren seine Züge nur noch von tiefem, undurchdringbarem Hass gezeichnet.

»Du bist tatsächlich nichts wert.«

Ich war mir nicht ganz sicher, wie ich es aus dem Gebäude schaffte. Wahrscheinlich vergingen Stunden, in denen ich herumgeirrt war, aber ich hatte das Zeitgefühl verloren und keine Motivation, mein Handy aus der Tasche zu kramen, um nachzusehen.

Draußen war es bewölkt wie immer, und es tröpfelte leicht, was ich als Einladung sah, meine Kapuze aufzusetzen, als ich das Campusgelände mit schnellen Schritten verließ. Ich sah mich auch erst gar nicht nach irgendjemandem um, der mich vielleicht kennen könnte. Mit Sicherheit gab es bald niemand mehr an der UW, der meinen Namen und mein Gesicht nicht kannte.

Wenn Finn wirklich davon überzeugt war, dass ich es nicht wert war, dann hatte ich das erreicht, was ich wollte, oder? Denn ich hatte Unrecht behalten. Mit David zu schlafen, tötete nicht das Gefühl in mir, das verzweifelt nach Finn Westwood schrie. Es machte es nur noch präsenter und schmerzvoller. Aber jetzt, wo er mich hasste und alles beendet hatte, konnte ich anfangen, wieder nach vorne zu schauen und ich selbst zu sein. Ich musste nicht mehr mit dieser Verwirrung leben, jedes Mal, wenn er mich anfasste. Ich würde keine Angst mehr haben, dass die Grenzen verwischten und wir zu weit gingen. Denn das alles war von ihm ausgegangen, richtig? Ich hatte mich von ihm einwickeln lassen, ohne es selbst zu bemerken. Seinetwegen war ich in dieser rosaroten Welt voller Illusionen gefangen gehalten worden, aber ich hatte es beendet und mich befreit. Was auch immer in seiner Vergangenheit passiert war, mit Kathryn oder seinem Onkel oder was auch immer, es hatte mich nicht zu interessieren.

Mein Schmerz, als er mich fertiggemacht hatte, kam davon, dass ich mich so sehr an ihn gewöhnt hatte, nahm ich an. Er war zu so etwas wie einem Freund für mich geworden, weil ich so viel Zeit mit ihm verbracht hatte, und selbstverständlich tat es weh, einen Freund zu verlieren. Es war normal. Kein Grund überzureagieren.

Mit schnellen Schritten lief ich am kleinen Café vorbei, das nur ein paar Straßen von meiner WG entfernt war. Nur weil er mich als nutzlos beschimpfte, hieß das noch lange nicht, dass Gefühle im Spiel waren. Wahrscheinlich hatte ich auch ihm wehgetan und seinen Stolz verletzt, aber das war nicht zu ändern. Ich war mir sicher, es war besser so. Aber ich sah Jennys und Alisons Gesichter vor mir, hörte ihre ungläubigen, vorwurfsvollen Stimmen, und Samuel … Sam, der mich besser kannte, als ich es manchmal selbst tat.

Ich atmete tief durch und zog meinen Schlüssel hervor, da ich gerade vor unserem Hochhaus angekommen war. Nachdem ich aufgeschlossen hatte und ins Trockene getreten war, lief ich direkt zum Aufzug, als ich schwere Schritte hinter mir vernahm und mich reflexartig umdrehte. Samuel war mir offensichtlich hinterhergerannt und zwängte sich jetzt leicht keuchend durch die Tür, kurz bevor sie zufiel.

»Eliza!«

»Sam, was … was machst du hier?«

Er kam zu mir und versuchte seinen schnellen Atem unter Kontrolle zu bekommen. »Ich hab den verfluchten Campus nach dir abgesucht, und als mir dann klar wurde, dass du schon weg warst, war es ein bisschen spät. Ich hab Finn noch in sein Auto steigen sehen. Er hat mich nicht mal wahrgenommen. Was zur Hölle ist ...«

»Samuel«, fuhr ich ihm mit flehender Stimme dazwischen. »Bitte sprich nicht darüber. Das mit Finn ... und mir ist vorbei, und es ist auch gut so.«

»Das sehe ich. Du hast ihn mit David betrogen.«

Ich zuckte zusammen. Die Aufzugtüren öffneten sich, aber keiner von uns beiden beachtete sie. »Wir waren nie zusammen.«

»Liz, den Scheiß kannst du dir bei mir sparen.«

Ich schluckte hart und schaute auf meine Füße. Es würde schwieriger werden als gedacht. Er hörte mir nicht einmal zu. »Ich hab keine Ahnung, wovon du sprichst.«

»Ich denke, das weißt du ganz genau. Hör auf, mich anzulügen. Hör auf, *dich selbst* zu belügen.«

»Hör du auf, von Dingen zu reden, von denen du nichts verstehst«, entgegnete ich gereizt, ohne meinen Blick vom Boden zu wenden.

»Schau mich mal an«, murmelte er plötzlich sanfter, und ich sah ihm in die vertrauten dunkelbraunen Augen.

Er strich mir eine Strähne aus der Stirn. »Warum haben dir seine Worte in der Mensa dann so wehgetan?«

»Haben sie nicht«, fauchte ich und wollte in den Aufzug steigen, aber er hielt mich zurück.

»Wovor hast du jetzt so Angst, dass du mich immer noch nicht richtig ansehen kannst?«

Ich hatte nicht einmal gemerkt, dass ich ihm in dem ganzen Gefühlschaos schon wieder ausgewichen war. Mein Blick flackerte zurück zu ihm. Ich fühlte mich, als bräuchte ich dringend einen Halt. Als würde ich zusammenbrechen unter dem ganzen Chaos. Es war nicht die Tatsache, dass Sam einfach nur mein Freund war und versuchte zu helfen. Eher der unumstößliche Fakt, dass ich spürte, wie viel Wahrheit in seinen Worten steckte. Mein Gesicht versteinerte sich, und ich kämpfte um Fassung. Ich war doch vorhin bei Finn auch stark gewesen, jetzt musste ich es nur noch einmal sein. Aber das hier war kein Fremder vor mir. Und es war vor allem nicht Finn, vor dem ich so viel Angst hatte, weil er etwas in mir weckte, das mich zerstören konnte.

»Ich kann nicht mehr«, brachte ich hervor und merkte, wie sehr das Schlucken schmerzte.

»Rede mit mir, Eliza. Was ist passiert?«

»Ich … ich hab … oh Gott, Samuel.« Meine Unterlippe fing zu beben an – eine kurze Vorwarnung, die mich auch nicht mehr vor dem größten Desaster beschützen konnte. »Ich hab alles zerstört. Ich habe ihn zerstört. Und jetzt … jetzt … zerstört es mich auch.«

Es gab keinen Moment der Zurückhaltung mehr. Die Mauern fielen in sich zusammen, und ich konnte einfach nicht mehr. Ich schluchzte los, und diesmal war es nicht halbherzig oder von kurzer Dauer. Der Kloß in meinem Hals löste sich schlagartig auf, und die heißen Tränen schossen mir über die Wangen wie Sturzbäche. Hilflos, mit gesenktem Blick stand ich da und ließ die Lawine von Gefühlen, die ich seit Freitagnacht zu verbergen versucht hatte, über mich hereinbrechen. Nur den Bruchteil einer Sekunde dauerte es, bis der Schmerz von der Verzweiflung und dem unglaublichen Selbsthass übertrumpft wurde und mich ebenfalls außer Gefecht setzte. Im nächsten Augenblick befand ich mich schon in Sams Armen.

Seit ich Finn kennengelernt hatte, hatte sich so viel verändert, er hatte mich verändert. Er war mir unter die Haut gegangen. Und es gab keinen Ausweg mehr.

»Schh … Es ist okay …«, versuchte Sam mich zu beruhigen und strich mir immer wieder über den Rücken, aber aus irgendeinem Grund wurde alles nur noch schlimmer dadurch. Mein Schluchzen wurde immer hektischer.

»Nein«, keuchte ich unter dem Tränenschleier, der mir die halbe Sicht nahm. »Nichts ist okay. Ich krieg das nie wieder hin. Oh Gott, Samuel, ich hasse mich.«

»Liz, beruhige dich, du hast einen Fehler gemacht, aber …«

»Du verstehst nicht«, unterbrach ich ihn heftig. »Er ist … er … oh mein … ich kann nicht. Ich hab Angst vor ihm.«

»Wie meinst du das?«

»I-ich hab Angst, w-weil er Sachen mit mir macht, die ich nicht will. Ich … nein. Ich wollte es. Ich hab es so genossen. Ich will ihn doch so sehr«, schluchzte ich, und er sagte kein Wort mehr, sondern nahm mich nur noch fester in den Arm und ließ mich meinen ganzen Kummer loswerden. »Ich kann nicht ohne ihn. Ich kann nicht mehr. Ich … es bringt mich um. Deshalb …« Der Tränenfluss wurde so stark, dass ich nicht weitersprechen konnte. Aber das machte nichts, denn er verstand auch so.

»Deshalb hast du mit David geschlafen.«

Ich ließ mich von Sam in den Aufzug ziehen und lehnte meinen Kopf erneut an seine Schulter.

18. KAPITEL

ENJOY YOUR NIGHTMARE

Finn

Mit sieben Jahren hatte ich das erste Mal gelernt, was es hieß, zu vertrauen. Damals war ich gerade aus dem größten Drecksloch dieser Welt geholt worden, und man hatte mich in ein Waisenhaus gebracht.

Meine Ansprüche waren nicht hoch. Ich war seit meiner Geburt wie ein Nichts behandelt worden, und so fühlte ich mich auch. Da ich ein Kind war und noch nicht wusste, wie man sich eine eigene Meinung bildete, hielt ich mich an die Erwachsenen, auch wenn ich ihnen kein bisschen vertraute. Warum sollten sie anders sein als alle anderen, die ich davor kennengelernt hatte? Aus welchem Grund sollten sie mich nicht genauso behandeln, wie meine Mutter es getan hatte?

Doch als ich zum ersten Mal in meinem Leben in einem Haus mit fließendem Wasser und Strom lebte, entwickelte ich aus kindlicher Naivität heraus Hoffnung. Diese Hoffnung traf mich unvorbereitet und zerfraß mich von innen, bis es zu spät war.

Ich erinnerte mich nicht mehr an den Namen des Mannes, der mir ein gutes Leben versprochen hatte. Im Grunde hatte ich keine Wahl gehabt. Mein bester Freund und mein Bruder waren tot, und schlimmer als die Hölle, in der ich aufgewachsen war, konnte es nicht werden, so dachte ich. Und zunächst hatte ich recht behalten. Im Heim musste ich nicht mehr hungern und mich verprügeln lassen.

Als gerade dieser Mann, dem ich nach einigen Monaten im Heim zu vertrauen begann, meinen Kopf an jenem Heiligabend unter Wasser gehalten hatte, bis ich keine Luft mehr bekam, und gedroht hatte, mein Leben in einer Sekunde auszulöschen, wenn ich versuchte auszubrechen, wurde nicht nur der verheißungsvolle Funke in meinem Inneren zerstört, sondern auch mein Glauben an das Gute im Menschen.

Nach dieser Nacht hatte sich etwas in mir grundsätzlich verändert.

Noch nie hatte ich mich leicht einschüchtern lassen, also verschwand ich noch in derselben Stunde. Viel später würde ich erst erkennen, dass es viel schlimmere Dinge als den Tod gab. In dieser Nacht ließ ich alle Gefühle hinter mir, die mich auch nur im Entferntesten daran erinnerten, dass ich ein Herz hatte, das zerschmettert werden konnte, wenn ich es anderen leichtsinnigerweise in die Hände legte.

Langsam trank ich mein Glas leer und griff nach dem Koffer, den ich vorhin gepackt hatte. Ich hatte mir ein Hotelzimmer für die nächsten Wochen reserviert, in einem abgelegenen Hotel am Stadtrand, weil ich mir sicher war, keine weitere Sekunde in diesem Apartment bleiben zu können, wo jeder verdammte Raum mich an Eliza erinnerte. Der unglaubliche Zorn, der mich vorhin eingenommen hatte, war zwar nicht zurückgegangen, aber ich hatte die Kontrolle über mich zurück. Das Zittern hatte aufgehört, genau wie der Drang, sie zu quälen.

Sie … oder ihn. Aber dann wohl doch eher sie.

Im Nachhinein war mir klar geworden, dass David keine Ahnung gehabt hatte. In einem anderen Leben hätte ich mich vielleicht bei ihm entschuldigt, hätte es bereut.

Was ich bereute, war jeder gemeinsame Moment mit Eliza. Jeder verfluchte Augenblick, in dem ich nur an die Möglichkeit gedacht hatte, dass sie mir helfen könnte, mein Leben wieder auf die Reihe zu kriegen. Mir war klar, dass dieser Hass in mir nicht auf bescheuertem Besitzdenken basierte. Sie hatte mir gezeigt, dass ich mich immer noch genau am selben Punkt befand wie damals, als die Dunkelheit, mit der ich aufgewachsen war, noch schwärzer um mich geworden war.

Nach einem letzten tiefen Atemzug schaltete ich das Licht aus, knöpfte meinen Mantel zu und verließ die Wohnung, ohne zurückzuschauen. Unten wartete schon ein Taxi, und als es losfuhr, zog ich mein Handy hervor und sah unzählige verpasste Anrufe. Bevor ich es zurück in die Hosentasche stecken konnte, hämmerte mein Klingelton los, und ich nahm seufzend Toms Namen auf dem Display zur Kenntnis. Bevor sie durchdrehten und die Polizei riefen, konnte ich auch drangehen.

»Hallo, Tom«, meinte ich teilnahmslos und sah aus dem Fenster, wo unzählige Fahrzeuge an uns vorbeirasten.

»Verfluchte Scheiße, Junge, drehst du jetzt vollständig durch?«

»Mir geht es ausgezeichnet, danke der Nachfrage.«

»Stimmt das mit der Schlägerei? Und wohin zum Teufel haust du mit dem Koffer ab, Finn?«, rief er ins Telefon.

Oh, schön, dann hatte ich jetzt also auch noch einen Stalker. »Ja, ich hab diesem Arschloch eine reingehauen. Nein, ich verreise nicht, ich such mir nur ein Hotelzimmer, um meine Ruhe zu haben.«

»Im Ausland, oder was?«

»Nein«, antwortete ich gereizt. »Aber ich werde dir sicher nicht verraten, wo genau, damit du aufkreuzen und mir auf die Nerven gehen kannst.«

Einen Moment blieb er still, dann ging es wieder los. »Woher weißt du überhaupt, dass Eliza was mit David hatte? Ich meine, du kannst nicht einfach den Kopf verlieren und Leute zusammenschlagen, Kleiner.« Diesmal klang er etwas ruhiger. Vermutlich wollte er mich besänftigen.

»Keine Sorge, ich hab bestimmt nicht den Falschen erwischt. Fiona, seine wunderbare Zwillingsschwester, hat es mir heute Morgen mitgeteilt, und er hat es mir höchstpersönlich bestätigt, bevor sein Gesicht Bekanntschaft mit meiner Faust gemacht hat.«

Tom ließ ein Lachen hören, das nicht ganz überzeugend klang. »Konntest du mich nicht wenigstens vorher anrufen, damit ich dir ein paar Tipps gebe?«

»Na sicher«, schnaubte ich. »Du würdest ja auch ganz ruhig bleiben und erst mal deine Kumpels kontaktieren, wenn du rausfindest, dass Ally dich betrügt.«

»Ally würde nie …«

»Gut für dich, Mann.« Ich fing an, mich selbst anzukotzen. »Könntest du mich jetzt wieder in Ruhe lassen und bitte Laura nichts davon erzählen? Wäre ganz cool.«

Jetzt seufzte er. »Tut mir wirklich leid, dass die ganze Scheiße passiert ist ... Wenn ich irgendwie helfen könnte ... Aber hey, Ally hat mir vorhin gesagt, dass sie mit Eliza gesprochen ...«

»Tu mir den Gefallen, und sprich nicht weiter, Tom«, knurrte ich. »Mir wird schlecht, wenn ich nur an sie denke.«

»Finn, meinst du nicht ...«

Den Rest ersparte ich mir, indem ich ihn wegdrückte. Genug war genug.

Das Taxi wurde langsamer und blieb schließlich ganz stehen. Nachdem ich den Fahrer bezahlt hatte, holte ich mir meinen Koffer und steuerte die Eingangstür des Hotels an, ohne es richtig anzusehen. Es interessierte mich wenig, dass ich hier 400 Dollar pro Nacht zahlte – es ging mir nur um die Abwechslung von all dem, was mich zu Hause erwartete. Meinetwegen hätte es auch ein heruntergekommenes Motel sein können, aber das Leben mit den Westwoods hatte etwas auf mich abgefärbt, und außerdem lag dieses Hotel so abgelegen, dass mich mit ein bisschen Glück keine Menschenseele hier fand.

Einer der Angestellten brachte meinen Koffer in mein Zimmer, während ich mir meine Zimmerkarte an der Rezeption abholte.

Ich machte mir nicht die Mühe, zu duschen oder den Koffer auszupacken, sondern zog mich bis auf die Boxershorts aus, ließ mich aufs Bett fallen und wählte die Nummer des Zimmerservices.

Willkommen am Ende der Welt.

***

March 2nd, 7:30 p. m.

Dampfender Nebel umhüllte mich. Köstlicher Rauch in meiner Lunge und der Außenwelt. Ich zog lange an dem Joint und legte ihn dann beiseite, als ich von meinem Bett aufstand und raus auf den Balkon trat.

Der Himmel war dunkelblau, durchzogen von ein paar wenigen hellen Streifen. Jeden Abend stand ich minutenlang hier und betrachtete das Spektakel der untergehenden Sonne. Jeden Abend leuchtete alles in Orange und Rot, nur um dann von der erbarmungslosen Schwärze der Nacht ertränkt zu werden. Es tat gut, zu sehen, wie alle Farben im Nichts verschwanden. Es zeigte mir, dass ich recht behielt. Egal, wie perfekt mein Gesicht im Spiegel der Morgendämmerung schien, wenn es dunkel wurde, spielte es keine Rolle mehr.

Ich war in eine Art Monotonie verfallen, die ich aber nicht als Langeweile empfand. Tagsüber dröhnte ich mich zu, aß ein-, zweimal am Tag irgendetwas, das mir der Hotelservice vorbeibrachte, und schrieb die restliche Zeit über mein verfluchtes Notizbuch voll, wenn ich nicht gerade am Boden lag und vom Schmerz und den Erinnerungen außer Gefecht gesetzt wurde.

Alle paar Tage klingelte mein Alarm, der mich daran erinnerte, dass ich meine Brüder anrief, damit sie fernblieben und sich keine Sorgen machten. Ansonsten blieb mein Telefon ausgeschaltet, genau wie mein Zeitgefühl. Ich hätte nicht sagen können, welchen Wochentag wir hatten. Zeitweise fiel es mir sogar schwer, den richtigen Monat zu bestimmen, aber das lag vermutlich an den Drogen. Ich hatte inzwischen die perfekte Mischung aus Alkohol und Gras gefunden, um mich den Großteil der Zeit in eine tröstende Taubheit zu hüllen. In meinen Gedanken herrschte normalerweise eine Leere, die mein Unterbewusstsein aber damit ausglich, dass ich nachts schweißgebadet aus meinen Albträumen gerissen wurde und ihren Namen keuchend vor mich hin murmelte. Wäre ich in meinem Apartment geblieben, hätte ich mich nicht zusammenreißen können, und Tom und Alex hätten angenommen, ich wäre wieder dem Wahnsinn verfallen. Was so nicht ganz stimmte. Es waren keine Stimmen in meinem Kopf, die mich baten, übers Balkongeländer zu klettern und mir den Rest zu geben.

Aus zusammengekniffenen Augen betrachtete ich die Space Needle und fragte mich, wie ich jemals wie ein normaler Mensch dort oben in der Neujahrsnacht hatte feiern können. Es erschien mir so weit weg, so lächerlich. Als ich meine Hände gerade ums Geländer schloss, hörte ich ein deutliches Klopfen, das ich im ersten Moment nicht einordnen konnte.

Das Klopfen wurde lauter, und ich hörte eine hohe Stimme gedämpft durch die Tür. »Zimmerservice, bitte aufmachen!«

Benommen, wie ich war, dachte ich nicht daran, dass ich nichts bestellt hatte, sondern lief mit schweren Schritten zur Tür. Ich drückte den metallenen Griff hinunter und starrte in ein Gesicht, das mir entfernt bekannt vorkam.

Blonde glatte Haare, ebenmäßige Gesichtszüge, helle Augen und ein roter Mantel. Sie lächelte. Und bei diesem Lächeln wurde mein glasiger Blick etwas schärfer, und ich machte Anstalten, die Tür wieder zu schließen.

Alison. Sie war eine der Letzten, die ich ins Zimmer lassen würde. Ihr Fuß schoss vor, und sie stellte einen Schuh zwischen den Türrahmen und die Tür. »Vergiss es, Finn.«

Ich zuckte beim Klang meines Namens zusammen, vor allem, weil sie direkt vor mir stand.

Sie nutzte den Moment der Verwirrung, um sich in den Raum zu zwängen und die Tür hinter sich zu schließen. Ein paar Sekunden schaute sie sich mit hochgezogenen Brauen um und rümpfte dann die Nase.

Ich stand etwas unbeholfen da. »Zimmerservice«, gab ich von mir und seufzte tief. »Du kannst sofort wieder verschwinden.«

Woher wusste sie überhaupt, wo ich zu finden war? Ich hätte eher einen meiner Brüder erwartet, nicht die beste Freundin von … Schmerz durchfuhr mich, und ich vergrub den Kopf in den Händen, während ich mich aufs Bett setzte, das so durchwühlt war, als hätte ich hier jede Nacht eine andere durchgenommen. Welch grausame Ironie.

»Sag mal, seit wann lebst du in dem Loch?«, fragte sie, und ich hörte das Entsetzen in ihrer Stimme. Sie lief zum Nachttisch, nahm den Joint zwischen zwei Finger und drückte ihn im Aschenbecher aus.

Ich hob den Kopf und lächelte sarkastisch. »Das ist eins der teuersten Hotels Seattles, Baby.«

Leicht angewidert kickte sie ein paar meiner dreckigen T-Shirts und Hemden zur Seite und setzte sich neben mich aufs Bett. »Wieso tust du das?«, fragte sie jetzt mit traurigem Unterton, und ich musste mich gegen meinen Willen daran erinnern, dass ich sie eigentlich mochte.

Mein Blick war starr nach vorne gerichtet. »Du solltest nicht hier sein. Woher weißt du überhaupt, wo ich bin?«

»Weißt du, wenn man alle Luxushotels in der Stadt abklappert und nach einem Westwood fragt, hat man nach ein paar Wochen Erfolg. Tom wollte, dass ich dich in Ruhe lasse, aber ich hab ihm gesagt, irgendwann reicht es mal. Unten an der Rezeption wollten sie mir erst deine Zimmernummer nicht verraten, aber eine Kommilitonin von mir jobbt hier.«

»Glückwunsch.«

»Finn, dir geht's dreckig, und du gehst nicht mehr zur Uni.«

Ich lachte. »Woher weißt du, dass es mir dreckig geht?« Ich nahm den Joint wieder in die Hand und griff nach dem Feuerzeug. »Es ging mir nie besser. Das Leben ist wunderbar, in allen seinen Höhen und Tiefen.« Ich hob grinsend die Augenbrauen, sie verdrehte genervt die Augen.

»Du kannst nicht dein Leben derart wegschmeißen, nur weil Eliza dich verletzt hat.«

Das Zeug zwischen meinen Fingern widerte mich plötzlich an, und ich schmiss es zurück. Meine Stimme wurde hart. »Sie hat mich nicht verletzt. Sie hat mir lediglich gezeigt, wer sie wirklich ist, das ist alles.«

Allys tiefes Seufzen erfüllte den Raum, und sie warf die Haare zurück. Eine schöne Frau auf diesem Bett, das war mir in den letzten Wochen wirklich fremd geworden.

Mit einem Mal durchzuckte mich ein völlig neuer Gedanke. »Du meinst, wenn ich weiterhin hierbleibe, macht das den Eindruck, ich wäre verletzt?«

Sie warf mir einen eindeutigen Blick zu. »Natürlich. Wieso sonst solltest du dich vor Eliza verstecken?«

Ich hatte Mühe, mir nicht anmerken zu lassen, was ihr Name in mir auslöste. Eine Weile verharrten wir genau so, keiner sprach ein

Wort, bis Ally meine Hand nahm. Ich zuckte im ersten Augenblick zurück, weil mir menschliche, warme Berührungen schon fremd geworden waren. War es einen Monat her oder noch länger?

»Es tut mir so leid, dass es dir so schlecht geht. Dass nach all dem, was dir widerfahren ist, der Schmerz nicht aufhört. Aber ... du musst aufstehen, für die Menschen, die dich lieben. Und die du liebst. Vielleicht musst du kämpfen. Du bist nicht der Einzige, der leidet.«

Ich schrie sie nicht an. Ich drehte nicht durch, auch wenn sich im Bruchteil einer Sekunde alle Emotionen in mir in kalte Wut verwandelt hatten. Ich löste nur meine Hand von ihrer, langsam, kontrolliert.

»Du hast recht«, brachte ich hervor und stand auf. Je weiter ich sie ansah und die Bedeutung ihrer Worte zu mir durchsickerten, desto klarer schien sich der Plan in meinem Kopf zu bilden.

»Hab ich?«, fragte sie, verwirrt darüber, dass ich es so neutral aufnahm, und stand ebenfalls auf.

Ich nickte, und ein teuflisches Lächeln breitete sich auf meinem Gesicht aus. Ich nahm sie am Arm und führte sie zur Tür, wo sie sich überrascht umdrehte.

»Du musst dir keine Sorgen machen. Du hast gesagt, Eliza leidet?«

Sie biss sich auf die Lippe. »Ich ...« Es war ihr offensichtlich unangenehm, Dinge über ihre beste Freundin zu verraten.

Ich winkte ab. »Nein, schon okay, es ist alles in bester Ordnung«, fuhr ich lächelnd fort. »Schätze, wir werden uns demnächst wieder öfter über den Weg laufen, Alison.«

Jetzt hatte ich sie vollständig durcheinandergebracht. Aber ich gab ihr keine Chance, groß nachzudenken, sondern öffnete die Tür mit einem Schwung und bugsierte sie sanft aus meinem Zimmer.

»Wie meinst du ...«, setzte sie an, aber ich fuhr ihr dazwischen, immer noch mit einem Lächeln auf den Lippen.

»Sag mal, arbeitet Eliza heute Abend im Hard Rock Café?«

»Die ganze Woche, ja.« Ally stockte kurz. »Wieso interessiert dich das?«

»Ich will nur reden«, antwortete ich ihr mit bester Laune und wollte die Tür schließen, aber sie hielt mich noch einmal zurück.

»Wieso lächelst du? Du wirst keinen Mist bauen, oder?«

Ich konnte gar nicht anders, als noch breiter zu grinsen. In meinem Kopf war jetzt alles ganz klar.

»Ich werde keine Schlägerei anzetteln, wenn du das meinst. Du musst jetzt gehen, ich hab einiges zu tun. Ich wünsche dir einen schönen Abend, Ally.«

Ohne ein weiteres Wort schloss ich die Tür und begann augenblicklich und mit einem eigenartigen Triumphgefühl, meine Kleidung vom Boden aufzuheben. Man konnte es fast schon als Rausch bezeichnen, denn es war so verflucht lange her, dass ich so etwas wie Befriedigung gespürt hatte, und dieses Gefühl ließ meinen ganzen Körper aufblühen. Ich spürte wieder, dass ich Hunger hatte und eine Dusche gut vertragen könnte.

Als ich das große Badezimmer betrat, fiel mein Blick in den Spiegel, und ich riss die Augen auf.

Ich hatte heute noch viel zu tun, wenn ich meinen Plan umsetzen wollte.

***

Eliza

»Bitte schön.«

Ich stellte der jungen Frau ihren Martini auf den Tresen und drehte mich dann zu Kate, die mich von der anderen Seite der Bar rief.

»Eliza, kannst du hoch und die Bestellungen aufnehmen? Ich hab hier extrem viel zu tun, und Lilly ist seit fünf Minuten verschwunden! Keine Ahnung, was die sich wieder denkt …«

»Kein Problem«, rief ich zurück und warf meinem Kollegen neben mir einen Blick zu, der gerade einen Drink mixte. Ich durfte sowieso nicht an der Bar arbeiten, und oben auf der Terrasse liebte ich die Atmosphäre einfach.

»Geh schon, ich werde hier alleine fertig«, sagte er mit einem Lächeln und verschwand hinter der Bar.

Diese Abendstunden, die ich hier verbrachte, taten mir gut. Ich verstand mich inzwischen perfekt mit den Leuten, und das Beste war: Sie hatten keine Ahnung, was mit Finn passiert war. Es war einfach alles so losgelöst hier, und ich liebte das Café. Auch sonst ging es mir gut, es waren jetzt vier Wochen vergangen, in denen ich Finn nicht gesehen hatte. Nicht in der Uni, nicht zufällig im Supermarkt oder auf der Straße und auch nicht im Howl at the Moon, denn dorthin ging ich nicht mehr.

Es fühlte sich gerade alles so an, als würde es wieder in geregelten Bahnen ablaufen. Nur nachts konnte ich mich noch nicht ganz kontrollieren. Manchmal, wenn ich nicht einschlafen konnte, schien mich die Flut der Erinnerungen zu überwältigen. Die schmerzhaftesten waren die schönen. Aber ich war mir sicher, auch das hatte bald ein Ende. Die Zeit mit ihm war nicht so lang gewesen, sie würde bald in Vergessenheit geraten.

Ich rückte mein Shirt mit dem Logo des Hard Rock Cafés zurecht, als ich mit einem Notizblock bewaffnet die Treppe zum zweiten Stock hochlief, was dazu führte, dass ich mit jemandem zusammenstieß.

»Oh, sorry!«

Ich blinzelte. Es war Lilly. »Tschuldigung, hab dich auch nicht gesehen. Und … hey, deine Schwester sucht dich unten.«

Sie strich sich das rotbraune Haar nervös aus dem Gesicht, und mir fiel trotz der schwachen Beleuchtung auf, dass ihre Wangen gerötet waren. »Alles okay?«, fragte ich und musste grinsen. Hatte sie einen neuen Verehrer?

»Ja, ja … also … nein. Sag mal, du bist … also du hast nichts mehr mit Finn am Laufen, richtig?«

Ich erstarrte. »Nein, wie kommst du drauf?«, gab ich zurück und machte Platz für ein paar Leute, die die Treppen neben uns runterstiegen.

»Ich … ähm. Ich war gerade auf der Toilette, und er war mit drei Mädchen dort drinnen.«

»Was?«, entfuhr es mir, diesmal ganz und gar nicht kontrolliert, und mein Herz setzte einen Schlag aus, nur um im nächsten Moment wie wahnsinnig weiterzurasen.

Lilly schien genauso aus dem Häuschen wie ich, obwohl wir offensichtlich verschiedene Gründe hatten.

»Er … oh Gott … er ist hier?«

»*Das* stört dich? Nicht die Tatsache, dass ich ihn beim Gruppensex im Frauenklo belauscht habe? Ich würde ihn ja rausschmeißen, aber ich konnte kein Wort sagen. Er hat mich gefragt, ob ich kurz Zeit für ihn habe, aber da bin ich schon abgehauen. Ich drehe durch bei diesem Mann.«

Sie schüttelte noch kurz den Kopf, als wollte sie sich aus einem schlechten Traum befreien, dann lief sie an mir vorbei.

Ich drehte mich hastig nach ihr um. »Er … er ist jetzt weg, oder?«, rief ich ihr mit bebender Stimme hinterher und fühlte mich, als würden meine Beine nachgeben.

»Wieso sollte er weg sein, ohne was zu trinken?«, murmelte sie. »Er ist mit den Mädchen auf der Terrasse – viel Spaß.«

Leicht orientierungslos verschwand sie hinter der Ecke und ließ mich mit einem fassungslosen Gesichtsausdruck stehen. Ich presste mich gegen die Wand und drückte meine Handflächen gegen den Mund, um nicht loszuschreien. Verdammt, *er war hier*. Er befand sich im Café, und zwar oben, genau dort, wo ich jetzt für die nächste Stunde kellnern musste. Das konnte nicht wahr sein.

Automatisch lief ich die Stufen wieder nach unten und versteckte mich im Gang, wo sich die Toiletten befanden. Ich brauchte jetzt einen Moment, um runterzukommen. Nein, eigentlich brauchte ich einen Moment, um im Boden zu versinken und nie wieder zurückzukommen. Ich konnte da nicht hoch.

Lilly hatte recht – der Fakt, dass Finn hier war, hätte ja schon genügt, um mich in hoffnungslose Panik zu versetzen, schließlich hatte ich ihn seit einem Monat nicht mehr gesehen, und das letzte Mal hatte er mich gegen die Wand gedrückt und mir die schlimmsten Beleidigungen an den Kopf geworfen. Aber das hier, das konnte ich nicht ertragen. Minuten voll quälender Vorstellungen vergingen, während ich meine Stirn gegen die kalte Wand presste und wünschte, das dumme Kopfkino auszustellen.

Mir war schlecht. Er tauchte nach vier Wochen wieder auf und kam dann wie zufällig an meinen Arbeitsplatz, um es mit drei Mädchen zu treiben. Er musste durch den Hintereingang gekommen sein, deshalb hatte ich ihn nicht gesehen.

Lass das alles nur ein Albtraum sein, und mach, dass er von hier verschwindet und ich ihn nie wiedersehen muss. Aber als der erste Schock langsam von mir wich, kam mir der Gedanke, dass ich genau das hier selbst heraufbeschworen hatte. Ich hatte angefangen. Ich hatte zuerst mit David geschlafen, und jetzt bestrafte Finn mich. Wie konnte ich nur so dumm sein? Wie hatte ich glauben können, dass er aus meinem Leben verschwand und mich einfach ignorierte? Das war viel zu harmlos. Ich hatte das Schlimmste verdient. Also genau das hier.

Ich strich meine Locken zurück und atmete tief durch. Ich hatte jetzt genau zwei Optionen. Entweder ich ging in die Bar, erklärte den Leuten, dass ich mich übergeben hatte und sofort nach Hause musste, oder aber ich riss mich zusammen, bewahrte meine Fassung und trat ihm gegenüber. Ich hatte so viel kaputt gemacht, vielleicht konnte ich es somit geradebiegen. Es war ja klar, dass er nicht ewig untertauchen würde. Außerdem wusste ich, dass ich keine Gefühle für ihn hatte, also würde ich einfach meine professionelle Maske aufsetzen und da hochgehen. Ich straffte meine Schultern und verließ den Gang mit energischen Schritten. Entspann dich, redete ich mir ein und stieg die Treppen zum zweiten Mal nach oben. Das hier war nur mein Job, den ich erledigen musste. Nicht mehr, nicht weniger. Und wenn er schon da war, würde mich das ganz sicher nicht in die Knie zwingen. Schließlich war nach meiner Tat ja wohl klar, wer von uns beiden dem anderen gefühlstechnisch überlegen war. Er konnte tun und lassen, was er wollte. Ich würde nicht darauf eingehen. Ich war fertig mit der Sache. Ich hatte sie höchstpersönlich beendet.

Als ich oben war, sah ich mich erst einmal schnell um, um mir einen Überblick über die Situation zu verschaffen. Die Terrasse war trotz der immer noch kühlen Temperaturen gut gefüllt, und ich würde jede Menge zu tun haben, selbst wenn mir einer der anderen Kellner zu Hilfe kam. Trotz meiner mentalen Vorbereitung traf es mich wie ein Schlag, ihn zu sehen. Links hinten auf der Eckbank saß er mit zwei Blondinen und einer Schwarzhaarigen. Er saß schräg zu mir, also hatte ich einen guten Blick auf sein Profil. Er trug ein schwarzes Jackett mit einem dunkelroten Hemd darunter, und seine Haare standen wie immer in alle Himmelsrichtungen ab. Ich war nicht mehr gewöhnt daran, wie die hellen Strähnen vom Licht reflektiert wurden und wie seine gerade, schmale Nase so vollkommen zu den geschwungenen Lippen passte, wenn er sie zu einem kleinen, arroganten Grinsen verzog.

Er machte von der leichten Entfernung einen glücklichen Eindruck auf mich, und das irritierte mich. Es gab mir einen Stich, obwohl ich nicht wusste, wieso. Rechts und links von ihm saßen die Mädchen, um die er je einen Arm gelegt hatte, die dritte saß ihnen gegenüber, und ich sah ihren Haaren sofort an, dass das alles nicht nur Lillys Einbildung entsprungen war. Ich kannte sie alle von der Uni, vom Sehen, die eine studierte wahrscheinlich sogar mit uns Literatur.

»Du bist ein Profi«, flüsterte ich vor mich hin, bevor ich zum ersten Tisch lief und leicht benommen die Wünsche der Gäste aufnahm.

Nach drei Tischen ließ es sich nicht mehr vermeiden – ich musste es tun. Jetzt oder nie. Ich ließ den Blick gesenkt, bis ich direkt vor ihnen stand. Das Einzige, das ich neben der leisen Rockmusik und dem Lärm von der Straße unten wahrnahm, war mein Herzschlag, der alles andere zu übertönen schien. Mein Magen verkrampfte sich vor Angst, aber ich nahm all meinen Mut zusammen und blickte hoch, während sich ein automatisches Lächeln auf meinen Lippen ausbreitete. »Schönen Abend«, begrüßte ich sie und stellte zu meiner Freude fest, dass meine Stimme normal klang. »Was darf ich euch bringen?«

Die Mädchen beachteten mich gar nicht, sie waren damit beschäftigt, Finn mit Blicken auszuziehen. Er schaute durch die schwarzen Wimpern zu mir hoch, und ein leichtes Lächeln umspielte seine Lippen. Seine Augen loderten, und ich war wie gefangen. Genau diese Smaragdaugen hatten mich Nacht für Nacht in meinen Träumen heimgesucht. Ich kannte diesen Blick ganz genau.

Im nächsten Moment umfasste seine Hand das Kinn des einen Mädchens, und er presste seinen Mund auf ihren. Sie krallte sich an seinem Hemd fest, und ich fing zu zittern an. Ich wollte nicht hinsehen, aber ich konnte nicht anders.

»Drei Gin Tonic für uns«, erklang die rauchige Stimme der Schwarzhaarigen, und sie zog eine lange Zigarette hervor. Mein Blick huschte zu ihr, und ich war so unendlich froh für die Ablenkung, dass ich ihr beinahe ein Lächeln zuwarf.

Finns Blick wanderte halb abschätzig, halb amüsiert wieder zurück zu mir.

Sag was, ertönte eine feste Stimme in meinem Kopf. *Zeig ihm, dass es dir egal ist, wen er küsst.*

Ich schaffte es, ein breites Grinsen auf meine Lippen zu zaubern. Ich war die Freundlichkeit in Person. »Und für dich?«

Er befeuchtete seine Lippen mit der Zungenspitze, und ich versuchte verzweifelt, den Blickkontakt nicht zu unterbrechen.

»Lass mich nachdenken … Ich brauche eine Erfrischung. Sie halten mich auf Trab, musst du wissen. Wie wär's mit Scotch?«

Seine Stimme ging mir durch und durch. Ich hatte von vornherein gewusst, welchen Drink er bestellen würde.

»Ich werde gleich wieder bei euch sein«, erwiderte ich mit dem letzten Rest Selbstbeherrschung, der übrig geblieben war, ohne auf seine Worte einzugehen. Als ich mich gerade zum Gehen wenden wollte, ertönte die Stimme der Blonden.

»Sag mal, kennt ihr euch?« Ihre Stimme glich eher einem Seufzen als einer Frage, und in mir hatte etwas Feuer gefangen. Es brannte jetzt erbarmungslos. Keines, das Leidenschaft entfachte, sondern den puren, unverfälschten Hass anheizte.

Die Dunkelhaarige schlug ein Bein übers andere und zog an ihrer Zigarette. »Das ist Elizabeth Fleming, Baby.«

Sie zwinkerte mir zu, aber ich konnte nicht mehr, ich drehte mich auf der Stelle um und musste mich zwingen, nicht nach unten zu rennen, sondern ganz normal zu laufen. Ich schwankte zwischen Hass und Erniedrigung und musste aufpassen, dass ich den Notizblock in meiner Hand nicht fallen ließ und einfach die Stufen herunterstolperte. Das war es, was ich hätte erwarten müssen. Aber es fiel mir so schwer zu glauben, dass das hier die Realität war. Dass er mich vor ein paar Wochen noch in seinen Armen gehalten und mir gesagt hatte, er hätte nie etwas Schöneres empfunden. Und dass wir durch sein Apartment getanzt waren und ich mich so unendlich glücklich und …

»Eliza, alles okay mit dir? Ich helf dir jetzt da oben, hier haben wir inzwischen genug Leute.«

Panisch schaute ich hoch und realisierte, dass ich direkt vor der Bar stand und Rob, einer der netten Barkeeper, mich zweifelnd musterte.

Ich wollte etwas sagen, aber meine Stimme versagte, also nickte ich einfach hastig.

Eine kurze Pause entstand.

»Sag mal, weinst du?«

Schock durchfuhr mich, und so schnell ich konnte, wischte ich mir über die rechte Wange. Irgendwie brachte ich ein Lächeln zustande. »Nein, nein, es hat nur zu regnen angefangen. Danke, hier sind die Bestellungen.« Ich riss ihm die zwei obersten Blätter ab und verschwand hinter seinem Rücken, um die Bestellungen für die anderen Gäste zusammenzustellen.

Rob würde die Drinks für Finn und seine Begleiterinnen mixen und ihnen servieren. So schlimm würde es nicht werden. Außerdem hatte ich in einer guten halben Stunde Feierabend.

Die nächsten zehn Minuten verliefen ohne weitere Unterbrechungen, denn ich vermied jeden Blick in Finns Richtung, und als ich dann wieder unten, im sicheren Territorium war, lief Kate auf mich zu.

»Hey, Liz, willst du für die nächste halbe Stunde hinter die Bar? Wir brauchen's niemandem zu erzählen. Sorry, dass es heute so hektisch ist, aber ich ersticke hier drinnen …«

Ein Grinsen breitete sich auf meinem Gesicht aus. »Natürlich. Es war mir sowieso zu … kalt oben.«

»Super. Danke. Ich schulde dir was.«

»Wohl kaum«, murmelte ich zufrieden, als sie außer Hörweite war, und begab mich hinter den Tresen. Ich war gerettet.

Ich lenkte mich mit den Gästen ab, alberte ein bisschen mit meinen Kollegen herum und zwang mich zur Normalität. Es war lächerlich zu glauben, dass er jetzt noch eine Macht über mich hatte. Ich hatte gelitten. Ich war damit durch. Und Finn Westwood konnte mir nichts anhaben.

»Täusche ich mich, oder bist du noch minderjährig und trotzdem hinter der Bar?«

Das Lächeln, das meine Kollegin gerade mit einer Erzählung aus ihrem Studentenwohnheim bei mir erzeugt hatte, erfror augenblicklich, als ich den Blick auf mein Gegenüber richtete.

Finn befand sich kaum einen halben Meter von mir entfernt, auf einem der Barhocker. Allein der breite Tresen trennte uns.

»Was kann ich dir bringen?«, fragte ich mit einem höflichen Lächeln, mit dem ich ihn von dieser Nähe vermutlich nicht mehr täuschen konnte, aber ich gab alles. Ich konnte nicht einfach kampflos untergehen.

Sein Blick brannte sich in meinen ein, und ich sah weg. Hass, vermischt mit Spott. Es würde mich umbringen.

»Vielleicht jemanden, der den Anstand hat, mir in die Augen zu sehen, wenn ich mit ihm rede.«

Ängstlich zuckte mein Blick zurück zu ihm, und ich zwang mich dieses Mal, nicht nachzugeben. Ich hob die Brauen, um von meiner Panik abzulenken. »Ich arbeite. Wenn du nichts bestellen willst …«

Ein süffisantes Grinsen umspielte die vollen Lippen, und es tat noch mehr weh, ihn so zu sehen. »Wie geht es dir, Elizabeth?«

»Gut«, gab ich zurück, ohne mich aus der Starre zu lösen, und wandte mich dann erleichtert einem Typen neben ihm zu, der einen Cuba Libre bestellte. Leider übernahm mein Kollege hinter mir das Mixen, also hatte ich keine Ablenkung von ihm.

»Hey, Baby, nur weil wir es nicht mehr treiben, heißt das ja nicht, dass wir nicht einmal wie alte Bekannte plaudern können.«

Wieso tat er das? Warum ließ er mich nicht einfach in Ruhe?

Weil du es nicht anders verdient hast.

Ich nickte, als würde ich ihm zustimmen. »Du hast recht.«

»Ja, und wenn du willst, bin ich auch mal wieder für die eine oder andere Nacht zu haben. Nichts Verpflichtendes, selbstverständlich.«

Ich umklammerte den Tresen. »Hör auf damit.«

»Womit denn?« Er schien sich unglaublich gut zu amüsieren.

Plötzlich spürte ich eine Hand an meiner Schulter und wandte mich um. Rob war stirnrunzelnd neben mich getreten. »Ist hier alles in Ordnung?«

»Bestens«, kam es von Finn, der sich vorbeugte und mir eine Strähne hinters Ohr schob. Ich fuhr zusammen.

»Ich hab nicht mit dir gesprochen«, entgegnete mein Kollege ruhig.

»Dafür hab ich dir trotzdem geantwortet«, antwortete Finn lächelnd und leckte sich über die Lippen.

»Kumpel, wir haben keine Lust auf Stress hier, also lässt du meine Kollegin lieber in Ruhe und verschwindest.«

Er lachte trocken auf. »Kleine, ich bin so stolz auf dich. Du hast dich von den Surferboys zu den knallharten Barkeepern hochgeschlafen. Vielleicht solltest du es noch mal bei Lucas versuchen, wenn er Single ist … Obwohl, warum nicht gleich? Mit der Moral hattest du doch noch nie große Probleme, richtig?«

Rob machte Anstalten, um die Bar herumzugehen, aber ich hielt ihn zurück. »Ist schon okay, ich bin jetzt sowieso fertig.«

Einen Moment sah er noch warnend zu Finn, dann nickte er und wandte sich wieder mir zu. »Wenn du Hilfe brauchst, sag Bescheid.«

Finn erwiderte noch etwas, was ich aber nicht mehr hörte, weil ich Hals über Kopf in den Personalraum floh, wo sich meine Tasche und meine Jacke befanden. Auf der einen Seite wollte ich auf keinen Fall vor Finn in Tränen ausbrechen, denn das würde seinen größten Triumph bedeuten, auf der anderen wollte ich ihn anschreien, dass es reichte und ich es nicht mehr aushielt. Aber jetzt gab es nur eine richtige Reaktion: Ich musste kalt und unnahbar bleiben, bis ich zu Hause war.

Ich zog mir meine Jacke an, knöpfte sie zu und schnappte mir meine Tasche, bevor ich wieder raus ins Café lief und mich von allen verabschiedete, nachdem ich realisiert hatte, dass Finn nicht mehr da war.

Erleichtert atmete ich auf, als ich die Glastür aufstieß und nach draußen in die beleuchtete Straße lief.

Gerade wollte ich meinen Nachhauseweg einschlagen, als die weibliche Stimme ertönte.

»Finn? Kommst du?«

Ich blieb einfach dort mit klappernden Beinen stehen, während ich zusah, wie er seine Anhängsel in den Arm nahm. Seine Stimme klang samtweich, als er zu ihnen sprach.

»Wer von euch will nächste Woche mit nach San Francisco?«

Ich wusste nicht genau, wie ich es schaffte, nach Hause zu kommen. Aber als ich mich schließlich im Apartment befand, war ich blind von dem Tränenschleier und konnte nichts anderes tun, als an meinen Freundinnen vorbeizulaufen, mich in meinem Zimmer einzuschließen und die Lautstärke meiner Boxen aufzudrehen, damit die dröhnende Musik mein hysterisches Schluchzen übertönte. Ich warf mich in voller Montur aufs Bett und krallte meine Finger verzweifelt in die Kissen. »Was hast du nur getan?«, flüsterte ich in die Dunkelheit, bevor mich eine weitere Welle von Schmerz überschwemmte und ich anfing zu weinen, wie ich es seit Jahren nicht mehr getan hatte.

***+

Finn

Ich sprach kein Wort mehr mit Eliza nach dem Auftritt im Hard Rock Café. Das hatte ich nicht nötig.

Zu sehen, wie sie meinetwegen litt, befriedigte zwar meine niederen Rachebedürfnisse für eine Weile, aber ich musste in Zukunft aufpassen, da meine Brüder dem Ganzen äußerst negativ gegenüberstanden. Beide waren froh gewesen, dass ich mich wieder in der Öffentlichkeit zeigte, aber das schlug um, sobald sie Wind von meinem neuen Lebensstil bekamen.

Und da Alison Toms Freundin war, verkomplizierte sich alles nur noch mehr, aber in diesen Tagen nahm ich sogar den Krach mit den einzig wahren Verbündeten in Kauf, die mir geblieben waren.

Es interessierte mich einen Dreck, was alle von mir dachten. Da ich nächste Woche sowieso in Kalifornien unterwegs war, konnte ich ein bisschen Stress mit meinen Brüdern tolerieren.

Elizabeth Fleming lebte in einer Hölle, seit ich wieder aus dem Hotelzimmer aufgetaucht war, da war ich mir sicher.

Aber heute Abend hatte ich die Frauen aus dem Hotelzimmer gebeten und den restlichen Abend mit einer Whiskyflasche auf dem Balkon verbracht. Das, was ich tat, entstand aus Hass und Schmerz. Ich musste Eliza leiden lassen, denn andernfalls blieb mir nur die Gleichgültigkeit übrig, und dazu war ich nicht bereit. Außerdem konnte ich jede neue Seite in mir ertragen, wenn nur nicht wieder die Vergangenheit hochkam. Denn dann würde mir bewusst werden, dass ich an allem selbst die Schuld trug und es nicht anders verdient hatte. Und dieser verzweifelte Selbsthass war schlimmer als jeder verletzte Stolz oder das Verlangen nach ihrer Nähe.

Ich starrte in den pechschwarzen Himmel und versuchte, an nichts mehr zu denken. Nicht an die Zukunft, nicht daran, was Eliza gerade tat oder ob ich es geschafft hatte, mich selbst von meiner Abscheu zu überzeugen.

Mein benommener Zustand wurde mal wieder vom Klopfen an meiner Zimmertür unterbrochen, und ich zog sofort in Erwägung, es einfach zu ignorieren. Aber dann kam mir der Gedanke in den Sinn, dass es vielleicht einen Notfall gab oder Michael und Laura involviert waren – denn sie waren die Letzten, die hiervon erfahren sollten. Ich ließ die Flasche draußen stehen und schleppte mich zur Tür, bevor ich mir durch die Haare fuhr und dann öffnete. Genau wie vor ein paar Tagen bei Ally ging ich gleich dazu über, sie wieder zu schließen. Diesmal war es allerdings Samuel.

Er verdrehte die Augen und stemmte die Tür wieder auf, dass wir uns ansehen konnten.

»Ein paar Worte, Finn.«

»Fahr zur Hölle«, gab ich gereizt zurück. Ich hatte keine Ahnung, was gerade er hier wollte, aber offenbar hatte es einen unerwünschten Nebeneffekt, dass inzwischen alle wussten, wo sich meine Bleibe befand.

»Hör auf, dich wie ein Weichei zu benehmen, Westwood. Ich hab dir nichts getan. Es ist kindisch, mich zu hassen, nur weil meine beste Freundin dir das Herz gebrochen hat.«

»Du musst dich an der Tür geirrt haben«, antwortete ich aufbrausend. »Ich besitze kein Herz, das gebrochen werden könnte.«

»Hör mir einfach kurz zu«, seufzte er, aber ich war zu aufgebracht, um darauf einzugehen.

»Verpiss dich, Cooper.«

Und damit machte ich Anstalten, die Tür wieder zuzudrücken, was aber nicht verhinderte, dass ich noch seine nächsten Worte mitbekam, die klar und deutlich die dicke Luft zwischen uns zerrissen.

»Sie hat sich in dich verliebt.«

19. KAPITEL

PROTECT ME FROM WHAT I WANT

Eliza

March 6th, 7:00 p. m.

»Vergiss es. Hast du mich verstanden? Eher bringe ich mich um.«

»Liz, du musst Finn die Stirn bieten und beweisen, dass er keine Macht über dich hat!«

»Wie ich schon sagte: *Nur über meine Leiche.* Ihr kriegt mich im Leben nicht in diese Scheißbar.«

Ich stand mit den Händen in die Hüften gestemmt zusammen mit Ally in unserem Wohnzimmer und diskutierte lautstark über eine Sache, die genauso lächerlich wie lebensmüde war. Sie verlangte doch tatsächlich von mir, mit ins Howl at the Moon zu kommen.

»Sag mal, Ally, sehe ich so bescheuert aus, oder wieso sonst sollte ich dem Typen, der seit Neustem jede Gelegenheit ergreift, um mich zu demütigen, direkt in die Arme laufen?«

»Ich hab das mit Finn unter Kontrolle. Außerdem wagt er seine Spielchen nicht vor seinen Brüdern.«

Ich lachte spöttisch auf. »Da kennst du ihn aber schlecht. Dem Arschloch ist es scheißegal, wer zusieht, solange er sein Ziel verfolgen kann: mich so qualvoll wie nur möglich zu erledigen. Der Typ hat nicht mehr alle Tassen im Schrank. Ich meine, Rache hin oder her – ich lass mich nicht wie Dreck behandeln, auch wenn ich einen Fehler gemacht habe.«

Ihre Augen leuchteten auf. »Du siehst also ein, dass es ein Fehler war?«

»Ja«, stöhnte ich genervt auf. »Der Fehler war nämlich, dass ich mich damals von diesem Wahnsinnigen in den Proberaum habe schleppen lassen. Ich bereue es zutiefst. Könnten wir das Thema jetzt lassen und die Folge zu Ende schauen?«

Ich hatte meine Freunde inzwischen darüber aufgeklärt, wie Finn und ich uns kennengelernt hatten. Nicht, dass es jetzt noch irgendeine Rolle spielte. Wir hatten den ganzen Nachmittag mit unseren alten Lieblingsfolgen von *Beverly Hills 90210* auf der Couch verbracht, während Jenny in die Unibibliothek zum Lernen gegangen war, weil sie sich bei den ewigen »Ist er nun ein Arschloch oder zeugt sein Verhalten doch nur von seiner tiefen Liebe?«-Diskussionen nicht konzentrieren konnte. Verständlicherweise.

Ich hatte das Thema inzwischen so satt und wollte einfach mein Wochenende genießen. Aber Ally machte es anscheinend Spaß, genau diesen Gesprächsfaden immer wieder aufzunehmen. Vermutlich wollte sie nicht glauben, dass der kleine Bruder ihres perfekten Freundes schlichtweg gestört war.

Spätestens am Mittwochmorgen, nachdem ich die ganze Nacht durchgeheult hatte und Jenny schließlich die Tür zu meinem Zimmer aufbrach und mich die restlichen Stunden bis zum Morgengrauen in den Armen gehalten hatte, war bei mir Schluss gewesen. Ich hatte die Literaturvorlesung irgendwie hinter mich gebracht, in der dieses Arschloch mit seinen neuen Errungenschaften herumgeturtelt hatte, und war den restlichen Tag in meinem Zimmer geblieben.

Der Schmerz war zwar nicht weniger geworden, aber inzwischen war ich zusätzlich wütend auf ihn. Das, was Finn abzog, war einfach nicht okay. Und da konnten meine Freundinnen und Tom noch so viel sagen, dass ich bloß seinen Stolz verletzt hatte. Ich wusste es besser. Es musste noch einen anderen Grund geben, denn wieso sonst sollte er so viel Aufwand aufbringen, um mich zu demütigen? Entweder war er so verknallt in mich, dass ihn seine große Liebe Dinge tun ließ, die ich nicht nachvollziehen konnte, oder aber er hatte in seinem Leben nie eine richtige Erziehung genossen und wusste somit nicht, wann eine verfluchte Grenze endgültig überschritten war. Wieso also sollte ich mich ihm ausliefern?

»Eliza, versuch mal, dich in seine Lage hineinzu…«

Das reichte mir endgültig. »Was ist nur los mit dir?«, fuhr ich Alison an. »Wenn du dich auf seine Seite stellen willst, dann bitte, tu dir keinen Zwang an. Ich versteh ja, Tom ist sein Bruder und die Liebe deines Lebens, da kannst du ihm nicht böse sein. Wie schade, dass mir so etwas nicht vergönnt ist! Verdammt noch mal!«

Ich fuhr mir zornig durch die Haare und stürmte in mein Zimmer. Ich verstand wirklich nicht, wie sie ihn auch noch verteidigen konnte. Jen sah das anders. Sie hatte mir klar zu verstehen gegeben, dass sie dem Idioten zwischen die Beine treten würde, wenn sie noch einmal mitbekam, wie er mich behandelte. Und Sam war gestern mit einem komischen Gesichtsausdruck verschwunden, nachdem wir einen *Friends*-mit-Pizza-Abend veranstaltet hatten. Er hatte sich all meine Erzählungen angehört, aber kein Urteil gefällt, wie er nun zu Finn stand. Es tat weh, wenn Alison mir zeigte, dass sie kein Verständnis für mich hatte.

Ich wurde abgelenkt, als mein Handy in der Tasche meiner Jogginghose zu vibrieren anfing. *Mom.* Sofort meldete sich mein schlechtes Gewissen. Wir hatten seit gut zwei Monaten nicht mehr telefoniert.

Ich räusperte mich und nahm das Gespräch an. »Hey, Mom, wie geht's dir?«

»Eliza, ich hatte ganz vergessen, wie deine Stimme klingt.«

»Es tut mir leid, dass ich mich nicht früher gemeldet hab, ich hatte zurzeit viel Stress in der Uni«, beeilte ich mich zu sagen. »Außerdem …«

»Außerdem hast du Liebeskummer? Aber gerade dann kann ich dir doch helfen, Schatz.«

Ich horchte sofort auf. »Wie bitte?«

»Dein Vater hat mir von deinem spontanen Besuch übers Wochenende erzählt …«

Das hätte ich mir ja denken können. »Mom«, stöhnte ich. »Ich bin nicht verliebt, und vor allem hab ich keinen Kummer.« *Wen willst du eigentlich hier verarschen?*

»Das sind schöne Neuigkeiten, meine Süße. Ich hab auch welche: Matt ist am Montag für ein paar Stunden wegen der Arbeit in

Seattle, und ich begleite ihn. Und du kannst deiner armen, alten Mutter doch keinen Kaffee abschlagen, wenn wir uns das letzte Mal an Weihnachten gesehen haben.«

Matt war ihr Freund, und es schien gut bei ihnen zu laufen. Noch.

Ich musste unwillkürlich kichern. »Na schön, aber du darfst nicht ins Apartment. Zu viele nackte Typen und Drogen – du weißt schon.«

»Elizabeth – ich warne dich!« Sie fiel in mein Lachen ein. »Ich vermisse dich, Kleines. Ist wirklich alles okay?«, fragte sie, nachdem wir uns beruhigt hatten.

»Alles bestens. Ally ist noch mit Tom zusammen und Samuel mit Jenny, und ich hab auch ohne Freund Spaß. Also ist alles noch beim Alten.«

Sie erwiderte etwas, aber ich wurde kurz abgelenkt, weil meine Tür aufging und ich Ally davor stehen sah. Sie schaute betreten auf ihre Fußspitzen.

»Ähm – Mom, ich ruf dich noch mal wegen Montag an, ja? Ich muss gleich los.«

»Alles klar. Pass auf dich auf, Eliza.«

»Du auch.«

Ich klickte sie weg und legte das Handy auf die Matratze.

»Was willst du, Ally?«, fragte ich und sah seufzend zu ihr hoch.

Sie schlenderte mir entgegen und setzte sich neben mich auf den Bettrand. »Ich … unterstütze das nicht, was Finn dir antut. Das ist grausam, und ich will, dass du weißt, ich stehe immer auf deiner Seite. Es tut mir genauso weh, dich leiden zu sehen. Und dabei spielt es für mich auch keine Rolle, ob ich nun mit dem Bruder dieses Arschlochs zusammen bin, das dich so fertigmacht.«

Ich blinzelte. Das war mal eine Ansprache. »Aber … du bist doch mit ihm befreundet, oder nicht?«

Sie zuckte die Achseln. »Langsam bin ich mir nicht sicher, ob er es wert ist. Es ist nur … Tom hat mir ein paar Sachen aus seiner Vergangenheit erzählt … die ich dir aber jetzt nicht aufführen werde«, fügte sie schnell hinzu, als sie meinen Blick sah.

Ich grinste. »Danke.«

»Ich wollte nur, dass du mit ins Howl at the Moon kommst, weil wir in letzter Zeit so selten etwas gemeinsam unternommen haben«, fuhr sie fort. »Abends arbeitest du immer oder bist bei Jen im Emporio. Also, ich schließe jetzt das Thema ab und lass dich in Ruhe, versprochen. Wir können ja nächste Woche nur unter Mädels was trinken gehen. Und wenn du willst, kann ich auch hierbleiben, das eine Mal wird Tom es auch überleben ...«

Ich sah sie nachdenklich an. Ally hatte recht – das letzte Mal, dass wir zusammen Spaß gehabt hatten, war wirklich sehr, sehr lange her. Und plötzlich gab ich mir einen Ruck, auch wenn mir eine leise Stimme zuflüsterte, dass ich es vielleicht bereuen würde.

»Schon gut. Ich komm mit.«

Ihr Gesicht leuchtete auf, aber ich sah auch den Zweifel darin. »Ehrlich?«

Ich grinste. »Ja, ehrlich. Aber ... okay, das ist jetzt vielleicht kindisch, aber ...« Ich zögerte.

»Eliza, was auch immer es ist – wenn du mitkommst, tu ich alles für dich.«

»Würde es dir etwas ausmachen, nicht mit ihm zu reden?«

Sie betrachtete mich einen Moment lang, dann stand sie lächelnd vom Bett auf. »Natürlich nicht. Ich verstehe, was du meinst. Wir präsentieren ihm heute die echte Eliza Fleming, Baby. Du lässt dich von keinem Westwood fertigmachen. Du zeigst ihm, dass er keine Macht über dich hat.«

Sie sagte es mit einer solchen Überzeugung, dass sie mich damit zum Lachen brachte. »Einverstanden. Aber hey, ist dein Freund nicht auch ein Westwood?«

»Ach, der«, sagte sie grinsend. »Wenn es um Frauensachen geht, muss er sich hinten anstellen. Also komm, suchen wir dir was zum Anziehen raus.«

Ich nahm die Hand, die sie mir hinhielt, und ließ mich von ihr hochziehen. »Lass mich das nicht bereuen, Ally«, murmelte ich und tapste zum Kleiderschrank.

Unsicher sah ich auf das leuchtende Neonschild mit dem heulenden Wolf bei Vollmond, das in diesem Moment Panik und nicht wie sonst ein Hochgefühl in mir auslöste.

Ally lächelte mich von der Seite an. »Du siehst heute sehr heiß aus, und du packst das, Eliza. Wir werden heute Abend Spaß haben.«

»Also erstens bin ich immer heiß«, antwortete ich sarkastisch. »Und zweitens kann ich mich prinzipiell nicht entspannen, wenn dieser Vollidiot im Raum ist.«

Sie kicherte. »Nicht mal, als du noch Sex mit ihm hattest?«

Ich warf ihr einen abschätzigen Blick zu. »Wenn es dir nichts ausmachen würde – könnten wir jetzt bitte nicht über den größten Fehler meines Lebens reden?«

Wir liefen durch die Tür, die uns von zwei grinsenden Typen aufgehalten wurde.

Ich hatte mir geschworen, ihm heute Abend keinen einzigen Blick zu schenken, aber ich konnte nicht anders, als auf die vertraute Bühnenfläche zu schauen, sobald wir die Bar betraten. Sie waren schon da. Und spielten das Intro.

Es war unmöglich, meinen Blick von Finns Fingern zu nehmen, die die E-Gitarre so verzweifelt festhielten. Er machte gerade so einen traurigen Eindruck. Seine Augen waren geschlossen, und sein Fuß wippte im Takt der Musik, während er sich mit der Zungenspitze über die leicht geöffneten Lippen fuhr. Seine Stirn lag in leichten Falten, als wollte er den ganzen Lärm ausblenden und nichts außer sein eigenes Gitarrenspiel wahrnehmen. Als wollte er sich nur auf seine Einsamkeit konzentrieren. Und dann öffneten sich seine Lider, und er schaute geradeaus. Es war, als hätte er meine Anwesenheit gespürt, denn als er mich sah und meinen Blick mit seinem festhielt, erkannte ich keine Überraschung. So hatte er mich schon lange nicht mehr angeschaut. Es lag keine Wut in seinem Blick, kein Schmerz und keine Reue.

Wir starrten uns für ein paar verflucht lange Sekunden an, bis er den Blick abwandte und innehielt. Er drehte sich zu seinen Brüdern und sagte etwas, das ich von der Entfernung nicht verstehen konnte, während mich Ally zu einem freien Tisch zog und wir uns setzten. Als ich mich kurz umsah, merkte ich, wie einige Blicke auf mich gerichtet waren und wieder das Tuscheln anfing, aber diesmal kümmerte es mich nicht. Ich schaute wieder zur Bühne. Auch Tom und Alex hatten zu spielen aufgehört.

Ally warf mir einen verständnisvollen Blick zu. »Alles okay?«

»M-hm«, gab ich zurück. »Wo sind unsere Leute?«

»Keine Ahnung, wahrscheinlich kommen sie später.«

Ich nickte wieder und stockte, als mein Handy in meiner Tasche zu vibrieren begann.

Schnell zog ich es hervor und klickte auf die neu empfangene Nachricht. Ich las die Worte, ehe ich den Absender sah. Aber so oder so ging etwas in meinem Inneren los, das noch am ehesten mit einer Explosion zu vergleichen war.

Das ist für dich, Kleine.

Bevor ich mein Gehirn, das von den Tausenden tobenden Emotionen in meinem Körper außer Gefecht gesetzt wurde, wieder in die Gänge bringen konnte, begann das Lied. Und mit ihm der schönste und gleichzeitig schmerzvollste Moment seit Wochen.

»Ich dachte, Tom hat gesagt, sie würden heute Guns N' Roses spielen«, murmelte Ally neben mir, aber ich beachtete sie kaum.

Natürlich erkannte ich das Lied, noch bevor er richtig begann. Aber als er nach den ersten Takten zu singen anfing, war es so, als würde ich es zum ersten Mal hören.

»What if I walked without you? What if I ran without you? What if I stand without you? I could not go on ...«

Ich wusste nicht, wie er das machte, obwohl ich mir inzwischen bewusst war, dass seine Stimme jedes Mal etwas in mir auslöste, das keiner so genau erklären konnte.

Aber diesmal war es anders. Diesmal sollte ich durch diese Worte hindurchblicken können, bis in Finns Innerstes, das so schwarz war wie die Hölle, und mich trotz der unbestreitbaren Schönheit nicht einwickeln lassen. Weil er zu so viel Hass imstande war. Es spielte keine Rolle für mich. Nicht in diesem Augenblick. Ich wollte mich wehren, aber ich hatte keine Kraft. Seine Stimme machte mich einfach nur unendlich traurig. Ich hatte ihn verletzt. Und er hatte mich verletzt.

Aber hier und jetzt sang er für mich und teilte mir mit, dass es ihm ohne mich nicht gut ging. Dass er ohne mich verloren war.

»You left my side tonight and I just don't feel right, but I can't let you out of sight.«

Für den Bruchteil einer Sekunde huschte ein gequälter Ausdruck über sein Gesicht, und er schien etwas in seinem Inneren bekämpfen zu müssen, bevor er sich zusammenriss und mir die Worte förmlich entgegenschleuderte, die mir vollständig den Rest gaben.

»Without you I'm no one, I'm nothing at all.«

Ich krallte meine Finger ineinander, bis es wehtat, und starrte verzweifelt zu ihm auf. Ich spürte, wie mir wieder die Tränen kamen, drängte sie aber heftig zurück. Es war falsch gewesen. Es war falsch gewesen, mit David zu schlafen. Es war falsch gewesen, nicht einfach mit Finn über meine Ängste zu reden. Denn wir hätten einen Weg gefunden. Er hätte es nachvollziehen können. Er hatte nie meine Gefühle verletzt – er hatte immer gewusst, dass ich nicht mehr wollte, und das auch akzeptiert. Aber das, was er nach dem Konzert für mich getan hatte, das hatte noch keiner vor ihm getan. Ich war ihm wichtig gewesen, ich hatte etwas in ihm geweckt, sonst hätte er nicht so viel Zeit mit mir verschwendet. Und der Grund, warum er mich jetzt so demütigen wollte, war nicht der, dass er ein Arschloch war, sondern dass ihn andere vor mir verletzt hatten.

Ich sah es in seinem Blick. Ich sah in seinem Blick den Schmerz aufgrund meines Verrats, aufgrund dessen, was ich ihm in meiner grenzenlosen Dummheit angetan hatte. Es musste so sein. Seine Vergangenheit musste etwas in ihm ausgelöst haben. Ich wusste nicht, wieso es gerade in diesem Moment so unendlich klar war, aber mit einem Mal war ich mir sicher, dass so viel mehr hinter der Geschichte steckte, die Kathryn mir damals erzählt hatte.

Finn war nicht einfach gewalttätig oder psychisch gestört. Niemand war das einfach so. Irgendjemand hatte ihm verdammt wehgetan.

Und dann war ich gekommen und hatte diesen Job übernommen.

Das Brennen in meinen Augen wurde unerträglich, bis ich die Feuchtigkeit in meinen Augenwinkeln spürte und wusste, dass ich es nicht mehr zurückhalten konnte. Kein Mensch würde es verstehen. Vermutlich sahen sie mich jetzt alle an und dachten, ich wäre so unglaublich verliebt in ihn, aber gleichzeitig das größte Miststück, weil ich ihn betrogen hatte. Vermutlich dachten sie, das wäre der Grund, warum ich es im Nachhinein bereute. Aber es hatte nichts mit Liebe zu tun. Ich kannte keine Liebe. Es war etwas tief Verwurzeltes, das meinetwegen in ihm hochgekommen war. Ich allein trug die Schuld, und trotzdem stand er hier vor mir, ignorierte alle Menschen und sang dieses Lied, das die Erinnerung an das Konzert weckte – an die Zeit, in der wir beide glücklich gewesen waren, ohne auch nur darüber nachzudenken, weil einfach alles passte. Jede Zeile, jedes geraunte Wort aus seinem Mund klang wie eine grausame Ironie.

Er sollte mir nicht verzeihen. Er sollte mich nicht brauchen.

»Ich kann nicht«, flüsterte ich und stand ruckartig auf. Es war mir egal, dass wieder alle Blicke auf mich gerichtet waren und Ally meinen Namen hinter mir herrief, als ich zum Ausgang lief. Ich brauchte Luft. Eine Sekunde länger, und ich würde zusammenbrechen. Da war mir sogar der Hass lieber.

Als ich voller Erleichterung auf die belebte Straße trat und mich rechts gegen die Mauer lehnte, klangen die Worte immer noch nach.

You left my side tonight …

Ich presste mir die eine Hand gegen die Stirn, damit es aufhörte, und wischte mir mit der anderen notdürftig die Tränen von den Wangen. Seit ich Finn kannte, hatte das Weinen wieder angefangen. Ich war sonst immer stark geblieben. Nur jetzt begann alles in mir zusammenzubrechen. Alle blickdichten Mauern und Schutzwälle, die ich errichtet hatte, um nicht verletzt zu werden.

Ally kam aus der Bar gerannt. »Tut mir leid, Liz, hätte ich das gewusst, hätte ich dich nie mitgeschleppt«, murmelte sie besorgt und strich mir über den Rücken, während sie mich die Straße herunterführte.

Ich war zu sprachlos. Erst, als wir auf der Bank in der Unterführung saßen und sie mir ein Taschentuch hinhielt, konnte ich etwas sagen.

»Es war ein Lied von Three Days Grace – auf deren Konzert wir waren, bevor … du weißt schon. Und davor hat er mir eine Nachricht geschickt, dass … dass er es für mich singt.«

Ihr Mund öffnete sich leicht, bevor sie ihre Gesichtszüge wieder unter Kontrolle bekam. »Und da hast du die Nerven verloren.«

Resigniert nickte ich. »Ich hab ihn verletzt. Und … ach, keine Ahnung, es war einfach zu viel.«

»Ich versteh dich.«

Eine Weile blieben wir stumm, bis dann ihr Handyklingeln die Stille unterbrach. Sie warf einen Blick aufs Display und erstarrte. »Es ist … Finn.«

Ich schaute schnell weg, damit sie meinen Blick nicht sehen konnte. »Geh schon ran«, raunte ich mit belegter Stimme.

»Bist du sicher?«, hakte sie nach.

»Ja, verdammt.«

Im nächsten Moment hörte ich schon seine Stimme gedämpft aus dem Lautsprecher und zuckte unwillkürlich zusammen. »Und … ist sie zusammengebrochen?«

Ally schaltete schnell den Lautsprecher aus, aber das, was ich gehört hatte, genügte. Ich sah sie ungläubig an, während sie verzweifelt abzulenken versuchte. Mit einem Schlag waren meine Tränen versiegt und die Traurigkeit verschwunden. Seine Stimme klang so sarkastisch und schadenfroh, dass ich augenblicklich aus meinen Illusionen geweckt wurde. Es war alles nur Fassade gewesen. Ein Trugbild, damit ich noch mehr litt. Ein weiteres Spiel, das ich verloren hatte.

***

March 8th, 2:00 p. m.

Verantwortung der Psychotherapie in der Gesellschaft.

Wo steckte nur dieses verdammte Buch? Ich suchte jetzt schon seit gut einer Dreiviertelstunde in der Unibibliothek danach, hatte schon unten bei der Sekretärin nachgefragt, und immer noch war keine Spur davon. Sie hatte mich in den dritten Stock ins Archiv geschickt, aber hier war die Ecke mit den Psychologiebüchern so riesig und unübersichtlich, dass ich morgen früh noch hier sitzen würde. Vollgestopfte, dunkle Regale und schummrige Beleuchtung – willkommen im billigen Horrorstreifen, in dem das Monster gleich hinter einem der Regale hervorspringen würde. Ich wollte einfach nur das dumme Buch und wieder verschwinden – in einer Stunde traf ich mich mit meiner Mutter im Café und hatte eigentlich vorgehabt, davor noch nach Hause zu kommen.

Seufzend gab ich mich geschlagen. Warum musste mein Prof mir auch kurzfristig eine Mail schicken? Machte man solche Anschaffungen nicht für gewöhnlich am Anfang des Semesters?

Erst als ich ungefähr in der Mitte des Gangs angelangt war, der zur Wendeltreppe führte, schaute ich auf und bekam eine halbe Herzattacke. Automatisch stolperte ich ein paar Schritte zurück.

Oh Gott, *nein*. Nein, nein, nein.

Finn stand nur wenige Meter von mir entfernt, ruhig wie eine Statue. Ich realisierte kurz, dass er einen Kapuzenpullover und zerrissene Jeans trug, dann zuckte mein Blick schon panisch zu seinem Gesicht. War er wieder wütend? Wieso zum Teufel lauerte er mir hier oben auf, wo kein Mensch zu sehen war? Er hatte mich doch auch die restlichen Tage ignoriert, weshalb konnte er das nicht auch jetzt tun? Als er auf mich zulief, stolperte ich weiter zurück, aber im Gegensatz zu meinem Körper reagierte mein Verstand zornig.

»Verschwinde«, zischte ich und warf schnell einen Blick über die Schulter, um die Lage abzuschätzen. Hinter mir befand sich eine verschlossene Tür, also eine Sackgasse. »Ich weiß nicht, was jetzt schon wieder in deinem kranken Hirn vor sich geht, aber es reicht, verflucht noch mal. Ich lass das nicht mehr mit mir machen, nur weil ich einen Fehler gemacht habe.«

Ich sah, wie kurz etwas über sein Gesicht zuckte, bevor es wieder emotionslos wurde, und realisierte, was ich da eben gesagt hatte. Spontan bog ich links ab und fand mich so im nächsten Augenblick zwischen zwei riesigen Bücherregalen wieder. Hinter mir stand ein etwas kleineres. Scheiße, jetzt hatte ich mir vollständig meinen Fluchtweg verbaut. Eine Sekunde später bog auch er ein, und nun befanden wir uns inmitten von Tausenden Büchern.

Ich hatte wirklich keine Lust, vor ihm in Tränen auszubrechen, wenn er jetzt wieder anfing, mich anzubrüllen. Aber vielleicht war es genau das. Vielleicht brauchte er genau so eine Genugtuung. Und da ich nicht einfach so losheulen konnte, würde ich ihm einfach die Wahrheit sagen, damit er mich durchließ und dieser ganze Psychoterror endlich sein Ende fand. »Du hast deinen Triumph gehabt. Ich hab deinetwegen gelitten, und ich tue es immer noch. Frag Ally oder Jen – ich hab nach dem Abend, als du im Hard Rock Café aufgetaucht bist, die ganze Nacht durchgeheult. Jedes Mal, wenn ich dich sehe, tut es verdammt weh, und als du am Samstag *Without You* gesungen hast, bin ich tausend Tode gestorben. Also bitte, *bitte*, wenn du nur ansatzweise Gefühle in dir trägst, dann lass mich gehen, und ignoriere mich einfach. Das, was wir haben, ist schon lange kaputt, und wenn du jetzt nicht aufhörst, dann … dann …« Ich schnappte nach Luft und merkte, wie meine Stimme immer hysterischer wurde.

Er machte keine Anstalten, mich durchzulassen. Aber wenigstens war er abrupt stehen geblieben, circa drei Meter vor mir.

Ich wusste, dass alles umsonst war, als ich sein Gesicht betrachtete. Er hasste mich wirklich so sehr, dass er nicht loslassen konnte. Dass er selbst jetzt, wo er gewonnen hatte, nicht aufhören konnte. Und plötzlich war die Wut wieder da. Plötzlich sah ich nur noch rot.

»Was ist nur los mit dir?«, schrie ich. »Das ist doch nicht mehr normal. Das ist krank, wie du drauf bist. Ich hab mit einem anderen geschlafen, ja, und vielleicht hab ich dir damit wehgetan, aber … das kannst du nicht machen!«

Entgegen allen meinen Erwartungen blieb es in der Bib ganz ruhig, nur mein abgehackter Atem war zu hören. Ich starrte Finn halb verzweifelt, halb hasserfüllt an, und er erwiderte den Blick für den Bruchteil einer Sekunde. Und dann setzten seine Beine sich in Bewegung.

Ich hatte nicht die geringste Chance, zu reagieren. Es ging viel zu schnell. Im ersten Augenblick hatte er mir noch so intensiv in die Augen gesehen, dass mir beinahe schwindelig wurde, im nächsten prallte er gegen mich, packte mich an den Hüften und presste mich gegen das nächste Bücherregal. Seine Nähe überwältigte mich so sehr, dass ich völlig bewegungslos blieb, als eine seiner Hände vorschnellte und grob in meinen Nacken griff, während sein Geruch mich ganz benommen werden ließ. »Oh Gott«, japste ich, und dann waren seine Lippen auf meinen.

Meine Lider schlossen sich von ganz allein, und meine Finger krallten sich in seine Arme, während er begann, mich zu küssen, sodass mir Hören und Sehen verging. Sein Mund war so heiß und feucht und fest auf meinem, und mein Magen machte einen Satz. Das konnte nicht wirklich passieren.

Ich konnte mich nicht rühren, nicht schreien, nicht den Kuss erwidern – alles in meinem Inneren wirbelte durcheinander. Ich konnte mich an keinen Moment in meinem Leben erinnern, an dem ich genau das empfunden hatte ... außer an einen. Den sechsten November.

Meine Hände stemmten sich gegen seine Arme und drückten mit aller Kraft dagegen. Er löste seine Lippen von meinen, hielt mich aber nach wie vor fest. Seine Pupillen waren riesig.

»Du ... Gott ... Du ... du hasst mich doch ...«, stammelte ich.

»Ich habe nie etwas anderes behauptet«, flüsterte er rau und ließ seine Hände unter meinen Hintern wandern. Das unglaubliche Verlangen durchfuhr mich wie ein Stromschlag, und mit einem Mal war mir alles egal. Ich ließ mich von ihm hochheben, schlang ihm die Beine um die Hüften und krallte mich in seinem Haar fest.

Ein minimales Grinsen umspielte seine perfekten Lippen. »Du willst mich noch genauso wie am ersten Tag, Elizabeth«, raunte er, und ich drehte vor Erregung fast durch.

»Ich hasse dich«, keuchte ich, und wieder donnerten unsere Lippen aufeinander.

Es war falsch. Falscher als das hier konnte eine Sache nicht sein. Ich wusste es. Und trotzdem machte ich mit. Trotzdem ließ ich mich von ihm durch die Bücherregale tragen und küsste ihn, als würde die Welt untergehen, während mal ich gegen ein paar Bücher krachte, mal er, sodass sie mit einem dumpfen Geräusch zu Boden fielen. Die unbändige Wut über das, was er mir angetan hatte, trieb mich dazu, ihn ebenso grob anzufassen, und das schien ihm nur noch mehr einzuheizen.

»Sag mir, dass du mich willst«, raunte er.

Seine Stimme brachte eine Flut von Erinnerungen in meine Gedanken zurück, und ich versuchte verzweifelt, mich aus diesem tödlichen Rausch zu befreien. Es war alles nur ein Spiel. Nur ein weiterer Zug. Er hatte die ganze Scheiße von Anfang an geplant. Seit er mit den Mädchen in meinem Café erschienen war.

Ich schüttelte den Kopf kurz hin und her, um meine Beherrschung zurückzuerlangen, die meinem Körper vollständig abhandengekommen war, und stieß ihn, so gut es ging, von mir.

»Lieber würde ich sterben.«

Eine halbe Sekunde sah ich so etwas wie Überraschung in seinen Augen aufblitzen, dann grinste er von oben auf mich herab. »Ich fass es nicht, dass du auch nur einen Moment auf die Mail reingefallen bist, Baby.«

»Welche …« Empört riss ich die Augen auf. Er hatte mich hierhergelockt. Er hatte tatsächlich alles geplant. Kein Wunder, dass das Mädchen unten keinen Schimmer gehabt hatte. Das Buch war nur eine Attrappe gewesen.

»Du verdammter Idiot hast es auch besonders nötig, oder?«, fauchte ich und bemühte mich, mein Shirt schnell zu richten und mein Herzklopfen irgendwie auf die Reihe zu bekommen. Ich musste die Situation mit allen Mitteln retten.

»Nein, eigentlich nicht, wie du seit Neustem genau weißt. Aber seit ich für dich gesungen habe, habe ich mit keiner mehr geschlafen.«

»Ich hasse dich.« Und wie ich ihn hasste. Das konnte doch nicht wahr sein. Das alles war so krank, dass es mich nicht gewundert hätte, wenn jetzt jemand »Cut« rufen würde.

»Du wiederholst dich.«

»Fahr doch zur Hölle, du …«

»Was – noch mehr Beleidigungen? Ich dachte, du heulst dir meinetwegen die Augen aus dem Kopf, und ich soll dich in Ruhe lassen. Wirklich, der ganze Abscheu schadet deiner Glaubwürdigkeit enorm. Ich bin mir nicht sicher, ob du meine Gleichgültigkeit überhaupt verdienst.«

Ich sprang vom Regal, stolperte fast und fing mich im letzten Moment wieder. Seine reflexartig ausgestreckten Arme machten es nicht besser.

»Jetzt weißt du es«, rief ich wutentbrannt. »Es war alles eine Lüge, es ist mir scheißegal, wen du flachlegst oder was für wahnsinnige Sachen du sonst so mit mir abziehst. Mach ruhig weiter so. Und wenn du es noch einmal wagst, ein Lied für mich zu singen oder mich in irgendeiner Art anzufassen, dann bringe ich dich um. Und das schwöre *ich* dir jetzt, Finn. Du kannst mir keine Angst machen, du Penner.«

Die Tatsache, dass ich mit so schnellen Schritten an ihm vorbeihastete, dass es als Flüchten durchging, strafte meine Aussage zwar Lügen, aber das interessierte mich im Moment kein bisschen. Ich musste weg hier. Ich musste mich dafür bestrafen, dass ich mich ihm hingegeben hatte. Ich war fast schon beim rettenden Treppenansatz angekommen, als seine Stimme noch einmal hinter mir erklang und ich entnervt die Augen schloss, während meine Finger das kühle Geländer umklammerten.

»Ich habe jedes Wort im Howl at the Moon ernst gemeint.«

Es war, als würde jemand in meinen Gedanken Three Days Grace' *Without You* abspielen, als ich mit einer Schnelligkeit, die ich mir selbst nicht zugetraut hatte, die Wendeltreppe hinunterrannte.

Verflucht seist du bis in alle Ewigkeit, Finn Westwood.

***

»Hey, Mom, sorry für die Verspätung.«

Sie sprang sofort auf und zog mich in eine Umarmung. »Eliza!«

Ihre kurzen Locken nahmen mir die Sicht, als ich sie ebenfalls umarmte. Ein warmes, vertrautes Gefühl durchfloss mich, und ich spürte, wie die Freude darüber, sie zu sehen, sich in mir ausbreitete. Es gab mir das Gefühl, dass doch nicht alles so verloren war, wie es vielleicht schien.

Wir setzten uns gegenüber, und sie nippte an ihrem Milchkaffee, während sie mich so durchdringend beobachtete, dass ich lachen musste.

»Was ist es diesmal? Sehe ich unterernährt aus? Überarbeitet? Todunglücklich?«, murmelte ich ironisch, und sie lächelte.

»Nein, nein, du ... hast dich nur verändert, Schatz.«

Ich bestellte einen Cappuccino und wandte mich ihr dann wieder zu. »Inwiefern? Sehe ich älter aus?«

Sie nickte enthusiastisch. »Deine Augen leuchten, und deine Haare sind so lang und dunkel ... Du siehst nicht unbedingt zufrieden aus, aber da ist eine Veränderung ... Ja, ich würde eindeutig sagen, du bist erwachsener geworden.«

Wenn sie wüsste, wie falsch sie damit lag. Denn ich würde es ja nicht unbedingt als besonders reif bezeichnen, wenn ich im Uni-Archiv mit einem Typen rumknutschte, der sowohl gefährlich als auch wahnsinnig war.

»Okay, Mom – wie wär's, wenn du mir ein bisschen von deinem Leben erzählst? Wie geht's Matt? Werde ich ihn heute noch sehen?«

»Ich denke nicht«, meinte sie mit einem entschuldigenden Blick. »Wir müssen in zwei, drei Stunden schon wieder weiter ... Aber wie wär's, wenn du uns in deinen Semesterferien besuchen kommst? Stehen die nicht bald an?«

Ich stutzte und nickte dann langsam. Sie hatte recht. Ich hatte sie ganz vergessen bei dem ganzen Stress. »Ja, in drei Wochen oder so ...«

Wir plauderten eine Weile weiter, wobei ich das Thema Männer tunlichst vermied und immer wieder ablenkte, wenn sie darauf zu sprechen kam, bis sie dann mit einem auffordernden Gesichtsausdruck überhaupt nicht mehr lockerließ. »Komm schon, sag mir wenigstens, wie er heißt.«

Resigniert stöhnte ich auf. »Mom, bist du deshalb nach Seattle gekommen – um mich über mein Liebesleben auszuquetschen?«

»Oh, es existiert also eins«, antwortete sie, und ich schüttelte den Kopf.

»Okay«, gab ich mich geschlagen. Vielleicht würde sie sich damit zufriedengeben, wenn ich ihr irgendeine Halbwahrheit auftischte. »Da war einer vor ein paar … Monaten. Aber es war zu Ende, bevor es richtig begonnen hat.«

Jetzt war sie Feuer und Flamme. »Wieso das? Hast du ihn mit deiner abweisenden Art abgeschreckt? Wurde es zu ernst?«

Das konnte doch nicht wahr sein. Natürlich wusste meine Mutter von meinen Bindungsängsten. Sie war schließlich einer der Gründe dafür. »Er ist einfach ein Idiot.« Sie zog die Brauen hoch, und ich musste grinsen. »Oh, entschuldige bitte meine Ausdrucksweise, aber er ist nun mal einer. Und Ally ist auch noch mit ihm befreundet, aber ich nehme mal an, das liegt eh nur daran, dass sie mit seinem Bruder zusammen ist …«

Erst als ich sah, wie ihre Augen sich leicht weiteten, merkte ich, dass ich möglicherweise ein bisschen zu viel verraten hatte.

»Der Bruder von Tom Westwood?«

»Ja«, seufzte ich. »Aber das spielt ja sowieso keine Rolle. Wie ich schon sagte – es ist vorbei.« Warum log ich? Vermutlich, weil ich mir wünschte, dass es die Wahrheit wäre.

»Und jetzt siehst du verzweifelt aus«, kommentierte sie mit einem Lächeln, das sie zehn Jahre jünger erschienen ließ.

Ich schlürfte meinen Cappuccino, und sie sah sich leise lächelnd im Café um, bis sie stockte.

»Ist das nicht Samuel … und dahinter Alison? Ach, und ist er das – ihr Freund?«

Ich folgte ihrem Blick. Die Wand hinter uns war verglast, also konnte man ohne Schwierigkeiten nach draußen sehen, und das, was ich sah, konnte nur aus einem schlechten Film stammen.

Es war nicht der Fakt, dass Tom, Ally und Sam zusammen auf der Straße liefen, sondern eher, dass Finn sie begleitete. Ich konnte meinen Blick nicht von seinen zerzausten Haaren wenden, in denen ich vor ungefähr zwei Stunden noch meine Finger vergraben hatte. Wieso konnte er mich nicht ein einziges Mal in Ruhe lassen?

»Liz?«, riss mich die Stimme meiner Mutter aus meinen Gedanken, und ich merkte, dass ich zu ihm rausgestarrt hatte, ich hoffnungslose Vollidiotin. Denn genau in dem Moment, in dem ich endlich meinen Blick abwenden wollte, sah er von der Straße auf, direkt ins Café, direkt in meine Augen.

Ich wandte mich schnell meiner Mutter zu, in der Hoffnung, er würde einfach weitergehen, und nahm einen letzten Schluck aus meiner Tasse.

»Wo bist du denn wieder mit deinen Gedanken?«

Ich winkte ab. »Ich hab mich nur gefragt, warum sie alle zusammen unterwegs …«

»Oh, schau mal, sie haben dich gesehen!«, unterbrach sie mich freudig, und ich stöhnte auf. »Sie kommen rein.«

Ich vermied jeden Blick in ihre Richtung und fluchte leise vor mich hin. Ich würde Finn umbringen. Ich würde ihm jedes Körperteil einzeln rausreißen.

Es dauerte nur wenige Sekunden, da waren sie schon an unserem Tisch angekommen, und meine Mutter erhob sich lächelnd, um Sam und Ally zu umarmen – Samuel kannte sie ja schon lange, Alison hatte sie kennengelernt, als sie mit mir damals auf Wohnungssuche hier in Seattle gewesen war.

Widerstrebend stand ich ebenfalls auf und traf genau auf den Blick von Finn. Er grinste übers ganze Gesicht. Tom neben ihm warf mir einen halb entschuldigenden Blick zu, und Ally und Samuel taten einfach so, als wäre alles in bester Ordnung.

»Ich bin Tom, Allys Freund«, stellte sich Tom mit breitem Lächeln vor und schüttelte meiner Mutter die Hand.

»Ich bin Elizas Mom«, erwiderte sie lächelnd.

Ich sah zu Finn und formte mit den Lippen ein »Wag es nicht«, während ich ihn mit tödlichen Blicken bombardierte, aber da streckte er schon die Hand aus und zwinkerte mir kaum merklich zu, bevor er sich ebenfalls vorstellte. »Finn Westwood, ich bin sein kleiner Bruder.«

Ich konnte geradezu spüren, wie es bei ihr klick machte. Sie warf mir einen eindeutigen Seitenblick zu. »Schön, euch zwei kennenzulernen – wollt ihr euch nicht alle zu uns setzen?«

Sam, der meinen Gesichtsausdruck richtig deutete und wohl merkte, dass ich besagtem Arschloch gleich an die Gurgel springen würde, setzte an, um höflich abzulehnen, aber da fiel Finn ihm schon ins Wort.

»Aber natürlich. Wenn Eliza nichts dagegen hat?«

Meine Mutter sah gespannt zu mir, und ich warf ihr einen bösen Blick zu, rang mich dann aber gequält zu einem »Natürlich nicht« durch.

Sie holten sich jeder einen Stuhl und setzten sich dazu, aber ich blieb stehen.

»Ally – kann ich dich kurz sprechen?«

Ohne eine Antwort abzuwarten, griff ich nach ihrer Hand und zerrte sie vom Tisch weg in Richtung Toiletten. Sobald wir außer Hörweite waren, blieb ich stehen.

»Warum seid ihr hier?«, fauchte ich, und sie verdrehte die Augen.

»Komm runter, Liz, wo liegt das Problem? Finn hat dich entdeckt und wollte kurz Hallo sagen. Meinst du nicht, dass das nach einem Friedensangebot klingt, vor allem nachdem er am Samstag …«

»Ich fass es nicht! Du kannst doch nicht so blind sein und ihm die Masche abkaufen!«, rief ich zornig aus. »Als du mir gesagt hast, er wäre deine Freundschaft nicht mehr wert, hätte ich nicht gedacht, dass du das nur vortäuschst, damit ich mitkomme.«

»Willst du mir jetzt unterstellen, ich hätte das alles geplant, oder was?« Sie zog die perfekten Augenbrauen hoch.

»Ja, was weiß ich, was das soll! Und überhaupt – wieso zur Hölle ist Samuel dabei? Seit wann sind die befreundet? Die hassen sich doch!«

Sie sah mich einen Augenblick lang prüfend an. »Sag mal, bist du eifersüchtig?«

»Auf was? Dass dieses ignorante Arschloch jetzt auch noch meine ganzen Freunde für sich einnimmt, nachdem er mich in den Wahnsinn getrieben hat? Was glaubst du denn? Das stört mich doch kein bisschen!«, rief ich ziemlich angepisst.

»Hör zu, das ist alles ein Missverständnis. Er hat mit mir gesprochen und mir gesagt, dass die Spielchen vorbei sind. Tom hat auch mit ihm geredet, es ist jetzt alles ganz anders und …«

Das konnte doch alles nicht wahr sein. »Siehst du nicht, wie er dich schon um den Finger gewickelt hat?«, seufzte ich jetzt verzweifelt.

Na klar, die Spielchen waren vorbei. Deshalb lockte er mich auch ins Archiv der Bibliothek. Am liebsten hätte ich ihr sein kleines Manöver dargelegt, aber das war mir zu peinlich. Ally wollte etwas sagen, als ihr jemand anderes hinter mir zuvorkam.

»Wer hat hier wen um den Finger gewickelt?«

Auf der Stelle erstarrte ich. Dass Finn es überhaupt noch wagte, ein Wort mit mir zu sprechen.

»Gibst du uns einen Moment, Ally?«, fragte er mit einem sanften Lächeln, und ich trat gleich zwei Schritte zurück und packte sie am Handgelenk, damit sie ja nicht ging.

»Lass mich auf keinen Fall alleine, Alison.«

Sie warf mir einen ungläubigen Blick zu, und er lachte. »Angst, dass wieder dasselbe wie in der Bibliothek passiert?«

»Was ist in der Bibliothek passiert?«, fragte sie prompt.

Ich wollte ihm gerade so sehr eine reinhauen.

»Ach, hat sie dir das nicht erzählt?«

»Halt deine verdammte Klappe, und verschwinde, wenn dir dein Leben lieb ist«, mischte ich mich wutschnaubend ein.

Sein Grinsen wurde breiter. »Was kann ich denn dafür, dass ihr den Flur zu den Toiletten versperrt?«

Bevor ich ihm so richtig meine Meinung entgegenschleudern konnte, tauchte jetzt auch noch Samuel hinter ihm auf. Was würde das hier werden – eine Volksversammlung?

»Alles klar bei euch?«, fragte er gut gelaunt.

»Sam, seit wann gibst du dich mit Abschaum ab?«, knurrte ich.

Er sah mich einen Moment lang fragend an, dann zuckte er die Achseln. »Nicht vorschnell urteilen, Liz.«

Das gab mir den Rest. Ich ließ Allys Arm los und schnaubte. »Wisst ihr was – macht doch einen Club mit diesem Arschloch auf! *Wie wir Eliza Fleming am schnellsten und effektivsten zu Fall bringen*. Ach, und wenn ihr schon mal dabei seid – fragt doch meine Mutter, ob sie mitmachen will. Ihr versteht euch doch alle glänzend!«

Ich stolzierte an allen vorbei, ohne sie noch mal eines Blickes zu würdigen, und lief direkt in die Damentoilette, wo ich mich in der erstbesten freien Kabine einsperrte und die Tür geräuschvoll hinter mir zuknallen ließ.

Zornig zerrte ich mein Handy aus der Hosentasche und gab Jennys Namen ein. Wenn mir hier eine letzte Person helfen konnte, dann sie.

***

March 9th, 7:00 p. m.

Ich fuhr im Aufzug nach oben in mein Apartment und strich mir genervt meine Locken aus dem Gesicht. Ich hatte heute eine frühere Schicht gehabt und kam geradewegs aus dem Hard Rock Café, aber es war definitiv kein guter Tag gewesen.

Die Uni hatte mich sowieso schon gestresst, da ich grauenhaft geschlafen hatte und kein Wort mit irgendwem wechselte, nach dem, was gestern geschehen war. Kate hatte dreimal nachgefragt, ob alles in Ordnung war.

Es war wirklich unglaublich. Ich hatte mir jeden Gedanken an den gestrigen Tag verboten, und es klappte kein bisschen. Außerdem half es nicht besonders, dass weder Sam noch Ally es für nötig gehalten hatten, sich bei mir nach der Aktion im Café zu entschuldigen.

Ich trat auf den Flur und lief Jennifer direkt in die Arme.

»Was machst du denn hier?«, murmelte ich und wollte schon an ihr vorbeilaufen, als sie mich am Arm packte und zurückhielt.

»Hey, Eliza! Warte doch mal!«

Ihre Stimme klang so unnatürlich hoch, dass ich innehielt. Ich sah ihr prüfend in die Augen, sie sah weg.

Ich hob eine Braue. »Was ist los, Jen?«

Sie sagte nichts, schaute nur betreten zu Boden, und ich griff sie an den Schultern. »Hey – schau mich an. Irgendwas verheimlichst du mir doch.«

»Oh, ich hasse es zu lügen. Oder etwas zu verheimlichen. Ich weiß schließlich selber, wie scheiße sich das anfühlt. Aber … Ally sagt, ich muss ihr vertrauen.« Sie warf mir schließlich doch noch einen entschuldigenden Blick zu.

»Wovon zum Teufel sprichst du?«

»Weißt du, eigentlich ist es lächerlich, es jetzt noch vor dir geheim zu halten. Es kann sich sowieso nur noch um Sekunden handeln, bis …«

Sie wurde unterbrochen, als sich die Tür unseres Apartments öffnete und zwei Kerle in schwarzen Anzügen mit je einem Koffer in der Hand heraustraten. War ich hier im falschen Film gelandet?

»Was zur Hölle?«, fragte ich überrascht und erstarrte dann, als ich Ally zusammen mit niemand Geringerem als Finn Westwood ebenfalls heraustreten sah.

»Ihr wollt mich doch verarschen«, brummte ich gereizt und funkelte Alison dann an. »Wieso lässt du so etwas in unsere Wohnung? Und überhaupt – wieso hast du Jenny gesagt, dass sie lügen soll, und was machen diese Typen mit den Koffern im Apartment?«

Allys Blick wurde entschuldigend, und sie klopfte Finn doch tatsächlich auf die Schulter. »Es tut mir leid, Eliza. Aber … es ist zu deinem Besten.«

»Wenn ihr mir nicht sofort erklärt, was das alles zu bedeu…«

»Diesen Teil werde ich übernehmen«, schaltete er sich mit einem breiten Grinsen ein, und ich konnte nicht anders, als an Bücherregale zu denken.

Spöttisch lachte ich auf und trat vorsichtshalber einen Schritt zurück, da er sich in meine Richtung bewegte. »Du glaubst nicht ernsthaft, dass ich in meinem Leben noch ein einziges Wort mit dir wechseln werde.«

»Oh, und wie ich das glaube.« Er griff nach meiner Schulter, und ich schüttelte ihn angewidert ab.

»Fass mich nicht an.«

Er seufzte kurz, sah dabei aber immer noch amüsiert aus und packte mich dann richtig, bevor er mich hochhob und in den Flur trug.

Ich schrie aus Leibeskräften und versuchte verzweifelt, mich herauszuwinden. »Jen! Ally! Was soll das?«

»Sorry, Liz«, kam es noch zerknirscht von Jenny, bevor ich mich im Aufzug wiederfand und die Türen sich schlossen. Er ließ mich runter, was mich nicht davon abhielt, weiter auf ihn einzuschlagen.

»Was tust du?«, rief ich wutentbrannt. »Ich gehe nirgendwo mit dir hin. Nicht in deine dumme Wohnung oder in dein tolles Hotelzimmer, wo du es mit der ganzen Uni getrieben hast. *Ich hasse dich* – schon vergessen?«

»Das klang gestern aber nicht so …« Er biss sich auf die Unterlippe.

»Halt den Mund.«

»Okay, Baby. Wir werden in den nächsten Tagen sowieso genug Zeit haben.«

»Kannst du nicht hören, Idiot? Ich laufe keinen Meter mit dir. Du kannst mich zu nichts zwingen.«

Die Aufzugtüren sprangen auf, und er schleifte mich am Handgelenk nach draußen. »Du täuschst dich.«

Ich zog mit aller Kraft zurück, sodass ich mich keinen Zentimeter mehr bewegte. Dieser verdammte … Er war wahnsinnig, auch nur für eine Sekunde anzunehmen, ich ließe mich irgendwohin von ihm mitnehmen.

»Lass mich los, oder ich schreie.«

»Das hast du schon mal gesagt und es nicht getan, erinnerst du dich?«, antwortete er mit einem abartigen Lächeln, und ich schnaubte.

»Dann pass gut auf.« Ich holte tief Luft, aber bevor auch nur ein Laut meine Lippen verlassen konnte, hatte er mich schon mit einem Ruck zu sich hingezogen und seinen Mund auf meinen gepresst. Auch wenn es unvorbereitet kam, diesmal war ich gewappnet. Ich stieß ihn zurück und haute ihm eine runter, was ihn nur noch mehr grinsen ließ.

»Na schön, dann eben auf die harte Tour.«

Bevor ich auch nur die kleinste Chance hatte, etwas zu unternehmen, warf er mich schon über seine Schulter, als würde ich kaum etwas wiegen, und lief mit schnellen Schritten aus der Tür. Ich schlug um mich, zappelte herum und schrie wüste Beschimpfungen, aber bevor ich es zu meinem Vorteil nutzen konnte, ließ er mich wieder runter und drückte mich mit so einer Kraft an den Schultern runter, dass ich keine Wahl hatte – ich musste gehorchen.

Als ich mich erholte und wieder ausholen wollte, um ihn zu schlagen, schärften sich schon meine Sinne, und ich nahm wahr, wo ich mich befand. Auf dem Rücksitz eines Wagens. Und die Tür schloss sich genau in diesem Augenblick. Meine Augen weiteten sich vor Schock. »Was tust du?«

Er kicherte und griff nach der Minibar, während der dumme Wagen schon losrollte. Das war nur ein grausamer Scherz, oder?

»Man nennt es Entführung, hab ich gehört«, murmelte er völlig ernst und goss Wein in zwei kleine Gläser.

Und plötzlich klickte es in meinem Kopf. Die Koffer. Allys, Sams und Jennys seltsames Benehmen. *Sein* seltsames Benehmen. *Nein*. Oh Gott, nein. Das durfte alles nicht wahr sein.

»Ich entführe dich nach San Francisco, Kleine«, verkündete Finn mit einem Lächeln und prostete mir zu. »Cheers!«

20. KAPITEL

AN INCOMPLETE CHAPTER

Finn

March 5th, 7:00 p. m.

Meine Hand krallte sich in das Holz der Tür, und ich hielt mitten in der Bewegung inne.

Samuel Coopers schwarze Augen starrten mich durchdringend an. Ich sollte ihm die Tür zuschlagen und dem hier ein Ende setzen. Der Trottel machte sich nur einen Spaß daraus, mir Dinge an den Kopf zu knallen, um mich zu irritieren – wahrscheinlich hatten Alex und Tom ihn bestochen, weil ihnen mein ach so schlimmes Verhalten Sorgen bereitete.

Aber ich schlug die Tür nicht zu. Ich starrte unverwandt zurück und wartete auf etwas, das ich mir selbst nicht erklären konnte. Schließlich räusperte ich mich und setzte ein spöttisches Grinsen auf. »Ich dachte, du bist ihr bester Freund, nicht jemand, der nur vorgibt, sie zu kennen.«

»Es ist die Wahrheit. Du kannst nichts daran ändern. Ich kenne sie besser, als sie es selbst tut, und …«

»Nun, dann schätze ich, du irrst dich.«

»Sie hat Angst. Und wenn du meinst, sie so gut zu kennen, dann müsste dir das auch klar sein. Was glaubst du, warum sie mit David geschlafen hat und anschließend zu ihrem Dad geflohen ist? Sie wusste sich selbst nicht zu helfen. Sie bereut jede Sekunde, in der sie sich von dir abgewendet hat, aber sie hatte keine andere Wahl. Was auch immer zwischen euch vorgefallen ist, es hat sie ziemlich mitgenommen. Sie hat erkannt, wie viel du ihr wirklich bedeutest.«

Ich schnaubte und verbot mir, seinen Worten auch nur ansatzweise zu glauben. »Ach ja, und als sie das erkannt hat, hat sie sich gedacht, geht sie doch zu dem erstbesten Typen und lässt sich von ihm flachlegen.«

»Genau«, entgegnete er mir, ohne auf meinen triefenden Sarkasmus einzugehen. »Weil sie es nicht ausgehalten hat.«

»Weißt du was, ich halte es auch nicht aus. Das Einzige, was mir noch Befriedigung gibt, ist die Demütigung auf ihrem Gesicht.«

Plötzlich grinste er, und ich wurde so wütend und gleichzeitig überrascht, dass ich die Tür immer noch nicht schloss.

»Bedeutungsloser Sex, um sie eifersüchtig zu machen. Ein Mädchen nach dem anderen vor ihren Augen abzuschleppen, damit du ihr wehtust. Ich hätte nicht gedacht, dass ich es aussprechen muss, aber du bist ohne Zweifel das größte Klischee, das ich kenne.«

»Ich weiß nicht, wovon zur Hölle du sprichst, und es interessiert mich einen feuchten …«

»Du bist genauso wenig über sie hinweg wie sie über dich«, antwortete er mit immer breiter werdendem Grinsen. »Und solange du dich weiterhin so benimmst, wirst du das auch der ganzen Welt demonstrieren. Wann wirst du nur aufwachen und merken, dass du dich selbst damit zur öffentlichen Lachnummer machst?«

Seine Worte lösten etwas in mir aus, das ebenso gefährlich wie lächerlich war. »Halt die Klappe und verschwinde endlich«, fuhr ich ihn an.

Er nickte lächelnd. »Das werde ich. Und hey – wenn du wieder zu dir selbst kommst und einsiehst, dass Eliza das größte Glück ist, das dir je passiert ist, dann ruf mich an, und ich helfe dir, sie zurückzubekommen. Gute Nacht, Finn.«

Samuel und ich – wer hätte gedacht, dass wir nach allem, was geschehen war, im Endeffekt doch noch miteinander auskommen würden? Nachdem er weg war, hatte ich mich voller Entsetzen auf mein Bett gesetzt und über die Konsequenzen nachgedacht, die dieses Gespräch mit sich brachte. Am selben Abend noch hatte ich das Hotel Hals über Kopf verlassen und Tom angerufen, um anschließend mit ihm die halbe Nacht für den Auftritt im Howl at the

Moon zu üben. Er hatte mit keiner Silbe meine Aussetzer erwähnt, sondern einfach so getan, als wäre alles in bester Ordnung.

Ich hatte mit ihm ein Lied von Guns N' Roses geprobt, und Alex war morgens noch vorbeigekommen. Aber während ich nachts, als beide nicht da waren und ich mein verdammt vertrautes Apartment für mich alleine hatte, nicht einschlafen konnte, hatte ich *Without You* gehört, mir immer und immer wieder den Text angesehen und wie wahnsinnig die Griffe geübt, bis meine Finger schmerzten.

Ich konnte mich nicht erinnern, jemals in meinem Leben so viel von mir preisgegeben zu haben wie in diesen zwei Minuten, in denen ich für sie gesungen hatte. Der Schock war ihr ins Gesicht geschrieben gewesen. Sie hatte es gefühlt, da war ich mir sicher. Sie hatte alles gefühlt, was ich ihr zu sagen versucht hatte. Meinen Schmerz, weil sie mein Vertrauen missbraucht hatte. Meinen Selbsthass, weil ich sie so nah an mich rangelassen hatte, nur dass sie mich dann zerstörte. Und schließlich die Wahrheit: Dass ich nicht mehr ohne sie konnte. Deshalb wusste ich auch nur zu gut, warum sie mittendrin die Nerven verlor und abhaute. Wieder einmal ertrug sie es nicht. Wieder einmal rannte sie weg, aber dieses Mal hatte sie mein volles Verständnis. Ich hatte in ihrem Gesicht gesehen, wie sehr sie es bereute.

Sie war fast in Tränen ausgebrochen. Und das zu sehen, brach wiederum mein Herz. In diesem Augenblick hatte ich so klar gesehen. Ich hatte ihr verziehen. Es waren nur diese wenigen Sekunden gewesen, in denen sie mir durch ihren Blick zeigte, wie leid es ihr tat, und das genügte mir, obwohl ich wusste, dass es krank war. Aber dieses Gefühl, dass ich dieses wunderschöne Mädchen dort unten bis in den hintersten Winkel kannte, war bis jetzt nicht gewichen.

Später hatte ich Ally angerufen, um meine Rolle weiterzuspielen und die Mauer aufrechtzuerhalten. Ich hatte wieder das Arschloch raushängen lassen, aber sie hatte mir kein Wort mehr geglaubt. Erst hatte sie sofort aufgelegt, dann war sie zwei Stunden später mit Tom in meiner Wohnung aufgetaucht und hatte mich provoziert, bis ich ihr sagte, dass ich Eliza zurückwollte.

Alle Wut war plötzlich von ihr gewichen. Es folgten zwar weitere halbherzige Beschimpfungen, aber spät in der Nacht, als wir uns zu dritt eine Partypizza bestellten und ich Tom und ihr geschworen hatte, Eliza nie wieder Schaden zuzufügen, hatte Ally eingewilligt, mir zu helfen.

Der Sonntag aber war die Hölle gewesen. Ich hatte sofort meinen Plan in die Tat umsetzen wollen, aber Alison war der Meinung gewesen, einen Tag abzuwarten, damit ihre Freundin nicht vollständig durchdrehte. Alex hatte mir vorgeschlagen, mit ihm trainieren zu gehen, und obwohl ich keine Lust hatte, willigte ich trotzdem ein, um ihn schnellstmöglich von meiner stabilen geistigen Verfassung zu überzeugen. Ich selbst fühlte mich wie der letzte Psychopath. Abends hatte ich eine Mail abgeschickt, um Eliza montags in die Bibliothek zu locken, um sie dort abzufangen, und hatte dann den gestrigen Morgen mit Warten verbracht. Kelly, die neue junge Bibliothekarin, hatte mir nach einigen Überzeugungskünsten das Versprechen gegeben, mich zu informieren, sobald Elizabeth Fleming aufkreuzte, und so war es geschehen.

Für einen Moment tauchte ich aus meinen Erinnerungen hervor und merkte, dass ich fast in der richtigen Straße angekommen war. Ich durfte mich nicht nervös machen lassen. Ich durfte keine Schwäche zeigen, sonst würde der Plan niemals funktionieren. Nein, alles würde glatt über die Bühne gehen. Auch wenn sie sich wehrte. Auch wenn sich alles als eine Lüge entpuppte und sie selbst tief in sich nur noch Hass für mich empfand. *Verdammt.*

Ich musste sie einfach nur nach San Francisco bringen. Von dort aus war alles nur noch ein Kinderspiel, richtig? Aber diesmal konnte ich mich nicht einmal selbst überzeugen. Denn Eliza hatte jedes verfluchte Recht, mich nie wieder in ihrem Leben sehen zu wollen. Das durfte ich ihr nur nicht zeigen.

Noch nicht.

***

Eliza

March 9th, 8:30 p. m.

Die Türen des teuren Fahrzeugs wurden vom Chauffeur geöffnet, der uns vor knapp zwanzig Minuten vom Flughafen abgeholt hatte. Natürlich mit genau so einem protzigen Auto wie in Seattle. Hier wurden ja keine halben Sachen gemacht. Ich verdrehte die Augen und stieg aus, wobei ich Finns ausgestreckte Hand ignorierte.

Der Flug war die Hölle gewesen, ich hatte Flugangst, und Finns Anwesenheit hatte mich zwar davon abgelenkt, aber mich nur noch wütender gemacht. Natürlich wusste ich, dass er mich niemals hierher hätte mitnehmen können, wenn ich mich ernsthaft gewehrt hätte. Aber ich konnte jetzt nicht darüber nachdenken, wieso ich es nicht getan hatte.

»Genießen Sie Ihren Aufenthalt, Miss Fleming«, wünschte mir der Chauffeur freundlich, und ich zog die Brauen hoch. Er konnte kaum älter als ich sein.

»Oh, *vielen Dank.* Aber sagen Sie – wie würden Sie es finden, wenn man Sie einfach ins Flugzeug entführen würde, völlig gegen Ihren Willen, und …«

Ich wurde von Finn grob an der Schulter gepackt, während er ihm einen halb grinsenden, halb gequälten Blick zuwarf. »Danke, Jack. Bringen Sie das Gepäck ins Zimmer 202, wie abgemacht.«

Er hielt mich fester, so als hätte er Angst, ich würde mich jeden Moment losreißen, und führte mich die Stufen hoch zum Eingang. »Hör mal, Kleine, würdest du mir jetzt den Gefallen tun und für die nächsten zehn Minuten mitspielen?«

Ich lächelte ihn zuckersüß an, während wir den Empfangsbereich betraten, nachdem der Portier uns eingehend gemustert hatte und mit einem Lächeln die Türen aufhielt. »Klar, Darling«, flüsterte ich ihm zu. »Ich meine, du hast mir ja auch nie einen Grund gegeben, mich danebenzubenehmen.«

Wir befanden uns jetzt in der Lobby, und ich war fest entschlossen, meinen Plan umzusetzen. Ignorieren, ein bisschen quälen und vor allem: Einzelzimmer. Finn lief mit großen Schritten zur Rezeption, also jetzt oder nie.

»Ich will ein Einzelzimmer.«

Er warf mir einen belustigten Blick zu. »Sonst noch Wünsche?«

»Du willst doch keinen Aufstand in so einem Luxusschuppen«, fuhr ich ungerührt fort und musterte den glänzend polierten Boden und die kunstvoll gefertigten Wände. Von dem goldenen Kronleuchter und den orangen Blumen auf den kleinen Tischchen ganz zu schweigen.

Er blieb abrupt stehen und drehte mich so, dass ich ihm gegenüberstand. »Eliza. Hör mir zu. Du kommst jetzt hier so oder so nicht mehr weg. Ich weiß, dass dir das gegen den Strich geht, aber ich lass dich in Ruhe, sobald wir das Zimmer haben. Ich werde ohnehin den Großteil der Zeit zu tun haben. Ich bin nicht zum Spaß hier.«

Ich funkelte ihn an. »Weißt du, ich bin auch nicht zum Spaß hier. Ich wurde gezwungen. Und wenn du denkst, ich schlafe einfach so wieder in einem Bett mit dir, weil wir jetzt in so einem scheiß Hotel sind, dann hast …«

»Die Suite ist riesig. Ich schlafe auf der Couch. Die ist immer noch groß genug für zwei Menschen.« Er schaute mich bittend an. »Komm schon. Es gibt Schlimmeres als eine Woche Luxus.«

»Ich scheiß auf dein Geld.«

Er stöhnte. »Komm schon.«

»Du gehst mir die Tage aus dem Weg, oder du wirst es bereuen«, zischte ich, machte mich los und setzte mich in einen kleinen Sessel links von der Rezeption. Nachdem er mich seufzend gemustert hatte, wandte er sich an die Rezeptionistin.

Ich schlug die Beine übereinander und warf einen Blick auf eine der großen Wanduhren. Es war zwanzig vor neun. Kein Wunder, dass ich langsam einen riesigen Hunger verspürte. Im Flugzeug hatte ich nichts angerührt. Ich würde jetzt erst mal duschen, mich dann umziehen, ein bisschen die Stadt besichtigen und mir was Ordentliches zum Essen besorgen. Wenn ich schon da war. Und damit schlug ich dann auch zwei Fliegen mit einer Klappe. Ich konnte hier Spaß haben, meine Gedanken ordnen und Finn gleichzeitig so lange, wie ich wollte, aus dem Weg gehen. Normalerweise würde ich mich wahrscheinlich bei meinen Freunden erkundigen, was sie so taten, aber ich würde den Teufel tun und mich melden. Ich hatte jedes Recht der Welt, sauer auf sie zu sein.

Wenige Minuten später stand er schon wieder vor mir und grinste anzüglich auf mich herunter. Oh, das würde ihm noch gründlich vergehen. In seiner Hand befand sich neben seinem Handgepäck noch ein goldener Schlüssel mit passendem Anhänger.

Ich stand auf, nahm ihm das Teil aus der Hand und stolzierte Richtung Aufzüge. Unwillkürlich schaute ich mich um, während meine Schritte auf den weiß-goldenen Fliesen widerhallten. Ich kam mir vor wie in einem Museum. Das Hotel war kein hochmoderner Neubau. Es sah aus, als wäre es voller Geschichte.

Im Hotelzimmer angekommen, zwang ich mich, nicht stehen zu bleiben und mich zu kneifen. Die Suite war ungefähr so groß wie mein Apartment mit Ally und Jenny. Ich hörte, wie Finn die Tür hinter uns schloss, und setzte einen gleichgültigen Gesichtsausdruck auf, während ich jedes kleine Detail in mich aufnahm. Er hatte nicht übertrieben – die Suite war vermutlich wirklich groß genug, dass jeder sein eigenes Leben führen konnte. Von hier aus konnte ich nicht einmal das Bett erkennen. Links von mir stand ein länglicher Schrank in dunkel gemustertem, edlem Holz und mit einem integrierten Gemälde, dem ich keine weitere Beachtung schenkte. Ein paar Meter vor mir stand ein großer Wohnzimmertisch aus dem gleichen Holz, auf dem in einer opulenten Vase eine üppige Christrose stand, daneben ein großer schwarzer Sessel und dahinter ein Flachbildfernseher.

Der Boden war bedeckt von einem weißen dünnen Teppich, in den ein goldenes Muster eingestickt war. Das wohl Beeindruckendste war aber die Glasfront über die gesamte rechte Seite der Suite, die eine fantastische Sicht auf die San Francisco Bay inklusive eines Ausschnitts der Großstadt freigab.

Mit hastigen Schritten lief ich vorbei an den wunderschönen Holzwänden, den Sesseln und Tischchen, den stilvollen, schweren Gardinen an der Glaswand, bis ich hinten im Gang nach links bog und vor dem Bett zum Stehen kam. Dieser Raum war kleiner und schlichter. Auch hier gab es eine große Fensterfront, die einen Ausblick auf die Stadt gewährte. Auf dem Bett lagen dunkelblaue und goldene Kissen und Decken, doch das, was danebenstand, brachte mich vollkommen aus dem Konzept. Ein kleines schwarzes unauffälliges Klavier. Die schwarze Oberfläche glänzte, und ich war mit einem Mal gefangen in einer Erinnerung.

Es war der Silvesterabend, nachdem ich nach der Sache mit Zoey wieder angefangen hatte, mit Finn zu sprechen. Ich war zum ersten Mal in seiner Wohnung gewesen und hatte ihn beim Anblick seines Klaviers gefragt, ob er mir etwas vorspielen würde, woraufhin Tom sich lustig darüber gemacht hatte, weil selbst er ihn nie spielen hörte. Seine Worte von damals kamen mir klar und deutlich in den Sinn, obwohl es beinahe vier Monate her war.

»Und – hab ich zu viel versprochen?«, riss mich Finns Stimme aus meiner Gedankenwelt. Er stand vor dem Bett und bückte sich nach den Koffern, die ich in meiner Faszination ganz übersehen hatte.

»Ich denke, jetzt ist der perfekte Zeitpunkt, um damit zu beginnen, die Klappe zu halten. Ich werde jetzt duschen gehen, und es ist mir egal, was du machst«, erwiderte ich, ohne auf seine Frage einzugehen.

Er sah von den Koffern hoch. »Willst du später nicht …«

»Nein.«

Im Badezimmer ließ ich mir besonders viel Zeit. Das heiße Wasser beruhigte meine versteiften Glieder ein bisschen, ich rasierte mir die Beine und lackierte mir anschließend die Nägel. Eine Woche würde ich schon aushalten. Es war ja nicht mehr so, dass wir wie am Anfang nur heiß aufeinander waren und im Grunde nur so taten, als könnten wir uns nicht ausstehen. Diesmal verabscheuten wir uns wirklich.

Im nächsten Moment erklang ein lautes Poltern gegen die Badezimmertür und ließ mich zusammenfahren.

»Sag mal, hast du dich da drin eingenistet, oder machst du so langsam mal Platz, damit auch andere duschen können?«

»Du kannst mich mal«, erwiderte ich leise.

»Hör mal, ich weiß, dass du sauer bist, aber das ist kein Grund, das Bad für eine Stunde zu versperren. Du kannst rauskommen, und wir können wie vernünftige …«

Ich riss die Tür auf und brüllte: »Du wirst mir nicht vorschreiben, wie lange ich …« Ich brach ab, als mir klar wurde, dass er direkt vor mir stand, nur mit Boxershorts bekleidet.

Auch sein Gesichtsausdruck veränderte sich. Mit ruhigem Blick sah er mich an. Seine Hand war im Türrahmen abgestützt, und er war zu nah. Plötzlich trat er einen halben Schritt zurück. Er seufzte tief und schloss für einen kurzen Augenblick die Augen, bevor er mich wieder mit seinem Blick festhielt. »Was machen wir nur, Eliza?«

Ich wusste es nicht. Ich wusste nicht, wieso die Stimmung von einem Moment auf den anderen kippte. Ich wusste nicht, aus welchem Grund ich ihn in der einen Sekunde noch verabscheute, um in der anderen wieder Verständnis aufzubringen. Er hatte recht – es war sinnlos. Erst küsste ich ihn, dann schrie ich ihn an. Erst schmolz ich in seinen Armen dahin, dann wollte ich nur weg von ihm. Ich wusste nicht, was ich tun konnte, um die Situation zu neutralisieren.

Aber was ich wusste, war, dass ich im nächsten Augenblick einen Schritt vortrat, mich auf die Zehenspitzen stellte und nur meine Lippen gegen seine drückte. Mehrere Sekunden verharrte ich einfach so, bis ich zurückwich, weil er sich ebenfalls nicht bewegte und resigniert den Kopf leicht schüttelte.

»Das ergibt doch alles keinen Sinn«, murmelte ich und betätigte den Lichtschalter hinter mir, bevor ich wieder an ihm vorbei in Richtung Schlafzimmer lief. Vielleicht war es ja ganz gut, wenn wir einfach so wenig Zeit wie möglich miteinander verbrachten. Denn entweder schlugen wir uns die Köpfe ein, oder es herrschte wie jetzt so eine bedrückte Atmosphäre, dass man kaum richtig atmen konnte. Ich war mir sicher, er würde schnell genug realisieren, was für ein großer Fehler es gewesen war, mich hierherzuschleppen.

Finn Westwood und Eliza Fleming – sieben Tage auf engstem Raum, nachdem wir uns beide gegenseitig verletzt hatten, das konnte einfach nicht gut gehen.

Als ich gerade meine Schuhe hervorzerrte, legten sich zwei Arme um meine Taille, und ich wurde mit dem Rücken an seine Brust gepresst. Obwohl ich ihn nicht hatte kommen hören, erschrak ich nicht und machte auch keine abrupte Bewegung. Ich ließ einfach die Schuhe wieder in den Koffer fallen und blieb stehen. Ich spürte seinen Herzschlag hinter mir und merkte, dass Finn ganz ruhig war. Er fuhr über mein Top, streichelte mich langsam mit seiner starken Hand, bis er mich fester anfasste und ruckartig umdrehte, sodass wir Brust an Brust gedrückt dastanden. Er griff mit einer Hand unter mein Kinn und hob es an, bevor er mich langsam zu küssen begann. Meine Hände ruhten hilflos auf seinem Oberkörper, und ich zögerte keine Sekunde, ehe ich den Kuss erwiderte. Es dauerte wohl kaum mehr als eine Minute, bis wir die Kontrolle verloren und selbst nicht mehr wussten, was wir da taten.

Meine Finger der linken Hand waren inzwischen fest in die Haut seines Nackens gekrallt und die der rechten zeichneten die Linie seines Kinns nach. Er verlagerte sein Gewicht von einem Moment auf den anderen auf mich, und ich fiel nach hinten aufs Bett, direkt in meinen geöffneten Koffer.

Wir drehten uns, bis ich mich einmal über und schließlich wieder unter ihm befand. Mein Rock war hochgerutscht, und ich schlang meine nackten Beine um seine entblößte Hüfte, während ich seine Unterlippe zwischen die Zähne nahm und leicht zubiss. Ein Schauer fuhr durch ihn, und wir erbebten beide.

Dann gab er laut stöhnend ein »Nein!« von sich und rollte sich von mir runter, wobei ich durch seine abrupte Bewegung an den Bettrand geschleudert wurde. Ich schnappte überrumpelt nach Luft und hielt mich hastig an einem der riesigen Kissen fest.

Kurz stockte mir der Atem, bevor ich ihn anfauchte. »Bist du … bist du wahnsinnig geworden?«

Er richtete sich am anderen Ende des Betts auf, und ich sah, wie seine Brust hektisch auf und ab ging. Sein Gesichtsausdruck wurde vollkommen verloren und orientierungslos, als wäre er gerade aus einem Traum erwacht. Einem Albtraum, seiner Reaktion nach zu schließen.

»So … so …« Er stotterte kurz herum, bevor er sich räusperte und vom Bett aufstand. »So kommen wir nicht weiter. Wir können nicht in einem Raum sein, ohne dass wir wieder tausend Fehler begehen. Es ist einfach unmöglich …«

»Fehler«, wiederholte ich trocken, während ich versuchte, so kontrolliert wie möglich rüberzukommen.

»Hör zu, Eliza, ich will dich zum Essen ausführen. Ich kann die Finger nicht von dir lassen, wenn wir alleine sind. Ich brauche die Öffentlichkeit, um mit dir reden zu können. Ich hab das Gefühl, ich drehe sonst durch.«

Ich hob die Augenbrauen. »Ah, das hast du aber schön eingefädelt. Schon daran gedacht, dass ich vielleicht ein Wörtchen mitzureden hab? Dass ich vielleicht nicht mit dir reden will?«

Bevor er antworten konnte, knurrte mein Magen so laut, dass es kaum zu überhören war. Ich sah, wie sich unwillkürlich ein kleines Grinsen auf seinem Gesicht bildete. *Gott, er war so schön.*

»Komm schon, Kleine. Ich schwöre dir, ich fasse dich nicht an. Es ist nur ein Essen. Ich will mit dir reden. So können wir nicht weitermachen, ohne wenigstens ein paar Dinge zwischen uns geklärt zu haben.«

Ich wollte schon kontern, dass es nicht das Geringste zu klären gab, als mein gesunder Menschenverstand sich wieder einschaltete. David, andere Frauen, stundenlanges Weinen in der Nacht, niemals endender Kampf um die Macht in unserer »Beziehung«. Trotzdem war ich nicht bereit, mich so leicht zu ergeben. Ich war gegen meinen Willen hier. »Ich hab keine Lust, von Paparazzi an deiner Seite abgelichtet zu werden, weil du der große, begehrte Newcomer hier bist. Und ich bin durchaus in der Lage, mir selbst etwas zu essen zu besorgen. Das war auch mein ursprünglicher Plan. Außerdem haben wir so auch das Problem geklärt, dass wir ständig aufeinandersitzen.«

»Die Presse denkt, ich reise erst morgen an. Und ich weiß, dass du es kannst. Aber es ändert nichts daran, dass wir das Gespräch nicht immer aufschieben können. Bitte. Bitte gib mir diese Chance.«

Sein Blick war jetzt regelrecht flehend geworden. Das hatte er schon immer gut gekonnt … Im richtigen Moment die richtigen

Sachen sagen. Den Ausdruck seiner Augen im Bruchteil einer Sekunde von arrogant zu ehrlich verwandeln.

»Gut. Aber wage es nicht, auch nur einen Augenblick lang zu denken, es würde irgendetwas ändern.«

»Danke. Ich bin kurz duschen, und dann gehen wir. Zehn Minuten. Höchstens.«

Er lief zur Badezimmertür, nachdem er Klamotten aus seinem Koffer geholt hatte, und drehte sich dort noch mal um. »Ich glaube, ich habe die richtige Entscheidung getroffen.«

Ich verdrängte erfolgreich das aufkommende Hochgefühl in mir und ließ mich seitlich nach hinten fallen, sodass ich einen Blick auf San Francisco bei Nacht hatte. »Wo hast du mich hier wieder reingebracht?«, flüsterte ich und erlaubte meinen Mundwinkeln, sich leicht zu heben, wohl wissend, dass ich bald essen konnte, bis ich platzte.

Das war der einzige Grund für meinen Stimmungswechsel. Ganz bestimmt.

1864 hieß es. Und es war kein überteuertes Feinschmeckerrestaurant in Downtown, sondern ein einfaches, das an der North Bay lag und einen Tisch für uns bereithielt, der an den Klippen lag, direkt vor den Wellen, die sich daran brachen. Wir saßen uns gegenüber und hatten gerade die Vorspeisen bestellt. Ich hatte mich auf einen Shrimps-Cocktail beschränkt, obwohl ich am liebsten alle Vorspeisen auf einmal gegessen hätte, während Finn mit einem Grinsen noch sämtliche anderen Leckereien mit auf die Liste setzte. Vermutlich war ihm mein gieriger Blick nicht entgangen, sosehr ich ihn auch zu verdrängen versucht hatte.

Mühsam wandte ich den Blick auf die Straße, auf der vorwiegend Cabrios vorbeifuhren und auf der die Kellner hin und her liefen, um die Kundschaft zu bedienen, auf die dunkelblauen Wellen und den schwarzen Nachthimmel sowie das Restaurant, das sich zwischen einer Bar und einem Nachtclub befand. Es roch nach Sommer, obwohl wir erst Anfang März hatten.

Ich hatte keinen Grund, nervös zu sein. Wirklich nicht. Also sah ich zurück zu Finn.

Er musterte mich aus seinen grünen Augen forschend und ein wenig zögernd, bis er schließlich die Stille zwischen uns unterbrach. »Es tut mir leid.«

Meine Finger verkrampften sich ineinander, und ich bemühte mich um einen normalen Gesichtsausdruck.

»Zuerst tut es mir leid, dass ich dich gezwungen habe hierherzukommen. Ich sage nicht, dass ich es bereue. Einfach, dass es mir leidtut, wenn du dich schlecht fühlst.«

Ich schüttelte den Kopf. »Seit wann interessiert es dich, wie ich mich fühle?«

»Das hat es schon die ganze Zeit über. Nur brauchte es eine Weile, bis ich das selbst bemerken konnte. Aber ich bin noch nicht fertig …«

Mein Mund wurde ein wenig trocken. Auf einmal war ich mir sicher, dass ich das, was er zu sagen hatte, nicht hören wollte.

»Ich bin dir eine Entschuldigung für all die Dinge schuldig, die ich getan und gesagt habe. Selbst wenn du es als sinnlos ansiehst, sie jetzt alle aufzuzählen. Es tut mir leid, dass ich damals in der Mensa ausgerastet bin und dich beschimpft habe. Dass ich dir anschließend hinterhergegangen bin, um dich noch mehr fertigzumachen.«

»*Das* tut dir leid?«, entfuhr es mir gegen meinen Willen. Ich befahl mir, nicht zu sehr in der Erinnerung zu versinken, denn ich legte keinen Wert darauf, vor ihm wieder die Fassung zu verlieren.

Er nickte. »Es war unangebracht, und ich habe dich damit unnötig verletzt.«

Ich habe dich zuerst verletzt, wollte ich sagen, aber ich verkniff es mir und war dem Kellner dankbar, der in dem Moment mit unseren Getränken an unseren Tisch kam.

»Ich werde gleich mit den Vorspeisen bei Ihnen sein«, sagte er mit einem höflichen Lächeln und goss den Wein in zwei Gläser, bevor er sich wieder entfernte.

Finn griff nach seinem Glas und nahm einen Schluck. »Darf ich fortfahren?«

Ich wich seinem Blick aus. »Können wir über etwas anderes reden?«

Eine kleine Pause entstand, in der ich den Wellen lauschte.

»Du willst wegrennen, oder? Du willst wieder so tun, als wäre nichts geschehen. Als gäbe es keine andere gottverdammte Gemeinsamkeit zwischen uns außer Sex.«

Mein Blick zuckte zu ihm, und ich funkelte ihn an. »Ich renne nicht weg. Und wir haben keine Gemeinsamkeit. Ich verschwende hier nur meine Zeit.«

»Wieso wolltest du vorhin mit mir schlafen?«

Wütend nahm ich einen Schluck vom Wein. »Du wolltest es genauso, also spiel dich hier nicht so auf.«

»Ist es das, was du willst, ja? Vögeln, bis es nicht mehr geht? Bis wir beide vergessen, dass wir zwei Menschen sind, die eine verfluchte Bindung zueinander aufgebaut hatten, bis du sie zerstören musstest?«

Ich antwortete nicht. Es war alles so unausweichlich. Wir drehten uns im Kreis. Er hasste mich immer noch. Die Minuten verstrichen, und er sagte ebenfalls kein Wort. Der Kellner überquerte abermals die belebte Straße mit einem Tablett voller Vorspeisen, und ich widmete mich meinem Shrimps-Cocktail, während er irgendetwas mit Hühnerfleisch und heller Soße aß.

Es dauerte nicht lange, bis er wieder anfing. »Hey, es tut mir leid, ich hab's nicht so gemeint.«

Ich tunkte einen Shrimp in die weiße Soße und sah ihn milde überrascht an. »Okay«, brachte ich nur wenig geistreich hervor und begann wieder zu essen. Jetzt kam also wieder das Entschuldigen. Na, von mir aus.

»Okay?«, fragte er verblüfft nach, und ich nickte.

»Von mir aus, dann rede eben weiter. Ich muss ja nur zuhören.« *Oder auch nicht,* fügte ich in Gedanken hinzu.

»Weißt du, ich kann die Liste an Dingen, die mir leidtun, jetzt bis ins Unendliche weiterführen, aber vielleicht komme ich einfach zum Punkt und sage dir, dass du mich verletzt hast. Dass ich deshalb mit diesen Frauen geschlafen habe. Dass ich mir ein Hotelzimmer genommen habe, um alldem in meiner Wohnung zu entfliehen, was mich an dich erinnert hat.«

Er aß ganz normal weiter, und ich versuchte, es ihm gleichzutun, während das Gesagte zu mir durchdrang. Erwartete er, dass ich etwas erwiderte? Ich war mir sicher, ich konnte es nicht. Mein Kopf war leer – mal wieder. Vor allem, weil ich immer wieder das Bild vor Augen hatte, wie er mich draußen vor dem Hard Rock Café gegen die Wand gepresst und geschworen hatte, mir das Leben zu ruinieren. Es passte nicht zu dem, was er da sagte. Es brachte mich völlig aus dem Konzept. Und es machte mich traurig, denn ich erinnerte mich gleichzeitig an den Abend im Howl at the Moon, als er für mich gesungen hatte und sein Schmerz greifbar nah gewesen war. Das war keine Einbildung gewesen, egal, was er Ally später am Telefon gesagt hatte. Wenn er sang, dann konnte er mich nicht täuschen.

Also hatte ich ihn wirklich verletzt, verflucht. Das verkomplizierte wirklich alles. Aber ich war mir sicher, es steckte weit mehr dahinter. Nur ging es mir ein bisschen schnell, dass ich jetzt mit einem Schlag wieder über solche Dinge nachdachte, wo ich doch vor wenigen Tagen noch endgültig mit ihm hatte abschließen wollen.

Doch er sprach schon weiter. »Ich wollte nur mit ihnen schlafen, um dich zu vergessen und um dich fertigzumachen. Jedenfalls war es nicht nur die Tatsache, dass du mich hintergangen hast. Ich bezweifle, dass sich jeder andere Kerl genauso verhalten hätte. Du hast nicht nur meinen Stolz verletzt. Es ging tiefer. Ich kann nicht darüber sprechen, und ich denke auch nicht, dass du interessiert daran bist. Es ist keine Entschuldigung für all die Scheiße, aber vielleicht kannst du es so irgendwie nachvollziehen.«

Ich hatte mich von seinen Worten in den Bann ziehen lassen und vergaß ganz, meinen Mund zu halten. »Wieso hast du so heftig reagiert?«, fragte ich leise und sah auf die Straße, auf der gerade einige Taxis vorbeifuhren. Ich atmete durch und blickte wieder zu ihm.

Er seufzte. »Erinnerst du dich an den Abend des Konzerts?«

»Ja.« An jede Einzelheit. Jedes noch so kleine Detail. Jede Regung in meinem Körper. An all die Glücksgefühle und schließlich an die Panik.

»Gut«, erwiderte er und lächelte plötzlich, bevor er auf seinen Teller deutete. »Willst du probieren?«

Für den Bruchteil einer Sekunde starrte ich ihn heillos verwirrt an. Aber als ich seinen fast schon provozierenden Blick sah, riss ich mich zusammen und betrachtete seinen Teller. Es sah köstlich aus. »Okay. Tauschen wir?« Ich hielt ihm mein halb leeres Cocktailglas hin, und er nahm es, während er seinen Teller zu mir schob. Diesmal grinste er richtig.

Eine halbe Stunde später befanden sich zehn verschiedene Teller auf unserem Tisch – wir hatten auf die Hauptspeise verzichtet und dafür alle Vorspeisen bestellt und geteilt.

Außerdem war Finn keine Sekunde mehr auf das Thema Vergangenheit zu sprechen gekommen, sondern hatte begonnen, von seinem Plattenvertrag zu reden. Er erzählte mir von den Gesprächen mit dem Produzenten, der ihn wie einen Heiligen behandelte, von der Klausel zu Merchandisingrechten – »Kannst du dir vorstellen, dass sie mein Gesicht auf Stofftaschen drucken wollen?« – und stellte alles so lächerlich da, dass ich einige Male loslachte, ohne daran zu denken, dass ich nicht freiwillig hier war. Aber für den Augenblick ließ ich mich einfach gehen. Das Essen war wunderbar, und es herrschte eine magische Atmosphäre hier am Klippenrand und mit den Geräuschen der Clubs und Bars und der belebten Straße links von uns. Es fiel mir nicht schwer, den Gedanken zu verdrängen, dass Finn gefährlich für mich war.

Und der Alkohol half auch ziemlich.

»… und am Mittwoch oder Donnerstag wollten sie mich in eine Talkshow einladen, aber als sie es mir am Telefon erzählt haben, war Tom da und hat sich den Arsch abgelacht, was dazu führte, dass ich auch anfing und die Idioten wieder beleidigt aufgelegt haben. Ich meine, sehe ich so aus, als würde ich in eine Talkshow passen und dort erzählen, wie dankbar ich meinen Fans bin?« Finn grinste und goss uns Wein nach, während ich wieder zu kichern anfing.

»Welche Fans?«

Er verdrehte lächelnd die Augen und reichte mir das Glas, bevor er seines in die Höhe hob. »Auf San Francisco?«

»Auf den Alkohol, der mich vergessen lässt, was für ein Arschloch du bist«, antwortete ich und sah auf meine freie Hand, um ihm nicht in die Augen schauen zu müssen.

»Du wirst doch wohl nicht während des Anstoßens weggucken? Du weißt doch, was das bedeutet!«

Mein Blick zuckte zu ihm. »Ach, was bedeutet das?«

»Sieben Jahre schlechter Sex, Elizabeth«, meinte er tadelnd und hob eine Braue.

»Na, das wollen wir auf jeden Fall verhindern«, entgegnete ich ihm augenverdrehend und stieß mein Glas gegen seines.

Unsere Blicke trafen sich, lösten sich aber nicht voneinander, als wir unsere Gläser wieder zurücknahmen. Sein Gesicht wurde ruhig, während er mich ansah und mich nicht mehr losließ. Ich spürte etwas Seltsames im Magen, ein Fallgefühl. Es war wie ein Déjà-vu, ihm in die Augen zu sehen. Wie ein Film, der sich in Sekundenschnelle in meinem Kopf abspielte und die Bilder mit Wortfetzen und Sätzen aus verdrängter Zeit unterstrich.

Ich zuckte zusammen, unterbrach unseren Blickkontakt und neigte das Glas, um ein paar große Schlucke zu nehmen. Gott, und schon fing mein Herz wieder schmerzhaft zu pochen an. Das wurde zu viel. Ich brachte meine Gesichtszüge unter Kontrolle, stellte das Glas ab und griff nach meiner Tasche. »Ich geh auf die Toilette«, murmelte ich und stand auf, bevor ich hastig die Straße überquerte, ohne zurückzublicken. Selbstverständlich ging ich nicht auf die Toilette, sondern wartete den richtigen Moment ab, um unbeobachtet zum Strand zu laufen.

Nur weg von den Tiefen meines persönlichen Untergangs, in die ich mich zu begeben drohte.

Ich sah mich um und verschaffte mir einen kurzen Überblick. Natürlich befand ich mich immer noch mitten im Stadtzentrum, aber vor mir breitete sich jetzt der Strand im Halbdunkeln der Lichter aus. Einige Bäume wuchsen hier, und vereinzelte Paare saßen im Sand und starrten verliebt auf die dunkle Wasseroberfläche. Ich seufzte und suchte mir einen Platz ganz vorne, wo das Wasser meine nackten Beine leicht bespritzte. So war ich gleichzeitig auch am weitesten entfernt von den anderen Menschen, und das war genau das, was ich benötigte. Ein bisschen Einsamkeit, um einen klaren Kopf zu kriegen. Ich legte meine Tasche neben mich, zog die Beine an die Brust und umschlang sie mit beiden Armen.

Es war so weit. Ich musste es mir eingestehen. Ich konnte nicht länger davonrennen, wie Finn so schön sagte. Ich wusste nicht, wie ich die widersprüchlichen Gefühle in mir am besten beschreiben konnte. Das Schlimmste war vermutlich diese körperliche Anziehungskraft. Diese grenzenlose Abhängigkeit, die mich um den Verstand brachte.

Wenn Finn lachte und seine Augen dabei funkelten. Wenn er unbewusst seine vollkommenen Lippen mit der Zungenspitze befeuchtete, bevor er weitersprach – all das machte mich fertig. Es ließ die Gedanken in meinem Kopf durcheinanderwirbeln und brachte meine Nackenhaare dazu, sich aufzustellen. Vielleicht musste ich akzeptieren, dass die Bücher und Filme in einem Punkt doch recht behielten. Vielleicht gab es Menschen, die zueinander gehörten – vom ersten Moment an.

Ich war infiziert. Finn mit Haut und Haaren verfallen. Fühlte sich so Liebe an? So dunkel und beklemmend? Vielleicht musste ich mir tatsächlich eingestehen, dass ich Gefühle für Finn Westwood hatte. Ich war süchtig nach ihm. Die Erkenntnis sickerte in mein Innerstes. Verzweifelt vergrub ich meinen Kopf in den Händen, als ich ein Rascheln links neben mir hörte.

Verwundert sah ich zur Seite – da saß er. Alles in mir wurde schwer und dunkel. Von einem Moment auf den anderen. Und dann, als die Sekunden vergingen, wir nichts außer den Wellen und den entfernten Geräuschen der Stadt vernahmen und uns wie hypnotisiert in die Augen starrten, dann wich die Dunkelheit einer seltsamen Leere.

»Dieses Wegrennen hast du tatsächlich schon immer perfekt beherrscht. Aber auch ich lerne dazu.«

Wieder ließ ich eine Minute verstreichen und schaute schließlich aufs Meer, um den gefährlichen, viel zu vertrauten Smaragdaugen zu entfliehen. »Ich kann nicht, Finn«, flüsterte ich, während sich eine dröhnende Stimme um uns herum ausbreitete.

»Was kannst du nicht?«

»Dir vertrauen.«

Erst berührte er kurz meine Hand, dann verschränkte er seine Finger mit meinen und legte sie auf den kühlen Sand zwischen uns ab. Ein Gefühl sagte mir, ich sollte sie jetzt wegziehen, aber ich konnte nicht.

»Ich weiß«, erwiderte er schließlich mit ruhiger Stimme. »Aber ich vertraue dir.«

Ich hab dich betrogen, verdammte Scheiße. »Wieso tust du das?«

»Weil ich dich kenne. Weil ich zu hundert Prozent weiß, was in deinem hübschen Kopf vor sich geht.«

Ich wollte ihn schlagen. Ihn anschreien, er solle zur Hölle fahren.

»Du hast nicht die leiseste Ahnung«, presste ich nur hervor.

»Du bist mit mir hierhergekommen, weil ein Teil von dir es wollte.«

Leugnen half nichts. Wäre ich mit voller Überzeugung bei der Sache gewesen, hätte er mich niemals herschleppen können.

Ich wusste, er nahm dieses Schweigen als Bestätigung. Und vielleicht weckte es eine Vorfreude in ihm.

Aber sie war vergeblich.

»Du verschwendest deine Zeit«, murmelte ich und sah ihn schließlich an. Unsere Hände waren noch immer miteinander verbunden. Er ließ meine Hand los, rückte näher und legte einen Arm um meine Schultern, als wüsste er genau, dass ich mich nicht wehren würde. Die Wärme seines Körpers umhüllte mich augenblicklich. Es roch nach ihm. Es fühlte sich an wie der Mensch, der mich damals im Krankenhaus mit voller Macht bei Verstand gehalten hatte, als ich durchgedreht war. Der, der mir die Tränen von den Wangen gewischt hatte, nachdem ich ihn eine Woche lang ignoriert hatte. Der mich nachts an sich zog, damit er besser schlafen konnte. Es war der helle Wahnsinn. Es war Verzweiflung, Hass und Abhängigkeit. Aber mit Sicherheit war es nicht *nichts*.

»Ich habe in meinem Leben viel Zeit mit grenzenloser Sinnlosigkeit verschwendet. Du hast noch nie dazugehört, egal, was ich dir an den Kopf geworfen habe.«

***

Wir hatten kein Wort mehr miteinander gesprochen, bis wir wieder im Hotel angekommen waren und hinauf in unsere Suite fuhren. Selbst als wir uns in dem überteuerten Hotelzimmer vor dem Luxusbett gegenüberstanden und keiner daran dachte, den Lichtschalter zu betätigen, fehlten uns die Worte.

Finn zog sein Jackett und die Schuhe aus und ließ die Sachen auf seinen Koffer neben dem Bett fallen, ich tat es ihm nach.

Die Ruhe machte mich noch nervöser, und ich schaute wieder auf, um in seinen Augen zu lesen. Er hatte sie geschlossen, schlug sie aber plötzlich auf, als hätte er meinen Blick gespürt.

Tu das nicht, Baby, du kommst hier nie wieder raus.

Seine Worte vor unserem ersten Mal. Ich erinnerte mich an die Situation und wie ich meine Herzschläge gezählt hatte, bis ich nicht mehr konnte. Diesmal kam es nicht einmal dazu. Eine halbe Sekunde genügte, in der wir unsere Blicke miteinander verhakten und dann zeitgleich und mit ausgestreckten Händen einen Schritt nach vorne traten. Seine Hände in meinem Haar, meine Fingerspitzen an seinem Nacken. Mein Atem, der auf seinen traf, bevor unsere Lippen ungeduldig aneinander zerrten. Die Situation war so unvollkommen wie nie zuvor, weil der Widerspruch unserer Gefühle nichts besser machte, aber für den Moment genügte es mir.

Ich hatte einmal vor Monaten den Schritt in die schwarze Tiefe gewagt, jetzt war ich schon gefallen. Unfähig, mich zu befreien und hochzuklettern.

Wir landeten auf dem Bett. Ich in den Kissen, er unmittelbar über mir. Die Angst zerrte an mir wie ein riesiges Monster, das mir den Verstand nahm und meine Erregung in den Hintergrund zwang. Trotz meiner Bemühungen, einfach alles zu verdrängen, konnte ich plötzlich kaum mehr atmen. Augenblicklich wich er zurück, und mich überwältigte eine kurze Welle von Zuneigung, weil er sofort merkte, dass etwas nicht stimmte.

Seine warmen Finger strichen mir die Haare aus dem Gesicht, und er beugte sich ein wenig tiefer über mich. Die Falte zwischen den Augenbrauen erschien wieder.

»Wenn es wegen der anderen Frauen ist … Eliza, ich schwöre

dir, sie haben mir nichts bedeutet. Du warst die Einzige in meinen Gedanken. Bitte, ich …«

»Daran liegt es nicht. Ich kann nicht … es tut mir …«

»Du wirst dich jetzt nicht dafür entschuldigen, dass du Angst vor mir hast«, fiel er mir hart ins Wort, und ich zuckte zusammen. Sofort wurde er sanfter. »Hey, es ist okay, Baby, ich verziehe mich auf die Couch.«

Er ließ von mir ab, rollte sich auf die andere Seite und stand auf. Ich richtete mich ebenfalls auf und fuhr mir durch die Haare, während ich versuchte, ein bisschen Klarheit in mein Durcheinander zu bringen. Jetzt war wohl jeder Zweifel ausgeräumt – ich war reif für die Klapse. Die Minuten vergingen, und ich blickte wieder nach draußen auf San Francisco. Verdammt, warum war es auch so wunderschön hier?

Als die Badezimmertür wieder aufging und er an mir vorbeilief, zog sich mein Magen zusammen.

Ein halbherziges Lächeln umspielte seine Lippen, kurz bevor er um die Ecke bog. »Schlaf gut.«

In dem Moment klickte etwas in meinem Gehirn, und ich sprang auf. »Bleib hier«, flüsterte ich und biss mir so fest auf die Lippe, dass ich Blut schmeckte.

Sofort tauchte er wieder auf, und seine Brauen wanderten in die Höhe. Sein Gesichtsausdruck blieb gefasst, aber der Funke in seinen Augen verriet ihn. »Hast du was gesagt?«

»Schlaf hier«, wiederholte ich, ohne ihn anzusehen. »Am meisten Angst habe ich immer noch vor mir selbst.«

Wenigstens hatte ich einmal an diesem Abend die Wahrheit rausgebracht. Ich vermied jeglichen Blickkontakt, schnappte mir das nächstbeste Pyjama-Top und graue Hotpants, die ich zum Schlafen trug, und verschwand im Badezimmer. Während ich meine Zähne putzte, betrachtete ich mich im Spiegel und fragte mich, wie es sein konnte, dass alles so aus den Fugen geriet. Ich wusch mein Gesicht und tapste dann anschließend zurück zu ihm ins Zimmer.

Er hatte die Vorhänge halb vor die Glaswand geschoben, sodass es noch dunkler geworden war, und lag auf der linken Seite im Bett, mit dem Rücken zu mir. Nichts an seiner Haltung verriet, dass er mich hörte, als ich zum Bett lief und auf meiner Seite unter die Decke schlüpfte. Ich drehte mich ebenfalls auf die Seite, sodass wir Rücken an Rücken lagen, ohne uns zu berühren.

Perfekt. Jetzt musste ich nur noch einschlafen. Ich schloss die Augen und atmete tief durch. Kaum zu fassen, dass ich vor wenigen Stunden noch mit Kate und den anderen im Hard Rock Café gearbeitet hatte, während mein gesamtes Umfeld meine Reise nach Kalifornien geplant hatte.

Meine Gedanken schweiften ab, wurden unbestimmt, vergaßen für diesen Augenblick den Mann, der nur wenige Zentimeter von mir entfernt lag, und ich war bereit, langsam in den Schlaf zu gleiten, den ich mehr als nötig hatte.

Es musste ein Fluch auf mir lasten. Wenn nicht vorher schon, dann jetzt auf alle Fälle. Seit gefühlten dreihundert Stunden lag ich hellwach und mit geöffneten Augen auf der Seite und starrte auf das fremde Wanddesign. Ich hatte es nicht gewagt, mich zu bewegen, weil ich Angst hatte, Finn aufzuwecken, aber so langsam hielt ich es nicht mehr aus. Ich zählte innerlich bis hundert und drehte mich dann auf den Rücken, bevor ich auf dem Nachttisch nach meinem Handy tastete.

»Drei Uhr vierundzwanzig«, erklang eine nüchterne Stimme von links, und ich erstarrte in der Bewegung. Ich lugte vorsichtig auf seine Seite und bekam sein markantes Profil zu sehen. Er hatte sich ein wenig im Bett aufgesetzt und starrte nach vorne. Wie lang musste er schon wach sein, dass ich ihn nicht gehört hatte?

Unbewusst stieß ich die angestaute Luft zwischen den Zähnen aus. »Ich kann nicht mehr schlafen.«

»Ich auch nicht«, antwortete er mit immer noch emotionsloser Stimme.

Spitzenmäßig. Lass uns einen Club gründen.

Ich unterdrückte ein Stöhnen, als mein Unterbewusstsein sich meldete. *Erinnerst du dich, was das beste Mittel gegen Schlaflosigkeit ist, meine Liebe?*

Das brachte mich kein Stück weiter. Da er auch nichts mehr zu sagen und ich Angst vor jedem weiteren Wort hatte, schlug ich die

Decke zurück und lief geradewegs ins Badezimmer. Ich beugte mich über das überdimensionale Waschbecken, spritzte mir literweise kaltes Wasser ins Gesicht und hielt mich davon ab, laut loszuschreien.

Ungefähr fünf Minuten später litten mein Gesicht und meine Hände unter Unterkühlung, und ich hörte auf, nur um mir wütend im Spiegel in die Augen zu schauen. Es half nichts. Eine Gänsehaut überzog meinen Körper, und ich fing leicht zu zittern an. »Bitte keine Panikattacke«, flehte ich und spürte, wie mir vor Aufregung schlecht wurde. *Aufregung?* Ich versuchte, einen klaren Gedanken zu fassen. Ich hatte keinen Grund, aufgeregt zu sein. Ich würde jetzt zurück ins Bett gehen, mich mit meinem Musikplayer verstöpseln und irgendeinen Mist zum Einschlafen hören. Genau das würde ich. Oder ich rannte ein einziges Mal in meinem Leben nicht weg und schlief mit ihm.

Sobald der Gedanke sich in meinem Kopf geformt hatte, wurde ich schlagartig ruhig, und die Nervosität verschwand.

Ich fackelte gar nicht lange, sondern trocknete mich ab, schaltete das Licht aus und trat aus der Tür. Er hatte sich keinen Millimeter bewegt, sondern verharrte immer noch in der halb liegenden Position, ein wenig gegen das Bettgestell gelehnt.

Ich schmiss meine Locken zurück, kletterte aufs Bett und anschließend auf seinen Schoß. Hörbar schnappte er nach Luft, aber da winkelte ich meine Beine schon rechts und links von ihm an und griff in sein Haar. Seine Überraschung war deutlich durch meinen leidenschaftlichen Kuss spürbar, und schon nach wenigen Sekunden packte er mich an den Schultern und zwang mich so automatisch ein paar Zentimeter zurück.

»Mein Gott«, raunte er, und Schock überzog sein perfektes Gesicht.

Aber ich ließ mich nicht abschrecken. Nicht mehr. »Wir können beide nicht schlafen, oder?«, murmelte ich und küsste ihn kurz und auffordernd auf den Mund. Gott, er schmeckte fantastisch. Vor allem so, wenn sein Geruch unverfälscht war.

Sein Griff an meinen Armen verstärkte sich, und endlich erwiderte er meinen Kuss. Ich erschauderte und griff nach seinem Shirt, um es ihm über den Kopf zu ziehen. Er ließ es geschehen, und als meine Handflächen dann auf seiner nackten Brust lagen, während wir den Kuss immer weiter vertieften, erschrak ich. Sein Herz raste wie verrückt, und da fiel mir auch auf, dass sein Atem normalerweise nicht gleich so unregelmäßig ging. Sein Mund bewegte sich gierig, aber auch eine Spur panisch auf meinem.

Ich wich zurück und blickte ihn verwirrt an. Seine Augen waren wie in einer unbändigen Qual zugekniffen, und endgültig erschrocken strich ich ihm jetzt übers Gesicht.

»Finn?«, fragte ich verunsichert, und seine Lider öffneten sich.

Da war es. Eindeutige Angst, selbst im Halbdunkeln nicht zu übersehen. Oder drehte ich jetzt völlig durch?

»Was ist los?«, hauchte ich, und er versuchte sichtlich, seine abgehackten Atemzüge unter Kontrolle zu kriegen.

Ich wartete ab, doch plötzlich drehte er uns in Sekundenschnelle, sodass er auf mir lag. Meine Beine schlangen sich automatisch um seine Mitte, und mit einem Ruck hob er mich leicht von den Kissen hoch und direkt in seine Arme.

Ich keuchte leise.

»Frag jetzt nicht«, stieß er gequält hervor, zerrte mein Top von meinem Körper und umklammerte mich, als würde sein Leben davon abhängen. Ich umarmte ihn ebenfalls und starrte in seine Augen, die nur Millimeter über meinen schwebten.

»Sei einfach bei mir. Bitte.« Es war kaum ein Flüstern, und ich schmeckte seinen Atem auf meinen Lippen.

Ich versuchte, mich davon zu überzeugen, dass ich immer noch meine Beherrschung besaß, während wir uns gegenseitig vollständig und mit wachsender Ungeduld auszogen, versuchte, mir einzureden, dass das hier genauso wenig wie der Sex zuvor bedeutete, aber es funktionierte nicht. Wir ließen uns nicht aus den Augen. Es ging viel zu schnell und war gleichzeitig quälend langsam. Und die ganze Zeit über hielt er mich fest, als gäbe es nur mich auf dieser Welt.

Wir waren noch nie stark gewesen, um uns voneinander fernzuhalten und uns damit vor dem beidseitigen Unglück zu bewahren.

Von Anfang an nicht. Wir würden uns gegenseitig zerstören, aber das konnte ich akzeptieren. Ich konnte alles akzeptieren und ertragen.

Solange wir zusammen untergingen.

21. KAPITEL

SECOND CHANCE

Eliza

March 10th, noon

Ich kam mir vor wie in Beverly Hills. Die vielen Hügel, obwohl wir uns mitten in der Stadt befanden, das Wetter, die Leute und die Tatsache, dass ich Anfang März mit Shorts und einer dünnen Bluse herumlief. Es herrschten kaum zwanzig Grad, aber die Luft war viel schwüler als in Seattle.

Ich verabschiedete mich von Finns Chauffeur und lief über die Straße an den Autos vorbei. Er hatte mich direkt vor dem Studio der Plattenfirma abgesetzt. Finn hatte mir eine Nachricht geschickt, dass ich ihn dort abholen konnte. Als ich heute Morgen aufgewacht war, war ich alleine im Bett gewesen.

Ich war gespannt darauf, wie die Leute hier ihn einschätzten, und überhaupt – jetzt wurde mir erst so richtig bewusst, dass ich nicht die geringste Ahnung hatte, was genau Finn dort tat. Sollte er ein ganzes Album aufnehmen? Oder nur eine Single? Und wie zum Teufel war eigentlich die Presse auf ihn gekommen? Es war ja nicht so, dass jeder Nachwuchsstar gleich Schlagzeilen erzeugte? Nun, ich würde es wohl bald erfahren.

Vor dem silbern gläsernen Gebäude blieb ich stehen und sah mich um. Hier ragten noch ein paar andere Wolkenkratzer in den Himmel, und um mich herum befanden sich einige Fast-Food-Restaurants. War es nicht besser, ich holte mir einen kleinen Snack und ließ ihn mich suchen? Unsicher, wie ich mich verhalten sollte, ertappte ich mich bei dem Gedanken, Rat einzuholen. Am liebsten wollte ich mit meinen Mädels im Café sitzen und mit ihnen jedes

Wort von Finn analysieren, jeden komischen Blick und jede Berührung. Oder mit Sam. Ich wollte ihn fragen, wie der verfluchte männliche Verstand funktionierte, denn ich verstand ihn nicht, so viel war klar. *Finn hatte sich für alles entschuldigt.*

Ich lief zu einem Hot-Dog-Stand direkt gegenüber vom Studio und hing währenddessen meinen Gedanken nach. Weshalb nahm er alle Schuld auf sich? Hatte er gemerkt, dass er übertrieben hatte? Ich war mir sicher, meine Freunde wüssten eine Antwort darauf. Sie vertrauten ihm, vor allem Samuel und Ally. Bei Jenny war ich mir nicht so sicher. Aber es musste doch noch einen Grund geben, warum sie mich ihm auslieferten. Sie würden es niemals tun, wenn sie sich nicht hundertprozentig sicher wären, dass er kein Vollidiot war.

»Was darf's für Sie sein?«, wurde ich von der Frau hinter dem Stand aus meinen Gedanken gerissen und lächelte entschuldigend.

Ich setzte zur Antwort an, aber da vibrierte mein Handy los, und ich seufzte. »Ich muss mich noch entscheiden«, nuschelte ich, trat zur Seite, damit die Leute hinter mir an die Reihe kommen konnten, und zog mein Telefon hervor. Eine Nachricht. Von Finn persönlich. *Ist die Bluse durchsichtig, oder bilde ich mir den schwarzen BH nur ein? Willst du mich umbringen?*

Meine Mundwinkel hoben sich reflexartig, und jeder Widerstand war zwecklos.

***

Finn

»Bring die Kleine mit, Westwood, sonst muss ich wohl oder übel annehmen, dass du sie nur erfunden hast.«

Ich verdrehte die Augen, wandte mich im Gehen zu Tyler und sah, wie er sich die schwarzen glatten Haare amüsiert zurückstrich. Den ganzen Morgen hatten wir im Studio verbracht, und ohne seine Witze und ironischen Kommentare hätte ich der Firma wohl gleich wieder den Vertrag gekündigt, denn sie schienen doch tatsächlich der Meinung zu sein, ich wollte ein Popstar werden.

Inzwischen war es ganz in Ordnung, und wir hatten schon ein paar Testversionen aufgenommen, eine Mischung aus Texten und Kompositionen von mir und Vorschlägen von ihnen. Aber trotzdem war ich mir bewusst, dass ich ohne Tyler die Nerven verloren hätte. Wir hatten nur ein-, zweimal telefoniert, und als ich ihn heute Morgen persönlich getroffen hatte, war ich erst leicht misstrauisch gewesen. Wie ernst konnte man jemanden nehmen, dessen Arme bunt tätowiert waren und der seine blauen Augen mit schwarzer Schminke umrandete? Er war das Klischee eines Rockstars. Nach nun mehr als fünf Stunden war mir aber klar geworden, dass dieser Kerl mehr als in Ordnung war.

Ich grinste und stieg in den Aufzug, der mich nach unten brachte – zu *ihr*.

Tyler hatte mich circa zwanzig Minuten lang nur über Eliza ausgefragt, als ich sie versehentlich erwähnt hatte. Entweder hatte er wirklich Interesse an mir, oder er hatte das Bild gesehen.

Das Bild, das Eliza niemals, unter keinerlei Umständen, in die Hände kriegen durfte. Ich hatte es zufällig entdeckt, als ich meine Mails gecheckt hatte. Tom hatte es mir mit der Notiz *Ich bin stolz auf dich* geschickt. Es zeigte sie und mich gestern in dem Restaurant an den Klippen. Selbst ich musste zugeben, dass es eine verdammt gute Aufnahme war. Wir waren über den Tisch einander zugewandt und blickten uns gebannt an, als würden wir nie wieder unsere Augen voneinander nehmen können. Aber verdammt, ich hatte wirklich gedacht, dass niemand etwas von unserer gestrigen Ankunft wusste. Und es wäre nicht weiter schlimm gewesen, wäre da nicht Eliza. Sie würde austicken.

Es war gut gewesen, dass ich seit heute früh den Tag im gläsernen Studio verbracht hatte. Es gab mir Zeit, das Erlebte zu verarbeiten. Zeit, die ich dringend nötig hatte. Gestern Abend hatte all meine Erwartungen gesprengt.

Während ich meinen ursprünglichen Plan hatte verfolgen wollen, war mir ohne Vorwarnung erneut die Kontrolle entglitten. Denn ihre Anziehungskraft hatte mir mal wieder einen Strich durch die Rechnung gemacht. In meinem ganzen Leben hatte ich noch nie ein derart gewaltiges Verlangen in mir gespürt. Und es war nicht nur das Körperliche, auch wenn dieser Teil eine große Rolle spielte. Eigentlich konnte ich mich an überhaupt nichts erinnern, weder an einen Menschen noch an materielle Dinge, die ich mit jeder Faser meines Körpers begehrt hatte. Nur die Fähigkeit, endlich etwas zu *wollen*, hatte ich mir ein Leben lang gewünscht. Und es war geschehen.

Elizabeth Fleming, das Mädchen, das mich endlich leben ließ, mir die Welt eröffnete und gleichzeitig die Hölle auf Erden für mich war, weil sie mir zeigte, wie sehr Vertrauen einen Menschen zerstören konnte. Ich begehrte sie nicht nur, ich brauchte sie, um zu überleben.

Mit einem lauten Geräusch sprangen die Automatiktüren des Aufzugs auseinander, und ich landete wieder unsanft auf dem Boden der Tatsachen. Ich würde ihr jeden Moment gegenübertreten, und ich musste mich normal verhalten, nicht so abgefuckt wie vorhin am Telefon, wo sie sofort Verdacht geschöpft hatte. Außerdem fragte ich mich, wieso sie nicht schon längst reingekommen war – Jack musste sie doch hergefahren haben … Vermutlich hatte sie sich geweigert, obwohl sie vor zwei Stunden noch zugesagt hatte.

Ich trat aus dem Gebäude und schaute mich auf der Straße um und entdeckte Eliza sofort am Hot-Dog-Stand. Mit zügigen Schritten lief ich auf sie zu. Ihr Handy gab ein deutliches Geräusch von sich, als es meine Nachricht empfing, genau in dem Moment, in dem ich von hinten die Hände an ihre Hüften legte und sie zur Seite zog.

Sie quietschte leicht auf und wandte sich um, während ich sie lachend mit beiden Händen in Schach hielt. »Hallo, Schönheit«, raunte ich ihr zu, und sie versuchte, sich aus meinem Griff zu befreien.

»Du bist so ein Idiot, Finn.«

Ich antwortete, indem ich mich zu ihr beugte und sie direkt auf den Mund küsste. Mitten auf der belebten Straße in San Francisco – sie würde durchdrehen, ich konnte es geradezu spüren, was das Ganze nur noch reizvoller für mich machte. Meine Hände gruben sich in den Stoff ihrer Bluse, unter dem ich ihre warme Haut fühlte, und sie versuchte anfangs noch, ihre kleinen, zu Fäusten geballten Hände gegen meine Brust zu stemmen, gab aber dann schnell auf.

»Idiot«, wiederholte sie verärgert zwischen meinen Küssen, aber ihre eigentliche Reaktion sprach mehr als tausend Worte.

»Lass uns etwas zum Essen holen. Wenn wir weitermachen, kann ich für nichts mehr garantieren …« Ich schloss für einen Moment die Augen und versuchte, mich zu konzentrieren und die verdammten Bilder aus meinen Gedanken zu vertreiben. Es klappte nicht.

Sie schien es zu merken, denn im nächsten Augenblick trat sie zurück und nahm mich bei der Hand, um mich weiterzuzerren.

»Lust auf Hot Dogs?«, rief sie betont fröhlich.

»Lust auf dich«, gab ich etwas leiser zurück, aber gleichzeitig knurrte mein Magen. Ich ließ ihre Hand los – jeglicher Körperkontakt war zu viel, wenn ich nicht den Verstand verlieren wollte –, und sie hob eine Braue, als sie sich in der kurzen Schlange von wartenden Menschen einreihte.

»Was? Etwa Angst davor, dass uns jemand so sieht?«

»Wohl eher davor, dass ich dir die Klamotten vom Körper reiße und wir dabei Zeugen haben.«

»Sag mal, bist du mittags immer so bedürftig?«

»Als wüsstest du es nicht am besten«, murmelte ich, und sie musste grinsen.

»Du bist ein testosterongesteuertes, bescheu…«

»Miss, haben Sie sich inzwischen entschieden?«, unterbrach uns die Verkäuferin.

Fünf Minuten später saßen wir in dem kleinen Imbiss am Fenster, sodass wir die ganze Straße überblicken konnten, und fielen über unsere Hot Dogs her.

»Und? Wo steckt dein Manager?« Sie hob beim letzten Wort spöttisch die Augenbrauen und biss herzhaft in das Brötchen.

Ich wollte schon antworten, als mein Handy loshämmerte. »Wir werden es gleich wissen«, sagte ich grinsend und nahm mit meiner freien Hand das Gespräch an.

Er redete schon los, bevor ich die Chance hatte, irgendetwas zu sagen. »Westwood, deine Mittagspause ist vorbei, komm sofort hoch ins Studio.«

»Du kannst mich mal, Tyler«, gab ich seelenruhig zurück, und Eliza kicherte. Ich war mir zu hundert Prozent sicher, dass er mich verarschte.

Er lachte am Ende der anderen Leitung. »Okay, schon gut, ich will nur dein Mädchen kennenlernen. Wo seid ihr?«

»Kann man nicht eine Minute seine Ruhe haben?«

»Oh, seid ihr im Hotel?« Seine Stimme klang amüsiert. »Du würdest doch kein Gespräch annehmen, wenn du sie gerade …«

»Gott, womit habe ich das verdient?«, stöhnte ich ins Telefon. »Hot-Dog-Bude, auf der anderen Straßenseite.« Ich klickte ihn weg, ohne eine Antwort abzuwarten, und widmete mich wieder meinem Essen, während Eliza mich neugierig ansah.

»Wann werde ich dich eigentlich singen hören?«

Und schon wieder konnte ich nicht antworten, weil mein Handy losging. Genervt schauten wir beide aufs Display und blickten uns anschließend überrascht an. Nach einem Augenblick fing sich Eliza wieder, lehnte sich zurück und verschränkte die Arme. Sie setzte eine gleichgültige Miene auf, aber ich sah etwas in ihren Augen aufblitzen.

Es war Ally. Und ich hatte keine Ahnung, wieso sie nicht einfach bei Eliza anrief.

Ich nahm erneut an. »Alison?«

»Gott, Finn. Endlich erwische dich. Sag mal, ist alles in Ordnung bei euch? Tom sagt, ich soll euch ein bisschen Zeit geben, aber ich weiß doch nicht mal, ob sich alles als großes Desaster herausgestellt hat und wie es Eliza geht, und sie geht nicht an ihr Telefon, was mich …«

»Alles okay«, fiel ich ihr ins Wort und grinste in Elizas Richtung. »Kleine, wieso gehst du nicht an dein Handy, wenn deine Freunde dich kontaktieren?«

»Sie ist bei dir?«, rief mir Ally ins Ohr.

»Weil meine sogenannten Freunde Verräter sind«, kam es ungerührt von Eliza.

Ich seufzte. »Ally, sie ist immer noch angepisst, aber uns geht es gut.«

»Dir vielleicht«, murmelte Eliza und schmollte. Ich passte auf, um nicht zu grinsen.

»Kannst du sie mir geben? *Bitte*. Ich *muss* mit ihr reden.«

»Ich weiß nicht, ob das jetzt so eine gute …«

»Finn Westwood, ohne mich wäre sie nie mit dir nach San Francisco geflogen, erinnerst du dich? Deinetwegen werde ich gehasst, weißt du noch? *Du wirst sie mir jetzt sofort geben.*«

»Na schön – viel Glück. Und grüß mir die Leute in Seattle, ja?«

Ich hielt Eliza mein Telefon hin, und sie lächelte zuckersüß. »Vergiss es.«

»Komm schon, sie macht sich Sorgen.«

»Ich wünsche ihr viel Spaß dabei.«

»Nimm das Handy, Eliza«, wies ich sie an und rollte mit den Augen.

»Nein.«

»Du benimmst dich kindisch.«

Sie nahm mir schnaubend das Teil aus der Hand und hielt es sich ans Ohr. »Ich hasse dich«, zischte sie, und es war klar, dass ich gemeint war. »Sag mal, Ally, was soll der Mist? Wenn du dir Sorgen um mich gemacht hättest, hättest du mich nie gezwungen, mit diesem, diesem …«

Ich lachte, und sie brach ab, warf mir tödliche Blicke zu und lauschte, was ihre Freundin zu sagen hatte. Ich aß weiter und hörte zu, wie sie bissige Kommentare abgab, doch schließlich wurden ihre Augen groß, und sie öffnete empört den Mund.

»Du hast *was bitte* gesehen?«

Dann kam eine Pause, in der ihr Ally wohl irgendetwas erklärte, bis sie mit vor Wut bebender Stimme wieder sprach. »Ah, Tom hat ihm das Bild geschickt! Das finde ich ja nett!«

Gott, ich bringe ihn um!

»Nein … okay. *Nein*, verflucht. Ich ruf dich an, ich muss jetzt einen Mord begehen.«

Das war es dann wohl mit dem Geheimhalten des Bildes. Sie knallte mein Handy auf den Tisch zwischen uns.

»Finn, du bist so tot.«

»Schöne Frau, das wird sich zu meinem Bedauern als unmöglich herausstellen. Mr. Westwood steht seit heute unter meinem Schutz. Klausel 39.«

Unsere Blicke wanderten ruckartig nach rechts, wo mein Manager grinsend vor unserem Tisch stand und Eliza anerkennend betrachtete. Er würdigte mich keines Blickes, was man angesichts ihres Anblicks grundsätzlich auch verstehen konnte.

»Elizabeth«, meinte ich leichthin. »Darf ich dir Tyler vorstellen?«

»Ähm. Hallo«, murmelte sie nach einigen Sekunden und warf mir einen vorwurfsvollen Seitenblick zu, der wohl »Warum hast du mich nicht vorgewarnt?« zu heißen hatte, bevor sie zögerlich ihre Hand ausstreckte.

Tyler schien sich ebenfalls zu amüsieren. Er grinste mich an, während er ihre Hand nahm. »Westwood, so langsam verstehe ich, warum du sie geheim halten wolltest ... Du siehst umwerfend aus, Elizabeth.«

Ich verspannte mich ein wenig. »Danke, das reicht.«

Jetzt schien Eliza sich wieder zu fangen. »Nur Eliza – nett, dich kennenzulernen.« Ihr Blick wanderte interessiert über seine Oberarme, die eine lateinische Schrift zierte, als sie sich seitlich auf die Unterlippe biss und mich dann provozierend ansah.

Tyler beobachtete uns und lachte dann. »Beziehungsstress?«

»Wir ...«, begann ich, aber Eliza kam mir zuvor.

»Dazu müssten wir erst mal zusammen sein. Und ich freiwillig hier, nicht wahr, Finn?«

Ich verdrehte die Augen. »Schon klar, du bist angepisst. Das regeln wir später. Tyler, wie lange habe ich noch Zeit?«

»Genug, um mich auf einen Hot Dog einzuladen«, antwortete er sofort, und ich seufzte.

»Schön. Hol dir 'nen Hocker und setz dich. Zu mir.«

Bevor ich mich versah, prusteten Eliza und Tyler schon los.

***

Eliza

Ich befand mich in der Hotelsuite und saß auf der breiten Couch, während hinter mir ein riesiges Unwetter über San Francisco hereinbrach. Innerhalb weniger Minuten waren dunkelgraue Wolken aufgezogen, und inzwischen donnerte es, was das Zeug hielt – nur die Blitze fehlten noch. Alles in allem fühlte ich mich genau wie zu Hause, und da ich notgedrungen wieder Kontakt zu der Seattle-Welt hatte, fühlte ich mich irgendwie integriert. Ally hatte mir per Mail das beschissene Bild geschickt, mit Jenny hatte ich bis gerade eben noch geskypt, was mit vielen Entschuldigungen angefangen und mit dem neuesten Uniklatsch geendet hatte. Von dem Bild hatte der Finn-Westwood-Fanclub natürlich sofort Wind gekriegt, und jetzt wurde heftig spekuliert, weshalb ihr Traummann ganz alleine mit mir in Kalifornien unterwegs war. Und auch mit Sam hatte ich kurz gesprochen, wobei wir aber beide automatisch das brisante Thema umgingen und er mir einfach von seinen letzten Tagen erzählt hatte.

Es tat gut, wieder ein wenig Kontakt zu meinen Freunden zu haben, auch wenn ich vor allem auf Alison noch ziemlich sauer war. Sobald ich wieder zu Hause war, würde sie eine Menge gutmachen müssen, wenn sie wollte, dass ich ihr jemals wieder vertraute. Was mich zurück zu Finn führte, von dem ich seit vorhin, als Tyler und er wieder ins Studio gegangen waren, nichts mehr gehört hatte, und das war mehr als drei Stunden her.

Als ich an Tyler dachte, musste ich grinsen. Er erinnerte mich ein wenig an den Leadsänger von Placebo, nur dass er jünger war. Sein interessantes Aussehen war aber nicht der Grund, warum ich froh über seine Anwesenheit war. Erstens hatte ich eine Menge über Finns Job hier erfahren – er nahm nur ein paar Songs auf, die weiteren würden folgen, wenn der Erfolg, von dem alle hundertprozentig ausgingen, so richtig einschlug –, und zweitens war Finn unglaublich eifersüchtig auf ihn, was dazu führte, dass ich auf Teufel komm raus mit ihm geflirtet hatte. Rache war immerhin zuckersüß, und nach dem Bild hatte er das mehr als verdient, richtig?

Denn Finn war der Idiot gewesen, der mir gestern noch versprochen hatte, dass die Presse keine Ahnung von seiner Ankunft hatte, und ich war diejenige, die sich wieder mit dieser öffentlichen Bloßstellung auseinandersetzen musste.

Gerade überlegte ich, was ich heute Abend unternehmen sollte, als sich die Tür öffnete. Ohne aufzublicken, schaute ich weiter auf Finns Laptop-Bildschirm und ignorierte ihn geflissentlich, als er eintrat.

»Hey, Kleine, alles in Ordnung?«

Selbstverständlich bekam er darauf keine Antwort, ich tippte nur angestrengt weiter eine Mail an meine Mutter, die wissen wollte, wie es mir ging und wann ich zu Besuch kam – von San Francisco erzählte ich vorsichtshalber nichts.

Ich sah aus den Augenwinkeln, wie er genau vor mir stehen blieb und sich dann auf den Sessel gegenüber vom Sofa schmiss. Er legte etwas Sperriges neben sich ab.

»Hmm, schön, dass du meinen Laptop benutzt, und danke der Nachfrage, natürlich darfst du ihn verwenden.«

Ich hob den Kopf und lächelte ihn künstlich an. »Wurde ich gefragt, ob ich in den Flieger steigen will?«

»Das wirst du mir die nächsten zehn Jahre vorhalten, oder?«, seufzte er, lächelte aber leicht.

»Möge der Himmel mich davor bewahren, dass wir in zehn Jahren noch Kontakt zueinander haben.«

Er lachte. »Wie wär's, wenn du mich einfach nach meinem Tag fragst und ich dir anschließend unsere Pläne für heute Abend mitteile?«

»Erstens ist es mir egal, was du tust, zweitens haben wir beide sicherlich keine gemeinsamen Pläne, und drittens: Wie geht's Tyler?« Ich wartete innerlich grinsend auf seine Reaktion, aber er lächelte nach wie vor.

»Wunderbar. Er möchte wissen, ob du heute Abend mit mir ins Shooters kommst, damit du die anderen Leute kennenlernst, die mit uns zusammenarbeiten.«

»Shooters?«

Er begann, mich über die Bar aufzuklären, aber ich wandte mich absichtlich wieder der Mail zu, während ich mir sein Angebot durch den Kopf gehen ließ. Lust hatte ich schon, aber … was, wenn ich zu viel trank und mich wieder nicht beherrschen konnte? Wenn ich mich vor diesen Leuten blamierte oder jemand wieder ein Foto von uns schoss? Oder wenn ich irgendwelche Dummheiten mit *ihm* anstellte?

Finn stand auf und begann, etwas auszupacken und aufzubauen. Aber ich zwang mich, nicht genauer hinzuschauen, denn egal, was es war, ich legte wirklich keinen Wert drauf. Sollte er doch tun, was er wollte, ich machte mein eigenes Ding.

Aus diesem Grund traf es mich völlig unvorbereitet, als plötzlich ohrenbetäubend laute Musik ertönte, die den Raum beinahe erbeben ließ.

Er schob den Sessel beiseite, stellte sich vor mich, hatte sich seine E-Gitarre umgehängt und grinste auf mich herab.

»Du wolltest mich singen hören, oder?«

***

Finn und ich waren nach zwei Stunden unterhaltsamer Aktivitäten auf dem Fußboden unseres hübschen Hotelzimmers zu spät aufgetaucht, weil wir nicht die Finger voneinander lassen konnten und ich auf der Suche nach dem perfekten Outfit auch noch ziemlich viel Zeit verschwendet hatte.

Tyler hatte uns grinsend an einem Ecktisch erwartet, an dem er mit fünf anderen Leuten saß, ich hatte die Namen sofort wieder vergessen, aber es waren sowohl Produzenten als auch eine Journalistin dabei. Ich hatte den ganzen Abend darauf geachtet, nicht mehr Körperkontakt mit Finn zu haben, als gute Freunde haben würden, um nicht irgendwelche dummen Gerüchte entstehen zu lassen, aber seit einer halben Stunde waren Kumpels von Tyler aufgetaucht, und jetzt saßen Finn und ich uns alleine an dem schwarzen Holztisch gegenüber. Die anderen hatten uns ein wenig Privatsphäre geben wollen, auch wenn ich mehrmals darauf beharrt hatte, dass das völlig unnötig war.

Ich nippte an meinem Mini-Cocktail, der den Namen *Wild and Free* trug und nach Waldfrucht schmeckte. Das war das Beste an dem Laden – man hatte keine Ahnung, was sich in den Getränken befand, man orientierte sich nur an den Namen.

Finn war die letzten Minuten ziemlich ruhig geworden, und ich betrachtete aus den Augenwinkeln, wie er mich unaufhörlich anstarrte. Schließlich stellte ich das Glas zwischen uns ab und seufzte tief. »Sag schon, was ist los?«

»Nichts. Ich wollte dich nur fragen, ob du ein Spiel mit mir spielen möchtest.«

Ich grinste. »Jetzt? Hier? Was sollen die Leute von der Plattenfirma denken?«

Aber er lachte nicht. Der Ausdruck auf seinem Gesicht war undurchdringlich. Wahrscheinlich hatte er zu viel getrunken, denn während ich bis jetzt fünf Shots gehabt hatte, hatte ich bei seinem siebten aufgehört mitzuzählen.

»Ich meine, dass wir uns gegenseitig Fragen stellen.«

Ich hob die Brauen. »Du kannst mich fragen, was du willst, oder? Was soll das für ein Spiel sein?«

Er schüttelte den Kopf und fuhr sich durch die Haare. »Ich meine wirklich bedeutungsvolle Fragen, bei denen du schwörst, die Wahrheit zu sagen.«

»Willst du Flaschendrehen spielen?«, machte ich einen Versuch, das Ganze ins Lächerliche zu ziehen, denn mein Kopf fing sofort an zu arbeiten. Nach allem, was geschehen war, wusste ich nicht, ob die Wahrheit in dem Fall so gut war.

Aber er stand schon auf und lief zur Bar. Ich schaute ihm überrascht hinterher. Was sollte das jetzt? Zwei Minuten später stand er mit einem kleinen Tablett voller Shots wieder vor unserem Tisch, und seine Augen leuchteten, als er sich setzte.

»Bist du betrunken?«

Er lächelte leicht. »Nein, aber du wirst es gleich sein. Du kippst einen Kurzen, wenn die Frage besonders schwer zu beantworten ist.«

»Du meinst das also wirklich ernst?«

»Sehe ich so aus, als würde ich Witze machen?«

Ich verdrehte meine Augen. Eigentlich wollte ich gerade nur noch hier raus und mit ihm ins Bett.

»Willst du anfangen?«, fragte er mich, und ich zuckte mit den Achseln.

Im ersten Moment wollte ich ihn irgendetwas Belangloses fragen, doch dann entschied ich mich, mit gestern Abend anzufangen. Inzwischen merkte ich nämlich, dass ich sowieso schon angetrunken war. Ich holte tief Luft. »Gestern Nacht … als … du weißt schon … da hattest du eine Panikattacke oder so und wolltest nicht, dass ich nachfrage.«

Er schaute mich unaufhörlich an, blinzelte kaum. »Ja?«

»Wieso?«

»Weil ich nicht wusste, wie ich damit umgehen soll, dass du so nah bei mir warst.« Ich wich seinem Blick aus, aber bevor eine peinliche Pause entstehen konnte, fuhr er schon fort. »Nach dem Konzert … wieso bist du so schnell verschwunden? Wieso hast du dich erst darauf eingelassen? Wieso hast du mir nicht sofort gesagt, dass du nicht willst?«

»Ich …« Etwas in seiner Stimme verleitete mich dazu, wieder hochzuschauen.

Sein Blick war weich, als wollte er mir die Antwort erleichtern. Aber da gab es nichts zu erleichtern. Ich verkrampfte mich beim bloßen Gedanken an den Augenblick in seiner Wohnung. Die Kerzen. Himmel, die *Kerzen*. Und sein verletzlicher Blick. Ohne richtig darüber nachzudenken, griff ich nach einem der Gläser, setzte es an und kippte den Inhalt hinunter, ohne richtig zu schmecken.

»Ich hab mitgemacht, weil ich dir etwas zurückgeben wollte, für das … Glück, das du mir gegeben hast. Und ich bin gegangen, weil ich nicht erwartet habe, dass es mich so umhaut.«

»Was meinst du?«, fragte er nach, und ich biss mir auf die Lippe. Das konnte ich ihm nicht sagen, oder? Ach, verdammt. Dummer, dummer Alkohol. »Keine Ausflüchte, bitte«, flüsterte er, und seine sanfte Stimme gab mir den Rest. Ich schaute hoch und blickte ihm fast schon wütend in die Augen.

»Ich hab *geweint* vor Glück. Verstehst du das?«

Seine hellen Augen weiteten sich, und er öffnete den Mund, schloss ihn nach einem Moment aber wieder. »Du … hast es genossen?«

»Ich bin dran«, erwiderte ich trocken und versuchte, mein wild pochendes Herz zu ignorieren. Es geriet außer Kontrolle, ich spürte es. Aber ich konnte jetzt nicht aufhören, ich musste alles wissen. Es war wie ein Rausch. »Wieso hast du mich von einem Moment auf den anderen nicht mehr gehasst?«, murmelte ich, und er fixierte mich mit seinem intensiven Blick, bevor er mir auswich. Ich seufzte und versuchte erneut, mein Herzrasen in den Hintergrund zu drängen. »Keine Ausflüchte mehr. Du hast es selbst gesagt.«

Da schaute er wieder auf und nickte knapp, bevor er nach einem der gefüllten Schnapsgläser griff und den Inhalt herunterkippte.

Verdammt. *Das* war eine harte Frage? Ich wurde nur noch nervöser und ließ ihn nicht mehr aus den Augen.

Er stellte das Glas ab. »Das willst du nicht wissen. Glaub mir.«

»So funktioniert dein tolles Spiel aber nicht«, fauchte ich. »Ich hab gefragt, und du antwortest.«

»Ich habe meine Meinung geändert, weil Samuel zu mir kam und sagte, dass du dich in mich verliebt hast.« Seine Stimme bebte.

Ich erstarrte zur Salzsäule. Die Sekunden vergingen, die Geräusche in der Bar mussten genauso laut wie vor wenigen Minuten sein, aber ich verstand kein Wort mehr. Ich konnte mich nicht bewegen. Mein Mund stand offen, mein Herz schien stillzustehen, und dann, plötzlich, brach etwas in mir, und ich wurde überwältigt. Riss mich von seinem Blick los und flüchtete.

Raus aus dem Laden, hinein in San Franciscos Nacht, nur weg von all den feiernden Menschen und dem Mann, der mir das Leben selbst dann zur Hölle machte, wenn er es nicht einmal wollte. Ich sah kaum etwas, sondern lief blindlings die Straße entlang, bis irgendwann die Lichter weniger wurden und der Verkehr abnahm. Erst als sich kein Sauerstoff mehr in meinen Lungen befand, bog ich in eine Seitengasse ein, lehnte mich gegen die Wand und ließ die hysterischen Schluchzer frei. Ich verdiente Finn nicht. Diese Erkenntnis tat so unglaublich weh, dass ich meine Finger erbarmungslos in den kalten Stein krallte, um den Schmerz in meinem Inneren auszulöschen. Sam erzählte ihm, dass ich ihn liebte, und er ließ daraufhin alles stehen und liegen. *Wieso vertraute er mir?*

Ich ließ mich auf den Boden sinken. Wieso bemühte er sich so, wenn ich alles zerstörte, *ihn* zerstörte, nur um meinen Egoismus zu befriedigen? Ich war es nicht wert. Krankhafter Selbsthass durchfuhr mich, und die heißen Tränen liefen mir unkontrolliert über die Wangen, während der Schmerz in meinen Fingern meine Hände taub machte. Ich wollte ihm nie wieder unter die Augen treten. Er war der Einzige, der mir jemals nahegekommen war, und zum Dank, dass er mich glücklich machte, zerstörte ich ihn. Als wäre er nicht schon kaputt genug. Mein Schluchzen wurde heftiger. Ich hatte in meinem Leben noch nie etwas so sehr bereut.

»Bitte«, weinte ich in die Dunkelheit. »Bitte. Ich hab dich nicht verdient.«

»Verdammt, Eliza.«

Mein Körper zitterte endlos weiter, als ich halb blind vor Tränen den Kopf hob. Mein Gehirn realisierte die Situation, und mit einem Satz war ich wieder auf den Beinen. Obwohl ich schwankte, fiel ich kein zweites Mal.

»Geh weg«, schrie ich Finn entgegen und wollte an ihm vorbeirennen, aber auf einmal wurde ich ruckartig zurück gegen die Wand geschleudert, und dann packte er mich, zog mich in seine Arme und drückte meinen Körper an seinen.

»Eliza«, keuchte er, und mir blieb die Luft weg, als ich seine Wärme spürte. Seine Hände waren auf mir, und er umschlang mich so fest, dass mein Zittern sofort etwas nachließ.

Ich spürte sein Herz. Es raste.

»Eliza, ich brauche dich.«

Es war die pure Verzweiflung, die aus ihm sprach. Ich krallte meine Finger so fest in seine Jacke, dass es wieder wehtat, presste mein Gesicht gegen seine Brust und schluchzte. Meinen ganzen Schmerz, meinen Hass und meine wahnsinnigen Gefühle für ihn, alles ließ ich raus. Bis mir auffiel, was ich da tat. Dass wieder *er* dafür sorgte, dass ich ganz blieb, während sein Herz von mir in Stücke gerissen worden war.

»Lass mich los«, brachte ich hervor, aber er schüttelte den Kopf.

Seine Augen waren aufgerissen, aber er machte keine Anstalten, mich freizugeben. »Verdammt, Eliza, sag mir, was ich dir getan habe.« Er schrie es beinahe, und ich wehrte mich noch mehr.

»Was du mir getan hast?! Wieso fangen wir nicht davon an, wie sehr ich dich verletzt habe?«

Ich hatte vollständig die Kontrolle über mich verloren. Sein Gesichtsausdruck veränderte sich im Bruchteil einer Sekunde, als er den Sinn meiner Worte erfasste. »Das spielt keine Rolle.«

Ich schüttelte den Kopf hin und her, und die Tränen flogen. »Ich hab dich nicht verdient. Lass mich gehen. Ich zerstöre dich nur. Ich mache alles schlimmer, ich … ich …«

»Es ist mir egal«, unterbrach er mich und wurde laut, nur um einen Augenblick später wieder zu flüstern. »Ich will nur dich.«

Die Sturzbäche, die aus meinen Augen flossen, nahmen kein Ende. Seine Finger wischten sie immer wieder weg, und er nahm mein Gesicht zwischen die Hände, kam mit seinem ganz nah.

»Es tut mir so leid«, brach es aus mir hervor.

»Ich weiß. Es spielt keine Rolle mehr. Du bist hier, mehr brauche ich nicht. Ich habe dir schon längst verziehen.«

»Ich hab dich nicht verdient«, wiederholte ich nur die ganze Zeit, aber er erstickte meinen Protest, indem er immer wieder seinen Mund auf meinen presste. Ich hatte keine Kraft, mich zu wehren. Alle Grenzen waren verschwommen.

»Schh, Baby … Atme tief durch. Ich bringe uns hier weg.«

Und dann, bevor ich etwas dagegen unternehmen konnte, hatte er mich schon hochgehoben und lief aus der Gasse heraus. Meine Augen fielen zu, und ich befahl mir, nichts anderes als seinen Geruch, seine Körperwärme und seinen Herzschlag wahrzunehmen, während meine Gedanken Amok liefen. Er brauchte mich. Er wollte mich. Und er hatte mir verziehen.

Meine Gedanken wurden von dem Lärm der Schnellstraße unterbrochen, als Finn mich vorsichtig wieder auf die Füße stellte. Ich schlug die Augen auf und sah das Taxi an den Straßenrand rollen. Finn half mir hinein und schlug die Tür hinter sich zu. »Palace Hotel«, murmelte er zum Fahrer, nahm mich dann wieder in den Arm und zog mich auf seinen Schoß.

Meine Tränen waren endlich versiegt, aber die innere Kälte war immer noch da. »Finn, ich hab dich … ich … mit David betrogen«, stammelte ich, und sein Blick wurde für einen Moment hart.

»Solange du diesen Namen nicht erwähnst …«

»Ich bin das größte Miststück, du hast es selbst gesagt«, flüsterte ich.

»Nein. Hör auf damit. Ich weiß, wieso du es getan hast.«

Ich stöhnte qualvoll auf. »Sam hat …«

»Ich weiß, dass du es dir nicht eingestehst. Und glaub mir, mir fällt es genauso schwer.«

Ich stockte. Mit einer Hand strich er leicht über meine Wange. »Ich will einfach, dass du mich in deinem Leben behältst. Du musst dem, was wir tun, keinen Namen geben. Wir sind nicht wie alle anderen. Wir haben unsere eigenen Regeln, Kleine. Ich will dich so, wie du bist, nicht so, wie die Gesellschaft es vorschreibt. Selbst dein bester Freund kann sich täuschen.«

Ich atmete tief durch und griff nach seiner freien Hand. Sofort verschränkte er unsere Finger miteinander. »Du hast gesagt, es war der Grund, dass du mich nicht mehr gehasst hast.«

Jetzt war es an ihm, einen tiefen Atemzug zu nehmen. Mein Blick huschte für einen Moment aus dem Fenster, wo die Gebäude an uns vorbeiflogen.

»Ich habe dich nicht gehasst«, begann er mit leichtem Zögern in der Stimme. »Natürlich war ich eifersüchtig. Es hat mich umgebracht, mir vorzustellen, wie du zu diesem … wie du zu ihm gegangen bist.« Er versuchte sich wieder zu beherrschen und fuhr dann fort. »Aber das Schlimmste war, dass ich dir vertraut habe. Ich habe mir geschworen, nie wieder einem Menschen so zu vertrauen, und dann kommt diese Frau und macht mit mir, was sie will.« Ein kleines Lächeln erschien auf seinen Lippen, und es wirkte traurig. Ich schluckte hart und versuchte, nicht wieder loszuheulen. Er fing meinen Blick auf und deutete ihn wohl richtig. »Hey, nicht weinen. Es macht mich fertig, dich so zu sehen.« Als er sich sicher war, dass ich nicht wieder anfangen würde, sprach er weiter. »Wäre ich ein normaler Kerl, mit einer normalen Vergangenheit, dann hätte ich diesem – *du weißt schon* – vermutlich nicht eine reingehauen und dich fertiggemacht. Und ich hätte mich nicht in einem Hotelzimmer vergraben, hätte auch nicht gezielt Pläne verfolgt, um dich zu zerstören, verstehst du? Du hast ein Bild von mir, denkst, ich sei ein Arschloch, aber es steckt so viel mehr dahinter.«

Ich traute mich kaum, Luft zu holen.

»Jedenfalls war ich am Ende … und dann kommt Cooper daher und erzählt mir, du seist in mich verliebt. Einfach so.«

»Ich bring ihn um«, flüsterte ich, und plötzlich erhellte ein Grinsen sein Gesicht, das ich, ohne es zu wollen, erwiderte.

»Weißt du, was seine Worte waren?«, fragte er lächelnd. »Er nannte mich das größte Klischee, das er kennt, weil ich mich so lächerlich benommen und versucht habe, dich mit bedeutungslosem Sex eifersüchtig zu machen.«

»Du hattest jedes Recht dazu«, erwiderte ich trocken.

Er setzte an, um etwas zu sagen, aber da wurde das Taxi langsamer und stoppte vorm Hotel. Finn reichte dem Fahrer ein paar Scheine und half mir nach draußen.

»Du … verdammt, du hast all diese Leute wegen mir in der Bar sitzen lassen, Finn.«

Er zuckte die Schultern und dirigierte mich zum Eingang. »Ich hab Tyler eine Nachricht geschickt, es ist alles geklärt.«

»Es tut mir so leid«, murmelte ich, während wir durch die Tür liefen, die uns aufgehalten wurde.

»Wir besprechen das oben.«

Im Fahrstuhl schloss ich die Augen und genoss die Stille. Wie spät es wohl war? Es musste nach Mitternacht sein. Ich war so verwirrt, so müde, und gleichzeitig fiel mir auf, dass der Alkohol meine Sinne benebelte und die Emotionen verstärkte. Verflucht, kein Wunder, dass ich vor all den Personen, die wichtig für Finns Karriere waren, die Nerven verloren hatte. Aber ich bereute es nicht. Ich hatte nur Angst, dass sie ihn für mein Verhalten verurteilten. Der Gedanke, dass ich so viel Schmerz wie möglich verdiente, war immer noch präsent.

»Elizabeth.« Seine Stimme war gefährlich ruhig, und ich sah auf.

Sein Blick ruhte auf meinen Händen, mit einer hielt ich mich an seiner Jacke fest, die andere stützte ich gegen die Metallwand. Und hier im Licht war deutlich zu sehen, was ich ihnen angetan hatte, als ich sie in die Steinwand gekrallt hatte. Seltsam, sie taten kaum weh.

»Was ist das?«

Sein Blick gab meine Hände frei und nahm mich ins Visier. Seine Augen loderten. Ich ließ ihn schnell los und ballte beide Hände zu Fäusten, damit die Nägel nicht mehr zu sehen waren. Ein paar waren blutig, und die Haut darum herum war aufgerissen.

»Nichts.«

Er packte unsanft meine Handgelenke und hob sie in die Höhe, sodass er sie genau sehen konnte.

Ich hielt unwillkürlich die Luft an.

»Ich schwöre bei Gott, wenn du mir nicht sofort ...«

Mit einem Pling sprangen die Aufzugtüren auseinander, und eine ältere Frau kam herein. Ich versuchte, mich zu befreien, aber vergeblich – Finn umschlang wieder fest meine Taille und zog mich nach draußen, den Gang zu unserer Suite entlang, und sprach dabei kein einziges Wort. Wortlos schloss er auf, wortlos zerrte er mich weiter bis zum Schlafzimmer.

Er ließ mich los und trat einen Schritt zurück. »Was hast du getan?«

»Ich bin gefallen«, beeilte ich mich zu sagen, aber selbst in meinen Ohren klang es seltsam.

Seine Augen verengten sich zu Schlitzen. »Die Wahrheit«, knurrte er.

Hilflos ließ ich mich nach hinten aufs Bett fallen und senkte den Kopf. »Warum bist du so wütend?«

»Weil ich, verdammte Scheiße noch mal, jetzt hören will, was mit deinen Händen passiert ist.«

Ich zuckte zusammen und sprang dann wieder auf. »Ich hab sie in die Steinwand gehauen, um den inneren Schmerz zu übertrumpfen. Bist du jetzt zufrieden?«

Sein Gesichtsausdruck fiel in sich zusammen, und er starrte mich an. »Du ... hast dir selbst wehgetan ... *meinetwegen?*«

»Nein«, fauchte ich. »Ich habe es *meinetwegen* getan. Weil ich ein Monster bin. Du hast nichts falsch gemacht.«

Für ein paar Sekunden verharrte er in seiner Reglosigkeit, dann packte er mich auf einmal an den Schultern, und sein ganzer Zorn kehrte zurück. »Bist du wahnsinnig geworden?«, brüllte er mich an, und zu meinem Entsetzen brachen wieder die Tränen aus mir hervor. »Das kannst du nicht machen. Wer gibt dir das Recht, so etwas zu tun? Du hast mein Vertrauen missbraucht, Eliza, du hast keinen Mord begangen!«

Ich schluchzte auf.

»Und selbst dann … selbst dann kannst du dir nicht einfach selbst Schmerzen zufügen, verstehst du mich?«

Ich nickte zitternd, und er schien sich wieder ein wenig angesichts meines Anblicks zu beruhigen.

Er griff nach meinen Händen und betrachtete sie voller Bedauern.

»Ich verbinde sie dir. Wir müssen die Wunden säubern, bevor Bakterien hineingelangen. Komm.« Er beugte sich vor und drückte seine Lippen gegen meine Stirn. Ich erzitterte erneut, aber diesmal lag es nicht an der Kälte – innerlich oder äußerlich. Seine Nähe veränderte alles.

»Zieh dich aus, du musst aus diesen Klamotten raus. Ist dir kalt?«

Er rieb mir über den Rücken und half mir aus der Jacke und dem Kleid. Schließlich stand ich nur noch in Unterwäsche vor ihm und kam mir so unglaublich verloren vor. Wie ein kleines Kind.

»Geh ins Bad, ich komme gleich mit Kleidung nach. Lass Wasser in die Badewanne ein. Ich bin gleich bei dir«, wiederholte er beruhigend, und ich setzte mich in Bewegung.

»Es tut mir leid«, flüsterte ich, als ich das Licht anschaltete und zur Wanne tapste, um Wasser einzulassen. »Es tut mir so leid, Finn.«

Und auch wenn er es nicht hörte, milderte es die Unruhe in mir. Nahm mir ein wenig von dem Schmerz. Es tat gut, es mir endlich eingestehen zu können.

Und endlich, endlich wurde mir bewusst, was für ein Glück ich hatte. Er kam immer wieder zurück zu mir, er fing mich auf, hielt mich fest und stellte meine Welt auf den Kopf.

Das Wasser floss in die weiße dreieckige Badewanne, und ich schloss entspannt die Augen. Im nächsten Moment spürte ich seine

Berührung auf mir und blinzelte. Er war vor mir auf die Knie gegangen und hielt Kleidung und ein paar Pflaster in der Hand. Er trug nur noch sein weißes Hemd und Boxershorts. Sein Blick brannte sich in meinen. Ich vergötterte seine Augen. Ihre Ausstrahlung. Ihr Funkeln.

»Weißt du … noch nie in meinem Leben hat mich jemand so glücklich gemacht und mir gleichzeitig den letzten Nerv geraubt«, flüsterte Finn.

Das nennt man Liebe.

Halt deine dumme Klappe.

»Es tut mir leid.«

Er legte die Klamotten ab und umarmte mich richtig. »Wieso sollte dir etwas leidtun, das mich wieder lebendig gemacht hat?«

»Du warst tot?«, hauchte ich, und er legte seine Stirn an meine. *Was hat man dir angetan?* schrie ich ihn innerlich an. *Was haben sie dir angetan, dass du niemandem mehr vertrauen wolltest?*

Zum ersten Mal, seit wir uns kannten, wollte ich es wirklich hören und wusste gleichzeitig, dass ich es nicht ertragen konnte, ihn deshalb leiden zu sehen.

»Nein, Eliza. Ich habe mir gewünscht, ich wäre tot.«

Eine Träne lief über meine Wange. Heute war eindeutig nicht mein stärkster Tag. »Was … was haben sie mit dir gemacht?«

Er wischte sie weg und schloss die Augen. »Hör auf zu weinen, Baby. Bitte. Es gibt keinen Grund.«

»Du wolltest sterben«, brachte ich hervor.

Er schüttelte den Kopf und sah mich wieder eindringlich an. »Das ist vorbei. Glaub mir, das ist vorbei, seit ich dich kenne.«

Mein Herz verkrampfte sich. »Und davor … im November …« Vor unserem Zusammentreffen im Howl at the Moon.

»Ja. Aber es spielt keine Rolle.«

»Was ist mit dir passiert?«, fragte ich verzweifelt.

»Das kann ich dir nicht beantworten. Ich kann es nicht. Bitte, Eliza, steig in die Wanne.«

***

Ich saß in der Mitte des großen Betts und beobachtete, wie Finn eine Jogginghose aus seinem Koffer holte und sie über seine Boxershorts streifte, bevor er sein Hemd aufknöpfte und nach einem schlichten weißen Shirt griff. Er ließ mich keine Sekunde aus den Augen.

Er sah so schön aus. So jung und traurig. Mit einer Hand fuhr er sich durch die Haare, bevor er zu mir aufs Bett kletterte und die Decke aufschlug, um mich dann darunterzuziehen, sich auf einem Kissen abzustützen und meinen Kopf auf seiner Brust zu betten.

»Du musst müde sein.«

Ich seufzte wohlig angesichts seiner Nähe und versuchte erst gar nicht, es zu verbergen, sondern kuschelte mich an ihn und verschränkte unsere Beine unter der Decke miteinander.

»Du hast mir noch keine richtige Antwort auf meine Frage gegeben.«

Er musste nicht nachfragen, er wusste sofort, was ich meinte. Eine Hand griff nach meiner und hielt sie fest, bevor er langsam antwortete.

»Samuels Worte haben alles verändert, weil sie mir zeigten, dass jemand es für möglich hält …« Er stockte und brach ab. Ich wartete, aber es kam nichts.

»Dass jemand *was* für möglich hält?«

Eine kleine Pause entstand, dann holte er tief Luft, als würden ihm die Worte schwerfallen. »Dass ich es wert bin, geliebt zu werden«, flüsterte er, und ich hörte die Angst, die mitschwang, auch wenn ich sie mir nicht erklären konnte.

»Wieso solltest du daran zweifeln?«, hauchte ich und war mir sehr wohl bewusst, dass ich es nicht abstritt. Dass ich Finn hiermit indirekt sagte, dass Sam recht gehabt hatte.

»Ich erinnere mich nicht mehr daran, dass mich jemand geliebt hat.«

»Aber … ich … du … deine Eltern«, stotterte ich, und die Hitze kroch in meine Wangen. »Was ist mit deiner Familie?«

»Ich habe ihnen nur Sorgen bereitet. Seit ich sie kenne. Und … ich bin nicht wirklich verwandt mit ihnen.«

Plötzlich sah ich mich wieder mit Kathryn im Café sitzen. Schnell schüttelte ich diesen Gedanken ab. »Aber trotzdem lieben sie dich …«, murmelte ich. »Deine Mom, dein Dad … Tom und Alex. Für mich seid ihr eine Familie.«

»Das ändert nichts an der Sache, dass ich es nicht verdiene.«

Darauf konnte ich nichts erwidern. Ich neigte meinen Kopf leicht und sah ihm in die Augen. Sie waren verdunkelt, aber er wirkte eher traurig als wütend oder verzweifelt.

»Finn«, entgegnete ich ihm dann, als ich es nicht länger aushielt. »Du bist es wert. Du verdienst jemanden, der dir das zeigt. Nur … bin ich nicht dazu fähig.«

Im nächsten Augenblick setzte er sich auf, zog mich richtig auf sich und umschlang mich fest. Automatisch legte ich ihm die Arme um den Hals. Er zog mein Gesicht so nah zu seinem, bis unsere Nasenspitzen sich berührten, und küsste mich dann leicht auf den Mund.

»Ich erwarte nichts von dir. Ich möchte nur, dass du du selbst bist. Dass du deine Angst bei mir verlierst. Ich brauche keine Illusionen. Ich brauche *dich*. Verstehst du das?«

Ich nickte. »Ich hab keine Angst mehr. Es tut mir so leid, dass …«

Er brachte mich mit einem weiteren Kuss zum Schweigen. »Vergiss die Vergangenheit, mein Mädchen. Vergiss, was du mir angetan hast. Was *ich* dir angetan habe. Ich will neu anfangen. Bitte. Bitte, ich …«

Plötzlich lag ein Lächeln auf meinen Lippen, und ich fiel ihm ins Wort. »Ein Neuanfang, Finn?«

Es dauerte einen Moment, bis er sich fing. »Würdest du mir die Ehre erweisen?«

»Ganz ohne Hintergedanken?«

»Nun ja …« Er grinste und biss sich auf die Unterlippe.

Ich kicherte. »Strikte Monogamie, was hältst du davon?«

»Was soll ich sagen? Ich hätte nie gedacht, dass ein kleines Mädchen mich so verrückt machen kann.«

»Ich hasse dich.«

»Das tust du nicht.«

»Nein«, musste ich grinsend zugeben. »Das tue ich wirklich nicht.« Ich beugte mich vor und gab ihm einen leidenschaftlichen, schnellen Kuss, sodass sein Griff reflexartig stärker wurde.

»Bevor wir noch irgendeine Dummheit begehen – ich muss dich etwas fragen. Und du musst versprechen, nicht gleich den Kopf zu verlieren.«

»Ich bin zu jung, um zu heiraten, Finn …«

Er lachte und schüttelte dann leicht den Kopf. Seine Brust vibrierte dabei, und sein warmer, köstlicher Atem strich meine Haut entlang. Ich unterdrückte ein Seufzen. Es tat so gut, hier auf dem großen Bett, weit weg von zu Hause zu liegen und einfach zu lachen.

»Willst du meine Alibi-Freundin sein?«

»Willst du mich verarschen?«

Erneut musste er lachen. »Für die Presse, meine ich. Sie wollen ein Interview mit mir, und ich brauche jemanden, der während der Pressekonferenz meine Hand hält …«

Meine Augen weiteten sich. »Du willst mich wirklich verarschen.«

»Nein, ich würde dich verarschen wollen, wenn ich sagen würde, Ally und Tom werden morgen für zwei Tage anreisen, bevor sie nach L. A. zu Laura und Michael fliegen …« Er kriegte sich kaum mehr ein vor lauter Lachen.

Meine Augen weiteten sich noch mehr, wenn das überhaupt möglich war.

»Sie kommen wirklich?«

»Würde ich dich jemals anlügen, Prinzessin?«

Ich hob nachdenklich eine Braue. »Du willst also, dass ich deine … deine …« Ich brachte das Wort nicht über die Lippen und sah, wie er einen weiteren Lachflash zu unterdrücken versuchte.

Das war so abgedreht. Vor zehn Minuten hatte ich noch an seiner Brust geschluchzt, verdammt. Jetzt war die Stimmung ins Gegenteil gekippt. Ohne es zu wollen, musste ich auch lachen.

»Willst du mit mir gehen, Eliza Fleming?«, fragte er mit purer Ernsthaftigkeit, und dann war es um ihn geschehen, und er ließ mich los, rollte sich direkt neben mich aufs Bett und begann so sehr zu lachen, dass das Bett wackelte. Aber nicht nur er konnte sich nicht mehr halten. Wir prusteten gleichzeitig los, drehten uns auf die Seite, um uns ansehen zu können, mussten noch mehr lachen und vermieden dann schnell den Blickkontakt, weil wir die Ironie der Situation nicht aushalten konnten. Spätestens als mir die Tränen vor Lachen die Wangen hinabrannen und mein Bauch wehtat, wurde mir klar, dass wir alle beide gestört waren. Wir waren wieder Teenager, kleine Kinder, die all den Druck und all den Widerspruch nicht aushalten konnten und deshalb das taten, was sie am besten konnten. Wir lachten uns selbst aus, den Tag, die Umgebung, unsere Gefühle füreinander und alles, was uns vorher Sorgen bereitet hatte.

Er beugte sich wieder über mich, und ich sah, dass ihm genau wie mir die Tränen runterliefen. Gott, es fühlte sich so wahnsinnig und so perfekt an, ihn in so einem Glück zu sehen.

»Eliza«, japste er. »Eliza … Was wäre ich … Himmel.« Er brach ab und schüttelte sich.

»Hör auf«, rief ich kichernd. »Hör auf, mir tut alles weh!«

Da wusste ich es. Mitten in diesem vollkommen irrealen Moment durchsickerte mich die Gewissheit, die bloße, unverfälschte Wahrheit. Wir waren füreinander geschaffen. Ich umschlang ihn mit beiden Armen, legte mich auf ihn und vergrub lachend mein Gesicht in seinem T-Shirt.

22. KAPITEL

ALL I EVER WANTED

Eliza

March 11th, 2:30 p. m.

Das Glücksgefühl überschwemmte meinen Körper, und ich spürte, wie meine Mundwinkel sich reflexartig zu einem Lächeln hoben, während ich mich leicht im Bett bewegte.

»Finn?«, seufzte ich völlig zufrieden mit der Welt. Gleich würde er mich in den Arm nehmen. Gleich würde mich sein göttlicher Geruch einhüllen, und ich würde an seiner Brust liegen, an seinem warmen Körper, würde sein klopfendes Herz unter meinem Ohr pulsieren fühlen …

»Knapp vorbei. Du hast noch einen Versuch.«

Mit einem Schlag war ich hellwach und zwang mich, die Augen aufzureißen. Vor mir befand sich lediglich das Klavier, also drehte ich mich abrupt um und stieß einen leisen Schrei aus.

Da saß sie. Im Schneidersitz auf der linken Hälfte des Betts, mit meinem Laptop auf dem Schoß. Die Haare glatt, perfekt und unglaublich blond, die betonten blauen Augen scheinbar interessiert auf den Bildschirm gerichtet.

»Alison?«, keuchte ich überrascht und schüttelte den Kopf. Ich stöhnte auf und vergrub mein Gesicht in einem der Kissen. »Träume ich?«, fragte ich gedämpft.

»Die Chancen stehen gering. Du hast wohl eher geträumt, als du geschätzte zehn Mal pro Minute Finns Namen gemurmelt hast, aber ich bin im Gegensatz zu ihm wirklich hier, Süße.«

»Oh Gott«, gab ich von mir und spürte, wie die Hitze in meine Wangen stieg, während ich mich an seine Worte von letzter Nacht erinnerte, bevor wir uns in mehrstündige körperliche Dummheiten gestürzt hatten. Richtig – Ally und Tom wollten vorbeikommen, bevor sie zu den Westwoods nach L. A. flogen.

»Ruhig bleiben«, erwiderte sie, und ich konnte ihr Grinsen heraushören. »Er ist mit Tom im Studio und hat mich reingelassen, damit ich dafür sorge, dass du was Ordentliches zu essen bekommst.«

»Wie spät …?«

»Halb drei. Wir sind vor zwei Stunden angekommen, haben uns von Finn am Flughafen abholen lassen und anschließend ins Hotel eingecheckt. Und jetzt bin ich hier, Schlafmütze.«

Ich hob meinen Kopf und drehte mich dann auf den Rücken, während ich mir mit beiden Händen übers Gesicht fuhr. Eine ganze Weile blieb ich still und lauschte nur dem Geräusch ihrer Finger, die auf den Tasten herumtippten. Ally war also hier. Sie benahm sich ganz normal. Und ich sollte auf sie sauer sein. Richtig sauer. Aber eigentlich war ich überhaupt nicht mehr sauer, was wohl auch teilweise daran lag, dass das mit … ihm und mir … gestern so verlaufen war und irgendwie all meine Prinzipien über den Haufen geworfen worden waren.

»Ich bin unglaublich wütend auf dich«, murmelte ich schließlich, vermutlich, um mich auch selbst ein wenig zu überzeugen und es ihr nicht gleich so leicht zu machen.

Sie seufzte und hörte dann auf zu tippen. Ich wandte ihr den Kopf zu und hob die Brauen.

»Ich weiß … und es tut mir leid – das tut es wirklich, okay! Aber … ich musste bei euch beiden einfach nachhelfen. Ich hätte das niemals getan, das weißt du, wenn Finn mich nicht überzeugt hätte. Er ist ein Idiot, dagegen sage ich ja auch nichts, aber ein Idiot, der ziemlich verrückt nach dir ist.«

»Ally … du … also, es hätte auch *richtig* schiefgehen können«, protestierte ich.

»Aber das ist es doch nicht, oder?«, fragte sie und lächelte vorsichtig.

»Na schön. Es ist nicht schiefgelaufen. Es ist mehr oder weniger perfekt gelaufen.« Wenn man mal davon absah, dass ich gestern den Verstand verloren hatte.

Ich streckte mich, kletterte vom Bett und schnappte mir schnell ein T-Shirt von Finn, als mir bewusst wurde, dass ich nur mit einem Slip bekleidet war. Sie kicherte hinter mir, und ich rollte mit den Augen.

»Das ist jetzt die Belohnung dafür, dass ich deinen Vertrauensbruch vergesse, oder? Du wirst mich jede Sekunde damit nerven, dass ich trotz allem was mit ihm habe, stimmt's?«

»Was genau hast du denn mit ihm?«, erwiderte sie und grinste übers ganze Gesicht.

Schnaubend lief ich zur Fensterfront und ließ meinen Blick über die in der Nachmittagssonne glitzernde Wasseroberfläche und die Hochhäuser wandern. Nach einer Weile drehte ich mich wieder um und stützte beide Hände in die Hüften, bevor ich mich vor Ally ans Bett stellte.

»Was machst du eigentlich mit meinem Laptop?«

»Meiner ist in Toms und meinem Hotelzimmer. Ich verbreite gerade Gerüchte im Uni-Forum.«

»Das tust du nicht.«

Sie lachte. »Ich hab nur Jen Bescheid gesagt, dass du uns nicht mehr hasst.«

Jetzt musste ich auch grinsen. »Optimistisch, hm?«

»Du warst nie besonders nachtragend … Also, was ist jetzt? Gehen wir essen? Und du füllst meine Wissenslücken?«

»Von mir aus. Ich muss mich nur schnell umziehen.«

Sie klappte den Laptop zu und erhob sich, sodass sie direkt vor mir stand. »Ich liebe es, recht zu haben«, murmelte sie lächelnd und steckte mir eine Strähne hinters Ohr. »Er ist dir so richtig unter die Haut gegangen, oder?«

»Ach, und das kannst du nach fünf Minuten sagen?«, stellte ich die Gegenfrage und zog spöttisch die Brauen nach oben.

»Ich bin schon seit 'ner halben Stunde hier, und außerdem – ja, kann ich. Hast du eigentlich schon mal in den Spiegel geschaut, seit ihr hier seid?«

Ich lachte und machte mich auf den Weg ins Badezimmer. Aber als ich vor dem Spiegel stand und die Tür hinter mir zufiel, hielt ich kurz inne. Finn hin oder her, ich sah verflucht glücklich aus. Wirklich, wirklich glücklich. Ich musste lächeln und sah, wie es mein ganzes Gesicht einnahm. Es war ein Gefühl von so viel Glück, dass ich zu platzen drohte. Dass ich schreien und herumspringen wollte, weil nichts im Leben schlecht war. Es war die reine Perfektion.

Und ich konnte nicht einmal daran denken, dass solche Momente für gewöhnlich schneller vorbeigingen, bevor man sie voll und ganz auskosten konnte.

***

Finn

Wir waren beide ganz ruhig, als wir mit verschränkten Fingern den schmalen Gehweg vorbei an den Clubs, Bars und Restaurants schlenderten. Die Temperatur war genau richtig, nicht zu warm und nicht zu kalt, und San Francisco war ohne Zweifel eine umwerfende Stadt, auch wenn ich Seattle bevorzugte. Und jetzt, wo wir hier waren und kein Wort sprachen, uns beide in angenehmes Schweigen hüllten, konnte ich meinen Gedanken nicht mehr ausweichen. Die Stadt machte mir keine Angst, meine Erinnerungen waren ans Licht getreten, aber ich fürchtete sie nicht mehr.

Ich wusste, es lag an Eliza. Und es war nicht nur wie zu Beginn, als sie eine Ablenkung für mich gewesen war. Es war so anders. Sie lenkte mich nicht ab, sie schien allein mit ihrer Anwesenheit zu bewirken, dass ich darüber nachdenken konnte, ohne den Verstand zu verlieren. Sie hatte den Psychopathen in mir zerstört, und jetzt konnte ich leben.

Mein Griff verstärkte sich, und ich drückte leicht ihre Hand, als ein gewaltiges Gefühl von Dankbarkeit sich in mir ausbreitete und mich für einen Augenblick wehrlos machte. Dankbarkeit und Zuneigung. Aber nein, das war das falsche Wort. Zuneigung war eine einfache Emotion, ein Anflug eines Gefühls. Das hier brachte mich dazu, stehen bleiben zu wollen und sie an mich zu drücken. Festzuhalten bis ans Ende unserer verdammten Zeit.

Verwirrt schüttelte ich den Kopf, als wir ein paar Meter vor dem Club standen, in dem sich Ally und Tom befinden mussten. Dröhnend laut hallte die Musik zu uns herüber, und es sah fast so aus, als hätten sie eine Absperrung auf der Straße angebracht – der Club quoll über. Die Menschen tanzten hemmungslos auf der Straße zu einem Remix von Depeche Modes *Enjoy the Silence*, während die Fahrzeuge einen weiten Bogen um sie herum fuhren und einige Fahrer verärgert hupten.

Auch Eliza lachte. »Wie lange waren wir weg, dass *das* passieren konnte?«

Es war kaum mehr als eine Stunde gewesen, aber anscheinend strömten zu dieser Zeit alle hierher, um die Nacht durchzufeiern und einfach loszulassen.

»Gehen wir Tom und …«, setzte ich an, aber sie zog mich schon kichernd direkt in die Menge, drehte sich dann um und legte die Arme um meinen Hals.

»Ein Tanz mit mir, hinterher können wir immer noch nach ihnen suchen«, rief sie mir ins Ohr, denn anders konnten wir uns nicht mehr verständigen. Die Musik wurde so laut gespielt, dass sie in meinem Kopf widerhallte. Ich umfasste ihre Hüften. Die Wucht meiner Gefühle zog mir für einen Moment beinahe den Boden unter den Füßen weg. Als ich mich wieder fing, nahm ich sie bei der Hand, wirbelte sie im Kreis herum, zog sie an mich, schob sie von mir und versuchte, mit dem Tanzen alles andere zu überspielen, doch diesmal waren meine Bemühungen vergeblich.

Ich sah nur noch sie. Ihre Locken, wie sie in alle Richtungen flogen, ihren Körper, wie er sich zur Musik bewegte, und ihre Augen, ihre dunklen, tiefen Augen, die sie erst schloss, um alle Empfindungen des Moments in sich aufzunehmen, und schließlich in meine bohrte. Sanft und doch erbarmungslos. Vertraut und gleichzeitig völlig fremd. Ich beobachtete, wie sie sich ein wenig entfernte und mich provozierend angrinste, damit ich ihr folgte, und in dieser Sekunde wurde alles egal, denn in meinem Kopf formten sich die Gedanken zu einem großen tobenden Etwas, das ich schon lange in mir herumgetragen, aber nie zugelassen hatte. Wie hypnotisiert starrte ich das Mädchen vor mir an. Sie zog erst verwirrt die feinen Augenbrauen zusammen, dann verdrehte sie lächelnd die Augen, kam wieder zu mir und zog mich ganz fest an sich. Aber ihre Verwirrung war nichts gegen meine. Benommen umarmte ich sie, während wir uns nun langsamer zur Musik im Kreis drehten.

Ich war mir nicht sicher, was Eliza fühlte. Sie war immer noch ein Rätsel für mich.

Aber ich wusste, was ich fühlte: *Ich hatte mich in sie verliebt.*

***

Eliza

Die Hoteltür fiel mit einem lauten Klick ins Schloss, und ich seufzte, bevor ich mich vom Bett erhob. Ally war gerade gegangen, nachdem wir die letzten Tage mit Finn in allen Details durchgegangen waren, um einen Grund zu finden, warum er solche Stimmungsschwankungen hatte. Ohne Erfolg, natürlich.

Ich lauschte seinen Schritten, dem leisen Geräusch seiner Schuhe auf dem Teppichboden der Suite, und atmete tief durch.

Doch als er in mein Blickfeld kam, wusste ich augenblicklich, dass diese Hoffnungen umsonst waren. Immer noch nicht schien er den Anstand zu haben, mir in die Augen zu schauen.

»Was habe ich dir jetzt schon wieder getan, Finn? Wieso kann nicht einmal alles normal zwischen uns verlaufen?«, fauchte ich und fuhr mir wütend durch die Haare. Ich hatte mich fallen lassen – für ihn. Ich hatte meinen ganzen Stolz ein für alle Mal heruntergeschluckt, weil ich ihn wollte. *Nur* ihn. Ich wollte doch einfach ein bisschen Frieden zwischen uns. Zuneigung. Leidenschaft. All den Mist, der eben dazugehörte.

Er blieb still, lief an mir vorbei und setzte sich auf den Bettrand. Sein Blick wich meinem aus, und ich wurde nur noch rasender.

»Ganz toll. Dann rede eben nicht mit mir. Weißt du was, fahr zur Hölle. Ich hab ja nur meine ganze Denkweise für dich verändert. Ich habe ja lediglich zugegeben, dass du der wichtigste Mensch auf der Welt für mich bist. Das bedeutet natürlich einen Scheißdreck. Das sage ich ja zu jedem, der dahergelaufen kommt.«

Er stützte den Kopf in beide Hände und raufte sich die Haare. »Verdammt, Eliza.«

Kopfschüttelnd stand ich da. »Ich verliere allmählich die Geduld«, fuhr ich ihn an, und endlich hob er den Kopf und sah mich an.

»Komm her«, murmelte er und flehte mich mit diesem Wahnsinnsblick an.

»Was?« *Willkommen, Dr. Jekyll.*

»Bitte.«

Er streckte die Hände nach mir aus, und ich lief halb genervt, halb misstrauisch auf ihn zu, bis ich mich neben ihn aufs Bett setzte. Er nahm meine Hand und verschränkte unsere Finger miteinander. Mit der freien griff er sanft in meinen Nacken und zwang mich so, ihm mein Gesicht zuzuwenden. Er war viel zu nah.

»Es tut mir leid, Baby.«

»Was tut dir leid?«

Er hatte mal wieder den Schalter umgelegt. Einfach so.

»Dass ich so ein Idiot bin, der dir die Laune verdirbt.«

»Wieso bist du so? Wieso behandelst du mich erst wie etwas Bedeutungsvolles, um mich dann wieder hängen zu lassen? Ich dachte, wir haben das hinter uns gelassen. Mache ich etwas falsch?«

Er schüttelte gequält den Kopf, und in seinen Augen spiegelte sich so viel Unsicherheit, dass ich nicht anders konnte. Ich beugte mich vor und drückte kurz meine Lippen gegen seine. Als ich zurückwich, lächelte er leicht.

»Ich möchte dir etwas zeigen«, durchbrach er dann die Stille, erhob sich und zog mich mit sich.

Ich folgte ihm widerstandslos, bis wir vor dem kleinen Klavier standen. Er klappte den Klavierdeckel hoch und setzte sich auf den Hocker, während ich neben ihm Platz nahm. Nach einigen Sekunden holte er tief Luft und betrachtete mich mit einer Mischung aus Leidenschaft und Angst.

Nur zu gut erinnerte ich mich an Toms Worte von damals – *niemand* hörte Finn je spielen.

»Du bist dir sicher, dass du mir was vorspielen willst?«, fragte ich zögernd, und er grinste mich schief von der Seite an, sodass jeder Zweifel aus seinem Gesicht verschwand.

»Ich muss doch schließlich mein Versprechen halten, Kleine.« Er zwinkerte mir zu, und ich wusste, dass er sich an Silvester erinnerte und versuchte, diese Situation hier runterzuspielen.

Und es gelang ihm auch – beinahe. Denn als seine Fingerspitzen die Tasten berührten, gab es nichts mehr herunterzuspielen.

Mit unglaublicher Sicherheit und scheinbar ohne nachzudenken begegnete er den Tasten. In nur wenigen Sekunden füllte sich der gesamte Raum mit Klängen, die aus einer fernen Welt zu kommen schienen. Es war nicht die Melodie, die mir das Herz zerriss und gleichzeitig ein befangenes Gefühl in meinem Inneren hinterließ. Das Stück begann langsam und gewann immer mehr an Emotionen, bis es auf seinen Höhepunkt zusteuerte. Ich wusste nichts über Klavierkompositionen, obwohl ich ein paar der Klassiker kannte.

Aber das hier war etwas Größeres.

Meine Finger begannen zu zittern, und mein Körper überzog sich mit einer Gänsehaut, obwohl Finn kaum mehr als ein paar Takte spielte.

Er schaute nicht auf die Tasten, seine Augen waren geschlossen. Seine Finger spielten nicht, sie flogen.

Die alte Eliza hätte es mit der Angst zu tun bekommen, hätte es vielleicht ins Lächerliche gezogen oder wäre womöglich wieder davongerannt.

Die neue saß nach wie vor neben ihm auf dem Hocker, versuchte, ihr rasendes Herz unter Kontrolle zu kriegen, und ließ zu, dass ihr die Tränen in die Augen schossen.

Auf der einen Seite hatte es etwas unbeschreiblich Trauriges an sich, weil ich ganz genau spürte, wie Finn sich mir hiermit auslieferte. Er zeigte mir durch die Musik seinen Schmerz, seine innere Zerstörung, die tiefer ging, als ich es mir je vorstellen konnte.

Und andererseits war das hier ein Eingeständnis, dass er genau dasselbe wie ich benötigte. Er würde mir nicht mehr wehtun, genauso wenig, wie ich es tun würde.

Vor zwei Tagen hatte ich noch behauptet, ich könnte ihm nicht vertrauen, nach allem, was geschehen war. Jetzt wusste ich, dass ich in meinem Leben noch nie so viel Vertrauen wie in diesem Moment gespürt hatte.

»Danke«, flüsterte ich, als schließlich wieder Stille herrschte.

»Komm her«, murmelte er erneut und zog mich in seine Arme.

Ich vergrub das Gesicht in seinem Hemd und atmete seufzend seinen Geruch ein, während ich ihm die Arme um die Mitte schlang und ihn festhielt.

»War es schwer?«, fragte ich nach einer Weile.

»Bei dir ist gar nichts schwer.«

Er nahm mein Gesicht in die Hände, und ich hob meinen Kopf, um ihn ansehen zu können.

»Was hältst du davon, wenn wir heute am Strand übernachten?«, schlug er vor, und ich sah ihm an, dass er genauso wie ich fühlte.

»Glaubst du, man kann vor Glück sterben?«

Er kicherte leise. »Wir sollten uns wirklich darüber Gedanken machen. Kommst du mit?«

»Ja«, erwiderte ich und biss mir auf die Unterlippe. »Unter einer Bedingung.«

Er hob eine geschwungene Braue, und ich schaute ihm herausfordernd in die Augen.

»Küss mich endlich.«

»Sag mir nicht, wir sind die Einzigen, die auf die Idee gekommen sind, am Strand zu übernachten.«

Finn schaltete den Motor aus. »Das bezweifle ich, aber genau aus diesem Grund habe ich Jack beauftragt, nach einem etwas … ruhigeren Ort zu suchen.«

Wir stiegen aus, und ich runzelte die Stirn. »Und ich dachte, er ist nur dein Chauffeur …«

»Ein Mann für alles«, antwortete Finn grinsend in die Dunkelheit, während er zwei Decken herausnahm und mir eine reichte. »Ich kenne ihn noch von der Zeit in L. A., bei meinen Eltern … Er ist wirklich okay.«

»M-hm.« Die nächste Frage rutschte mir heraus, bevor ich darüber nachgedacht hatte. »Wie war es eigentlich in Los Angeles?«

Kurz zuckte Verwunderung über sein Gesicht, und ich fürchtete schon, ich hatte damit einen Fehler gemacht, aber dann lächelte er. »Es war das Beste, das mir passieren konnte, bevor ich nach Seattle kam.«

Tausend Fragen wirbelten in meinem Kopf auf, aber ich hielt den Mund, bis wir ein kleines Lager im Sand errichtet hatten, nur ein paar Meter vor den Wellen entfernt, und uns im Schneidersitz gegenübersaßen. Es war hier wirklich menschenleer, und das einzige Geräusch war das Meeresrauschen, vermischt mit den exotischen Klängen eines Vogels.

Finn öffnete eine Wasserflasche und trank ein paar Schlucke, bevor ich sie ihm lächelnd aus der Hand nahm und es ihm nachtat.

»Du siehst heute verdammt schön aus«, meinte er plötzlich und verschränkte währenddessen wieder unsere Finger miteinander.

Ich kicherte und hob eine Braue. »Heute?«

Ein kleines Lächeln erschien auf seinen Lippen. »Heute besonders.«

Sein Daumen fuhr langsam über meinen Handrücken. Ich schloss die Augen.

»Ich … hm …«, murmelte ich unschlüssig.

»Was denkst du?«, fragte er leise nach.

»Würdest du mir von deiner Zeit in L. A. erzählen?«, traute ich mich schließlich. Eine kleine Pause entstand, und ich schlug wieder die Augen auf.

»Seit wann interessiert dich das?«

Ich zuckte die Achseln und verdrehte die Augen. »Ist es so abwegig, dass ich mich für dich interessieren könnte?«

Sein Blick war eindeutig.

Ich seufzte. »Erzähl schon.«

Er nickte und holte tief Luft. »Der Anfang war schwer. Ich … ich habe es dir gestern gesagt – es gibt Dinge, die kann ich dir nicht erzählen. Alles, was *davor* geschehen ist …«

Ich wusste, was er meinte, und ich verstand, wieso er nicht darüber sprechen wollte. Kathryn, Chicago …

»Das erste Jahr war beschissen. Laura und Michael haben sich bemüht bis zum Gehtnichtmehr, Alex genauso und selbst Tom.« Er lächelte an dieser Stelle. »Er hielt mich schon immer für den größten Freak. Eigentlich hat er sich auch nicht besonders bemüht. Wir haben uns gehasst. Ich bin ständig ausgerastet, und Tom hat nicht so einen ruhigen Charakter wie Alex – er hatte keine Probleme damit zurückzubrüllen. Wir haben unsere Eltern in den Wahnsinn getrieben …«

»Ihr habt euch gehasst?«, hakte ich verblüfft nach, und er nickte grinsend.

»Bis das mit der Band anfing. Wir waren im Abschlussjahr an der Schule, und ich mied alle Menschen. Sie gingen mir auf die Nerven. Und dann kaufte mir Laura ein Klavier, als sie zufällig herausfand, dass ich spielen konnte, und auch wenn keiner mich jemals spielen hörte, war sie froh, dass ich ein Hobby hatte.«

»Und wie kamst du zu der Band?«, fragte ich, völlig gefangen in seinen Erzählungen.

Er lächelte. »Ich beging den Fehler, bei dieser dummen Party von Toms damaliger Schulfreundin Karaoke zu singen, zu der ich nur gegangen bin, weil ich Laura dabei erwischt habe, wie sie vor Kummer darüber geweint hat, dass ich *mein Leben nicht lebte*.«

Unwillkürlich musste ich lachen. Das Bild von Finn auf einer Teenie-Party mit Song-Contest schien so gar nicht in meinen Kopf zu wollen.

»Ja, ich weiß, es passt unglaublich gut zu mir … Jedenfalls hat es verdammt Spaß gemacht, auch wenn ich das nie zugegeben habe. Es war irgendein AC/DC-Titel, glaube ich, und hinterher war der ganze Raum still. Ich bin genervt aufgestanden und gegangen, weil ich keine Lust hatte, begafft zu werden, aber Tom hat es natürlich mitgekriegt, und die Nummer war gelaufen. Er erzählte es Alex, meinen Eltern und so ziemlich jedem in unserem Umkreis – dafür haben wir uns im Wohnzimmer geprügelt und Lauras Glastisch zertrümmert –, und nach circa einem halben Jahr gab ich nach. Die beiden spielten sowieso schon, und da kam ich ihnen gerade recht.

Ich brachte mir bei, Gitarre zu spielen, und wir begannen aufzutreten.«

»Und seitdem versteht ihr euch?«

»Nicht sofort, aber mit der Zeit ... Auch wenn wir uns manchmal immer noch ziemlich in die Haare kriegen. Wie am sechsten November, nachdem ich in Seattle angekommen war.«

Ich vergaß zu atmen, und meine Augen wurden groß. Er lachte mich aus.

»Was? Schockiert, dass ich mich an den genauen Tag erinnere?«

»Das war ... bevor ... bevor ...« Mir fehlten die Worte, als ich mit einem Schlag zurückversetzt wurde.

»Bevor ich dich in den Proberaum verschleppt habe, genau. Bevor du direkt in meine Arme gelaufen bist, weil du nicht in diesen Schuhen laufen konntest und es wegen des Regens überall nass war.« Seine Stimme wurde weich. »Bevor du mir den Tag gerettet hast und *Not Strong Enough* lief.«

»Wenn ich gewusst hätte, dass ich dich jemals wiedersehe ...«

»Himmel, das waren wirklich verflucht gute Zeiten«, sagte er grinsend, und ich wusste, er dachte genau wie ich an den Anfang zurück. Es waren kaum ein paar Monate vergangen, aber für mich war es eine Ewigkeit.

Wir sahen uns an, und ich ließ mich langsam nach hinten fallen, sodass mein Kopf direkt auf einem der Kissen lag und ich über mir die Sterne im schwarzen Himmel betrachten konnte. Ich kickte meine Schuhe zur Seite und kuschelte mich in die Decke, als er sich neben mich legte und halb auf seine Brust zog. Ich stützte mich auf seinem Oberkörper ab, um ihn anschauen zu können.

»Gestern Nacht hast du gesagt, dass es immer noch ... so schlimm war, als du nach Seattle kamst. Aber du hast dich doch mit Alex und Tom verstanden?«

Er strich mir eine Strähne hinters Ohr und streichelte mir über den Rücken, während sein Blick abwesend wurde.

»Es war besser, aber ... es hat nie ein Ende gefunden. Die Albträume waren nicht vorbei und die Vergangenheit in meinem Kopf sowieso nicht. Ich habe mich gezwungen, mit den Leuten zu reden, und ins Howl at the Moon bin ich nur gegangen, weil ich einen Neuanfang wollte und damit meine Brüder beruhigt waren. Niemals hätte ich damit gerechnet, dass ich jemanden treffe … Dass dieser Jemand mich dazu bringt, wieder von mir aus Spaß haben zu wollen, verstehst du?«

Ich nickte zögerlich. Von Anfang an hatte ich ein völlig anderes Bild von Finn gehabt. Der Frauenaufreißer, der Macho, der Typ mit zu viel Selbstbewusstsein, aber nie der Einzelgänger, der sich von der Welt abgrenzen wollte, weil er nicht mit seinem Leben klarkam. Es war wie vorhin am Klavier – Finn zeigte sich von seiner verletzlichen Seite. Je mehr ich über ihn erfuhr, desto gefährlicher fühlte es sich an. Kathryns Erzählung passte zu seiner. Ich wollte nicht rechtfertigen, was er ihr angetan hatte, aber ich war mir sicher, es verbarg sich noch eine Menge mehr dahinter.

»Ich habe noch niemandem davon erzählt«, murmelte er leise, und seine Stimme verlor sich im Rauschen der Wellen.

»Bereust du es nicht?«

»Nein. Es ist schön, Eliza. Wenn man jemanden hat, der zuhört. Ich habe nie darum gebeten, aber Michael hatte recht – manchmal brauche selbst ich einen Menschen, der das tut. Der für mich da ist.«

»Ich gehe nicht weg.«

Ich wusste, das war ein Versprechen, und ich wusste auch, dass ich so etwas nicht leichtfertig sagen sollte. Aber in diesem Augenblick meinte ich es hundertprozentig.

»Ich weiß«, gab er zurück, und mit einem Mal klang seine Stimme wieder amüsiert.

»Ich glaube, das nennt man Vertrauen.«

Ich musste lächeln, als ich meinen Kopf wieder in seine Halsgrube bettete. Als wir beide schläfriger wurden und seine Atemzüge gleichmäßiger, hatte ich mit einem Mal Angst, dass der Moment vorbei sein würde, sobald ich in den Schlaf glitt. Vielleicht würde ich mich nie wieder fühlen wie jetzt. Also musste ich ihm das jetzt sagen, weil ich es mich morgen vielleicht nicht mehr trauen würde.

»Geh auch nicht, bitte.«

Er antwortete nicht sofort, und ich dachte schon, er sei eingeschlafen, was eine seltsame Erleichterung in mir auslöste, aber dann erklang doch noch seine Stimme, so leise, dass ich die Worte kaum verstand. »Meinst du nicht, das würde sich ein bisschen schwierig gestalten, wenn du auf mir liegst?«

Ich biss mir auf die Lippe. »Ich meinte … allgemein.«

Er lachte leise. »Und du bist dir darüber im Klaren, dass du das gerade ohne alkoholischen Einfluss sagst, Kleine?«

Stöhnend kuschelte ich mich enger an ihn.

***

March 17th, 1:30 a. m.

Zufrieden lächelnd stieg ich aus der Dusche und wickelte mich in das hellblaue Handtuch, während ich die dampfende, duftende Luft einatmete. Ich hatte das Licht im Badezimmer ausgeschaltet, denn so hatte es irgendwie etwas Magisches. Seufzend betrachtete ich das nächtliche Treiben der Stadt aus dem kleinen Hotelfenster. Die letzte Nacht in San Francisco.

Ich würde das hier verdammt vermissen, so viel stand fest. Nicht nur, weil die Suite so abartig luxuriös war. Ich war mir sicher, die letzten Tage wären genauso perfekt und traumähnlich gewesen, wenn wir in einem billigen Motel mit nur einem klapprigen Einzelbett übernachtet hätten. Oder auf der Straße.

Bis vor knapp einer halben Stunde waren wir auf Finns Abschlusskonzert gewesen, das gleichzeitig sein erstes richtiges Konzert überhaupt war, und ich war Zeugin geworden, wie er den Club zum Toben gebracht hatte. Vor Presse und Fans hatte er seine erste Single präsentiert.

Es war einfach ein unglaubliches Gefühl, ihn mit seiner Gitarre auf der Bühne stehen zu sehen, mit *seinen* Songs. Wie Hunderte Menschen ihm zujubelten, weil sie sein Talent genauso sehr schätzten wie die Studenten in Seattle. Er hatte hauptsächlich rockige, schnelle Songs aufgenommen, die von Schmerz, Verzweiflung und

Leidenschaft handelten und einem noch lange im Gedächtnis blieben, aber auch zwei Balladen waren darunter gewesen, die er nur mit einer Akustikgitarre begleitet hatte. Mein Favorit war *Night Beacon*, ein Lied voller Widersprüche, aber auch voller Hoffnung, und ich war überrascht gewesen, zu erfahren, dass er die Texte nahezu alle selbst geschrieben hatte.

Irgendwie machte es mich stolz, ihn dort zu sehen. Und nicht nur das, es erfüllte mich auch mit einem unglaublichen Glücksgefühl, denn wenn er sang, sah ich all das in ihm, das ich nie in Worte fassen konnte. Vor allem aber erinnerte ich mich daran, wie wir uns kennengelernt hatten. Ich liebte diese Erinnerungen, und mir war inzwischen bewusst, dass ich sie in Ehren halten würde, egal, was aus uns wurde.

Nachdem wir am Strand übernachtet hatten, verbrachten wir den folgenden Tag mit Tom und Alison, bevor sie weiter nach Los Angeles flogen.

Obwohl ich seit Tagen von morgens bis abends mit Finn zusammen war, wurde es nicht langweilig. Ich bekam nicht genug von ihm. Ob wir nun nachts im Meer schwammen, die Presse vor einem Juwelier auf den Arm nahmen – er hatte seinen Silberring vom Finger genommen und war damit vor mir auf die Knie gegangen, als wir merkten, dass wir fotografiert wurden. Aber wir bekamen so einen Lachanfall, dass ich bezweifelte, dass die Fotos ernst zu nehmen waren –, ich stundenlang mit ihm im Studio saß und er mir verschiedene Stücke auf dem Klavier vorspielte oder wir einfach nur Arm in Arm einschliefen.

Ich bekam ein seltsames Gefühl in der Magengegend, wenn ich daran dachte, dass morgen früh unser Flieger zurück in die Realität ging. Im Halbdunkeln suchte ich nach meinem Slip und meinem weiten Shirt, das als Pyjama diente, als ich Finns Stimme plötzlich gedämpft von draußen vernahm.

»Das kann nicht dein verfluchter Ernst sein.«

Ich runzelte die Stirn und schlüpfte schnell in die Unterwäsche und das Oberteil, bevor ich näher an die Badezimmertür trat. Ich lauschte, um herauszufinden, ob eine zweite Person im Raum war, als die nächsten Worte erklangen, so laut, dass ich zusammenzuckte.

»Lass mich in Ruhe, Laura.«

Langsam breitete sich Besorgnis in mir aus. Ich wusste, wie er seine Adoptivmutter normalerweise behandelte, und das hier war ganz und gar nicht seine Art. Meine Hand umklammerte die Türklinke, als es im selben Moment draußen krachte.

Ohne lange zu überlegen, drückte ich die Klinke runter und trat aus dem Bad.

Offenbar hatte Finn sein Handy an die Wand geschleudert.

Ich wollte etwas sagen, doch mir fehlten die Worte, als ich den Ausdruck auf seinem Gesicht sah. Entgegen meinen Erwartungen war es nicht Zorn, wie ich nach seiner Stimme geurteilt hatte, sondern Panik. Die pure Verzweiflung. Sein Brustkorb hob und senkte sich in Rekordschnelle, als er eine der beiden Nachttischlampen packte und gegen den kleinen Spiegel links vom Bett donnerte.

»Hör auf«, schrie ich, während die Scherben durch den Raum flogen, und er brach vor meinen Augen auf dem Boden zusammen.

Im ersten Augenblick wurde mein Körper starr vor Entsetzen.

Er raufte sich mit beiden Händen die Haare – so grob, dass es schon beim Zusehen wehtat.

»Wieso«, keuchte er. »Wieso tust du das? Wieso jetzt?«

Mir wurde schlagartig bewusst, dass er meine Anwesenheit kaum wahrnahm.

»Lass mich in Ruhe«, flüsterte er gequält, und ich lief ein paar Schritte zu ihm und sank neben ihm auf die Knie. Was ging hier vor sich? Wieso benahm er sich von einem Moment auf den anderen – nur aufgrund eines Telefonats – wie ein hilfloses, gepeinigtes Kind?

»Bitte … bitte … lass mich einmal glücklich sein.«

Ich schluckte hart, um nicht loszuheulen, und streckte meine Hände nach ihm aus, doch in der Sekunde, in der ich seinen Arm berührte, wurde meine Hand zurückgeschlagen, und er sprang auf die Beine.

»Fass mich nicht an!« Seine Stimme bebte, er verlor völlig die Beherrschung. Ein paar Sekunden stand er mir schwer atmend gegenüber und hatte beide Hände zu Fäusten geballt.

Meine Gedanken rasten. Ich musste ihm helfen. Er war urplötzlich ein fremder Mensch geworden. Ich musste etwas dagegen unternehmen.

»Finn«, sagte ich eindringlich und merkte, wie verstört meine Stimme klang. »Schau mich an.«

Keine Regung. Keine Emotion auf seinem Gesicht, außer der Verzweiflung.

Da sammelte ich meinen ganzen Mut und trat auf ihn zu. Ich konnte das hier keine Minute länger ertragen. Es war egal, dann sollte er mich wieder anbrüllen, mich zurückstoßen. Ich nahm sein Gesicht zwischen meine zitternden Hände. Er verdiente das mit Sicherheit nicht. Niemals. Mein Herz pochte immer schneller, als sein Blick plötzlich meinen fixierte und er dann, schneller, als ich denken konnte, meinen Körper umschlang und seinen Mund wild auf meinen presste.

Ich klammerte mich an ihm fest, zerrte an seinen Haaren, erwiderte den Kuss, als würde sonst etwas davon abhängen, war unendlich erleichtert, dass er mich an sich ließ. Zuließ, dass ich ihm half. Ihn ablenkte, von was auch immer ihn so zugerichtet hatte.

Ein paar Minuten ging es gut, es fühlte sich fast wie immer an. Mit dem Unterschied, dass ich spürte, wie sehr er litt. Wie groß sein Schmerz war, den er mit mir zu verdrängen versuchte. Wir fielen aufs Bett, ich zog ihm sein Shirt über den Kopf und beugte mich über ihn, küsste ihn weiter, bis ich merkte, wie sein Griff schwächer und schwächer wurde, bis seine Hände schließlich vollständig von mir abglitten.

Augenblicklich wich ich zurück. Sein Kopf lag zwischen den Kissen, seine Arme schlaff rechts und links von unseren Körpern.

Diesmal würde Sex nicht helfen.

»Eliza«, raunte er, und jetzt konnte ich mich nicht mehr zurückhalten, die Tränen in meinen Augen liefen über. »Eliza, bitte mach, dass es aufhört«, flehte er, und ich sah, dass etwas in ihm brach und er weinen wollte. Ich sah, wie er alles aufgeben und in meinen Armen losschluchzen wollte. Und ich sah auch, wie er um das letzte bisschen Selbstbeherrschung kämpfte und es nicht tat.

»Oh Gott«, schluchzte ich. »Oh Gott, was haben sie nur mit dir getan?«

Mir wurde bewusst, dass meine Tränen jetzt nicht halfen. Ich musste jetzt stark für ihn sein. Energisch unterdrückte ich das Schluchzen und wischte das lästige Salzwasser fort. Und dann tat ich das Einzige, von dem ich noch glaubte, dass es helfen könnte. Ich tat dasselbe, was er für mich getan hatte, als ich wegen Ally durchgedreht war. Ich war für ihn da. Ich zeigte ihm, was er mir bedeutete.

Meine Finger strichen langsam und ganz vorsichtig über seinen Oberkörper, seine muskulösen Arme entlang, während alle meine Gefühle für ihn herausbrachen.

»Ich bin hier, Finn, konzentriere dich darauf«, wiederholte ich seine Worte vom Krankenhaus. »Ich bin für dich da, und du bist das Schönste, was mir je passiert ist, verstehst du das?«

Er lag vor mir, ein gebrochener Mann, schluckte hart und nickte dann, so leicht, dass es kaum eine Bewegung war.

Ich beugte mich vor und küsste jeden Millimeter Haut, den ich unter mir spüren konnte, seine Brust, seine Handflächen, seine Mundwinkel, seine Stirn.

»Die letzten Tage waren das Beste, was du mir geben konntest, und ich möchte jede verdammte Minute mit dir verbringen. Ich will dich immer bei mir haben, auch wenn ich es mir nicht eingestehen konnte, ich kann mir nicht vorstellen, dass du eines Tages nicht mehr da bist«, fuhr ich flüsternd fort und strich ihm durch die Haare. »Und es ist mir egal, was vor mir war, es zählt nur, was ich jetzt spüre, okay? Was *du* spürst, in diesem Moment, wenn ich dich berühre. Ich lasse dich niemals im Stich, Finn. Ich werde immer da sein, ich schwöre es.« Ich sah ihm direkt in die hellen, göttlichen Augen. »Wir schaffen das. Egal, was es ist, ich helfe dir, und wir kämpfen dagegen an. Ich bin hier. Bitte. Ich gehe nicht weg.«

Erst jetzt realisierte ich, dass seine Atemzüge ruhiger geworden waren und sein Herzschlag unter meinen Händen regelmäßiger ging.

Irgendwann hob er die Hände und nahm mich in den Arm. Er drehte uns auf die Seite, und ich bettete seinen Kopf auf meinem Oberkörper, während ich selbst erschöpft in die Kissen fiel.

»Eliza«, hauchte er heiser und schläfrig. »Kleine …«

Ich zerrte die Decke hervor und breitete sie mühsam über unsere Körper aus, bevor ich sah, wie ihm die Augen zufielen.

Ein trauriges Lächeln erschien auf meinen Lippen.

»Ich …«, begann er, doch seine Atemzüge wurden tiefer und gleichmäßiger, während auch meine Lider schwer wurden. Er sprach nicht weiter. Er musste eingeschlafen sein, er benötigte es.

Seine Wärme ganz nah an mir, glitt ich langsam in den Schlaf.

Der Morgen war viel zu schnell vergangen, er war wie ein Film an mir vorbeigelaufen, und jetzt standen wir schon am Schalter und checkten für den Flug ein. Finn hatte mich vor zwei Stunden mit ein paar frischen Bagels aufgeweckt, und während ich noch ganz schläfrig gegessen hatte, war er durchs Zimmer gelaufen und hatte unsere Sachen zusammengepackt.

Ich erwähnte den gestrigen Vorfall genauso wenig wie er, denn ich sah ihm an, dass er nicht darüber reden wollte.

Der zerstörte Spiegel und die Scherben waren mir wieder in den Sinn gekommen, als ich mich fertig machte, doch ich konnte nichts mehr davon im Raum entdecken – er musste sie beseitigt haben, als ich noch geschlafen hatte.

Ein seltsames, schweres Gefühl nahm mich ein, und ich zog meinen Koffer leise seufzend weiter. Ich wollte nicht weg von hier, ich hatte Angst, wieder in Seattle zu sein, wo mich alles an den vergangenen schrecklichen Monat erinnerte. Aber vor allem fürchtete ich mich vor den Folgen, die gestern Nacht mit sich bringen würde.

Ich war jetzt zwar noch ein wenig müde und sah alles vermutlich in einem anderen Blickwinkel, aber ich konnte die Tatsachen nicht ignorieren. Finn ging es nicht gut. Er war verletzlich, und er hatte es mir gezeigt. Er bemühte sich zwar und versuchte, mich wie immer zu behandeln, aber ich kannte ihn inzwischen gut – ich wusste, es quälte ihn.

Wir mussten noch eine halbe Stunde warten. Tyler kam, um sich von uns zu verabschieden, und er machte ein paar Witze, doch ich hatte das Gefühl, Finn konnte sich genauso wenig wie ich darauf konzentrieren, auch er schien seinen Gedanken nachzuhängen.

Als wir schließlich im Flugzeug saßen, schlich sich die vertraute Nervosität wieder in meinen Magen. Wortlos nahm er meine Hand und drückte sie leicht. Mein Kopf schien zu voll mit ungeklärten Dingen zu sein, die mich beschäftigten, dass mein Körper kaum Zeit hatte, in ernsthafte Panik zu geraten. Immer wieder schoss das Wort *Veränderung* durch meine Gedanken.

Ehe ich mich versah, nickte ich an seiner Schulter ein und wachte erst wieder auf, als wir schon gelandet waren. Schläfrig ließ ich die ganze Warterei und das Hin und Her im riesigen Flughafen über mich ergehen, während Finn mich an die Hand nahm und uns führte. Wir sprachen kein Wort. Ich schrieb Jenny eine Nachricht, um ihr mitzuteilen, dass ich in der nächsten halben Stunde nach Hause kommen würde, und ich bekam eine freudige Antwort, die mich lächeln ließ, bevor Finns abwesendes Gesicht es wieder auslöschte. Schließlich saßen wir endlich im Taxi, das erst mich und dann ihn nach Hause bringen sollte.

Kurz vor der richtigen Straße nahm ich meinen Mut zusammen, denn ich würde es nicht aushalten, wenn ich jetzt einfach ging und ihn so alleine ließ.

»Sehen wir uns heute noch?«, murmelte ich und hoffte, meine Stimme würde sich nicht zu seltsam anhören.

Er nickte leicht und strich mir eine Locke hinters Ohr. »Heute Abend will mich Erikson im Howl at the Moon haben. Die neuen Songs einweihen oder so.«

»Okay … Sag mir dann Bescheid, wann ich kommen soll, ja?«

Das Taxi stoppte, und ich sah, wie es draußen zu regnen angefangen hatte. Er stieg aus, um mir mit meinem Gepäck zu helfen. Dann stellte er sich entschlossen vor mich. Seine grünen Augen bohrten sich in meine.

»Eliza, würdest du mir einen Gefallen tun?«

»Hm?« Ich würde ihm jeden Gefallen tun. Das sollte er spätestens seit gestern wissen.

»Lass uns alles, was in San Francisco geschehen ist, hinter uns lassen und vergessen, okay?«

Ich nickte hastig, bevor ich den Sinn seiner Worte richtig erfassen konnte. Und als er sich wieder ins Taxi setzte, dem Fahrer seine

Adresse nannte und davonfuhr, war es schon zu spät. Für einen Moment schien ich zu wenig Sauerstoff zu bekommen.

»Hör auf, dich wahnsinnig zu machen«, flüsterte ich vor mich hin und packte mit zittrigen Händen den Griff meines Koffers. Aber es half nicht. Die Angst nagte trotzdem an mir, als ich aufschloss und das Treppenhaus betrat.

23. KAPITEL

BURY ME

Eliza

March 17th, 1:15 p. m.

Ich stellte meine Tasche ab, kickte meine Stiefel von den Füßen und tapste am Sofa vorbei auf den Balkon. Kurz vor dem Geländer machte ich halt, umschloss die silbernen Gitterstäbe mit beiden Händen, lehnte mich in den Wind und hielt mein Gesicht genießerisch in den Nieselregen.

Es war gut, wieder zu Hause zu sein. Es erinnerte mich daran, dass ich noch ein anderes Leben außerhalb von dieser Traumwelt hatte. Der von hellgrauen Wolken durchzogene Himmel, das kühle Wetter, die heimische Atmosphäre, wenn ich mich in meiner Wohnung befand, für die *ich* zahlte und in der ich nun fast seit einem Jahr wohnte.

Schon jetzt schien mir San Francisco unheimlich weit weg, wie eine Seifenblase, die immer weiter dem Horizont entgegenschwebte und zu zerplatzen drohte, wenn ich ihr auch nur in Gedanken zu nahe kam.

Ich wollte diesen Mann. Ich war abhängig von Finns Nähe und schreckte nicht einmal vor seinen dunkelsten Seiten zurück. Ich *vertraute* ihm.

Und er wollte, dass ich alles vergaß, was in San Francisco geschehen war.

Gedankenverloren betrachtete ich die Straße unten und verfolgte ein Taxi mit den Augen, bis es an der nächsten Ecke einbog.

Ich war genau zu dem Menschen geworden, der ich nie sein wollte. Mir wurde bewusst, dass Finn jetzt die größte, gefährlichste

Waffe gegen mich in den Händen hielt. Es war vielleicht egoistisch, so zu denken, wo er mir gestern doch mehr Vertrauen denn je entgegengebracht hatte, aber ich konnte nicht verhindern, dass die Angst sich weiter durch meinen Körper fraß.

Wenn Finn mich jetzt fallen ließ, dann war ich hoffnungslos verloren.

Ich schluckte hart und verstärkte automatisch den Griff um das Metall. Alles hing von ihm ab, es war nicht so wie vorher, als er mich mit Worten und Gesten höchstens verletzen konnte. Es war weitaus schlimmer. Er hatte die vollständige Macht über mich. Er konnte mich mit einem Fingerschnipsen vernichten, wenn er es darauf anlegte.

Das war nicht die Eliza, die ich kannte, verdammt. Doch ich hatte mich durch ihn verändert.

»Ich vertraue ihm«, murmelte ich vor mich hin.

Ich vertraue ihm, ich vertraue ihm, ich vertraue ihm, ich …

»Elizabeth Jane Fleming!«

Ich zuckte zusammen und drehte mich dann um, während sich ein Grinsen auf meinen Lippen bildete und ich die düsteren Gedanken verscheuchte. Amüsiert verschränkte ich die Arme vor der Brust und wartete auf ihre Reaktion, wenn sie mich nicht sofort fand.

»Fräulein, ich sehe deinen Koffer, und ich weiß, du versteckst dich hier!«

Das war meine Jenny. Ich hatte sie vermisst, auch wenn mir das erst jetzt auffiel.

»Lizzy, ich komme gerade vom Target, ich hab Zutaten für Casserole besorgt, zeig dich endlich, du kleines Luder.«

Ich hielt mir die Hand vor den Mund, aber das konnte auch nicht mehr mein Lachen verbergen, also gab ich auf, trat durch die Balkontür zurück in die Wohnung und wurde zwei Sekunden später von ihr umgerannt.

Kichernd umarmte ich sie. »Hey, Jenny!«

Sie wich zurück, hielt mich auf Armlänge und strahlte mich an. »Wie geht's dir? Seit wann bist du hier? Alles okay?«

»Ganz ruhig«, antwortete ich grinsend. Mit einem Mal hatte ich wieder gute Laune, nur durch ihre Anwesenheit. Vermutlich hatte ich wirklich mal wieder richtige Normalität gebraucht. »Ich bin seit höchstens fünf Minuten hier, du hast also nichts verpasst, und stell dir vor, ich bin tatsächlich okay und hab den Flug überstanden.«

Sie griff nach meiner Hand und zerrte mich geradewegs zum Sofa. »Du musst mir jedes Detail erzählen. Ich hab gestern mit Ally telefoniert, und sie hat gesagt, ich würde dich nicht wiedererkennen.«

Wir setzten uns, und ich zog ein Bein an, während ich mir seufzend durch die Haare fuhr. So schnell waren wir also wieder beim Thema. Hätte ich mir ja denken können, dass sie das am allermeisten interessierte.

»Ich bin immer noch ich, Jen.« Wenigstens hoffte ich das.

»Ja, aber … Ich meine … Gott, spann mich nicht so auf die Folter. Also, bist du verliebt in Finn?«

»Ich mag ihn, okay?« Etwas anderes konnte ich nicht laut aussprechen. Noch nicht.

Sie sah nur ein wenig enttäuscht aus, immerhin kannte sie mich jetzt schon eine Weile. »Ja, das war uns allen klar, sonst hätten wir nicht diesen kleinen Plan arrangiert.« Sie zwinkerte mir zu. »Aber wie sehr magst du ihn, Eliza? Und was hat die Woche verändert? Ach, und das übliche Gerede von wegen *Es gibt keine Liebe* und so kannst du dir sparen, okay?«

Ich verdrehte die Augen. »Er ist mir … wichtig. Also, ziemlich wichtig. Und ich will ihn nicht verlieren.« Das klang doch mal nach einer wunderbar neutralen Aussage. Und nach Kindergarten. Wieso musste man immer versuchen, alles in Worte zu zwängen? »Aber können wir einfach das Thema lassen und kochen? Während du mir erzählst, wie's dir, Sam und den anderen geht? Ich muss doch eine Menge Klatsch und Tratsch verpasst haben, oder?«

Sie lachte. »Der sich wiederum fast ausschließlich um Mr. Rockstar und dich drehte. Hey, willst du mir erzählen, wie es mit seinem Plattenvertrag aussieht? Das hat ja nichts mit *dem Thema* zu tun.«

Ich lächelte. Perfekt, so einfach ging das also. »Klar.«

»Ah … nur eins noch, versprochen! Ist im Moment alles in Ordnung mit euch?«

Mein Lächeln verabschiedete sich wieder. »Ja … so halbwegs. Er hatte Streit mit seiner Mutter, aber das hat ja nichts mit uns zu tun. Es ist alles perfekt.« Wieso klang ich, als müsste ich mich selbst überzeugen?

Sie nickte verständnisvoll.

»Ich hoffe mal, du bist heute Abend frei«, sagte ich.

»Kennst du meinen Zeitplan, oder was? Carlos hat mir heute freigegeben, weil ich seit gestern allen damit auf die Nerven gehe, dass du heute *endlich* wieder zurückkommst.«

»Bitte nicht so übertreiben, Jen.«

Sie lachte. »Also, was machen wir heute?«

»Wir gehen das Howl at the Moon rocken … Finn hat seinen ersten Auftritt mit den neuen Songs hier«, erklärte ich.

»Ich hab gestern erst bei Sam gejammert, weil ich mal wieder tanzen gehen wollte!«

Die nächste halbe Stunde verbrachten wir mit lauter Musik, zu der wir lachend tanzten, während ich Anweisungen gab, welche Zutaten wohin gehörten. Als das Essen schließlich im Backofen war und Jenny kurz im Badezimmer verschwand, räumte ich mein Gepäck in mein Zimmer und schmiss mich auf mein vertrautes, weiches, selbstverständlich nicht ganz so luxuriöses Bett und schloss zufrieden die Augen. Durch Jenny war das Angstgefühl zurückgedrängt worden, und jetzt fühlte ich mich wieder frei und war glücklich darüber, was vergangene Woche zwischen Finn und mir geschehen war. Es würde schon alles gut gehen. Er brauchte nur ein wenig Freiraum, und den würde ich ihm geben. Ich würde ihm alles geben, was er brauchte.

Lächelnd stellte ich mir vor, wie ich ihn heute Abend wieder im Howl at the Moon singen hören würde, in der Bar, in der alles begonnen hatte und die mich immer an ihn erinnern würde.

Mein Handy piepte, und ich zog es aus meiner Jeanstasche. Die Nachricht war von Finn. *8 p. m. HATM.*

Ich scrollte nach unten, aber das war alles, was er geschrieben hatte. Ohne es verhindern zu können, spürte ich, wie sich eine steile Falte auf meiner Stirn bildete. Hoffentlich würde er heute Abend nicht mehr so kühl sein. Hoffentlich konnten wir die Situation klären, und dann konnte ich mir sicher sein, dass meine Angst umsonst war.

Ich vertraute ihm.

Im Moment war ich mir nur nicht mehr so sicher, ob ich mir selbst noch vertraute.

***

Die Stimmung war einmalig – alle Studenten Seattles schienen hier zu sein, um den neu geborenen Rockstar zu feiern. Ich stand mit meinem Cocktail direkt an der Bühne und verfolgte jedes seiner Lieder, tanzte sogar von Zeit zu Zeit, doch ich wurde das Gefühl nicht los, dass irgendetwas falsch war.

Jenny tanzte mit Sam um die Wette, und ich hatte mich immer mal wieder von den beiden auf die Tanzfläche ziehen lassen, doch gerade war einer der Momente, in denen ich Finn einfach anstarren wollte.

Als wir um acht Uhr angekommen waren, stand er schon mit Alex auf der Bühne, hatte mich also außer mit einem flüchtigen Winken noch nicht begrüßt, und auch wenn ich wusste, dass es lächerlich war, fühlte ich mich dabei seltsam.

Lucas hatte mich sogar vorhin an der Bar angelächelt, obwohl er angesichts dessen, was ich mit seinem Mitbewohner veranstaltet hatte, jedes Recht hatte, genervt zu sein.

Die letzten Takte des Songs verklangen, und zum ersten Mal sah ich Finn lächeln und konnte nichts dagegen tun, dass meine Mundwinkel sich ebenfalls hoben.

Er zog sich seine E-Gitarre über den Kopf und umfasste das Mikro. »Danke, Leute.«

Und damit nickte er Alex zu, und sie nahmen den Hintereingang der Bühne, der, wie ich wusste, direkt in den Proberaum führte.

Ich sah Jenny vorbeiwirbeln. Sie nickte mir grinsend zu, also nahm ich noch einen Schluck vom Cosmopolitan und bahnte mir meinen Weg durch die Menge, um Finn endlich, endlich begrüßen zu können. An der Tür zur kleinen Kammer begegnete ich Alex, der mir leicht durch die Haare wuschelte, bevor er mit einem »Viel Spaß!« aus meiner Sichtweite verschwand und ich die Tür aufstieß.

Ich schloss sie hinter mir und genoss den Anblick, wie Finn sich das weiße, leicht verschwitzte Shirt über den Kopf zog und nach einem sauberen Hemd auf dem kleinen Sofa griff. Erst als er fertig war und ich genügend Zeit gehabt hatte, um den Anblick seiner sehnigen Rückenmuskulatur zu genießen, drehte er sich um und bemerkte mich.

»Oh, hey.«

Mein Lächeln nahm ein wenig ab. Seine Stimme klang kühl.

Ach, zur Hölle mit dem Mist.

Ich überquerte mit ein paar Schritten den Abstand zwischen uns und stellte mich auf die Zehenspitzen. Trotz der Schuhe war ich immer noch nicht auf gleicher Höhe mit ihm. Ich legte meine Arme um seinen Nacken und suchte seinen Blick. Es dauerte ein paar Sekunden, in denen mir heiß und kalt wurde, bis ich seine Hände auf meinen Hüften spürte, aber dann zog er mich näher und küsste mich einmal hart und fest auf den Mund.

Na, wer sagte es denn, ich hatte mich mal wieder grundlos reingesteigert.

Er strich mit zwei Fingern über meine Wange und sah mir ernst in die Augen.

»Ich komm in fünf Minuten raus, Baby, ich muss noch kurz mit … Laura telefonieren.«

Sofort nickte ich. »Klar. Ist alles okay?«

Statt einer Antwort küsste er mich wieder, und ich lächelte, als ich kurz darauf den Raum verließ, damit er telefonieren konnte. Okay, er hatte nicht damit abgeschlossen, aber im Grunde ging es mich nichts an, und wenn er entschied, dass er reden wollte, dann würde ich für ihn da sein. Ich hoffte nur, dass …

»Eliza!«

Überrascht schaute ich hoch und blieb automatisch vor der geschlossenen Tür stehen. »Kathryn.«

Ich ahnte Böses. Wahrscheinlich war es für keinen von uns gut, wenn Finn jetzt gleich rauskam und wir hier zu dritt herumstanden. Sicher wusste er nicht, dass sie hier war, und meiner Meinung nach war es das Beste, wenn sich das auch nicht so schnell änderte.

»Hey, ich hab dich vorhin an der Bar gesehen, aber dann warst du wieder so schnell weg, dass ich dich nicht gefunden habe. Ich wollte nur fragen, wie es dir geht.«

Ich blinzelte perplex. »Ähm, gut, wieso?«

»Ich meine, ob alles okay ist … zwischen Finn und dir. Und ob es dir dabei gut geht.«

Meine Augen verengten sich, als ich merkte, worauf sie hinauswollte. Bei allem Respekt, die Frau sollte sich um ihren eigenen Scheiß kümmern.

»Hör mal, ich weiß, dass du es nur gut meinst, aber findest du nicht auch, dass das ein wenig übertrieben …«

»Kat«, wurde ich unterbrochen und zuckte heftig zusammen, als plötzlich Finn neben mir stand.

Ich spürte einen Stich, als ich hörte, wie er sie nannte, und gleichzeitig fing mein Herz schneller zu schlagen an, als ich seinen versteinerten Gesichtsausdruck sah. Er hatte wohl unser Gespräch mitbekommen.

Kathryn, *Kat* oder wie auch immer dieses Mädchen hieß, schien sich plötzlich überhaupt nicht mehr wohl in ihrer Haut zu fühlen.

»M-hm … bis dann … man sieht sich.«

Sie machte auf dem Absatz kehrt und sah aus, als würde sie so schnell wie möglich wegkommen wollen.

Ich wandte mich ihm zu und flehte innerlich, dass er nicht durchdrehte.

»Finn, ich …«

»Du …« Sein Gesicht war weiß geworden, und er rang sichtbar um Fassung. Und plötzlich, von einer Sekunde auf die andere, wurde sein Gesicht eine glatte, gefühlslose Maske. »Ich werde jetzt nach Hause fahren. Ich möchte, dass du mir nicht folgst. Und ich möchte, dass du nicht mehr in meine Nähe kommst. Hast du das verstanden?«

Bevor ich etwas erwidern konnte, lief er schon mit riesigen Schritten an mir vorbei, zurück in die Bar.

Ich schüttelte verbissen den Kopf und hastete, so schnell ich konnte, hinter ihm her, ignorierte draußen auf der Tanzfläche die anderen und boxte mich trotz einiger Proteste durch, bis ich am Ausgang stand und sah, wie er in seinen Wagen stieg.

»Verdammte Scheiße, Finn!«, rief ich, aber meine Stimme wurde sowieso von der Musik und dem Straßenlärm übertönt.

Als ich beobachtete, wie er ohne einen Blick in meine Richtung seinen Wagen startete, zögerte ich nicht lange, sondern rannte zum nächsten parkenden Taxi und riss die Tür auf.

***

Mir war schlecht. Ich konnte mich nicht wehren, es nahm mich voll und ganz ein. Zitternd atmete ich aus und drückte mit voller Kraft auf die Klingel seiner Tür.

Finn wusste, dass ich Kathryn kannte, na und? Ich war bei ihm geblieben, ich würde ihm sagen, dass mir alles egal war, weil ich ihm vertraute, dann würde es wieder gut werden. Aber irgendetwas sagte mir, dass es viel, viel tiefer ging. Dass etwas Schlimmes im Gange war. Er hatte kaum ein Wort mit mir im Howl at the Moon gewechselt. Es war jetzt keine Illusion mehr, und die Atmosphäre von heute Morgen war nicht verschwunden, sie hatte sich verschlimmert.

Trotzdem drückte ich erneut auf die Klingel. Und ein drittes Mal. Und noch mal. Bis er die Tür aufriss und ich das in seinem schönen Gesicht sah, was ich so sehr fürchtete.

»Verschwinde, Eliza«, sagte er tonlos und sah mit leerem, verdunkeltem Blick auf mich herunter.

»Nein.« Mein Körper fing noch stärker zu zittern an, aber es war mir so egal.

Er starrte mich hasserfüllt an. »Sieh dich doch an – du drehst durch vor Panik. Du hast Angst vor mir, und das zu Recht. Geh weg, bitte. Es hat keinen Sinn mehr.«

Mit einem Satz hatte ich die Türschwelle übertreten und drückte mich an ihm vorbei, bevor ich die Tür mit voller Kraft zuknallte. Er drehte sich langsam um.

»Ich habe keine Angst vor dir, verdammt noch mal.«

»Du weißt, was ich *ihr* angetan habe, und du hast keine Gewissheit, dass mit dir nicht dasselbe passieren wird«, fuhr er bitter fort, und seine Hände ballten sich zu Fäusten.

»Du würdest mir nie etwas antun.«

»Ach, nein? Und wer sagt dir das? Woher nimmst du diese Gewissheit? Du kennst mich nicht, Eliza, und glaub mir, es ist besser so. Verlasse sofort das Apartment, oder ich kann für nichts mehr garantieren.«

»Ich will dich«, flüsterte ich, und die Tränen schossen mir schon wieder in die Augen. »Und ich kann nicht vergessen, was in San Francisco geschehen ist. Weil ich glücklich war. Und es immer noch bin, wenn du bei mir bist. Ich brauche dich jetzt auch.«

»Nein!«, donnerte er, und ich zuckte zusammen. Wieder sah ich den Hass in seinem Gesicht, dann atmete er tief durch und kam auf mich zu, nahm mein Gesicht fest zwischen die Hände. Ich wehrte mich nicht den Bruchteil einer Sekunde. Ich war so abhängig von diesem Mann.

»Vergiss mich, bitte, tu es dir zuliebe.« Er flehte jetzt. »Vergiss alles, was ich dir gesagt habe, all das, was du empfunden hast, als ich dich gehalten habe. Es war falsch, und es war nicht fair. Ich werde dich jetzt gehen lassen.«

Nein. Alles zog sich in mir zusammen, und ich riss mich von ihm los.

»Hör endlich auf mit diesem Mist!«, brüllte ich ihn an, und er erstarrte. »Was ist nur los mit dir? Kathryn hat mir die Geschichte schon vor Monaten erzählt, und es ist mir egal.«

Er sah mich nur an, mit diesem unbeschreiblich leeren Blick. Jede Sekunde, in der er schwieg, zerstörte mich.

Schließlich lief er einfach an mir vorbei in sein Schlafzimmer, das nur durch die Lichter von draußen beleuchtet war.

Ich lief ihm hinterher und wischte mir mit dem Ärmel übers Gesicht, um den gottverdammten Tränenfluss zu stoppen.

»Finn ... Bitte ... Wenn es einen anderen Grund gibt, dann ...«

Er kehrte mir den Rücken zu, und plötzlich zitterte sein Körper nicht mehr, er wurde im Gegensatz zu meinem ganz ruhig.

»Es gibt einen anderen Grund.«

Ich blinzelte das Salzwasser weg, war ganz erstaunt von der plötzlichen Ruhe in seiner Stimme.

»Ich habe nicht umsonst gesagt, dass ich ein Psychopath bin und dich nicht verdiene. Du kannst die Wahrheit so oft abstreiten, wie du willst, Kleine, am Ende bist du gefangen im Ausmaß deiner Entscheidungen. Wenn du merkst, dass diese Entscheidungen, die du vor langer Zeit getroffen hast, Auswirkungen aufs Hier und Jetzt haben.«

Ich verstand kein Wort, doch er sprach schon weiter.

»Ich habe versucht, mir das Leben zu nehmen. Ich habe gekämpft, und ich habe verloren. Erinnerst du dich an Bens Beerdigung?«

Er drehte sich zu mir um und blickte mir offen in die Augen, doch ich konnte nichts erwidern.

»Er war es, der mir das Leben gerettet hat. Er kniete über mir, an diesem regnerischen Morgen, und hat mich angeschrien, ob ich den Verstand verloren hätte. Wie ich es wagen könnte, etwas zu tun, das nicht in meiner Macht steht. Und die ganze Zeit über lag ich reglos da und habe das Universum verflucht. Dass es mir nach all dem, was ich durchgemacht habe, nicht ein bisschen Glück schenken konnte.«

Ich schien den Boden unter den Füßen zu verlieren und stützte mich an der Türklinke ab, um nicht zu fallen. Wie oft hatte ich mich gefragt, was mit Finn passiert war, was ihn zu dem gemacht hatte, was er war? Ich wusste den wahren Grund noch immer nicht, aber diese Wahrheit reichte aus, um alles aufzureißen.

Ich habe versucht, mir das Leben zu nehmen, hallte es in meinem Kopf wider. Ein hysterisches Schluchzen verließ meine Kehle.

»Es war, nachdem ich vor Kathryns Familie geflüchtet bin«, durchbrach seine emotionslose Stimme wieder die schmerzhafte Stille. »In L.A. habe ich mich von den Klippen gestürzt und zum ersten Mal in meinem Leben so etwas wie Erleichterung gespürt. Mein Leben lang hatte ich nie die Kontrolle über mich, und in diesem einen Moment, als ich flog, da war Schönheit … und diese unvergleichbare Macht.«

Ich setzte mich aufs Sofa und zog meine Beine fest an meinen Körper, umschlang mich selbst und lieferte mich endgültig dem Gefühl aus, ließ es zu, dass mein Körper wieder und wieder erzitterte, ohne auch nur einen Gedanken daran zu verschwenden, dass das hier der pure Wahnsinn war.

»Ich bin nicht normal, Eliza, ich bin nicht gut für dich. An meinem ersten Abend in Seattle hatte ich dieses überwältigende Verlangen, von meiner Terrasse zu springen. Es wäre ein dramatischer Tod gewesen, und ich bezweifle, dass das Schicksal mich ein zweites Mal gegen meinen Willen hierbehalten hätte. Aber ich war ein anderer, ich war gebunden an die Liebe der Menschen, die mich bei ihnen aufgenommen haben. Liebe macht schwach, mein Mädchen. Liebe zerstört dich manchmal mehr als der eigentliche Schmerz.«

Etliche Minuten vergingen, in denen ich es nicht schaffte, mich zu beruhigen. Finn blieb stumm, sah mir nur zu, wie ich zusammenbrach, bis ich schließlich den Kopf hob und meinen halb blinden Blick in seinen brannte.

Ich brauchte drei Anläufe, bis ich einigermaßen verständlich sprechen konnte. »Du hast gesagt … es ist besser geworden.«

Er bewegte sich langsam auf mich zu, bis er sich neben mich setzte.

»Selbst du kommst nicht gegen die Hölle an.«

Die Tränen tropften mein Kinn herunter. Er hob seine Hand, ließ sie wieder sinken, nahm mich dann plötzlich in die Arme und drückte mich an seine Brust. Ich krallte mich so stark wie noch nie an ihm fest, und wieder erbebte mein Körper und seiner mit ihm, während er mich immer näher an sich presste.

»Es tut mir so leid, Eliza. Aber ich weiß nicht, ob es nicht besser gewesen wäre, wenn sie mich damals hätten sterben lassen.«

Diese Worte waren der Auslöser. Mein Schluchzen ebbte so weit ab, dass ich wieder sprechen konnte, obwohl ich immer noch nicht zu weinen aufhörte.

»Wie kannst du es wagen!«, schrie ich ihn an und begann, auf ihn einzuschlagen, so gut, wie es in seiner Umarmung ging. Seine Finger gruben sich in meine Haut, und dann presste er seine Lippen auf meine, und ich konnte ihm nicht mehr entkommen. Ich ertrank in ihm, schlug ihn halb, erwiderte den Kuss, als er mich nach hinten drückte und sich über mich beugte, meine Tränen fortküsste.

»Du bist das Schönste, was mir je passiert ist. Das Wichtigste auf der Welt. Und deshalb werde ich dich gehen lassen.«

»Das ... das kannst du nicht machen.«

Er hielt mein Gesicht und küsste meine Augenlider.

»Ich muss. Du bist so viel mehr wert. Du wirst dein Herz jemandem schenken, der es würdigen kann, der dich lieben kann ...«

»Ich brauche keine Liebe«, explodierte ich wieder. »Es geht hier nicht um irgendwelche *Scheißgefühle*! Es geht um uns. Ich bleibe bei dir, ich steh das mit dir durch, wenn ...«

»Es geht *allein* um diese Gefühle«, widersprach er mir ruhig. »Du hast jede Nacht meinen Namen im Schlaf geseufzt, und gestern ... gestern hast du versucht, mir etwas zu geben, das du eigentlich verabscheust, nur um mir zu helfen. Das ist falsch. Du kannst mir nicht helfen.«

Ich konnte ihm nicht widersprechen, nicht in diesem Punkt. Ich war noch nie gut im Trösten gewesen, und wie half man einem Menschen, der nicht leben wollte? Ich hatte schon immer gewusst, dass ich nicht ausreichte. Gefühle waren nicht meine Stärke, und Finn brauchte jemanden, der stärker war. Ich war nicht genug. Diese Gewissheit brachte mich um.

»Bitte ... bitte, Finn, tu das nicht. Bitte, ich tue alles, was du verlangst, aber bitte verlass mich nicht. Das halte ich nicht aus.«

Es klang so lächerlich, so überhaupt nicht nach mir, und trotzdem tat alles so verdammt weh. Ich war genauso wenig ich selbst. Ich gehörte mir nicht mehr.

»Ich muss«, wiederholte er tonlos, und jetzt hörte ich zum ersten Mal so etwas wie Schmerz heraus.

»Du musst gar nichts«, widersprach ich kraftlos und wusste im selben Moment, dass das alles nichts mehr nützte. Er hatte sich entschieden.

Er zog uns beide wieder hoch und mich auf seinen Schoß, strich mir über den Rücken.

»Du schaffst das, Kleine, du bist stark. Du brauchst mich nicht ... Und du brauchst dir keine Sorgen zu machen, dass ich mich unverantwortlich benehme. Ich habe dazugelernt, ich würde das niemandem mehr antun, das verspreche ich dir.«

Eine kleine Last fiel von mir ab. Aber war das denn besser? Dass er nur am Leben blieb, um Außenstehende nicht zu verletzen, einschließlich mich? Nicht, weil er leben *wollte*?

Ich konnte das nicht mehr aushalten. Ich konnte nicht hier sitzen und seine Berührungen genießen, wenn ich ihm gleichgültig war und er wollte, dass ich ihn vergaß.

Du bist das Schönste für mich.

Und trotzdem reichst du nicht aus, um mich glücklich zu machen, vervollständigte ich in Gedanken.

Abrupt stand ich auf und löste mich aus seiner Umarmung. »Ich muss mir das Gesicht waschen«, murmelte ich zittrig und lief mit schweren Schritten ins Badezimmer.

In Zeitlupe ließ ich Wasser über meine Hände laufen und spritzte es mir auf meine geschwollenen Augen. Ich starrte meinem Spiegelbild in die knallroten Augen und schüttelte leicht den Kopf. Da waren keine Tränen mehr, es war alles ausgeschöpft.

Ich würde Finn verlieren.

Und es würde alles umsonst gewesen sein.

***

»Ich werde mich von dir fernhalten, ich mach es nicht noch schwerer, als es ohnehin schon ist«, erklärte er mir in geschäftsmäßiger Stimme, und ich nickte nur stumm.

Wir standen vor Finns Haustür. Er sah mich kaum richtig an.

»Was ist mit dem Howl at the Moon?«, wisperte ich, obwohl ich wusste, dass die Frage idiotisch war. Natürlich würde ich mich dort nicht mehr blicken lassen. Natürlich würde ich mich nirgends mehr blicken lassen, wo auch nur die winzigste Kleinigkeit an ihn … an *uns* erinnerte.

»Ich werde das Singen aufgeben«, erwiderte er bewegungslos, und mir stockte der Atem.

»Was? Wieso?« Endlich kam wieder Leben in meine Stimme. Vor ein paar Tagen hatte er mir erzählt, dass die Musik das

Einzige gewesen war, was ihm damals wirklich etwas bedeutet hatte.

War das auch eine Lüge gewesen? So wie alles in San Francisco? Ich schluckte hart.

»Ich brauche einen Neuanfang, und ich habe keine Lust, mich der Presse auszuliefern. Das mit dem Singen war mein altes Leben …«

Sein altes Leben. Zählte ich auch schon zu seinem alten Leben? Mir wurde wieder schwindelig, und als ich ein wenig nach hinten stolperte, griff er reflexartig unter meine Arme. *Wie am ersten Abend …*

»Alles okay?«

»Finn …«, brachte ich hervor. »Wieso … wieso tust du das?«

Sein Blick war unergründlich. Ich starrte wie hypnotisiert in seine jetzt dunkelgrünen Augen und suchte verzweifelt nach einer Antwort.

Und auf einmal wurde ich gegen die Tür gepresst und spürte seinen Körper durch den dünnen Stoff unserer Kleidung auf mir. Er vergrub die Hände in meinen Haaren und begegnete meinen Lippen leidenschaftlich und voller unausgesprochener Worte. Ich wollte mich nicht bewegen, ich wollte mich losreißen und ihm sagen, dass er dazu stehen musste, wenn er das hier beendete, aber stattdessen griff ich ihm ebenfalls stürmisch in das göttliche Haar und holte alles aus diesem letzten Kuss. Meine Lippen teilten sich, und ich spürte seine heiße Zunge, während mein Magen einen Riesensatz machte. Ich schmeckte ihn ein letztes Mal, fühlte die Hitze, die von seinem Körper ausging, versuchte, mich nur auf dieses einmalige Gefühl zu konzentrieren, und schaffte es.

Für diesen winzigen Augenblick gab es nur ihn und mich. Ich gab mich der Illusion hin, dass es so gut war und er mich wollte. Dass ich ihn so glücklich machte, wie er mich glücklich gemacht hatte.

Ich dachte an San Francisco, an alle Nächte, die ich in seinen Armen verbracht hatte, jeden perfekten Moment, unser Kennenlernen … Ich wusste, es war das Ende. Mit einem Mal fiel es mir nicht mehr schwer, denn hier, unter seiner Berührung, seinen warmen Lippen, gab ich endgültig auf zu kämpfen.

Die Realität stürzte auf uns zu, und er ließ mich los, trat einen Schritt zurück und schluckte.

»Du weißt, wieso ich es tue.«

Die Worte waren so verletzend, so schmerzhaft und endgültig, dass ich blind nach der Klinke tastete und sie herunterdrückte, bevor ich in den dunklen Gang flüchtete.

Ja, ich wusste, wieso er es tat.

Wie hatte ich gestern Abend nur für eine Sekunde glauben können, dass ich seine Qual lindern könnte? Er hatte einen Selbstmordversuch unternommen, zur Hölle, wie könnte ich jemals etwas dagegen ausrichten? Ich, die nicht dazu in der Lage war, überhaupt etwas zu empfinden. Er hatte es endlich kapiert, obwohl es fast schon zu spät war. Ich hatte es ihm damals gesagt: Ich hatte kein Herz. Aber gab es einen noch unpassenderen Moment, das zu realisieren, als jetzt?

Ich zwang mich, zum Aufzug zu laufen, obwohl jeder Schritt weg von seinem Apartment mich sämtliche Überwindung kostete. Als die Automatiktüren auseinandersprangen, kauerte ich mich an der Wand zusammen, umschlang meinen Körper mit beiden Händen, weil mir so unendlich kalt war.

Die Türen glitten wieder auseinander, und ich trat in den grell beleuchteten Flur. Allein der Gedanke an meine Wohnung bereitete mir Kopfschmerzen. Ich wollte nicht in das Zimmer, in dem ich jeden Morgen aufgewacht war und an ihn gedacht hatte. Ich wollte nichts mehr sehen, hören oder fühlen, das mich auch nur im Entferntesten an Finn erinnerte. Und das Schlimmste dabei war, dass ich genau wusste, was hier mit mir passierte. Ich war ein kleines, dummes Mädchen, das denselben Fehler wie alle anderen begangen hatte, obwohl ich mich so sehr dagegen gewehrt hatte. Jetzt würde ich die Folgen dafür tragen müssen.

Denn ich war verliebt, und es gab nichts, was daran etwas ändern konnte.

Ich war verliebt, und es tat verdammt weh.

***

Die nächsten Tage waren der reinste Albtraum. Ich sah Finn nicht, ich sprach nicht über ihn, und ich verbot mir, an ihn zu denken.

Ich stand jeden Morgen um sieben Uhr auf, ging zwei Stunden joggen, kehrte anschließend zurück und machte Frühstück für Jenny und mich, bevor ich dann in die Bibliothek fuhr und mehrere Stunden an meinen Hausarbeiten arbeitete, die ich bis Ende des Frühjahrs abgeben musste.

Abends fuhr ich ab sechs Uhr ins Hard Rock Café und arbeitete dort bis Mitternacht, was mich so sehr auf Trab hielt, dass ich für ein paar befreiende Augenblicke sämtliche quälenden Gedanken vergaß. Dennoch half es natürlich nicht. Nur, weil ich mir verboten hatte, zu weinen, hieß das nicht, dass meine Gefühle verschwanden.

Ich versuchte, so freundlich wie möglich zu meinen Freunden zu sein, und dachte eigentlich, ich wäre ganz überzeugend, als Jen eines Nachts in mein Zimmer kam. Gerade war ich damit beschäftigt, Freuds Instanzenmodell auswendig zu lernen.

»Wieso heulst du?«, fragte ich verwirrt und schaute von meinem Laptop auf.

Allein die Tatsache, dass sich meine Tür um vier Uhr morgens öffnete, brachte meinen Ablauf durcheinander. Ich war inzwischen gewöhnt daran, jede Sekunde zu planen.

Sie wischte sich ärgerlich eine Träne von der Wange. »Ganz ehrlich, Eliza – was tust du gerade? Und was tust du jede verfluchte Nacht um diese Uhrzeit?«

»Ich lerne«, erwiderte ich trocken.

»Du hast Semesterferien.«

»Na und? Ich hab eine Menge zu tun, und das Psychologiestudium ist …«

»Verdammt! Weißt du, wie lange das schon so läuft?«, unterbrach sie mich. »Deine Mutter hat in der letzten Woche ungefähr dreimal täglich angerufen, und ich hab ihr jeden Tag gesagt, du wärst arbeiten.«

»Ich war arbeiten«, erinnerte ich sie und lehnte mich zurück.

»Ja. Seit drei Wochen bist du jeden Tag arbeiten, sogar sonntags. Ally ruft übrigens auch regelmäßig an, und wir streiten uns jedes Mal, ob es nun besser wäre, dich in Ruhe zu lassen oder nicht.«

Drei Wochen? Ich biss mir nervös auf die Lippe und rechnete schnell nach. *Drei Wochen.* Wo war die Zeit geblieben? Ich schloss die Augen und seufzte. »Wieso kann Ally nicht selbst mit mir reden?« Sie blieb verdächtig lange ruhig, bis ich die Lider wieder aufschlug. »Was?«

»Jedes Mal hab ich dich gefragt, ob du mit ihr sprechen willst, und jedes Mal hast du gesagt, du hast keine Zeit.«

Jens Blick fixierte mich so eindringlich, als fürchtete sie, ich hätte den Verstand verloren. Was vermutlich auch der Fall war – ich konnte mich irgendwie an gar nichts mehr erinnern, schon gar nicht daran, dass drei Wochen seit … seit dieser Nacht vergangen waren.

»Mir geht es gut, Jenny!«

Sie trat auf mich zu. »Was hat Finn mit dir gemacht?«, fragte sie mit verzweifelt klingender Stimme, ohne auf mich einzugehen.

»Er hat gar nichts gemacht«, antwortete ich schroff. »Wag es nicht, ihm die Schuld zu geben.« Ich war unbeabsichtigt lauter geworden.

Jen sah mich nur wortlos an, und die Tränen kamen ihr schon wieder.

»Hör auf zu heulen!«, rief ich, und sie schniefte.

»Dir geht's so richtig beschissen, Eliza, wieso gibst du es nicht einfach zu?«

Diesmal schwieg ich eine Weile. Ja, mir ging es beschissen. Aber es würde vorbeigehen, wenn ich nur hart genug daran arbeitete, ihn aus meinem Leben zu löschen, oder?

»Was würde das ändern?«, murmelte ich und wich ihrem Blick aus.

»Du bist nicht die Erste, die eine Trennung durchmachen muss.«

»Du tust so, als würde ich dir den ganzen Tag die Ohren vollheulen, dass ich ach so unglücklich bin! Ich hab nie ein Wort gesagt. Ich verstehe nicht, was das Problem ist.«

»Das ist es ja. Du redest nicht über deine Gefühle, du bist einfach … zur Maschine mutiert.«

Ich schluckte. Also war ich tatsächlich dabei, meinen Plan in die Praxis umzusetzen. »Es tut mir leid, dass ich in letzter Zeit so unausstehlich bin. Dass ich nicht für euch da bin und in meinem Selbstmitleid versinke«, flüsterte ich. »Aber ... ich weiß nicht, was ich sonst tun soll. Ich hab mich in meinem ganzen Leben noch nicht so gefühlt, nur weil ... jemand nicht mehr da ist. Wenn ich die Gefühle zulasse, wenn ich einen auf Liebeskummer mache und mich mit euch betrinke oder irgendwelche Schnulzen schaue und mir dabei die Augen aus dem Kopf heule, dann wird das zu real, und dann werde ich noch schwächer. Er hat sowieso schon die gesamte Kontrolle über mich, und ich ... halte das nicht aus.«

»Es tut mir leid, dass es nicht mit euch geklappt hat«, meinte sie nach einer kurzen Pause.

Ich nickte. »Mir auch. Hätte ich das gewusst, dann ...« Ich stockte kurz, und sie seufzte.

»Dann hättest du es trotzdem genauso gemacht, oder?«

»Ich wollte das nie«, fauchte ich, und zu meiner Überraschung kicherte sie.

»Das ist ja das Traurige. Die, die sich verlieben wollen, können es nicht, und die, die es am meisten verabscheuen, werden umso mehr davon angezogen.«

»Wieso lachst du, wenn es doch traurig ist?«

»Keine Ahnung. Das ist alles so beschissen, dass es schon wieder lustig ist.«

Gegen meinen Willen musste ich lächeln. »Baby, du hast 'nen Dachschaden und solltest dringend schlafen gehen.«

»Ha!« Sie griff nach einem der herumliegenden Psychologiebücher. »Das sagt die, die bis zum Morgengrauen Sigmund Freud auswendig lernt.«

Ich grinste. »Okay, der Scheiß hängt mir zum Hals heraus.«

»Danke, dass du endlich aufwachst!« Lachend stand sie auf und versuchte, mich mit dem Buch abzuwerfen.

»Das mit dem Werfen üben wir aber noch, Miss Sutherland ...«

»Idiotin. Sag mir bitte, dass du dir morgen freinimmst und wir shoppen gehen. Bitte. Bitte. Bitte. Ich tu alles.«

»Okay, du Nervensäge. Aber wenn du ein Wort über den ganzen Gefühlsmist verlierst, ruf ich im Hard Rock Café an und lass mich noch mal das ganze Wochenende einspannen.«

»Deal! Gute Nacht, Elizabeth!«

Mit sichtlich besserer Laune verließ sie mein Zimmer, und ich ließ mich rücklings aufs Bett fallen und schaltete das Licht aus. Für den Moment war es okay. Für den Moment konnte ich schlafen, ohne mich mit lauter Rockmusik abzulenken, bis mir von alleine die Augen zufielen. Für den Moment dachte ich fast schon, es ginge mir gut.

24. KAPITEL

THE MASQUERADE

Eliza

April 9th, 5:30 p. m.

Es waren fünf Minuten vergangen, seit ich Ally vor unserer Wohnung getroffen und aufgeschlossen hatte. Sie hatte ihre Koffer in ihr Schlafzimmer geschmissen, hatte sich umgezogen, geschminkt und stand nun wieder innerhalb kürzester Zeit vor mir, ausgestattet mit einer Handtasche.

»Hast du heute noch etwas vor, Eliza? Denn wenn nicht, dann lass uns bitte verschwinden. Es ist mir egal, wohin. Ich drehe nur durch, wenn ich noch eine Minute länger in diesem scheiß Apartment oder in irgendeinem anderen Raum verbringen muss, in dem mich alles an ihn erinnert.«

Ich war gerade von der Uni gekommen, als ich Alison samt Gepäck, aber ohne Schlüssel und mit verheulten Augen vor unserer Wohnung aufgesammelt hatte. Ich hatte bisher noch nicht viel aus ihr herausbekommen, aber das, was ich mir zusammengereimt hatte, reichte aus. Offensichtlich war ich nicht die Einzige mit einem gebrochenen Herzen. Welch grausame Ironie des Schicksals. Ein kleiner, selbstsüchtiger Teil in mir verspürte Erleichterung, weil mich die Situation von meinen eigenen Problemen ablenkte.

Ich betrachtete sie einen Moment prüfend. Ihre glatten Haare hatte sie zu einem unordentlichen Pferdeschwanz nach oben gebunden, und ihr Gesicht sah übermüdet aus.

»Ally … Willst du mir nicht …«

»Nicht hier. Bitte. Vielleicht klingt das kindisch oder dramatisch, aber ich sehe zum Beispiel diese beschissene Couch und kann nur daran denken, wie ich mit ihm darauf lag. Es geht nicht.«

Ich verzichtete darauf, ihr mitzuteilen, dass ich ganz genau wusste, was sie meinte. Sie hatte genug eigene Probleme, und das mit mir und … ihm … würde sie schon früh genug erfahren. Wenn sie es nicht schon von Jenny wusste.

»Okay, lass uns gehen«, murmelte ich, und wir machten uns auf den Weg nach unten.

Ein paar Minuten lang liefen wir still nebeneinander her, während leichter Regen auf uns herabnieselte. Ich unterbrach ihre Gedanken nicht, vielleicht war es im Moment das, was sie brauchte. Zeit zum Nachdenken.

Ich selbst zwang mich, gerade das nicht zu tun, obwohl es ohnehin sinnlos war. Es gab Momente, in denen mein Hals so furchtbar wehtat, weil ich mir das Weinen verbot, wenn ich daran dachte, dass Finn irgendwo in seinem Inneren ähnliche Gefühle wie ich besaß. Diese Möglichkeit bestand, aber sie wurde augenblicklich durch die Tatsache zerstört, dass er erkannt hatte, wie wenig ich ausrichten konnte. Und wie unwichtig diese Empfindungen im Gegensatz zu wahrem Schmerz waren.

»Eliza, wie wär's mit dem hier?«, wurde ich von Ally aus meinen Gedanken gerissen und schaute in die Richtung, in die sie deutete. *Caffè Fiore* war auf einem riesigen Schild über einem kleinen Steingebäude zu lesen.

»Ich war noch nie hier«, murmelte ich, und sie hakte sich bei mir ein, als wir auf den Eingang zusteuerten.

»Ich auch nicht, das ist perfekt …«

Es war ein hübscher kleiner Laden. Die Inneneinrichtung war in warmen Brauntönen gehalten, und die Tische wurden durch Kronleuchter an der hölzernen Decke reflektiert. Wir nahmen an einem kleinen Ecktisch am Fenster Platz und bestellten zwei Kaffee.

Schließlich saßen wir uns mit unseren dampfenden Tassen gegenüber, und ich schaute Ally an.

»So. Was ist passiert? Wo ist Tom?«

Sie nahm einen kleinen Schluck, dann holte sie tief Luft. »Er ist mit mir zurückgeflogen. Aber wir haben kein Wort im Flieger gewechselt. Das Einzige, was er mir gesagt hat, als wir hier angekommen sind, war, dass ich meine Sachen aus der Wohnung räumen kann. Wenn ich fertig bin, soll ich ihm den Schlüssel auf die Theke legen … und gehen.«

Ich starrte sie an. »Was ist passiert?«, wiederholte ich. Ich konnte es nicht glauben – das waren *Ally und Tom.* Das Traumpaar. Ich hatte nie daran gezweifelt, dass sie ihr gesamtes Leben miteinander verbringen würden, auch nicht, als ich selbst noch nicht daran geglaubt hatte.

»Am Anfang war noch alles okay, als wir in L. A. angekommen sind. Aber … mit der Zeit hab ich mir immer mehr Gedanken gemacht. Michael und Laura sind so nett zu mir … und Tom hat mir die Welt zu Füßen gelegt, aber … Gott, vielleicht ist das alles nur ein furchtbarer Fehler.«

»Was? Worüber hast du dir Gedanken gemacht?«, hakte ich nach.

»Ich bin einundzwanzig Jahre alt, Eliza. Ich habe mehr als zwei Drittel meines Lebens noch vor mir. Und als ich dann …« Es fiel ihr offensichtlich schwer, die nächsten Worte auszusprechen, aber dann überwand sie sich nach einer kurzen Pause. »Als ich dann … überfällig war und dachte, ich sei schwanger, da hatte ich so Angst, alles in meinem Leben wegzuschmeißen.«

»Schwanger?« Entgeistert schaute ich sie an, und sie winkte schnell ab.

»Ich bin es nicht, aber ich hätte es sein können. Und ich hätte niemals ein unschuldiges Baby getötet. Aber alles wäre zerstört gewesen …«

Ich brauchte eine Weile, um das zu verarbeiten. Alison … mit einem Baby. Gott. Sie hatte recht, sie war erst einundzwanzig.

Aber auf der anderen Seite … ich dachte an meine Gefühle für Finn. Was, wenn Alter keine Rolle spielte?

»Deshalb hast du Schluss gemacht?«, fragte ich und hoffte, neutral zu klingen. »Weil du geglaubt hast, schwanger zu sein, und Tom daran die Schuld gibst?«

Heftig schüttelte sie den Kopf. »Natürlich nicht! Er kann doch nichts dafür. Als ich ihm gesagt habe, dass es sein könnte, da ist er nicht mal ausgeflippt, Eliza! Er war ganz ruhig und hat gelächelt, während ich völlig die Nerven verloren habe. Und dann …«

Ich hob die Brauen, immer noch geschockt.

»Dann hat er mir einen Heiratsantrag gemacht.«

»Was?«, rief ich ein bisschen zu laut, und die Bedienung schaute mit argwöhnischem Blick zu uns herüber.

Ally stöhnte leise. »Das klingt so lächerlich, oder?«

Perplex saß ich da und starrte erst auf meinen Kaffee, dann wieder zu ihr, dann wieder in das Getränk.

Ein Heiratsantrag. Es dauerte diesmal noch länger, bis ich etwas sagen konnte.

»Das heißt doch eigentlich nur, dass er sein restliches Leben mit dir verbringen will. Und dass er dich liebt, oder? Ist … ist das denn so falsch?«

Jetzt war sie an der Reihe, fassungslos zu schauen.

»Wieso guckst du so?«, murmelte ich.

»Weil ich mich gerade nicht entscheiden kann, ob du einfach nicht verstanden hast, was ich gesagt habe, oder ob man dich ausgewechselt hat, während ich weg war. Vor ein paar Wochen hättest du einen Lachanfall bekommen, hätte ich dir erzählt, dass ich heiraten will.«

»Du willst heiraten?«

»Nein, verdammt, das ist es ja. Das habe ich ihm auch gesagt. Und … dass ich nicht mehr mit ihm zusammen sein kann, weil ich erst mal für mich entscheiden muss, in welche Richtung mein Leben gehen soll.«

»Wer ist jetzt ausgewechselt? Ally, du liebst ihn. Tom und du … das ist doch …«

Sie kniff die Augen gequält zusammen. »Hör auf, ich will das nicht hören. Ich sehe die ganze Zeit sein Gesicht vor mir, seinen Blick, als ich es ihm gesagt habe. Er hasst mich. Er wird mir das nie wieder verzeihen.«

»Bist du dir sicher, dass es richtig war? Ich meine, hast du dir wirklich gut überlegt, was du tust?«

»Ich war mir in Los Angeles sicher. Ich habe mich dort gefühlt wie in einem Käfig, der immer kleiner wird. Es war wirklich schlimm. Warst du nicht immer diejenige, die so eine Entscheidung sofort unterstützt hätte? Liebe gibt es nicht, das waren doch deine Worte! Sich an jemanden zu binden, ist schwachsinnig!«, zitierte sie mich.

Ich wich ihrem Blick aus. »Wenn du die Chance hast, von jemandem wirklich, wirklich gewollt zu werden … dann … wirfst du das nicht einfach weg. Wenn jemand bereit ist, bei dir zu bleiben … dich nicht bei einer noch so großen Schwierigkeit zu verlassen. Wenn er nicht aufgibt, dann solltest du dich verflucht noch mal glücklich schätzen.« Gegen Ende war mein Tonfall härter als beabsichtigt geworden, und ich wagte es kaum, sie anzusehen.

Die Sekunden vergingen, ohne dass sie etwas erwiderte, dann schaute ich hoch. »Es tut mir leid, Ally, ich wollte dir das nicht vorwerfen, ich …«

»Was hat dieser Idiot dir angetan, Eliza?«, unterbrach sie mich ruhig. Sie war nicht beleidigt, weil ich ihr in diesem schweren Augenblick nicht beistand – sie versuchte, mich zu verstehen. Das hatte ich überhaupt nicht verdient.

»Ich weiß nicht, was du meinst«, murmelte ich und trank, um sie nicht ansehen zu müssen.

»Jen hat mir nur erzählt, dass es kompliziert ist, aber du wolltest tagelang nicht ans Telefon gehen, und ich wusste, dass es dir beschissen ging. Was ist mit dir passiert?«

Ich konnte es nicht verhindern, dass mir zum ersten Mal seit einigen Wochen die Tränen in die Augen schossen. Ärgerlich blinzelte ich sie weg und erwiderte trotzig ihren erschrockenen Blick. »Finn hat Schluss gemacht, und ich hab gemerkt, dass er mir doch ein bisschen wichtiger ist, als ich dachte.«

Sie schluckte. »Wieso hat er das gemacht?«

Schnell schüttelte ich den Kopf. »Ich will nicht darüber reden. Er hat offenbar gemerkt, dass … ich nicht genug bin, um ihn glücklich zu machen. Ich kann es ihm nicht verübeln. Aber … es ist schwer, weißt du?«

»Ja.« Sie griff über den Tisch hinweg nach meiner Hand, und ich ließ zu, dass sie sie in ihre nahm. »Tut mir leid, dass ich nicht da war. Und dass alles so bescheuert läuft. Die erste Liebe … sollte dich glücklich machen.«

»Daran glaube ich inzwischen noch weniger.«

»Wir stehen das zusammen durch, oder?«, flüsterte sie, und ich nahm das Geräusch des immer stärker werdenden Regens wahr, der gegen die Glasscheibe neben uns klopfte.

Ich erwiderte ihren entschlossenen Blick. »Irgendwie schaffen wir es, Ally. Das verspreche ich dir.«

Als wir aus dem Café nach Hause zurückgekehrt waren, trafen wir Jen im Wohnzimmer. Ich ließ mich neben sie aufs Sofa fallen, lehnte meinen Kopf nach hinten und schloss die Augen. Ich brauchte unbedingt Ablenkung.

»Mädels, wollen wir die nächsten Tage noch was machen? Ich habe keine Lust, zu Hause zu bleiben.«

Jenny öffnete ihre Umhängetasche, die auf dem Tisch lag, und zog einen Flyer hervor. »Schaut euch das mal an.«

Wir beugten uns beide über das Papier. Eine goldene venezianische Maske war auf schwarzem Hintergrund abgebildet.

»Die Universität von Washington präsentiert den jährlichen Mitternachts-Maskenball«, las ich laut vor. »Einlass: acht Uhr in der Fed Hall. Eintritt für UW-Studenten mit Verkleidung frei.« Ich hob die Brauen. »Ein Maskenball?«

»Ja! Morgen Abend auf dem Campus. Ist das nicht genial?« Jen sprühte förmlich über vor Begeisterung.

»Was heißt Verkleidung?«, hakte ich kritisch nach.

»Na, du musst dich ein bisschen in Schale werfen und natürlich eine Maske tragen«, mischte sich Ally ein. »Weißt du was, Jen, ich bin dabei. Das klingt nach verdammt viel Spaß, und wenn wir uns verkleiden, ist es sowieso egal, wenn ich Tom über den Weg laufe – niemand wird uns erkennen! Was sagst du, Eliza?«

»Meinetwegen. Aber ich hab nichts zum Anziehen.«

Natürlich hatte Jen auch dafür eine Lösung.

»Deshalb hab ich uns auch schon vorsichtshalber Kleider besorgt. Die wurden von der Theater-Fachschaft zum Vermieten angeboten, und ich habe gedacht, ich besorge schon mal was, damit wir dann nicht ewig suchen müssen, wenn wir hingehen … Nur die

Masken müssen wir kaufen, aber wir haben ja morgen den ganzen Tag Zeit.«

Damit war die Sache beschlossen. Seufzend stieß ich das Bahnfenster auf meiner Seite auf und lehnte mich ein bisschen vor, sodass ein paar Regentropfen auf meiner Nase landeten und der kühle Wind hereinkam. Ich ignorierte die Proteste meiner Freundinnen und beobachtete das nächtliche Treiben auf den Straßen, während ein plötzlicher Anfall von Melancholie über mich kam.

Ich liebte Seattle. Den Regen, die lauten Geräusche, die vielen Menschen. Die tausend Bars und Clubs … Das Gefühl, wenn man abends feiern ging und die Stadt zu einem bunten Strudel verschmolz. Die laute, dröhnende Rockmusik im Howl at the Moon.

Aber es war nicht dasselbe ohne ihn.

***

Die Wände waren über und über mit Lichterketten dekoriert, und es waren ziemlich echt aussehende Säulen aufgestellt worden, die die Tanzfläche von den runden Tischen, der Bar und einem langen Buffet abgrenzten. Der ganze Raum war mit Federn geschmückt. Trotz der vielen bunten Lichter herrschte hier eine düstere, geheimnisvolle Atmosphäre, die durch die langsame Musik aus den Lautsprechern unterstrichen wurde.

Das Kleid, das ich von Jenny bekommen hatte, ging kaum bis zur Hälfte meiner Oberschenkel, war rabenschwarz und mit Tüll versetzt. Das Oberteil schmiegte sich wie ein Korsett an meinen Körper. Meine Maske, die ich heute früh im riesigen Store von *Party & Costume* in der Northgate Mall ergattert hatte, war silbern und schwarz. Ich hatte sie schon umgebunden. Meine Augen waren ebenfalls sehr dunkel geschminkt. Ich hatte ziemlich lange gebraucht, um mit einer Menge Eyeliner, Lidschatten und Kunstwimpern das gewünschte Ergebnis zu erzielen, denn schließlich war es ein Maskenball. Mein erster, wenn ich so darüber nachdachte. Verfremdung meines wahren Ichs war die oberste Priorität. Meine Füße steckten in recht hohen silberschwarz glitzernden

Pumps – ebenfalls aus dem Theater-Department –, die perfekt mit der feinen Maske in meinem Gesicht harmonierten. Außerdem trug ich dunkelroten Lippenstift, der von derselben Farbe war wie die langen Samthandschuhe, und hatte meine Haare über der Maske am Ansatz etwas hochtoupiert.

Von links begrüßte uns ein Mädchen mit einem mehrschichtigen Barockkleid und einer gigantischen Federmaske, die es unmöglich machte, ihr Gesicht zu erkennen.

»Willkommen auf unserem diesjährigen Maskenball, Ladies. Es ist euch untersagt, die Masken vor Mitternacht abzunehmen.«

Sie deutete neben sich zu einer Wendeltreppe. »Oben sind die Toiletten und ein paar Räume für etwas ruhigere Momente. Genießt den Abend.«

»Los, suchen wir uns einen Tisch«, schlug Ally vor. Auch ihre hellen Haare waren hochtoupiert, und ihr Körper steckte in einem dunkelroten Traum aus Spitze, der gut zu meinem Outfit passte.

Schon sahen wir uns vor einem kleinen Problem: Alex und Kristina würden auch da sein, und außerdem mussten wir Sam und Jenny ja auch noch finden. Aber wie zum Teufel sollten wir das anstellen? Wir schauten uns eine Weile um und holten uns etwas zu trinken, als wir an der Bar von hinten angetippt wurden.

»Ally? Eliza?«

Mit unseren Champagnerflöten in den Händen drehten wir uns gleichzeitig um.

Blaue Maske, silbernes Samtkleid und schwarze kurze Haare.

»Kristina?«

»Hundert Punkte für die Schönheit in Schwarzrot«, sagte sie grinsend.

»Wie hast du uns gefunden?«, fragte Ally verblüfft.

»Reiner Zufall. Aber so umwerfend, wie ihr ausseht, könnt ihr ja nur auffallen. Ich sitze mit Alex, Jenny und ihrem Freund dort hinten, kommt mit.«

Sie zog uns zu einem Tisch ganz in der Nähe der Tanzfläche, und wir begrüßten Alex, der mit seiner silbernen Maske und den blauen Augen perfekt zu seiner Freundin passte.

Ich setzte mich zwischen Jenny und Samuel.

Samuel trug einen dunkelgrauen Smoking mit dazu passender Maske. Jennifer war in ein langes dunkelgrünes Ballkleid gekleidet, das unglaublich gut zu ihrer roten wallenden Haarpracht passte.

»Wie geht's dir, Eliza?«, fragte Kristina mich leise, als alle anderen sich quer über den runden Tisch miteinander unterhielten.

Ich setzte ein Lächeln auf. »Ganz gut, und dir?«

»Wie war San Francisco? Wann seid ihr denn angekommen, ich hab dich seit Wochen nicht mehr gesehen!«

Okay, es ging schon los. Fallgefühl in der Magengegend. Ich ertränkte es mit einem großen Schluck Alkohol.

»Ich bin seit drei Wochen wieder hier. Ich hatte eine Menge Stress, deshalb hab ich fast gar nichts unternommen … Wie steht's mit dir?«, fragte ich, und zu meiner Erleichterung begann sie, von sich zu erzählen.

Wir hielten Small Talk, beobachteten das Treiben um uns herum und lachten. Aber irgendwie hatte ich das Gefühl, dass es falsch war.

»Ich geh mir was vom Buffet holen«, murmelte ich, als alle mehr oder weniger beschäftigt waren. Nicht, dass ich besonders Hunger hatte, aber ich wollte nicht, dass mich alle die ganze Zeit über argwöhnisch beobachteten, als könnte ich jede Sekunde zusammenbrechen. So schlimm war es im Moment wirklich nicht. Es war nur diese unendliche Traurigkeit in mir, und ich wollte keinem die Laune verderben.

Am Buffet angekommen betrachtete ich kurz die Leckereien und wollte mir schon einen Teller holen, als ich eine Bewegung neben mir wahrnahm und mich umwandte.

Ich sah einen Typen im dunkelgrünen Smoking mit passender Maske, unter der ich braune Augen erkennen konnte. Er war ein kleines bisschen größer als ich und hatte dunkelblonde Haare, das traf also so ziemlich auf die Hälfte der Männer in Seattle zu. Er schaute mir direkt in die Augen.

»Eliza Fleming?«

Bei der Stimme regte sich etwas in mir, aber ich konnte ihn trotzdem noch nicht einordnen. Wieso erkannten mich heute alle?

»Ja?«

Er fing meinen fragenden Blick auf und lächelte leicht. »David Baker – erinnerst du dich?«

Reflexartig stolperte ich einen Schritt zurück und fühlte ein leichtes Frösteln durch meinen Körper gehen. *Auch das noch.*

»Ist er hier?«, fragte er mich leise, als er meine Reaktion sah.

Ich schüttelte heftig den Kopf – natürlich wusste ich sofort, wen er meinte. Was wollte David von mir? Er hasste mich, er hatte nach … dem Vorfall nie wieder ein Wort mit mir gewechselt, und ich hatte mir nur böse Blicke auf dem Unikorridor eingefangen. Was auch absolut gerechtfertigt war. Ich hatte mit ihm gespielt, hatte ihn ausgenutzt, um selbst nicht fühlen zu müssen, und schließlich hatte das Ganze die schlimmstmögliche Wendung genommen, als Finn ihm in der Mensa eine reingehauen hatte. Meinetwegen.

»Willst du mit mir tanzen?«

»Du … du willst mit mir tanzen?«, stotterte ich.

»Eigentlich will ich mich nur unterhalten. Aber das hier ist ein Maskenball, also …« Er bot mir seinen Arm an.

Es sah nicht danach aus, als wollte er mir eine Falle stellen, und außerdem war das das Mindeste, was ich tun konnte.

Zögernd streckte ich ihm meine Hand entgegen und ließ mich zur Tanzfläche führen.

»Wie hast du mich erkannt?«, fragte ich, als wir begannen, uns zu drehen.

Er wandte den Blick ab und tat so, als würde er angestrengt die Deckendekoration betrachten. »Du bist nach wie vor eine der eindrucksvollsten Frauen hier …«

Ich biss mir fest auf die Unterlippe. Das war nicht gut. Das wollte ich nicht hören.

Er fasste mein Schweigen als Unbehagen auf. »Sorry, das sollte nicht so klingen, ich meinte nur … Ach, vergiss es.« Sein Blick wanderte wieder zu meinem Gesicht.

»Ich habe eine Menge beschissener Gerüchte gehört. Wenn nur die Hälfte davon stimmt, tut es mir echt leid.«

»Nein«, sagte ich auf einmal heftig. »Es tut *mir* leid, David. Das habe ich dir nie gesagt, aber es tut mir so sehr leid, was ich getan habe.«

Eine Weile sagte er nichts, wir tanzten nur stumm zu dem Lied.

»Ich weiß. Es ist okay, schätze ich. Ich hab's verkraftet.« Ein schwaches Grinsen erschien auf seinen Lippen. »Ehrlich, ich bin nicht mehr wütend auf dich. Nicht mal auf ihn … Er hat das getan, was jeder in seiner Situation getan hätte … Aber es tut dir nicht nur meinetwegen leid, oder?«

Wieso stellte er mir solche Fragen? Erneut sah ich weg und schwieg. Aber er machte schon weiter.

»Ich hab mit Lucas gesprochen, und der einzige Grund, warum du bei mir warst, war doch er. Aber für wen war das letzten Endes gut, wenn ihr es hinterher trotzdem nicht auf die Reihe gekriegt habt?«

Irgendwie machte sich ein Kloß in meinem Hals bemerkbar, der ziemlich wehtat, als ich schnell schluckte.

»Ihr seid nicht mehr zusammen, oder?«

»Nein.«

»Und es sieht nicht so aus, als würde es dich daran hindern …«

Ich flehte ihn mit stummen Blicken an, nicht weiterzusprechen. Er beendete seinen Satz nicht, und eine Welle der Erleichterung überschwemmte mich.

»Schon gut, ich hör auf. Es geht mich sowieso nichts an. Wie läuft es in der Uni?«, wechselte er abrupt das Thema, als hätte er gespürt, dass ich nicht mehr konnte.

Nach einigen Minuten oberflächlichem Geplauder wurden wir unterbrochen.

»Darf ich übernehmen?«, erklang Alex' Stimme.

Verwirrt runzelte ich die Stirn. David ließ mich los.

»Klar. Man sieht sich, Eliza«, meinte er zu mir, bevor er in der Menge verschwand. »Viel Glück.«

Viel Glück *wobei*? Aber da wurde ich schon von Alex herumgewirbelt.

»Alles okay?«, fragte ich ihn. »Wo ist der Rest?«

Er seufzte, während er mich führte. »Sie sind der Meinung, ich soll dich vorwarnen.«

»Wieso?«

»Wie geht es dir, Eliza?«, stellte er mir eine Gegenfrage, ohne zu antworten.

»Gut«, kam es automatisch, und er sah mich ein bisschen zu ernst an.

»Es tut mir leid, was mit Finn passiert ist. Es tut mir leid, dass du es so erfahren musstest.«

Sollte ich bei Davids Worten noch nicht den Wunsch verspürt haben, niemals auf diesen verfluchten Ball gekommen zu sein, so war das spätestens jetzt der Fall. Ich hatte mir verboten, an Klippen, grüne Augen oder Ähnliches zu denken. Das war doppelt so schlimm wie meine Erinnerung an unsere Zeit.

Und wieso wusste Alex Bescheid, verdammt? *Er ist sein Bruder*, tönte eine höhnische Stimme in meinem Kopf.

»Er kommt hierher.«

»Wie bitte?«

»Finn kommt hierher, auf den Ball. Er müsste jeden Moment da sein«, wiederholte er, und ich wusste, hätte Alex mich nicht festgehalten, hätte ich den Boden unter den Füßen verloren. Ich blieb stehen und zwang ihn so, es mir nachzutun.

»Okay«, erwiderte ich mit seltsam ruhiger Stimme. »Dann werde ich gehen.«

Ich machte mich von ihm los und lief in die Richtung unseres Tisches, um meine Tasche und meinen Mantel zu holen, während Millionen Emotionen in mir explodierten. Er durfte nicht hier sein, bevor ich die Halle verließ. Ich konnte ihm nicht in die Augen blicken, ich konnte nicht so tun, als wäre das hier alles normal. Die Maske auf meinem Gesicht änderte nichts an meinen Schauspielkünsten. Es kam mir so vor, als würde jeder mich anschauen und das sehen, was ich zu verbergen versucht hatte.

Sie ist nicht über ihn hinweg, schien in leuchtend roten Buchstaben auf meiner Stirn zu stehen. *Sie ist verletzlich und einsam.*

Eine Hand schloss sich um mein Handgelenk, bevor ich am Tisch angekommen war, und ich zuckte zusammen. Oh Gott, nein. Bitte nicht, bitte …

Es war Alex.

Mein Herz beruhigte sich trotzdem nur mäßig.

»Eliza, bitte. Bleib wenigstens da, um ihn zu begrüßen.« Er fixierte mich mit seinen hellblauen Augen. »Es … ist auch schwer für ihn.«

Wortlos erwiderte ich seinen Blick. »Es geht ihm nicht gut?«, hauchte ich dann. Was für eine dämliche Frage.

Alex schüttelte den Kopf. »Ihr seid erwachsen, ihr kriegt es auf die Reihe, euch zu unterhalten, auch nach dem, was geschehen ist. Er braucht dich.«

Hin- und hergerissen sah ich mich im Saal um, ohne zu wissen, was ich tun sollte. Ich hasste, was seine Worte in mir anrichteten, aber ich konnte es nicht ändern.

Er braucht dich. Er braucht dich. Er braucht dich.

Drei Worte. Und sie ließen mein Herz mit der Geschwindigkeit einer Dampflok gegen meine Brust donnern.

»Okay. Ich bleibe hier«, hörte ich mich sagen. »Aber nur kurz.«

Es war eine dämliche Ausrede, eine Lüge vor mir selbst, und ich war mir dessen bewusst, als ich es aussprach. Wenn ich Finn sah, würde ich nicht weglaufen können. Ich würde jede Sekunde ausnutzen, in der ich mit ihm zusammen sein konnte. Scheißegal, wie viel schlimmer es mir hinterher gehen würde.

Gehetzt huschte mein Blick zum Eingang und wieder zur Tanzfläche. Ich realisierte zu spät, dass ich an unserem Tisch angekommen war, und lief prompt gegen ein Hindernis.

Der Geruch, der mir schlagartig in die Nase stieg, verschlug mir die Sprache. In dem Augenblick, als ich einen Arm spürte, der sich fest um meine Hüfte schlang, begann die ganze Welt, sich zu drehen. Ich sah nicht hoch, ich versank in dem intensiven Déjà-vu. Ich atmete tief ein und sah uns vor so vielen Monaten im Howl at the Moon stehen. Wie ich hereingekommen war. Wie er mich aufgefangen hatte. Wie er mich nicht mehr losgelassen hatte …

»Eliza.«

Es brachte mich um. Allein seine Stimme. Dieser rauchige, tiefe Unterton. Meine Finger krallten sich in sein Hemd, und langsam, ganz langsam blickte ich hoch, direkt in seine grünen, alles verzehrenden Augen.

Er war ganz in Schwarz gekleidet. Schwarzer Smoking, schwarzes Hemd und schwarze glänzende Schuhe. Seine schimmernden Haare waren lang und wirr, und seine Maske war ebenfalls schwarz und bedeckte die Hälfte seines Gesichtes.

Die Welt blieb stehen, denn ich durfte ihn berühren. Inmitten dieser Halle mit all den verkleideten Menschen und der Tanzmusik aus einer anderen Zeit durfte ich seine Wärme unter mir spüren, seinen Arm an meiner Taille … Er ließ mich nicht los. Er starrte mich einfach an und verharrte genauso.

»Finn?«, ertönte Alisons Stimme, und ich sah, wie er genau wie ich zusammenfuhr und unseren Blickkontakt unterbrach.

Sie stand zusammen mit Jenny neben uns und hatte die Arme verschränkt. Er ließ mich augenblicklich los und trat zurück. »Guten Abend, Ally … Jennifer.«

Ich sah die zweifelnden Blicke meiner Freundinnen, aber das war mir egal. Ich trat an meinen Platz, griff nach dem vollsten Champagnerglas in Reichweite und kippte es in einem Zug herunter.

Jetzt ging die Maskerade erst so richtig los.

***

Ich hatte gewusst, dass es schwierig sein würde, auf einer derartigen Abendveranstaltung zu sein, wenn Finn ebenfalls anwesend war, aber das hier lief völlig in die falsche Richtung. Ursprünglich hatte ich am meisten Angst davor gehabt, bei ihm zu sein, weil er mich dann durchschauen konnte und den Schmerz in meinen Augen sah, aber meine Bedenken waren umsonst gewesen – er sprach überhaupt nicht mit mir. Er suchte auch nicht meine Nähe. Zweimal hatte er mit Ally getanzt, einmal mit Kristina und dann mit irgendeiner Emilia, die wohl den Maskenball in die Gänge gebracht hatte. Jen hatte die erste Stunde neben mir verbracht und versucht, mich aufzuheitern, indem sie ihm sämtliche Beleidigungen an den Kopf warf, wenn er mal nicht da war, aber ich hatte sie irgendwann weggeschickt. Sie sollte sich amüsieren, und ich wollte wirklich alleine sein.

Mit Ally wollte ich auch nicht reden. Ihr ging es wegen Tom nicht gut, und ich wollte sie nicht damit belästigen, dass ich eifersüchtig wurde, weil Finn mit ihr tanzte. Immerhin waren sie befreundet, verflucht.

Immerhin warst du der wichtigste Mensch auf der Welt für ihn.

So saß ich alleine an dem runden Tisch. Ich wollte, dass er bei mir war. Mit mir sprach, mich unbewusst mit der Hand streifte.

Auch, wenn es nur oberflächlich war … Ich brauchte ihn viel mehr, als er mich brauchte, das wurde mir deutlich bewusst.

Neben mir wurde ein Stuhl zurückgerückt, was mich aufschauen ließ. Ich straffte die Schultern und versuchte mich in Sekundenschnelle unter Kontrolle zu bekommen.

»Kleine …« Finn sprach das Wort behutsam aus. »Eliza … tanzt du mit mir?«

Fassungslos blickte ich zu ihm hoch, und ich war mir sicher, er sah meine Reaktion trotz der Maske.

»Bitte«, flüsterte er und ging vor mir in die Hocke, während ich meine Hände in meine Strumpfhose krallte, damit sie zu zittern aufhörten.

Sein Blick zuckte zu meinen verkrampften Händen, und plötzlich spürte ich seine Finger. Seine unglaublich warmen, weichen Finger auf meinen eiskalten Händen. Mein Herz raste. Mein Innerstes explodierte. Und mein Kopf nickte.

Ich ließ mich von ihm hochziehen. Mein ganzes Gewicht schien auf ihm zu lasten, als er uns irgendwie zur Tanzfläche brachte. Er griff nach meiner Hand, verschränkte unsere Finger miteinander und legte sie auf seiner Brust ab. Auf seinem pochenden Herzen. Seinen freien Arm schlang er um meine Taille, und schließlich wirbelte er mich herum, drehte uns im Takt und begann so mit mir zu tanzen, dass ich alles vergaß. All den Schmerz, all die zerstörten Hoffnungen … es war wie ausgelöscht.

Sein Blick ruhte auf mir. Unaufhörlich.

Er fragte mich nicht, wie es mir ging oder wie ich die letzten Wochen verbracht hatte. Wir hielten keinen Small Talk, um die Stille zu überbrücken. Wir verloren uns lediglich im Rhythmus der dröhnenden Musik und taten das, was wir am besten konnten. Wir genossen den Augenblick. Dieser Tanz war traumähnlich, und ich wusste tief in mir, ich würde jede Sekunde bereuen, sobald ich wieder in meinem leeren Bett lag. Aber Träume waren zum Träumen da, und heute Nacht würde ich mich nicht beschweren. Nicht, wenn es bedeutete, dass Finn mich immer noch in seinen Armen hielt.

Kein einziges Mal ließ er von mir ab, um mich in einer perfekten Drehung herumzuwirbeln. Er ließ einfach unsere verschlungenen Hände auf seinem Herzen liegen und ließ mich fühlen, was er fühlte. Ich steigerte mich in diesen Moment hinein, ergriff diese Gelegenheit, um mir einzubilden, er würde wie ich empfinden. Ich bildete mir ein, all die Emotionen in seinen gottgleichen Augen zu sehen, die auch ich durchlebt hatte.

Plötzlich wurde der Ausdruck in seinem Gesicht gequält, beinahe zornig. Er schüttelte den Kopf, und ich schlang meinen freien Arm fester um seinen Nacken.

»Was ist los?«, flüsterte ich mit brüchiger Stimme und spürte, dass seine Stimmung sich augenblicklich auf mich übertrug. Ich senkte den Kopf und fühlte, wie das Gefühlschaos wieder über mir zusammenbrach. Ich hatte etwas falsch gemacht. Er war verärgert.

Zwei Finger hoben mein Kinn an, und er brachte unsere Gesichter auf eine Höhe, während mein Herz einen Schlag aussetzte.

»Verzeih mir«, murmelte er so leise, dass ich ihn durch die Musik kaum verstand. Ich konnte seinen Atem schmecken.

Er sah mir noch einmal fest in die Augen, dann ließ er mich los, stieß mich fast von sich, und als ich schon dachte, dass er gehen und mich alleine lassen würde, griff er nach meinem Handgelenk.

Sein Griff war fest und unerbittlich, aber ich achtete kaum darauf. Ich war zu sehr mit dem beschäftigt, was er da tat. Er schleifte mich zur Wendeltreppe neben dem Eingang, während ich neben ihm herstolperte und mir abwechselnd heiß und kalt wurde.

Er brachte uns nach oben.

Im Vorübergehen öffnete er ein paar Türen, doch offenbar waren die Räume besetzt, denn er lief immer weiter, immer schneller. Wieder war da dieses Déjà-vu-Gefühl, aber ich fühlte mich nicht so elektrisch geladen wie damals in der Bar mit einem Fremden. Ein taubes Gefühl breitete sich in meinem Inneren aus, und ich wusste nicht, was es zu bedeuten hatte.

Auch nicht, als er endlich einen leer stehenden Raum gefunden hatte und mich hineinzerrte, bevor er die Tür hinter uns schloss.

Auch nicht, als er mich hochhob und zur riesigen, breiten Fensterbank zerrte.

Und verflucht, auch nicht, als er begann, mich gegen die Scheibe zu drücken und meinen Hals zu küssen.

Ich presste meine Augen zu und versuchte herauszufinden, ob es sich hierbei um die Realität handelte. Oder ob ich meinem krankhaften Wahnsinn endlich so sehr verfallen war, dass ich nicht mehr klar denken konnte. Seine heißen Lippen fuhren meine kalte Haut entlang, bevor er begann, mir den Reißverschluss an meinem Kleid zu öffnen.

Ich warf den Kopf in den Nacken und stieß meinen angehaltenen Atem aus. *Scheiße.* Zum ersten Mal formte sich ein Gedanke in meinem Kopf, den ich bei Finn in solch einer Situation noch nie gedacht hatte.

Es fühlte sich nicht *richtig* an. Es fühlte sich nicht nach Finn an, zur Hölle.

Panisch krallte ich meine Hände in die Haut seines Nackens, während er gerade dabei war, mich ein wenig anzuheben, um das Kleid vollständig auf den Boden fallen zu lassen. Meine Schuhe fielen von selbst herunter.

Er wich ein bisschen zurück, und ich sah, wie seine Hände in der Dunkelheit zu seiner Hose fuhren, um sie auszuziehen.

Meine Atmung war viel zu unregelmäßig, aber es fühlte sich nicht nach loderndem Verlangen an. Da war nur Angst. Pure, unverfälschte Angst. Vor dem Mann, der gerade dabei war, sich vor mir auszuziehen, ohne mich auch nur einmal dabei anzusehen. Er war nicht derselbe.

Im nächsten Moment schrie ich mich in Gedanken selbst an. Ich hasste mich dafür, dass ich diesen Augenblick zerstörte. Ich musste ihn genießen. Das war Finn. Mein Finn. Er war hier, ganz alleine. Mit mir.

Zitternd atmete ich ein und presste meine Lippen gegen seine, während ich mir den Slip auszog.

»Finn?«, krächzte ich, als wir uns kurz voneinander lösten, um nach Luft zu schnappen. Für den Bruchteil einer Sekunde sah er auf, bevor sein Blick wieder leer wurde und er zur Seite blickte.

Scheiß drauf. Das war meine einzige Chance. Es würde sein wie immer. Ich war nur so nervös, weil es so lange her war.

Er ließ mir keine Zeit weiterzudenken. In der einen Sekunde drückte er mich noch fester nach hinten, küsste mich, ohne mich anzusehen, in der nächsten rollte er sich ein Kondom über, und wir wurden eins. Ich war mir sicher, meine Fingernägel würden Abdrücke in seinem Nacken hinterlassen, aber ich konnte trotzdem nicht verhindern, dass ich sie tief in seine Haut bohrte, um irgendwie Halt zu haben und so zu tun, als wäre es das, wonach ich mich die ganze Zeit über gesehnt hatte. *Alles gut. Es ist wie immer. Alles gut.*

Doch da war nur diese verdammte Maskierung. Seine Augen konnte ich nicht erkennen, sie schienen wie abgestorben. Es war nur eine Maske. Eine tödliche Maske. Es dauerte eine Weile, bis ich merkte, dass mir die Tränen in die Augen stiegen.

Wütend blinzelte ich sie weg. Rammte meine Nägel fester in seine Haut, zog ihn ganz nah an mich, küsste ihn wieder, schneller, wilder, verzweifelter. Er wollte nur Sex. Schrecklichen, oberflächlichen, nichts aussagenden Sex.

Das hier war schlimmer als bei David. Das war schlimmer als alles.

Aber ich hörte nicht auf, sondern zog ihn näher, erzitterte unter seinem Körper, zog ihn immer näher. *Alles gut. Alles gut. Alles gut.*

Irgendwo schlug eine Uhr Mitternacht.

***

Das Erste, was ich fühlte, war Verleugnung.

Verleugnung meiner Gefühle, meines gesunden Menschenverstands und des gesamten Universums.

Verleugnung dessen, was gerade geschehen war.

Wahrscheinlich war es ein Schutzmechanismus meines Körpers, um mich den Qualen nicht sofort auszusetzen. In den ersten Minuten fühlte ich mich, als wäre ich nicht in meinem Körper, sondern als würde ich das maskierte Mädchen, das am ganzen Leib zitterte, vom Fenster aus beobachten. Ihr Oberkörper bewegte sich hektisch auf und ab, und sie schien nach Luft zu ringen.

Ich schaffte es, zur Tür zu laufen und sie zu schließen, nachdem Finn sich angezogen hatte und ohne ein Wort gegangen war, bevor das Taubheitsgefühl sich in Luft auflöste und alles sich zu drehen begann. Der Raum verschwamm vor meinen Augen, und ich ließ mich an dem Holz hinabgleiten, weil meine Beine mich ohnehin nicht mehr hielten. Ich wusste nicht, wann es genau begann, denn ich verlor neben der Taubheit auch mein Zeitgefühl, aber es kam ohne Vorwarnung, ohne jegliche Anzeichen. Es schlich sich auch nicht langsam an, um dann immer stärker zu werden. Nein, es zerriss mein Inneres schlagartig, grub sich in mein Herz, zerrte es aus meiner Brust und warf es gegen die Glasscheiben, bis es in tausend kleine Teile zersprang.

Ich beobachtete mich nicht mehr aus einer anderen Perspektive. Ich spürte *alles*.

Die Tränen liefen mir die Wangen herunter, so heiß, als würden sie mich tatsächlich verbrennen wollen. Es war nicht die Art von Weinkrampf, die ich erlebt hatte, als Finn Schluss gemacht hatte, als er mir zu verstehen gegeben hatte, dass ich nicht genug war. Es war auch nicht jenes hilflose Weinen, als ich verstanden hatte, dass er die vollständige Kontrolle über mich besaß und ich hilflos war.

Ich riss mir die Maske vom Gesicht. Der Laut, der aus meinem Mund kam, war kein Weinen mehr, es war eher ein Schmerzenslaut, halb schluchzend, halb kreischend.

Wenn das Liebe war, wofür lohnte es sich dann noch weiterzumachen?

Er hatte mich kaum angesehen. Mein Schluchzen wurde immer heftiger, und es schüttelte mich jetzt unkontrolliert, ohne dass ich etwas dagegen ausrichten konnte. Bedeutete ich ihm wirklich so wenig?

Ich war immer ein rational denkender Mensch gewesen. Hatte nie jemanden zu nahe an mich herangelassen. Wollte mir das Schicksal hiermit sagen, dass es keine Rolle spielte, wie ich dachte, wie ich mich fühlen wollte, wenn *er* ins Spiel kam? Dass ich so oder so geliefert war, wenn Finn Westwood mal wieder beschloss, dass es an der Zeit war, mich zu quälen?

War das die Strafe? Weil ich ihn *liebte*?

Mein Kopf wurde schwerer, und im nächsten Moment fühlte ich den kalten Marmorboden an meiner Wange. Irgendwann ertönte ein Geräusch aus meiner Handtasche, die neben mir lag, und als ich es als meinen Klingelton identifizierte, ging das hysterische Schluchzen wieder von vorne los.

Vier Mal erklang dieses Dreckslied, bis ich handeln konnte. Es dauerte, weil meine Finger so sehr bebten, dass ich nicht sofort die Tasche öffnen konnte, aber schließlich bekam ich das Handy zwischen die Finger und hielt es mir vor die Augen. *Ally.*

»Gott, verflucht, Eliza, wir suchen dich seit anderthalb Stunden! Wo bist du?«

Ich öffnete den Mund, um etwas zu sagen, aber es kam nur ein undefinierbares Krächzen hervor.

»Eliza? Sag mir sofort, wo du bist. Geht es dir gut?«

Ein Schluchzen kroch meine Kehle hoch, und bevor ich es verhindern konnte, entwich es mir. »A-Ally …«

Eine Pause setzte ein, dann sprach sie eindringlich, voller Sorge. »Scheiße. Wir kommen zu dir, du musst aber sagen, wo du bist.«

Nach zwei Anläufen konnte ich ihr irgendwie begreiflich machen, dass ich mich in einem der Aufenthaltsräume im zweiten Stock neben den Toiletten befand. Sie blieb die ganze Zeit über am Telefon und redete auf mich ein, während ich mitbekam, wie sie loslief. Sie sprach leise und versuchte mich zu beruhigen, ohne Fragen zu stellen. Ich hätte sowieso nicht antworten können. Immer weiter liefen die Tränen, während ich mich mit der freien Hand selbst umschlang, um nicht vollständig auseinanderzufallen.

Als schließlich die Tür aufsprang, versuchte ich irgendwie, mich aufzusetzen, aber es endete damit, dass ich wieder gegen die Wand sank, weil ich mein Gleichgewicht verlor. Unscharf erkannte ich

Ally, Jenny und Sam, wie sie alle gleichzeitig auf mich zugerannt kamen und sich die Masken von den Gesichtern zogen.

Jen schloss die Tür, Alison starrte mich geschockt an, und Samuel fiel sofort neben mir auf die Knie.

»Oh mein Gott.«

»Eliza? Was …«

Sam packte mich bei der Schulter, als er merkte, dass ich zitterte, aber ich wehrte mich gegen seine warmen, großen Hände, die mich so sehr an *ihn* erinnerten.

»Fass mich nicht an«, schrie ich ihn an und weinte noch heftiger.

Erschrocken wich er zurück und sah mich perplex an. »Liz, ich bin's. Samuel.«

»Ich hab doch gesagt, es ging nicht mit rechten Dingen zu, als sie mit ihm verschwunden ist …«, murmelte er.

»Verflucht, was hat er mit ihr gemacht?«, nahm ich von oben wahr, konnte aber nicht antworten.

Ich sah wieder zu Sam, der mich halb ängstlich, halb besorgt nicht aus den Augen ließ.

»Es tut mir l-leid«, brachte ich hervor, und er schüttelte den Kopf, wagte es aber nicht, mir noch einmal nahe zu kommen.

»Es ist okay, Süße, alles okay … Ich fass dich nicht an … Sag uns, was du brauchst.«

Im nächsten Moment saßen Ally und Jenny auch neben mir. »Eliza … du musst reden. Bitte.«

Ich schüttelte den Kopf, und die Tränen flogen. »Ich kann nicht …«

»Eliza. Wo ist Finn?«

Mein Weinkrampf wurde stärker, nur weil sie seinen Namen erwähnten.

»Was hat dieses Arschloch gemacht?«

»Ich bring ihn um«, zischte Ally oder Jenny, ich konnte es nicht einordnen.

Eine Weile saßen wir einfach da, und alle drei redeten durcheinander.

»Wieso hat er das gemacht?«, flüsterte ich schließlich, und meine Stimme versagte mir am Ende. *Wieso liebt er mich nicht?*

Sie verstummten schlagartig und starrten mich alle an.

Jenny machte den Eindruck, als wäre ihr plötzlich schlecht geworden, Sams Augen sahen aus, als würden sie in Flammen aufgehen, und Ally stand ruckartig auf.

»Wir müssen sie sofort hier wegbringen.«

***

»Ich werde im Wohnzimmer sein, wenn du mich brauchst, Liz«, sagte Samuel leise. »Jen und Ally kommen auch gleich. Wir werden hier sein …«

Ich schaffte es, mehr oder weniger überzeugend zu nicken, bevor ich mich umdrehte und mit schnellen Schritten durch den Flur in mein Zimmer lief. Es tat mir leid, dass meine Freunde mich so sehen mussten. Dass sie eine solche Situation miterlebten. Immer wieder hatte ich ihr Entsetzen vor Augen. Sie waren derartige Zusammenbrüche von mir nicht gewohnt, sie kannten mich nicht so. Aber das war kein Wunder, denn ich erkannte mich selbst nicht wieder.

Ich stieß die Tür auf und zerrte mir das Kleid vom Körper, kickte die Schuhe zur Seite und fiel dann vor meinem Schreibtisch auf die Knie. Es war verrückt, es war kein bisschen durchdacht, aber es war meine einzige Chance.

Ich riss alle Schubladen unter meinem Schreibtisch auf, von denen ich wusste, dass ich darin das Unizeug aufbewahrte. Ich schmiss Bücher, Notizblöcke und sorgfältig abgetippte Mitschriften um mich, zerrte alles heraus, wovon ich dachte, dass es mich der Lösung ansatzweise näherbringen würde. Ich fühlte, wie sich die alte Eliza jetzt wahrhaftig immer weiter entfernte, bis sie ganz aus dem Zimmer verschwand. Aus dieser Stadt, aus der Welt. Aus meinem Leben.

Heftig wischte ich mir die Tränen weg, die mir inzwischen wieder übers Gesicht strömten und mir die Sicht raubten. Ich drehte ein Prospekt um, das aus der Schublade gefallen war, und mit einem Mal verebbte das Schluchzen, und mein Körper wurde ganz ruhig.

Bis auf mein Herz, das jetzt mit zunehmender Lebendigkeit heftig zu pochen begann. Es klammerte sich an die aufflammende Hoffnung. Es war nur eine kleine Flamme, aber sie vergrößerte sich in rasender Geschwindigkeit.

Das war es. *Das war meine Rettung.* Das Einzige, was in diesem vollkommenen Wahnsinn etwas ausrichten konnte.

Schwarz auf weiß tanzten die Buchstaben vor meinen Augen, verschwammen wieder, bis ich mich zwang, jedes Wort einzeln zu lesen.

Auslandsstudium, stand da. London, Vereinigtes Königreich.

DANKE, DANKE, DANKE

Danke an meine Lektorin Anna Hoffmann für das erfolgreiche Herumschlagen mit meinen Sätzen (vor allem mit Elizas Gedankengängen …) und an das gesamte HarperCollins-Team für die tolle Unterstützung!

Danke an meine Eltern für die Basis und dafür, dass ich in der fantastischen Welt von Büchern aufwachsen durfte.

Danke an Effi, dass du niemals endende Plot-Gespräche mit mir durchgehalten und den Anfang dieser Geschichte in ihrer ursprünglichen Form gelesen hast.

Danke an Maria, die mich immer wieder mit Gesprächen übers Schreiben motiviert.

Danke an Michelle, mein erstes wahres Fangirl, ohne die ich dieses Buch niemals fertiggestellt hätte. Danke für stundenlange Skypesessions, für Hassliebe-Nachrichten und für die ganze Inspiration (Psycho will always be yours).

Danke an Louise, die Finn und Eliza als Erste in ihrer jetzigen Form begleitet und mir eine Riesenangst genommen hat.

Danke an Diana, die, seit wir uns kennen, jeden einzelnen Tag an mich geglaubt hat und mich in jeglichen Schritten unterstützt.

Danke an Sabrina, die mir schon vor Jahren gezeigt hat (und es immer wieder aufs Neue tut), wer ich bin und wer ich alles sein kann.

Danke an alle Leserinnen und Leser da draußen, die von Anfang an mitgefiebert und meine Figuren gemeinsam mit mir verflucht und geliebt haben – manchmal gleichzeitig.

Danke an alle Menschen in meinem Umfeld, denen ich je hiervon erzählt habe und die nicht an mir gezweifelt haben.

Danke an mein sechzehnjähriges Alter Ego für pures Selbstvertrauen und eine blühende Fantasie.

Danke an Adam Gontier, besonders für seine Stimme und seine Songtexte, die einen großen Teil meiner Inspiration ausgemacht haben.

Danke an alle, die dieses Buch gelesen haben und mehr wissen möchten. Keine Angst, Finns und Elizas Geschichte ist noch nicht fertig erzählt!

Und zuallerletzt danke an diese eine Autorin, die eine so mitreißende Welt erschaffen hat, dass ich es nicht ertragen konnte, sie gehen zu lassen.